세상에 하나뿐인 소년

세상에 하나뿐인 소년

모니카 우드 장편소설

신윤진 옮김

THE ONE-IN-A-MILLION BOY

글누림

작가의 말

≪세상에 하나뿐인 소년≫에는 세계기록 목록이 여러 개 나온다. 대부분 ≪기네스북 세계기록 Guinness World Records≫ 시리즈의 다양한 판본에서 모은 기록들이다. 확실히 예외적인 네 개의 기록만 빼고 기록을 세운 사람들의 이름과 업적은 모두 사실이다. 그리고 무엇보다 중요한 것은 그 기록들이 공식 기록이란 점이다. 그러나 그 기록들, 그리고 '기네스북 세계기록'이란 브랜드는 이 책에서, 그러니까 내 상상 속에만 존재하는 세상에서 새롭게 윤색되었다. 그 기록들 중 일부는 책을 쓴 시점부터 책을 출판하는 시점 사이에 최근 도전자들에 의해 새로이 깨졌을 수도 있다. 나는 또한 세계에서 가장 나이 많은 사람들의 흔적을 추적하는 단체인 '노인학 연구회 Gerontology Research Group' 웹사이트에서도 많은 도움을 얻었다. 실제로 살았던 음악가 데이비드 크로스비 David Crosby의 이야기가 책 속에 잠깐 등장하는데 그 내용 역시 허구적으로 꾸며 쓴 것이다.

친애하는 한국 독자들에게

미국인으로서 나는 미국과 완전히 다른 문화권에서 내 소설이 번역되어 출간될 거라고는 전혀 생각하지 못했습니다. 하지만 분명히 알고 있는 것이 한 가지는 있습니다. 가족이 세계 어디에나 있는 보편적인 현상이라는 것이지요. 아시아인이든 유럽인이든 아프리카인이든 북아메리카인이든 가족을 사랑하는 것이 어떤 것인지, 또 가족을 잃고 비통해하는 것이 어떤 것인지 우리는 모두 알고 있습니다. 또한 우리는 예기치 않은 곳에서 예상치 못한 사람과 친구가 되는 기쁨이 어떤 것인지도 알고 있습니다.

이 소설은 삶의 두 번째 기회에 관한 이야기입니다. 그 두 번째 기회란, 슬픔을 더욱 너그럽게 사는 법에 관한 교훈으로 승화해나가는 것을 말합니다. 한국의 독자 여러분이 이 책을 즐겁게 읽고, 상실이란 인간적인 경험을 헤쳐나가는 인물을 통해서 여러분만의 삶의 두 번째 기회를 찾을 수 있기를 기원합니다.

직접 가본 적은 없지만 한국이 다정한 사람들로 가득한 아름다운 나라라는 것을 알고 있습니다. (한국 음식을 무척 좋아하거든요!) 지금 이 글을 쓰며 나는 얼음이 레이스처럼 얼어붙은 창을 통해 펑펑 내리는 눈발을 바라보고 있습니다. 이곳 북아메리카 한복판에서 만천 킬로미터나 뚝 떨어진 곳이지만, 이 소설 속에서 내가 창조해낸 인물들이 여러분의 마음을 향해 수많은 말을 건네리라는 사실을 독자 여러분도 믿어주셨으면 하는 바람입니다.

모니카 우드

우리 가족을 완성한 조 시로이즈,
그리고
마침내 완전한 여행을 끝낸 게일 허치먼에게

차례

제1부

형제

Brolis

이 분은 미스 오나 빗커스이십니다. 이 테이프는 그 분의 인생 이야기를 녹취한 것입니다. 이 부분은 1부에 해당됩니다.

지금 녹음되고 있는 게냐?

……

이 많은 질문들에 모두 답할 수는 없다. 그랬다간 지구 종말이 올 때까지 여기 있어야 할 게다.

……

첫 번째 질문에 답하마. 하지만 그걸로 끝이다.

……

난 리투아니아에서 태어났단다. 1900년에. 어떤 곳이었는지는 기억 안 나는구나. 음, 아주 희미하게 농장 동물들이 기억나긴 해. 말이랑 얼룩덜룩한 커다란 흰색 동물 한 마리가 더 있었는데.

……

아마 소였겠지.

……

리투아니아에 살던 그 소가 어떤 종류인지는 모르겠다만 그래도 얼핏 기억은 나는 것 같구나. 그 왜 어디서나 볼 수 있는 얼룩빼기 젖소 말이다.

……

홀스타인 종(種)이라고? 고맙구나. 아, 그리고 버찌나무도 여러 그루 있었단다. 봄이면 꼭 비누거품처럼 보이는 사랑스러운 버찌나무였지. 거품 같은 꽃이 무성하게 피는 거대한 나무들이었는데.

……

그 뒤 기나긴 여행을 떠났다. 배를 타고 바다를 건넜어. 그건 뜨문뜨문 기억이 나. 그런데 종이에 질문 백만 개를 적어 왔더구나.

……

50개라고? 그래, 됐다. 내가 그냥 이야기를 하마, 꼭 순서대로 질문할 필요는 없다.

……

애초에 넌 네 인생 이야기를 시작도 안 했잖니. 요즘 학교에서는 아무것도 안 가르치니?

1

미리 전화를 걸어 두지 않았는데도 노인은 그를, 아니면 다른 누군가를 기다리고 있었다. "아이는 어디 있어요?" 노인이 현관에서 외쳤다.

"데려올 수가 없었습니다. 빗커스 부인이십니까?" 퀸은 노인의 새 모이통을 채우고 쓰레기를 버린 뒤에 한 시간 정도 더 집 주변을 정돈하려고 오는 길이었다. 그 정도는 그도 할 수 있는 일이었다.

푹 꺼진 사과 같은 얼굴을 한 노인은 색이 다 빠져서 불안해 보이지만 씨앗처럼 빛나는 작은 눈동자로 못마땅하다는 듯 그를 바라보며 말했다. "새들이 진작부터 굶었어요. 내가 사다리를 다룰 수가 없어서." 깨진 유리를 떠올리게 하는 목소리였다.

"오나 빗커스 부인? 여기가 시블리 가(街) 42번지 맞죠?" 퀸은 다시 한 번 주소를 확인했다. 버스를 두 번이나 타고 도시를 가로질러 이곳에 온 참이었다. 녹색 주택은 막다른 길 끝, 숲가에 앉아 있었다. 로우스 상점에서 두 블록을 지나 하이킹코스에서 조금 더 걸어 들어가야 하는 곳이었다. 그곳에서는 도로의 차 소리와 새소리가 비슷하게 섞여서 들렸다.

"부인이 아니라 미스예요." 노인이 도도하게 말했다. 희미하지만 독특한 악센트의 흔적이 느껴졌다. 아이는 그런 말을 한 적이 없었지만, 노인은 아마도 인파에 휩쓸려 비틀거리며 엘리스 섬*을 통해 이 나라로 들어온 모양이었다. "애가 지난주에도 안 왔어요. 하여간 요즘 애들은 뭐든 진득하니 하질

12

못한다니까."

"어쩔 수 없죠." 퀸은 갑자기 조심스러워졌다. 볼이 발그레한 미녀라도 기대했던 것일까. 볼품없는 화단, 창이 달린 뾰족지붕의 모양새와 색깔 때문에 그 집은 꼭 마녀 소굴처럼 보였다.

"학교에서 애들한테 순종 같은 걸 가르쳐야 하는데. 준비된 마음가짐에 친절하고 순종적이고…… 그러니까 친절하고 순종적이고……." 이러면서 노인은 앞이마를 가볍게 두드렸다.

"깨끗한 아이요." 퀸이 거들었다.

아이는 가버렸다. 그것도 깨끗하게. 하지만 퀸은 그 말을 직접 입 밖에 낼 수가 없었다.

"깨끗하고 어른 공경할 줄 아는 아이요. 학교에서는 그런 아이를 보내주겠다고 약속한다오. 맹세까지 한다니까. 이번 녀석은 진짜배기라고 생각했는데." 노인이 말했다. 또 다른 억양이 희미하게 느껴졌다. 자음을 발음할 때, 보통의 청력으로는 집어내기 힘든, 뭔가 쓸리는 듯한 소리가 났다.

"제가 그 녀석 아빠입니다." 퀸이 말했다.

"알아요. 아이가 아픈가요?" 누빈 외투를 입은 노인이 자세를 바꿨다. 이미 기온 15도에 햇살이 구슬처럼 쏟아지는 5월이었는데도 노인은 방울이 달린 모자까지 쓰고 있었다.

"아닙니다. 새 모이는 어디에 있습니까?"

노인이 몸을 떨었다. 스타킹을 신고 그 위에 작은 검은색 양말을 겹쳐 신

---

* 엘리스 섬 Ellis Island : 미국 뉴욕 항, 허드슨 강 하구에 있는 섬으로 1892년부터 1954년까지 이민자들의 입국 심사를 담당하던 관청이 있었다. 지금은 국립공원으로 지정된 이곳에 미국 이민의 역사를 보여주는 이민 박물관이 있다.

은 노인의 두 다리는 마치 갈퀴 자루 같았다. "뒤쪽 헛간에. 애가 옮겨놓지 않았으면 문 옆에 있을 거예요. 제 나름 생각이 있는 녀석이니까. 사다리도 거기 있다오. 키가 커서 필요 없을지도 모르겠지만." 노인은 눈대중으로 옷 사이즈를 가늠하듯 퀸을 올려다보았다.

"제가 모이통을 낮추어 달아드리면 어르신께서 직접 모이를 채우실 수 있지 않겠습니까." 퀸이 제안했다.

노인은 주먹 쥔 손으로 입술을 덮으며 말했다. "그거 참 생각만으로도 끔찍하구먼." 노인의 목소리는 금방이라도 울음을 터뜨릴 것 같았다. 예기치 못한 분위기 변화에 퀸은 얼른 여기 온 목적을 분명히 했다.

"그럼 그 일을 하게 절 들여보내 주시죠."

노인은 손마디가 울퉁불퉁한 손가락으로 집을 가리키며 말했다. "난 집 안에 들어가 있을게요. 창문으로 내다봐도 똑같이 잘 감독할 수 있으니까." 노인은 쇠약한 몸에 전혀 어울리지 않는 열의에 찬 어조로 말했다. 오나 빗커스가 백네 살이라던 벨의 말이 처음으로 의심스러웠다. 아이가 죽은 뒤로 벨의 현실감각은 어딘가 흐리멍덩해져 있었다. 벨의 슬픔이 얼마나 깊은지도 놀라웠지만 그녀를 변화시키는 슬픔의 힘이 퀸은 더 두려웠다. 그 슬픔에서 그녀를 구해내고 싶었지만, 공감의 표시로 그녀의 지시에 따르는 것 말고는 복잡한 대인관계에 관한 한 퀸은 젬병이었다. 그래서 두 번이나 이혼한 전처인 벨의 명령에 따라 아들의 봉사활동을 끝마치러 이곳에 오게 된 것이었다.

칠이 벗겨진 헛간 문은 두 짝 다 쉽게 열렸다. 최근에 경첩에 기름칠을 새로 한 모양이었다. 헛간 안에 가로대 한 개가 부서진 발판사다리가 있었다. 동물 냄새가 지독했다. 개나 고양이가 아닌 야생동물의 냄새였다. 아마도 생쥐 냄새겠지. 아니면 야위고 털이 빠지고 송곳니가 날카로운 들쥐 냄새거나. 녹이 잔뜩 슨 원예장비들은 칼끝과 살과 날을 그대로 드러낸 채 맞은편 벽에 대각선으로 걸려 있었다. 퀸은 한 주에 한 번 오는 이 봉사활동을 하다가 아들이 다칠 수 있었던 경우들을 생각해보았다. 돌연 목재가 쏟아져서 그 밑에 깔릴 수도, 사나운 야생동물한테 물릴 수도 있었다. 보이스카우트 23대의 미끼상술은 늘 이런 식이었다.

그러나 물론 아들은 다친 적이 없었다. 오히려 아이의 말을 빌면 '영감을 얻는' 일이었다.

퀸은 새 모이가 담긴 플라스틱 양동이를 단박에 알아보았다. 그것은 벨의 집 차고 벽을 수리하려고 산 19리터들이 합성석고 통이었다. 그때는 아직 두 사람이 마지막으로 갈라서기 전, 퀸의 공연 리허설 공간이었던 차고를 벨이 페인트 희석제, 제초제, 스페어타이어 따위의 보관 장소로 용도 변경하기 전이었다. 양동이 안에 크리스마스 연극 소품처럼 경쾌하게 빛나는 선홍색의 커다란 국자가 있었다. 바로 옆 선반에 똑같은 국자 아홉 개가 놓여있는 것을 퀸은 알아챘다. 아이는 비축광(狂)이었다. 도무지 말로 설명할 수 없는 행동들을 계속했다. 장례식 전날 벨은 아이의 방으로 이어진 문을 퀸에게 열어주며 원하는 만큼 둘러보는 건 괜찮지만 아무것도 옮기거나 건드려서는 안 된다고 못 박았다. 그래서 물건들의 수를 세어보게 되었다. 새둥지 열 개, ≪올드 옐러≫* 복사본 열 부, 손전등 열 개, 돼지저금통 열 개, 보이스카우트 지침서 열 부. 아이스캔디 막대, 도토리, 여자들의 반짇고리에나 들어있을

---

* ≪올드 옐러 Old Yeller≫ : 1956년 출간된 프레드 깁슨 Fred Gipson의 청소년 소설. 한 소년과 '옐러'라는 개 사이의 우정을 다루었다. 광견병에 걸린 늑대의 공격에서 가족을 구하고 대신 물린 개를 직접 쏴죽이며 인생의 아픔을 배우게 되는 소년의 성장담이다. 1957년 동명의 영화로도 제작되었다.

법한 작은 실패, 모든 것이 열 개씩 모아져 있었다. 컴퓨터 한 대에 마우스패드 열 장, 책상 하나에 필통 열 개였다. 벨은 말했다. 비축은 망가진 수도꼭지에서 새는 물방울처럼 찔끔찔끔 관심을 갖는 아버지를 둔 소년이 보일 수 있는 지당한 반응이라고. 한번은 벨이 이렇게 말한 적도 있었다. "그걸 알아내. 열한 살 아이가 온갖 필요한 물건의 대체용품을 왜 저렇게 계속 고집스럽게 쌓아놓는지."

'아이한테 어딘가 잘못된 구석이 있나보지', 퀸은 혼자 속으로 대답했었다. 그러나 그 슬픈 날만큼은 두 사람 다 말없이 아이의 방을 둘러보기만 했다. 그러다가 벨이 앞서 문 밖으로 나가고 난 뒤 퀸은 아들의 일기장을 손바닥으로 쓸다가 재킷 속으로 쑤셔 넣었다. 5×7인치 사이즈의 단순한 검정색 스프링 공책이었다. 나머지 아홉 권은 아직 비닐포장도 뜯지 않은 채 그대로 남아 있었다.

새 모이 양동이를 미스 빗커스의 모이통 쪽으로 끌고 나오면서, 보이스카우트 23대 다른 대원들은 뜨개실로 분홍색 앞치마를 뜬다거나 하는, 박애정신이 훨씬 더 넘쳐나는 다른 봉사활동을 하러 갔을 거라고 퀸은 생각했다. 노상 숲길 하이킹 타령인 스카우트 대장 테드 레드베터는 중학교 교사이자 홀로 아이들을 키우는 아버지였다. 그 남자가 불평불만이 가장 적을 것 같은 아이에게 미스 빗커스를 떠맡겼을 가능성이 컸다. 이제 노인은 창문을 두드리며 서두르라는 재촉의 몸짓을 하고 있었다.

집과 엉망으로 자란 덤불 사이에 미스 빗커스가 매어놓은 9미터 길이의 빨랫줄에 새 모이통이 매달려 있었다. 작고 요정처럼 가녀리고 뼈가 가는 아이는 사다리가 필요했겠지만 키 189센티미터의 퀸은 필요 없었다. 열한 살에는 퀸도 키가 작았다. 이듬해 여름 총알처럼 빠르게 급성장하면서 말 그대로 성장통과 깡똥한 옷더미를 떠안게 됐지만 말이다. 아이도 키가 자랐을 텐데. 키 큰 비축광, 알쏭달쏭한 물건들의 수를 세는 키 큰 남자가 되었을 텐데.

퀸은 나무에 매어진 줄 끝부터 일을 시작했다. 첫 번째 모이통 뚜껑을 열자, 잎이 우거진 채 흔들리는 나뭇가지에 새들이 내려앉았다. 박새인 것 같았다. 지난 2주간 퀸이 새롭게 알게 된 것들은 모두 아들의 꼼꼼하고 단정하고 어른스러운 손 글씨를 통해 배운 것들이었다. 일기장에 적힌 내용에 따르면, 미래의 이글 스카우트(공훈 배지를 스물한 개 이상 받은 보이스카우트 단원—옮긴이), 자신의 무책임한 성기에서 나온 신비한 열매인 아들은 새를 구별하여 받을 수 있는 공훈 배지에 온 신경이 쏠려 있었다.

미스 빗커스가 창문을 올려 열더니 새가 퍼덕이듯 퀸에게 소리쳤다. "학교 직원들이 젊은이랑 그 녀석을 헷갈렸나 봐요. 똑같은 재킷을 입어서 그런가." 신선한 공기가 둔감하고 메마른 퀸의 폐 속으로 파고들었다. 미스 빗커스는 스웨터 자락을 납작해진 가슴 위로 모아 쥔 채 퀸을 지켜보다가 아무런 대답이 없자 탕 소리를 내며 창문을 내려 닫았다.

퀸은 모이통을 채우고 잔디 깎는 기계로 마당을 한 바퀴 민 다음, 미스 빗커스가 서서 자신을 기다리고 있는 현관문 쪽으로 다가갔다. 머리카락이라 부를 것도 없는 노인의 엉성한 흰 머리 타래는 민들레를 상기시켰다. 노인이 말했다. "일을 마치고 나면 애한테 과자를 줘요."

"고맙습니다만 됐습니다."

"그것도 임무의 일부라오."

그래서 퀸은 재킷을 입은 채 집 안으로 들어갔다. 미스 빗커스가 지적한 대로 아이가 입었던 것과 완전히 똑같은 재킷이었다. 대갈못이 박힌 가죽 항공재킷이었는데 그 옷을 입으면 퀸은 로큰롤 가수 같았고 아이는 덫에서 나오려고 발버둥치는 미어캣 같았다. 벨은 그 옷을 입힌 채 아이를 묻었다.

고양이와 장식용 덮개가 가득할 것이란 퀸의 예상과 달리 쾌적하고 환기가 잘된 집이었다. 부엌 조리대는 한쪽 귀퉁이에 신문지가 쌓여 있어 조금 어수선하긴 했으나 탁 트인 장소에서 하얗게 빛나고 있었다. 개수대의 수도꼭지가 반짝거렸다. 예전에는 그 집의 외관도 깔끔하게 잘 관리되어, 틀로 찍어낸 듯 네모반듯한 푸른 잔디밭까지 갖추어진 길가의 다른 집들과 비슷해 보였겠지만 이제 노인은 그런 걸 유지할 수 있는 능력을 확실히 잃어버린 것 같았다.

깨끗하게 문질러 닦은 식탁 위에 영 안 어울리는 접시 두 장과 동물모양 쿠키, 트럼프 카드 한 벌, 약국에서 파는 싸구려 독서용 안경이 놓여 있었다. 의자에서 레몬 향 광택제 냄새가 났다. 아이가 이곳을 얼마나 좋아했을지 눈에 선했다.

"어르신 연세가 백네 살이라고 들었습니다." 간극을 메우고 싶은 마음에 퀸이 과감히 입을 열었다.

"거기에 133일을 더해야지." 노인은 카드를 돌리는 딜러처럼 접시 두 개에 과자를 한 번에 하나씩 번갈아 나누어 담았다. 딱 봐도 우유는 없는 듯했다.

"전 마흔두 살입니다. 음악가 나이로는 여든네 살이나 마찬가지죠."

"훨씬 더 들어 보이는데." 녹색이 감도는 노인의 눈동자가 퀸에게 머물렀다. 아이는 흠잡을 데 없는 글씨체로 이렇게 썼었다. '미스 빗커스는 굉장한 영감으로 마법의 힘과 생활 속 놀라운 사건들을 일으키신다!!!' 29쪽에 걸친 일기는 강박관념으로 가득한 목록의 연속이었는데, 그 목록들이 아이의 새 친구 미스 빗커스의 세상에 대한 숨 가쁜 기록으로 군데군데 끊겨 있었다.

"보이스카우트 말고 다른 데서도 도움을 받으십니까?" 퀸이 물었다.

"'바퀴 달린 식사'(Meals on Wheels : 거동이 불편한 장애인이나 노인들에게 조리된 음식을 포장, 배달해주는 사회봉사 제도−옮긴이)를 받고 있소. 음식이 따로따로 오고 먹을 때 다시 조리해야 하지만 그 덕분에 식료품점에 가는 불편함에서 벗어날 수 있거든. 이 동물모양 후식도 그 사람들 생각이라오." 노인은 공룡모양 과자를 집어 들고는 퀸을 다시 올려다보며 말을 이었다. "아이 말이 아버지가 꽤 유명하다던데, 그런가요?"

"제 꿈속에서야 그렇죠." 피식 웃음이 나왔다.

"어떤 종류의 음악을 연주하죠?"

"재즈만 빼고 뭐든 다 합니다. 재즈는 재능을 타고나야 하거든요."

"엘비스 프레슬리도?"

"물론입니다."

"카우보이 송(Cowboy song : 컨트리뮤직의 한 종류로 개척시대부터 카우보이들이 즐겨 부르던 민요 장르−옮긴이)도?"

"기분 좋게 청하시기만 하면요."

"난 늘 진 오트리가 좋았다오. 페리 코모 노래도 돼요?"

"페리 코모든 진 오트리든 레드 제플린이든 고양이 사료 광고음악이든 돈만 주면 다 합니다."

"에드 뭐시기 제플린이란 이름은 처음 듣는데. 고양이를 키워봐서 사료 광고는 본 적이 있지만. 그러니까 말하자면 만능 재주꾼이로구면." 노인은 몇 차례 눈을 깜박였다.

"그냥 떠돌이 연주자입니다. 그래야 계속 일이 들어오거든요."

노인은 퀸을 다시 본 것 같았다. "그럼 재능을 타고난 것이 틀림없겠군."

도대체 아이가 노인에게 뭐라고 말을 한 걸까? 채집통 안에 핀으로 고정된 곤충이 된 기분이었다. "그저 살 만합니다. 열일곱 살 이후로는 일이 끊긴 적이 없으니까요."

　이 말에 노인은 아무런 대꾸도 하지 않았다.

　"기타 연주자로서 그렇다는 이야깁니다. 주로 기타 연주자로 일했거든요."

　이번에도 아무 말이 없었다. 그래서 퀸은 화제를 바꾸었다. "어르신 영어 실력이 굉장하십니다."

　"왜 안 그렇겠소? 이 나라에서 백 년이나 살아왔는데. 내가 학교장 비서였다는 것도 알려줘야겠구먼. 레스터 교육재단의. 혹시 들어봤소?"

　"아뇨."

　"메이슨 발렌타인 박사는? 정말 똑똑한 사람인데."

　"전 공립학교에 다녔습니다."

　노인은 커다란 유리단추가 달린 1940년대 유물 같은 스웨터 자락을 매만지며 그를 물끄러미 바라보았다. "요즘 애들은 왜 뭐든 진득하니 하지 못하는지, 원. 그 녀석이랑 함께 하던 일이 있는데."

　"그래서 제가 와야 할 것 같았습니다." 퀸이 말했다.

　"뜻대로 하시구려." 노인은 보통 크기보다 약간 작아 보이지만 길이 잘 든 카드 위에 손가락을 얹고 톡톡 두드렸다.

　"아들이 그러던데 마술을 하신다죠." 노인을 거스를 수가 없어서 퀸은 이렇게 말했다.

　"공짜로는 안 해요."

　"애한테 돈을 받으셨어요?"

　"그 녀석은 아니지. 아직 어린애니까." 노인은 자기 얼굴에 지나치게 큰

안경을 끼더니 카드를 살폈다.

아이는 이렇게 적었다. '미스 빗커스는 굉장히 재주가 많으시다. 카드와 동전을 사라지게 한 다음, 다시 짠 나타나게 하신다!!! 할머니는 참 잘 웃으신다.'

실생활에서도 아이는 꼭 이런 식으로 말을 했다.

퀸이 물었다. "얼맙니까?"

노인은 카드를 섞으면서 마술사가 주위를 분산시키듯 태도를 바꾸어 이렇게 말했다. "내가 손님을 제대로 대접해드리지." 수십 년간 온갖 허풍쟁이들을 다 만나봤지만 이 할망구야말로 챔피언이었다.

"꽤 괜찮은 마술인가 봅니다." 퀸은 이렇게 말하며 부엌 벽시계를 바라보았다.

"바쁘신가 보군. 하긴 세상에 안 바쁜 사람이 어디 있겠냐만." 노인은 카드를 아코디언처럼 손에서 손으로 옮겨가며 섞었다. 노인은 대수롭지 않게 생각하는 모양이었지만 인상적인 솜씨였다. "1914년에 집을 나가 유랑극단을 따라다녔는데 그때 마술 기술을 배웠다오." 그 단어가 스스로 마법을 일으키기라도 하는 것처럼 노인은 이렇게 말하며 눈을 치떴다. "석 달 만에 집으로 돌아온 뒤로는 누구나 상상할 수 있는 가장 평범한 삶을 평생 살았소. 그래서 마술을 하면 소녀였던 시절이 떠오른다오." 열정적이지만 애매한 표현이었다. 노인은 얼굴을 붉히며 이렇게 덧붙였다. "나는 젊은이 아들한테 이야기를 많이 들려줬소. 그것도 가능한 한 아주 많이."

이곳에 오는 것을 두려워했어야 옳았다. 사방에 아들이 있었다. 퀸은 아이를 원한 적이 없었다. 그리고 늘 부족한 아빠였다. 긴 세월 아빠 자리를 지키지도 않았지만. 그런데 이제 혼자 남아 아이가 죽었다는 사실을 매 순간 깨닫고 있다니. 그것은 온몸이 얼음장처럼 마비되는 충격도, 수정처럼 투명한 슬픔도 아니었다. 아니, 오히려 암담하고 우울하고 복잡한 마음이 뒤죽박죽 하나로 섞여 심장이 부풀어 오르는 기분이었다.

미스 빗커스는 카드를 부채처럼 펴들고 기다리고 있었다. 노인의 길고 네모난 앞니는 아직 충분히 하얬고 울퉁불퉁한 손가락은 눈에 띄게 재빨랐으며 손톱은 잡티 없이 반짝였다.

"5달러 내죠." 퀸이 지갑을 꺼내며 말했다.

"내 마음을 읽으셨군." 노인은 지폐를 받아 스웨터 안으로 집어넣었다.

잠시 시간이 흘렀다. "마술은 언제 합니까?"

노인은 테이블 위로 몸을 숙인 채 카드를 모았다. "5달러는 입장료요. 쇼를 보려면 5달러를 더 내야지." 노인의 눈에 담긴 감정이 이제야 퀸의 눈에 들어왔다. 그것은 분노였다.

"이건 강탈이죠."

"하루아침에 익힌 기술이 아니니까. 다음번엔 아이를 데려와요." 노인이 말했다.

이 분은 미스 오나 빗커스이십니다. 이 테이프는 그 분의 인생 이야기를 녹취한 것입니다. 이 부분 역시 1부에 해당됩니다.

88분이 넘게 녹음된다고? 저렇게 조그만 장치에?
……
기계에 관해서는 네 말을 믿으마. 이제 질문해보렴.
……
글쎄다. 라디오가 있었어. 품질 좋은 물건이었지. 복사기, 벨크로 천, 전동 믹서도 있었고. 아, 여자들 속옷을 편하게 만들어주는 희한한 물건도 있었다. 그 중에 딱 하나만 고르라니, 그건 너무 어려운데.
……
다음엔 자동 세탁기를 들여놓을 생각이다. 꼭 자동으로 말이다. 언제 세탁기를 교체했는지는 정확히 기억나지 않아. 빨래판에 속치마를 치대기 시작한 지 1분밖에 안 지났는데 다음 순간 보니 십대 자식 두 명과 완전 신상품 세탁기가 집에 있더구나. 그 두 사건 사이의 시간은 눈 깜짝할 사이에 지나간단다.
……
바로 그거야. 그게 내가 너를 위해 마련한 전부란다.

2

퀸은 5달러만 잃고 마술은 보지 못한 채 미스 빗커스의 집을 나섰다. 다시 버스를 갈아타가며 벨이 사는 노스 디어링에 도착했다. 팻말로 만든 울타리 너머에서 튤립 화단을 갈퀴질하고 있는 벨의 모습이 보였다. 웃는 얼굴이 그려져 있는 전형적인 팻말 울타리였다. 퀸은 항상 그 집을 벨이 사는 곳이라고 생각했다. 사실이 그랬지만 법적으로 말하자면야 퀸 역시 5년 반 동안 띄엄띄엄 그 집에서 살았는데도 그랬다. 바깥쪽으로 돌출된 창문을 보면 1960년대 시트콤이 떠올랐다. 아들이 한 TV 채널에서 꼬박꼬박 열심히 챙겨보던 시트콤이었다. 그 시트콤에는 밤이면 가정이란 배를 정박시키고 그곳을 지키는 멋진 사내들, 그러니까 바람직한 남편과 아버지가 우글거렸다.

"어떻게 됐어?" 벨이 물었다. 벨의 목소리는 여전히 평소보다 가늘었지만 그래도 갈라짐은 어느 정도 진정되어 있었다.

"웨스트브룩 근처 교외야. 마당이 엉망진창이더라고."

"애가 7월 중순까지 가기로 했었어. 테드한테는 우리가 이어서 할 거라고 말해뒀고."

"새 모이통이 스무 개쯤 있는데 너무 높이 달려 있어서 애가 고생 좀 했겠더라."

벨은 거리를 살펴보며 말했다. "근데 걸어왔어?"

"혼다 자동차를 팔았어." 퀸은 주머니에서 수표 한 장을 꺼내어 벨에게 내밀었다. 두 번째 이혼한 뒤로 매주 토요일이면 우편으로 양육비를 부쳐왔는데 그날은 돈 부치는 것을 잊었던 것이다.

벨은 무표정한 얼굴로 퀸을 바라보았다. "말했잖아, 퀸. 더 이상은 필요 없다고."

그는 사람이 너무 슬퍼도 말 그대로 죽을 수 있는지 궁금했다. 물론 처음 느낀 궁금증은 아니었다. 벨은 분홍색 셔츠를 입고 있었는데 옷이 어찌나 심하게 구겨져 있던지 마치 공공 세탁시설에 있는 세탁기에서 몰래 훔쳐 입은 옷 같았다.

"벨, 그냥 내 뜻대로 해줘."

벨이 자신의 뜻을 따르지 않는 일이 처음 있는 일도 아니었지만 퀸은 수표를 내민 채 가만히 서 있었다. 관자놀이로 피가 솟구쳤고 수표가 가벼운 산들바람에 팔락였다. 마침내 고집을 꺾지 않겠다는 의사가 확실히 전달된 모양이었다. 벨은 수긍하듯 말없이 수표를 받아들었다. 그러자 퀸의 머리도 맑아졌다.

집은 기를 쓰고 치운 흔적이 역력했다. 마당에는 5월 말에 피는 꽃들이 사방에 꽃봉오리를 터뜨리고 있었고 창문은 반짝거렸으며 또 한 무더기 물건들이 환경미화원을 기다리고 있었다.

"또 집을 치운 거야?"

"그냥. 도저히 견딜 수가 없어서."

벨의 말에서 이상한 분위기가 느껴졌다. 퀸은 쌓아놓은 폐품들을 찬찬히 살펴보았다. 일인용 소파, 거품기, 테이블 전등 한 개씩이랑 접시 몇 장이었다. 그때 조금 떨어진 곳에 놓여 있는 물건이 눈에 들어왔다. 자신의 첫 번째 앰프였다. 열세 살 생일에 선물로 받은 2와트짜리 앰프.

"저거 내 마블 앰프 아니야?"

두 사람은 동물의 시체를 바라보듯 함께 그 물건을 바라보았다. 싸구려 일제 수입품이었다. 옻칠이 너무 두꺼워서 30년 세월의 더께가 켜켜이 앉았는데도 표면이 매끄러워 보였다.

"보기 흉해서. 작동도 안 되고. 요즘 누가 저런 물건을 써."

"어머니가 주신 거란 말이야." 노끈 세 줄에 묶인 6인치 사이즈 앰프. 폐품이라 해도 그것은 유일하게 남아 있는 자신의 사춘기 유물이었다. 그리고 어머니의 유품이기도 했다. 그게 중요한 사실이었다.

"게다가 아직 작동도 될걸." 퀸은 이제 물건을 옹호하듯 말했다. 자신이 너무나 사랑했던 앰프였다. 그리고 자신에게는 특별한 의미가 있는 물건이었다.

"그럼 당신이 끝으로 한 번만 더 내 집에서 당신 쓰레기들을 좀 치우는 게 어때? 그 거지 같은 물건들이 싹 사라져야 당신이 이제 여기 안 들락거릴 거 아냐."

"벨, 그러지 마." 기분이 상했다. 퀸은 마지막 양육방문을 두 번이나 빼먹었다. 이제는 아들한테 용서받을 길이 없겠지. 추억이라는 얼어붙은 장면 속에만 존재하는 어떤 일들은 영원히 용서받을 수가 없었다.

퀸은 주위를 둘러보았다. 지난 2주 동안 벨네 가족은 벨의 언니인 에이미의 진두지휘 아래 말벌 떼처럼 몰려다녔다. 물론 테드 레드베틀러는 가족들과 완전히 별개의 문제였지만. 아무튼 오늘은 집이 조용했고 차를 대는 진입로도 비어 있었다.

"집에 테드 있어?"

"아니. 근데 당신이 무슨 상관이야?"

"미안. 모두들 어디 갔지?"

"이모들은 집에 가셨어. 에이미 언니는 감사인사 카드를 부치러 나갔고. 단 몇 초라도 조용히 좀 있고 싶어서 내가 필요한 물건이 있는 것처럼 굴었거든." 벨은 갈퀴를 나무에 기대어 세우고 잠시 거친 숨을 내쉬었다. 분만호흡법이 떠올랐다. 퀸은 벨을 따라 집 안으로 들어갔다. 그 모습에 벨은 깜짝 놀란 것 같았다.

"물 한 잔 얻어 마시려고."

벨은 부엌으로 들어가 물 한 잔을 따라주었다. 그 동네는 위치상으로는 포틀랜드 시 경계 안에 자리잡고 있었지만 전형적인 교외 주택이 늘어선 자그마한 곳 같았다. 예전에는 울퉁불퉁했던 땅을 꾹꾹 눌러 네모반듯하게 만든 잔디밭하며, 그네, 통나무집이 그랬고 여기저기 뛰어다니는 개들이 그랬다. 그 집은 원래 소유주인 벨의 부모님이 서류에 퀸의 이름을 넣지 않는다는 조건 하에 벨한테 물려준 집이었다.

"애 얘기는 안 해? 그 할머니가?"

퀸은 고개를 저었다. "그 노인네가 나를 속여서 5달러를 뺏어 갔어."

"그 두 사람은 굉장한 대화를 나누었다고 하던데. 들은 대로 옮기자면."

"애가 그 노인네를 어떻게 참고 견뎠는지 모르겠어." 퀸은 가볍게 지나는 말처럼 이야기할 생각이었지만, 최근에는 뭐든 열심히 하려고만 하면 마음이 쿵 내려앉을 정도로 부담스럽게 느껴졌다.

"당신은 애 얘기 안 했어?"

물 잔을 비웠다. 동물모양 과자 때문에 갈증이 났던 것이다. "그 노인한테?"

"그래. 그 할머니한테 말이야. 또 누가 있겠어, 퀸?"

"안 했어. 할 수가 없었어."

벨을 감싸고 있던 얼음장 같은 분노의 표면이 조금씩 녹고 있었다. "성격을 생각해보면 그 할머니랑 함께 있는 게 걘 별로 힘들지 않았을 거야." 벨은 잠시 뜸을 들이다가 마침내 이렇게 덧붙였다. "믿기지 않을 만큼 늙은 양반이잖아."

"그거야 나도 알지."

벨은 퀸의 팔에 손가락을 얹었다. "내가 당신한테 부탁한 단 한 가지 일이야. 아이는 약속을 했고, 걔한테는 약속이라는 그 단어가 특별한 의미가 있었어. 물론 내가 직접 할 수도 있겠지. 하지만 이건……." 벨은 허공 속에서 마땅한 단어를 찾다가 이렇게 말했다. "아빠가 해야 하는 일이야."

퀸은 아무 말도 하지 않았다. 할 말이 뭐가 있겠는가? 아들이 세 살 때 집을 떠나 여덟 살에야 돌아온 아빠가. 5년이라는 세월은 아버지라는 부실한 존재를 거뜬히 산산조각내고도 남을 시간이었다. 벨은 지금 당장 그 사실을 퀸한테 상기시킬 수도 있었지만 그러지 않았다. 보스턴, 뉴욕을 거쳐 끝으로 시카고까지 온갖 곳을 헤매 다니다가 퀸은 결국 자신이 집을 떠날 때와 똑같은 생활을 하고 있다는 사실을 깨달았다. 한 가지 다른 점이 있다면 더 외롭다는 것뿐. 그래서 면목 없게도 머나먼 길을 버스를 타고 집으로 돌아왔다. 여행 중에도, 아니 평생 퀸은 건전한 생활을 해왔고 그것이 자부심의 원천이었다. 그러나 '저런, 허허, 그 친구 결국 실패했다더군.' 이런 뻔한 소식을 안고 와서 예전에 함께 활동했던 밴드 멤버들과 주간 근무조의 작업반장을 만나는 것이 두려웠다. 그런데도 결국 원래의 삶으로 영원히 돌아오고 말았던 것이다.

"그만두겠다고는 말 안 했어. 내 말은 그저 그 노인네는 킹엄 체크무늬 앞치마를 두른, 곱게 늙은 할머니가 아니라는 뜻이야."

"당신도 참 딱하네. 그런데 오늘 또 뭐 다른 할 일 있어?"

"다섯 시에 결혼식이 있어."

"당신은 노상 다섯 시에 결혼식이 있지. 인기남 씨."

두 사람은 아주 오래전에 이런 식으로 늘 말싸움을 했었다. 그런데 이제 벨이 자진해서 이렇게 말싸움을 걸어오니 한결 덜 외로운 기분이었다. 예전에 벨은 끝없이 공연을 잡는 퀸의 습관을 일일 권장량의 술을 꼭 마셔야 직성이 풀리는 알코올중독자의 태도와 비교하고는 했다. 알코올중독자와 비교하다니, 퀸의 입장에서는 너무 지나친 비유였다. 솔직히 말하자면 퀸한테는 기타를 연주할 때가 타인이 원하는 것들을 정확하게 전달하는 능력이 발현되는 유일한 순간이었다.

퀸은 벨을 따라 거실로 들어갔다. 하지만 벨은 앉으라는 말을 하지 않았다. 퀸은 뭔가 달라진 것을 느끼며 주위를 둘러보았다. 다음 순간 벨이 책들을 치워버렸다는 사실을 깨달았다. 벨은 늘 여러 권의 책을 한꺼번에 읽는 것을 좋아해서 네다섯 권의 책을 펼친 채 사방에 늘어놓고는 했었다. 그것이 벨이 책을 읽는 방식이었다. 얼마나 많은 밤을 그녀가 들려주는 책 줄거리를 들으며 지새웠던가? 그럴 때면 퀸은 항상 웃으며 이제 그만하면 안 되겠느냐고 애원하고는 했다. 그래도 벨은 그만두지 않았다. 자신이 읽고 있는 이야기가 마음에 들면 그 이야기를 끝까지 퀸에게 들려주었던 것이다. 그런데 이제 그 책들은 막 깨끗하게 닦은 듯한 책장 속에 크기별로 가지런히 꽂혀 있었다.

"그래봐야 고작 몇 번의 토요일일 뿐이잖아."

"정확히 일곱 번이지."

"그래 일곱 번. 게다가 눈코 뜰 새 없이 바쁜데 두 시간이나 시간을 비워야 하고 말이지?"

"맞아. 그리고 일이 끝나면 독이 든 쿠키까지 먹어야 된다고."

벨이 웃었다. 잠깐이었지만 웃음소리가 날 수 있다는 사실에 두 사람 다 놀랐다. 퀸은 벨의 두 손을 잡고 잠시 쥐고 있었다. 연민으로 가득 차 가슴이 터질 것만 같았다. 깊이를 알 수 없는 연민이었다.

"애 방을 한 번만 더 볼 수 없을까? 딱 1분만이라도?" 퀸은 벨이 알아차리기 전에 일기장을 제자리에 가져다놓고 싶었다. 언젠가 아들에게 전기 작가가 필요할 날이 반드시 오리라 철석같이 믿는 듯 아들의 삶을 유심히 관찰하며 살아온 벨이었다. 그런 그녀가 일기장이 없어진 사실을 알아채지 못하는 것은 상상조차 할 수 없는 일이었다.

벨은 양손을 빼며 말했다. "지금은 안 돼."

그의 가장 진실한 친구, 이 잔인하면서도 사랑스러운 여인이 그를 벌주려는 것이었다. 벌 받아 마땅했다. 하지만 퀸은 그녀를 잘 알고 있었고, 그녀에게는 화가 난 상태를 계속 유지할 기운이 별로 없다는 것도 알고 있었다.

"써야 할 카드가 있어. 당신 아버지가 카드를 보내셨더라. 앨런 아주버님도 그 먼 홍콩에서 전화를 걸어왔고." 벨은 잠시 뜸을 들이다가 이렇게 말했다. "아주버님은 우리가 이혼한 걸 모르던데. 아마 우리가 첫 번째 이혼했을 때도 몰랐겠지."

퀸은 어깨를 으쓱했다. "우리 가족이 어떤지 알잖아." 그의 아버지는 거의 일 년째 플로리다에서 지내고 있었고, 형은 지구 반대쪽에 있었다. 그리고 세 사람은 대화를 거의 하지 않았다.

이제 열 시였다. 몇 시간을 바쁘게 움직인 것이었다. 퀸이 물었다. "식사 안 해?"

그 질문에 벨은 혼란스러운 것 같았다. "먹어야지."

"뭐 더 필요한 건 없고?"

벨은 무덤덤하게 말했다. "퀸, 이제 더 이상은 당신이 날 위해 해줄 수 있는 게 아무것도 없어."

그 말이 진실이었기에 퀸은 살짝 멍이 든 것처럼 마음이 아팠다. 벨은 집 밖 진입로까지 걸어 나와 퀸을 배웅했다. 마치 그곳에 퀸의 차가 주차되어 있기라도 한 것처럼. "난 이제 완전히 다른 사람이 됐어." 벨이 말했다. 이런 문제에 어떻게 대처하면 좋을지 알고 있었던 시간이 설사 그의 삶 속에 있었다 하더라도 그건 아주 오래 전 일이었다. 퀸은 오래도록 벨을 바라보았다. 마침내 그녀가 가볍게 고개를 저어 그를 놓아줄 때까지.

퀸은 앰프를 집어 들었다. 전혀 무게가 느껴지지 않았다. 그러고는 앰프를 들고 자신이 살던 옛 동네를 벗어나 워싱턴 가까지 걸어 내려왔다. 대로변에서 모퉁이를 돌아 다시 스테이트 가의 언덕길을 올라 페닌슐라까지, 그리고 마침내 브라켓 가까지 먼 길을 걸었다. 브라켓 가에 위치한 건물 삼층에 컴컴한 그의 아파트가 있었다. 아파트 안에는 정성스럽게 손질한 음악 장비와 중고가구 몇 개, 그리고 스카우트 제복 차림의 아들 사진이 끼워진 액자가 있었다. 아들은 악착같이 맞물리게 악문 짧은 앞니를 잔뜩 드러내 보이고 있었다. 아마도 웃으라는 누군가의 말에 최선을 다해 웃은 것이리라.

새

1. 세상에서 가장 작은 새 : 벌벌새, 길이 5.69센티미터, 무게 1.59그램.

2. 세상에서 가장 빠르게 달리는 새 : 타조, 시속 72.42킬로미터.

3. 세상에서 가장 높이 나는 새 : 러펠흰목독수리, 고도 11.28킬로미터.

4. 세상에서 말을 가장 잘하는 새 : 아프리카회색앵무새, 이름 프루디, 말할 줄 아는 단어 800개.

5. 세상에서 깃털이 가장 많은 새 : 고니, 25,216개 깃털.

6. 세상에서 깃털이 가장 적은 새 : 붉은목벌새, 940개 깃털.

7. 세상에서 가장 천천히 나는 새 : 아메리카우드콕, 시속 8킬로미터.

8. 세상에서 부리가 가장 긴 새 : 호주 펠리컨, 46.99센티미터.

9. 내가 보기에 세상에서 가장 멋진 새 : 검은머리쇠박새.

10. 세상에서 가장 장거리를 비행하는 새 : 제비갈매기, 비행거리 26,087킬로미터.

3

얼음이 녹는 3월 초, 첫 번째 토요일에 소년은 건장한 몸에 잘 다린 제복을 입은 스카우트 대장의 손에 이끌려 회색 밴을 타고 도착했다. 오나의 집 하수구에서, 현관 베란다 처마 끝에서, 새 모이통에서, 그리고 밴의 사이드미러에서 물방울이 떨어졌다. 스카우트 대장은 다른 대원들과 따로 앉혀둔 소년을 차에서 데리고 내렸다. 다른 대원들은 모두 소년보다 덩치가 더 크고 더 멍청해 보였다. 두 사람은 (말 그대로) 행진을 하며 계단을 올랐다. 테드 레드베터라고 자신의 이름을 밝힌 다음 대장은 왜소하고 머리를 짧게 깎은 소년을 소개했다. 어딘가 잔뜩 움츠러든 분위기를 풍기는 소년이었다. 오나는 소년을 보자마자 마음이 불안해졌다.

때 아닌 우박이 쏟아지는 것처럼 괴상하게도 오나의 머릿속에 'Brolis'라는 단어가 퍼뜩 떠올랐다. 노인은 말 그대로 그 단어에 머리를 세게 맞기라도 한 것처럼 두 눈을 세게 깜박였다.

'형제'

소년은 여덟 살이라고 해도 믿을 만큼 작았지만 열한 살이라고 했다. 스카우트 제복 위에 걸친 어울리지 않는 물결무늬 가죽 재킷 때문에 삐죽하게 올라온 앙상한 모가지가 기이할 정도로 하얘보였다. 금방이라도 다칠 것처럼 보이는 아이였다. 스카우트 대장은 인사치레 몇 마디를 늘어놓더니 군대식 표현을 써가며 두 시간 후에 데리러 오겠노라고 약속한 다음 소년을 두고 떠났다.

밴이 덜컹거리며 떠난 뒤에도 소년은 가녀리고 꾸밈없는 메뚜기처럼 말없이 가만히 서서 기다렸다. 마침내 소년이 입을 열었다. "할머니를 만나게 돼서 기뻐요."

"흠,"

"연세가 어떻게 되세요?" 소년이 물끄러미 바라보았다.

두 번째 단어가 입 밖으로 튀어나왔다. "šimtas"

소년은 눈을 한 번 깜박였다. "네?"

"1백이란 뜻이다."

"어느 나라 말이에요?"

오나 역시 혼란스러워하며 말했다. "나도 잘 모르겠구나. 추측컨대 리투아니아 말일 게다. 그리고 나는 백 살이 아니고 백네 살이란다. 일—공—사."

두 사람은 온 세상이 뚝뚝 떨어지는 가운데 서로를 가늠하며 그렇게 서 있었다. 소년은 한 세기가 넘는 세월의 무게감에 감탄하고 있는 것 같았다. 오나는 도대체 자신이 어떻게 기억하고 있는 줄도 몰랐던, 아무런 연관성도 없는 두 단어를 입 밖에 낼 수 있었는지 스스로도 궁금했다.

"들어오너라." 소년은 노인이 시키는 대로 집 안으로 들어와 젖은 신발을 신은 채 매트 위에 공손하게 섰다.

"네가 할 일이 몇 가지 있다. 그 중에 할 수 없거나 하고 싶지 않은 일이 있는지 내가 알아야겠구나."

"다 할 수 있어요."

"어떤 일이라고 아직 말도 안 했다."

"아무튼 다 할 수 있어요." 소년은 외국인이거나 호흡이 짧은 사람처럼 아주 미세하게 적절하지 못한 지점에서 문장을 끊어서 말했지만 발음이 매우 훌륭했다.

소년은 의욕적으로, 부지런하게, 그리고 보는 사람이 다 기분이 좋아질 정도로 빈틈없이 일을 처리해 자신이 얼마나 훌륭한 일꾼인지 곧 입증해 보였다. 토요일은 쓰레기를 수거해가는 날이었다. 소년은 거대한 쓰레기 깡통을 집 앞 연석에서부터 헛간까지 굴려 옮겼다. 여기까지는 오나도 예상한 바였다. 그러나 번지점프용 밧줄을 잘라 쓰레기통 뚜껑에 손잡이를 달다니, 이것은 오나도 예상치 못한 일이었다. 소년은 또한 새 모이통을 모두 깨끗이 비우고 모이를 가득 채운 다음, 쇼윈도 장식가가 여러 부분을 고려해 세심하게 물건을 배치하는 것처럼 성심성의껏 모이통을 다시 매달았다. 진입로 가장자리에 남아 있는 눈 얼룩도 지웠다. 오나가 주위를 둘러보고 쿠키를 권할 때쯤 스카우트 대장이 돌아왔다.

오나는 그 소년을 계속 데려와도 좋다고 동의했다. 레드베터는 그 말에 안심한 것 같았다. 노인이 매번 다른 소년들을 그대로 돌려보냈던 것이다.

두 번째 토요일, 소년은 첫 주와 정확히 똑같은 방식으로 모이통을 비우고 채웠다. 그 모습에 오나는 소년이 손에 일할 순서를 적어놓은 것은 아닌지 의심스러울 지경이었다. 일을 마치고 난 뒤 소년은 세계기록을 향한 자신의 열망을 털어놓았다. 두 사람은 식탁에 앉아 동물모양 쿠키를 먹었다. 소년은 쿠키를 먹을 때도 꼬리, 다리, 머리, 몸통 순으로 먹었다. 어떤 모양 과자를 먹든 항상 정확히 그 순서였다.

소년은 노인을 안심시키듯 말했다. "스포츠 기록 같은 거 말고요. 그러니까 이런 기록 말이에요…… 하나, 동전을 얼마나 오래 돌릴 수 있느냐, 둘, 몽

당연필을 얼마나 많이 모았느냐, 셋, 귀털 길이가 얼마나 되느냐," 그러고는 잠시 숨을 돌리고 말을 이었다. "넷……."

"기네스북 기록 말이로구나." 오나는 소년의 이야기를 듣는 것이 전혀 피곤하지 않고 오히려 즐거웠다.

소년은 어이없을 정도로 기뻐하며 외쳤다. "할머니도 들어보셨군요! 그 기록을 세우는 게 생각보다 훨씬 힘들대요."

이전 스카우트 소년들과 대화를 나눌 때는 지루했었다. 녀석들은 노상 게임 통계나 축구 점수 이야기를 늘어놓았고 꾀를 부려가며 대충대충 일했던 것이다. 그런데 이 녀석은 노년이 어떤 것인지 그 말을 정확히 이해하고 있는 것 같았다. 오나는 마치 자신이 열한 살 때부터 알고 지내던 친구와 대화를 나누는 기분이었다. 소년과 함께 하얀 대리석으로 지은 맥거번 씨네 소다수 판매점에 앉아 초콜릿 소다를 쪽쪽 빨아 먹는다고 해도 전혀 이상하지 않을 것 같았다. 심지어 왈드 가에서 흰 셔츠를 입은 또래들과 스틱볼을 하는 소년의 모습도, 조 프레블 씨네 세 들어 사는 흑인 레오의 현관문을 두드리는 소년의 모습도 떠올릴 수가 있었다. 다른 시대, 다른 장소에서 나타난 방문객처럼 느껴지다니, 콕 집어 말하기는 애매했지만 이 녀석한테는 어딘가 잘못된 구석이 있는 것이 분명했다.

소년을 보고 있으면 예전에 만났던 활기차던 사람들이 떠올랐다. 아이 덕분에 인생을 한 번 더 사는 기분이었다.

오나는 주머니에서 25센트짜리 동전을 꺼냈다. 몇 번 손을 더듬거린 끝에 동전 돌리기에 성공했다. 동전이 제멋대로 흔들리다가 중력에 굴복하고 쓰러졌다. "5초 더 돌았다. 기록이 얼마지?"

"19.37초요. 기록 보유자는 대영제국의 스캇 데이 씨고요. 할머니 식탁 표면이 매끄럽지 않아서 그래요."

오나는 소년이 가슴에 두르고 있는 반짝이는 테두리가 둘러진 장식 띠를 바라보았다. "혹시 네가 공훈 배지 기록 보유자냐?"

"미국의 존 스탠포드 씨가 기록 보유자예요. 142개의 공훈 배지를 땄거든요." 소년은 창밖을 내다보았다. "새를 공부해서 따는 배지도 있어요.

오나는 손가락으로 새 한 마리를 가리키며 말했다. "그래? 저건 오색방울새란다." 아직 삶의 경이가 조금은 남아 있던 시절, 친구 루이스한테 새에 관한 기초 상식을 배운 적이 있었다. 그 뒤로 10년 정도는 새의 이름을 적은 목록을 갖고 있었지만, 이제는 언제 마지막으로 새의 모습을 관찰했는지 기억조차 나지 않았다. 새들에게 모이를 주는 것은 순전히 동정심 때문이었다.

"평범한 새 이름은 저도 이미 몇 개 알아요. 하나, 까마귀, 둘, 울새, 셋, 홍관조, 넷, 박새. 하지만 할머니, 배지를 따려면 하나, 새 이름을 스무 개나 외워야 해요. 둘, 새집도 지어야 하고요. 셋, 새 다섯 마리의 노랫소리를 듣고 이름도 맞혀야 해요." 소년의 보드라운 입술이 아래로 축 처졌다. "전 음악은 정말 꽝인데 말이에요."

"그래? 음악가였지만 실패와 좌절만 했던 남편 하워드 때문에 나는 음악이 좋으면서도 싫단다." 오나는 손으로 귀를 두드리며 말했다. "하지만 새 노랫소리는 다르지. 이제는 청력을 잃어 고음을 못 듣지만 말이다. 휘파람새 소리를 마지막으로 들은 게 일흔두 살 때였으니까. 이제는 심지어 울새 소리조차도 망가진 라디오 소리처럼 들리거든."

"그거 너무 안 좋네요." 소년은 전보를 쳐 공감을 전달하듯 온몸을 가만히 떨었다. 그러자 오나는 그 모든 새들의 소리를 잃었다는 사실을, 플루트처럼 고운 가락이 바짝 말라버린 내이(內耳) 덮개 안으로 영원히 들어올 수 없다는 사실을 진심으로 안타까워하는 소년의 마음이 자신을 가득 채우는 것이 느껴졌다. 루이스의 암이 마지막으로 재발해 병수발을 드는 동안 오나는 예전에 했던 소일거리들을 모두 잃었고, 그 취미들 역시 루이스와 함께 '장엄한 미지의 세계'로 영원히 사라져버린 것이 확실하다고 믿었다. "절대로 늙은 게처럼은 되지 마. 그건 너무 뻔하잖아." 루이스는 마지막으로 눈을 감던 날 이렇게 말했다. 하지만 지금 오나가 되어 있는 모습을 보면 그 표현이 꼭 맞았다. 늙은 게 한 마리.

"머리카락 수집으로 기네스북에 올라 있는 사람은 미국의 존 레즈니코프 씨에요. 하나, 에이브러햄 링컨의 머리카락. 둘, 마릴린 먼로의 머리카락. 셋, 앨버트 아인슈타인의 머리카락. 넷,……."

이번 목록은 아주 길었다. 오나는 소년이 말을 마칠 때까지 기다렸다. 노인의 얼굴에 고정된 소년의 두 눈은 움직이지 않았다. 소년은 머리카락 수집, 동전 돌리기를 비롯해 기억하기도 힘든 기록의 숫자들을 놀라울 정도로 정확히 외우고 있었다. 또 자신 역시 물건을 수집하는데 그게 뜻대로 잘 안 된다고 털어놨다. 진지하게 마음먹고 물건을 수집하기 시작하면 대충 생각해봐도 꽤 많은 돈이 들 것 같았다. 그리고 평범한 5학년짜리 어린이가 그런 기회들을 쉽게 만들 수 있는 것도 아니었다. "레즈니코프 씨는 그 머리카락을 돈 주고 샀대요. 링컨의 무덤을 파헤치거나 그런 게 아니라."

"아, 안 그래도 궁금했다."

"미국의 애시리타 퍼맨 씨는요, 머리 위에 아슬아슬하게 세운 유리 우유병을 떨어뜨리지 않고 14.4킬로미터나 걸었대요."

"한꺼번에?" 오나는 믿을 수가 없어서 이렇게 물었다.

"애시리타 퍼맨 씨는 최다 기록 보유자이기도 해요." 소년은 잠시 멈추었다가 말을 이었다. "하나, 도대체 제가 어디에서 유리로 된 우유병을 구하겠어요? 둘, 14킬로미터는 또 어떻게 재고요? 셋, 제가 아무리 하고 싶다고 해도 우유병을 머리에 얹고 14킬로미터나 걷게 우리 엄마가 내버려두지 않을 거예요." 소년은 다시 말을 멈추었다. "그러니 제가 할 수 있는 일이 뭐가 있겠어요."

소년은 자신에 관해 조금 더 털어놓았지만 오나는 교실 맨 뒷줄에 앉아 이름이 불릴까봐 숨어 지내는 학교생활이 소년한테는 하루하루가 시련이라는 사실만을 알게 되었다. 아마도 소년은 쉬는 시간이면 멀뚱히 혼자 서 있을 테지. 오나의 아들들은 모두 교우관계가 좋았다. 특히나 성격이 밝고 인기가 많았던 프랭키는 더더욱. 하지만 목소리가 차분하고 품행이 너그러운 이 소년은 노인이 실제로 알고 지냈던 다른 누군가를 훨씬 더 닮은 것 같았다.

"내가 알던 남자 중에 생쥐로 저글링을 하던 이가 있었단다."

소년의 두 눈이 휘둥그레졌다. 노인은 유랑극단을 따라다녔던 이야기를 들려줬다.

"가출을 하셨어요? 어머니를 남겨두고요?" 소년이 물었다. 노인은 자신의 다른 면을 보여준 것 같아서 기분이 우쭐해졌다.

"전쟁 중이긴 했지만 즐거운 시절이었지. 그 해에 나는 치마란 치마는 모조리 다 단을 잘랐단다. 킴볼에 사는 소녀들은 모두 눈부신 종아리를 드러내 놓고 다녔거든." 노인은 귀를 기울이고 있는 아이의 회색 눈동자를 이기지 못하고 계속 이야기를 풀어냈다. "유랑극단 단장이었던 홈즈 씨는 평생 내가 만난 사람 중에 가장 지독한 장사꾼이었다. 계속 유랑을 다니며 공연을 열었는데도 홈즈 씨의 쇼는 사실 별로였어. 요즘으로 말하자면 쇼핑몰에서 구경할 수 있는 카니발 수준 정도나 될까."

"아, 그런 공연은 저도 봤어요."

"어떻든?"

"말을 탄 기수들이 굉장히 빨랐어요."

"음, 우리 유랑극단에는 낡은 회전목마가 있었단다. 홈즈 씨가 포커 게임에서 딴 물건이었지. 진짜 아미티지 허셸 상표 두 줄 목마였는데. 설치와 분해가 쉬운 이동용 목마였어. 그런 회전목마 본 적 있니?"

"아뇨. 하지만 꼭 보고 싶어요." 소년은 두 눈을 동그랗게 뜨고 대답했다.

오나는 이제 카드 한 벌을 꺼내 섞기 시작했다. "가진 거라고는 회전목마, 3류 유랑극단이나 하는 게임 도구뿐이었지만 우리는 그래도 최선을 다했단다. 아, 소피 터커*의 창법으로 '요즘 같은 나날'을 부르는 앵무새도 한 마리 있었구나. 혹시 그 노래 들어봤니?"

"아뇨. 저도 들어볼 수 있을까요?"

"우리 집 축음기는 옛날에 망가졌는데 어쩌지. 유랑극단이 찾아와 공연을 여는 이레 동안 나는 매일 그곳에 갔어. 그리고 일곱 번째 날 밤, 바로 거기 회전목마 앞에서 사랑에 빠졌단다."

그러지 않았다면 어떻게 감히 집을 나갈 수가 있었겠는가? 후덥지근한 밤, 땅콩과 마른 흙냄새, 페인트칠을 한 회전목마에서 뿜어져 나오던 열기, 그 모든 것들이 하나로 합쳐져 가출하던 그날 밤의 한 장면으로 영원히 기억속에 남아 있었다. "야생마의 하얀 눈동자가 지금도 눈에 선하구나. 그게 어떤 색인지 넌 상상도 못 할 게다. 요즘에는 보기도 힘든 구닥다리 물건이지

---

* 소피 터커 Sophie Tucker 1887-1966 : 우크라이나 태생의 미국 가수, 코미디언, 배우이다. 풍부한 성량과 코믹한 창법으로 장르를 넘나드는 다양한 노래를 불렀다. 20세기 전반 미국의 공연 역사를 보여주는 인기 여배우였다. 대표곡으로 '요즘 같은 나날 Some of These Days'이 있다.

만 말이다. 카드를 한 장 뽑으렴."

"지금요?" 소년은 깜짝 놀란 것 같았다.

"언제든 준비가 되면. 그럼 내가 손님을 제대로 대접해 드리지." '대접'이란 단어를 가르쳐준 사람은 어린 시절 가정교사였던 모드 루시 스톡스였다. 처음 미국에 왔을 때는 오나도 부정확한 말을 사용했고 따라서 정확성의 땅인 미국을 제대로 표현할 수가 없었다. 그래서 고용된 나무랄 데 없는 문법 선생님이 모드 루시였다. 오나는 처음부터 영어를 사랑했기 때문에 말할 때는 유난히 신경을 썼지만 언어적 인과관계는 별개의 문제였다. 통사적으로 볼 때 난파선이나 마찬가지인 부모님의 언어, 약장수들이 흔히 쓰는 비속어, 모드 루시 선생님의 깔끔한 발음, 오나는 그 모든 것들을 뒤섞어 사용했다. 훌륭한 문장은 청자로 하여금 동정심을 느끼게 할 수도, 존경심을 느끼게 할 수도, 필요하지도 않은 스튜 냄비를 사게 할 수도 있었다. 모드 루시 선생님은 목적에 맞게 문장을 짓는 법을 가르쳤고 마침내 오나는 상황에 맞게 고상한 언어와 저속한 언어를 자유자재로 구사할 수 있게 되었다. 인간을 향한 오나의 양가감정을 표현하기에 딱 적절한 방식이었다.

"우리 동네에서 온 한 무리의 여자애들이랑 함께 서서 돌고 또 도는 그 잘생긴 회전목마를 구경하고 있었는데, 그때, 문신을 한 빅토르라는 유랑극단 연습생이 마치 우리가 꿈속에서 만난 적이 있기라도 한 것처럼 나한테 인사를 하더구나. 빅토르는 잘생긴 금발머리 러시아인이었어." 빅토르는 처음에는 오나의 마음을, 그 다음에는 오나의 순결성을, 그리고 마지막에는 오나의 돈을 빼앗아갔다. "사실 그때까지는 남자 손을 잡아본 적도 없었단다. 나는 그런 타입의 여자가 아니었거든."

"그럼 어떤 타입의 여자였는데요?"

"아, 글쎄다. 너처럼 순진했지. 그런데 도대체 내가 왜 너한테 이런 이야기들을 몽땅 주워섬기고 있는지 모르겠구나."

"저도 잘 모르겠는데요." 소년의 시선이 강렬한 햇빛 광선처럼 오나의 얼굴 위로 떨어졌다. 오나는 잠깐 동안 발가벗고 있는 듯한 기분이 들었다. 그런 기분이 든 것은 빅토르란 이름을 입에 담았기 때문이었다. 빅토르. 살아 있다면 백아홉 살이 되었을 텐데. 죽어서 무덤 속에 누워서도 추파를 던질 듯한 빅토르.

마침내 소년이 카드 한 장을 뽑더니 30여 초 동안이나 가만히 그 카드를 들여다보고는 다시 제자리에 내려놓았다. 오나는 그 카드를 카드 패 안에 넣어 섞는 척하며 이렇게 말했다. "아주 빠르게." 그런 다음 그 카드를 꺼내어 식탁 위에 까 보였다.

소년의 입이 쩍 벌어졌다.

"아이쿠, 여태 카드마술을 한 번도 본 적이 없는 게냐?"

"이렇게 완벽한 마술은요. 저희 반에 엉망으로 마술을 하는 트로이 패커드라는 녀석이 있기는 해요. 모두들 트로이가 굉장히 잘한다고 생각하지만요." 소년은 눈썹을 찌푸렸다.

왕따로구나. 오나는 이렇게 짐작하며 카드를 쫙 펼쳤다. "자, 그럼 이번엔 여길 보렴."

간단한 '거꾸로' 마술을 하려고 카드를 펼쳐놓은 것이었다. 오나는 20년 넘게 레스터 교육재단의 교장 비서로 일하면서 불안감에 떠는 학생들을 자신의 힘이 닿는 데까지 돌보았었다. 그 중 가장 어리고 가장 작고 가장 겁에 질려 있던 학생에게 가르쳐주었던 바로 그 마술을 이제 소년에게 가르치려는 것이었다.

소년은 인상적일 만큼 열심히 손가락을 놀렸지만 요령이 부족해서 그런지 무엇을 하든 결과는 실패였다. "넌 잔재주가 없구나. 학교에서는 절대로 하지 않는 게 좋겠다."

"세계기록에 등재된 카드로 지은 집은 131층짜리 집이에요."

"그래, 그건 너도 할 수 있을 게다. 새 카드로 지으려무나."

"이미 새 카드로 지어봤어요."

"몇 층이나 올렸지?"

"11층이요."

"나이 한 살에 한 층인 모양이구나."

소년은 몹시 즐거워 보였다. "미스 빗커스, 할머니는 손이 정말 아름다우세요."

세 번째 토요일, 수십 년 만에 처음으로 칭찬을 들은 답례로 오나는 자신이 알고 있는 모든 카드마술의 비법을 소년에게 공짜로 공개했다. 하지만 소년은 너무 잘 속아서 각 단계의 구분이 확실한 '세 명의 왕'과 다층적인 연기가 필요한 '아침 편지'의 차이점을 구별하지 못했다. 주의를 딴 곳으로 돌리기 위해 카드를 빼고 섞으면서 일부러 말을 거는 전략이 필요 없다는 사실이 이미 확실해졌는데도 오나는 소년한테 질문을 던졌다. 그런 적이 있기나 했다면, 자신의 평범한 삶에 타인이 이렇게 열렬히 관심을 내보인 것은 정말 오래전 일이었다.

소년은 오나가 난생 처음 보는 방식으로 열심히 귀를 기울였다. 어깨, 두 다리, 두 발은 물론 두 눈동자까지도 꼼짝하지 않은 채 손가락만 움직였던 것이다. 소년은 손가락도 자제하려 했지만 그것만큼은 숫자를 세는 어쩔 수 없는 의식인 모양이었다. 가볍게 오므린 주먹에서 손가락 하나가 펴지고 나면 이어서 두 번째, 세 번째, 네 번째 손가락이 펴졌고 마지막으로 엄지가 펴졌다. 그러고 나면 다음 손으로 이어졌다. 첫 번째, 두 번째, 세 번째, 네 번째, 그리고 엄지. 이어서 두 손이 모두 주먹으로 돌아갔다가 다시 똑같은 순서로 손가락이 튀어나왔다. 한 치의 오차도 없는 체계적인 순서였다. 소년은 노인의 이야기를 얇게 저며 목록으로 만들고 있는 것 같았다. 말하자면 그것은 흔하디흔한 정보를 특별한 주문으로 만드는 일종의 요술이었다.

1. 미스 빗커스는 네 살 때 미국으로 왔다.
2. 부모님인 저지스, 알도나와 함께
3. 리투아니아에서
4. 러시아인들한테 쫓겨서
5. 러시아인들이 리투아니아 남자들을 모조리 군대에 징발하려고 했기 때문에
6. 그래서 저지스와 알도나는 메인 주 킴볼로 이주했는데 그곳에는 일곱 개의 공장이 있었다.
7. 저지스는 산성 물질을 취급하는 노동자로, 알도나는 넝마 분류사로 일했다.
8. 두 사람은 어린 딸을 미국인으로 만들기로 마음먹었다.
9. 그래서 딸한테 리투아니아 어를 하지 않았다.
10. 하지만 영어로도 말할 수가 없었다.

"할머니는 외롭지 않으셨어요? 만약 우리 엄마가 나한테 말을 하지 않는

다면 다른 누가 나한테 말을 걸어줄까요?" 소년은 손가락을 모두 오므리고 다음 '1부터 10까지'를 다시 기다리고 있었다. 오나는 의무적으로 그 숫자를 채워줘야 할 것만 같았다.

"우리 부모님도 나한테 말씀을 하기는 하셨단다."

하나.

"쓰는 단어가 제한되어 있어서 그렇지."

둘.

이제는 흐릿해진 그 시절을 떠올리면 오나라는 이름을 부르는 소리가 들려오는 것 같았다. '오나, 뭘 찾았니, 오나?' '오나, 환하게 웃어라, 오나.' '오나, 옷이 참 예쁘구나, 오나' 부모님은 자신들에게 허락된 유일한 모국어인 '오나'라는 그 이름을 발음하면 긴장이 풀리면서 방울방울 기억이 떠오르는 모양이었다. 오나의 머릿속에 떠다니는 아주 어릴 적 기억 하나가 있었다. 오나는 부모님의 침실 문에 얼굴을 납작 붙이고 부모님이 모국어로 속삭이는 소리에 두려움과 열망을 느끼며 귀를 기울이고 있었다. '푸시카―푸시카―푸시카' 신비로운 그 속삭임 소리는 마치 나무가 우수수 흔들리는 소리 같았다.

그 방 밖에서는 오로지 영어, 영어, 영어뿐이었다. 교대 근무하는 직원들끼리 생생한 단어와 문장을 주고받으며 알도나는 가방 공장에서 하루 종일, 저지스는 펄프 공장에서 밤새도록 일했다. 오나가 여섯 살 때 부모님은 자신들 소유의 건물을 지었다. 앞쪽으로 베란다가 탁 트인 목재건물이었다. 왈드 가와 챈들러 가가 만나는 모퉁이 32제곱미터 넓이의 대지에 세워진 그 '빗커스 블록'은 곧 한 층씩 더 높이 올라갔다. 그 건물은 부모님의 선견지명과 불굴의 투지를 보여주는 증거물이었다. 부모님은 자그마한 뒷마당에 자신들이 사랑해 마지않던 '리투아니아'를 부활시켰다. 어찌나 빈틈없이 계획을 세워 텃밭을 가꾸었던지 3년 만에 채소가 풍성하게 열렸다.

"어떤 종류의 채소였는데요?"

"내 기억에는 양배추가 많았던 것 같다."

"양배추라고요!" 소년이 소리쳤다. 별로 놀랄 일이 아니었는데도 말이다.

1. 저지스와 알도나는 킴볼에 집을 지을 수 있을 만큼 돈을 모았다.

2. 3층짜리 건물이었다.

3. 그 집은 '블록'이라고 불렸다.

4. 빗커스 블록 뒷마당에서는 양배추가 자랐다.

5. 파스닙도. (뿌리채소로 설탕당근이라고도 부른다.—옮긴이)

6. 어린 오나 빗커스는 부모님과 함께 1층에 살았다.

7. 2층에는 다른 사람들이 살았다.

8. 그리고 3층에는 버몬트 주 그랜야드에서 온 젊은 여성이 살았다.

9. 그 여성의 이름은 모드 루시 스톡스였다.

10. 스톡스 양은 이민자 아이들한테 피아노와 영어를 가르쳤다.

"말을 잘할 수 있게." 저지스는 어린 딸을 3층으로 데리고 올라가 모드 루시 앞에 세우고 그렇게 말했다. 그 말은 이런 뜻이었다. "아이한테 뭐든 좀 가르쳐줘요. 우리는 둘 다 혀가 묶여서요."

"내 영어는 정말 엉망진창이었단다."

"지금은 문법적으로 아주 완벽하신데요."

"그때는 그렇지 않았어. 발음은 마치 입 안 가득 껌을 쑤셔 넣은 것 같았고, 사용하는 어휘는 미국 비속어에 거리에서 주워들은 이탈리아어와 프랑스어 양념을 잔뜩 친 것 같았지. 부모님은 알고 계셨던 거야. 내가 세상 어디에도 없는 용광로처럼 온갖 말을 뒤섞어 쓰고 있다는 사실을."

"하지만 할머니 부모님은 영어를 못 하셨다면서요? 그런데 할머니가 쓰는 영어가 엉망인 걸 어떻게 아셨어요?"

"그 분들은 외국인이지 귀머거리가 아니었다. 모드 루시 선생님은 단지 자기가 그러고 싶다는 이유만으로 날 무료로 가르쳤어. 그런데도 매일 수업을 했단다."

"학교도 다니면서요?" 소년은 숫자를 세는 것도 까먹을 정도로 겁에 질려 움찔하며 물었다.

"학교 대신이었지. 학교에서는 안 씻은 남자애들 냄새랑 나무 탄 냄새가 났거든. 그리고 학교 여선생이 여자애들을 무시하더라고." 그래서 오나는 학교에 가는 대신 매일 계단을 올라 3층 모드 루시 선생님의 방에서 지냈다. 덩치가 크고 너무하다 싶을 정도로 머리가 짧았던 모드 루시 선생님은 침착한 성품이었지만, 학생이 기어들어가는 목소리로 대답하는 것을 극도로 싫어했다. 선생님 방에는 피아노 한 대, 고양이 한 마리가 있었고 짙은 색 표지로 튼튼하게 제본한 책이 도서관만큼 많았다. 그 방에서는 잉크 냄새와 라벤더 향이 났다. 또 선생님은 남자란 아무 짝에도 쓸모없는 동물이라고 주장하는 여인이었지만 그러면서도 아이는 간절히 원했기에 오나를 친딸처럼 거두어 초콜릿을 한 방울씩 먹이듯 형용사를 입에 떠 넣어 먹여가며 키웠다.

"선량하신 우리 선생님." 오나는 이렇게 말하며 자신의 손가락을 내려다보았다. "너 때문에 이제는 나도 이러는구나."

소년은 얼른 두 손을 감추었다. 잠시 후 소년이 입을 열었다. "할머니는 엄마, 아빠가 그립지 않으셨어요? 서커스단을 따라서 가출하셨을 때 말이에요."

"서커스단이 아니다. 내가 코끼리 등 위에서 재주를 부렸다든가 그런 상상일랑은 하지도 마라."

"안 그럴게요."

"너 지금, 코끼리 등 위에서 재주를 부리는 내 모습을 상상하고 있구나? 안 그러냐?"

그러자 소년은 즐거움이 새어나오듯 웃음을 터뜨렸다. 지금까지 소년이 보여준 모습은 정도의 차이는 있을지언정 오로지 진지함뿐이었지 유머감각이라고는 거의 없었다. "그 분들을 두고 떠나는 것은 네가 생각하는 것보다 훨씬 쉬웠단다. 그때까지 나는 내가 모드 루시 선생님의 딸인 것처럼 느끼고 살았거든. 그런데 그 여름 선생님은 아픈 이모를 돌보아야 해서 버몬트 그랜 야드에 가 계셨어. 그 즈음 나는 우리 부모님이 나를 데리고 고국으로 다시 돌아갈 음모를 꾸미고 있다고 생각했지. 그래서 가출하는 것이 별로 어렵지 않았어. 나는 열네 살이었고 충분히 그럴 수 있는 나이였단다. 내가 그리워한 사람은 단 한 명, 모드 루시 선생님뿐이었어."

소년은 잠시 동안 말이 없다가 입을 열었다. "이건 비밀인데요, 저도 우리 엄마처럼 생각하는 사람이 있어요." 그러고는 시선을 돌리며 말을 이었다. "그 분이 언젠가 우리 아빠가 될지도 몰라요."

"음, 글쎄다. 그건 좀 다른 문제 같은데."

"어떤 때는 가끔씩 그 분이 우리 진짜 아빠처럼 느껴져요. 할머니가 모드 루시 선생님을 진짜 엄마로 느꼈던 것처럼 말이에요."

"말하려는 요지는 알겠다."

"우리 진짜 아빠는 음악을 아주 잘해요." 소년은 이렇게 말하더니 창밖을 손가락으로 가리키며 물었다. "저 새는 뭐예요?"

"멕시코양지니란다." 오나의 말을 들은 소년은 서둘러 배낭에서 새 공책을 꺼내더니 목록에 그 새 이름을 써넣었다. "멕시코양지니. 이게 여덟 번째예요. 이제 열두 개 남았어요." 그리고는 벌써 초록색을 머금은 관목 덤불을 힐끗 쳐다보았다. 이제 완연한 봄이었다.

"모닝 코러스(Morning Chorus : 아침에 새들이 한꺼번에 지저귀는 소리— 옮긴이)가 그립구나. 새들이 지저귀는 소리는 모두 너무 고음이라서 이젠 안 들리거든."

"새소리도 다섯 개나 외워야 해요."

"음, 그건 내가 도와줄 수 없겠는데."

"새들이 좀 낮은 소리로 지저귀면 할머니도 들으실 수 있을 텐데 말이에요."

"그럼 네가 하느님께 편지로 말씀드려보렴."

소년은 잠깐 생각에 잠겼다. "할머니 부모님도 아직 살아 계세요?"

"말도 안 되는 소리! 숫자를 더해봐라."

소년은 말을 멈추고 셈을 하다가 물었다. "그 분들은 어떻게 되셨어요?"

이 지구상에서 오나한테 그런 질문을 한 생명체는 지금껏 거의 없었다. "부모님의 영어 실력은 나날이 향상되었단다. 두 분은 공장을 그만두고 식료품점을 열었어. 그곳에서 은퇴할 때까지 열심히 일하셨지. 그리고 나서 평균수명보다 조금 더 살다가 돌아가셨다. 누구한테나 똑같이 일어나는 일이지."

"누구한테나는 아니죠. 할머니를 보세요." 계속 셈을 하고 있던 소년의 얼굴이 갑자기 눈에 띄게 달아올랐다. 소년은 벌떡 일어서며 외쳤다. "할머니!

지금 막 뭔가가 생각났어요." 소년의 눈썹이 파르르 떨렸다. 소년은 그 생각을 놓치지 않으려는 듯 가녀린 두 손으로 머리를 감쌌다. "혹시, 미스 빗커스, 혹시 말이에요, 할머니가 전 세계에서 가장 나이가 많은 사람일 수도 있을까요?"

오나는 두세 가지 면에서 이 문제를 생각해보았다. "맙소사. 제발 안 그랬으면 좋겠구나."

소년은 날아가 버리려는 흥분을 붙잡으려는 듯 여전히 머리를 감싼 채 이제 부엌 안을 깡충깡충 뛰어다니고 있었다. "미스 빗커스, 할머니는 될 수 있어요. 기네스북……세계……기록……보유자가요!"

"그럼 상금도 주냐?"

소년은 잔뜩 들뜬 목소리로 대답했다. "하나, 증명서를 받으실 거고요. 둘, 존경도 받아요. 셋, 불멸성도요!"

"흠, 내 생각에는 벌써 그렇게 앞서가면 안 될 성싶은데."

바로 그 순간 성가신 스카우트 대장이 문간에 나타났다. 이제 다시 소년을 집으로 돌려보내야 할 시간이었다.

4

술집 '탈옥'에서는 오래된 퀴퀴한 맥주 냄새가 났지만 손님들은 모두 활기가 넘쳤다. 머리에 부분염색을 하고 노출이 심한 블라우스를 입은 여자들, 체육관에서 운동을 해 팔 근육을 키우고 태닝으로 피부를 태운 남자들 등 서른 명쯤 되는 손님들이 북적였다. 그들은 춤추는 것을 좋아했다. 남자들은 함께 데리고 나갈 수 있을 듯이 보이는 여자들의 요란하게 돌아가는 엉덩이 위에 손을 얹고 춤을 추었다. 그 가게 손님들은 부모님 세대가 듣던 옛날 로큰롤 음악을 좋아했다.

퀸은 아주 오래된 친구들과 결성한 '밴더스'라는 밴드의 일원으로 그 가게에서 매주 한 번 공연을 했다. 겁이 없던 젊은 시절에는 그들도 그냥 그런 곡들을 몇 곡 쓰기도 했었지만, 세월이 흐르면서 자연스럽게 중년의 취향에 맞춘 곡들을 연주하게 되었다.

"어쩌면 자네가 일을 너무 많이 하고 있는 건지도 몰라." 레니가 퀸에게 말했다. 밴더스 공연이 잠시 쉬는 동안 퀸은 바에 앉아 얼음을 잔뜩 넣은 스프라이트를 쪽쪽 빨고 있었다. 11년 전 아들이 태어나던 날 밤 술을 끊겠다고 벨과 약속한 이래로 줄곧 그것만 마셔온 터였다.

"난 일을 너무 많이 하고 있지 않아, 렌." 퀸이 큐 사인을 놓치는 바람에 노래의 도입부가 엉망이 되었던 것이다. 전에는 한 번도 없었던 일이었다. 하지만 퀸은 그저 잠을 잘 못 잤을 뿐, 그게 다였다. 물론 그 사실을 입 밖에 내지는 않았지만.

세상이 두 쪽 나도 받고 싶지 않은 것이 있다면 그건 바로 동정이었다.

"자네가 가장 최근에 밤 공연을 쉰 게 언제였지?" 레니는 주장을 꺾지 않았다.

"일을 줄일 필요는 없어, 렌. 오히려 더 해야 된다고. 빚이 있거든."

"빚이라고? 자네는 그런 거 없었잖아." 레니는 칭찬하듯 이렇게 말했다.

"상황이 바뀌었어."

"그럼 한두 타임 낮 근무를 하게 해줄 수 있어." 레니는 광고용 우편물 제작업체를 경영하고 있었다. 퀸은 경기가 안 좋을 때 그 업체에서 일한 적이 몇 번 있었다. 음악가로서 생계를 이어가려면 이런저런 일도 해야 한다는 사실을 이미 수년에 걸쳐 배웠던 것이다. 이 생활은 어떤 계절에는 물이 흘러넘쳤다가 다른 계절이 오면 물기가 바짝 말라버리는 강바닥과 마찬가지였다. 생명유지에 반드시 필요한 물이 좀 변덕을 부려 수심이 심하게 오르내리더라도 그 안에 딱 버티고 서 있는 것이 요령이었다. 그리고 퀸은 다른 음악가들에 비해 어떻게든 그 생활을 잘 이어왔었다. '일하는 걸 두려워해서는 안 된다, 얘야. 이 말이 네게 가장 큰 도움이 될 것 같구나.' 어머니가 어린 시절에 들려준 말이었다.

"그런 종류의 빚이 아니야, 렌." 젊은 교사들이 생일 축하 파티를 여는 테이블에서 개리와 알렉스가 수다 떠는 소리가 들려왔다. 퀸의 밴드 동료들은 세 개의 주거단지가 모여 있는 먼조이 힐이라는 한동네에서 함께 자란 친구들이었다. 이제 레니는 우편물 제국의 왕이 되어 있었고 알렉스는 로펌을 경영했으며 개리도 척추 지압 업체를 운영하고 있었다. '탈옥'은 그 친구들의 한 주를 장식하는 하이라이트였다. 세 친구 모두 꽃같이 어여쁘고 발랄한 아이들의 아버지요, 집 잔디밭의 관리인이었으며, 성실한 납세자요, 길고 긴 나눗셈을 가르치는 가정교사였다. 그러나 세 친구 모두 일상생활 속에 좌절의 순간이 찾아오면 예전에는 자신들 역시 퀸이 살아온 삶, 그러니까 일하는 음악가의 삶을 꿈꾸었다는 사실을 떠올렸다.

"알았어. 무슨 말인지. 그냥 자네를 내버려둘게." 레니는 이렇게 말하고 연습실로 들어갔다.

장례식이 끝난 뒤 돌아와 월요일마다 하던 일을 다시 붙잡았을 때에도 이렇게 미치도록 술이 마시고 싶지는 않았다. 매주 월요일이면 퀸은 한 주 동안 벌어들일 예상 수입과 지출을 계산했던 것이다. 계산을 하다가 문득 지옥에서 날아온 전보를 받기라도 한 것처럼 엄청난 사실을 깨닫고 계산을 멈추었다. 원래 지출에서 가장 큰 부분은 건강보험이며 학용품, 급식비, 이발비, 옷값, 학자금 등 아들에게 들어가던 비용이었다. 그런데 이제 그 모든 비용을 계산에 넣을 필요가 없었다. 그는 한숨을 내쉬고 열여덟 살이 될 때까지 아들을 뒷바라지했을 경우 자신이 얼마를 빚지게 되었을지 따져보았다. 온몸이 휘청거릴 정도로 엄청난 액수였다. 그래도 그는 속죄의 뜻으로 어떻게든 최대한 그 비용을 부담했을 것이다. 십일조처럼. 그런데 이제 아들이 가버렸다고 해서 더 편한 생활을 하고 싶지가 않았다.

그날 밤이 퀸이 가장 최근에 밤 공연을 쉰 날이었다.

그 순간 뒷주머니에 꽂아둔 전화기의 진동이 울렸다. 퀸은 전화를 받을까 말까 두 번 더 생각했다. 걸려 오리라 예상하고 있던 전화였는데도 그녀의 목소리를 듣자 속이 뒤집어졌다. 그는 몹시 화가 난 그녀의 목소리를 들으면서 두 사람을 휘감고 있는 축축한 보라색 탯줄이 전화기에도 연결되어 있는 것은 아닐까 상상했다.

"제자리에 가져다두려고 했어. 솔직히 말하면 어제. 근데 당신이 나를 방에 들여보내주지 않았잖아." 퀸은 그 순간에도 벨과 함께 있는 것처럼 두 눈을 가만히 감고 있으려고 애썼다. 하지만 벨은 소년의 이름을 한 번, 두 번, 세 번씩이나 불러댔고, 찰칵─찰칵─찰칵 벨이 혼수상태에 빠진 아이를 흔들어 깨우는 것처럼 애절하게 그 이름을 외칠 때마다 퀸의 두 눈은 번쩍 뜨였다.

퀸은 차분하게 말했다. "벨, 이제 진정 좀 해."

"진정 안 할 거야! 절대로! 감히 당신이 날 가르치려고 들어, 퀸? 좋아. 한번 가르쳐보시지. 당신이 무슨 진정 전문가야? 제발 부탁이니까, 날 진정시킬 수 있으면 진정시켜봐. 나도 필요할 때 그 방법 좀 요긴하게 쓰게. 감정도 없는 빌어먹을 로봇 같은 인간한테 진정하는 법을 배우게 되다니!"

"맙소사, 벨." 그 순간 바텐더와 눈이 마주쳤다.

"당신이 가져갔다고 나한테 말해줄 수도 있었잖아. 하지만 겁이 났겠지. 당신이야 노상 겁에 질려 있으니까." 이제 그녀는 고함을 치면서 흐느끼고 있었다. 그녀의 목에 걸린 절망의 응어리가 전파를 타고 전해지는 것 같았다.

"가져다 놓을게. 오늘 밤에 가져갈게. 약속해. 그걸 왜 들고 나왔는지 나도 잘 모르겠어." 그 말은 진심이었다. 그러나 지금 아들의 일기장은 자신의 손에 있었고, 영원히 자신의 것으로 만들고 싶었다.

시야 언저리에 드럼스틱을 자신에게 흔들며 무대 위로 올라오라고 부르는 개리의 모습이 들어왔다. 벨은 이제 정상적인 데시벨로 돌아와 울고 있었다. "그건 그 애의 가장 사적인 물건이란 말이야. 당신이 무슨 상관이라고 그걸 가져가. 당신이 그런 권리를 누릴 만한 일을 한 적이나 있어?" 벨이 쉰 목소리로 말했다.

"나도 알아. 나도 안다고." 퀸은 정신없이 벨을 달랬다. 원래 사랑에 대처하는 능력이 부족한 퀸이었지만 그나마 얼마 안 되는 그 능력마저 벨한테 다 쏟아 부었던지, 벨과 헤어진 뒤 만난 여자한테는 평균적인 다른 남자들만큼도 전화를 걸 줄 모르는 인간이란 소리를 듣기도 했었다. 퀸은 목소리만큼이나 자포자기한 심정으로 말했다. "그래도 당신 말대로 미스 빗커스 집에도 갔다 왔잖아, 벨. 당신이 가달라고 부탁해서 말이야."

"그건 당신 의무지. 아들을 방문하는 것이 의무였던 것처럼 말이야. 사람들은 다 그러고 살아."

그래도 이제는 약간 감정이 가라앉아서 대화가 가능했다. 지난 날, 밤 깊은 시간까지 이렇게 대화를 나눈 적이 얼마나 많았던가. 정신이 또렷한 퀸 앞에서 벨이 자신의 생각을 그에게 제대로 전달하기 위해 잠과 씨름하던 밤이 어디 한두 번이었던가. 그는 지금도, 숙면을 잘 취하지 못하는 아들이 깨지 않도록 목소리를 낮추고 밤늦게까지 소곤소곤 이야기를 나누던 그 옛날처럼 벨과 대화를 나누고 싶었다.

"벨, 꼭 다시 갖다 놓을게." 5미터 앞에 있는 모범적인 아버지이자 남편인 저 친구들은 이럴 때 무슨 말을 해야 하는지 정확히 알고 있을 텐데. 친구들의 아내들은 남편을 세심하게 배려했고 아이들은 매순간 아버지의 삶을 밝혀주는 등불이었다. 친구들은 모두 사랑과 신을 믿었고, 동물에게도 영혼이 있다고 믿었으며, 돌아가신 할머니가 하늘에서 자신들을 굽어보고 있다고 믿었다.

"떠나 있던 그 몇 년 동안, 당신 훨씬 더 뻔뻔해진 거 알아? 내가 당신한테 너무 많은 걸 기대했나 봐." 이제 벨의 목소리는 차분히 가라앉아 있었다.

"제발, 벨."

"나는 당신이 그래도 돈만 보내는 것보다는 더 많은 걸 우리한테 해줄 줄 알았어. 우리를 조금 더 돌봐줄 줄 알았다고. 우린 당신이 그리웠거든. 흠, 애는 그저 아버지라는 존재를 그리워한 거지만 나는 있는 그대로의 당신이 그리웠단 말이야."

"난 아이의 존재를 느꼈어." 느닷없이 이런 말이 빠진 치아처럼 퀸의 입에서 튀어나왔다. 도대체 어디서 튀어나온 말일까?

"뭐라고?"

벨이 자신의 이야기에 귀를 기울여주었기 때문에 퀸은 말할 용기가 났다. "그 노인네 집에서 말이야. 정말 애 일기장에 쓰여 있는 내용이랑 똑같은 곳이더라고. 일기장에 쓰여 있는 대로 인용하자면, 진행 중인 마술도 있고."

벨은 슬픔에 잠겨 있었는데도 간신히 피식 웃음소리를 냈다. 아이가 사용하는 독특한 어휘들은 항상 그녀를 웃게 만들었던 것이다. 아이는 늘 제품 사용설명서, 기네스북 기록, 아이가 읽기에는 너무 낡은 소설책 등 언어로 쓰인 것은 뭐든 집요하게 읽어댔다. 길바닥에 떨어진 반짝이는 물건은 뭐든 주워 모으는 까치처럼.

"나한테도 얘기 좀 해봐."

퀸은 그녀를 편안하게 해주고 싶었다. 원래대로 돌려놓고 싶었다. 지금 빠져 있는 암흑에서 건져내고 싶었다. 자신이 이 세상에서 그 일을 할 자격이 없는 유일한 사람이라는 사실을 알고 있었지만 그러면 그럴수록 그 마음은 더 간절해질 뿐이었다. "꼭 그 집에 아이가 있는 것 같았어." 이렇게 말하는데 숨이 멎는 것 같았다. 이제 퀸은 즉흥적으로 이야기를 늘어놓고 있었다. 그 집에서 자신이 실제로 느꼈던 기분과 느끼고 싶은 기분, 그리고 만약 레니나 알렉스나 개리라면 이런 상황에서 어떤 기분을 느낄지 상상한 내용을 마구 뒤섞어서. "거기 있는 동안, 마치 아이가 꼭 살아 돌아온 것 같았다니까." 퀸은 적절한 단어를 찾느라 말을 더듬거리며 이렇게 덧붙였다. "사라져버린 아이가."

배배 꼬인 듯한 침묵이 한참 흐른 뒤 벨이 소리치듯 단호하게 말했다. "우리 아들은 사라져버린 게 아니야, 퀸. 죽은 거지. 눈부시게 아름다운 5월 아침, 잠에서 깨어 자전거를 타고 나갔다가 알 수 없는 원인 때문에 죽어서 자전거에서 떨어진 거야. 해가 미처 수평선 위로 다 솟아오르기도 전에."

왜 벨은 계속 이 이야기를 계속 되풀이하는 걸까? 하고, 또 하고. 도대체 왜? 이런 이야기를 들으면서 어떻게 편하게 따뜻한 침을 삼키기를 바랄 수가 있단 말인가?

"당신이 나랑 함께 그곳에 갔다면, 아마 당신도 거기서 아이를 느낄 수 있었을 거야. 그 노인네 집에서." 이 말은 자신의 머릿속에서 울리는 대로 한 이야기였지만 입 밖에 내고 나니 사뭇 다르게 느껴졌다. 그의 노력은 또 너무나 눈에 띄게 과녁을 빗나갔다. 하마터면 다른 과녁을 명중시킬 뻔할 정도로.

"나는 여기서 아이를 느껴. 여기, 그 애 집에서. 당신이 두 번이나 남편이자 아버지로 살기도 했던 바로 이 집에서. 여기가 그 애 집인데 당신은 여기서 아이를 못 느꼈단 말이야? 정말 이상하지 않아? 아들의 존재에서 얼마나 멀리 떨어져 있었으면 낯선 사람의 집에서 아이를 느낄 수가 있지?"

벨의 목소리에 전에 없이 얼음장 같은 날이 서 있었다. 그런 것은 벨이 아닌 다른 여자들한테나 어울리는 것이었다. 3년 전 시카고에서 버스를 타고 집으로 돌아올 때 퀸은 오징어 먹물 색 차고지를 지나며 회한에 빠진 채 새로운 중년을 살겠다는 순진한 희망을 품었었다. 이제는 훨씬 더 나은 인간이 되리라 마음먹었던 것이다. 벨과 아들이 정거장에 마중을 나왔었다. 아이는 마음이 불안했는지 미동조차 하지 않았지만, 벨은 그 불안감을 이해하지 못했었다. 그녀는 그런 걸 느껴본 적이 없었기에. "나한테 돌아와. 이제 아빠 노릇도 해야지." 안개가 뚝뚝 떨어지는 가운데 서서 벨이 퀸에게 말했었다. 두 사람은 몇 주 안에 다시 결혼했다.

"나한테서 모든 걸 다 빼앗아가다니. 당신이 아이의 마지막 말을 가져갔어." 전화 통화였는데도 벨의 목소리가 확 쉰 것이 확연히 느껴졌다.

"정말 미안해, 벨." 친구들이 연주를 시작하려고 볼륨을 조절하는 소리가 들렸다. 그리고 전화기에서도 경고음이 들렸다. "잠깐만, 벨. 배터리가 방전되려고 해."

"거 참 놀라운 일이네." 벨은 이렇게 말하고는 전화를 끊었다.

퀸은 비틀거리며 무대 위로 올랐다. 친구들은 모두 시선을 피했다. 바텐더가 스피커에서 흘러나오는 음악을 껐고 개리가 뒤편에서 드럼을 매만졌다. 퀸은 기타 끈을 매며 레니에게 말했다. "한두 타임 정도 낮 근무를 해야겠어." 레니가 대답했다. "채용 완료."

퀸은 번들거리는 손님들 앞에 서서, 열일곱 살부터 마르고 닳도록 연주해 전체 코드를 외워버린 오프닝 곡을 연주하며, 마이크를 붙잡고 울부짖었다.

5

네 번째 토요일, 소년은 일을 시작하기에 앞서 오나를 위해 인쇄해온 종이 한 장을 꺼냈다. 그 종이에는 1997년 죽은 프랑스 아를의 잔 루이즈 칼망* 여사의 수명에 관한 기록들이 인쇄되어 있었다. 보아 하니 '가장 오래 산 인간'으로서 독보적인 기록을 남긴 모양이었다.

역시 그랬다.

"백이십이 년, 그리고 백육십사 일이에요." 소년은 16세기 인권선언문 낭독에나 어울릴 법한 목소리로 기록을 읽었다.

"터무니없는 숫자로구나. 나도 좀 보자." 솔직히 말하면 별로 색다를 것도 없었다. 칼망 여사의 삶 역시 다른 인간들처럼 평범하게 하루하루 살다 보니 그 세월이 좀 더 많이 쌓인 것뿐이었다. 그런데도 대부분의 사람들이 그렇듯 칼망 여사도 이런저런 조언을 베풀고 싶은 욕구를 참을 수가 없었던 모양이다. "매일 초콜릿을 먹으라고? 이게 장수의 비결이란 말이냐?"

소년은 영생을 얻는 비결 목록을 들여다보다가 물었다. "포트가 뭐예요?"

"와인 종류란다. 프랑스 사람들은 자기네 와인을 굉장히 좋아하거든. 그런데 도대체 이런 기록은 어디서 알아내는 게냐?" 오나는 고개를 들며 물었다.

---

* 잔 루이즈 칼망 Jeanne Louise Calment 1875-1997 : 공식적으로 확인된 수명으로 볼 때, 최고령 나이까지 산 프랑스의 여성으로 실존인물이다. 1997년 8월 4일 사망했을 때 칼망의 나이는 정확히 122세 164일이었다.

"인터넷이라고 혹시 들어보셨어요?"

"인터넷이야 당연히 들어봤지. 나는 2000년 봄에 공립 도서관에서 열린 인터넷 교육도 받은 사람이다. 그런데 그 안에서 아무것도 아닌 일에 마구 수선들을 떠는 걸 보면 TV 시청보다 그게 더 나쁜 것 같더구나." 빳빳하게 다린 제복과 중세 귀족 같은 행동을 보면 시기를 잘못 타고난 것이 확실했지만 그래도 아이는 21세기 소년이었다. 태어난 이래로 오나는 지금껏 자동차, 비행기, 자동세탁기, 핵폭탄, 우주선, 일회용 기저귀, 버튼식 전화기의 출현을 목격했을 뿐 아니라 그 모든 혜택을 직접 누려온 사람이었다. 인간이 달에 착륙했던 1969년 무렵에는 새로운 문물을 받아들이는 오나의 능력도 최고조에 달했었다. 그러나 구시대에서 막 튀어나온 듯한 이 소년이 아기 딸랑이만한 크기의 전화기를 들고 침실에 누워 프랑스에 관련된 정보를 마구 찾아내는 이런 세태는 도통 이해할 수 없는 수수께끼였다. 노인은 소년의 머리에 지금까지 저장된 기술을 가지런히 정돈하듯 두 손으로 소년의 머리를 쓰다듬었다.

소년은 종이 몇 장을 더 꺼냈다. 칼망 여사의 인터뷰 기사였다. 오나가 인쇄물을 읽는 동안 소년은 오나의 어깨 너머를 바라보고 있었다. 소년의 따뜻하고 사랑스러운 숨소리가 들렸다. "네가 가져온 기사들을 보면 이 노인네는 상당히 오만한 할망구 같구나."

"이걸 읽어보세요." 소년이 손가락으로 인쇄물을 짚었다.

오나는 소리 내어 읽었다. "나에게는 주름이 딱 한 개뿐이다. 그리고 나는 그 주름을 깔고 앉아 있다. 유명한 세계기록 보유자가 기껏 골라서 했다는 말이 이거로구나. 영원히 후세에 남을 기록을 세운 할망구가. 아니, 영원히 남을 궁둥이라고 말해야 하나?"

소년이 소리 내어 웃었다. 끽끽거리는 불안정한 웃음소리는 타이머를 맞춰놓은 것처럼 시작되자마자 곧바로 멈추었다.

오나는 그저 끌끌 혀를 차며 말했다. "이런 식의 명예가 나처럼 인간관계가 아주 좁은 사람한테는 별 의미가 없단다." 오나는 다시 한 번 칼망 여사의 사진을 들여다보았다. 120번째 생일을 맞이해 온갖 바보 같은 물건을 몸에 걸치고 있는 사진이었다. 그러고는 이렇게 중얼거렸다. "침골이 아래로 처지다가 멈추어서 이런 얼굴이 됐을 수도 있겠는데." 찌부러진 칼망 여사의 얼굴을 다른 노인의 얼굴과 비교해보려고 기억을 더듬었지만 칼망 여사는 고사하고 자신과 나이가 비슷한 사람조차도 단 한 명도 떠올릴 수가 없었다. 오나는 자신의 머리카락은 제발 그렇게 엉망이 되지 않았으면 싶었다. "근데 이 노인네는 어떻게 이렇게 오래 살았다니?"

소년은 다시 한 번 칼망 여사의 조언 페이지를 손가락으로 짚었다.

"Šokoladas ir vynas." 초콜릿과 와인. 덜그럭거리는 리투아니아 어 발음에 소년은 귀를 기울이는 새처럼 고개를 갸웃했다.

"또 그 말을 쓰시네요."

"나도 안다." 오나는 자신의 머리를 세게 두드렸다.

"생신이 언제세요?" 소년은 이렇게 물으며 가방에서 공책 한 권을 꺼냈다.

"1월 20일."

소년은 숫자 몇 개를 적고는 천천히 뭔가를 계산했다. "그럼 앞으로 18년 99일이면 저 기록을 깰 수 있어요."

"난 그렇게까지 오래는 못 산다. 이 할망구가 특이한 거지." 말은 이렇게 하면서도 지금부터 그때까지의 시간을 어쩌면 메울 수도 있을 것 같았다. '오늘이 바로 그 날이 될 수도 있겠구나.' 90살이 넘은 뒤로는 매일 아침 눈을 뜨며 이런 생각을 해온 오나였다. 그런데 지금 여기에 인류의 규칙을 자기가 새로 정하려고 드는 수다스러운 프랑스인 할망구가 있었다. 신의 달력에 무엇이 쓰여 있는지 그 누가 알겠는가? 오나는 소년에게 말했다. "하지만 내가 이 프랑스 할망구랑 치열하게 접전을 벌이게 된다고 해도 그것도 나쁘지는 않을 것 같구나."

이 말에 소년은 잔뜩 신이 나서 말했다. "하나, 도전자는 확실한 목표를 세워야 해요. 둘, 도전자는 경쟁의 뜻을 정확히 이해해야 해요." 그러더니 배낭에 주렁주렁 붙은 주머니 가운데 하나의 지퍼를 내리고는 종이 한 장을 또 꺼냈다. "현재 최고령 여성은 라모나 트리니다드 이글리시아스 조던 부인이에요. 114세, 국적 푸에르토리코. 라모나 트리니다드 이글리시아스 조던 부인은 살아 있는 최고령 인간이기도 하고요." 소년은 더듬더듬 자료를 읽었다. "최고령 남성은 프레드 헤일 씨네요. 113세, 국적 미국. 소년은 고개를 들고 오나가 이 소식을 어떻게 받아들이는지 살폈다.

"혹시 최고령 게에 관한 기록도 있냐?"

소년은 다른 질문들과 마찬가지로 그 질문도 이상하게 여기는 기색 없이 받아들였다. "하나, 모든 기록 도전은 승인을 받아야 해요. 둘, 모든 기록 도전은 목격되어야 해요. 셋, 모든 기록 도전은 법이 정한 깅괴 안에서 이루어져야 해요."

"하나, 경계지 깅괴가 아니다. 둘, 푸에르토리코는 미국의 자치령이지 독립국가가 아니다."

"고맙습니다." 소년은 공책을 넘겨가며 한두 개의 목록에 간단히 메모를 적어 넣었다.

오나는 짧지만 일목요연하게 정리된 수명 통계를 냉정하면서도 차분하게 훑어보았다. 확실히 칼망 여사의 수명은 말도 안 되는 기록이었다. 하지만 다른 누군가가 그 기록을 깰 수 있을지도 모르는 일이었다. "푸에르토리코 부인은 칼망 여사의 적수가 될 수 있을지도 모르겠구나. 근데 나랑 헤일 씨 사이에도 몇 명이 더 있을 수 있잖니? 남자들은 기대수명이 애완용 쥐만큼 밖에 안 되니까 내가 한 서너 번째 될까?"

"제가 찾아볼게요!" 꾸밈없이 이렇게 소리치며 공책에 뭔가를 또 표시하는 소년의 모습은 잔뜩 들떠 있었다. 나중에 오나가 그 모습을 또렷이 기억할 정도로. 짧고 하얀 이가 밖으로 다 드러날 정도로.

"우선은 현재 생존해 있는 최고령자부터 되어야겠구나. '생존해 있는 사람 가운데'라는 기준부터 충족시킬 수 있어야 하니까."

"그래도 모든 시대를 통틀어 최고령자가 되시는 게 좋잖아요. 영원히 후세에 남으려면."

"너무 앞서가지는 말자꾸나. 그보다 먼저 제쳐야 할 경쟁자도 두어 명은 더 있을 텐데."

소년이 눈을 감고 무언가를 외우기 시작했다. "경쟁자들은 기네스북 세계 신기록 수립자 규정에 언급된 요구사항들을 충실하게, 그리고 완벽하게 수행해야 한다."

"그게 어디에 나오는 말이냐?"

"하나, 우선 기네스북 세계기록에서 공식적으로 발행한 규약집을 마련하셔야 해요. 둘, 기네스북 세계기록에서 공식적으로 규정한 증명 시스템을 따르셔야 해요. 셋, 또……." 소년은 말을 하다가 기억을 되짚는 듯 고개를 저었다. "하나, 공식적인 **처리과정**을 따르셔야 해요. 정상적인 처리과정과 속성 처리과정이 있는데 우리는 속성 과정을 따를 거예요." 소년은 이렇게 말하며 뚫어지게 공책을 들여다보았다.

"그 처리과정에 따라 몇 번이나 도전해봤지?"

"여덟 번이요. 그런데 제가 어떤 아이디어를 떠올리고 나서 보면 저보다 앞서서 그 기록을 이미 세운 사람들이 꼭 있더라고요."

소년이 분한 듯 '해야 할 일' 목록에 무언가를 적어 내려가는 모습을 보자 오나는 그런 생각이 들었다. 나도 예전에 무언가를 저렇게 간절히 바란 적이 있었던가. 그러고는 상쾌하고 포근한 아지랑이 속에 앉아서 모이통으로 날 아드는 새들의 모습을 창문으로 바라보며 기네스북에 오른 자신의 이름을 상상해보았다. 차분하고 동그란 글자로만 이루어진 이름, 그리고 뒤따라 나오는 날카로운 글자로만 이루어진 성. 오나 빗커스(Ona Vitkus). 오나는 일찌감치 처녀 때 이름을 다시 사용하기 시작한 자신의 통찰력이 기특했다. 1948년에는 그렇게 마음대로 바꾸어 써도 문제될 것이 전혀 없었다. 그러면서 불현듯 별 특징 없이 살아온 자신의 삶이 가치 있게 느껴지기 시작했다. 보잘 것 없는 모조 진주목걸이도 때로는 진짜 진주 같은 광채를 내는 법이다. 소년은 마치 우량 소 선발대회에서 우승한 송아지를 바라보듯 오나를 바라보았다. 오나 역시 스스로 송아지가 된 기분이었다. 둥그렇고 건강한 몸통, 깨끗하게 잘 빗질된 털을 지닌, 우승이 확실한 암송아지가.

그날 할 일을 다 마친 뒤, 오나는 소년에게 우유를 따라주고 쿠키를 대접했다. "바퀴 달린 식사가 너무 빠르게 굴러가는 것 같구나. 이제야 동물모양 쿠키에 익숙해졌는데 이번에는 이 엉터리 마카롱을 가져왔지 뭐냐."

소년은 마카롱 하나를 집어 입에 넣더니 인상을 찌푸렸다.

"그 심정 나도 안다. 그런데도 나는 왠지 쪼개진 테이블 조각을 획득한 얼룩무늬 고양이처럼 머릿속으로 가르랑거려야 할 것 같은 기분이 든단다." 그런 것도 지금껏 살아온 두 번째 세기를 떠올릴 때 오나의 마음에 들지 않는 한 가지였다. 공공업체에서 일하는 사람들은 오나가 가난할 것이라 생각하고 고마워하리라 예상하며 뭔가를 베풀었는데 오나가 그것을 거절하면 참 너무한 노인네라고 느꼈다. 지난 25년 동안 오나는 이사벨라 수녀회부터 카운티 공공업체에 이르기까지 수만은 단체 소속의 온갖 사회 봉사자들을 만나보았다. 그리고 이 어린 소년 한 명만 빼고 그들은 모두 오나가 감사라는 걸 할 줄 모른다고 생각했다.

소년은 우유를 다 마시고 나서 더 이상 진전이 없는 새 목록을 두 번이나 확인한 후에야, 배지를 타기 위해 해야 할 일이 더 늘었다는 사실을 털어놓았다. 소년은 매사에 행동을 할 때마다, 오나는 한 번도 가져본 적 없는 내적 논리에 좌우되는 것 같았다. 배낭의 비밀스러운 주머니에서 소년이 자그마한 기계를 꺼낸 것은 돌아갈 시간이 거의 다 되어서였다.

먹다 남은 초콜릿 바 절반 크기만 한 그 녹음기는 캘리포니아의 신문사에서 일하는 이모가 선물로 준 것이라고 했다. "우리는 한 노인의 인생 이야기를 녹음할 거예요. 링크맨이라는 우리학교 선생님이 그러는데 노인들은 이야기하는 걸 좋아하신다면서요."

"아, 학교에서 그러디? 정말로?"

"링크맨 선생님은 자기 조부모님이랑 이야기를 하라고 했지만, 저는 할머니랑 이야기를 할 거예요."

오나는 소년이 두 사람의 정 가운데에 밀어놓은 자그마한 기계를 집어 들며 고개를 저었다.

"할머니는 저한테 이야기를 이미 열 개나 들려주셨어요." 소년이 노인의 기억을 상기시키듯 말했다.

"이건 다른 문제다."

"재생하지 않을게요. 할머니는 다시 들으실 필요 없어요." 소년이 약속했다. 그러고는 간절한 눈빛으로 오나를 바라보며 버튼을 눌렀다.

"난 잘 모르겠구나."

"할머니가 기네스북 세계기록 보유자인 것으로 밝혀지면 어떤 일이 벌어지겠어요? 모두들 할머니랑 인터뷰하고 싶어서 난리가 날 거예요. 그럼 할머니는 몹시 피곤해질 테고요." 소년은 손으로 기계를 덮으며 말을 이었다. "그때 할머니는 이 버튼을 누르시기만 하면 돼요. 그럼 순식간에 할머니 인생 이야기를 들려줄 수도 있고 그러면서 동시에 과자도 드실 수 있어요."

마침내 오나는 다시는 흥분해서 펄쩍펄쩍 뛰지 않는다는 조건 하에 소년의 의견에 동의했다. 지난주에 소년이 부엌을 깡충깡충 뛰어다닐 때 오나는 마음이 불안했었다. 소년의 거동은 또래 다른 아이들의 그것과 사뭇 달랐다. 소년의 손목과 어깨는 마치 꼭두각시 인형의 관절처럼 뚝뚝 끊기듯 움직였다. 노인은 소년의 그런 모습이 안타까웠다.

소년은 테이프를 되감고는 다시 버튼을 눌렀다. "이 분은 미스 오나 빗커스이십니다. 이 테이프는 그 분의 인생 이야기를 녹취한 것입니다. 이 부분은 1부에 해당됩니다." 소년의 목소리는 희망으로 가득했다.

오나는 빙글빙글 돌아가는 자그만 기계장치를 들여다보았다. 1부라고? 그 말을 듣자마자 오나는 자신의 삶을 시기별로 구분해보고 있었다.

"지금 녹음되고 있는 게냐?"

소년은 자신의 입술에 손가락을 대고 고개를 끄덕였다. 아마도 자신의 목소리를 드러내지 않을 계획인 듯했다. 소년은 미리 인쇄해온, 질문이 적힌 종이 한 장을 내밀었다. 짐작컨대 그 링크맨 선생이 이런 질문을 미리 준비하라고 한 모양이었다. 소년이 첫 번째 질문을 손가락으로 가리켰다. '당신은 어디에서 태어났나요?' 그 밑으로 마흔아홉 개의 질문이 연달아 쓰여 있었다.

"이 많은 질문들에 모두 답할 수는 없다. 그랬다간 지구 종말이 올 때까지 여기 있어야 할 게다."

소년은 아무 말도 하지 않고, 마치 녹음기가 대신 이야기를 해주기라도 할 것처럼 기계를 가만히 내려다보고 있었다.

"내가 어떻게 해주길 바라지?"

소년은 고개를 들고 입모양으로 대답했다. '절 제대로 대접해주세요.'

오나는 이런 식으로 말을 주고받는 것이 약간 어색하게 느껴졌다. 부엌 식탁에 앉아 한담을 나누는 것이나 마찬가지라고 생각할 수도 있겠지만, 링크맨 선생이 알려줬을 방식대로 자신의 생각을 표현하는 것은 전혀 다른 문제였다. 하지만 그간에 쌓아온 두 사람의 우정을 생각할 때 이제 와서 소년의 부탁을 거절할 수는 없다는 사실을 오나는 깨달았다. 자신의 인생에서 우정이란 감정은 이미 영원히 끝났다고 믿고 있을 때 새로이 시작된 관계였던 것이다.

"첫 번째 질문에 답하마. 하지만 그걸로 끝이다."

물론 그럴 수는 없었다.

오나는 무대공포증 때문에 정확하게 표현을 할 수가 없었고 시작 부분에서 실수를 연발했다. 다행스럽게도 마침내 소년이 기계를 끄고 가지런한 이를 드러내 보이며 웃었다. "정말 훌륭하게 해내셨어요." 그러고는 녹음기를 다시 누르고 이렇게 말했다. "이 분은 미스 오나 빗커스이십니다. 이 테이프는 그 분의 인생 이야기를 녹취한 것입니다. 이 부분 역시 1부에 해당됩니다."

6

퀸은 아침 일찍 버스를 타고 쇼핑몰 뒤에 있는 레니의 회사로 향했다. 격납고 크기의 깔끔한 창고 건물을 쓰고 있는 그레이트 유니버설 메일 시스템은 뉴잉글랜드에서 세 번째로 큰 요금별납 우편물 취급업체로 한창 성업 중이었다. 창고 건물은 소풍 담요 같은 파란 잔디밭 위에 앉아 있었다. 현란한 무늬가 아로새겨진 판유리 현관은 실내장식 관련업체처럼 가정집 분위기를 풍겼다. 햇살이 좋은 날이면 판유리 문이 온종일 반짝거렸다.

복리 후생을 담당하는 젊은 접수계 직원이 퀸에게 쾌활하게 인사를 건넸다. 책상 위에 붓꽃 꽃병이 놓여 있었다. "어떻게 오셨나요?" 단발로 자른 섹시한 머리가 차분하게 가라앉아 있었다. 엉뚱하게도 느닷없이 오나 빗커스의 모습이 떠올랐다. 그 노인네도 20대에는 어쩌면 이 아가씨처럼 아름다웠을지도 모르는데. 상상 속에서 오나는 몸에 쫙 붙는 드레스를 입은 발랄한 소녀들 틈에 끼어 발그레한 볼을 환하게 빛내며 찰스턴 댄스를 추고 있었다.

퀸은 더 깨끗하게 면도를 하고 올 걸 그랬다고 후회하며 자신을 소개했다. "레니가 낮 근무에 빈자리가 있다고 해서요."

"아, **죄송합니다만**, 입구를 잘못 찾으셨어요." 그녀는 머뭇거리며 자리에서 일어섰다.

그러고는 문 앞까지 퀸을 따라 나와 자줏빛 손톱으로 유리를 두드렸다. "저기 모퉁이에 있는 건물 보이시죠? L자처럼 생긴 건물 말이에요. 찾으시는 건물은 저기에요."

"전 레니의 친구입니다. 오늘 혹시 레니가……."

"아, 그러시군요. 사장님은 오늘 하루 종일 회의가 있으세요. 오늘은 유난히 바쁘시네요."

"우리는 중학교 때부터 친구예요."

접수계 직원은 발랄하게 고개를 끄덕였다. "와, 그거 멋지네요."

퀸은 잠시 머뭇거렸다. 웃음을 짓고 있는 아가씨 뒤쪽으로 파스텔 색 칸막이가 쳐져 있었다. 그 뒤쪽에서는 사무직 특유의 고급스러운 분위기가 물씬 풍겼다. 저 뒤에서 온갖 사업상 거래가 이루어질 테지. 빠르게 여닫히는 문소리, 카펫 위를 거니는 하이힐 소리, 목소리를 낮추어 웃는 단정한 웃음소리. 저 칸막이 뒤 어딘가에 레니가 있었다. 처음 해보는 생각도 아니었지만 퀸은 자신도 친구처럼 사업을 잘하는 요령을 타고 태어났으면 얼마나 좋았을까 생각했다.

아가씨는 유리를 두드리며 말했다. "저쪽으로 내려가시면 커다란 검은색 문이 있어요. 혹시 앞쪽에 차를 대셨으면 옮겨 대셔야 해요. 직원 주차장은 저쪽이거든요. 저기 가로등 기둥 보이시죠?" 그러고는 자기 자리로 돌아가 이제 그만 나가달란 뜻으로 퀸을 향해 미소 지었다.

"알았어요. 레니한테 내가 다녀갔다고 말해줘요."

"물론이죠! 차 옮겨 대는 거 잊지 마세요."

L자 모양 건물에서 퀸은 다른 접수계 직원을 만났다. 그녀는 청바지에 빨간 티셔츠를 입고 있었다. 티셔츠에는 그레이트 유니버설 메일 시스템의 약자인 'GUMS'라는 글자와 함께 '우리가 곧 사업이다'라는 글귀가 새겨져 있었다. "예전에 작성해둔 파일이 있을 겁니다." 퀸이 말했다.

"1년 넘으셨죠? 그럼 다시 작성하셔야 해요." 그녀는 서류철을 건네며 말했다.

신입직원 교육이 끝난 뒤 사물함을 배치 받고 카페테리아 무료 이용권을 발급받는 등 일상적인 업무를 처리한 뒤 퀸은 자기 부서 인도자를 따라 탁 트인 작업장 안으로 들어갔다. 작업장은 유난히 밝은 조명과 유비쿼터스 기계가 돌아가는 소리로 가득했다. 계속 거기에서 일하다 보면 청각에 문제가 생기거나 조금씩 미쳐갈 수도 있을 것 같았다. 그는 닭처럼 생긴 얼굴에 꼬꼬댁거리는 목소리를 내는 도나라는 여직원 밑에 배치되었다. 퀸은 전에도 이 일을 몇 번 해본 적이 있었다. 아들이 태어난 뒤에, 첫 번째로 이혼한 뒤에, 집으로 완전히 돌아와 서둘러 재혼한 뒤에, 그리고 또 두 번째로 이혼한 뒤에. 그 사실을 모르는 도나는 퀸을 천재적으로 말귀를 잘 알아듣는 학생쯤으로 여기는 것 같았다. 레니의 시스템 안에서 환상적인 복식조로 일하다 보니 두 사람은 어느새 서로 편해졌다. 그들이 맡은 업무는 마무리단계로 우편물을 분류하고 딱지를 붙여 말 그대로 가방 가득 채우는 일이었다. 기계의 기어 돌아가는 소리, 점화장치를 켜고 끄는 소리, 컨베이어벨트 돌아가는 소리, 그리고 구식으로 사람들이 노동하는 소리 등으로 작업장 전체가 계속 윙윙 울리고 있었다.

처음 50분 동안에는 우편물 가방에 꼬리표를 부착했다. 두 번째 50분 동안에는 '요금별납' 스티커가 붙은 봉투를 차곡차곡 쌓았다. 세 번째 50분 동안에는 컨베이어벨트를 타고 넘어오는 책자들을 우편번호가 같은 것끼리 모아 고무 밴드로 묶었다. 그러고 나서 점심시간이었다. 그는 무료 식권으로 식사를 하고, 남아 있는 시간 동안 '캠퍼스'라고 불리는 헤링본 무늬 연석이 깔린 산책로를 거닐었다. 레니의 회사에서는 처음 입사한 직원에게 정기적인 휴식, 지압용 발판, 영어 강습, 그리고 시간당 9달러의 임금을 제공했다. 그래서 한 번 입사하면 퇴사하는 직원이 거의 없었다. 산책로의 마지막 바퀴를 돌고 있는데 한 무리의 소말리아 여직원들이 보였다.

오후 두 시쯤 도나는 퀸을 졸업시켜 사무용가구 카탈로그를 다량으로 처리하는 부서에 배치했다. 쉬는 시간 동안 기계가 업무를 분리해놓는다는 사실이 상당히 큰 정신적 위로가 되었다. 그래도 기계에 낀 종이를 밖에서 빼내줘야 할 경우에는 사람이 직접 종이 더미 속으로 쑤시고 들어가야 했지만 말이다.

작업장은 세 시 정각에 퀸을 뱉어냈다. 퀸은 버스 뒷좌석에 앉았다. 공연 없는 길고도 무료한 저녁 말고는 아무것도 그를 기다리고 있는 것이 없었다. 평소 같았으면 친구들 중 한 명을 불러내어 햄버거 가게 같은 곳에 가거나, 북적대는 친구네 가족 틈에 끼어 저녁을 먹었겠지. 하지만 그러는 와중에도 불쑥 투명인간이 된 듯한 기분이 들고는 했다. 또 아는 사람들이 자신을 물끄러미 바라보면 속까지 다 들킨 듯 공연히 움츠러들었다.

첫 번째 환승 정류장에서 퀸은 충동적으로 시블리 가를 경유하는 4번 버스에 올랐다. 그리고는 손잡이를 잡고 서 있다가 버스에서 내려 시원한 햇빛을 맡으며 미스 빗커스의 집까지 걸었다. 거리를 따라 들어선 전신주마다 라임 색 글씨로 '반상회'라고 쓰인 전단지가 부착되어 있었다. 전단지들은 포획된 곤충처럼 퍼덕였다.

노인의 집은 깔끔해 보였다. 잔디도 깨끗하게 정돈되어 있었고 새 모이통도 새들이 다 먹어서 텅 비어 있었다. 새로 깨끗이 씻어낸 듯한 집을 바라보고 있자니 자기가 거기에 일조했다는 사실에 짜릿한 자부심이 느껴졌다.

"이봐요!" 노인이 자신의 현관문 앞에 서 있는 퀸을 보고 외치더니 거리

위쪽을 살피며 물었다. "차는 안 가져왔어요?"

"팔았습니다. 현금이 필요해서요." 그 말이 어떻게 들리든 퀸은 개의치 않았다. 노인의 나이쯤 되면 별의별 말을 다 들어보았을 테니까.

"뭣 때문에? 술 때문에?"

"마음의 빚 때문에요." 도대체 왜 이 노인네한테 이런 이야기를 다 하고 있는 걸까? "그런데 별 효과가 없었습니다. 지금도 마찬가지고요."

"돈으로 할 수 있는 게 뭐가 있겠소." 노인은 더 이상 아무 말도 하지 않았다.

퀸은 노인에게 5달러를 건네며 말했다. "이제 어르신께서 제게 마술을 빚지셨네요."

노인은 돈을 받아들고 퀸의 얼굴을 다시 한 번 구석구석 살피더니 부엌으로 들여보내주었다.

퀸은 식탁에 앉았다. 레니의 회사 콘크리트 바닥에 오래 서 있었던 터라 발이 욱신거렸다. 25센트짜리 동전은 보이지 않았지만 노인의 카드는 지난번에 쌓아둔 그대로 놓여 있었다. 싱크대 위에 쌓여 있던 신문지 더미도 말끔히 치워져 있었다. 잘라서 곱게 접어놓은 한 장만 빼고.

"아이 말이 어르신께서 자신한테 영감을 불어넣어준다고 하더군요."

노인은 읽기 힘든 표정으로 퀸을 바라보며 물었다. "혹시 술 마셨소?"

"11년 동안은 안 마셨습니다."

노인은 목에 두른 얇은 목줄을 짤랑짤랑 흔들며 말했다. "안전장치를 하나 장만했다오. 저기 거리 아래쪽 집에 강도가 들었거든." 구겨진 스웨터자락 깊은 곳에서 플라스틱 장치가 모습을 드러냈다. 말하자면 소환버튼의 일종인 모양이었다. 혼자 죽는 것이 두려운 노인들이 닳도록 눌러댄다는 소환

버튼.

"버튼을 누르면 저기서 딩동 하고 답이 온다오." 노인은 상자 하나를 가리 켰다. 꼭 1940년대 실험실 장비처럼 생긴 상자였다. "베이컨을 아껴주는 즉석음식처럼."

퀸은 생각했다. 스스로 느끼는 것만큼 내가 고삐 풀린 사람처럼 보이는 걸까? 퀸은 노인의 카드를 쿡 찔렀다. "뭐든 좀 해보세요." 퀸 스스로도 자신이 노인한테 뭘 원하는지 알 수 없었다. 하지만 노인은 그가 지금껏 만나온 사람들 중에 가장 나이가 많은 사람이었다. 그러니 뭐라도 알아야 하는 것 아닐까?

노인은 머뭇거리다가 비틀비틀 싱크대로 걸어가 접어놓은 신문지를 집으며 말했다. "날 속였더군요. 내가 아니라 젊은이야말로 사기꾼이오." 노인은 화난 두 눈을 부릅뜬 채 신문지를 흔들었다.

퀸은 노인이 무슨 말을 하고 있는 건지 깨달았다.

"그 애가 오기 전에 이곳을 다녀간 녀석들이 수두룩했지만 그 녀석들 중에 일을 제대로 한 녀석은 한 놈도 없었소. 결국 그 놈들 애비란 작자들이 찾아와서는 한다는 짓이 변명만 잔뜩 늘어놓더군요. 애가 숙제가 너무 많다, 애가 야구부라 정신이 없다." 노인은 울퉁불퉁한 턱을 들어 올리며 말을 이었다. "젊은이는 내가 그 애를 딴 녀석들과 똑같은 놈이라고 생각하게 만들었어요."

퀸은 미스 빗커스의 목을 멀거니 바라보고 있었다. 피부가 쭈글쭈글한 새틴 천 같았다.

"그런데 문득 이상한 직감이 들더구먼. 나도 눈이랑 귀는 있어서, 어떤 소식을 전해 듣기도 하고 신문도 읽는다오. 하지만 부고란은 안 읽어요. 물론,

내가 아는 사람들이 이미 거의 다 죽어서 그러는 거지, 우리 또래 다른 노인들처럼 종교적인 이유 때문에 그러는 것은 아니지만 말이오." 노인은 안경을 집어 힘들게 얼굴에 걸쳤다. "그러다가 뜻밖에 이 신문에서 그 소식을 봤다오." 노인은 고개를 들며 이렇게 덧붙였다. "그럼 그렇지."

퀸은 슬픔으로 붉어진 노인의 두 눈을 차마 마주볼 수가 없었다. "긴 QT 증후군이라고 하더군요. 심장의 전기체계 어딘가에 문제가 생기는 병이래요."

"전기가 들락날락하는 체계 말이오?"

"네. 심장에요. 급사가 그 병에서 가장 흔히 나타나는 증상이고요."

노인은 누그러진 목소리로 중얼거렸다. "어린 애가 어쩌다가 그런 병에 걸렸을꼬?"

"약물 부작용으로 걸릴 수도 있고, 드문 경우지만 부모한테 유전될 수도 있다는데, 그 앤 아마도 유전적으로 그 병 인자를 타고 났을 겁니다. 분명해요."

"부모한테? 그럼 다음 차례는 젊은이오?" 노인은 눈썹을 찌푸리며 물었다.

"중년이 될 때까지 살아 있으면 위험성이 사라진대요. 저한테 그런 병의 인자가 있을 수도 있다는 사실을 몰랐던 것은 제가 아프지 않았기 때문입니다."

"젊은이가 아프지 않았다면 애 엄마 쪽에 문제가 있을지도 모르겠구먼."

"그냥 저한테 문제가 있다고 생각하려고요. 안 그래도 애 엄마는 심장에 충분히 무거운 짐을 지고 있거든요." 퀸은 관심을 딴 곳으로 돌리게 하는 전문가처럼 카드를 두드리며 말했다. "전 어르신께 마술 관람료를 모두 지불했습니다.”

“그랬지.” 노인은 카드를 들고 이 손에서 저 손으로 옮겨가며 섞기 시작했다. 나이가 들어 손마디가 굵어졌는데도 노인의 손놀림에는 리듬감이 있었다. 그만큼 연습을 많이 했다는 뜻일 터였다.

“자식이 그 애 하나뿐이오?” 노인의 물음에 퀸은 노인의 표정을 살폈다. 두 사람은 무의식중에 현재시제로 말을 하고 있었다.

“그 애뿐이에요.” 퀸은 파도모양으로 물결치는 카드를 바라보며 말했다. 아들이 이곳에 앉아 지금의 나와 똑같이 저 준비과정을 지켜봤을 테지. 잔뜩 기대에 부풀어 마술을 기다리면서. 내 아들이.

노인은 식탁 위에 부채처럼 카드를 펼쳤다. “한 장 뽑아요.”

클로버 퀸이었다. 퀸은 카드를 다시 패 안에 집어넣고 노인이 카드를 섞는 동안 기다렸다. 노인은 퀸의 카드를 뒤집으며 물었다. “이거요?”

퀸은 깜짝 놀라 고개를 끄덕였다.

“젊은이는 잘 모르겠지만 작은 실수가 있었다오. 오늘은 컨디션이 영 꽝이구먼.”

“물건을 사라지게 해보세요.” 퀸은 지갑에서 5달러짜리 지폐 한 장을 더 꺼내며 말했다.

눈썹인지, 아니면 예전에 눈썹이 있던 자리에 생긴 주름인지 몰라도 그 부분이 살짝 위로 올라갔다. “공연 비밀은 포함되지 않는 거요.” 노인은 돈을 주머니에 넣고 기다렸다. 뭔가 일어나기 직전의 긴장감이 두 사람 사이를 가득 메웠다. 순식간에 너무 빠르게 동작이 이루어져서 퀸은 자신이 실제로 그 장면을 목격한 것인지 의심스러웠다. 노인은 식탁 위에 놓여 있는 접은 신문지를 집어 들더니 검버섯이 핀 손으로 그 신문지를 움켜쥐었다. 다음 순간 손을 다시 활짝 펴자 신문지는 사라지고 없었다. 한 세기가 넘게 손금이 새겨져 있던 빈 손바닥뿐.

"신문지가 어디로 갔죠?"

"젊은이는 마술 관람료만 냈잖소." 노인은 그렇게 퀸을 동정하지 않는다는 의사를 분명히 표했다. 사실 퀸은 화가 난 듯한 노인의 그 태도 덕분에 상실감이 조금은 덜어지는 기분이었다.

퀸은 5달러짜리 지폐 한 장을 더 내밀며 물었다. "또 어떤 걸 할 줄 아시죠?"

"아이들은 자신이 본 것을 그대로 믿는다오. 어른들은 어떤 것으로도 만족시키기가 힘들지만." 노인은 잠시 후 이렇게 덧붙였다. "젊은이 아들이랑 나는 친구였소."

"어르신께는 제가 직접 말씀 드렸어야 했는데 그랬군요."

노인은 의자에 털썩 앉더니 커다란 두 손을 포갰다. "그날 나는 여기에 앉아 그 녀석도 다른 놈들과 다를 바 없는, 맡은 일을 완수할 줄 모르는 게으름뱅이라고 생각했다오." 노인의 입술이 파르르 떨렸다. 그러나 노인이 뭔가를 말하려고 입술모양을 일부러 그렇게 만든 건지, 아니면 주름이 그런 모양으로 잡힌 건지는 구별하기가 쉽지 않았다. "이 집에서 그 애가 쌓은 훌륭한 명성이 그렇게 더럽혀진 것은 절대로 그 애 잘못이 아니지. 나는 그 점이 너무나 안타깝다오. 그 스카우트 대장이란 작자는 왜 내게 말을 안 해주었을까? 전화기가 안 되는 것도 아닌데. 젊은이 아들이랑 나는 함께 준비 중이던 계획이 있었단 말이오."

퀸은 이상하게도 마치 경찰의 취조실 전등 밑에 앉아 있는 것처럼 얼굴이 화끈거렸다. 끝내지 못한 계획의 단서가 남아 있을까 해서 집 안을 둘러보며 물었다. "어떤 계획이었는데요?"

"이제 더 이상 그런 건 중요하지 않소." 이렇게 말하는 노인의 표정이 바뀌었다. 스스로 뭔가를 생각하는 듯, 혹은 퀸이 표현한 선의의 호기심을 믿어주는 듯. "그 애는 아주 착한 소년이었소. 생각하면 마음이 어찌나 아픈지. 자식들보다 더 오래 사는 건 정말 안 된 일이지."

"어르신도 겪으신 일이죠?"

"프랭키는 전쟁에 나가서 죽었다오. 랜들은 암으로 죽었고. 그 녀석은 아주 뛰어난 변호사였는데도 한 곳에 마음을 붙이지 못했지. 애인은 수두룩했지만 아내는 없었거든. 장례식에서도 모두들 그 애의 연애 이야기만 하더군요."

"유감입니다."

노인은 퀸을 향해 눈을 깜박이며 말했다. "실은 이 집도 랜들의 집이라오. 젊은이 생각에도 죽은 자식의 돈을 유산으로 상속받아 사는 것보다 더 체통 없는 짓은 없지 않소?"

"어쩌면요. 어르신 말씀이 무슨 뜻인지 알 것 같습니다."

"그때 나는 돈이 없었거든. 이렇게 보면 장수하는 게 은총이자 저주인 셈이지." 노인은 식탁 위로 몸을 기대며 이렇게 말했다.

"굳이 설명하지 않으셔도 됩니다."

"그때 랜들의 나이 예순한 살이었소. 그 애는 장수한 건 아니었지만 그래도 단명한 건 아니었지." 노인은 뜸을 들이다가 이렇게 덧붙였다. "내가 그리운 건 프랭키라오."

잠시 침묵이 흘렀다.

"저는 양육방문이 있을 때마다 애 엄마가 그 사실을 미리 알려줘야 했답니다. 그런데도 그 약속을 제대로 지키지 못했지요. 그래서 아이에 관해 아는 게 거의 없어요. 그게 진실입니다."

미스 빗커스는 팔을 뻗어 퀸의 벌어진 재킷 안 따뜻한 가슴팍으로 손을 집어넣었다. 가슴께에서 노인의 손이 느껴졌다. 잠시 그렇게 손을 대고 있던 노인은 푸드덕 새 한 마리가 날아오르듯 손을 거두어들였다. 노인의 손바닥이 닿아 있던 곳에, 곱게 접은 아이의 사망기사가 실린 신문지와 신문지 사이에 끼운 퀸이 낸 5달러 지폐가 놓여 있었다. 노인은 말 한 마디 없이 그것을 모두 그의 가슴에 남긴 것이었다. 퀸은 자신의 외부 어딘가에서 칼로 가슴을 도려내는 듯한 안타까움이 밀려오는 것을 느꼈다. 아버지의 사랑을 한없이 그리워했을 아들이 너무나 짠했다. 그것은 단순한 부끄러움 이상의 감정이었다. 그런 감정을 불러일으키다니, 그것만으로도 마술은 충분했다.

"왜 양육방문 약속을 지키지 않았죠?" 노인이 물었다. 노인은 그저 호기심에 묻는 것 같았다. 퀸은 결국 노인한테, 그러니까 노인의 나이, 생기 넘치는 얼굴, 아무리 다급해도 차분함을 잃지 않는 너그러운 태도에 굴복하고 말았다.

"저는 아들의 마음이 작용하는 방식을 이해하지 못했습니다. 아이의 방식에 어떻게, 어떻게 대처하면 좋을지 알 수가 없었던 거죠." 퀸은 이렇게 자백했다. 그러자 주체할 수 없는 슬픔이 솟구쳐 흘렀다. 그런 퀸을 바라보는 노인의 눈은 아직도 젊은이의 눈처럼 맑았다.

퀸이 보기에 노인은 편견 없이 이 말을 곧이곧대로 받아들인 것 같았다. 노인이 말했다. "랜들과 나도 서로의 입장을 이해하지 못했다오. 그 앤 착한 아들이었지만, 우리 사이에는 공통점이 없었거든. 그 애는 아주 어렸을 때부터 자립심과 야심이 강했지. 그래서 그 애가 나를 필요로 한다는 기분을 느껴본 적이 없었소."

퀸은 부고기사는 주머니에 넣고 지폐는 식탁에 올려놓은 채 자리에서 일어서며 물었다. "제가 여기 있는 동안 시키실 일은 없으신가요?"

"거실 전등에 전구가 나갔소. 의자 위에 올라서려니까 너무 끔찍하지 뭐요."

퀸은 전구를 갈았다. 얇은 발판만으로도 충분했지만, 그 발판 역시 수리가 필요한 상황이었다.

퀸은 약속한 날인 토요일에 다시 그 집을 방문했다. 그리고 그 다음 토요일에도.

5월이 가고 6월이 왔다. 퀸은 아들의 장소인 그 집에 정시에 도착한 뒤, 도구들을 들고 나와 아들이 자신의 임무라고 느꼈을 법한 일은 그것이 무엇이든 철저하게 완수했다.

"케이크를 구워놨네. 자네 마음에 들 거야. 비법 재료가 들어간 케이크거든."

"비법 재료가 들어간 음식이라면 누가 안 좋아하겠습니까?"

"이젠 자네도 날 그냥 오나라고 불러도 될 것 같구먼."

"어르신께서는 이미 저를 퀸이라고 부르고 계시잖아요."

"나야 그렇지. 하지만 자네는 젊은 신사고 나는 늙은 숙녀니까, 이제 그만 내가 허락을 해줘야 할 때가 된 것 같아서."

퀸은 얼굴 가득 미소를 짓고 물었다. "제가 어르신을 오나라고 불러도 되겠습니까?"

"간청을 허락하는 바요. 그런데 수챗구멍이 엉망이던데."

퀸은 여름이 천천히 다가오는 모습을 지켜보면서, 수챗구멍을 치우고 문짝을 다시 단 다음 현관 베란다로 오르는 계단 발판을 고쳤다. 매주 토요일 그는 집 안에 머물며 동물모양 쿠키나 케이크를 먹었고 5달러짜리 공연을 구경했다. 아무리 악착같이 이중으로 신경을 곤두세우고 관찰을 해도 '세븐업'이나 '공중여왕'의 비밀을 알아낼 수는 없었지만. 가끔씩 오나는 카드나 동전이나 손때가 묻어 단이 해진 손수건 따위의 물건을 사라지게 하기도 했다. 그 즈음에는 이 마술이 퀸이 가장 좋아하는 마술이 되어 있었다. 교활한 눈속임, 영리한 물건 숨기기에 불과했지만 보통수준의 마술사와 예외 없이 자지러지게 놀라는 구경꾼 한 명만 있으면 더 이상 필요한 것이 없는 간단한 마술이었으니까.

7

다섯 번째 토요일, 소년은 안 좋은 소식을 가져왔다. 오나는 햇병아리에 불과했던 것이다.

서스캐처원에서부터 시베리아에 이르기까지 동네마다 경쟁자가 셋씩은 있었다. 소년은 '최고령 남자' 혹은 '최고령 여자' 타이틀 보유자만 찾느라고 그 아래 기록을 실수로 못 보고 지나친 사실이 못내 원통한 모양이었다.

소년은 배낭의 지퍼를 느린 동작으로 내렸다. 언제나 상점에서 갓 새로 산 듯한, 슈퍼마켓에서 파는 버찌처럼 새빨간 배낭이었다. 그러고는 연약한 외모와 전혀 어울리지 않는 딱딱한 어조로 인쇄해온 종이를 읽었다. "미국의 자치령 푸에르토리코의 라모나 트리니다드 이글레시아스 조던 부인 다음으로 세계에서 나이가 가장 많은 사람은 루마니아 여성이에요. 나이는 113세고요. 그 다음으로 나이가 많은 사람은 일본 여성으로 똑같이 113세예요. 네 번째로 나이가 많은 사람은 미국의 프레드 헤일 씨고요. 우리가 이미 알고 있는 그 분 말이에요."

마침내 소년이 오나에게 종이를 건넸다. "라모나 트리니다드 이글레시아스 조던 부인과 루마니아 여성, 일본 여성, 그리고 프레드 헤일 씨가 죽고 나면, 그 다음 세계 최고령자는 플로시 페이지 부인이에요. 111세, 미국 여성이고요."

"흠." 오나는 후보자 명단을 대충 훑어보았다. 거기에 적힌 공식적인 경쟁자 82명은 거의 다 여성이었다. 일본 여사와 루마니아 여사의 이름은 발음하기도 힘들었다. 앞부분에는 모음들이 제멋대로 결합되어 있었고 뒷부분에는 자음들이 요새처럼 뭉쳐 있었다. 그 두 사람은 전 세계 고령 인구를 추적하는 연구팀의 조사 결과 목록에 올라 있었다. 경쟁자들은 모두 엄청나게 많은 나이로 그 목록에서 가장 젊은 사람조차 오나보다 여덟 살이나 더 많았다. 그리고 그 목록에서 가장 나이가 많은 사람조차도 전 시대를 통틀어 칼망 여사가 세운 기록에는 거의 10년이나 모자랐다.

오나는 칼망 여사가 천상의 흔들의자에 앉아 낄낄대는 환청이 들리는 것 같았다. "글씨가 너무 작구나. 안경을 써야겠다. 들어오너라." 오나는 이렇게 말하며 일어섰다.

소년은 거실 문간에 서 있었다. 오나는 그때까지 자신이 부엌으로 들어오라고 소년을 부르지 않았다는 사실을 깨달았다. 소년은 종이를 오나의 무릎 위에 올려놓고는, 오래전부터 집에 있었던 안락의자 중 하나의 팔걸이에 가볍게 걸터앉았다.

"이 노인네들 좀 보게. 이 늙다리들은 오트밀에 도대체 뭘 넣어서 먹는다니?" 오나가 말했다.

"슈퍼센터내리언 Supercentenarian이 되기 전에는 경쟁에 낄 수도 없어요." 마치 미리 연습이라도 한 것처럼 소년은 조금도 더듬지 않고 그 단어를 정확하게 발음했다. "110 이상이란 뜻이에요. 전 세계에 110대 노인이 400명쯤 살아 있는 것으로 추정된대요. 그 사람들을 모두 따라잡는 건 아무래도 어렵겠어요." 그러고는 의자에서 발딱 일어서더니 노상 꼼지락대는 손가락으로 종이 옆쪽을 가리켰다. "보세요. 여기 이름 옆에 생일이 있죠. 오늘 날짜에서 그 생일을 빼면 나이가 나와요."

오나는 오슬로 여성 한 명, 태국 여성 한 명, 그리고 에너벨이나 엘비라, 혹은 라비니아 등의 이름을 가진 남아메리카의 여성 몇 명을 눈여겨보았다. 남자는 몇 명 없었는데 그나마도 모두 일본인이었다. "이 사람들은 누가 찾아내는 게냐?"

"연구자들이요. 노인학을 연구하는."

오나는 눈을 가느스름하게 뜨고 물었다. "혹시 너희 엄마 직업이 학교선생님이냐?"

"저희 엄마는 도서관 사서예요."

"그래서 그런가, 너는 꼭 도서관 사서처럼 말하는구나."

"전 친구가 한 명도 없어요."

"실은 나도 그렇단다. 성당에서 만난 아줌마들이랑 차를 마시기는 하지만 여기저기가 아프다는 그 여편네들 투정을 듣고 있으면 내 몸까지 아파오는 것 같거든. 넌 멋진 소년인데 어째서 친구가 한 명도 없는 게냐?"

"운동을 못하면 아무도 좋아해주질 않아요. 카드 마술도 소용없더라고요."

"난 이미 경고했다."

"하나, 난 스포츠가 싫어요. 둘, 악기 연주도 싫고요. 셋, 점심시간도 싫어요."

"학교에서는 그 마술을 하지 말라고 이미 말했잖니?"

"이런 활동을 하는 편이 나아요. 전 이런 활동이 정말 좋거든요." 오나는 소년의 말뜻을 완전히 이해할 수가 없었다. 늙은 할망구를 방문하는 일이? 아니면, 인터넷에서 정보를 찾는 일이? 그것도 아니면, 눈곱만큼의 재능도 필요하지 않은 그런 종류의 세계기록을 세우라고 사람들을 설득하는 일이?

"그럼 100세부터 110세 사이의 노인들에 관해서는 아무도 연구하지 않는 게냐?"

"그런 분들은 너무 많아요. 아마도 전 세계에 살아계신 분들을 다 세면 30만 명은 족히 될걸요. 제 생각에는요."

"그 노인네들은 다들 어디에 꼭꼭 숨어 있다니?"

"저도 잘 모르겠어요." 소년은 침울하게 말했다.

"내가 기록에서부터 두세 번째쯤은 될 줄 알았더니만. 아무것도 아닌 일에 우리가 공연히 김칫국부터 마셨구나."

소년은 슬픈 표정으로 고개를 저었다.

"괜찮다. 그 늙다리들이 다 죽을 때까지 기다리면 되지."

오나는 두 사람 다 실망감에서 빠져나오려면 주의를 돌릴 필요가 있을 것 같아서 카드를 꺼냈다. 몇 분 만에 소년은 '도둑잡기'에 완전히 빠져들었다. 사실 그 게임은 지능이 낮은 양치기 개도 30초면 따라할 수 있는 게임이었다. 소년은 바보가 아니었다. 아니, 오히려 바보랑은 거리가 멀었다. 다만 눈에 보이는 것에 너무 쉽게 속아 넘어갈 뿐.

"잘생긴 금발머리 러시아인 빅토르는 어떻게 됐어요?" 소년이 물었다.

오나는 얼굴을 붉혔다. 프랑스 할멈의 유령 같은 사진을 처음 본 뒤로 그 얼굴이 뇌리에 박혀 사라지질 않았다. 내 얼굴도 저렇게 물러터진 무화과처럼 보이는 건 아닐까? 움푹 꺼진 구덩이 같은 얼굴을, 옷 밑에 걸린 옷걸이처럼 앙상한 뼈가 들여다보일 정도로 축 처진 피부를, 상상 속에서라도 걷어내고 이야기를 들으라고 한다면 어린 소년한테 너무 과한 요구를 하는 걸까? 예전에는 오나도 사랑스러운 소녀였었다. 건강한 몸, 가녀린 발목, 육감적인 어깨, 달걀흰자를 발라 물결모양으로 빳빳하게 고대한 버찌나무 색 머리 등,

노인의 젊고 아름다웠던 모습을 재구성하는 데 필요한 상상력을 과연 21세기 소년이 발휘할 수 있을까? 닳도록 빨아서 모양이 변한 블라우스와 바지를 입은 지금의 모습 저편에 숨어 있는, 1916년 6월 맥케이 팬시용품점에서 구입한 포플린 원피스를 입은 젊은 시절 노인의 모습을 소년이 과연 상상할 수 있을까? 소년이라면 할 수 있을 거라고 오나는 생각했다.

"한 가지도 그냥 넘어가는 법이 없구나. 네가 그렇다는 거 너도 알고 있니?"

"어차피 전 결점투성이인 걸요." 소년은 카드에 시선을 고정한 채 서글프게 말했다. "잘생긴 금발머리 러시아인 빅토르는 어떻게 됐어요?"

"구닥다리 소설책에나 나올 법한 이야기란다. 내가 얼마나 멍청한 계집애였는지."

소년은 고양이처럼 침착하고 참을성 있게 기다렸다. 이런 점은 결점이 아니었다.

"Kūdikis" 오나는 이렇게 말하다가 손으로 입을 가렸다.

"Kūdikis가 뭐예요?"

오나는 유심히 소년을 살폈다. 소년이 50살은 먹은 어른처럼 느껴지는 것은 아마도 스카우트 제복 때문이리라. 아니면 소년의 몸에 밴 구식 예법 때문일지도, 혹은 눈동자의 홍채가 바다처럼 깊은 잿빛을 띠고 있어서 그런 것인지도 모르겠다. 그래서 얼토당토않게 아이가 지혜로운 중년의 어른처럼 느껴지는 것이리라. 이런 생각을 하며 오나는 털어놓았다. "아기란 뜻이다. 지금껏 아무한테도 말한 적이 없단다." 위장이 쪼그라드는 것 같았다.

"아기를 낳으셨어요? 서커스단에서요?" 소년의 손가락이 요동치기 시작했다.

오나는 소년의 두 손을 잡고 손가락을 지그시 눌렀다. 소년은 손을 몸 밑에 깔고 앉아 다음 이야기를 기다렸다.

"순회공연을 다니다가 도중에 집으로 돌아왔지. 치욕스러운 모습으로." 오나는 차분하게 말을 이었다.

소년은 말없이 계속 기다렸다. 오나는 머릿속이 개운해지는 기분이었다. 부엌에 침묵이 내렸다. 마당도 고요했다. 공기도, 불빛도, 창틀에 낀 먼지도, 목록에 나열된 이름과 이름들도 모두 침묵했다.

"아기가 어떻게 생기는지 혹시 아니?"

"정자랑 난자가 합쳐져서 생기죠."

소년은 꼼짝도 하지 않았다.

오나는 설명하기가 힘들었지만 이야기를 계속했다. "흠, 아기가 태어났고 난 그 애를 멀리 보내버렸단다."

소년의 손가락이 다시 움직이기 시작했다. "그 아기는 지금 어디에 있어요?"

"그 앤 의사가 되었어."

하나.

"어떤 의사요?"

"외과의사."

둘.

"어떤 외과의사요?"

"내 기억이 맞는다면 흉부외과."

셋.

"이름이 뭐예요?"

"로렌타스."

넷.

"로렌타스 다음은요?"

"로렌타스 스톡스."

"할머니 가정교사 선생님이랑 성이 같네요. 할머니가 어머니보다도 더 사랑했던 모드 루시 스톡스 선생님 말이에요."

오나는 아무 죄 없는 앞이마를 두드렸다. "넌 녹음기가 따로 필요 없겠다. 이렇게 자세하게 다 기억하고 있으니."

"할머니 아들은 그럼 90살이겠네요." 소년의 손가락은 이제 동작을 멈춘 상태였다. 아마도 본인이 정한 범주 밖의 이야기라서 그런 모양이었다.

"90살이라고?" 오나는 깜짝 놀라 물었다. 하지만 소년의 말이 옳았다. 아기가 태어나던 순간을 제외하고, 오나가 로렌타스를 만난 것은 단 한 번뿐이었다. 1963년 중년이 된 로렌타스를 보고 오나는 얼음장처럼 굳었었다. 빅토르를 닮아 건장하고 잘생긴 중년 남자가 되어 있던 로렌타스. 그 뒤 얼마간은 서로 연락을 하고 지냈다. 의식적으로 이름 전체를 서명한 짧은 편지를 주고받으며. 그러다가 그나마도 결국 이따금 크리스마스카드나 주고받을 정도로 간격이 뜸해졌지만.

오나는 소년의 시선을 느끼며 자리에서 일어나 찬장에서 상자 하나를 꺼냈다. "여기에 그 애한테 받은 최근 편지가 들어 있단다." 우표에 찍힌 소인을 보니 5년 전에 보내온 카드였다. 다른 한 장에는 8년 전 날짜가 찍혀 있었다. "우린 둘 다 서신교환을 하는 법을 몰랐던 것 같아."

소년은 발신지 주소로 자세히 들여다보았다. 브라이들 패스 레인.* "할머니 아드님은 말도 키우세요?"

"설마. 콘도에서 보낸 거야. 10년 전쯤부터 거기서 지냈거든." '드디어 은퇴를 했습니다. 새로 지은 콘도가 참 좋네요. 새해 복 많이 받으세요. 로렌타스 스톡스 드림.' 오나는 갑자기 가슴이 텅 빈 것 같은 기분이 들었다. "지금은 나에 관한 생각을 너무 많이 하지 않았으면 좋겠구나."

"왜요?" 소년이 눈을 깜박이며 물었다.

"내가 지금 막 비밀을 고백했잖니."

"무슨 비밀이요?"

오나는 부스럭거리며 봉투를 닫았다.

"아기 이야기요?"

"그래!"

"그게 비밀이에요?"

오나는 지난 수십 년 동안 자신이 지은 요새가 이렇게 무기력하게 느껴진 적이 없었다. "당연히 비밀이지. 내 남편도 몰랐던 일인데." 부부 금슬이 그다지 좋지 않았기 때문에 하워드는 오나의 몸에 난 수술 자국조차 알아채지 못했던 것이다. "내가 인생의 겨울이 되어서 그 비밀을 발설하게 될 줄은 몰랐다는 사실을 네게 알려줘야겠구나."

이제 오나의 몸 안에 있던 텅 빈 방 하나가 문을 활짝 열고 가득 채워지길 기다리고 있었다.

"왜 아기 이름을 로렌타스 스톡스라고 지으셨어요?"

"모드 루시 선생님이 지으신 이름이란다. 나는 의심할 여지없는 동정녀였던 마리아의 남편 이름을 따서 조지프(Joseph : 요셉의 영어식 발음이다. ─옮

---

* 브라이들 패스 레인 Bridle Path Lane : 'Bridle Path'는 일반적으로 자동차 통행이 금지된 사람과 말 전용 도로를 지칭하는 용어이다. 북아메리카 여러 지역에 이 명칭으로 불리는 동네가 있다.

긴이)라고 짓고 싶었지만 말이다. 모드 루시 선생님이 아기를 데리고 그랜야
드로 돌아가 자기 가족들 품에서 키웠거든."

"할머니는 빅토르랑 결혼하셨어요?"

"역마살이 낀 남자는 한 곳에 주저앉힐 수가 없는 법이다." 오나는 봉투를
쓰다듬으며 말을 이었다. "모드 루시 선생님이 사과나무가 가득한 시골에서
로렌타스를 훌륭하게 키우기 위해 서둘러 떠난 뒤, 나는 2년 동안 펄프 공장
에서 누더기를 분류했어. 그런 다음 어머니가 포틀랜드에 있는 브룩스학교
비서 과정에 나를 입학시키셨지. 비서학을 공부하라고. 그 뒤에 하워드 스탠
호프라는 서른아홉 먹은 늙은 홀아비랑 결혼했단다."

소년은 다정다감한 눈빛으로 오나를 가만히 바라볼 뿐 아무 말도 하지 않
았다.

"하워드랑 같이 사는 건 정말 끔찍했어. 음, 내 생각에는 이것도 비밀인 것
같구나."

"전 비밀 잘 지켜요." 이렇게 말하며 소년이 어찌나 뚫어지게 얼굴을 바라
보던지 오나는 발가벗겨진 기분이 들기 시작했다. 하지만 소년의 눈빛은 노
쇠함과 수치스러움을 벗겨내는 좋은 방향으로 작용했다.

오나는 소년이 가져온 목록으로 시선을 돌리며 말했다. "이 정도면 됐다.
이 많은 이름들을 보렴. 나는 지금껏 뭔가를 놓고 치열하게 경쟁해본 적이
없었단다. 평생 동안 단 한 번도."

"할머니도 우승자가 되실 수 있어요. 돌아가시지만 않으면 되는 걸요."

"이보게, 어린 친구. 그게 말처럼 쉬운 일이 아니라네."

소년은 두 사람 사이에 녹음기를 올려놓았다. "이 분은 미스 오나 빗커스
이십니다. 이 테이프는 그 분의 인생 이야기를 녹취한 것입니다. 이 부분은 2

부에 해당됩니다."

"'인생 이야기' 말고 다른 표현을 쓸 수는 없는 게냐? 좀 덜 거창한 제목으로?"

'그럼 뭐라고 해요?' 소년이 입모양으로 물었다. 앞부분에 공식적인 멘트를 읽기는 했지만 소년은 입모양만 움직여 자신의 말은 묵음으로 처리하고 링크맨 선생이 알려준 질문을 손가락으로 가리킴으로써 침묵을 지키려는 원칙을 고수했다. (그 질문은 이를테면 이런 식이었다. '제2차 세계대전 중 가장 또렷하게 기억나는 사실은 무엇입니까?', '당신이 보기에 20세기의 가장 위대한 발명품은 무엇입니까?') 때로는 새로운 질문을 나무랄 데 없는 철자와 글씨체로 그때그때 적거나 부를 나누어, 테이프에 종이 바스락거리는 소리가 녹음되지 않도록 조심스럽게 오나한테 건네기도 했다.

가끔씩 소년은 녹음기를 끄고 범주 외의 질문을 하기도 했다. '아기는 누구를 닮았었나요?' 이런 질문들은 오나를 당황스럽게 만들었지만, 소년이 다시 녹음기를 눌러 자신의 대답을 영원히 기록한다고 해도 이상하게도 오나는 기꺼이 그 질문에 대답을 하고 싶었다. 꼼짝도 하지 않고 이야기에 집중하고 있는 소년의 모습은 오나의 혀와 기억을 자연스럽게 풀어주는 면역주사 같은 효과가 있었다. 그리고 소년은 간혹 어떤 것이 비밀이고 어떤 것이 비밀이 아닌지 헷갈렸다. 결국은 오나 자신도 그렇게 되었지만.

이 분은 미스 오나 빗커스이십니다. 이 테이프는 그 분의 인생 이야기를 녹취한 것입니다. 이 부분은 2부에 해당됩니다.

'인생 이야기' 말고 다른 표현을 쓸 수는 없는 게냐? 좀 덜 거창한 제목으로?

……

잘 모르겠다. 기억들이 파편처럼 조각나서, 이제는 더 할 이야기도 거의 없다. 나도 그랬으면 좋겠구나.

……

알았다. 그럼 질문해보렴.

……

그 애가 누굴 닮았든 이제 와서 뭐가 달라지겠니? 황달에 걸린 비쩍 마른 아기였단다. 머리는 삶은 달걀처럼 머리카락이 하나도 없었고 말이다. 가엽게도 제 날짜가 아닌 때에 태어났거든. 나는 골격이 큰 소녀였고 그 애는 8월에 나는 감자 한 톨보다도 무게가 안 나갔는데도, 어쩔 수 없이 수술로 아이를 낳아야만 했단다. 제왕절개라고 들어봤니?

……

그래, 너야 책벌레니까. 내 생각에 너는 세상에 모르는 게 없는 것 같구나.

……

너도 그랬다고? 흠, 로렌타스는 조산이 아니었단다. 오히려 늦게 태어났지. 다행히도 내가 젊었기 때문에 그 애가 살 수 있었던 거야. 지금은 믿기 어렵겠지만 그 때는 나도 젊었거든. 젊고 건강했지.

……

정말 친절한 아이로구나. 고맙다. 그런데 어디까지 이야기했더라? 이제는 작은 칭찬 한 마디에도 내가 이렇게 정신을 놓는구나.

……

아, 맞다, 아기. 우리 아버지가 내 배를 가르고 아기를 꺼내셨단다. 순회공연을 다니면서 보았던 어떤 공연에 비교해도 뒤지지 않을 만한 신기한 솜씨로 말이다. 우리 아버지는 얼굴은 딱 농부처럼 생긴 양반이었는데. 아버지가 아니었다면 그때 난 이미 죽었겠지. 널 속상하게 하려고 하는 말은 아니다. 속 안 상했지?

……

됐다, 그럼.

……

아, 괜찮다. 그래, 영원히 후세에 남겨야지. 저지스 빗커스. 참 좋은 아버지셨단다. 수술을 하기 전 아버지는 눈물을 흘리시더구나. 수술이 끝난 뒤에도. 하지만 수술을 하는 중에는 울지 않으셨어. 수술을 하는 동안에는 기둥처럼 굳건한 모습이셨지. 나 역시 엉엉 울 수 있는 처지는 아니었단다. 이미 집안 망신을 충분히 시켰던 터라. 그래서 나는 이틀하고도 한나절 동안 산통을 그냥 견뎌냈다. 그러자 마침내 아버지, 내가 알기에 예전에는 버찌를 따는 농부였다가 그때는 산성 물질을 취급하는 노동자가 된 우리 아버지가 부모님 침실 어딘가에 깊숙이 넣어둔 가죽가방을 내오시더구나. 그 안에 가지런히 꽂힌 메스의 날이 너무 번쩍거려서 눈이 부실 정도였어. 지금 생각해봐도 왜 그런 걸 계속 보관하고 계셨는지 모르겠다. 나는 소리쳤단다. "아빠! 지금 뭐 하시는 거예요?"

……

글쎄다. 그때는 이렇게 생각했지. 러시아인이랑 바람나서 집을 나간 죄로 아빠가 침대에 눕힌 채 나를 죽이려나 보다.

……

미안. 네가 거기 있다는 걸 잠시 잊었구나.

……

처음에는 어땠냐고? 글쎄, 이런저런 일이 있었지만 순회공연에서 집으로 돌아온 것이 나는 마냥 좋았단다. 임신을 한 것이 확실했는데도 그랬어. 나를 돌보아주려고 모드 루시 선생님이 그랜야드에서 돌아오셨거든.

……

아, 그랬지. 하지만 선생님은 병든 이모님을 내버려두고 달려오셨어. 나를 위해서. 몇 년 동안 아버지의 영어는 조금씩 나아졌지만 그래도 글로 의사를 전달하는 것은 아직 끔찍했단다. 어머니의 글은 더 형편없었고 말이다. 어떻게 그런 철자법을 쓸 수 있는지 넌 상상도 못 할 게다. 그렇게 엉망인 글은 나도 처음 봤어. 그런데도 모드 루시 선생님은 내가 폐결핵으로 반쯤 죽어가고 있다는 아버지의 거짓말을 용케 알아보셨더구나. 그런데 돌아와서 호박처럼 몸집이 붇긴 했지만 완벽할 정도로 건강한 나를 보고 선생님이 얼마나 놀라셨을지 상상해보렴.

……

아, 정말로 그랬다니까! 상상력을 조금만 더 발휘해봐라. 혈기왕성한 뚱뚱이의 모습을 한 나를 떠올려봐.

……

넌 확실히 뛰어난 상상력을 타고난 것 같구나. 이렇게 노쇠한 나를 보고 세계기록 보유자를 떠올리는 사람이 이 세상에 너 말고 또 누가 있겠니?

……

바로 그거란다. 아무튼. 모드 루시 선생님은 곧바로 나의 산전관리를 떠맡았단다. 3층 선생님의 거실에서 내가 발을 높이 걸치고 누워 깡통에 든 마시멜로를 먹는 동안 선생님은 책을 읽어주셨지. 피아노를 치면서 노래를 불러주시기도 하고 찰스 디킨스의 길고도 긴 소설을 큰 소리로 읽어주기도 했어.

……

《황폐한 집》*이란 책이었어. 그 책을 읽는 데 며칠이 걸렸지만 난 너무나 행복했단다. 그때는, 그러니까 세상에서 가장 사랑하는 여인한테 애지중지 보살핌을 받다 보니까 시간이 한 꺼풀씩 벗겨져나가는 것 같다는 착각이 들기도 하더구나. 넌 너무 어려서 마음이 끌리는 것이 어떤 것인지 잘 모르겠지만 말이다. 그러다 보니 내가 임신을 했다는 사실조차 까먹기 일쑤였어. 하지만 막상 때가 되니까 아, 어찌나 놀라운 일이 많던지.

……

---

* 《황폐한 집 Bleak House》: 빅토리아 시대 대문호 찰스 디킨스 Charles Dickens 1812-1870의 후기 대표작 가운데 하나이다. 2년간 연재된 뒤 1853년 단행본으로 출간된 이 소설은 1800년대 전반 영국 법조계의 타락을 신랄하게 비판한다. 선량한 사생아 소녀 에스터가 온갖 고난을 이겨내고 존경받는 의사 부인이 되는 이야기가 중심 플롯이다. 여기에 사교계의 여왕인 귀부인 레이디 데들록의 이야기가 복잡하게 얽혀 있다. 레이디 데들록은 자신이 낳은 딸 에스터를 버리고 과거를 숨긴 채 귀족과 결혼해 화려한 삶을 살지만, 과거가 밝혀질까 전전긍긍하다가 결국 비참한 죽음을 맞이한다.

하나, 정작 출산하는 순간에는 모드 루시 선생님이 별 도움이 안 되더구나. 내가 호흡을 하는 내내 선생님은 하도 두 손을 꽉 모아 쥐고 있어서 피부가 다 벗겨질 지경이었지만 말이다. 테두리에 담쟁이덩굴 무늬가 정성스럽게 새겨진 도자기 달걀 컵에 위스키를 따라 나한테 먹인 사람도 어머니였단다. 어머니는 고국의 풍습에 따라 움직였는데 나로서는 처음 보는 색다른 모습이었어. 어머니가 계속 이렇게 말했거든.

"샤, 샤, 샤, 샤, 샤, 샤."

……

나도 잘 모르겠지만, 아무튼 그 소리를 들으니까 마음이 편안해지더구나. 모드 루시 선생님은 옆에서 발을 동동 구르면서 허둥지둥대다가 아버지한테 소리만 질러댔어. 굳이 말하자면 상당히 무례하게 느껴질 정도로.

……

"제기랄, 저지스, 제발 오나를 병원으로 데려가자고요." 놀라운 일 둘. 그래 맞아. 나도 숫자를 좀 세야겠다. 어머니랑 아버지가 모드 루시 선생님은 무시했다는 거야. "아뇨." 두 사람은 그렇게 말했어. "됐어요, 싫어요, 안 돼요."

……

왜냐하면 킴볼 병원은 음침하고 위험한 곳이었기 때문이란다. 어머니가 병원에서 일어난 이런저런 사건들을 전해 들었는데 그 이야기들은 모두 이렇게 끝났다고 하더구나. '병원 안으로 들어가 결국은 나오지 못했다.'

……

놀라운 일 셋. 아, 이건 정말 충격적인 일이었어. 아버지가 수술용 메스를 갖고 있다니. 아버지가 가방에서 무슨 가루 같은 걸 꺼냈고 어머니가 그 가루를 위스키에 섞어 나한테 먹였단다. 그걸 먹으니까 진통이 가라앉는 것 같았지. "내 사랑, 오나." 아버지가 속삭이셨어. 그 순간 아버지의 눈동자가 어찌나 파랗고 사랑스럽던지. "무서워 마라. 무서워할 것 없다." 아버지가 말씀하셨고 나는 그 말에 따랐단다. 난 '무섭지' 않았어. 네가 상상할 수 있을지 모르겠다만, 약간 정신이 몽롱해지면서 몸이 붕 떠오르는 것 같더구나. 그러면서도 계속 내 귀에 쉿 소리를 들려주는 부모님과 하나로 연결되어 있는 기분이었어. 나는 두 분을 너무나 몰랐던 거야. 부모님이 내게 가르쳐주지 않은 그 언어로 두 분한테 말을 건네고 싶은 마음이 굴뚝같았지만 때가 이미 너무 늦은 것 같은 기분이 들더구나. 난 이미 모드 루시 선생님의 미국인 딸이 되어 있었으니까. 결국 나는 그 말을 단 한 마디도 떠올릴 수가 없었단다. "아빠, 전 아빠가 버찌를 따는 농부인 줄 알았어요." 내 말에 아버지가 대답했어. "의사이기도 하단다." 다음 순간 로렌타스의 머리가 밖으로 나왔고 아이의 울음소리가 들렸어. 8월 감자처럼 작지만 폐는 건강한 아기의 울음소리가.

……

전혀. 아마도 두 분은 그 단어를 모르셨을 거야. 수술용 메스라는 영어 단어를 어떻게 알겠니? 달걀 컵에 든 위스키는 또 어떻고? 시골 의사이자 버찌를 키우는 농부로 살다가 가족들을 데리고 고향으로부터 8만 킬로미터나 떨어진 타향에 와 공장에서 일을 하던 양반이? 그랬다면 완벽한 이야기가 되었겠지.

……

모드 루시 선생님? 글쎄. 그때까지 나는 선생님이 버몬트의 자기 가족들 품에서 아기를 키울 계획을 세우고 있었다는 사실을 전혀 몰랐어. 그저 그런 생각만 했지. 저런 여인이 사과나무만 지천으로 깔린 그 지겨운 동네로 돌아가겠어? 그것도 덩치 크고 무뚝뚝한 삼촌들이랑 아픈 이모들만 득시글대는 동네로?

……

글쎄, 선생님은 그러실 수도 있었겠지. 실제로 그렇게 하셨으니까. 모드 루시 선생님은 덩치가 크고 어깨가 떡 벌어진 여인이었어. 물론 나는 선생님이 아름답지 않다는 사실을 깨닫는 데 시간이 오래 걸렸지만 말이다. 선생님은 부유한 남자를 만나기에는 너무나 검소하고, 어리석은 남자를 만나기에는 너무나 현명하신 분이었단다. 당시에는 결혼하지 않은 여성이 계급의 사다리에서 맨 아래 칸에 머물 수밖에 없었는데도 그렇게 사신 분이었어. 선생님은 1905년 풍경화를 그리러 랭글리

호수로 여행을 갔다가 돌아오던 도중에 킴볼에 눌러앉았다더구나. 나무를 팔러 다니는 얼간이한테 시집을 보내버리려고 갖은 애를 쓰는 아버지한테 반항하는 의미로 떠났던 여행이었대. 선생님 아버지는 딸을 너무 잘 가르쳐 키운 실수를 범했던 게지.

……

기차 철로에 문제가 있었다는구나. 그래서 기차 밖으로 쏟아져 나온 승객들이 그날 밤 묵을 곳을 찾느라 난리가 났대. 그런데 셋방 광고를 내러 ≪킴볼 타임스≫ 신문사에 갔다가 나오던 우리 어머니랑 모드 루시 선생님이 우연히 부딪친 거야. 3일 뒤면 건물이 완공될 계획이었거든.

……

그랬지. 그 시절 우리는 주님께서 직접 우리 집안일을 주관하고 계시다고 믿었단다. 우리 어머니는 어린 딸의 머리를 늘 손으로 곱게 땋아줬고, 밀가루 부대 천으로 만든 옷이나마 한 땀 한 땀 정성스럽게 바느질해 지은 예쁜 드레스를 입혔어. 그래서 모드 루시 선생님은 나만 보면 항상 꼭 빛으로 목욕한 아이 같다고 말하곤 했지.

……

나도 안다. 그래도 굉장하지 않니? 그래서 우리 이야기가 아름다운 거야. 서로 보자마자 사랑을 느꼈거든. 그날 밤 우리 가족과 함께 지낸 선생님은 차마 날 두고 떠날 수가 없었대.

……

나무를 팔러 다니는 얼간이가 고향에서 기다리고 있었던 것도 사실은 사실이지. 하지만 이야기란 게 원래 이렇게 말하면서 살을 붙이기도 하는 거란다. 그럼 그게 우리 이야기가 되는 거야. 사실이야 이야기 속에 담기기만 하면 되는 거니까. 그런데 그런 선생님이 결국은 고향으로 돌아가게 된 거야. 품에 아기를 안고.

……

어머니랑 내가 걸어서 역까지 배웅을 나갔어. 모드 루시 선생님은 평상시와 똑같은 모습이었어. 모자도 없고, 장갑도 없고, 1890년대부터 줄곧 입은 단벌 외투하며, 기억을 떠올려보면 그날의 추위가 지금도 느껴진단다. 우중충하고 바람이 매섭게 휘몰아치는 날이었거든. 모드 루시 선생님은 표를 끊고 아기 얼굴을 보여주려고 담요를 살짝 열었어. 태어난 첫날 얼굴을 본 뒤로 나는 아기 얼굴을 한 번도 본 적이 없었어. 나는 아기한테 키스하고 싶은 마음이 없었지만 그 문제만큼은 모드 루시 선생님도 완강하셨지. 아기한테서 잘 익은 복숭아 향기가 나더구나.

......

솔직히 말하자면 어머니는 울고 계셨어. "아이한테 좋은 인생을." 어머니는 이렇게 말했고 모드 루시 선생님은 기차에 올랐어. 그런데 그 순간 내 머릿속은 온통 까마귀로 가득했단다.

......

까마귀가 시커먼 몸뚱이로 어떻게 겅중겅중 걸어 다니고 퍼덕거리는지 너도 알잖니? 그때 기차가 기적소리를 울리며 출발했어. 그 소리가 지금도 귀에 선하구나.

......

"부우우우" 기차가 가버렸어. "부우우우" 이런 소리를 내면서. 그 소음 속에서 나는 머릿속으로 이렇게 외치고 있었단다. '소녀한테 좋은 인생을, 소녀한테도 마찬가지로 좋은 인생을'

......

글쎄. 선생님이 떠나는 모습을 지켜보기만 했지. 달리 뭘 할 수 있었겠니? 나 역시 아직 어린애에 불과했는데. 기차가 철로를 따라 사라진 뒤로 로렌타스는 무럭무럭 자랐겠지. 그 애 앞에는 과학과 문학과 흥미로운 대화로 가득한 미래가 펼쳐져 있었어. 그러니까 존경도 받고 책도 쓰고 했겠지. 나한테 편지도 써주고. 그 애가 얼마나 행복했을지 정확하게 아는 사람은 지구상에 단 한 명, 바로 나뿐이란다. 그 애가 모드 루시 선생님의 재치, 열정, 그 대단한 자립심을 모두 내게서 가져가버렸으니까. 나를 향한 선생님의 사랑도.

......

미안. 뭐라고?

......

아니. 선생님은 심지어 피아노마저 가지러 오지 않았단다.

8

소년은 다른 가능성은 없다는 사실을 받아들이기로 마음먹은 모양이었다. 여섯 번째 토요일, 소년은 통계학적으로 가장 위험한 사건사고의 목록을 들고 왔다. 목록에는 케이지 다이빙을 하다가 사망한 사례(물속에서 줄이 끊어져서, 산소가 떨어져서, 바다생물한테 잡아먹혀서 등)에서부터 문간에서 사망한 사례(문을 통해 들어가다가, 열쇠를 찾는 와중에 산 채로 몸에 불이 붙어서, 다른 쪽으로 옮겨진 계단을 찾아 헤매다가 등)에 이르기까지 다양한 52개의 항목이 적혀 있었다.

소년은 경고하듯 말했다. "만약의 사태에 대비해 읽어두시라고요. 할머니도 122년 164일이 되는 날까지 살아가는 도중에 우연한 사고로 사망하기는 싫으시잖아요." 그러고는 목록을 다시 한 번 살펴보더니 이렇게 덧붙였다. "베이글을 썰다가 엄지손가락을 베어서 돌아가실 수도 있어요."

"나이랑 상관없이 난 원래 그런 활동을 싫어한단다."

사망과 절단 사고 목록을 둘이 함께 정독한 뒤에 소년은 따로 가져온 인쇄물을 꺼냈다. 집에서 숙제처럼 일상적으로 고령자들을 조사하는 모양이었다. 그 인쇄물은 업데이트된 슈퍼센터내리언 목록이었다. (일본 부인과 괌 출신의 도전자 한 명이 그 사이에 세상을 떠났다고 했다.) 거기에는 새로 입수된 슈퍼센터내리언 열 명의 프로필이 추가되어 있었다. 도대체 어디에 살고 있는지 신만이 아실 슈퍼센터내리언들. 오나는 소년의 인터넷이 딸깍 소리와 함께 뉴스를 토해내는 마법의 상자 같았다.

"여길 보렴. 하틀리라는 이 할멈은 안경 없이도 글씨를 읽는다는구나." 오나는 안경을 낀 채 가느스름하게 눈을 뜨고 인쇄물을 뒤적거렸다. 일부 노인들은 반쯤 눈이 멀거나 귀가 먹거나 망령이 났다고 적혀 있었다. 오나는 몸서리를 치며 그런 부분을 건너뛰었다. 하지만 대부분의 노인들은 정상이었다. "왕이라는 이 영감은 집 잔디를 아직도 직접 깎는단다. 이 영감은 나중에 걸림돌이 될 수도 있겠는데."

"어쩌면 더 나이를 먹지 않고도 할머니가 세울 수 있는 다른 기록이 있을지도 몰라요."

"내가 그 나이까지 살지 못할 경우에 대비하자는 뜻이구나."

소년은 두 눈을 휘둥그렇게 뜨며 말했다. "아뇨. 제 말은 그런 뜻이 아니에요!"

오나는 소년의 말을 믿었다.

소년은 미간을 찌푸리며 말했다. "최고령 스카이다이버는 이미 있어요. 최고령 파일럿이랑 최고령 쇼걸도요. 하지만 그 기록 보유자들은 모두 할머니보다 젊어요. 혹시 이미 세워진 이런 기록을 깨는 데 관심 있으세요?"

"아니. 관절을 새로 이식받는다면 모를까."

소년은 목록에서 윙 워킹(비행 중인 비행기 날개 위에서 부리는 곡예—옮긴이), 스카이콩콩 등 가능성이 눈곱만치도 없는 종목들을 체크하며 지워나갔다. 거의 모든 항목에 줄이 그어졌고 결국은 오나 스스로도 가능한 도전이 하나도 없다는 생각이 들었다. '별다른 비법 없이도 루이즈 칼망 여사가 사망한 뒤로 17년이나 되는 세월을 버젓이 살아온 것으로 밝혀진 세계 최고령 여성'이 되는 것 말고는.

"할머니는 저랑 처음 만났던 날보다 벌써 36일이나 나이를 더 드셨어요."
소년이 녹음기를 준비하며 말했다.

"그건 너도 마찬가지지."

그때 소년이 창밖으로 시선을 돌리며 물었다. "저 소리 들리세요?"

"아니." 오나는 서글픈 어조로 대답했다. 노랫소리를 뽐내고 있는 오색방울새의 모습은 눈에 보였지만 그 노래는 오나의 청력 범위를 넘어서는 소리였다.

소년의 얼굴 가득 안쓰러움이 퍼졌다. "저는 배지를 따려면 아직도 새 이름을 여섯 개나 더 알아야 해요."

"이제 완연한 봄이잖니. 좀만 더 기다려보렴." 오나는 빙긋 웃었다. 소년을 향한 애정이 울컥 솟아올라 현기증이 나는 것 같았다. 소년은 너무나 어렸고, 단지 그 이유 하나만으로도 오나는 소년이 좋았다.

"그런데 저기 밖에 있는 저 차, 할머니 차예요?"

"그럼 내 차지. 누구 차겠니?" 그것은 랜들의 낡은 영국제 릴라이언트 자동차였다.

소년은 오나 쪽으로 시선을 돌리더니 오나를 뚫어지게 바라보았다. 뭔가 새로운 생각이 떠오른 것이리라.

"저 차 움직여요?"

"확실히. 매년 거르지 않고 검사를 받고 차량등록을 갱신해왔으니까. 내가 마지막으로 운전면허 갱신 시험을 보았다가 떨어진 뒤로는, 나를 위해 가톨릭 우애공제회에서 사람이 나와서 차를 정비소로 끌고 간단다. 기한이 만료된 면허증을 지갑에 꽂은 채 당당하게 차량검사소로 차를 몰고 들어갈 수는 없는 노릇이잖니."

"아, 젠장."

"네가 그런 단어를 쓰는 건 처음 듣는구나."

"할머니가 차를 운전하실 수 있을지도 모르겠다는 생각이 들었거든요. 자동차 운전 말이에요."

오나는 앞으로 몸을 기울이며 말했다. "운전을 못 한다고는 말 안 했다. 면허가 없다고 했지. 나이 때문에 도로주행시험을 봐야 했는데, 열여섯 살짜리 시험 감독관이 나를 떨어뜨렸거든."

"아마도 그 감독관이 실수한 걸 거예요."

"성당 여편네들한테는 시험에 통과했다고 말했다. 그러니까 거짓말을 한 거지." 오나는 소년이 그 사실을 대수롭지 않게 받아들이길 바라며 말했다.

"저도 거짓말했어요. 우리 아빠한테 음악을 좋아한다고 뻥쳤거든요. 사실은 아닌데. 알아야 할 코드도 너무 많고, 손가락으로 정확한 위치를 계속 짚어야 하는 것이 너무 어렵더라고요."

"지금 노래를 한 번 들어볼래?" 오나는 일어서서 '뷰티풀 드리머'라는 노래의 몇 소절을 불렀다.

"정말 멋진 노래에요, 미스 빗커스."

"봐라, 네가 얼마나 음악을 좋아하는지. 네가 싫어하는 건 음악 자체가 아니라 음악을 배우는 거란다. 내가 지금 이런 말할 처지는 아니지만." 오나는 유령처럼 하얀 소년의 손을 가볍게 토닥이며 말을 이었다. "아무튼, 나는 지금도 운전을 한단다. 2.5킬로미터 정도 떨어진 슈퍼마켓으로 매주 한 번 차를 몰고 장을 보러 가거든. 매번 같은 길로 다니는 거긴 하지만."

"굉장히 안전하게 들리는데요." 소년의 사랑스러운 입가에 어려 있던 긴장이 풀렸다.

"하지만 길 저 아래쪽에 사는 참견쟁이가 이 사실을 알아봐라, 어떻게 될지. 혹시 너 '부동산 중개업자'가 무슨 뜻인지 아니?"

"집을 파는 사람이란 뜻이잖아요."

"흠, 부동산 중개업자란 집을 **가로채는** 사람이란 뜻이다. 마을 잔디밭 여기저기에 그 여자 사진이 붙은 푯말이 세워져 있는데 혹시 봤니? 연녹색 옷을 입은 머리가 새빨간 여자 말이다. 그 여자가, 늙어서 삐걱거리는 내 발밑에서 이 집을 빼앗아가고 싶어서 안달이 났거든. 그래서 생쥐 한 마리를 노리는 고양이처럼 내 일거수일투족을 감시하고 있단다."

"혹시 그 여자 얼굴이 분홍색이에요?"

"그래, 그 여자야."

"그 여자가, 늙어서 삐걱거리는 할머니 발밑에서 이 집을 빼앗아가게 해서는 절대 안 돼요."

"그런 걱정일랑 마라."

그러자 아이의 눈빛이 신기하게도 회색에서 청회색으로 바뀌었다. 오나로서도 처음 알아챈 변화였다. "세계 최고령 운전면허증 소지자는 미국 국적의 프레드 헤일 씨에요. 기록은 108세고요."

"잠깐만, 프레드 헤일 씨는 나의 주요 경쟁자 중 한 명 아니냐? 113세였던 것 같은데 내가 잘못 기억하고 있는 게냐?"

"세계 최고령 남성 프레드 헤일 씨는 113세 맞아요. 그 분이 동시에 최고령 운전면허증 소지 기록도 보유하고 있고요. 하지만 운전면허를 취득했을 때 나이는 113세가 아니라 108세였어요."

"그 영감이 시험에 통과하는 순간, 누군가가 그 면허증을 확 낚아채갔을 게야."

"전 그런 생각은 못 했는데요."

"아마도 그건 어떤 구색을 갖추려고 세운 기록일 게다. 그 번쩍이는 새 면허증을 실제로 사용할 생각은 아니었을 테지."

"그런 생각 역시 못 했어요."

"흠, 솔직히 말하자면 난 구색을 갖추려고 면허증을 원하는 게 아니다. 내가 가장 원하는 건 다시 합법적인 운전자가 되는 것, 그것뿐이란다. 그러면 그 분홍 얼굴 여편네의 사진이 붙은 표지판 앞을 지날 때마다 큰소리를 뻥뻥 칠 수 있을 테니까. 그러면 그 여편네도 그 일에 대해 찍소리 못 할 테니까."

소년은 자리에서 일어섰다. "면허가 취소되어도 다시 딸 수 있는 거예요?"

"그러려면 우선 필기시험에 붙어야겠지. 그건 원숭이 새끼도 할 수 있는 일이다. 그리고 시력 테스트도 통과해야 하고. 하지만 시력은 아직 좋으니까. 문제가 되는 건 도로주행시험이야."

소년은 머리 위로 두 손을 번쩍 들어올렸다. "미스 빗커스, 만약 할머니가 필기시험에 붙고 시력 테스트를 통과한 다음 도로주행시험에도 붙으면……."

"아직 흥분하지 마라. 그러려면 연습부터 해야 할 테니까. 물론 계속 운전을 해오긴 했지만, 참, 이건 비밀이다, 그래도 시험을 볼 생각으로 운전을 한 것이 아니라서 아마 차근차근 다시 공부를 해야 할 게다."

"책이 필요하겠어요."

"무슨 책?"

"운전하는 법을 가르쳐주는 책이요. 그럼 운전면허를 다시 딸 수 있고, 그러고 나서 4년하고 하루만 더 지나면 프레드 헤일 씨 기록보다 더 최고령 기록이 될 테니까, 할머니가 기네스북 세계기록 공식 보유자가 되시는 거예요."

"하지만 4년 뒤에는 면허 갱신 시험을 또 봐야 한단다. 그게 원래 4년마다……."

"그렇게 하실 거잖아요. 그렇죠? 4년 뒤에도 운전면허 시험장에 가서 도로주행시험을 다시 보면 면허를 갱신할 수 있는 거 맞죠?"

"그때는 108살이 될 텐데, 맙소사. 너는 열다섯 살이 될 거고. 그러면 네 관심사도 다른 것으로 바뀌겠지."

소년은 오나를 안심시켰다. "아뇨, 그럴 일 없어요. 원래 기네스북 세계기록 보유자들은 모두들 지원팀이 있어요." 소년은 잠시 후 말을 이었다. "제가 할머니의 지원팀이 되어 드릴게요." 소년은 또 잠깐 말을 끊었다가 이렇게 덧붙였다. "할머니는 하실 수 있어요."

"108세의 최고령 운전면허 소지자. 상상 좀 해보자꾸나."

"그리고 동시에 세계에서 가장 장수한 사람도 되어주실 거죠? 전 세대를 통틀어서. 잊지 마세요."

"그런 걱정일랑 붙들어 매라. 우리의 최종목표가 무엇인지 항상 명심하고 있으마. 그동안에는 우리가 세운 작은 목표부터 달성하자꾸나."

"할머니는 나중에 두 개의 기록 보유자가 되실 거예요!" 소년은 양손으로 머리를 움켜쥐었다. "기네스북에 이름이 두 번이나 오르다니! 불멸의 기록을 두 개나 세우다니!" 오나는 소년이 신이 나서 깡충깡충 뛰어다니는 그 희한한 광경을 다시 한 번 목격하게 되었다. 바로 자신의 부엌에서. 루이즈 칼망 여사가 세상을 떠난 이래로, 누군가가 이렇게 신나 하는 모습은 세상 어디에도 없었으리라. 온 세상을 통틀어 전무후무한 희한한 몸짓으로 신나 하는 소년의 모습을 보고 있으니 20년은 거뜬히 더 살 수 있을 것 같았다.

"자, 운전면허시험장에 당장 전화부터 걸자꾸나. 그 전화번호부를 이리 다오."

소년은 빙긋 웃었다. 오나는 소년의 짧은 앞니가 사랑스러웠다.

드디어 다음 토요일부터 오나는 릴라이언트를 몰고 슈퍼마켓을 지나 집으로 돌아오는 연습을 하면서 열한 살 소년한테 운전연수를 받게 되었다. 소년이 해오던 집안일에 대해서는 그냥 안 해도 괜찮다고 미리 말해주었어야 했는데 그러질 못 했다. 운전을 하는 내내 오나는 자신이 멍청이처럼 느껴졌다. 반면 소년은 차분하고 체계적인 썩 괜찮은 코치였다.

"노면이 젖은 날에는 제동시간이 몇 초 정도 나오게 속도를 유지해야 할까요?" 브리튼 가의 가벼운 주말 정체 속으로 진입하자 소년이 문제를 냈다. 소년은 운전면허시험장에서 검수한 작은 책자를 보며 퀴즈를 내고 있었다.

"그걸 안다고 뭐가 달라지겠니? 나는 비 오는 날에는 운전을 안 하는데." 말은 이렇게 하면서도 오나는 자기도 모르게 차의 속도를 줄였다. 사실 차간거리가 조금 가깝기는 했다.

"실제 시험에서 이 문제가 출제될 수도 있잖아요."

"네 말이 맞다. 한 5초?" 오나는 소년을 힐끔 쳐다보았다.

"안타깝지만 틀렸습니다. 정답은 3~4초입니다."

"다른 문제를 또 내보렴."

"도심 정체 속에서 운전자는 전방 몇 블록 정도까지 살펴보아야 할까요? 한 블록, 두 블록, 세 블록 중 어느 것이 정답일까요?"

앞 차와의 간격이 어느새 또 바짝 좁혀져 있었다. 소년의 질문이 일종의 길잡이 노릇을 하고 있다는 사실을 오나는 깨달았다. 소년은 오나로 하여금 도로주행시험과 필기시험에 동시에 대비할 수 있게 애쓰고 있었던 것이다.

"네가 얼마나 똑똑한 아이인지 너희 선생님은 말 안 해주든?"

"링크맨 선생님은 저더러 숫자를 세지 말래요." 소년은 오나가 대답을 은 근슬쩍 회피하지 못하도록 여전히 책자를 뚫어지게 들여다보고 있었다. "링 크맨 선생님은 4학년 때도 담임선생님이었어요. 그때도 선생님은 저더러 숫 자를 세지 말랬어요."

"두 블록. 전방 두 블록 아니냐?"

"안타깝지만 이번에도 역시 오답입니다. 정답은 전방 한 블록입니다."

소년의 말에 오나는 구시렁댔다. "이런, 젠장. 기네스북에 최고령 무면허 운전 기록은 없는 게냐?"

"없어요. 기네스북은 범죄행위를 지양하거든요."

"늙은 할망구가 슈퍼마켓까지 혼자서 운전하는 게 범죄행위란 말이냐?"

"그러니까 면허를 따셔야죠. 면허시험장에서 모의시험을 실시하는 이유 도 그 때문이고요. 모의시험을 여러 번 보면 실력이 향상될 수 있어요" 소년 은 책장을 넘겼다. "모의시험에는 총 여섯 가지가 있는데 이건 첫 단계에 해 당하는 기초적인 내용이에요. 적절한 때에 방향지시등을 켜는 것을 잊지 마 세요." 이렇게 말하며 소년은 고개를 들었다.

"그 정도는 나도 안다. 그런데 이런 바보 같은 시험에 누구나 붙는다니, 어 떻게 그럴 수가 있냐? 아무짝에도 쓸모없는 내용만 가득한데." 오나는 텅 빈 주택가 도로로 진입하며 말했다.

소년은 오나가 했던 말을 상기시켰다. "필기시험은 원숭이 새끼도 붙을 수 있다면서요? 할머니가 걱정하셨던 건 도로주행시험이잖아요."

오나는 길가에 차를 댔다. "머릿속이 온통 뒤죽박죽이다. 생각했던 것보 다 훨씬 어렵구나."

"하지만 이게 가장 쉬운 단계라고 할머니도 말씀하셨잖아요? 시력 테스트는 어떨까요? 그것도 할머니가 생각하셨던 것보다 훨씬 어려운 거 아니에요?"

"아니, 공연히 조바심칠 것 없다."

소년은 주위를 둘러보며 말했다. "도로변에 차를 댈 때는……."

"아, 이건 나도 아는 내용이다! 도로변에 차를 댈 때는 차와 보도블록 사이의 간격이 45센티미터 이하가 되도록 최대한 가깝게 대야 한다."

"맞았어요. 이번에는 정답입니다!" 소년이 환호성을 내질렀다.

"다른 문제를 또 내보렴."

"소화전 근처에 차를 댈 때는……."

"3미터!"

"이번 문제 역시 정답입니다!"

오나는 다시 기어를 넣으며 말했다. "그렇게 놀랄 것 없다. 좋아, 이제야 학습능력을 되찾은 것 같구나. 그만 천천히 집으로 돌아가자. 퀴즈는 가는 동안에도 낼 수 있을 테니."

"미스 빗커스?"

"잠깐만. 지금 운전에 집중하고 있잖니."

오나가 엉금엉금 기어서 브리튼 가로 진입해 집까지 몇 블록 남지 않은 지점에 이르자 소년이 말했다. "아주 훌륭히 해내셨어요, 미스 빗커스. 하지만 조금 더 열심히 공부하셔야 해요."

오나는 한숨을 내쉬며 말했다. "그래, 나도 안다. 우리는 지금 미션을 수행 중이니까."

"이번에도 역시 정답입니다!" 오나는 소년을 흘깃 바라보았다. 소년은 빙그레 웃고 있었다. 녀석, 이제는 농담도 할 줄 아는구나. 그것도 제법 재미있게.

집으로 돌아오자 소년은 집안일을 끝내겠다고 계속 고집을 부렸다. 사실 소년은 자신이 맡은 일을 엉망진창으로 해놓았다는 생각에 미치기 일보직전 이었다. 그래서 오나는 스카우트 대장한테 전화를 걸어 조금 늦게 소년을 데 리러 오라고 말했다. 그러고는 소년이 일을 마치기를 기다리면서 접시에 쿠 키를 담고 우유를 따른 다음 운전 매뉴얼을 뒤적뒤적 살펴보았다. 더 열심히 공부를 해야 할 것 같았다. 소년을 실망시키고 싶지 않았으니까.

마침내 소년이 집 안으로 들어오자 오나는 말했다. "일에 그렇게 신경 쓸 것 없다." 그러면서 두 사람이 만난 이래 처음으로, 자신이 얼마나 녹음 시간 을 기다리고 있는지 깨달았다.

"이 분은 미스 오나 빗커스이십니다." 소년이 말했다. 벌써 두 사람은 5부 를 녹음 중이었다. 소년이 마음속으로 몇 부를 구상 중인지 오나는 잘 알고 있었다.

소년은 흠잡을 데 없는 글씨체로 적은 질문을 식탁 위로 건네며 녹음을 시 작했다. 심사숙고하여 소년이 손으로 적어 건네는 질문은 언제나 여지없이 마음의 문을 열어젖혔다. 오히려 물밀듯이 마구 솟아오르는 기억에 오나가 스스로 휘청거리지 않도록 애를 써야 할 정도였다. 정말로 놀라운 사실은 어 떤 이야기를 하든 아무렇지도 않다는 것이었다. 오나가 소년한테 질문을 하 거나 소년의 비잔틴 스타일 논리에 따라 말을 잠시 쉬어가야 할 때, 그리고 스카우트 대장이 초인종을 눌렀을 때 소년은 녹음기를 껐다. 녹음된 두 사람 사이의 대화가 끊기는 순간은 오로지 그때뿐이었다. 오나는 알 수 있었다. 지금껏 어디에도 가본 적 없는 자신이 얼마나 멀리까지 기꺼이 여행을 떠나 왔는지.

그 뒤로도 토요일이면 두 사람은 이제 일상생활이 된 집안일, 이야기, 운전연수를 즐겁게 함께 해나갔다. 그리고 경쟁자 목록에 변화가 없는지 샅샅이 살펴보기도 했다. 노인들의 생존 여부를 살펴보는 일은 카드게임보다도 훨씬 재미있었다.

"디필리포 부인이 사망했어요."

"그래, 나도 지금 보고 있다." 디필리포 부인은 111세의 노인이었다. 세 번 이혼한 뒤로 혼자 살고 있었던 터라 오나는 내심 그 할멈을 응원했었다.

"교차로의 가장 일반적인 두 가지 형태는 무엇일까요?" 소년은 이렇게 느닷없이 돌발 퀴즈를 내고는 했다. 아마도 링크맨 선생의 수법인 모양이었다.

"다이아몬드 형태와 클로버 잎 형태."

"정답입니다. 차가 합법적으로 갓길을 주행할 수 있는 경우는 언제일까요?"

"속임수 문제로구나. 차는 절대로 갓길로 다니면 안 되지."

소년은 빙그레 웃었다.

"정답이지? 공부한 내용이란다."

파리처럼은 아니었지만 꽃잎처럼 눈부시게 사그라져 경쟁자들이 탈락할 때마다 오나는 자신의 나이가 하루하루 쌓여가는 것에 약간 전율을 느끼면서도 마음 한구석이 언짢았다. 목록에 쓰여 있는 그 이름들은 마치 어떤 선박의 승객 명단에서, 혹은 직접 겪지 않고는 얼마나 많은지 아무도 알 수 없는 전쟁 난민들 가운데 마지막 생존자들의 이름을 기록한 명단에서 빌려온 이름들 같았다. 로잘리, 빅토리오, 야스, 클레멘타인 등. 오나는 그 이름들이 가족처럼 느껴졌고, 그 이름들을 알려준 소년만큼이나 친숙하면서도 신비롭게 느껴졌다.

놀라운 사람들

1. 최고령 인기순위 프로그램 석권 가수 : 셰어 Cher, 연령 52세, 국적 미국.

2. 최고령 올림픽 금메달리스트 : 오스카 스완, 연령 72세, 1920년 올림픽 러 닝 디어* 사격 종목에서, 국적 스웨덴

3. 최고령 여성 마라톤 완주자 : 제니 우드 앨런, 연령 90세 145일, 국적 스코 틀랜드.

4. 최고령 신부들러리 : 플로시 베넷, 연령 97세, 국적 동 앵글리아.

5. 최고령 비행사 : 클래런스 코니시 장군, 연령 97세, 국적 미국.

6. 최고령 낙하산 부대원 : 힐데가르드 페레라, 연령 99세, 국적 미국.

7. 최고령 개업의사 : 릴리아 덴마크, 연령 103세, 국적 미국.

8. 최고령 종지기 : 레지널드 브레이, 연령 100세 133일, 국적 영국.

9. 최고령 현직 교구목사 : 알바로 페르난데스 목사, 연령 107세, 국적 스페인.

10. 최고령은 아니지만 가장 열심히 일하는 기타 연주자, 내가 직접 찾아낸 인물!!! : 퀸 포터, 연령 42세, 국적 미국.

---

* 러닝 디어 Running Deer : 100미터의 사정권 안에서 움직이는 사슴모양의 표적을 라이플총으로 쏘아 쓰러뜨리는 경기로, 현재는 국제대회에서 폐지된 사격 종목의 하나이다.

9

아홉 번째 토요일 소년이 도착할 무렵, 오나는 자신이 약속시간이 되기 훨씬 전부터 소년을 기다리고 있다는 사실을 깨달았다. 시간을 빨리 보내려고 창문을 열고 새소리에 귀를 기울여보기도 했다. 울새 소리와 까마귀가 호통치는 소리가 토막토막 들렸다. 열한 개의 음으로 되어 있다는 흰목제비의 소리는 단자음으로 들렸다. 찌르레기 소리는 녹슨 철문 여는 소리처럼 워낙 또렷해서 들을 수 있을 거라 생각했지만 모든 소리가 사라지고 들리지 않았다. 예전처럼 새소리를 들을 수 있다면 얼마나 좋을까.

드디어 소년이 도착해 집안일을 끝낸 뒤에 한 가지 소식이 있다고 선언했다. "저는 노인학 연구자가 될 거예요." 소년에게는 무덤덤한 목소리, 떨리는 목소리, 선언적인 목소리, 이렇게 세 가지 목소리가 있었는데, 이번에는 선언적인 목소리였다.

오나는 케이크를 내왔다. 만드느라 온 집 안에 고소한 냄새를 풍기며 두 시간이나 공을 들인 케이크였다. "넌 아주 훌륭하고 멋진 노인학 연구자가 될 게다."

"하나, 연구자들은 일손이 필요해요. 둘, 목록에 오르려고 사기를 치는 사람이 너무 많아요."

소년은 깊이를 알 수 없는 배낭에서 사기꾼들의 목록을 꺼냈다. 피닉스의 버스터 바렌 (105세라고 주장하지만 실제 나이 91세), 바자 캘리포니아의 플로리아 페레즈 (114세라고 주장하지만 실제 나이 101세) 등의 이름이 적힌 아주 긴 목록이었다.

오나는 관리감독이 그렇게 허술할 수 있다는 사실에 화들짝 놀라며 말했다. "나이를 사기 치는 사람이 있을 거란 생각은 못 했다. 그런데, 그, 그 사람들은 어떻게 목록에 올랐다니?"

"속임수를 써서요." 소년은 이렇게 말하며 오나에게 인쇄물을 보여주었다. 바렌 씨는 자기 아버지의 서류를 가져다가 자기 서류인 양 행세했다고 했다. 곤잘레스 부인은 딸 때문에 나이가 탄로 났다고 했다. 나이가 확실히 기록되어 있는 딸이, 어머니가 56세의 나이에 진통을 해서 자신을 낳았다고 밝혔던 것이다. "기본적으로 세 가지 서류가 필요해요. 물론 공인을 받은 서류여야 하고요."

오나는 믿을 수 없다는 듯 소년을 물끄러미 바라보며 물었다. "세 가지 서류? 그거 지금 나한테 하는 말이냐?"

소년도 오나만큼 놀란 듯 입을 벌린 채 물었다. "할머니, 혹시, 서류 없으세요?"

"나는 내 110세 생일에 네가 그 노인학 학자들한테 전화를 걸어주면 될 줄 알았다. 너는 공정한 아이니까."

소년은 걱정스러운 표정으로 고개를 저었다. "그 사람들은 할머니 말 안 믿어요! 서류를 확인하죠! 그게 노인학 학자들이 하는 일인 걸요!"

훗날 오나는 그때 자신이 그 일에 열정이나 경쟁심을 그렇게 강하게 느낄 수 있었던 것은, 그 눈부신 나날, 기억 속에 남아 있는 새들의 노랫소리, 계속 진행 중이던 녹음 기획, 소년의 발그레한 두 볼 이 모든 것이 하나로 합쳐져 묘한 분위기가 형성됐기 때문이었다고 생각했다. 하지만 당시에는 루시 한

나*, 마거릿 스키테*, 혹은 잔 루이즈 칼망 여사가 저승에서 그 열정과 경쟁심을 오나한테 직접 보내주는 것 같았다. 오나는 냉장고에 붙어 있던 식료품 목록을 떼어내어 살펴보다가 무언가를 적기 시작했다.

"알려줘서 정말 고맙다. 나도 죽기 전에 유명세를 좀 누려야겠다." 오나는 아직도 매처럼 부릅뜬 눈으로 오나의 펜을 바라보고 있는 소년에게 말했다. "보자, 서류라." 그러고는 잠시 생각에 잠겼다. "최근에 비자카드를 발급받았단다. 사회보장번호도 있고. 도서관 회원증도 유효기간이 남아 있다."

"그 서류들, 그 서류들에 할머니 나이가 나와 있나요?"

오나는 쓰던 것을 멈추고 말했다. "신분증 말이로구나. 내가 누구인지 입증해주는."

"신분증은 다른 종류예요." 이렇게 말하는 소년의 몸은 미안함으로 녹아내리는 것 같았다. "서류들은 그거랑 다른 종류예요. 그러니까 그 **서류들**이 필요해요." 소년의 목소리는 어느새 떨리는 목소리로 변해 있었다.

"이를테면 어떤?"

"하나, 출생증명서요."

"그런 게 있는지 잘 모르겠는데."

소년은 머뭇거리다 이렇게 외쳤다. "아, 안 돼요. 제가 큰 실수를 범했네요." 그러고는 무너지듯 의자에 주저앉았다. "저는 미국인이라면 모두 그런 서류들을 갖고 있는 줄 알았거든요."

"자, 들어보렴. 넌 지금 내 운전면허증을 잊고 있구나. 계획대로 모든 일이

---

* 루시 한나 Lucy Hannah 1875-1993 : 미국에 살았던 실존인물로 칼망과 사라 크나우스 Sarah Knauss에 이어 세계에서 네 번째로 장수했다. 사망 당시 정확한 나이는 117세 248일이었다.

* 마거릿 스키테 Margaret Skeete 1878-1994 : 역시 미국에 살았던 실존인물이다. 사망 당시 정확한 나이는 115세 192일이었다.

착착 진행되면 나는 곧 반짝이는 새 면허증을 발급받을 게다. 그럼 작은 목표를 무리 없이 달성하게 되는 것은 물론, 거기에 키, 몸무게와 함께 생년월일까지 기록될 테니 문제가 해결되지 않겠니?"

"아마 운전면허증은 쳐주지 않으려고 할 거예요." 소년은 이렇게 말하고는 서류에 쓰여 있는 문장을 인용했다. "우리는 어린 시절에 작성된 서류들을 훨씬 선호한다."

"어린 시절? 어째서?"

"어른들은 거짓말로 나이를 말하니까요." 소년은 사기꾼 목록으로 잠시 시선을 돌렸다가 다시 오나를 바라보았다.

"흠, 하지만 난 거짓말하고 있는 게 아닌데. 내 나이가 몇 살인지는 내가 잘 알지."

소년은 의자에서 벌떡 일어나다시피 하며 외쳤다. "그렇지만 기네스북은 큰 회사잖아요! 엄격한 규칙이 있단 말이에요!"

오나는 소년의 가녀린 양 어깨에 두 손을 얹으며 말했다. "이 문제는 차분히 생각해보자꾸나."

"알았어요." 소년은 이렇게 말했지만 두 눈은 흥분으로 여전히 부릅뜬 상태였다.

"우리한테는 좀 더 정확한 정보가 필요할 뿐이다. 그뿐이야."

"정보라면 찾을 수 있어요. 전 정보 찾기 도사잖아요."

"너야 진짜 도사지." 오나는 펜으로 식탁을 톡톡 두드리며 말했다. "자, 어쩌면 지문 같은 것이 필요할지도 몰라. 아니면 세례 기록이라든가. 리투아니아에 살 때 성당에서 세례를 받았었는데. 그 성당이 지금은 버거킹이 됐을지도 모르겠구나. 성당 이름은 고사하고 동네 이름도 기억이 안 나지만 그 사

115

실을 확인해 나한테 알려줄 사람이 지금껏 한 명이라도 살아 있을까?" 그러다가 오나는 깜짝 놀라 펜을 내려놓으며 말했다. "그러고 보니 나는 내가 어디에서 왔는지도 모르는구나."

갑자기 비가 내리듯 단어들이 후두둑 쏟아졌다. 'Pasienis, Laivas, Kelione'. '국경, 배, 여행'이란 뜻이었다.

소년은 곧 울음을 터뜨릴 것만 같았다. "우린 이제 어떻게 하죠?"

오나는 소년의 어깨를 다독이며 말했다. "숫자를 세어보자꾸나."

"하나. 출생증명서." 소년은 다정한 목소리로 말하고는 새것처럼 깨끗한 공책에서 종이 한 장을 찢어 맨 위에 이렇게 적었다. "증명서" 공책을 찢는 일이 소년한테는 얼마나 큰 희생이었는지 그때까지 오나는 아직 알지 못했다. 그런 다음 소년은 첫 번째 항목을 신중하고 정성스럽게 손으로 기록했다. 그러고 있으니 약간 진정이 되는 모양이었다. 소년은 다시 고개를 들고는 엄숙한 표정으로 그 종이를 오나에게 건넸다. 마치 소년 자신이 오나의 출생을 확인해주는, 오래전에 사라진 성당의 담임신부라도 되는 것처럼.

소년은 다음에 올 때 어떤 서류들이 필요한지 정확하게 목록을 작성해오겠다고 오나를 안심시켰다. 녹음할 시간이 다가오자, 오나는 소년과의 짧은 만남이 벌써 끝나버린 것 같아서 초조했다. 테이프도 끝나가고 있었다. 얇은 테이프는 자신의 삶처럼 한쪽에 두툼하게 감겨 있었다. "벌써 8부라고? 확실하니?"

테이프를 반대쪽으로 꽂고 두 사람은 8부를 녹음했다.

"8부는 특히 너희 선생님한테 들려줘서는 안 된다. 물론 다른 부도 마찬가지지만."

"안 그럴게요." 소년은 다짐했다. 어쩌면 그래야 한다는 사실을 이미 알고 있었는지도 모르겠지만.

그때 스카우트 대장이 도착했고 오나는 대장에게 밖에서 기다려달라고 말했다. 그리고 두 사람은 9부를 녹음했다. 그동안 대장은 다른 볼일을 보고 돌아왔다. 그러나 오나는 녹음을 끝내야 했다. 그래서 대장에게 좀 더 기다려달라고 부탁했다. 두 사람은 마침내 10부까지 녹음을 완료했다. 기계를 조작하는 사람은 소년이었기 때문에 소년의 뜻에 따를 수밖에 없었다.

녹음을 마저 끝내는 편이 오히려 나았다. 오나는 이제 더 이상 할 말도 없었다. 소년이 오나의 삶을 이미 모두 가져가버렸기 때문에. 아니, 오나 스스로 자신의 삶을 소년에게 모두 줘버렸기 때문에.

오나는 출생증명서를 찾느라 집 안 여기저기를 뒤지며 그날 남은 시간을 모두 보냈다. 그러다가 출생증명서가 어떻게 되었는지 문득 기억이 떠올랐다. 오나는 소년한테 그 사실을 말해줄 작정이었지만 열 번째 토요일 소년은 나타나지 않았다. 그 다음 토요일에도. 오나의 귀에는 노랫소리가 들리지 않는, 보석처럼 형형색색으로 빛나는 새떼들이 모여들어 마당의 덤불이 부스럭대는 봄이 성큼 다가왔는데도 말이다.

그리고 그 다음 토요일, 소년의 아버지가 나타났다.

제2부

아들들

Sūnus

10

퀸은 매일 바쁘게 일하며 지냈다. 매주 주중에 할 일을 마치고 오나의 집에서 집안일까지 끝내고 나면, 퀸은 시간을 따로 할애해 은행에 가서 현금을 입금하고 원래 지불했던 액수보다 두 배나 많은 금액을 수표에 적었다. 그러고는 버스를 타고 벨의 집으로 가서 그 수표를 내려놓았다. 이 의식을 차례로 행하다보면 생각할 시간이 너무 많이 생겼지만 그래도 퀸은 그 수표를 지불하는 일만큼은 자신이 직접 해야 하는 일이라고 믿고 있었다.

벨을 방문하는 일이 이제는 쉽지도, 그리고 반드시 필요해 보이지도 않았다. 왜냐하면 벨의 집에 간다는 것은, 벨의 무시무시한 언니 에이미의 따가운 시선을 견뎌내야 한다는 것을 뜻했기 때문이다. 때로 에이미가 아니라 뚱뚱한 이모들 중 한 명이나 짜증이 많은 장모를 만나게 되는 경우도 있었다. 더 나쁜 경우 장인을 만나는 일도 있었고 최악의 경우 테드 레드베터와 마주치기도 했다. 그런데도 퀸은 매주 토요일 계속 벨을 찾아갔다. 그것이 자신이 할 수 있는 최소한의 일이었기 때문이다. 그리고 동시에 자신이 할 수 있는 최대한의 일이었기 때문이다. 벨은 퀸이 아들의 일기장을 몰래 가져갔던 일을 용서했다. 퀸은 일기장을 가져다놓았고 벨은 말없이 그 일을 넘어갔다.

버스가 벨의 동네 근처에 퀸을 내려놓고 떠나자 전화벨이 울렸다. "이봐요, 아저씨, 아저씨가 필요해요." 전화기에서 익숙한 목소리가 흘러나왔다.

퀸은 강하게 불어오는 봄바람과 칼날처럼 쏟아지는 햇살을 받고 걸으며 말했다. "내가 맞혀볼까? 사촌 잭이 마약중독 치료소에 한동안 더 있어야 한다는 진단을 받아서 막판에 또 널 시궁창으로 밀어 넣었지?"

"그게 고치기 힘든 질병이잖아요." 브랜든이 말했다. 브랜든은 기독교 신앙 안에서 살아가는 스물한 살 청년이었다. 브랜든의 가족 모두가 당연히 기독교인이었다. 말하자면 브랜든 형제는 둘 다 오목하게 보조개가 팬 턱과 깨끗한 치열을 예수에게서 상속받은 운 좋은 청년들이었다. 그리고 그 형제는 스스로를 '부활의 길 Resurrection Lane'이라고 불렀다.

퀸은 주머니에 뒤죽박죽 쑤셔 넣은 종이들 중에서 일정표를 꺼내며 물었다. "언제?"

"내일부터요. 7일 동안 여덟 도시를 돌고 다음 주 토요일 늦게 돌아올 거예요."

"부흥회 업계에서 이름이 좀 알려진 모양이구나."

브랜든은 특유의 맑고 높은 웃음소리를 내며 웃었다. "요즘 우리가 좀 핫하긴 해요, 아저씨."

"대타 뛰어줄게." '부활의 길'은 꽤 높은 보수를 신속하게 지불해주는 팀이었다. 그리고 그것은 브랜든의 어머니, 유창한 말솜씨로 모든 계약을 도맡아 처리하는 슈퍼맘 실비 덕분이었다. 퀸은 브랜든의 사촌 잭을 직접 만난 적이 없었다. 행실이 바르지 않은 그 기타리스트 녀석의 대타로 몇 번 고용되었을 뿐.

"대박! 아저씨가 대타 뛰어준대!" 이번에는 브랜든의 동생 타일러가 수화기 저편에서 재잘댔다. 브랜든과 타일러는 '어치들 Jays'이란 이름으로 알려진 사촌 제이슨, 제프 등과 함께 부흥회 순회공연을 다니고 있었다.

"아, 잠깐. 전화 끊지 말고 좀만 기다려 봐." 퀸이 말했다. 토요일 오전에는

해야 할 일이 있었다. 아직 오나의 보이스카우트 노릇을 해야 하는 토요일이
한 번 더 남아 있었고, 지금까지 퀸은 오나를 실망시킨 적이 없었다.

"아저씨?"

"걱정 마라. 함께 갈 테니까."

"앗싸. 아저씨가 함께 가준대!" 이번에는 '어치들' 중 한 녀석이었다. 퀸은
이 청년들과 함께 다니면 좀 불안하긴 해도 친아버지라도 된 듯 자부심이 마
음속에서 푸드덕거리는 것이 느껴졌다. 과자 한 봉지를 먹을 때조차 감사기
도를 빼먹는 법이 없는 녀석들이었지만 그래도 퀸은 그들이 좋았다. 입에 잘
붙는 꽤 괜찮은 곡을 썼고 행동 역시 프로 음악가들처럼 하는 친구들이었지
만, 강아지 떼처럼 서로 돌보아주는 모습을 곁에서 지켜보고 있자면 사도들
을 데리고 이 마을에서 저 마을로 전전하던 예수가 떠올랐다. 퀸은 그들에게
지미 핸드릭스와 에릭 클랩튼의 곡 연주법을 가르쳐주면서 항상 몸 아래쪽
에 오게 기타를 길게 메라고 충고했다. "셔츠를 잘 다려 입어. 그래야 소리가
크게 나와. 데이브 클락 파이브(영국의 5인조 록 그룹—옮긴이)처럼 보이게
말이야." 처음에 그들은 제발 그렇게 부르지 말아달라고 할 때까지 퀸을 '포
터 씨'라고 불렀고 그 뒤로는 '아저씨'라고 불렀는데, 차라리 그 호칭이 귀에
더 잘 들어왔다.

그때 '어치들' 중 한 명이 불쑥 끼어들었다. "3월에 우스터에서 마지막으
로 연주했던 곡 기억나요? 왜, 시험 삼아 연주해 보았던 곡 말이에요. 아저씨
말대로 우리가 그 곡을 편곡해서 도입부를 좀 바꾸고 한 군데 간주를 집어넣
었어요. 그랬더니 세상에, 라디오에서 그 곡을 틀어주더라고요. 거짓말이 아
니에요!"

기독교 라디오 방송을 말하는 것이었다. 그러나 만족하긴 아직 일렀다. 그

노래가 라디오에 나온 것은 오마하에서 디제이를 보고 있는 친구의 친구한테 실비가 손을 썼기 때문이었다. 그 디제이는 3주 동안 그 노래를 꾸준히 틀어주었고 그 결과 홍해바다가 반으로 쩍 갈리듯 '부활의 길'이란 이름이 미국 전역을 휩쓸고 있다고 했다.

"정말 신나는 일이죠, 아저씨!" 타일러가 다시 말했다. 아니 브랜든이었든가. 그들은 대화를 할 때도 노래를 할 때처럼 두서없이 함께 떠들었다. "저희가 그래도 아저씨 면은 세웠네요."

"들어봐, 들어봐." 퀸은 그만 전화를 끊어야겠다는 신호로 이렇게 말했다. 청년들은 웃음을 터뜨렸다. 그것이 그 노래의 제목이었기 때문이다.

퀸은 벨의 집 현관 앞에 서서 잠시 뜸을 들이며 마음을 다잡았다. 그런데 그 순간 문이 벌컥 열렸고 에이미가 그곳에 서 있었다.

"벨은 자고 있어요. 요즘 밤낮이 바뀌어서." 에이미가 말해주었다.

어찌나 아이러니하게 느껴지던지 퀸은 그 말을 그대로 받아들이기가 힘들었다. 두 사람의 생체리듬은 정반대라서 언제나 안 맞았었다. 그런데 지금도 여전히 맞지 않을 것 같았다.

"기다릴게요."

에이미의 얼굴이 불쑥 다가왔다. 에이미는 벨보다 눈에 띄는 얼굴을 하고 있었고 심지어 더 예쁜 축에 속했지만 동시에 벨보다 분위기가 더 어둡고 칙칙했다. 게다가 아버지의 호전적인 성격을 물려받아서 그래서는 안 되는 순간에도 언행이 과격하기 이를 데 없었다. 그녀는 퀸이 쥐고 있는 수표를 흘긋 바라보더니 중얼거리듯 말했다. "퀸, 도대체 이 집에서 정확히 뭘 사고 싶은 거죠?"

퀸은 아무 말 없이 에이미를 따라 부엌으로 들어갔다. 부엌으로 들어가자

에이미는 벨의 싱크대를 다시 문질러 닦기 시작했다. 마치 싱크대가 사라질 때까지 문질러 닦기로 작정이라도 한 듯. 햇빛이 부싯돌처럼 쨍하니 유리창을 통해 쏟아져 들어왔다. 번쩍이는 금속의 빛 말고는 부엌 전체가 텅 비어 있어 휑뎅그렁했다. 에이미가 인정사정없이 내부를 문질러 닦아서 그런 것인지, 아니면 벨이 가재도구를 모두 치워버려서 그런 것인지 구분하기가 힘들었다. 심지어 토스터기조차 보이지 않았다.

"이봐요, 에이미."

퀸은 에이미가 고개를 들어 자신을 바라보기를 기다렸다. 그러나 그녀는 초췌한 맨 얼굴 말고는 그에게 아무것도 보여주려 하지 않았다. 그 대신 두 손을 닦고 냉장고를 열더니 달그락거리는 투명한 얼음을 곁들인 레모네이드를 따랐다.

에이미는 조리대 앞에 잠자코 서서 음료를 마시다가 물었다. "내가 뭘 해드릴까?"

"벨은 내가 여기 오길 원해요." 퀸이 우겼다. 스스로도 그렇다고 믿기 시작했으므로.

"그렇다고 치죠. 하지만 이 집에서 제부의 존재가 벨한테 조금이라도 좋게 작용하던 시절은 이미 오래전에 지나갔어요. 지금 벨의 인생에는 완벽할 정도로 훌륭한 다른 남자가 있으니까."

퀸은 주위를 둘러보며 말했다. "내 눈에는 이 집 어디에도 그런 남자가 안 보이는데요."

"그 사람은 아이들이 있어요. 그리고 아이들이랑 상당히 많은 시간을 함께 보내요."

에이미의 말이 비수가 되어 꽂혔다. 그러나 그녀가 직접적으로 퀸을 겨냥

해 그런 말을 한 것인지는 확신할 수 없었다. 코스그로브 집안사람들은 괴롭거나 화가 날 때면 '상당히, 별로, 그렇다고 치자' 같은 일찍이 사라져 이제는 흔히 쓰이지 않는 애매한 영국식 어휘를 구사함으로써 마음을 달랬다.

퀸은 다시 말했다. "기다릴게요. 벨은 낮잠을 깊이 자는 법이 없잖아요."

"이제는 아주 곤히 잘 자요."

퀸은 에이미가 갖가지 청소도구로 여기저기를 치우는 모습을 말없이 지켜보면서 기다렸다. 코스그로브 집안 딸들은 어머니한테 절망을 문질러 닦는 법을 배우고 익혀서 모두들 그랬다. 그들을 아프게 하는 것들을 지우는 표백제는 사실 이 세상에 존재하지 않았다. 그런데도 에이미는 좀 심하게 말하면 과격하다고 할 수 있을 정도의 민첩한 동작으로 우당탕거리고 철버덕거리며 다용도실에서 해묵은 세제들을 끌어냈다. 퀸은 그 소리에 귀를 기울였다. 마치 동물이 울부짖는 소리 같다고 생각하면서. 마침내 에이미가 다시 나타났다. 그녀의 맨손은 붉었다.

"여름 내내 여기 머무실 건가요?" 퀸이 물었다.

에이미는 퀸이 예전에 공연용품 가방을 보관했던 작은 벽장문을 열고 걸레를 꺼냈다. 그녀는 원래 LA에서 전국 신문에 게재되는 경제 칼럼을 썼지만 지금은 아들의 닫힌 방문 맞은 편 손님방에 신문사 지사를 차린 상태였다. "법적인 문제가 결정 나길 기다리는 중이에요."

퀸은 그녀가 걸레를 펼쳤다가 완벽한 사각형 모양으로 다시 접는 모습을 바라보았다.

"어떤 법적인 문제요?"

"굳이 제부가 알아야겠다면, 우리는 아이의 죽음에 의문이 없는지 조사 중이에요."

"우리라고요?"

"흠. 제부는 빼고요."

"누구를 고소하려고요?" 퀸은 진심으로 당황해서 물었다. "신을 고소하려고요?"

"말 같지 않은 소리 좀 하지 말아요." 그녀의 금색과 갈색이 감도는 어두운 눈동자 색을 보면 죽어가는 나뭇잎의 불길한 색조가 떠올랐다.

"그럼 누구요? 아이 주치의요?"

그녀는 아무 말도 하지 않았다.

옛날 학교선생 같은 그 소아과 의사가 떠올랐다. 이 세상 무엇보다도 아이들이 가장 중요하다고 믿는 의사였다. 퀸은 직접 그 의사를 만난 적이 없었지만 벨은 전화기에 그 의사의 번호를 단축번호로 지정해 놓았을 정도로 가까운 사이였다. 갑자기 그 이름이 생각났다. "맥닐 박사를 고소하려고요? 농담이시겠죠."

"맥닐 박사가 은퇴한 게 언젠데. 벨이 아이 병원을 메디컬센터로 바꿨어요."

"그럼 상대는 메디컬센터겠군요." 메디컬센터라면 퀸도 아는 곳이었다. 워낙 거대한 의료기관이라서 같은 사람을 두 번 만나기 힘든 곳이었지만 그만큼 빨리 진료를 볼 수 있는 병원이기도 했다. "그 병원을 고소한 게 맞죠? 그런데 무엇 때문에요?"

"병원이 아니에요. 거기에서 일하는 PA지. 내과 보조의사Physician's Assistant말이에요. 원래 그 사람들은 **보조**만 하기로 되어 있거든요. 아무튼, 이 문제에 관해서는 제부는 모르는 게 훨씬 나아요."

그런 문제라면 코스그로브 집안 여자들한테 맡겨두는 편이 나았다. 할 수만 있다면 정말로 신이라도 고소할 여자들이었으니까. 그 집안 여자들이 벨을 공기가 탁한 법정으로 끌고 들어가는 모습이 눈에 선했다. 벨의 창백한 안색이 잿빛으로 변해가고 있었다. 그런 생각을 하자 화가 났다. "감지할 수 없는 증상을 감지해내지 못했다고 해서 내과 보조의사를 고소한 건가요? 잘 알아보고 해요, 에이미."

에이미는 퀸의 말을 잘랐다. "제부나 잘 알아봐요. 애한테 약을 내주는 사람이라면 약의 효능을 완전히 이해하고 처방전을 자세하게 작성해야 하는 거예요. 아무리 능숙한 전문 의료진이라도 처방전을 쓸 때는 심사숙고해야 하는 법이니까."

퀸은 끊어지기 직전의 기타 줄처럼 이해력을 팽팽하게 다 동원하며 애를 써보았지만 알 수가 없었다. "지금 무슨 말을 하고 있는 겁니까?"

에이미는 팔짱을 끼며 말했다. "긴 QT 증후군은 유전되거나……."

"그건 나도 알아요. 다 안다고요."

"후천적으로 얻어지는 질병이죠. 아이가 어떤 방법으로 병을 얻게 되었는지 알 수 있는 방법은 사실 없지만 아무튼, 만약 유전으로 그 병을 얻었다면……." 그녀는 이 말을 하면서 의심의 눈초리로 퀸을 바라보았다. "병이 있다는 사실을 다행히도 전혀 모른 채 장수했을 가능성이 크대요. 그런데 갠양팔저울이 확연히 기울어질 정도로 약을 많이 받았어요. 만약 병이 유전된 것이 아니라면, 처방받은 약들의 부작용으로 그 병에 걸린 거겠죠."

에이미의 말은 늘어진 테이프처럼 단어가 실제로 발음되는 속도보다 한두 박자 뒤늦게 퀸의 머릿속으로 들어왔다. "잠깐, 날 좀 이해시켜줘요. 그게 무슨 약인데요?"

에이미는 잠시 머뭇거렸다. "항우울제요. 만성 불안증에 쓰는. 그런데 제부는 어째서 아무것도 모르는 거죠? 아무튼 그 약은 아무 효과도 없었어요. 그래서 그 내과 보조의사가 항정신성 약품을 한 움큼씩 더 넣었어요. 애가 죽기 두 달 전쯤에 말이에요."

"항 뭐라고요? 맙소사."

"야경증(수면장애의 일종으로 갑자기 잠에서 깨어 비명을 지르거나 울음을 터뜨리는 등 공황 증상을 보이는 정신성 질병이다. ─옮긴이) 치료를 도우려고 그랬겠죠." 에이미의 눈에서 눈물 한 방울이 볼을 타고 흘러내려 턱 끝에 매달렸다가 움푹 들어간 목덜미로 떨어졌다. "하지만 그 내과 보조의사가 너무 성급했던 거예요. 스스로도 감당할 수 없을 정도로 너무 바빴고요."

퀸은 양철통처럼 밝은 부엌에서 야경증이란 게 대체 뭘까 궁금해 하면서 무기력하게, 그리고 멍하니 서 있었다. 반쯤 뜨인 눈꺼풀 사이로 불투명한 눈동자가 보이기는 했지만 그렇다고 해서 확실히 잠에서 깬 것도 아닌 그런 상태로, 밤새 예민하게 앉아 있던 아들의 가녀리면서도 기괴한 모습이 떠올랐다. 그 증상을 말하는 걸까?

퀸은 머리가 아팠다. 레니의 딸도 약물치료를 받지 않았던가? 그리고 개리의 완벽한 아들들 중 한 명도 그런 일이 있었던 사실이 기억났다. 친구들이 그런 이야기들을 줄곧 주고받았었는데, 그 순간에 좀 더 관심을 기울였다면 얼마나 좋았을까. 오늘날 미국에 사는 어린이들은 모두 약을 처방받았고 그것은 퀸 역시 잘 아는 사실이었다. 마침내 퀸이 물었다. "확률이 얼마나 된대요? 지금 우리가 이야기하고 있는 이런 사례가 말이에요. 백만 분의 일정도?"

"그 보조의사는 먼저 심전도 검사를 지시했어야 했어요. 당연히 그 분야 연구도 전문적으로 했어야 했는데 그렇질 못 했죠. 그 병에 대해 잘 알아보아야 했던 사람은 우리가 아니라 그 의사예요."

두 사람은 몇 분 동안 말없이 서로를 바라보았다. 두 사람 사이에 예전부터 있어왔던 묘한 경쟁의식이 다시 형성되고 있었다.

"벨은 언제 다시 출근할 예정이래요?"

"이미 출근했었어요." 벨은 주립 문헌자료실에서 일하고 있었다. 그곳은 자기 조상들의 흔적을 알고 싶어 하는 평범한 시민들에게 자료를 제공함으로써 도움을 주는 곳이었다. "그래봐야 그게 무슨 소용이야?" 퀸은 벨한테 이렇게 말한 적이 있었다. 그는 조부모에 관해 아는 것이 전혀 없었고 어려서 어머니를 여의었으며 아버지와 형은 머릿속에나 존재할 만큼 멀리 떨어져 살고 있었다. 무심코 내뱉은 말이었지만 늘 그렇듯이 벨은 진지하게 그 말에 대답했다. "그 사람들은 자기 후손들이 똑같이 자기네를 그렇게 대해주길 바라거든."

"솔직히 말하자면 두 번이나 출근했었지만, 죽은 사람들의 이름을 들여다보고 있는 걸 견딜 수가 없더래요." 에이미는 이렇게 말하며 퀸 쪽으로 고개를 돌렸다. 지난 몇 주 동안 너무 울어서 얼굴이 짓물러 있었다. "그런데 그렇게 일을 많이 해도 괜찮아요, 퀸?"

"내, 내가 할 수 있는 일이 그것뿐이라서요."

"어째서 제부는 슬픔으로 쓰러지지 않는 거죠? 왜 당장 집에 가서 고통으로 침대 안에서 몸부림치지 않는 거냐고요?"

왜냐하면, 자신에게는 슬픔을 맘껏 표현할 자격이 없다고 믿고 있었기 때문이었다.

"아마도 제부가 다른 유형의 아버지였다면 걔도 다른 유형의 아이가 되었을 거예요." 에이미는 불안정하고 거친 숨을 내쉬고는 말을 이었다. "그렇게 겁에 질려 있지 않은 아이, 자신이 안전하다는 사실을 그냥 직감으로 아는 아이, 두 장의 처방전 없이도 세상의 벽에 맞설 수 있는 아이, 자신의 세상 속에 갇혀 빌어먹을 온갖 물건의 수를 세지 않아도 되는 아이, 이해할 수 없는 이유로 새벽 다섯 시에 자전거를 타고 동네를 돌지 않아도 되는 아이, 그러다가 심장에 문제가 생겨 즉사하고 뺨에 큰 자상을 입은 채 보도에서 발견되지 않아도 되는 아이. 그런 아이 말이에요." 말을 마친 뒤 그녀는 자신의 얼굴을 손으로 덮었다. 그러다가 문득 가쁜 숨을 몰아쉬며 말했다. "아, 이런. 오, 주여. 제가 또 혐오스러운 죄를 범했습니다. 이것은 제 모습이 아닙니다. 예수님, 제발요. 전 원래 이런 사람이 아닙니다." 에이미는 게슴츠레한 눈으로 위를 올려다보고 있었다.

퀸은 멀거니 입을 벌리고 에이미를 바라보았다. 온갖 문제에도 불구하고 그는 아직 그녀를 가족으로 생각하고 있었다. 그래서 지금 그녀의 분노를, 아니 절망이든 비참함이든 그게 뭐든지 간에 고스란히 그 감정을 다 받아서 겪고 있는 중이었다. 심지어는 자청해서 그 분풀이를 당해주는 것이 자신의 의무라는 생각마저 들었다. 왜냐하면 자신은 아들이 죽은 뒤로 고통이라 칠 만한 일을 겪은 적이 없었기 때문이다. 그는 에이미 때문에, 벨 때문에, 가족 모두 때문에 마음이 아팠다. 그리고 특히 아들 때문에, 적어도 70년은 이어졌을 삶을 위해 탄탄한 토대를 마련하기도 전에, 제정신이 아닌 신이 데려가 버린 아들 때문에 마음이 아팠다.

"에이미, 전에는 처형도 날 좋아했었죠."

에이미는 움켜쥔 주먹으로 두 눈을 문질러 닦으며 말했다. "그랬죠. 하지만 내 여동생 남편으로 좋아했던 건 아니에요." 퀸은 에이미의 말을 듣고 있기가 힘들었다. "난 제부를 존경했어요. 예술가로 살아가는 제부의 삶은 늘

내 흥미를 자극했거든요. 나는 그렇게 살아갈 배짱이 없었기 때문에 더더욱."

"그렇게 사는 것은 어려운 일이 아닙니다." 퀸은 허스키한 그녀의 노랫소리가 늘 좋았다. 방만하면서도 저돌적이었던 젊은 시절, 그녀는 밴더스와 함께 몇 차례 공연을 한 적도 있었다. "손에서 놓지만 않으면……."

"그러려면 큰 대가를 치러야겠죠."

"아마도요."

에이미는 팔짱을 낀 채 자신의 몸을 끌어안으며 말했다. "아까 나는 애랑 함께 보낸 날이 며칠이나 되는지 세고 있었어요. 열한 살이나 먹은 조카랑 함께 보낸 날이 셀 수 있을 정도로 며칠 안 되는 나 같은 사람도 과연 이모라고 말할 수 있을까요?"

퀸은 에이미가 이 집에 머무르는 이유가 여동생이 자신을 필요로 해서가 아니라 그 반대 이유 때문이라는 사실을 비로소 깨달았다. 세상을 떠나던 화창하고 따사롭던 날 아들이 타고 있던 빨간 자전거를 사준 사람이 바로 에이미였던 것이다.

"얼마나 되던가요?"

"뭐가요?"

"애랑 함께 보낸 날 수 말이에요."

"61일이더군요." 그러고는 굉장히 높은 데서 뚝 떨어지는 것처럼 목소리를 확 낮추며 말을 이었다. "장례식까지 치면 62일이고요." 사귀던 남자친구랑 결혼한 마흔 살 에이미는 아이들을 좋아했다. 그리고 보니 에이미가 사사건건 자신이랑 맞섰던 이유가 벨 때문이 아니라 아들 때문이었다는 사실이 문득 떠올랐다.

"LA에 살고 계시잖아요. 그 점을 고려하면 61일만 해도 엄청 많은 겁니다." 이제 에이미는 훌쩍훌쩍 울고 있었다. "에이미, 한 2년 전쯤에 애한테 보내주신 소형 녹음기 기억해요?"

에이미는 소매로 눈가를 문질렀다. "네."

"마치 애완견처럼 그 녹음기를 애가 늘 몸에 지니고 다녔어요."

"그랬죠. 나도 알아요."

"그 녹음기는 그 애가 열 개씩 구비해 놓지 않은 유일한 물건이었어요. 그리고 갠 처형을 흠모했어요, 에이미. 처형은 자책할 이유가 없어요."

"난……." 에이미는 말을 시작하려다 멈추었다. 그녀의 시선을 따라 퀸도 칼날처럼 깨끗하게 닦아놓은 유리창 밖을 바라보았다. 어느새 바람이 가라앉고 만물을 마비시킬 듯 햇볕이 쏟아지는 창밖에 잠옷 바람의 벨이 서 있는 어이없는 광경이 펼쳐져 있었다. 벨은 가위를 손에 든 채 뒷마당 가장자리를 따라서 체계적으로 움직이고 있었다. 싹둑 소리와 함께 생기 넘치는 화단에서 지나치게 활짝 핀 꽃송이들이 후드득 떨어졌다.

"대체 뭘 하고 있는 걸까요?" 퀸이 물었다.

"침실에 있는 줄 알았는데."

"내가 가볼게요."

"퀸!"

퀸은 몸을 돌렸다. 에이미는 아직도 조금씩 흐느끼고 있었다. "고마워요."

경황없이 밖으로 나가는 퀸을 내버려두고 에이미는 자신의 고된 업무에 다시 몰두하기 시작했다. 고맙게도 에이미는 퀸이 아들과 며칠이나 함께 지냈는지, 그 부끄럽기 짝이 없는 수를 묻지 않았다.

퀸은 뒷마당으로 이어진, 길고 경사진 오솔길을 터덜터덜 걸었다. 그 오솔길에 돋아난 풀은 깎기 어려운 것으로 유명했다. 아들은 전동 잔디깎이를 몰기에는 너무 체격이 작았다. 그래도 벨의 이웃, 만날 술독에 빠져 사는 에릭 채프먼이 물려준 수동 잔디깎이 사용법은 완전히 익히긴 했지만. 오늘 잔디밭 상태는 당구대에 깔린 융단처럼 고왔다. 흠잡을 데 없이 체계적인 솜씨로 깎아놓은 그 잔디밭은 어른의 작품이었다. 말할 것도 없이 테드 레드베터의 솜씨겠지.

벨은 조립식 건물인 공구 창고 주변의 데이지 화단 쪽으로 옮겨가 있었다. 그 공구 창고는 부자(父子)가 함께 짓기로 계획을 세웠다가 열기가 시들해져서 몇 달 동안 방치되어 있던 건물인데, 언젠가 양육방문을 하러 와서 보니 조립이 끝난 것은 물론 무난한 초록색으로 페인트칠까지 되어 있었다. 아들과 테드가 함께 그 건물 조립을 스카우트 프로젝트의 하나로 바꾸어 신나게 작업에 몰두했고, 그 결과 목공일과 협동 작업 두 분야에 걸쳐 공훈 배지를 두 개나 획득함으로써 다른 소년들의 부러움을 샀던 것이다. 벨은 꽃송이를 자른 다음 그 꽃송이가 땅 위로 또르르 굴러가는 모습을 바라보았다.

"왜, 그 꽃은 괜찮아 보이는데."

"꽃들이 햇볕이 드는 쪽으로만 자라는 걸 견딜 수가 없어서 그래." 벨은 이렇게 말하며 아까 그 꽃송이 주변의 꽃들도 잘라냈다.

"흠, 설마 당신, 그 꽃송이 전부를 참수시키길 원하는 건 아니지?"

"내가 뭘 원하는지 당신이 어떻게 알아?" 벨은 말은 이렇게 했지만 퀸이 가위를 받아 잔디밭에 내려놓아도 그냥 내버려뒀다.

"그 고소, 당신 아버지 생각이야?"

"사람들은 말이야, 뭔가로 자신의 삶을 채워야만 해. 아버지한테도 말했듯이 그렇게 해서 모두가 행복해질 수 있다면 고소장에 서명하는 게 뭐 어렵겠어."

"꼭 장인어른 말씀대로 할 필요는 없어." 맥 코스그로브는 예전에는 그 나름 재계 거물이었던 인물로 주말이면 끈을 묶는 가죽신발 윙팁을 신고 여기 저기를 누볐다. 그는 면전에서 '노'라고 말하기 힘든 사내로, 코스그로브 집안 딸들이라면 더더욱 그랬다. "이런 일은 몇 년이 걸릴 수도 있어, 벨."

"가족들이 누구를 고소하든, 시간이 얼마나 걸리든 난 상관 안 해. 내가 원하는 건 그냥 날 좀 내버려두는 것뿐이야." 벨은 고개를 들며 물었다. "스카우트 임무는 어때?"

벨은 항상 이 질문으로 이야기를 시작했다. 그녀는 모든 것을 알고 싶어 했다. 새 모이통을 가득 채우려면 모이가 몇 국자나 필요한지, 퀸이 고친 현관 계단이 정확히 몇 번째 계단인지.

"노인이 나한테 케이크를 만들어줬어."

"어떤 케이크?"

"초콜릿 맛 케이크인데, 세상에 토마토 수프로 만들었다는 거 있지."

"당신 점점 가는귀 먹어가는 거 아냐?"

"아냐, 정말이야. 비법이 있대. 처음에 그 케이크를 만들어줬을 때는 비법 재료가 뭔지 절대로 알려주지 않으려고 했는데, 오늘 내가 토마토 수프라는 걸 알아냈다니까." 퀸은 잠시 말을 멈추었다가 이렇게 덧붙였다. "거기도 이제 한 주만 더 가면 돼."

"그럼 아버지로서 당신의 임무도 공식적으로 다 끝나는 거네." 벨은 자신의 말에 퀸이 어떻게 반응하는지 쳐다보지 않았다. 그 대신 실눈을 뜨고 하늘을 올려다보며 물었다. "또 새로 알게 된 사실 없어?"

"노인이 신문을 세 개나 본다고 내가 말했던가?"

"어떤 신문?"

"신문 이름을 묻는 거야?"

"응. 어떤 종류의 신문을 보는데?"

"≪프레스 헤럴드≫랑 ≪타임스≫랑 ≪글로브≫."

벨은 이름 세 개를 머릿속에 찰칵찰칵 저장하기라도 하는 것처럼 빠르게 머리를 세 번 끄덕였다. 그녀가 숫자를 세고 있다는 사실을 퀸은 깨달았다. 벨은 믿을 수 없을 만큼 어딘가 불안해 보였다. 땀에 전 잠옷, 잠이 모자라 퉁퉁 부은 두 눈, 한쪽이 뭉치고 눌린 머리.

"내 말은 노인이 참 정정하다는 거야. 나이를 감안하면 우스꽝스러울 정도로 특이한 양반이라니까."

벨의 얼굴에 오래전 자주 지었던 특유의 미소가 떠올랐다. "장담하는데 그래도 당신보다는 나을걸."

"정곡을 찔렸군."

벨은 꽃나무에게 사과라도 하듯 남아 있는 꽃송이의 꽃잎을 손가락으로 쓰다듬었다. 퀸은 가만히 기다렸다. 마침내 벨이 그에게 시선을 돌렸다.

"나는 약에 대해서 전혀 몰랐어." 퀸은 부끄러움을 느끼며 말했다.

"뒤늦게 날 탓할 생각은 하지 마. 난 정말로 내가 할 수 있는 최선을 다했으니까."

"당신 탓할 생각 없어. 벨, 당신은 정말 훌륭한 엄마였어." 퀸은 무력감을 느끼며 그녀를 바라보았다.

"걔도 그렇게 생각했어. 일기에 그렇게 썼더라고." 벨은 두 눈을 감은 채 말했다. "퀸, 나한테 솔직하게 털어놔봐. 당신, 긴 QT 증후군 검사 받았어?"

"아니."

"만약 당신이……."

"난 그런 증상이 없었어."

"혹시 당신한테 그 병 유전인자가 있을까봐 두려운 거야?"

퀸은 잠시 머뭇거리다 대답했다. "나한테 그 병 유전인자가 없을까봐 두려운 거야."

퀸은 그녀가 이 말을 어떻게 받아들이는지 살펴보았다. 벨이 입을 열었다. "있지, 내가 아버지한테 차를 빌렸던 일 기억나? 내가 그 차로 집을 들이받았잖아. 아버지는 아직도 당신이 그런 줄 알고 계셔."

퀸은 웃음을 터뜨렸다. 아무래도 상관없었다. "괜찮아. 장인어른은 원래부터 날 좋아한 적이 없으셨잖아."

"내 말은, 전체를 위해서는 때로 한 명의 희생양이 필요하다는 거야." 이렇게 말하며 벨은 잔디밭에 털썩 주저앉았고 퀸도 벨 옆에 나란히 무릎을 꿇고 앉았다. "그런데 요즘 어떻게 지내, 퀸?"

벨의 질문에 퀸은 두 눈이 따끔거렸다. 그녀가 무슨 의도로 한 질문인지 알기에.

"'예수쟁이'들이랑 순회공연을 가기로 했어."

"난 그 친구들이 늘 마음에 들었는데. 사촌 잭이 또 마약중독 치료소에 들어갔구나?"

"빙고."

벨은 잔디를 뜯기 시작했다. "중요한 건, 퀸, 만약 우리 둘 다한테 긴 QT 증후군 유전인자가 있다고, 일단 그렇다고 쳐도, 그 사실을 아는 것이 아무 의미가 없다는 거야. 젊어서 죽을 가능성은 이미 오래전에 지나갔고, 그렇게 우린 고비를 넘긴 셈이니까." 벨은 고개를 저으며 말을 이었다. "걔도 요절할 가능성을 그렇게 넘길 수 있었어. 내가 약만 주지 않았다면 말이야. 나는 지금껏 수많은 참고 서적을 읽었어, 퀸. 결국은 그 약 때문에 그렇게 된 거야. 약 자체에 문제가 있었거나, 아니면 그 약이 애가 원래 갖고 있던 증상을 발현시키는 기폭제 노릇을 했거나." 벨은 낮은 웃음소리를 내었지만, 너무나 슬퍼서 전혀 웃음소리처럼 들리지 않았다. "기폭제라니. 추가로 처방받은 그 약은 훈제연어처럼 분홍빛을 띠는 것이 딱 보기에는 전혀 해로워 보이지 않았어. 그래서 사과 주스랑 같이, 두 달 동안 매일 그 약을 먹였다니까."

"벨, 당신 정말 왜 이러는 거야?"

벨의 얼굴은 나뭇가지로 채찍질 당한 것처럼 보였다. "차라리 내가 젊어서 죽었더라면 좋았을 텐데. 그랬다면 그 사랑스러운 아이가 세상에 태어나지도 못 했겠지만."

"벨, 제발 좀."

"뭐가 문제냐고? 빌어먹을 온갖 증상들이 다 나타났다는 거야." 벨의 입술이 파르르 떨렸다. "걘 방 안에 있는 모든 물건들의 수를 다 세기 전에는 방 밖으로 나오는 법이 없었어. 물건이란 물건의 수를 모조리 다 세기 전까지는 말이야. 게다가 잠은 침대 밑에서 잤고."

"나한테 말해줄 수도 있었잖아."

"아, 퀸. 우리가 언제 이런 주제로 이야기를 나눈 적이나 있어?"

"생각해보니 그러네." 퀸의 양육방문은 고작해야 한 달에 두 번 레스토랑에 가서 저녁을 먹으며 한심한 대화를 나누는 것뿐이었다. 퀸은 누구나 예상할 수 있는 뻔한 질문을 했고 아이는 그 질문에 완벽하게 대답을 했다. 그러면서 아이는 종종 문장의 수를 세었다. 아마도 그것이 자신을 지키는 철조망의 언어적 표현방식인 모양이었다. "애랑 같이 있는 게 지겨워?" 퀸이 마지막 방문 약속을 깨자 벨은 믿을 수 없다는 듯 이렇게 물었었다.

"그 앤 또래들보다 훨씬 뛰어난 아이였어. 모르겠어? 그 애가 뛰어난 아이였다는 걸?"

"당신 잘못이 아니야, 벨. 그 누구의 잘못도 아니고. 그렇게 될 확률도 천문학적으로 낮다잖아."

벨은 두 눈을 감았다. "백만 분의 일의 확률에 당첨된 우리 아들."

"훌륭한 엄마를 가진." 퀸이 덧붙였다. 끔찍한 잠옷 밑에 숨겨진 그녀의 어깨는 이상할 정도로 기우뚱했다. 몸뚱이가 그녀의 의사와 무관하게 금방이라도 쓰러져버리기로 작정이라도 한 것처럼. 몸뚱이를 똑바로 세우고 있는 데만도 엄청난 노력이 필요해 보였다.

"당신이 알아야 할 사실이 있어. 당신은 방해만 될 거라고 아버지가 그러셔서 말 안 했던 건데." 퀸은 불안한 심정으로 다음 이야기를 기다렸다. 언제나 나쁜 소식 전에는 전주곡처럼 장인이 언급되었기 때문이다.

마침내 벨이 입을 열었다. "그 내과 보조의사 말이야. 아마 당신이 아는 사람일 거야. 그 사람은 리처드라고 자신을 우리한테 소개했지만 곧 밝혀진 바에 따르면 모두들 그 사람을 '주크'라고 부르더라고."

"주크 블레이크리? 당신네가 고소한 그 내과 보조의사가 주크란 말이야?"

"진료 업무를 처음으로 맡은 거였대. 내가 그 사람을 알아봤어야 하는 건데. 몇 가지 질문을 더 하기만 했더라도, 그 사람이 자신을 주크라고 소개하기만 했더라도 알아봤을 텐데. 그랬다면 내 아들한테, 영원히 잊지 못할 소중한 내 아들한테 그런 일이 닥치기 전에 좀 더 신중하게 살폈을 텐데."

퀸이 알고 있는 주크란 친구는 신중한 성격이라고 자신 있게 말할 수 있는 인물은 아니었다. 실제로 퀸은 주크 블레이클리 때문에 극심한 전기 공포를 겪은 적도 있다. 아들이 태어나기 바로 전날, 퀸은 주크와 함께 랜섬 섬으로 들어가는 여객선 난간 앞에 나란히 서 있었다. 두 사람은 체리사탕처럼 붉은 픽업트럭을 몰고 다니는 연주자 세 명의 소개로 항구에서 처음 만난 참이었다. 그 트럭에 악기를 잔뜩 실은 연주자들은 잔디가 깔린 절벽 꼭대기에 서 있는 여름별장으로 두 사람을 데려갔다. 그 섬의 주인인 고용인은 '야간 비행'이란 이름의 그 파티 전문 밴드한테 흰 셔츠와 검은 청바지를 맞춰 입어 달라고 주문했다. 퀸은 그 때문에 들어간 추가비용을 그날 밤 야외에 꾸며진 바에서 질 좋은 술로 벌충할 생각이었다. 그는 그날 공연을 하면서 그렇게 금주 맹세를 마지막으로 어겼다. 그러고 나서 영원히 술을 끊었지만.

주크 블레이클리는 귀가 좋고 손가락 놀림이 빨랐다. 두 사람은 첫 휴식시간에 친분을 다졌다. 평평한 바위 위에 앉아 바다를 바라보며, 테니스장과 공연무대, 그리고 아름다운 풍광까지 두루 갖춘 그 집에 대한 부러움을 표하다가 공감대를 찾게 되었던 것이다. 두 사람은 똑같이 서른한 살의 기혼자요, 기성관습에 저항하는 자유 예술 옹호자였으며, 2년의 유효기간이 있는 전기 수리 기술자 자격증 소지자였다. 하지만 주크는 퀸과 달리 은행 계좌도 여러 개요, 다섯 살짜리 아이도 있었다. 그는 뭔가 실용적인 학문을 계속하기 위해 학교로 돌아갈 방도를 찾고 있었다. 아마도 의학 관련 분야였던 것 같다.

밴 모리슨*의 수많은 곡들 가운데 공연에서 연주할 곡 목록을 짜고, 밴드 리더 프레디랑 시시껄렁한 농담을 주고받는가 하면, 화려한 옷을 입은 사람

* 밴 모리슨 Van Morrison 1945- : 북아일랜드 출신의 영국 가수, 작곡가. 블루스, 재즈, 포크, 소울, 알앤비 등 다양한 장르의 음악들을 자신만의 색깔로 창조해 록 음악의 영역을 넓힌 것으로 평가된다.

들이랑 끝없이 인사를 나누고, 이미 술에 반쯤 취해 있던 생일 주인공을 위해 '생일축하 노래'를 몇 차례 부르는 등, 그런 상황이 해질 때까지 계속됐다. 퀸은 바닷바람에, 영화산업에 종사한다고 애매하게 말하는 웃음 띤 손님들한테, 어쩌면 자신도 영화 쪽 일을 할 수 있게 될지도 모른다는 희망에 조금씩 취해가고 있었다. 저녁 아홉 시 반경, 생일을 맞이한 소녀의 양아버지가 자기네 가족의 오랜 친구라며 깜짝 손님을 소개했다. 두둥! 그 사람은 바로 데이비드 크로스비*였다.

세상에, 데이비드 크로스비라니, '크로스비, 스틸스 앤드 내시' 소속의 그 크로스비가 확실했다. 퀸은 현기증이 날 지경이었다. 자신을 둘러싼 모든 풍경이 갑자기, 정교하게 그린 손 그림처럼 풍성하고 깊고 풍요롭고 손에 잡힐 듯이 느껴졌다. 처음에는 희미하고 느리게 빛나던 별들이 흑청 색 하늘에 얼굴을 내밀며 밝고 빠르게 빛나기 시작하면서 심지어는 깜깜하던 밤의 빛깔조차 바뀌어가고 있었다. 데이비드 크로스비가 빌린 기타를 메며 물었다. "어떤 노래를 부를까요?" 그들은 자신들도 알고 관객들도 모두가 아는 노래를 연주하기로 했다. 데이비드, 그러니까 퀸이 데이브라고 부르는 크로스비와 퀸과 주크는 잠시 동안 기타의 으뜸음을 맞추었다. 그때 주크는 몹시 흥분한 퀸을 이해한다는 듯, 박자를 받쳐주는 역할을 자청했다. 퀸은 주크가 베풀어준 이 호의 때문에 그를 영원히 잊을 수가 없었다.

그날 밤 미묘하게 조금씩 기울어가는 달의 움직임에 따라 친형제 같은 끈끈한 응집력이 점점 무대 전체를 장악했다. 퀸과 주크는 존경심 가득한 얼굴

* 데이비드 크로스비 David Crosby 1941- : 미국의 포크 록 가수, 기타리스트, 작곡가. 솔로로 활동하기도 했지만 '버즈 : 크로스비, 스틸스 앤드 내시 The Byrds : Crosby, Stills & Nash'라는 3인조 그룹의 일원으로 활동하기도 했다. 1969년 빌보드 앨범차트 6위에 오르는 등, 1960년대 저항적인 반체제 음악 분야에서 상징적인 존재였다.

로 은밀한 눈빛을 주고받았고, 종반부가 너무나 부드럽고 감격적인 노래 '네 아이들을 가르쳐라Teach Your Children'를 연주하는 동안에는 완전히 추억에 젖어버렸다. 그 노래만 들으면 퀸은 외롭던 십대 시절이 떠올랐다. 그 시절 홀로 방안에서 자신의 기타 위로 몸을 굽히고 두 눈을 반쯤 감은 채 수천 번도 더 들었던 곡이기 때문이었다. 그렇게 하면 늘 화가 나 있는 아버지와 강박적으로 목표에 집착하는 형을 차단해버릴 수도, 어머니가 아직 살아 있다고 상상할 수도 있었다. 상상 속에서 어머니는 생전에 그랬던 것처럼 자신의 엉덩이를 두드려 박자를 맞추며 그 노래를 따라 불렀다. 데이브는 멜로디를, 주크는 화음을, 그리고 퀸은 스틸기타*를 맡았다. 퀸은 제리 가르시아*를 똑같이 모방해 고교시절 연주하던 방식대로 정확한 박자에 볼륨 페달을 밟았다. 나선형으로 점점 높아져 마침내 하늘로 날아오른 목소리들이 손님들을 뒤덮었다. 향수에 젖은, 혹은 사랑에 빠진 손님들은 어느새 무대 앞으로 가까이 모여들어 서로 팔짱을 끼고 있었다. 모여 있는 손님들의 모습은 요동치는 녹색 바다 위에 둥둥 떠 있는, 영혼으로 엮은 섬 같았다.

하늘에 총총히 박힌 별까지 노래의 융단이 깔리는 동안, 그 아름다운 풍경에, 음악에, 그리고 기쁨에 겨워 몸을 흔드는 관객들한테 취해 친구 데이브가 노래 틈틈이 터뜨리는 웃음소리가 퀸의 귀에 들려왔다. "이 사람을 좀 봐요! 정말 멋지지 않습니까!" 데이브가 마이크에 대고 껄껄 웃으며 말했다. 퀸은 기타 프렛 사이에서 격렬하게 손가락을 놀리는 것으로 그 칭찬에 감사 인

*스틸기타 steel guitar : 울림통이 없고 줄 높이가 높은 전자기타의 한 종류로 주로 슬라이드 주법으로 연주한다. 스틸기타에도 여러 종류가 있는데 그 중 페달을 밟아 음의 높낮이에 변화를 주는 것을 페달 스틸기타라고 부른다.

*제리 가르시아 Jerry Garcia 1942-1995 : 미국의 가수, 기타리스트. 1965년 결성된 5인조 록밴드 '그레이트풀 데드 Grateful Dead'의 리더이자 기타리스트이다. 이 그룹은 1960~70년대 샌프란시스코 지역을 근거로 사이키델릭 록을 주도한 그룹으로 히피문화의 선도자들이었다. 1995년 가르시아의 사망으로 해체되기까지 2300여 회의 라이브 공연을 펼쳤고 훌륭한 기타 즉흥연주로 수많은 마니아 팬들을 열광시켰다.

사를 대신하며 함께 웃었다. 노래가 계속될수록 긴장이 풀렸다. 마침내 장엄하게 음악이 마무리되며 그 무대는 그렇게 영원히 끝이 났다. 박수, 박수갈채가 끊이지 않았다. 그때, 생일을 맞이한 술 취한 소녀가 또각거리는 하이힐을 신은 채 무대 위로 올라와서, 영광스럽게 자리를 빛내준 그 손님한테 몇 마디 인사라도 더 하시라고 권했다. 그러자 데이브는 이렇게 말했다. "아름다운 이곳이 난 정말 마음에 듭니다!" 퀸의 귀에는 '이곳'이란 단어가 '지금 이 현장'이란 뜻으로 들렸다. 그리고 그것은 퀸 역시 마찬가지였다. 그는 그 아름다운 현장에 푹 빠져 있었던 것이다.

길고도 마법에 걸린 듯한 그날 밤 퀸은 나이 지긋한 친구 데이브와 여러 차례 작별인사를 나누었다. 내면을 표현할 줄 아는 그 가수의 굳건한 악수, 깊은 웃음소리는 퀸의 기억 속에 또렷이 각인되었다. 새벽 무렵 퀸은 여객선 선착장에 서서 가느스름하게 뜬 눈으로 진홍색으로 물들어가는 하늘을 바라보고 있었다. 술이 덜 깬 퀸은 오해에 가까운 믿음으로 몹시 흥분해 있었다. 그는 데이비드 크로스비가 이따금씩 자신과 함께 연주하고 싶어 할 거라고, 그래서 그가 자신의 앞길을 열어줄 수 있을 거라고 굳게 믿고 있었다. 그는 의식 저 깊은 곳, 데이브와 전화번호를 교환하던 촉촉한 기억 속에서 허우적대고 있었다. 이후 며칠 동안 그 섬과 똑같이 고립된 여섯 개의 섬을 돌며 광란의 공연을 마친 뒤에도, 데이브가 그런 생각을 하고 있다는 증거를 찾아내지는 못 했지만 말이다.

그는 지난 11년 동안 이 이야기를 눈부신 추억으로 여러 번 입에 담았었다. 물론 결론 이야기는 빼고. 아직 구체화된 사실은 없었지만 새로운 희망에 부풀어 집으로 돌아와 문을 벌컥 열고 들어가자 테이블 위에 에이미가 남긴 쪽지가 있었다. "제기랄, 병원에 좀 가 봐요. 제부가 아빠가 됐으니까." 그

날 차에 악기를 싣는 일을 도와주고 운전해서 그를 집까지 데려다 준 사람이 바로 주크 블레이클리였다.

그런데 이제 그 아름다운 추억담이 독극물처럼 느껴졌다. 그는 잔디가 깔린 뒷마당, 눈부신 꽃송이의 시신들이 널려 있는 가운데 서 있었다. "일이 이렇게 되어가고 있는 걸 주크도 알아?"

"그 사람이 아는지 모르는지, 난 잘 모르겠는데."

"나랑 알고 지내던 시절, 그 친구는 내과 보조의사가 아니었어. 그때도 처자식은 있었지만. 참 근사한 친구라고 생각했었는데. 쓸 만한 연주자이기도 했고."

"그런 말 듣기 싫어. 난 그런 얘기 들으면 안 된단 말이야."

"알았어." 어쩌면 자신의 생각이 틀렸을 수도 있었다. 어쩌면 단시간에 끝나지 않을 법적인 복수에 매달리다 보면 그녀도 이 고비를 넘길 수 있게 될지 모르는 일이었다. "벨?"

벨은 서둘러 자리에서 일어섰다.

"당신을 탓하는 게 아니야, 벨." 퀸은 벨의 뒤를 따라 집으로 이어진 비탈길을 오르며 말을 이었다. "내가 어떻게 그럴 수가 있겠어. 그냥 물어보는 거야. 에이미가 만성적 불안증 이야기를 하던데. 애가 갖고 있던 병이 그거야?"

벨은 몸을 돌리며 말했다. "애가 뭘 갖고 있었는지 내가 어떻게 알겠어. 그 애가 갖고 있던 건 **우리**야. 당신의 몸과 내 몸이 합쳐져 그 애가 만들어진 거니까."

벨은, 처음에는 흐릿한 눈빛으로, 그러다가 점점 강렬한 눈빛으로 퀸을 물끄러미 바라보며 말했다. "아무튼 이 문제는 당신이 상관할 일이 아니야." 벨의 목소리는 놀라울 정도로 차분했다. "이제는 당신 문제가 아니라고." 그러나 철갑을 두른 듯 방어적인 벨의 표정은 조금씩 얼굴에서 사라졌고 마침내 아이들과 노인들과 남편인 자신을 사랑했던 원래의 벨, 진정한 벨의 표정이 얼굴에 떠올랐다. 피가 솟구치는 듯 그녀의 두 볼은 붉어져 있었다. 그녀는 몸을 떨며 두 팔을 몸 옆으로 가만히 내렸다. "난 이제 울지 않아. 내 고통으로 가족들한테 상처를 주는 것을 견딜 수가 없어서 이제 울지 않기로 했어."

"그럼 그걸 나한테 풀어." 퀸이 말했다. 그것은 벨도 바라는 바였다. 벨은 퀸의 두 팔에 안겨 조용히 한바탕 울음을 쏟아냈다. 퀸은 마음이 찢어지는 것 같았다. 그녀의 고통이 전해져 퀸은 그저 매를 맞고 있는 것 같은 기분이 들었다. 거기에 굳이 언급할 가치도 없는 자신의 비통함까지 더해졌다. 그 감정을 뭐라고 부르든, 자신이 느끼는 비참함까지 점점 마음을 옥죄어왔다. 마치 물속에서 장시간 숨을 참고 있는 것처럼. 벨은 울고 또 울었고 퀸은 그 울음을 가만히 선 채 고스란히 받아들였다.

마침내 벨은 소매로 얼굴을 문질러 닦으며 말했다. "그동안 테드가 버팀목이 되어줬어. 그것도 확실한 버팀목이었지. 하지만 그 사람은 자기 아내가 죽었을 때 이미 너무 많은 일을 겪었고, 또 그 사람한테는 아들들이 있어. 그 점 때문에 나는 계속 그 사람한테 분풀이를 했어. 그 사실이 부러워 미칠 것만 같았거든." 그러고는 핏발이 선 눈으로 퀸을 올려다보며 이렇게 덧붙였다. "당신한테 지금 이런 말을 하는 이유는, 이렇게 말해도 당신은 나를 욕하지 않을 것 같아서야."

"물론이지. 그리고 당신은 그럴 자격이 충분해."

"아니, 솔직히 말하면 난 그럴 자격이 없어. 테드 아들들이 얼마나 예쁜데. 그리고 또 나한테 얼마나 친절하게 대해준다고. 막내 에반은 이제 겨우 아홉 살인데도 얼마나 친절하게 날 대해주는지 몰라. 그런데도 나는 부러웠어. 샘이 나서 못 견딜 정도로 말이야. 그리고 또 한 가지, 아, 맙소사, 에이미 언니만 생각하면 내가 꼭 유리 상자에 든 표본이 된 것 같은 기분이 든단 말이야." 벨은 이렇게 말하며 그만 가보라는 듯 퀸에게 손짓을 했다.

이제 가야 할 시간이었다. 퀸도 그 사실을 알고 있었다. 그래서 그는 그녀가 서 있는 옥외통로로 이어진 비탈길 쪽으로 성큼성큼 다가갔다. 그러고는 주머니에서 슬그머니 수표를 꺼냈다. 퀸은 월세만큼만 떼어내고 자신이 버는 모든 돈을 벨에게 주고 있었다. 빠듯한 수입에 맞추어 살아가려니 돈을 절약하는 습관을 들여야 했다. 그래서 집에서는 전등을 켜지 않고 움직였고 모닝커피 역시 크림을 넣지 않고 블랙으로 마셨다. 집 전화를 끊어버리고 휴대폰도 원래 사용하던 것보다 훨씬 저렴한 모델로 바꾼 지 오래였다.

퀸은 벨에게 속삭였다. "지겹지 않았어. 단 한 번도 그런 적 없어." 그러고는 수표를 작은 테이블 위에 올려놓았다. 예전에 두 사람이 함께 우편함으로 사용하던 테이블이었다.

"이제 그만 둬, 퀸. 돈은 아무 상관없어."

"내가 해야 하는 일인 걸."

"당신이 빚진 사람은 내가 아니라 애야. 이젠 그 빚을 영원히 갚을 수 없게 되었지만." 벨은 차분한 어조로 말했다.

그녀는 수표를 그 자리에 그냥 내버려두었다. 손으로 집지도, 퀸에게 돌려주지도 않고 그냥 그렇게 내버려둔 것이었다. 자신을 향한 그녀의 분노가 이제 어느 정도 가라앉았다는 사실을 퀸은 깨달았다. 그리고 분노가 있던 그 자리를 연민이 채웠다는 사실도.

"'예수쟁이'들 만나면 아이를 위해 기도해달라고 부탁해줘." 벨은 이렇게 말하고는 퀸을 그 자리에 내버려둔 채 부엌으로 들어갔다.

마침내 퀸도 그 집을 떠났다. 벨한테 돈을 주려다가 오히려 기분만 더 나빠졌다는 것, 퀸은 그것이 오늘의 방문 결과 알게 된 중요한 사실이라고 생각했다.

퀸은 버스를 타고 중심가에서 내려서 미술관 옆길을 지나 집을 향해 걸었다. 그 길을 지날 때면 늘 울타리 너머를 흘끔거리며 조각상 하나를 찾았다. 늘 눈여겨보아온 그 조각상은 철사를 엮어 골격을 만들고 내부를 바위로 채운, 인간 형태의 거대한 상이었다. 인간 형태라는 점에서 말 그대로 중압감이 느껴졌다. 땅 위에 꿇은 한쪽 무릎, 절반 정도 굽힌 상체, 가볍게 목례를 하되 푹 숙인 것은 고개 아닌 등, 퀸은 남몰래 괴로워하는 사람의 모습이 저렇지 않을까 생각했다. 조각상은 말이 없었다. 작고 사랑스러운 나무들한테 둘러싸여 있을 뿐. 거기에 있다는 사실을 알고 있지 않으면 찾아내기 힘든 조각상이었다.

퀸은 휴대폰을 꺼냈다. 휴대폰 통화목록에 노인의 전화번호가 있었다. 두 사람은 어쩌다가 이런 사이가 되었을까?

오나는 단박에 퀸의 목소리를 알아들었다. "아, 신용카드를 발급 받으라고 졸라대는 파키스탄 남자한테 걸려온 전화인 줄 알았네."

"다음 주에 제가 못 갈 것 같아서요." 아까 그 집에 있었을 때 이 말을 할 수 있었으면 좋았으련만. 게다가 노인은 전화를 받는 순간, 목소리의 주인이 누구인지 알아들음으로써 퀸을 더 곤란하게 만들고 있었다. 퀸은 재빨리 덧붙여 물었다. "일요일은 어떠세요?"

"자네는 이 날이나 저 날이나 나한테는 마찬가지일 거라고 생각하는 건가? 내가 늙은이라서?"

"도저히 거절할 수 없는 공연이 잡혀서요."

"일요일 오전에는 쿠키를 구워야 하는데."

"토요일에 구우세요."

"쿠키를 구운 다음에는, 성당 여편네 중 한 명이 날 데리러 올 거고. 열 시 반 미사에 가야 하거든."

"그럼 그보다 훨씬 일찍 가겠습니다."

"자네는 약속시간보다 일찍 온 적이 없지 않은가."

"꼭 일찍 갈게요, 오나."

그 조각상을 오랜 시간 눈여겨보면, 조각상이 몸을 떨고 있는 것 같았다. 마치 내부를 채운 바위들이 스스로 호흡을 해서 조각상에 산소를 공급하고 있는 것처럼. "어린 친구들이거든요. 리드 기타리스트가 또 펑크를 내서 제가 들어가게 된 겁니다. 그 친구들이 여러 공연을 준비 중인 것 같더라고요."

"흠."

"그것도 꽤 괜찮은." 퀸은 얼른 자신의 말을 고쳤다. "실은 저한테 더 괜찮은 기회지요."

"아, 그 젊은이들이 절벽에서 뛰어내릴 계획을 세우고 있는 건 아닌가?" 오나는 잠시 말을 멈추었다. "로큰롤인지 뭔지 그런 음악을 하는 요즘 젊은 것들은 그런 짓들을 하던데?"

오나의 말에 퀸은 피식 웃었다. "가스펠 록을 하는 친구들이라서, 자기네 할머니를 걱정시키는 퍼포먼스는 전혀 안 합니다."

"우리 할머니는 그 걱정이 전해지기에는 너무 멀리 계신다네."

"샘날 정도로 재능이 많은 친구들이에요. 그리고 그 친구들 어머니는 걸어 다니는 은행이고요."

"아하, 두드리는 자에게 기회가 열리나니."

"기회가 열리길 바랄 뿐이죠."

"희망은 위험한 거라네, 퀸."

"새겨듣겠습니다." 퀸은 희망에 관한 한 자신은 이미 끝장이 났다고 생각
하고 있었다. 그런데 이제 정신적으로 아픔이 느껴질 정도로 강한 희망이,
연고를 발라줘야 할 상처가 생살을 드러내듯 다시 고개를 들고 있었다. 그런
데 오나는 그 사실을 어떻게 알았을까?

"아무튼, 일요일도 괜찮네. 난 토요일 미사를 좋아하거든." 오나는 쾌활한
목소리로 말을 이었다. "설사 노인들한테는 이 날이나 저 날이나 마찬가지라
고 해도, 그 사실을 숙녀에게 직접 인정하라고 하는 것은 무례하기 짝이 없
는 짓이지만."

"잊지 않게 적어두겠습니다."

"그리 하게."

"그런데 그 쿠키 맛있겠는데요."

"잊지 않게 적어두겠네."

조각상은 여전히 숨을 쉬고 있었다. 아니면, 그냥 그렇게 보이는 것일 수
도. 퀸은 갑자기 스스로 무거운 돌로 가득 찬 존재가 된 것 같았다. 철사로 엮
은 몸뚱이 가득 바위를 채우고 나무들 사이에 숨어 있는 석조 인간이. "일어
서." 퀸은 속삭였다. 그러나 석조 인간은 그 자리에서 꿈쩍도 하지 않았다.
그 엄청난 무게에도 불구하고 자리를 박차고 일어설 태세를 갖춘 채. 혹은,
온몸을 휘청거리게 만드는 그 무게의 힘에 굴복해 결국은 쓰러져버리고 말
태세를 갖춘 채.

무거운 것

1. 세계에서 가장 무거운 나비 : 퀸 알렉산드라 버드윙, 평균 25그램 이상, 서식지역 파푸아뉴기니.

2. 건강한 어머니에게서 태어난 가장 무거운 아기 : 10.34킬로그램, 국적 이탈리아.

3. 머리카락으로 끈 가장 무거운 버스 : 7톤 874킬로그램, 버스를 끈 사람 레치마나 라마사미, 국적 말레이시아.

4. 연간 강수량이 세계에서 가장 많은 곳 : 연간 1187센티미터, 인도 모우실람 마을.

5. 인간의 위에서 꺼낸 가장 무거운 사물 : 2.4킬로그램, 머리카락 뭉치, 국적 영국.

6. 날아다니는 새 중에서 세계에서 가장 무거운 새 : 느시, 21킬로그램, 서식지역 헝가리.

7. 지구상에서 심장이 가장 무거운 동물 : 680킬로그램, 흰긴수염고래, 서식지역 태평양.

8. 세계에서 가장 무거운 고양이 : 이름 히미, 21.2킬로그램, 국적 호주.

9. 세계에서 가장 무거운 개 : 이름 켈, 130킬로그램, 국적 영국.

10. 세계에서 가장 무거운 인간 : 존 미노크, 635킬로그램, 국적 미국.

이 분은 미스 오나 빗커스이십니다. 이 테이프는 그 분의 인생 '조각'을 녹취한 것입니다. 이 부분은 3부에 해당됩니다.

'조각'은 뭐가 다른지 모르겠구나.

......

'조각'이라는 그 단어만 들으면 뭔가, 완전히 박살나서 다시는 이어붙일 수 없는 것이 생각나거든.

......

그렇다면 기억이겠지. 하지만 사실 기억을 뜻하는 건 아니란다. 뭔가 다른 것들이지.

......

개의치 마라. '조각'도 괜찮으니까. 계속하렴.

......

내가 어땠는지 말해주마. 잠깐만. 요즘 엄마들이랑 똑같았지. 처음에는 요즘 엄마들이랑 똑같았어. 로스쿨에 재학 중이던 랜들은 평발에 완충제를 넣은 신발을 신고 세법 수업을 들으러 다녔단다. 하지만 프랭키는 해군에 입대했지. 그 일 때문에 나는 거의 다 죽어갈 정도로 시름시름 앓았어.

......

"제1차 세계대전에 참전했던 모든 젊은이들이 충격에 빠져 돌아왔다는 사실을 생각해봐. 그리고 자기 마음을 절반도 표현하지 못하는 네 아버지를 한 번 봐라." 나는 프랭키한테 이렇게 말했지만. 그 애는 너와 달리 다른 사람의 말을 귀담아 듣는 애가 아니었단다. 오히려 말하는 쪽을 더 좋아했지. 마리아나 제도 북부의 LCT에서 프랭키가 보낸 편지는 그 애 평생 가장 공들여 쓴 편지였어.

......

그건 화물을 수송하는 거대한 배란다. 탱크, 사람은 물론, 실을 수 없는 게 거의 없지. 그 배가 프랭키네 부대원들을 태워 신께서 창조하신 푸른 대양을 건넜고, 그 다음 위험천만한 소굴로 그 젊은이들을 몰아넣었어. 그 애가 쓴 편지들을 네가 봤어야 하는 건데. 내가 집을 떠날 때 하워드가 그 편지들을 몽땅 빼앗아 갔지 뭐냐.

"엄마, 날개 길이가 3미터가 넘는 새를 봤어요." "저는 제 선실 동료들이 정말로 좋아요, 엄마." 뭐 그런 내용들이었단다. "엄마, 이곳의 하늘은 금세 물들어요. 꼭 흠씬 두들겨 맞은 권투선수의 눈두덩처럼 말이에요." 우리 프랭키는 단어를 사용하는 자기만의 방식이 있었어.

......

음, 6개월쯤 지났을까, 사이판 전투가 끝난 뒤 인적이 드문 저녁 해안가에서 저격수의 총에 맞았단다. 다른 동료들은 해변의 막사에서 영화를 보고 있었지만, 프랭키는 그러지 않았거든. 평소와 마찬가지로 허가되지 않은 방식으로 지프차를 몰래 몰고 나가 안전하다고 생각되는 길에서 드라이브를 즐기고 있었대. 그런데 그 길이 그 애가 생각했던 것만큼 안전하지 않았던 거야. 물론 그곳에도 술이랑 여자는 있었단다. 그곳 역시 신의 손바닥 안이었으니까. 프랭키가 여자를 사귀는 법을 미리 알았더라면 좋았을 텐데.

......

내가 뭘 궁금해 했는지 너도 아는구나? 정확히 지금 네가 궁금해 하는 것과 똑같은 것을 나도 궁금해 했단다. 하지만 아무도 나한테 그 얘기를 하지 못했지. 사람들은 모두 그건 중요한 문제가 아니라고 생각했거든. 그곳에서 다른 청년들은 밥 호프*가 나오는 영화를 보고 있었다는구나.

......

아, 밥 호프는 뛰어난 배우였단다. 아주 재미있는 사람이었지. 내 짐작도 그래. 밥 호프는 아마도 우스꽝스러운 영화 시리즈 〈길〉에 빙 크로스비, 흰 사롱치마를 입고 이리저리 뛰어다니던 도로시 라무어*랑 함

---

* 밥 호프 Bob Hope 1903-2003 : 미국의 희극배우, 코미디언. 영국 출신이다. 역사상 가장 존경받은 공연 배우로 기네스북에 올라 있다. 보드빌 배우로 활동을 시작해 TV, 라디오, 영화, 연극 등 다양한 장르에 활발히 출연했다. 또한 평생 1000만킬로미터에 달하는 비행거리를 기록하며 전 세계에 주둔하고 있던 미군을 위한 위문공연을 열었다. 특히 제 2차 세계대전, 한국전쟁, 베트남전쟁 중에 참전하고 있던 미군 1000만 명 이상이 그의 공연을 관람했다. 1940년대에 배우 빙 크로스비 Bing Crosby 1903-1977와 함께 〈길 Road to〉이란 영화 시리즈에 출연해 버디무비라는 새로운 영역을 개척했다. 사업수완도 뛰어나 엄청난 부를 축적했으나 대부분의 재산을 기부했다.

* 도로시 라무어 Dorothy Lamour 1914-1996 : 미국의 영화배우. 미인대회 출신으로 밥 호프, 빙 크로스비와 함께 〈길〉 시리즈에 여자 주인공으로 출연했다.

께 출연한 그 배우가 맞을 게다. 나보다 훨씬 나은 엄마들 밑에서 성장한 반듯한 청년들은 모두 시키는 일만 했고 그래서 그곳에서 어여쁜 도로시 라무어를 보고 있었던 거지. 하지만 프랭키는 지프차를 타고 스피드를 즐기며 사탕수수 들판을 내달리고 있었어.

......

어쩌면. 그런 생각은 여태 한 번도 못 해봤는데. 흠. 그곳은 드넓은 하늘로 유명한 곳이다. 그 고요한 풍경을 온통 휘젓고 다니는 것은 지프차들뿐이었겠지. 영화의 음향시설은 엉망이었을 테고. 그 애는 실제로 영화 대사를 거의 알아듣지 못했을 거야. 하지만 어쩌면 그 애는 그저 인물들이 여러 기복을 겪으면서 적절한 타이밍을 노리는 우스꽝스러운 장면을 보고 싶지 않았는지도 몰라. 빙 크로스비랑 밥 호프는 타이밍을 잡는 데 귀재들이었으니까.

......

나도 그렇단다. 소리까지 전달받을 수 있었다면 좋았을 텐데. 나는 그 애가 웃으면서 죽었길 바란다.

11

퀸은 오마하 디제이니, 자기네 이름이 전국을 휩쓸고 있다느니 그런 이야기들을 전혀 믿지 않았었다. 순회공연 길에 올라서, '부활의 길' 티셔츠를 입은 소년 소녀 무리가 그들의 노래를 몽땅 다 따라 부르는 눈부신 광경을 직접 목격하기 전까지는. 팬들이 몇 장씩 시디를 사는 바람에 쇼가 한정 없이 늘어졌다. 퀸은 행실 더러운 사촌의 얼룩진 악보를 들여다보며 계속 투덜대면서도 정해지지 않은 방식으로 신나게 자기만의 기타 즉흥연주를 선보였다.

주요멤버 한 명이 빠진 상황이긴 했지만 터무니없을 정도로 재능 넘치고 주님을 진심으로 사랑하는 청년들이었다. 자신을 아저씨라고 부르는 이 청년들과 함께 공연을 다니는 것이 퀸한테는 그저 일일 뿐이었는데도 매번 같은 상황이 벌어졌다. 청년들의 보호자 노릇을 하게 되었던 것이다. 그들은 틈만 나면 조언을 해달라며 퀸을 성가시게 했고, 퀸은 여윳돈을 마구 써버리듯 마음껏 조언을 베풀었다. 그러고 있으면 관대하고 쓸모 있는 사람이 된 기분이 들었다. 그는 '신의 섭리'에서 틀어준 곡 목록을 확인했고, 스프링필드에서는 진흙투성이 무대장치를 손보았으며, 우스터에서는 3부 공연을 진행하면서 1부의 분량을 요령껏 줄였다. 평소보다 수가 네 배나 늘어난 관객과 티셔츠 판매에까지 신경을 써야 했다. 또한 음악 자체는 물론, 코드만 조금 바꾸어도 부들부들 떨며 당황스러움을 표시하는 고지식한 밴드 멤버들과, 고개를 바짝 쳐든 채 음악을 듣고 있는 관객들의 반응도 살펴야 했다. 매일 밤 하루 일과가 끝나고 나면 종일 너무 미소를 짓고 있어서 턱이 다 아플 지경이었다.

퀸이 공연에 합류하는 경우 평범한 결함들은 별 문제가 되지 않았는데도, 늘 그렇듯이 실비는 계속 공연장에 나타나 진행 상황을 주시했다. 퀸은 음향을 확인하면서 상태가 좋지 않은 전선들을 알아서 교체했다. 그런 퀸의 솜씨를 실비는 종이 클립이나 지포 라이터로 전자레인지를 뚝딱 만들어내는 재주처럼 여겼다. "어떻게 그 모든 걸 다 알죠?"

답은 이것이었다. 술집에 딸린 거지 같은 음향설비에서 최적의 밸런스와 음질을 끌어내려고 민감한 장비들을 매만지는 일을 25년 동안이나 계속하면 다 알게 된다는 것.

"우리 애들은 벽에 뚫린 콘센트도 잘 못 만져요. 남편 더그는 애들보다도 더 형편없고요. 뇌 외과의사면 뭐해요. 집에 있는 자명종 시계도 맞출 줄 모르는데." 이 대화를 나눈 때는 마지막 공연이 있던 밤 인터미션 시간이었다. 두 사람은 꽃장식이 되어 있는 테이블에 앉아 있었다. 실비는 그 테이블에 쌓여 있는 소중한 티셔츠 더미를 지키는 중이었다. 티셔츠에는 밴드의 모토 '그 길을 가라'가 십자가 처형을 상징하는 핏빛으로 선명하게 새겨져 있었다. 그녀는 신학대학에서 자원을 나온, 화려한 깅엄 카우보이 셔츠를 입은 조수 쪽으로 몸을 돌리며 물었다. "누구 관객 수 세어본 사람?"

"6백 명은 족히 될 겁니다." 학생이 말했다.

퀸은 두 사람이 머릿수를 맞춰볼 수 있게 내버려뒀다.

"그런데 그 지역 방송국 디제이가 계속 틀어줬던 그 노래 말인데요." 학생이 물었다.

"퀸이 그 노래는 앙코르 곡으로 남겨두라고 애들한테 말해뒀어." 실비는 자신의 손가락에 입을 맞춘 다음 퀸의 턱을 찰싹 때리며 말을 이었다. "전문가께서 그러시네. 관객들을 안달 나게 만들어야 한다고." 그녀는 쉰다섯 살이었지만 퀸보다도 젊어 보였다. 레이저 시술을 받은 피부는 천도복숭아처럼 팽팽했고, 비싼 돈을 주고 구릿빛으로 염색한 머리는 윤기가 흘렀다. 묵을 숙소를 알아볼 때면 날렵하고 도시적인 선글라스 뒤에서 그녀의 눈동자가 기민하게 움직였다. "지난 번 마지막으로 보스턴에서 공연을 했을 때는 관객이 마흔일곱 명이었어요." 티셔츠를 사려는 관객들이 몰려드는 바람에 실비는 약간 목소리를 높여야 했다.

"그래도 당신은 가끔씩 행운이 따르는 것 같아요." 퀸이 말했다.

"1년 중 50주를 길바닥에서 지내는 건 행운이 아니에요. 자, 여기 있습니다, 손님." 실비는 한 소녀에게 티셔츠 한 장을 건넸다. 소녀는 자주색으로 염색한 단발머리 사이로 퀸을 흘깃 쳐다보았다. 찬송가 순회공연은 사람들이 흔히 생각하듯 바닐라 푸딩처럼 말랑말랑한 일이 아니었다.

"50주를 길바닥에서 보낼 수 있다면 행운이지요. 그랬다면 저는 지금쯤 굉장히 잘살고 있을 겁니다."

실비는 사려 깊은 표정으로 퀸을 바라보았다. 3년이 넘는 지난 세월 함께 긴 시간을 보내다 보니 두 사람은 어느새 꽤 친한 친구가 되어 있었다. "당신이랑 함께 사는 한 계속 그런 푸대접을 받아야 하는 사람한테는 틀림없이 그게 굉장히 짜증나는 일일걸요." 실비가 말했다.

청년들은 무대 위에서, 주님께 자신을 알리라고 구원받지 못한 이들을 훈계하는 '제단의 외침'을 연주하고 있었다. 그것은 지옥 불을 연상시키는 무시무시한 음악이 아니라, 무대 뒤 파티에 초대하는 것처럼 정겨운 음악이었다. 무대 주변에서 땀방울이 송골송골 맺힌 팬들이 웅성거렸다. 좀 전에 설교사들한테 이끌려 여러 개의 방으로 나누어 들어가 무료 성경 수업을 들은 팬들은 이제 곧 설교사의 축복기도를 받을 예정이었다. 일정상 예수님을 받아들이고 나면 바로 기도 카드를 쓰게 되어 있었다. 곧이어 2백여 장의 카드들이 여러 개의 상자에 담겼다. 거기에는 설문지를 담은 상자도 있었다. 카드의 내용은 대충 이런 것들이었다. "죄를 범했습니다. 기타 등등", "또 죄를 범했습니다. 기타 등등.", "예수님에 대해 더 많이 알고 싶어요. 기타 등등.", "'부활의 길'에서 발행하는 묵상 이메일을 매주 받고 싶어요." 이 쇼의 종교적 성격을 보여주는 부분으로 이런 행사 때문에 적절한 장소를 미리 섭외해야 했다. 그리고 청년들은 이런 세세한 부분까지 공들여 준비하는 데 엄청나게 많은 시간을 쏟아 붓고 있었다.

덕분에 퀸은 이 부분에 관여하지 않아도 괜찮았다.

실비는 말했다. "가끔씩 궁금해요. 더그랑 내가 낡은 직업윤리를 열성적으로 아이들한테 가르쳤다면 어떻게 되었을까? 저 애들은 연습과 공연 말고는 할 줄 아는 게 없거든요. 아, 기도도 있네요. 기도, 기도, 오로지 기도."

"기도가 나쁜 행동인 것처럼 말씀하시네요."

"참고로 말하자면 더그랑 나는 유니테리언(예수의 신성(神性)과 삼위일체 교리를 거부하고 오로지 신 한 명만을 인정하는 기독교의 한 종파 ―옮긴이) 교도예요." 실비는 딱 잘라 말했다.

"설마, 농담이시겠죠." 퀸은 웃으며 말했다.

"저 애들은 사촌 잭이 물 위를 걷는다고 생각해요. 그래서 처음 '만세반석' 중독치료소에서 나왔을 때 애들은 그 애를 통째로 삼켜버렸어요." 그녀는 이 말을 하면서 JC(예수 그리스도 Jesus Christ의 약자―옮긴이) 글자가 새겨진 야구 모자를 쓴 십대 관객에게 잔돈을 거슬러주었다. "그래도 애들이

코로 코카인을 들이마시지 않는 것에 감사해야겠죠. 물론 그 대신 '예수'라는 커다랗고 말랑말랑한 알약을 삼켜버렸지만." 그녀는 퀸을 바라보며 말을 이었다. "당신이 함께 공연을 다니면 아이들이 긴장을 덜 하네요. 당신이 오면 나도 마음이 편하고요. 내가 정말로 하고 싶은 말은 이거예요."

실비는 카우보이 셔츠를 입은 조수한테 말했다. "여기 좀 대신 봐줄 수 있지?" 그러고는 벽감 근처에 가 있으라고 퀸에게 말했다. "우리 애들은 사람은 누구나 선하다고 생각해요." 와자지껄한 관객들 소리 때문에 그녀의 목소리는 다시 한껏 높아졌다. "그래서 나쁜 일은 절대로 일어날 수 없다고 믿는다니까요. 사촌 잭한테 일어난 일보다 더 확실한 예가 없는데도 말이에요. 당신도 자식이 있다고 했죠?"

퀸은 그렇다고도, 아니라고도 말하지 않았다. 여기 밴드 멤버들은 아들이 죽은 소식을 듣지 못했으니까. 아니면, 소식을 듣고도 그 애가 퀸의 아들일 것이라고 생각하지 못했거나. 물론 청년들, 그리고 그 어머니랑 그 긴 세월을 알고 지내면서도 어쩌면 그렇게 자신을 내보이지 않을 수 있었을까를 생각하면, 문제 삼을 정도는 아니어도 좀 막연한 약한 통증 같은 것이 느껴지기도 했지만 그는 지금 상태가 더 좋았다. 그들은 퀸을 굉장히 높게 평가하고 있었다. 퀸 자신이 초등학교 시절 선생님들을 존경했던 것처럼. 하지만 그 선생님들은 밝게 불 켜진 교실 밖에는 존재하지 않는 사람들이었다.

실비가 말을 이었다. "'결혼'이란 말이 실은 '성장'이란 뜻이라는 사실을 더 잘 알아야 할 스물한 살 먹은 브랜든조차도 허황된 꿈을 꾸는 꼬맹이처럼 군다니까요. 왜 안 그러겠어요? 늙고 부지런한 엄마 덕분에 모든 일이 찬란하게 이루어진 것 같을 텐데. 하지만 나는 애들이 음악 산업분야 사람들한테 나쁜 인상을 줄까봐 걱정이에요. 사실과 전혀 다른 나쁜 인상 말이에요. 혹시 애들이 그 사람들한테 나쁜 인상을 주고 있다고 생각하세요?"

"최신형 위너베이고 캠핑카를 타고 다니니까 나쁜 인상을 줄 수도 있죠."

"내 말은 그런 뜻이 아니에요." 돈에 관해서라면 몹시 예민하게 굴 수도 있는 실비였다.

퀸은 약간 대담하게 이렇게 말했다. "'신의 섭리'에 출연하는 사람들을 말씀하시는 거라면 그 사람들이야말로 진짜 확실히 색안경을 끼고 있는 사람들이죠. 그건 완전히 다른 문제에요." 그러고는 실비를 흘긋 바라보며 물었다. "그 사람들이 뭘 제안했습니까?"

"흥미 있는 제안은 전혀 없었어요. 아직까지는."

중앙 홀은 팬들로 북적였다. 그들 중 일부는 울고 있었고, 또 몇몇은 가슴에 성경책을 꼭 끌어안고 있었다. 이상하게도 그곳에서 갑자기 라일락 향기가 풍겨왔다. "더그는 내가 벅찰 정도로 혼자서 너무 많은 일을 한다고 생각해요." 실비가 털어놨다. 그녀가 움직일 때마다 도시적인 형태의 귀걸이가 반짝였다. "우리 애들은 돈벌이만 놓고 말하자면 결론적으로 천하의 바보들이거든요. 실제로 **직업**이란 걸 가져본 적이 있는 애는 잭뿐이죠. 애들을 예수에게 인도한 마약중독자라니. 정말 아이러니하지 않아요?"

"정말 내 의견을 묻는 거라면 어이없는 일이네요."

"내 말은, 제 엄마가 혼자서 온갖 경비를 감당하고 있을 때 누구든 한 녀석이라도 그 짐을 나누어 져주면 얼마나 편하겠냐는 거예요."

"저라면, 그 돈을 멋대로 써버릴 수도 있습니다.

퀸은 항상 그녀를 웃게 만드는 재주가 있었다. "아, 그냥 하소연 좀 하는 거예요." 그때 건물의 불이 깜박였다. "그냥 말 좀 해도 되죠? 저 사람들이……." 실비는 그 사람들이 누군지 알려주려는 듯 손짓으로 어렴풋이 한쪽을 가리키며 말했다. "날 짜증나게 만들어서요. 장식 일이 그렇네요. 사실 이건 내 전문분야가 아니거든요."

퀸이 들은 바에 의하면 그녀의 전문분야는 이마에 보형물을 넣은 팔자 좋은 여편네들한테 카펫 샘플을 보여주는 일이었다. 그의 전문분야는 기타였고, 지금껏 언제 어디에서 연주를 하느냐를 중요하게 여긴 적은 한 번도 없었다. 그런데 이제 와서, 자신이 이 마을에서 저 마을로 이끌고 다니는 반짝이는 청년들이 행운과 부의 문턱에 서 있는 모습을 보니 당황스럽게도 늙고 깡마른 희망이 스멀스멀 덩굴처럼 그를 타고 올랐다. 스물다섯 살 먹은 그 희망이란 놈은 진작 '왕년에'라는 도랑에 빠져버린 줄 알았는데. 그때까지 그는 스스로 희망이란 희망은 모조리 다 끝난 신세라고 생각하고 있었다.

"모든 일이……." 실비의 손가락이 바르르 떨렸다. "아슬아슬하게 진행되고 있어요. 그 사람들이 뭔가를 일으킬 태세예요."

"그렇다고 해서 그 사람들을 욕할 수는 없습니다."

"당신이 그러리라고는 나도 생각 안 했어요. 왜 그런 줄 알아요?" 그녀는 실세 손님들한테 점심을 대접할 때 주로 쓰는 안경을 고쳐 쓰며 말했다. "내 말은요, 이 일이 이미 내 손을 떠난 종달새나 마찬가지란 뜻이에요. 기차에서 내리고 싶다면 이미 너무 늦어버린 거죠."

퀸도 이제는 알 수 있었다. 실비가 무서워하고 있다는 사실을. 그녀는 다시 테이블로 돌아가 상자에 든 채 탑처럼 쌓여 있는 냉장고 부착용 자석 장식물을 두드리며 외쳤다. "여러분, 5분 남았습니다!" 그러고는 퀸을 향해 몸을 돌리더니 정면으로 마주보며 말했다. "나 자신을 조절할 수 없다는 뜻으로 한 말은 아니었어요. 아직은 그럭저럭 할 만해요."

실비의 입가에 긴장이 풀어져 있었다. 잠깐이었지만 그녀가 제 나이처럼 보였다. 퀸은 그녀가 왜 자신한테 그런 이야기들을 털어놨는지 깨달았다. 실비처럼 빈틈없는 '인간 번개'들은 원래 퀸처럼 속내가 그대로 들여다보이는 사람을 좋아하기 때문이었다.

건물의 불이 다시 깜박였다. 다시 일을 하러 무대로 돌아가던 도중, 아까 본 자주색 단발머리 소녀가 다가와 말을 걸었다. 시디에 사인을 해달라는 것이었다. 실비가 티셔츠를 담아준 가방에는 일출을 배경으로 찍어 초점을 부드럽게 흐린 청년들의 사진이 새겨져 있었다. 심지어, 다른 청년들보다 훨씬 나이가 많고 뚱뚱하고 앞이마가 돌출되고 코카인에 취한 잭조차도 갓 교회에서 튀어나온 듯 생기가 넘쳐 보였다. "나는 밴드 멤버가 아니에요. 잭 대타로 나온 거지." 퀸은 소녀한테 들릴 수 있게 외치듯 말했다.

"아, 이제야 알겠네요." 소녀가 말했다.

뭘 알겠다는 거지? 나이가 들어 망가진 얼굴? 무대 조명이 들어왔고 관중들이 웅성댔다. 곧 마지막 무대의 첫 곡이 앰프에서 흘러나가기 시작했다. 관중들이 함께 노래를 따라 부르는 동안 퀸은 자신이 그저 대타일 뿐이라는 사실을, 맹목적으로 열광하는 관객들이 자신의 팬이 아니라는 사실을 신경쓰지 않으려고 애썼다. 그는 점점 고조되는 열기에, "웁, 웁, 웁스"하고 관객들이 외쳐대는 의미를 알 수 없는 주문에, 기독교적이라고 말하기에는 좀 당황스러운 몸짓에 완전히 젖어들었다. 그들의 물결치는 손에서 기도 카드가 활활 타올라도 그는 아무렇지도 않았다. 그 청년들이 그에게 함께 연주하자고 하는 한, 구원받은 그들의 사랑스러운 얼굴이야 아무래도 상관없었다.

새벽 두 시가 되어서야 그들은 귀갓길에 나섰다. 브랜든이 운전대를 잡았고, 주간(州間) 고속도로가 달빛에 번들거렸다. 안락한 차 안에 켜진 작은 등

불들 아래에서 아직 가시지 않은 공연 열기의 웅덩이가 일렁였다. '어치들'은 '하트'라는 곡을 느릿느릿 연주하고 있었고, 타일러는 높이를 낮춘 안락의자에 잠긴 채 '캐리'라는 책의 엉성한 복사본에 완전히 빠져 있었다.

웰즈 톨게이트를 지날 즈음, 활기 넘치는 작업반장 도나한테 미리 알리지 않고 금요일 낮 근무에 결근했다는 사실이 떠올라 퀸은 이렇게 중얼거렸다. "이런 젠장, 빌어먹을."

"또 그런 말 쓰시네." '어치들' 중 한 명이 이렇게 말하며 손에 쥐고 있던 카드를 내려놓았다. "뭐가 잘못됐어요, 아저씨?"

"내가 어떤 사람을 실망시켰거든."

"그럼 우리는 아니네요. 아저씨가 즉흥연주까지 해주셨으니."

퀸은 이 말을 시작으로, 자신이 어떻게 그들의 약쟁이 사촌은 지금껏 시도조차 해보지 못한 방식으로 즉흥연주를 했는지 콕 집어서, 좀 더 폭넓고 영양가 있는 대화가 이어지길 바랐다. 그는 자신의 연주에 대해 솔직담백하게 설명해주리라 마음먹으며 대화가 시작되길 기다렸다. 그러나 청년들은 모두 다시 침묵 속으로 빠져들었다. 신곡에서 자신의 파트를 연습하고 있던 브랜든만 빼고. 수정처럼 맑고 높은 그의 목소리는 신앙심으로 활활 불타고 있었다. 아이러니라는 단어와는 전혀 어울리지 않는 청년들이었다. 그런데도 퀸은 이교도로서 그 밴드의 고정멤버가 되어 있는 자신의 모습을 상상하지 않고는 배길 수가 없었다.

사방에 널려 있던 짐을 차에 싣기를 마친 시각은 청년들의 취침시간이 이미 지난 때였다. 간혹 은밀히 전화 통화를 주고받는 것 같기는 했지만 화요일부터는 아무도 잭의 이름을 입에 담지 않았다. 실비가 자신의 미아타 자동차를 타고 먼저 출발한 뒤에 퀸은 남아서 짐을 꾸리는 일을 도맡았다. 그가 파악한 행간의 의미가 맞는다면 '부활의 길'은 이제 곧 멤버 한 명이 부족해질 터였다. 그것도 영구적으로. "왜 웃으세요?" 타일러가 보던 책에서 시선을 떼며 물었다.

"바퀴의 회전 때문에." 퀸은 수수께끼 같은 소리를 했다.

"이 세상에 바퀴의 회전 같은 것은 없어요. 오직, 깊이를 헤아리기 힘든 주님의 뜻이 있을 뿐이죠." 타일러의 말에 퀸은 빙그레 웃었다. 청년들이 어디선가 들은 말을 잘 기억하기는 했지만 적재적소에 잘 활용할 줄은 몰랐기 때문이었다.

여기저기서 아멘 소리가 잇달아 터져 나왔다. 청년들은 잠이 없었고 정크 푸드도 잘 먹었다. 아직 젊어서 회복력이 좋기 때문이었다. 그래서 그런가 청년들은 갓 씻은 신선한 사과처럼 윤기가 좔좔 흘렀다.

"헤아리기 힘들 만큼 깊은 뜻을 지니신 주님께서 먼젓번 밤에 왔던 그 치들이랑 계약할 수 있게 너희를 이끄셨니?" 퀸이 물었다.

청년들은 입을 다물었다. 실비가 한 발 앞서 입단속을 시킨 것이 확실했다.

"우리도 그 문제를 놓고 기도하는 중이에요." 브랜든이 슬쩍 흘렸다.

퀸이 그렇게나 자주 온몸을 던져 열려고 애를 써도 꿈쩍도 않던 그 문을 이 청년들, 이 애송이들은 어떻게 열었을까? 긴 세월 일해 온 수많은 밴드, 최고의 연주자들, 베테랑 공연자들 모두가 갈증을 풀지 못한 채 저러고 있는데.

퀸은 청년들 사이에 끼어 앉은 채 몇 킬로미터를 더 가다가 일어나 앞쪽 좌석으로 자리를 옮겼다. 운전석에 앉은 브랜든은 핸들 위, 정확히 열 시와 두 시 방향 지점에 양손을 얹고 있었다. 대천사 같은 얼굴을 하고 있는 브랜든의 아내는 초등학교 2학년 담임교사였다.

퀸은 안전벨트를 매며 말했다. "좋아. 이번 공연은 정말 최고였어."

"기타를 메고 계속 공연을 다니실 텐데요." 브랜든이 말했다.

"그거야 그렇지. 하지만 내가 지금 하려는 말은, 혹 너희 사촌이 돌아오지 않는다면⋯⋯."

"돌아올 거예요. 항상 돌아왔거든요."

"그래, 맞아. 그래도 만약에 돌아오지 않는다면," 퀸은 모두에게 자신의 목소리가 전달될 수 있게 몸을 돌렸다. 이대로 이 친구들과 인연이 끊길 수도 있다는 생각에 등허리가 화끈거렸다. "그냥 말해두는 거야. 나는 절대로 공연을 빼먹지 않는다고." 독감에 걸렸을 때도, 다리가 부러졌을 때도, 눈알이 튀어나올 정도로 숙취가 심한 날에도, 일곱 시간의 진통 끝에 단 하나뿐인 아기가 태어났을 때도 공연을 했던 퀸이었다. 심지어 공연에 지각 한 번 한 적 없었다.

청년들의 눈은 고요했다. 고요하고 푸른 눈에는 물질적으로 풍요로운 환경에서 태어난 사람들 특유의 동정심과 진실성이 가득했다. 장난감이 차고 넘치는 환한 집에서 성장한 청년들이었다. 그리고 이제는 라디오에서 방송되는 제법 유명한 히트곡도 있었다. 그러나 라디오 업계는 모세의 시절 훨씬 이전부터 어디 돈 뜯어낼 상대가 없나 돈 냄새를 잘 맡는 작자들이 꼬이는 바닥이었다. 퀸은 철저하게 관리되는 순회공연, 콘서트의 메인 무대, 시립 공연장, 심포니 홀, 이런 것들을 상상하고 있었다. 또 이런 광경도. "벨, 드디어 내가 해냈어. 여기, 절반은 당신 몫이야."

이 모든 것들을 놓칠까 두려워 퀸은 머리가 터질 것 같았다. "너희는, 너희 사촌이 어, '부활의 길'에 전적으로 매달리지 않고 있다는 생각은 안 하지?"

"잭은 가족이잖아요." 브랜든이 말했다. 그리고 그 말은 사실이었다.

차는 적막하고 깊은 밤 퀸의 집 앞에 도착했다. 브랜든이 차에서 뛰어내려 퀸의 앰프를 보도에 내려놓았다. 가슴 저미는 그 몇 초 동안 퀸은 힘줄이 툭툭 불거진 노인이 된 기분이었다. 그 시간, 동네는 텅 빈 곳 같았다. 아파트 건물들은 어둡고 조용했으며, 차들은 범퍼를 맞댄 채 아침이 올 때까지 길가에 나란히 버려져 있었다. 덕분에 그 자리에서 다리는 물론 만의 일부까지 내다보였다. 그곳에서 그런 풍경을 볼 수 있으리라고는 아무도 생각하지 못하겠지만.

"아저씨가 우리랑 한 팀이란 건 아저씨도 아시잖아요. 저희가 아저씨를 얼마나 믿는데요." 여름에 어울리는 빛깔을 한 브랜든의 눈동자는 한 치의 동요도 없었다. 그제야 퀸은 다른 청년들이 차 안에서 자신을 지켜보고 있다는 사실을 알아챘다. 언젠가 아들도 자신을 이런 식으로 바라보지 않았을까 궁금했다.

그는 차가 떠나기를 기다렸다가 짐을 위층으로 운반했다. 어떤 여자들은 그 집에 와서 매력적인 곳이라고 말했지만, 그는 정체를 알 수 없는 자신의 고통과 벨의 상실감을 먼저 돌보아야 했기에 연애를 미뤄온 터였다. 침실에는 더블베드가 있었지만 수도승의 침대가 된 지 오래였고, 목재 책장에는 책과 음반이 잔뜩 쌓여 있었다. 눈높이의 칸에는 아들의 사진이 놓여 있었다.

한 가지 기억이 필름처럼 되살아났다. 막 집에 돌아온 퀸이 아기를 살폈다. 잠에서 깬 아기는 가만히 누워서 달빛이 비치는 요람 난간 사이로 물끄러미 그를 바라보았다. 그날 밤 달빛이 어른거리던 그 방을, 조용히 누워있던 아기의 모습을 그는 또렷이 기억하고 있었다. 자신이 어린 시절 갖고 놀던 기타를 연주하고 싶은 마음이 불쑥 일었던 일도. 어머니한테 선물 받은 기타, 한 가닥 희망의 표시로 아기의 요람 밑에 놓아둔 기타였다. 그는 아기 곁에 바짝 다가앉아 한껏 부드럽게 기타를 연주하며 어머니가 불러주던 자장가를 불렀다. 아기의 달빛 시선을 느끼며. 아기는 음악이 실제로 어디에서 흘러나오는지 이해한다는 듯, 처음에는 반짝이는 기타를, 그리고 다음에는 퀸을 뚫어지게 바라보았던 것이다. 마침내 아기가 잠들었을 때 퀸은 새들의 손길을 느꼈다. 하지만 그 뒤로는, 퀸이 노래를 부르려고만 하면 아기는 온몸을 잔뜩 웅크린 채 울음을 터뜨렸다. 두 사람만의 그 깊은 밤이 꿈이었다고 느껴질 정도로.

하도 험하게 써서 사운드보드가 잔뜩 긁힌 그 기타는 지금도 퀸의 침실 한 구석에 서 있었다. 감상적인 기분과 고마움 때문에 병든 개를 돌보는 심정으로 계속 보관해왔던 것이다. 퀸은 기타를 집어 들고 침대로 돌아와 G코드를 잡고 음악을 연주하기 시작했다. 호흡을 가다듬고 음악소리를 자신의 갈증 속으로 흘러 넣으려고 애쓰며. 아침이 오면 그는 오나의 집으로 가서 새 모이통을 채우고 잔디를 깎을 것이다. 그런 다음 이번 주 수입의 절반을 뚝 떼어내어 들고 벨을 찾아가겠지. 퀸은 사소한 일이나마 이런 의무들이 자신에게 남아 있다는 사실에 감사하며 두 눈을 감았다.

밤이 조금씩 흘러나가고 있었다. 퀸은 사운드보드 쪽으로 머리를 숙이고 조용히 기타를 연주했다. 그러다가 후하게 쳐주자면 '기도'라고 부를 수 있는 은총을 입은 상태에 빠져들었다. 새벽녘 그는 베개를 베고 누웠고 기타를 두 팔에 끌어안은 채 잠이 들었다.

이 분은 미스 오나 빗커스이십니다. 이 테이프는 그 분의 인생 기억과 조각을 녹취한 것입니다. 이 부분은 4부에 해당됩니다.

......

전쟁 이야기? 또?

......

그거야 사실이지. 너네 반 다른 아이들은 기억력이 변변찮은 할망구들이랑 인터뷰를 할 게 아니냐. 쓸 만한 기억은 하나도 없을 테지. 너는 40년은 거뜬히 기억하는 최고령 노인이랑 인터뷰한 주인공이 될 게다.

......

링크맨 선생이 추가 점수를 준다고 해도 나는 조금도 놀랍지 않다.

......

그때는 제 1차 세계대전이란 용어를 안 썼어. 제 2차 세계대전이 일어날 줄 어떻게 알고?

......

음, 난 그냥 여기 있었다.

......

왜, 내가 안전모를 쓰고 해외 파병이라도 나갔을 거라고 생각했니? 나는 그냥 이곳 메인 주 포틀랜드에서 지냈어. 여러 타이피스트들 틈에 끼어 하루 열 시간씩 일하고 꽁꽁 언 아파트에 얼빠진 직장동료 둘이랑 함께 살면서.

......

엘름 가였단다. 그 길 우리 집 바로 앞에는 정말 아름다운 느릅나무(elm—옮긴이)가 실제로 있었어. 아무튼 휴전협정이 체결되고 6개월쯤 뒤였던가, 공원 근처 이웃 여동생의 집에서 돌아오던 나를 보고 하워드가 점찍었어. 새로 산 축음기로 음악을 들으려고 그 집에 간 거였는데.

......

아, 그때까지는 그 느릅나무들이 아직 살아 있었어. 포틀랜드는 온통 느릅나무 천지였단다. 넌 그런 나무를 본 적이 없겠지만. 때는 봄이었어. 전쟁도 끝나고, 내가 근무하고 있던 보험회사에서만 다섯 아가씨의 목숨을 앗아간 스페인 독감도 잦아들던 5월이었지. 그것 때문에 11

월에는 2주 동안이나 직장을 폐쇄했었는데, 극장까지 휴업을 하는 바람에 따뜻하게 지낼 곳이 없었다. 무도회장, 교회를 비롯해 모든 업소들이 문을 꽉꽉 걸어 잠갔거든. 그러는 동안 충격을 받은 소년들이 수송버스를 타고 집으로 돌아왔어. 그 애들 중 일부는 팔이나 다리를 잃었더구나. 아무튼 5월쯤에는 도시 전체가 끔찍한 악몽에서 깨어날 준비를 하고 있었어. 그때 하워드 스탠호프라는 반듯한 홀아비가 눈앞에 나타나 봄철 내내 내 이름을 외쳐댄 거란다. 그때까지 나는 '홀아비'란 단어가 '어린애'란 뜻인 줄 알았는데.

……

그냥 구식 축음기였단다. 레코드판을 트는. 축음기로 처음 들은 노래는 마거릿 우드로 윌슨이 부른 '별이 반짝반짝 박힌 현수막 The Star-Spangled Banner'이란 곡이었지. 그 가수는 대통령의 딸이었어.

……

아이고, 맙소사. 정말 끔찍했단다. 그 가엾은 여자는 모기처럼 꽉 눌린 목소리로 노래를 불렀거든.

……

난 못한다. 이런 일에는 소질이 없어서.

……

글쎄다. 잘은 모르겠지만 이랬을걸. 밈, 밈, 밈. 아마 이런 소리였을 거야.

……

웃지 마라. 그 여자도 어쩔 수 없었을 게야. 아, 그러고 보니 요 녀석, 결국 내가 그 흉내를 내게 만들었구나!

……

그래, 하워드는 그렇게 엘름 가와 콩그레스 가가 만나는 모퉁이에 서 있다가 나만 보면 신사다운 목소리로 불러 세웠단다. "빗커스 양, 아직 일이 안 끝났습니까?" 그 소리가 지금도 들리는 것 같구먼. 혹시 '매력남'이란 유형의 남자들에 대해 아니?

……

흠, 나도 그랬단다. 인정을 받은 것 같아 즐거웠던 걸 보면. 가족이 아닌 다른 사람한테 인정을 받은 거라 더 그랬겠지. 그 사람이 킴볼 중심

가에서 음악상회를 운영하고 있다는 사실을 알게 된 건 나중이었어. 아, 때가 좋질 않았던 거지. 나는 열아홉 살 먹은 다 큰 처녀였지만, 지금 생각해보면 그때까지도 모드 루시 선생님이 나한테 돌아오길 기다리고 있었거든. 그런데 그때, 불쌍한 사람만 보면 적선을 아낌없이 베푸는 너그러운 남자가 눈앞에 나타나 내 이름을 노래했던 거지. 나는 즐거움이랑 사랑도 구분 못하는 천치였어.

……

이 동네도 제 1차 세계대전의 영향권 안에 있었어. 하워드는 서른아홉 살로 징집대상이 되기에는 나이가 너무 많았지. 그리고 다른 사람들도 모두 입대를 연기하는 판이었는데도 그 사람은 구급차 운전사 보직으로 자원을 해서 전쟁에 나갔단다. 나중에 되갚아줄 거야. 아무튼 그러더니 망가져서 집으로 돌아왔더구나. 곁에서 보기엔 이전 모습과 똑같아서 특별히 망가진 곳이 없어 보였지만.

……

우선, 한쪽 귀가 완전히 먹어서 가까운 데서 나는 소리만 들을 수 있게 되었더라고. 그래서 사람들은 그 사람이 격전지였던 프랑스에서 죽을 지경에 이르렀다가 구사일생으로 간신히 아군한테 구조되어 돌아온 걸로 오해를 하고는 했다니까. 그래도 외모와 행동은 완벽하게 정상적인, 아니 오히려 나무랄 데 없이 예의바른 판매 사원이었어.

……

스탠호프 음악상회였어. 킴볼에서 운영하던 가게는 전쟁에 나가려고 그 전에 이미 매각을 한 상황이었고, 그 가게는 상호는 같지만 포틀랜드로 이사해 아버지가 하던 가게를 물려받은 거였지. 저쪽 포레스트가에 있었는데. 예전에 킴볼에서 하워드의 첫 번째 부인이 그랬던 것처럼 나도 그 사람을 도우려고 가게에 나가 일을 했다. 그렇게 여덟 달이 흐른 뒤, 나는 떠올리기도 싫은, 그리고 절대로 용서할 수 없는 실수를 저지르고 말았단다. 그 인간이랑 결혼을 하다니.

……

왜냐하면 외로웠거든. 지금 생각해보니 그러네.

……

흠, 고맙다. 그때는 그게 완벽하게 타당한 결론 같았거든. 우리가 살던 우드포드 집 건물은 아직 그대로 있단다. 그 왜 젊어 보이게 해초를 피부에 치덕치덕 발라주는 그런 업소 있잖니, 어떤 이가 그 집을 개조해서 그런 용도로 쓰고 있더구나.

……

당연히 효과 없지. 다 소용 없어. 젊음과 미모를 되찾게 해주는 마법이 세상 어디에 있겠니.

……

참 친절하구나. 이렇게 젊고 공손한 친구를 낳고 길러줘서 고맙다고 네 부모님께 꼭 전하렴.

……

그럼 어머니한테만이라도. 아까 어디까지 이야기했더라? 아, 하워드. 그 사람이 전쟁 때문에 얼마나 심한 만신창이가 되었는지 나는 몰랐단다. 그걸 알게 되었을 때는 이미 때가 너무 늦었었고. 전쟁 때문에 여자들도 마찬가지로 충격을 받았다는 사실을 링크맨 선생님한테 꼭 말해야 한다. 지금 이 순간에도 어리석은 전쟁이란 짓거리가 계속 벌어지고 있는 나라가 어디에 있는지 요즘 젊은 여편네들한테 지도에서 찾아보라고 하면 아마 대부분은 못 찾을 게다. 그 가엾은 남자들이 전쟁으로 모두가 고통 받는 상황으로 미국이 다시 끌려가고 있는데도 말이다. 전쟁이란 걸 그렇게 누구이 보고 겪어왔건만. 하지만 여자들도 가엾긴 마찬가지란다. 집에서 홀로 아기를 키우고 있을 여자들을 떠올려보렴!

……

널 두고 한 말은 아니었다. 틀림없이 너야 지도에서 이라크를 짚을 수 있겠지. 아, 전쟁 이야기는 그만하자꾸나. 너무나 많은 사람들한테 전쟁은 그냥 이야깃거리가 아니란다. 가슴에 얹힌 돌덩이지. 내가 1920년에 난생 처음 투표란 걸 해보았다는 거 아니?

……

바로 그거야. 그 해에 처음으로 여성 참정권이 허용됐지. 정말 너는 역사적인 날짜를 확실히 알고 있구나. 아, 그런데 방금 한 말은 거짓말이다. 투표를 하기는 했는데, 사실 내가 한 건 공인되지 않는 투표였어.

……

투표를 하려면 만 스물한 살이 되어야 하는데 선거일 기준으로 나는 두 달이 모자랐거든. 그 해 가을 내내 하워드는 녹음된 선거유세 판을 가게에 들여놓고 사람들한테 틀어줬어. 한 달 동안은 민주당 후보의 연설을, 또 한 달 동안은 공화당 후보의 연설을, 그렇게 두 달 동안. 3분짜리 그 연설을 듣는 가격은 2달러였지. 그런데 공화당을 지지하는 손님들은 반드시 돈을 내어야 들을 수 있었지만 민주당을 지지하는 손님들한테는 공짜로 들려주기도 했단다. 콕스 주지사 후보가 뭐라고 하는지 들으려고 사람들이 십 수 명씩 몰려왔다니까. 그것도 일부러.

......

요즘이랑 똑같은 소리지 뭐. 윌슨 대통령의 참전이 문명을 구원했다느니 어쩌고저쩌고하는. 실제보다 수를 더 부풀려 말하는 게 아니다. 선거일이 가까워질수록 가게 문을 드나들기가 점점 더 힘들어졌다니까.

......

당연히 아니지! 하워드는 그 축음기 근처에 나는 얼씬도 못 하게 했단 말이야! 내 일은 손님들한테 음료수랑 쿠키를 대접하는 것이었지만, 나는 투표할 계획을 남몰래 세우고 있었어.

......

그 일은 생일이 이듬해 1월이라서 나랑 같은 처지에 있던 우리 가게 손님 때문에 일어났단다. 그 여자 이름은 제인이었어. 제인 백스터. 백스터 가족은 웨스트엔드에 있는 멋진 집에서 살고 있었지. 그때는 거기 땅 주인이 그 아름다운 땅을 잘게 쪼개서 팔기 전이었어. 제인, 그러니까 백스터 부인은 매주 한 번씩 악보를 사러 우리 가게에 들렀어. 그 부인은 비올라를 연주했거든. 그리고 내가 계산대를 보고 있을 때면 우리는 함께 수다를 떨고는 했다.

......

맙소사, 아니다. 제인은 내 친구가 되기에는 너무 부자였어. 나랑은 전혀 다른 계급에 속하는 여자였지. 그래서 잘생긴 남편한테 선물로 받은 다이아몬드 장신구를 몸에 걸치고 다녔어. 그런데 그 여자가 투표를 하기엔 나이가 좀 모자라는 스무 살 여성들을 대상으로 자기네 집에서 모의 투표를 실시할 계획을 세우고 있더라고. 낮 열두 시부터 한 시까지. 결과 발표는 한 시 십오 분에 진행되었지만. 아무튼 그 여자가 날 초대했단다.

……

그걸 말이라고! 나는 투표일 열두 시 정각에 닐 가로 갔어. 그 집은 이미 여자들로 만원이더구나. 방방마다 어쩌나 깔끔하고 광택이 흐르던지. 벽에는 아프리카에서 들여온, 깃털로 장식된 가면들이 걸려 있었어. 우리는 제인의 언니가 휘황찬란한 하프를 연주하는 동안 펀치랑 크림빵을 먹었어. 그러고는 응접실 뒤편에 마련된 기표소에서 투표용지에 표시를 했지.

……

그건 기억이 안 나는구나. 그 투표용지가 진짜 투표용지랑 비슷하게 생겼는지, 그런 건 나한테 하나도 안 중요했어. 그냥 한 칸에 표시를 한 다음 장식된 상자에 집어넣었을 뿐이지. 제인의 언니가 표를 집계해서, 딱 우리 가게에서 쓰는 것처럼 생긴 장부에 결과를 기록했어. 그 아슬아슬한 긴장감이 어쩌나 달콤하든지. 네가 상상할 수 있을지 모르겠다만 그 시절에는 다양한 유형의 서프라젯들이 있었단다. 그 중에서도 백스터 부인은 처음 보는 유형이었지.

……

여성에게도 투표권을 달라고 강력히 요구하는 여자들을 말한단다. 그 여자들은 미국 전역을 돌아다니며 연설을 했어. 솔직히 말하자면, 그런 여자들 중 일부는 좀 남성적이었어. 때때로 사람들이 그 여자들한테 물건을 집어 던지기도 했었는데.

……

그래, 맞아, 어떤 여자들은 연단에서 자신의 생각을 이야기하는 도중에 끌려 내려가 감옥에 갇히기도 했지. 하지만 그 집에는 다른 유형의 여자들도 많이 있었어. 나처럼 임신 중인 내성적이고 작은 여자들도 있었거든.

……

다 합쳐서 스물일곱 명. 그런데 제인 말고는 내가 아는 사람이 단 한 명도 없더구나. 그런데도 우리는 함께 펀치를 홀짝대며 어떤 후보가 당선될 것인지 예상도 해보고 제인의 언니를 후보로 출마시키자는 농담도 하고 그랬단다. 그곳에는 웃음소리와 활기가 넘쳐흘렀어. 마지막 집계를 하기에 앞서 서른 살 먹은 제인의 또 다른 언니가 앞으로 나오더니 15분 동안 연설을 하더구나. 꼭 진짜 투표에 참여한 것 같았어.

……

아, 짜릿한 순간이었단다. 집에 돌아가야 할 시간이 다가오자 곧 다시 우울해졌지만.

……

흠, 그냥 터놓고 말해주마. 난 친구가 한 명도 없었다. 제인 백스터가 친구가 아니었듯, 친구라고 말할 수 있는 사람이 아무도 없었어.

……

지금 생각해보면 부끄러운 일이지. 네 나이의 소년이라면 그게 어떤 기분인지 모르는 편이 낫다. 그래도 나는 너보다는 그 일을 쉽게 넘겼던 것 같구나. 왜냐하면 한 달 뒤에 랜들이 태어났거든. 아기를 키우고 가게를 운영하고 그러다 보니 우정 따위는 까맣게 잊고 말았던 거야. 게다가 남편이 자신의 신세를 한탄하는 노래들을 음반으로 제작하는 데 실패한 뒤로 가구들을 조각칼로 쑤셔대는 통에, 그런 행동을 못 하게 계속 말리기까지 해야 했으니까.

……

하워드도 나한테 똑같은 걸 묻더구나. 그래서 나는 이렇게 대답했다. 유진 데브스.* "사회주의자?" 하워드는 도무지 믿을 수가 없다는 표정이었어. 이렇게 두 눈을 휘둥그레 뜨고. "내 마누라가 **사회주의자**한테 표를 던졌단 말이야?"

……

나도 안다. 그때 내 표는 무효였어. 하워드가 직접 알아본 바로도 그랬고. 하지만 나는 데브스 씨가 우드포드 가에 살고 있는 투표권 없는 한 소녀가 자신이 대통령이 되길 바란다는 소식을 백스터 가족과 동료들

---

* 유진 데브스 Eugene V. Debs 1855-1926 : 미국의 노동운동가, 사회주의자. 사회당 후보로 1900년부터 1920년까지 다섯 차례 대선에 출마했다. 1905년 세계 산업 노동자 동맹 IWW the Industrial Workers of the World의 결성에 기여했다. 1917년 윌슨의 제1차 세계대전 참전에 반대했다가 선동죄로 10년형을 선고 받고 연방교도소에서 복역하던 중, 1920년 옥중에서 사회당 소속 대선 후보로 출마했다. 미국 역사상 죄수의 신분으로 대선에 출마한 유일한 후보였다. 데브스는 타고난 달변과 역동적인 몸동작으로 대중의 마음을 사로잡을 줄 아는 뛰어난 웅변가였다.

한테 전해 듣는 광경을 남몰래 상상하고는 했단다.

......

그 다음 선거 때? 그때는 아기가 둘이었고 로버트 라폴레트*한테 표를 던졌어. 물론 그 표는 유효 표였고.

......

흥, 하워드는 내 말을 듣고 발끈하더구나. "이번엔 또 다른 사회주의자야?" 나는 이렇게 맞받아쳤지. "라폴레트는 사회주의자가 아니야. 진보주의자지." 내 말에 하워드는 먹던 오트밀을 입 밖으로 뿜어내며 물었어. "대체 왜, 오나? 빌어먹을, 왜 그러는 거냐고?"

......

왜냐하면 그건 내가 할 수 있는 일이었으니까. 그게 이유였어. 나는 땡전 한 푼 없는 남자랑 결혼한 신세라 입을 옷조차 없었는데, 투표권은 오롯이 내가 가진 것이었으니까. 그렇지 않니? 왜 내가 사회주의자한테 투표하면 안 되는 건데? 그렇게 인색하고 의심 많고 우울하기 짝이 없는 남자랑 내가 그 긴 세월을 함께 살았다는 사실을 도무지 믿을 수가 없구나.

......

28년. 정말로 오욕의 세월이었단다. 그러고 나서 레스터 교육재단 발렌타인 박사 집무실 밖에 놓인 접이식 책상에 앉아 20년을 더 보냈지. 거기에서 지낼 땐 매순간 뭔가 신나는 일이 일어날 것만 같은 기분이 들었어.

......

아니, 사실은 그렇지 않았지. 하루 종일 타이프를 치고 서류 정리만 했는걸. 그렇지만 나는 그 기분, 뭔가 기대감이 드는 그 기분이 좋았어.

......

생각해보니 그런 것도 같구나. 약간은. 기록 수립을 목표로 하는 것과 좀 비슷한 면이 있네. 그러고 나서 퇴직자로서 또 다시 20년을 **휘리릭** 살았어. 그 시간은 정말 쏜살같이 지나갔단다. 그리고 다시 늙은 게로

* 로버트 라폴레트 Robert M. La Follette Sr. 1855-1925 : 미국의 정치가. 위스콘신 주지사를 세 번, 1906년부터 1925년까지 상원의원을 지냈다. 진보적 정치인으로 윌슨의 제1차 세계대전 참전 결정에 끝까지 반대했기 때문에 '싸움꾼 밥 Fighting Bob'으로 통했다. 1924년 진보당 후보로 대선에 출마했다.

서 20년. 그리고 지금은……

……

아, 이런. 정말 고맙다. 하지만 내가 말하려는 요점은 이거야. 이제 또 다시 새로운 20년을 살지도 모른다는 것. 지금까지 나는 내가 모든 전의를 상실한 줄 알았다.

……

아무렴, 여부가 있니. 너야 어려도 변함없는 내 친구지. 우리는 그 프랑스 할망구한테 멋지게 한 방 날리게 될 게다.

……

그래, 알았다. 믬, 믬, 믬.

12

오나는 창문으로 맡은 일을 신속하게 해치우는 퀸의 모습을 지켜보았다. 호스로 물을 뿌려 진입로를 씻어내는 일이 마무리되어 가고 있었다. 땀 때문에 티셔츠가 쭈글쭈글했다. 퀸은 팔뚝이 튼실했고 손에도 근육이 우락부락했다. 아마도 평생 기타를 연주해온 덕분인 것 같았다. 퀸은 어슬렁어슬렁 집 안으로 들어와 허락을 구하지 않고 브라우니를 집어 들었다. 오나는 그 순간 누군가한테 과분한 찬사를 들어본 것이 얼마나 오래전 일인지 깨달았다.

의식의 저편에서 단어 하나가 또 뚝 떨어졌다. sūnus. 소년의 아버지를 만나면 늘 '아들들'이란 그 단어가 떠올랐던 것이다.

오나는 우유를 내주고 그를 바라보았다. "머리 자를 때가 됐군." 다정스럽게 들리길 바라며 한 말이었지만 오나의 목소리에서는 노인 특유의 잡음이 들렸다. 그 목소리로 말을 하면 듣기 좋은 말도 다른 말들과 마찬가지로 정반대의 의도로 들렸다. 이럴 때면 자신이 꼭 시비꾼 같았다.

퀸은 웃으며 대답했다. "머리를 자르려면 돈이 들어요, 오나. 그런데 지난 몇 주 동안 여사님이 내 눈을 가리고 돈을 강탈해 갔잖아요."

벌써 시간이 몇 주나 흘렀단 말인가? 정말로? 그동안 그는 집에 방충문을 달았고 덧창을 떼어냈으며 비록 한 뙈기밖에 되지 않는 땅이나마 한때는 오나의 자랑거리였던 잔디밭에 씨를 뿌렸다. 그 덕분에 오나는 그 사이 성큼 따사로워진 날씨를 만끽하며 밖에 나가 지내고는 했다. 철쭉 주변에 난 잡초를 뽑으면 동면 중이었던 신체 활동에 대한 열망이 되살아났다. 하루 일과의 시작으로 거리를 산책하다가 이따금 걸음을 멈추고 주위를 둘러보기도 했다. 신록이 우거져 온 동네 풍경이 외국이라고 해도 믿을 만큼 변해 있었다. 오나 자신이, 혹은 동네가 기나긴 여행에서 이제 막 돌아온 것만 같았다.

"와, 빵 굽는 일을 쉬지 않으셨나 봐요." 퀸은 이렇게 말하며 두 번째 브라우니의 남은 조각을 입 안에 털어 넣었다. 퀸이 음식 먹는 모습을 보면 프랭키가 떠올랐다. 두 사람 다 한 끼도 못 얻어먹은 사람처럼 음식을 먹었기 때문이다. 그리고 또 퀸의 눈썹은 프랭키의 눈썹처럼 길고 촉촉해 보였다.

"이 브라우니의 비법 재료는 빻은 호두라네. 다음 주 토요일에 한 판 더 구워줘야겠구먼."

퀸은 씹는 동작을 멈추었다. "오나, 오늘이 마지막 날이에요."

"아," 온 세상이 멈추었다. "그럴 리가. 확실한가?"

"7주. 오늘이 일곱 번째 토요일이에요."

"내가 시간감각을 잃었나 보네." 퀸이 더 이상 오지 않는다는 사실이 고통스럽게 심장박동처럼 머릿속에서 쿵쿵 울리기 시작했다. 그래도 아직까지는 약한 모습을 내보이고 싶지 않았다. "몇 번 남았는지 미리 세어봤어야 하는 건데."

퀸은 허락도 받지 않고 오나의 카드를 집어 들며 물었다. "마지막 한 판 어때요?"

오나는 '인비저블 비전' 마술을 하려고 에이스 카드를 미리 한쪽에 모아놓은 사실을 퀸이 알아채지 못하게 하려고 카드를 확 낚아챘다. 그 마술을 하려면 교묘한 손놀림이 필요했다. 오랜 세월 기타를 연주한 덕분에 길고 멋진 손가락을 가진 퀸으로서도 꿈에서나 가능할 그런 손놀림이. 그 마술을 하다

보면 오나는 어느새, 아픈 기억으로 남아 있는 그 뉴스를 듣던 밤으로 되돌아가고는 했다. 오나에게는 특별한 의미가 있는 마술이었다. 5달러면 헐값이나 마찬가지였다.

퀸은 마술이 시작되길 기다리고 있었다. 뻔뻔하게도 공짜 마술을 기대하면서. 그러더니 별안간 씨익 웃었다. 익숙한 그 웃음을 보고 있자니 그의 삶의 99.999퍼센트가 토요일 오전 이곳에서 만들어진 것은 아닐까 오나는 궁금해졌다. 그러다가 오늘만큼은 퀸이 앞으로 자신을 그리워할 삐걱거리는 할망구한테 친절을 베풀려는 의도에서 마술을 청하고 있다는 사실을 깨달았다. 퀸은 함부로 동정심을 내보여 오나를 모욕한 적이 없었다. 지금껏 단 한 번도.

"5달러."

"못 드립니다."

"이전에 보았던 마술이 불만스러웠던 적이 있었나? 자네 돈이 아깝지 않을 만큼의 긴장감과 만족감을 제공한다는 사실을 나는 이미 입증해보인 줄 알았는데."

"솔직히 말씀드리면요, 오나, 오늘은 제가 5달러가 없습니다."

"그렇게 술을 퍼마시지만 않았어도 여가 선용에 쓸 돈쯤은 충분히 남아 있었을 텐데."

퀸은 큰 소리로 웃음을 터뜨렸고, 오나도 따라 웃을 수밖에 없었다. 퀸이 예전에는 술을 마셨지만 지금은 마시지 않는다는 사실을 오나도 잘 알고 있었기 때문이다. 오나의 응수 덕분에 그들이 서로를 알아가던 초창기가 떠올랐다. 알고 지낸 지는 사실 얼마 되지 않았지만 본인들이 인정하듯 두 사람의 관계는 미묘한 길을 걸어왔다. 잔물결이 일고 여기저기 웅덩이가 흥건했던 그 길은 이곳, 현재까지 이어져 있었다. 오나는 예전에는 퀸을 믿지 못했지만 지금은 그를 믿었다.

"마술을 보여 달라는 제 청을 정말로 끝내 거절하실 건가요?"

루이스도 똑같은 말을 했었다. 특히 루이스의 의식이 남아 있던 마지막 며칠 동안 오나는 친구를 위해 마술을 수백 번도 더 했었다. 죽어가던 아름다운 루이스. 구름 한 점 없는 어딘가에서 또 다른 단어가 뚝 떨어졌다. 'draugas'

'친구.' 그래도 그런 부탁이라도 들어줄 수 있어서 다행이었다. 오나는 마음이 찢어지는 것 같았다.

"네?" 퀸이 물었다.

정말로 뜨거운 번개처럼 몸이 달아올랐다. 다시 50살로 돌아간 기분이었다. "카드를 한 장 뽑게." 그러고는 퀸의 손에서 스페이드 에이스 카드를 낚아채어 패에 다시 넣어 섞은 다음, 퀸의 뒤쪽으로 손을 뻗어 옷 칼라 속에서 카드 한 장을 꺼내며 물었다. "이게 자네 카든가?"

"알고 계시잖아요."

"퀸, 갈 거면 지금 가는 게 좋겠네." 오나는 팔짱을 끼며 말했다. "Iki.'"

"잘 가란 뜻인가요?"

오나는 두 눈이 따끔거리는 걸 느끼며 고개를 끄덕였다. "어떻게 아느냐고 묻지 말게. 그건 나도 모르니까."

이 집을 떠난다고 해서 어떻게 그를 비난할 수가 있겠는가? 자식이 시작해 끝내지 못한 일을 부모가 마무리하는 일이 얼마나 힘든 일인지는 누구보다도 오나 자신이 잘 알았다. 프랭키가 죽었을 때, 은행에 가서 몇 푼 남지 않은 계좌를 해약한 사람도, 프랭키의 책과 기타를 내다버린 사람도, 다니던 대학에 프랭키가 영원히 휴학하게 되었다는 사실을 알린 사람도 모두 오나 자신이었다.

때때로 부모가 자식보다 오래 사는 경우가 있다. 그것만큼은 사실이다. 하지만 소년은 프랭키처럼 전쟁에 나간 것도 아니었고, 랜들처럼 중년 후반까지 살다가 암으로 세상을 떠난 것도 아니었다. 그 애는 그저 새벽 다섯 시에 어디에서 누가 무엇을 하는지 알고 싶어 하던 보이스카우트일 뿐이었다. 오나는 그렇게 어린 소년한테 무방비로 빠져드는 자신을 왜 그냥 내버려두었던 걸까? 자신의 죽음만 제외하고 모든 사람의 죽음을 이미 다 목격했다고 생각하면서 두 번째 세기를 살기 시작한 오나였건만.

그런데 도대체 어째서? 그럴 확률이 정말로 얼마나 된다고? 소년은 고작 열한 살이었다. 오나가 살아온 시간은 소년의 삶보다 93년이나 더 길었다. 그런데도 소년은 영원히 떠나버렸고, 이제 소년의 아버지 역시 그러려고 하고 있었다. 소년의 아버지와 함께 지내면서 오나는 아들들이 살아 있는 것처럼 느꼈었다. 퀸의 아들과 자신의 아들들이.

퀸이 이제 집을 나서려고 자리에서 일어섰다. "전화 드릴게요, 오나. 어떻게 지내시는지 소식도 듣고."

"나야 뭐 색다른 일이 있겠나. 그래도 말만으로도 고맙구먼."

"그런데 오늘이 일곱 번째 주인 거 알고 계셨죠? 그걸 세는 것이 여사님 일이잖아요?"

"정말로 몰랐네. 세는 걸 잊은 것뿐이야."

"저는 주말에 일을 합니다, 오나. 잠도 새벽 세 시는 되어야 잘 수 있죠." 퀸은 불현듯, 도로변에 새끼 고양이를 깜박 잊고 두고 온 사람처럼 난감한 표정으로 말했다. "제 말은요, 이 일을 끝없이 계속할 수는 없다는 뜻입니다.

오나는 퀸의 손을 토닥였다. "그동안 아주 잘해줬네." 그러고는 찬장 꼭대기를 가리키며 말했다. "가기 전에 저 위에 있는 소스 팬 좀 내려줄 수 있겠나?" 오나는 오늘 수프를 끓일 생각이었다. 사기 면허로 차를 몰고 나가 슈퍼마켓에서 채소랑 닭다리를 사온 뒤, 오후 내내 그 재료로 수프를 끓이겠지. 그런 다음 사나흘 뒤 절반도 넘게 남은 그 수프를 쏟아 버리겠지.

"뭐든 말씀만 하세요. 다 해드릴 테니."

오나는 생각했다. '뭐든 말만 하라고? 뭘 해달라고 하지?'

퀸은 솥을 내려 싱크대 위에 내려놓았다. 그러더니 별안간 표정이 변하면서 오나의 뒤편 어딘가를 뚫어지게 바라보았다. 오나도 몸을 돌렸다. 현관에 가녀리고 기운 없어 보이는 한 여자가 서 있었다. 방충문이 닫혀 있어서 형체가 불분명해 보였는데도 그 여자가 누군지 오나는 단박에 알아차렸다. 예기치 않은 동병상련의 감정이 울컥 샘솟았다. 오나는 서둘러 문을 향해 달려갔다.

"저기 보이는 저 새들도 목록에 이름을 올려야겠어." 소년의 엄마가 퀸에게 말했다.

"이미 올렸어. 올빼미도 새라면 말이지."

그녀의 얼굴에 얼핏 미소가 어렸다. 한꺼번에 여러 감정들이 서로 튀어나오려고 다투는 통에 그녀가 너무나 복잡한 표정을 하고 있어서 오나는 시선을 돌릴 수밖에 없었다. 퀸은 다정한 시선으로 전처를 바라보고 있었다. 퀸의 그 시선을 보자 오나는 모든 것이 제자리로 돌아가리라는 믿음이 생겼다.

오나가 물었다. "좀 괜찮아요?"

"저요? 아, 끔찍해요. 하지만 감사합니다." 머리를 감을 때가 한참 지난 것 같았다.

"얼마나 상실감이 클지, 정말 유감이에요." 오나가 말했다. 현관문은 열려 있었지만, 소년의 엄마, 그러니까 벨은 멀거니 서 있기만 했다. 아무래도 자신이 어디에 있는지조차 까먹은 것 같았다.

"그 애는 나의 가장 친한 친구였어요. 시간은 또 어찌나 똑 부러지게 잘 지켰는지. 나는 그 애랑 함께 있는 게 정말 즐거웠다오." 오나가 말했다.

"함께 있으면 즐거운 아이였어요." 벨이 동의했다. 크고 태평양처럼 깊은 눈. 애가 엄마의 눈을 물려받았었구나. "많은 사람들이 그 사실을 몰랐지만요."

오나는 진입로 쪽을 살폈다. 저 가냘픈 여자가 지프차처럼 거대한 저 자동차를 어떻게 여기까지 몰고 왔을까, 궁금했다. 벨은 집 앞으로 곧장 걸어가, 소년이 그랬던 것처럼 거기 선 채 오나를 빤히 쳐다보고 있었다. 아마도 출입 허락을 기다리는 것이리라. 벨의 눈에 퀸은 보이지도 않는 것 같았다.

오나는 벨의 시선이 불편했다. 마땅히 정중한 표현이 떠오르지 않아서 오나는 그냥 이렇게 말했다. "장례식에 갔어야 하는 건데. 나는 나중에야 그 사실을 알았다오." 그러고는 굳게 입을 다물고 있는 퀸 쪽을 흘깃 바라보았다. "장례식에 못 가본 것이 어찌나 속상하던지. 정말 미안해요."

"괜찮습니다. 누가 왔고 누가 안 왔는지 저는 알지도 못 하는 걸요." 벨은 이렇게 말하고는 가방을 뒤적이더니 마닐라 종이로 만든 커다란 봉투를 끄집어냈다. "이 우편물이 우리 집으로 왔어요. 제 생각에는 어르신께 온 것 같아서요."

딱 보기에는 관공서용 봉투 같았다. 오나는 두려움에 떨며 그 봉투를 받아 들었다. 부모님한테서 관공서용처럼 생긴 물건은 믿을 만한 것이 못 된다는 가르침을 받은 까닭이었다. 그러나 봉투 안에 든 물건은 '기네스북 세계기록 런던 본사'에서 기록 갱신 도전자한테 보내는 안내문뿐이었다. 봉투는 이미 뜯어져 있었고 종이에는 손자국이 나 있었다.

"예전에도 이 사람들이 보낸 우편물이 애 앞으로 무수히 날아왔었거든요. 그래서 그냥 버리려다가 문득, 어떤 면에서 볼 때 내가 손에 쥐고 있는 이 봉투가 아이의 마지막 관심사일 거라는 생각이 들었어요. 마지막 순간에 애가 어떤 일에 몰두하고 있었는지 보여주는."

소년의 엄마는 거실로 들어가 주위를 둘러보며 말했다. "퀸이 그러더군요. 여기서 아이의 존재가 느껴진다고. 어르신도 그 사실을 아셨나요?"

"몰랐소." 오나는 퀸을 바라보았다. 퀸은 불구가 되어 위험에 처한 동물을 바라보듯 안쓰러움이 가득한 시선으로 전처를 살피고 있었다.

"전혀 본인답지 않은 말을 해서 얼마나 놀랐는지 몰라요. 대인관계라는 거미줄에 얽히기 싫어하는 사람 입에서 그런 말이 나오다니. 퀸 포터가 세상에서 가장 싫어하는 일이 있다면 그건 대인관계라는 거미줄이거든요."

"벨, 나 바로 옆에 있거든." 퀸이 말했다.

벨은 아들이 전등에서 실제로 살아서 튀어나오기를 기대하는 표정으로 천정을 올려다보았다. "퀸은 그동안 나한테 돈을 냈다오. 다른 사람이 돈을 줬다면 모욕적인 기분이 들었겠지. 그런데 왜 퀸한테는 그런 기분이 안 들었는지 이제 알겠구먼." 오나는 잠시 뜸을 들이다가 말을 이었다. "퀸은 어딘가 약간 망가진 부분이 있기는 하지만 괜찮은 남자요."

퀸은 아무 말도 하지 않았다. 스스로 생각해도 그동안 너그럽고 참을성 있게 오나를 대했던 것 같았다. 지금껏 오나는 그 사실을 알은 체하지 않았지만.

"퀸은 나한테 이루 말할 수 없을 만큼 큰 도움이 되었어요." 오나가 말했다.

벨은 오랫동안 말이 없었다. 뭔가를 기다리고 있는 것 같았다. 그래서 오나는 기네스북 회사에서 보내온 종이를 뒤적이며 일부러 바스락거리는 소리를 냈다. 여전히 벨은 뭔가를 기다리고 있었고 퀸은 벨의 그런 모습을 지켜보았다.

이제 또 무엇을 해야 좋을지 몰라서 그 안에 동봉된 편지를 소리 내어 읽기 시작했다. 플로렌스 우라는 영국인답지 않은 이름의 '기록 보유자'가 손으로 써 보낸 편지였다. 우 여사는 소년한테 홀딱 반했었는지, 소년의 '노인 친구'가 (a) 살아 있는 최고령 인물 (b) 살아 있는 최고령 여성 (c) 세계에서 가장 오래 산 인물 (d) 세계 최고령 운전면허 소지자 등의 기록 경쟁에 참여하기 위해서 어떤 것들을 준비해야 하는지 상세히 설명하고 있었다. 어떤 경쟁 분야에 참여하든 똑같이 여러 개의 서류가 필요했다. "또 서류로군." 오나가 말했다. 그 밖에도 사실 증명과 사기 행위에 관한 처벌조치가 적힌 일반적인 경고 사항들이 적혀 있었다.

오나는 얼굴이 화끈화끈 달아오르는 것을 느끼며 읽기를 마쳤다. "내 입장에서 말하자면 왠지 약간 바보짓처럼 느껴지는구려."

"애가 어르신을 네 분야의 경쟁에 참여시키려고 했군요. 기록을 세울 확률이 얼마나 되죠?" 벨이 물었다.

"(a)나 (b)나 (c)에 도전하기에는 난 너무 젊다오. 그래도 전에 운전면허가 있었기 때문에 내가 필기시험을 볼 수 있게끔 애가 착착 준비를 시켜주던 중이었는데. 물론 도로주행시험은 여전히 걱정거리였지만."

"단기 재교육만 받으시면 되겠네요." 벨이 말했다.

"나는 꼭 필요한 서류들이 없어요. 그러니 그림의 떡인 셈이지."

손님이 다시 입을 다물어버려서 오나는 또 간극을 메우려고 기록 수립과 관련된 이런저런 이야기들을 주절주절 늘어놓았다. 우선 전 세계에 살고 있는 슈퍼센터내리언이 몇 명이나 되는지 공식적으로 확인된 숫자와 추정 숫자를 언급했고, 최근의 기록 갱신 현황을 말로 요약했으며, 독보적으로 긴 인생을 산 잔 루이즈 칼망 여사에 대해 자신이 알고 있는 사실들을 모조리 이야기했다. 어떤 부분이라고 딱 짚어내기는 힘들어도 오나의 목소리에서는 소년의 목소리에서 빌려온 듯한 권위가 느껴졌다. 오나가 줄줄 외워대는 이 내용들이 소년의 어머니, 느닷없이 집으로 쳐들어온 벨이라는 낯선 동물을 진정시킨 것 같았다. 동시에 자신의 기분 역시 차분하게 가라앉는 것을 오나는 느꼈다. 정보로 완전무장을 하면 이렇게 상대방의 입을 다물게 할 수 있구나. 그 정보들을 끄집어내어 울타리 판자처럼 반듯하게 세워 자신이 외롭게 서 있는 장소에 견고한 우리를 지음으로써, 실수를 범하는 인간의 유약함으로부터 스스로를 보호할 수 있다는 것이 이렇게 큰 위로가 되는구나.

오나는 소년이 못 견디게 그리웠다.

마침내 벨이 입을 열었다. "그러니까 어르신은 그 뭐죠? 우주를 떠다니는 그런 존재인 건가요? 어르신이 실제로 존재하는 인물이라는 사실을 입증할 수 있는 서류가 하나도 없단 말이에요?" 예의를 잃지 않으려고 애쓰는 기색이 목소리에 역력했다.

"내 존재 자체를 증명할 수 있는 서류는 널렸어요. 얼마나 오랜 기간 존재해왔는지 그 사실을 증명하는 건 그것과는 별개의 문제라오." 오나의 머릿속에서 혈압이 널뛰듯 오르내리는 것 같았다. 곧 현기증이 일 듯해서 오나는 얼른 자리에 앉았다.

"벨," 퀸이 말했다. 가야 할 시간이 된 것이 분명했다. "집에 데려다줄게."

"뭐로? 마차라도 있나 보지?"

"당신 차로. 그런 다음 나는 버스를 타고 시내로 나오면 되니까."

벨은 퀸의 말에는 동의하지도, 반박하지도 않았다. "애랑 어르신이 뭔가를 함께 꾸미고 있었을 거란 짐작이 들었어요." 오나를 향해 이렇게 말하는 벨의 얼굴에 다시 얼핏 미소가 어렸다. "그 애는 매일 어르신의 나이를 계산했어요. 끝없이 어르신 이야기를 들으면서도 저는 정작 애가 무슨 일을 꾸미고 있는지 몰랐죠. 그저 세계기록 같은 것에서 애를 떼어놓을 궁리뿐이었거든요. 뭔가 좀 더 생산적인 것에 관심을 갖도록." 벨은 퀸을 흘깃 바라보며 덧붙였다. "이를테면 스카우트나 음악 같은 것 말이에요."

퀸은 여전히 침묵을 지키고 있었다. '한결같군.' 오나는 생각했다. 문득, 한결같음이야말로 남자가 보여줄 수 있는 미덕이란 생각이 떠올랐다.

이전에도 여러 번 든 생각이었지만 녹음기가 어떻게 되었는지 궁금했다. 자신이 털어놓은 너무나 사적인 이야기들이 어딘가에 보관되어 있었다. 아직 발견되지 않은 채 소년의 배낭 비밀 주머니 속에 들어 있을 가능성이 컸다. 지상에서 오나와 소년이 맺은 인연은 영원히 그렇게 발견되지 않을지도 모를 일이었다. 어떻게 하면 자신의 비밀을 드러내지 않고 녹음기의 위치를 확인할 수 있을지 알 수가 없었다. 오나는 머릿속에서 맥이 뛰는 것을 느끼며 천천히 몸을 일으켰다.

"제 아들은 비밀을 사랑했어요. 깜짝 파티 같은 그런 비밀 말이에요. 어둡고 음침한 비밀 말고요." 벨이 말했다. 퀸이 벨의 어깨에 가볍게 팔을 둘렀지만 벨은 퀸의 존재를 의식조차 하지 못하는 것 같았다.

"이건 깜짝 파티 같은 비밀이었다오. 실수투성이 늙은 암탉 말고는 아무도 관심 없겠지만." 오나는 이렇게 말하며 기록 도전자 안내 책자를 다시 봉투에 집어넣었다.

"벨, 내가⋯⋯." 퀸이 말했다.

"출생증명서는 확실히 갖고 계시겠죠?"

"지금 내 손 안에는 없어요."

"그게 무슨 뜻이죠?"

"내 출생증명서를 아주 오랫동안 만나지 못한 다른 사람이 갖고 있다는 뜻이오. 그 문제에 대해 내가 밝힐 수 있는 내용은 이 것뿐이오."

벨이 봉투를 톡톡 두드렸다. 오나는 그 봉투가 생전에 실제로 한 번도 안 아보지 못한 소년이라도 되는 것처럼 으스러지도록 가슴으로 끌어안았다. "어르신 이름이 기네스북에 오르는 걸 제 눈으로 보고 싶어요." 벨은 이렇게 말하고는 퀸을 향해 몸을 돌리며 다시 말했다. "정말, 정말로 그 일을 내 눈으로 목격하고 싶어."

오나는 난데없이 자신의 집에 나타난 이 엉성한 몰골의 여자한테 왠지 빼도 박도 못 하게 휘말리고 있는 듯한 기분이 들었다.

"그 출생증명서가 누구한테 있는지 여쭤어 봐도 될까요?"

퀸이 낮은 목소리로 입을 열었다. "벨, 내 생각에는 여사님이 그런 이야기 까지 하실 필요는 없을 것 같아."

이 말에 벨은 제정신이 돌아온 것 같았다. 아니면 한껏 애를 써서 본래 자신의 모습을 흉내 내고 있거나. "죄송합니다. 제, 제가 꿈을 꾸고 있었나 보네요. 도대체 여기서 내가 뭘 하고 있는 건지 모르겠네." 벨은 오나의 한 손을 꼭 움켜잡으며 말을 이었다. "제 아들은 어르신을 좋아했어요, 미스 빗커스. 그 앤 자신한테 큰 관심을 가져주는 사람을 좋아했거든요. 애한테 큰 관심을 보여주셔서 감사합니다. 사실은 이 말씀을 드리러 찾아온 거였어요."

이 말을 남기고 벨은 나가버렸다. 퀸은 벨이 타기에는 너무 높은 자동차까지 따라 나가 내용을 짐작할 수 없는 다정한 말 몇 마디를 주고받았다. 그런 다음 벨은 차를 타고 가버렸다.

퀸이 집 안으로 들어오자 오나는 말했다. "맙소사, 보고도 믿을 수가 없네. 그 힘든 일을 저렇게 철저하게 혼자 속으로 삭이려고 하다니. 불쌍한 사람."

"원래 벨은 저렇지 않습니다. 아직 충격에서 벗어나지 못해서 그래요."

"누군가 옆에서 돌봐줘야겠구먼."

"옆에서 돌봐주는 누군가가 있습니다." 퀸의 얼굴 가득 사랑과 부끄러움이 넘쳐흘렀다. 퀸은 프랭키처럼 표정을 숨길 줄을 몰랐다.

퀸이 주위를 둘러보며 물었다. "가기 전에 해드릴 다른 일은 더 없습니까?" 퀸은 이제 서둘러 떠날 준비를 하고 있었다. 오나는 기차역 승강장에서 모드 루시 스톡스 선생님한테 손을 흔들던 어린 소녀의 모습으로 되돌아간 기분이었다.

"자네한테 줄 게 있네, 퀸. 마지막 날에 주려고 아껴둔 거라네. 마지막 날이 이렇게 우리 두 사람한테 힘든 날이 될지 전에는 미처 몰랐거든." 오나는 서랍을 열고 보관상태가 좋은 원통형 축음기용 실린더를 꺼내어 퀸에게 건넸다. 출생증명서를 찾느라 헛고생을 하는 와중에 잡동사니 상자에서 발견한 물건이었다.

"소피 터커의 '요즘 같은 나날'." 퀸은 실린더에 붙어 있는 꼬리표를 읽었다. "1911년. 이게 뭐예요? 노래가 녹음된 겁니까?"

"거기 녹음된 내용을 틀려면 에디슨이 만든 기계가 있어야 할 걸세." 오나는 이렇게 말을 하다가 자신이 실수를 저질렀다는 사실을 깨달았다. 음악가한테 들을 수도 없는 음악을 선물하다니.

그러나 퀸은 웃는 얼굴로 실린더를 케이스에서 꺼내어 들었다. 퀸이 낡고 낯선 물건을 감탄하는 표정으로 바라보자, 아들을 잃은 비통함 때문에 충격에 빠진 엄마가 남겨놓고 간 먹구름 찌꺼기가 가시는 것 같았다. 그 물건은 심지어 오나한테도 낯선 물건이었다. 그런데 불쑥, 아주 잠깐이었지만 너무나 생생하게도 모드 루시 스톡스 선생님의 3층 아파트로 돌아간 듯한 착각이 들었다. 무엇으로 감는지 모르지만 퀸의 머리에서 모드 루시 선생님의 풀 먹인 장식용 덮개 냄새가 났기 때문이었다.

"이거 정말 굉장한 물건인데요, 오나. 여기 담겨 있는 이 음악은 어떤 음악이죠?" 퀸은 케이스 안쪽에 동그랗게 말려 있던 색 바랜 종이 한 장을 꺼내며 물었다. "하워드 J. 스탠호프의 '은신처'?"

"뭐라고? 그거 나 좀 보여주게." 퀸의 말이 옳았다. 그 악보는 75년 묵은 하워드의 노래들 중 한 곡이었다. 어떻게 그게 그 물건 틈에 끼어 들어갔는지 오나는 짐작조차 할 수 없었다. 어쩌면 하워드가 거기에 숨겨놓았는지도 모를 일이었다. 언젠가 오나가 우연히 그 물건을 발견하고 자신을 그리워하길 바라면서. 그리고 괴상하게 들리겠지만 오나는 실제로 그가 그리웠다. 자신의 삶 전체가 그리운 것과 비슷한 방식으로.

"하워드는 대중음악계에서 진출하겠다는 격렬한 야심에 사로잡혀 있었다네. 형편없기 짝이 없는 작곡가였는데."

"그런 야심은 사람을 죽일 수도 있습니다." 퀸은 이렇게 말하고는 골똘히 악보를 들여다보면서 그 노래의 첫 소절을 흥얼거렸다.

"악보를 읽을 줄 아나?"

"이래봬도 제가 음악간데요."

모드 루시 선생님은 악보만 있으면 어떤 곡이든 놀라운 솜씨로 연주를 했었고, 하워드 역시 마찬가지였다. 그 두 사람 말고 그런 능력이 있는 사람을 본 것은 처음이었다. 오나는 퀸의 순회공연 이야기를 듣고 있으면 즐거웠다. 종교음악을 한다는 그 젊은 친구들이랑 한 주씩 공연을 다니는 퀸이었다. 오나는 퀸과 그 청년들을 이상한 조합이라고 생각했다. 퀸이 그 친구들한테 출연료를 얼마나 받는지 털어놓기 전까지는. 그리고 이제 다시 그 친구들과 한 주 동안 공연을 떠날 예정이었다. 퀸의 경험담을 듣고 있노라면, 콩고의 정글이나 황량한 서부 같은 별세계 이야기를 들으려고 킴볼 오페라하우스를 따라다니던 모드 루시 선생님의 모습이 떠올랐다.

"부자로 만들어주겠다는 헛소리를 지껄이는 망나니들의 술수에 넘어가, 하워드가 얼마나 많은 돈을 날렸는지 자네는 상상도 못 할 걸세."

"이 세상에는 전혀 변하지 않는 일들도 있군요." 퀸은 이렇게 말하며 오나를 향해 자조적인 쓴웃음을 지어 보였다. 눈을 찡긋거리는 것만으로 서로를 헤아리게 되다니, 이것만 봐도 두 사람의 우정이 그간 얼마나 깊어졌는지 알 수 있었다.

퀸은 머뭇머뭇 자기 방식대로 그 노래를 흥얼거렸다. 오나가 기억하는 그 노래는 술을 끊고 주님과 화해한다는 바보 같은 내용의 노래로, 프랭키가 죽은 뒤, 그리고 오나가 아직 곁을 떠나기 전 하워드가 작곡한 종교적인 곡들 중 하나였다. 우드포드 가의 집에서 주름장식이 달린 녹색 의자에 앉아서 하워드의 낮고 종교적인 목소리에 귀를 기울인 적이 얼마나 많았던가? 그러고 있는 내내 오나는 크로슬리 탁상용 전축으로 지미 듀랜트*의 노래를 듣고 싶

---

* 지미 듀랜트 Jimmy Durante 1893-1980 : 미국의 가수, 재즈 피아노 연주자. 1920년대 재즈밴드의 일원이자 보드빌 배우로서 인기를 모았다. 연극, 영화, 라디오 등 다양한 영역에서 활동했다. 특히 듀랜트는 재즈 음악의 리코딩, 즉 음반 작업을 최초로 주도했던 선구적인 음악가였다.

어 미칠 것만 같았다.

"하워드는 술 한 방울 입에 안 댔다네. 그래서 우리 부부한테 금주법은 있으나마나 한 거였다니까."

퀸은 여전히 멜로디를 흥얼대며 말했다. "솔직히 말해서요, 오나, 이 곡 나쁘지 않은데요."

"그 종교적인 젊은이들 마음에는 들지도 모르지. 지금 깔딱 고개에 서 있다는 그 청년들 말일세."

"아마도요." 퀸은 몇 소절을 더 흥얼거렸다. "공연장에서 연주하면 바이브 (vibe : 분위기, 느낌 등 ―옮긴이)가 어떨지 한 번 들어봐야겠어요."

오나는 '바이브'가 무슨 뜻인지 정확히 몰랐지만, 그 단어는 왠지 흔들흔들 트럭에 쌓여 우드포드 가의 집으로 배달되었던 상자더미를 연상시켰다. 그 상자 안에는 팔리지 않은 악보가 한가득 들어 있었다. 엄청난 망상에 빠져 있던 가엾은 하워드. 그러자 문득, 음악에 관심 있는 사람처럼 보이고 싶어서 자신이 퀸한테 그 실린더를 선물한 것은 아닐까 그런 생각이 들었다.

"나는 자네가 그 청년들한테 구원받을 생각일랑은 하지 않으면 좋겠네."

퀸은 음흉한 표정으로 고개를 들며 말했다. "그 친구들이 생각하는 방식대로는 아니죠."

"오호라. 남몰래 미리 생각해둔 방도가 있는 모양이군."

퀸은 어깨를 으쓱했다. "관객만 충분히 확보가 된다면야 신을 찬양하든 악마를 찬양하든 저한테 그건 중요하지 않습니다."

"나 역시 내가 주님과 어떻게 다른지 그 차이점을 이해하는 데 오랜 세월이 걸렸다네. 내 생각에 자네는 악마랑 손을 잡는 편이 나을 것 같아."

"전 보험설계사만큼 악랄하게 굴 준비가 되어 있습니다, 오나. 이건 일일 뿐인 걸요. 그게 다예요. 물론 제가 사랑하는 일이긴 하지만요."

"그렇게 생각한다면야 정말로 다행이고." 오나는 다짐이라도 받듯 말했다.

퀸은 조용한 목소리로 덧붙였다. "누구나 자신의 선택이 그럴 만한 가치가 있는 선택이었다고 믿고 싶은 법이잖아요." 그러고는 악보를 집어넣은 다음 한 손을 내밀며 말했다. "함께 지내는 동안 즐거웠습니다, 오나."

"자넨 나에 대해 아는 것이 전혀 없지 않은가. 난 아무것도 말해주지 않았는데."

"제가 행간의 의미를 얼마나 잘 파악하는지 아시면 깜짝 놀라실 겁니다."

그 말을 듣자 정말로 퀸이 자신을 잘 알고 있을 거란 생각이 들었다. 그래서 오나는 떠나는 퀸을 용서했다.

그때 밖에서 경쾌한 경적소리가 들렸다. 스카우트 대장이 회색 밴을 진입로에 대고 있었다. 대장은 차에서 내리며 소리쳤다. "안녕하세요, 빗커스 부인! 늦어서 죄송합니다!"

잘생기고 건강하고 사람 좋아 보이는 대장이 소년 한 명을 데리고 진입로를 성큼성큼 걸어 올라왔다. 이전 소년과 나이가 비슷해 보이는 그 소년은 몸에 잘 맞지 않는 제복을 입고 공훈 배지 하나를 달고 있었다. 이번 소년의 눈은 동그랗고 진지한 비둘기 잿빛 눈이 아니었다. 이번 소년의 손목은 앙상한 나뭇가지처럼 가녀리지 않았다. "할머니를 만나게 돼서 기뻐요." 이번 소년은 1940년대 영화에 등장하는 낭만적인 주인공처럼 이런 말도 하지 않았다.

솔직히 말하자면 이번 소년은 그냥 입을 꾹 다물고 있었고, 오나 역시 마찬가지였다. 그동안 두 남자는 서로를 바라보고 있었다.

"내 임무는 지금 막 끝났네, 테드. 약속한 대로." 퀸이 말했다.

"들어서 알고 있네."

어린 스카우트 대원은 이 남자에서 저 남자로 고개를 돌려가며 두 남자를 번갈아 바라보았다.

"새로 다른 애를 데려올 줄은 몰랐는데." 오나가 말했다.

"어르신을 곤경에 처하게 하고 싶지 않았거든요, 빗커스 부인." 스카우트 대장은 습하고 후덥지근한 날씨에도 말끔하게 다려진 제복을 입고 있었다. "이 아이는 노아입니다."

소년은 뭐라고 알아들을 수 없는 소리를 중얼거렸다. 아, 이 녀석은 아무 일도 안 하겠구나. 결국은 자신이 맹하거나 시무룩하거나 일에 알레르기가 있는 아이라는 사실만을 입증해 보이겠구나. 어느 쪽이든 간에, 오나는 단체복인 황갈색 셔츠를 입고 기둥처럼 멀뚱히 서 있는 두 사람이 그만 가버렸으면 싶었다. 게다가 다른 소년이 오기를 바란다고 해도, 일요일 소년이 왔으면 싶었다. 아니면 화요일 소년이나. 또 다른 토요일 소년은 만들고 싶지 않았다.

"그런데 한 주 일찍 왔군, 테드." 퀸이 말했다.

스카우트 대장은 전에도 사용했던 작은 기계를 꺼내서 화면을 꾹꾹 누르며 말했다. "보자. 아닌데. 여길 보게. 바로 여기." 대장의 얼굴에 보기 좋고 성실하고 믿음직스러운 표정이 떠올랐다.

"그때 남은 주가 7주였어. 그리고 오늘이 그 일곱 번째 주라네." 퀸이 말했다.

그렇게 많고도 많은 주가 흘러가 버리다니. 아들과 함께했던 겨울부터 봄까지의 토요일, 그리고 아버지와 함께했던 봄부터 여름까지의 토요일. 참 한결같이 매주 토요일이 똑같이 시작되었었는데. 비로소 오늘 모든 일이 끝나기 전까지는.

그러나 '소년'을 암시적으로 입에 담는 것만으로도 현관에 모여 서 있는 사람들 위로 짙은 먹구름이 드리워졌다. 새로 온 스카우트 소년은, 이전 소년이 세상에 존재하지 않는다는 사실에 느끼는 불편함을 저도 모르게 겉으로 드러내며, 나무그늘 같은 대장의 그림자 속으로 몸을 숨겼다. 아, 이 녀석은 정말로 아무 일도 안 하겠구나.

"그럼 다음 주에 뵙겠습니다." 대장은 전자수첩을 찰칵 덮으며 말했다. "아무튼 이 아이는 노아입니다. 이미 말씀드린 것 같지만."

손님들은 밴을 향해 발걸음을 돌렸다. 작은 손님 쪽에서 칭얼대는 소리가 들려왔다. 자신에게 할당된 봉사활동이 자신의 기대와는 다른 일이라는 사실을 확실히 알게 되었기 때문이리라. 혹시 오나가 '소년'을 죽였다고 생각하는 것은 아닐까? 오나는 또다시 막다른 집의 마귀할멈이 된 기분이었다.

퀸이 말했다. "보아하니 성자 같은 저 스카우트 대장은 시간도 볼 줄 모르는 모양입니다. 저 친구가 제 전처를 좋아한다고 말씀드렸던가요?"

"금시초문일세."

"벨이 저 친구랑 사랑에 빠진 것 같아요."

"저런, 세상에."

"참 헌신적인 편부랍니다. 아내랑은 사별했고요. 한 마디로 말해서 미워하기 힘든 사내지요. 그래도 저야 어떻게든 미워할 수 있지만요."

"흠, 만반의 준비가 된 친구로구먼. 친절하고 여자 말 잘 듣고. 자네도 그런 남자가 되면 되지 않나."

퀸은 소리 내어 웃었다. 동시에 마법이 풀렸고 이제 정말로 작별을 해야 할 시간이었다. 퀸은 음악 선물인 실린더를 챙겨 넣고 한 손을 내밀었다. 오나는 그 손을 잡고 잠시 동안 쥐고 있다가 놓아주었다.

"이 집이 지금보다 더 깨끗해 보인 적은 없었다네. 일일이 신경 써줘서 고맙구먼."

"제가 좋아서 한 일인 걸요." 퀸은 이렇게 말하며 계단을 내려갔다.

"Ir man malonu." 오나가 말했다.

퀸은 불쑥 고개를 돌리며 물었다. "무슨 뜻입니까?"

"내가 좋아서 한 일 (My pleasure—옮긴이)'이란 뜻일걸세."

퀸은 계단 밑에 내려섰다. 팔 밑으로 선물이 툭 튀어나와 있었다. 퀸의 양 볼은 소녀처럼 생기가 돌았다. 그리고 보니 '소년' 같기도 했다. 이 만남이 끝났다는 사실에 그가 안타까움을 느끼길 바란다면 너무 지나친 바람일까? 퀸의 뒤쪽, 호스로 씻어낸 진입로에 아직 물방울이 남아 있어서 동전 크기만 한 하늘이 여기저기에서 반짝였다.

"버몬트에 누가 살고 있습니까?" 퀸이 물었다. "

"내 아들." 오나는 다음 질문은 사절한다는 듯 손사래를 치며 말했다. "내 큰아들. 나 역시 어린애에 불과하던 나이에 낳은 아들이지." 오나는 잠시 머뭇거리다가 말을 이었다. "자네 아들한테 처음 털어놓았었는데. 생각해보니 이젠 비밀이랄 것도 없는 것 같구먼."

오나는 소년에게 들려주었던 이야기를 소년의 아버지에게도 그렇게 들려주었다. 전부는 아니었지만 대부분. 프랭키처럼 긴 눈썹을 단 소년의 아버지는 짙고 따뜻한 눈빛으로 그 이야기에 귀를 기울였다.

마침내 퀸이 입을 열었다. "한 주 더 기다려주셔야 하겠는데요. 제가 '예수쟁이'들이랑 공연 약속이 잡혀 있어서요." 그러고는 수첩에서 일정표를 꺼내어 뒤적거렸다. 오나는 자그마한 기쁨의 날개가 돋아나는 것을 느꼈다.

"한 주가 무슨 대순가."

"여사님 차를 가져가야겠네요."

"좋은 차라네, 퀸. 먼지 얼룩 하나 없거든. 주행거리도 4만 킬로미터밖에 안 되고."

"가는 도중에 제가 도로주행 연습을 시켜드릴 수도 있겠는데요. 할 마음이 있으시면요."

"난 고속도로의 무법자라네. 그것도 면허증 유효기간이 만료된."

"그런 말씀에 저는 겁 안 먹습니다." 퀸이 말했다. 미소 띤 아버지의 얼굴을 바라보면서 오나는 또 다른 마법에 빠져들었다. 소년이 살아 있다면 제 아버지를 똑 닮은 어른이 되어 그런 마법을 부릴 텐데.

여행

1. 뒤로 걷기 최장거리 기록 : 12.87킬로미터, 플레니 윙고, 국적 미국.

2. 최다인승 자전거 : 82명, 국적 스웨덴.

3. 최장거리 자동차 여행 : 617만 358.8킬로미터, 에밀과 릴리아나 시미드, 국적 스위스.

4. 욕조 경주 최고 기록 : 그렉 뮤튼, 58킬로미터를 달리는데 걸린 시간 한 시간 22분 27초, 국적 호주.

5. BMW 퍼레이드 최다 차량 참여 기록 : 107대, 국적 네덜란드.

6. 자동차 수동 창문을 가장 빨리 여는 개 : 스트라이커, 11.34초, 국적 미국.

7. 차체 높이가 가장 높은 리무진 : 3.08미터, 국적 미국.

8. 엔진을 단 소파가 기록한 최고 속도 : 시속 140킬로미터, 에드 차이나, 국적 영국.

9. 인간이 머리로 인 가장 무거운 자동차 : 160킬로그램, 존 에반스, 국적 영국.

10. 최고령 운전면허 소지자 : 프레드 헤일, 108세, 국적 미국.

제3부

여행

Kelione

13

출발하는 날 아침, 잠에서 깨었을 때 오나의 머릿속에 끔찍한 단어가 떠올랐다. 'mirtis' 로렌타스가 죽었으면 어쩌지?

오나는 고개를 저어 그 단어를 털어냈다. 로렌타스는 오나가 가방 밑바닥에 넣어놓은 그 주소에서 인생을 즐기며 번듯하게 살고 있는 것이 분명했다. 반드시 살아 있어야 했다. 오나는 이 여행 결과에 사활을 함께 걸었을 소년한테서 빌려온 열의로 다가올 앞날을 미리 떠올려보았다. 이 여행의 목적은 로렌타스를 만나는 것이었다. 따라서 그는 반드시 살아 있어야만 했다.

그러나 허둥지둥 여행을 준비하면서 오나는 계속 여행 목적을 까먹었다. 자꾸만 여행 그 자체가 목적이 되어버리는 것이었다. 여행의 참신함, 여행의 즐거움이. 오나는 25년 만에 처음으로 미용실에 가서 머리를 했다. 미용실 아가씨는 뻣뻣해진 오나의 흰머리 가닥을 광택제 바른 헬멧처럼 만들어 놓았다. 비용이 지나치게 많이 들었지만 오나는 개의치 않았다. 일주일 내내 충동적인 젊은이로 돌아간 기분이었다. 오나는 머릿속으로 루이스에게 말했다. '변변찮은 음악가 한 명이랑 여행을 갈 거야.'

무엇보다도 오나의 의식 속에 남아 있는 첫 번째 기억들은 '여행'으로 이루어져 있었다. 사실과 무관한 반짝임으로 환하게 의식 속에 남아 있는 기억이었다. 먹이를 찾다가 총에 맞아 쓰러진 굶주린 말, 메고 있던 자루에서 복숭아를 꺼내주던 집시, 장미꽃잎을 흰 가루로 뒤덮던 먼지 폭풍. 아버지의 목덜미에 얼굴을 비비던 자신의 모습도, 사용이 금지된 로마 문자로 기록한 거래 장부를 눈물로 적시던 어머니의 모습도 떠올랐다. 세 사람은 꽃송이가 흐드러지게 피어 있던 집 앞마당을, 키우던 닭들을, 버찌나무들을, 애지중지 돌보던 목장을 그리워하며 걷고 또 걸었다. 십여 년 뒤 브로니스 삼촌이 분노하며 적어 보낸 편지에 의하면 집과 농장은 독일인들의 손에 모두 불타버렸다고 했다. 삼촌이 보낸 편지봉투에는 가족의 죽음을 알리는 검은색 십자가가 찍혀 있었다.*

  먼지폭풍과 불안감에도, 그 여행에는 뭔가를 향해 나아가고 있다는 설렘이 있었다. 무엇을 향해 가고 있느냐는 중요하지 않았다. 오나는 20세기가 시작되고 스무 번째 되는 날 태어났다. 가톨릭교도이면서도 미신을 믿었던 부모님한테는 좋은 징조였다. 빗커스 가족은 성찬식을 인정해주는 개화된 나라로 옮겨가기로 했다. 어머니 알도나는 국경 수비대 병사한테 뇌물을 찔러주며 아픈 아기를 특별한 의사한테 보여야 한다고 떼를 썼다. 병사들을 혼란시키기 위해 치밀하게 세운 작전이었다. 때마침 오나가 훌쩍대기 시작했고, 팔다리가 긴 십대 병사는 손짓으로 두 사람을 통과시켰다. 얼핏 보기에 절망적으로 보이던 그 여인은 어린 딸과 며칠분의 생필품을 끌고 국경을 넘었다. 그동안 아버지 저지스는 당나귀가 끄는 수레 바닥 밑에 아무도 모르게

---

* 리투아니아 약사(略史) : 13세기 경 발트해 연안에 왕국이 세워진 이래로 독립국가였다. 14세기 중엽 독일의 성장을 견제하기 위해 폴란드와 동맹관계를 맺는 과정에서 로마 가톨릭이 유입되어 주종교가 되었다. 점차 러시아의 세력 확장으로 위험을 받다가 1795년 러시아, 오스트리아, 프로이센 3국에 의해 분할되어 제정 러시아의 지배를 받기 시작했다. 러시아는 러시아화 정책의 일환으로 리투아니아 어의 사용과 출판을 금지했고 가톨릭교도를 탄압했다. 19세기 말 강력한 민족주의 운동이 전개되었으나 모두 실패했다. 1915년 제 1차 세계대전의 발발로 독일에 점령된 뒤, 제정 러시아의 붕괴와 독일의 패전으로 1918년 결국 독립을 획득했지만, 1940년 히틀러와 스탈린이 맺은 독?소 밀약으로 사실상 소련에 합병되고 말았다. 소련의 강력한 억압정책으로 민족주의 운동이 계속 일어나던 중 1980년대 중반 이후 고르바초프의 개혁정책으로 리투아니아 독립운동이 가속화되었다. 끝없는 시위와 탄압, 내전, 쿠데타 등으로 점철된 리투아니아 독립운동은 1990년 3월 리투아니아 공산당의 독립 선언과 1991년 2월 실시된 국민 투표로 마침내 결실을 맺게 되었다. 1991년 8월 소련이 주도했던 쿠데타의 실패로 완전한 독립국가로서의 지위를 회복했다.

숨어 있었다. 가족은 드디어 한 도시에 이르러 배에 올랐고, 메인 주 킴볼이란 단어를 외투에 핀으로 꽂은 채 위험천만한 항해를 시작했다.

부모님이 조각난 영어로 들려준 이야기를 하나로 잘 기우면 이런 내용이었다. 그러나 오늘에 이르러서야 실제로 겪었던 일들이 기억으로 새록새록 되살아났다. 배에서 기침을 달고 살던 일, 일렁거리던 수평선, 어머니가 어린 오나한테 주기 전 야금야금 이로 갉아서 긁어냈는데도 별모양으로 곰팡이가 남아 있던 치즈 조각 등이 떠올랐다. 부모님은 오랫동안 대화를 주고받으며 초조함을 삭였다. 부모님이 업신여기던, 축축하고 벼룩이 들끓는 선실을 꽉꽉 메우고 있던 동승객들은 서류를 잃어버리면 어쩌나 하는 두려움, 러시아 군인들을 향한 증오, 억류 절차 없이 배가 먼 바다로 나서게 되었을 때 느꼈던 안도감 등을 나직이 속삭이고 있었다.

어디에선가 훼손되지 않은 보석처럼 온전한 문장이 뚝 떨어졌다. 'Dievas davė dantis, Dievas duos duonos' '주님께서 우리에게 치아를 주셨으니, 주님께서 우리에게 빵도 주실 것'이란 뜻이다.

이렇게 중대한 순간에 늘 이런 말들이 떠오르는 것을 보면 오나는 어려서 모국어를 알았던 것이 분명했다. 오나한테는 아이러니라는 말이 별로 적용되지 않았지만 현실을 직시하는 것만으로도 가혹했다. 부모님이 러시아의 손아귀에서 도망친 여러 이유 중 한 가지는 러시아가 조상대대로 내려온 언어를 빼앗으려고 했기 때문이었다. 부모님의 언어가 자신의 몸속 어딘가 비밀스러운 곳에 살고 있는 것은 아닌지, 최근 사방에서 조각나고 토막 난 단어들이 후드득 떨어져 내린 것과 달리, 어느 순간 자신이 그 사실을 기꺼이 인정하기만 하면 완전한 언어의 형태로 유창하게 분출되어 나오는 것은 아닌지 오나는 궁금했다.

그렇게 길고도 긴 삶을 살아오는 동안, 그 순간이 직접 모습을 드러낸 적은 아직 한 번도 없었다.

약속시간에 정확히 도착한 퀸은 집 안으로 들어와 탕 소리가 나게 방충문을 닫으며 외쳤다. "얼른 자리에서 일어나서 때 빼고 광내세요."

"벌써 네 시간 전에 일어났네. 때 빼고 광내는 일이야 젊은 사람들 몫이고."

"오나, 새 악기처럼 번쩍번쩍 빛이 나는데요. 헤어스타일 멋져요."

"이 머리를 하니 전쟁터도 나갈 수 있을 것 같네. 40달러나 들었거든."

퀸의 양 볼에 화색이 돌았다. 퀸과 함께 여행을 가는 것에 동의했을 때 오나는 이미 알고 있었는지도 모른다. 퀸처럼 스스로에게서 끝없이 도망치는 사람들은 길을 사랑한다는 것을. 퀸은 물건들을 받아들고 차까지 오나를 에스코트했다. 퀸이 수선을 떨며 빈티지 자동차의 고풍스러운 매력을 칭송하고, 일주일에 두 번씩 식료품 쇼핑을 가느라 차의 시동을 걸어준 덕분에 차 '다리'가 이렇게 튼튼한 거라며 입에 침이 마르게 칭찬하는 소리를 듣고 있자니 오나는 은근히 자랑스러운 기분마저 들었다. 퀸이 기다란 손가락으로 오나의 팔꿈치를 감싸고 조수석에 타는 것을 도와주었을 때는, 무력감과 활기가 동시에 느껴지는 모순된 기분이 불쑥 고개를 들었다.

퀸이 반대쪽으로 돌아가 운전석에 오르는 동안 오나는 허벅지 부분이 느슨해지게 바지를 매만졌다. 오나는 기록적인 시간 안에 일정 거리를 주파하는 폭주광 스타일의 운전을 기대했지만(실제로 가장 빠른 기록이 시속 몇 킬로미터인지 궁금했다.) 퀸은 엄청나게 조심스럽게 차를 출발시키더니 고속도로 진입로로 이어진 확실한 길을 그대로 지나쳐 멋진 집들이 모여 있는 주택가 쪽으로 갑자기 들어섰다.

"도대체 어디로 가는 건가?" 오나가 물었다.

"구조 임무가 있어서요. 도움의 손길이 필요한 여자를 구하러 가는 길입니다." 퀸은 워싱턴 가에서 두 블록 떨어진 하얀 저택 옆에 차를 댔다. 오나는 가슴이 철렁 내려앉았다. 자신이 어디에 와 있는지 깨달았기 때문이었다.

"그 초췌한 몰골의 엄마를 여행에 데려갈 참인가?"

"데려가 달라고 부탁을 해서요. 희망을 가질 수 있다는 것이 지금 벨한테 얼마나 큰 위안이 되는지 여사님은 모르실 겁니다."

벨이 빵빵하게 내용물을 채운 가방을 끌고 집 밖으로 나왔다. 벨 뒤에서 여자 한 명이 더 모습을 드러냈다.

"흐음." 퀸이 투덜댔다.

벨과 달리 두 번째 여자는 머리색이 짙고 골격이 건장했다. 멀리에서 보았을 때는 레스터 재단의 자매학교 헨포드 학원의 여학생들한테서 느껴지던, 상처를 받은 적도 없고 상처를 줄 수도 없는 억센 인상을 풍겼지만 가까이 다가올수록 그런 허물은 점점 녹아내렸다. 여인은 비탄에 빠져 있었던 것이다. 긴장감과 두려움이 가득한 얼굴이었다.

"실례가 안 된다면 나랑 이야기 좀 할 수 있어요?" 갈색머리 여인이 퀸에게 물었다.

퀸이 차에서 내리자 벨이 슬그머니 운전석에 올라탔다.

"벨……."

"내가 운전할 거야. 당신 운전솜씨 꽝이잖아." 피로 때문에 벨의 눈 아래 피부가 시퍼렇게 색이 죽어 있었다. 오나의 계산이 맞는다면 거의 석 달은 되었을 텐데, 매일 일정 시간 숙면을 취하지 않고 버티기에는 너무나 긴 시간이었다. 프랭키가 세상을 떠난 뒤 오나 자신도 딱 그런 모습이었지만.

퀸은 벨을 잠시 물끄러미 바라보았고 그동안 갈색머리는 나머지 세 사람을 노려보고 있었다. "알았어." 퀸은 벨을 향해 이렇게 말하고 갈색머리 쪽으로 몸을 돌렸다. 그러자 갈색머리는 차 안까지 다 들리게 그에게 잔소리를 퍼붓기 시작했다.

벨은 가방을 뒷좌석으로 가볍게 던졌다. 가방은 퀸의 더플가방 옆에 부부처럼 사뿐히 자리를 잡았다. 오나는 뻣뻣하고 속이 다 들여다보이는 자신의 머리를 매만지며 물었다. "어떻게 된 건지……?"

"제가 퀸한테 그랬어요. 혼자서는 절대 못 해낼 거라고."

오나는 발끈하며 말했다. "난 간병인 같은 것 필요 없소만."

"저는 어르신 간병을 하려고 길을 나서는 게 아니에요. 이 빌어먹을 동네에서 벗어나려고 나서는 거죠." 벨의 눈가에 눈물이 고였다. "매순간 발악하고 싶은 충동을 느끼는 것이 얼마나 기분 나쁜 일인지 어르신은 모르실 거예요."

아니, 오나도 그런 적이 있었다. 프랭키가 떠난 뒤, 차에 올라 그저 **달리는** 것이 엄청나게 큰 위안이 되었던 것이다. 오나는 실망감을 꿀꺽 삼켜버리려고 애썼다. 루이스가 경고했던 대로 변화를 싫어하는 늙은이가 되고 싶지 않았기 때문이다. 아무리 그래도 실망감 때문에 기분이 상하는 것은 어쩔 수가 없었다. 지난 밤 말 안 듣는 수도꼭지랑 씨름을 해가며 욕조 가득 물을 받고 아몬드 오일을 풀어 목욕까지 한 오나였다. 아침에는 귀 뒤에 향수를 찍어 바르기까지 했다. 그런데 이렇게 개밥에 도토리 신세가 되다니, 생각조차 하지 못한 일이었다. 긴 소매 블라우스를 입고 나왔는데 하필이면 날씨까지 너무 더워서 오나는 자신이 뭉개진 푸딩처럼 느껴졌다. 누군가 먹다가 까먹고 자동차 좌석에 그냥 올려둔 푸딩 찌꺼기.

벨은 보관함 뚜껑을 열며 물었다. "지도 없어요?"

"나한테 있소. 지도도 없이 여행길에 오를 만큼 내가 정신이 없지는 않다오."

"괜찮은 여행이 되겠는데요." 벨은 백미러를 조절했다. 오나 쪽으로 체취가 혹 끼쳤다. 바로 옆 밖에서는 퀸과 갈색머리가 열심히 뭔가를 토론하고 있었다. 좋게 봐줘야 토론이라고 부를 수 있는 대화였지만.

"저희 언니예요. 혹시 궁금하실까 해서요."

"궁금할 게 뭐 있겠소."

오나는 공연히 겸연쩍어 하며 정면을 바라보았다. 대체 뭐하는 여자기에 가엾은 동생이 바람 좀 쐬러 가겠다는데 저리도 못마땅해 하는 걸까?

"퀸한테 아드님 이야기 들었어요. 괜히 마음 쓰시지 않았으면 좋겠네요."

"내가 마음을 쓰든 안 쓰든 그게 뭐 중요한 일이라고." 말은 이렇게 했지만 놀랍게도 정말 전혀 신경이 쓰이지 않았다. 비밀을 이렇게 사방에 털어놓았는데도 나비 한 마리처럼 전혀 신경이 쓰이지 않다니. 그동안 왜 그 비밀을 가슴 속에 꽁꽁 싸매고 있었는지 이젠 그 이유조차 기억이 나지 않았다. 그것도 자그마치 90년 동안이나.

"어르신이랑 함께 있으면 세상 어딘가에 제 아들이 아직 살아 있을 거라고 믿는 데 큰 도움이 돼요. 감사합니다." 벨이 두 눈을 세게 깜박이며 말했다.

"별 말씀을." 하지만 오나의 경우에는 정반대였다. 오나는 소년이 무대 밖, 그러니까 림보*라는 곳에 안전하게 머물고 있다고 믿었다. 오나한테 소년은 실재하는 존재보다도, 나아가 기억보다도 더 확실한 존재였다. 새들의

---

* 림보 Limbo : 가톨릭에서 말하는 지옥의 변방이다. 선량하지만 그리스도를 접할 기회가 없었던 사람이나 세례를 받지 못한 어린이, 장애인 등의 영혼이 머무는 곳으로 지옥과 천국 사이에 있다고 믿어져왔다.

날갯짓에서 소년의 말소리가 들렸고, 고요함 속에서 살아있는 소년의 기운을 느꼈다. 그런데 슬픔에 빠진 엄마가 시야 안에서 휘청거리는 한, 소년이 죽었다는 사실을 잊는 것이 불가능했다.

퀸이 자동차로 돌아와 뒷좌석에 올라타며 말했다. "에이미가 장인어른한테 전화를 걸었어. 그 대단한 양반이 이리로 오시는 중이래."

언니라는 여자가 작은 분홍색 전화기를 손에 쥔 채 총총거리며 벨의 차창 쪽으로 걸어왔다. "얘야, 아빠 오실 때까지만이라도 기다려주면 안 될까?"

"아빠한테 전해. 딸내미가 친애하는 부친이랑 놀아드리기엔 벌써 좀 늦었다고. 아빠의 참견이 필요한 사람이 다른 데도 있을 텐데, 왜?"

"도착하면 전화해. 그렇게 해줄 거지? 꼭?" 에이미는 전화기를 접어 벨의 손에 내려놓은 다음 벨의 손가락 끝에 입을 맞추었다. "퀸이 저 분한테 공연히 바람 넣지 않게 잘 감시하고." '저 분'이란 오나를 두고 하는 소리였다. 아직 서로 인사도 안 한 처지에.

벨은 큰 소리로 한숨을 내쉬었다. "우리는 아들을 만나러 가는 어머니를 모셔다 드리러 가는 거라고 아빠한테 말해줘. 아주 훌륭한 어머니시고, 아빠 외손자가 봉사활동을 하러 다니던 그 집 어른이시라고."

오나가 입을 열었다. "저기, 미안하지만……."

"애플 컨트리 모텔에 예약했어요? 또 미리 예약 안 해서 차 안에서 자는 거 아니에요?" 에이미가 퀸에게 물었다.

"그건 15년 전 일이잖아요, 에이미."

"이 일 때문에 테드가 화를 많이 냈어요. 그것도 아주 공개적으로."

"근데 테드는 어디 있죠?"

"애들이랑요. 애들이랑 함께 시간을 보내고 있어요." 에이미는 차창에서 물러서서, 퀸을 손가락으로 가리키며 덧붙였다. "이 일은 모두 제부 책임이에요." 그러고는 엄마처럼 다정한 손길로 벨의 머리를 쓰다듬더니 몸을 돌려 집으로 향했다.

"굳이 저럴 필요까지는 없는데." 오나가 말했다.

"솔직히 말하면 그렇죠." 퀸이 뒷좌석에서 말했다.

벨은 찰칵 안전벨트를 채웠다. "에이미 언니는 늘 저렇게 곰 같은 구석이 있어요."

"그것 참 적절한 표현이구려." 오나가 말했다.

"자기가 직접 운전해서 우리를 데려다주겠다고 떼쓰지 않는 걸 다행으로 아세요."

"아, 물론이라오. 내 보기에 저 언니는 차에 타는 사람 모두한테 차비를 받을 것 같구먼."

"착한 사람이에요, 오나." 퀸이 말했다. 오나는 그 말을 듣자 이상하게도 기분이 좋아졌다.

벨이 차에 시동을 걸었다. 이제 출발하나 보다 했더니, 이것저것 조절장치를 만지며 물었다. "에어컨은 어디에 있죠?"

"이건 그냥 차요. 퀸 메리 호에 있던 호화객실이 아니라." 오나가 대답했다. 아까 봉사활동 운운한 것 때문에 아직도 마음이 언짢았다.

벨은 블라우스 자락을 펄럭여 가녀린 쇄골 쪽으로 바람을 부쳤다. "제가 얼마나 뛰어난 운전자인지 모르시죠, 미스 빗커스. 별 탈 없이 안전하게 목적지까지 모셔다 드릴게요."

"일단, 당신 아버지가 먼저 도착하시기 전에 차부터 밟아." 퀸이 말했다.

마침내 차가 출발했다. 신중하면서도 적절한 속도였다. 몇 분 안 걸려 고속도로에 진입했다. 집에서부터의 거리가 점점 멀어질수록 동행인 세 명의 관계도 점점 편해졌다. 앞으로 발명될 전자제품이며 전쟁, 보스턴 레드삭스 등의 이야기를 한동안 나누다가 곧 차 안이 조용해졌다. 까무룩 반쯤 잠이 든 상태에서 지나온 세월을 되짚어 보다가 오나는 어머니를 발견했다. 머리를 뒤로 모아 끝이 헤진 리본으로 질끈 동여맨 어머니는 창가에 서 있었다. 나뭇가지가 산들산들 창틀을 긁었다. 여기가 어디지? 네 살에 떠난 집을 기억하는 것이 가능하단 말인가? 백 년이 지난 일을 진짜로 되살려낼 수 있단 말인가?

한 시간 뒤 일행은 뉴햄프셔 주 경계를 지났다. 벨이 아까 하려다 못 한 이야기를 시작했다. "저희 아버지는 억센 분이에요. 하지만 그래서 빈손으로 자수성가할 수 있으셨죠. 아버지는 늘 목표를 세우셨어요. 그 점만은 참 존경할 만하죠. 물론 거기에는 가족의 희생이 따랐지만." 벨은 백미러를 통해 퀸에게 복잡 미묘한 시선을 던졌다. "어떤 집 딸들은 저희보다는 너그러운 환경에서 자랐겠죠. 저희 아버지는 뭐든 용납할 줄 모르는 분이거든요."

"당신은 용납할 줄 모르는 성격이 아니잖아." 퀸이 말했다. 오나는 퀸의 말을 알아들으려고 애를 썼다. "에이미라면 몰라도 당신은 아니야."

두 사람은 무슨 암호로 대화를 나누는 것 같았다. 오나는 생각했다. 어쩌면 이 두 사람은 이렇게밖에 대화를 나눌 줄 모르는 것이리라. 그래서 가만히 잠자코 있었다. 그러다가 문득 자신의 존재 때문에 두 사람이 이런 식으로 의사를 소통하고 있는 것은 아닐까 하는 생각이 들었다. 쓸쓸하게도 그럴 가능성이 충분했다. 하지만 이 여자를 한 번밖에 만난 적이 없었는데도 자신의 존재 때문에 이렇게 대화를 암호처럼 뚝뚝 끊어서 하는 것 같지는 않았다. 지난주에 자신의 집에서 보았던, 작고 겁에 질린 사냥감보다는 지금 이 모습이 원래 벨의 모습에 더 가까운 것은 아닐까? 그래서 뒷좌석에 앉아 있는 퀸이 저리도 태평하고 걱정 없어 보이는 것 아닐까?

"아버지가 무슨 일을 하시나?" 오나가 물었다.

"장난감 사업이요. 하지만 그 회사 상술에 넘어가면 안 돼요." 퀸이 말했다. 퀸은 앞좌석 시트에 두 팔을 걸치고 있었다. 옛날 하워드의 모델 A 자동차에서 랜들과 프랭키가 그랬던 것처럼.

"처음에는 장난감 비행기에서 시작하셨어요. 곧 작고 귀여운 비행기 격납고도 출시했고요." 벨의 목소리에서 약간의 자부심이 느껴졌다.

"그 격납고 덕분에 7개월 만에 백만장자가 되셨죠. 그 뒤에 장인어른은 사람을 사서 코스그로브 가문의 뿌리를 추적하셨어요. 결국 공작 나부랭이를 잔뜩 찾아내셨죠. 그래서 벨이랑 에이미는 자기네가 귀족이라고 생각하며 자랐대요."

오나는 두 사람이 오래전부터 끝없이 읊어온 대사를 시연해 보이고 있다는 사실을 깨달았다. 루이스는 이런 광경을 보면 '암수결합'이라고 불렀다. 새들이 나무 열매를 물고 와 부리에서 부리로 넣어주는 행동과 똑같은 행위라는 뜻에서.

"7개월이 아니야." 벨이 말했다.

"장인어른이 그렇게 말씀하시던데."

"7년이야. 퀸이 저렇게 과장이 심하다니까요."

"코스그로브?" 오나가 물었다.

벨은 고개를 끄덕였다.

"코스그로브 장난감? 그게 아버지 회사라고?"

"회사 명의만 그래요. 아버지는 뉴욕에서 지내면서 1년에 몇 번씩만 우리를 보러 오시고는 하셨어요." 벨은 끔찍하게 못생기고 늙은 남자가 모는 트럭을 추월했다. "예전에 꼬박 3년을 타이완에 가 계신 적도 있었어요. 그동안에도 우리는 계속 여기 살았고요. 여태 가족들이 뿔뿔이 흩어지지 않은 게 기적이죠. 아버지는 은퇴한 뒤에 집으로 돌아와 완전히 정착하신 거고요"

"은퇴라기보다는 수감이라고 해야지. 그 대단한 양반이 세금 사기로 단기 복역을 하셨거든요." 퀸이 말했다.

"세금 **포탈**이라니까. 그리고 적법행위 선고를 받을 수도 있었어."

"그 장난감 비행기가 기억나는구려. '미래 비행사'라는 이름이었는데."

"바로 그거에요! 미래 비행사!" 벨이 반색을 하며 외쳤다.

"레스터에 있을 때 남학생들이 그 장난감을 몰래 들여오곤 했거든. 레스터 교육재단이라고. 들어봤을지도 모르겠구먼. 내가 그 학교 교장의 전문비서로 일했다오."

벨은 재빠르게 오나 쪽을 힐끔 쳐다본 뒤 도로로 다시 시선을 돌리며 말했다. "딱 보는 순간 저는 어르신이 분명히 직장여성이셨을 거라고 생각했어요."

취직 능력이 있는 사람처럼 보인다는 인정을 받고 보니 오나는 내심 신이 났다. "지금은 재개발되어 콘도로 쓰인다오. 그 멋진 건물들을 천박한 격자무늬 타일로 모조리 치덕치덕 처발라서 그렇게 흉측하게 만들어놓다니. 그런 **짓**을 한 작자들이야말로 감옥에 보냈어야 하는 건데."

벨이 미소를 지었다. 오나는 이 미소를, 스스로를 변화시켜 이 세상에, 그리고 단순한 대화를 포함하는 온갖 대인관계에 맞추려고 애쓰고 있는 노인에 대한 답례로 받아들였다.

"어르신 혼자 사세요?" 벨이 물었다.

"친구 한 명이랑 함께 살았었는데 죽었다오."

"애완동물은요?"

"고양이 두 마리. 그 녀석들도 모두 죽었고."

"뒷자리에서는 말소리가 잘 안 들려요." 퀸이 다시 앞쪽으로 몸을 불쑥 내밀며 말했다. 퀸의 머리에서 냄새가 훅 풍겨왔다. 모드 루시 선생님의 거실을 떠올리게 하는, 풀 먹인 장식용 덮개 냄새였다.

"내 고양이 이야기를 들려주고 있었네." 오나가 말했다. 오렌지색 줄무늬 고양이 진저가 먼저 죽었다. 그 다음 차례는 키트였다. 그 뒤로는 고양이를 키운 적이 없었다. 죄 없는 고양이를 데려다가 주인보다 더 오래 살게 만드는 것이 꺼림칙했기 때문이다.

그때는 아직 오나의 머리털이 자랄 때였다. 그때 고양이를 새로 데려왔다면 한 마리는 벌써 천수를 누리고 그 다음 한 마리는 지금쯤 반평생을 살았을 텐데.

몇 마일을 달리는 동안 퀸은 뒷좌석에서 두 사람의 이야기를 들으려고 안간힘을 쓰다가 꾸벅꾸벅 졸기 시작했다. 오나와 벨은 함께 도로를 바라보다가, 이따금 도로표지판 위에 앉아 있는 매나 쌩하니 달려가는 할리 데이비슨 오토바이를 발견하고 몇 마디씩 대화를 나누었다. "우리 집 어딘가에 그 작은 비행기가 한 대 있을 텐데. 혹시 발견하거든 내 기꺼이 선물로 주리다." 오나는 이렇게 말했다. 하지만 출생증명서도, 온 집 안을 미친 듯이 뒤지는 헛수고만 하고 결국은 찾아내지 못하지 않았던가.

벨은, 이번에는 진짜로 미소를 지으며 말했다. "어르신은 아이가 묘사했던 딱 그 모습 그대로이시네요." 이 말에 오나는 아무런 대꾸도 하지 않았지만 얼굴이 어찌나 화끈거리던지 눈썹까지 달아오르는 것 같았다. 이제 퀸은 낮게 코까지 골고 있었다. 오나는 깨달았다. 자신은 개밥에 도토리 신세가 아니라는 사실을. 개밥에 도토리는 퀸이었던 것이다.

일행은 잠시 킨에 들러 식사를 했다. 오나는 자기가 점심값을 내어 두 사람을 대접하겠다고 제안했다. 돈이야 오랫동안 묻어두기만 하고 꺼내 쓴 적 없는 여행자금이 있었으니까.

"아니, 아니에요." 벨이 말했다.

"그냥 내게 해드려. 아무 대책 없이 그러실 분 아니니까." 퀸은 이렇게 말하며 손가락마디로 오나의 손목을 톡 건드렸다. 그러자 정말로 뼈 부딪치는 소리가 났다. 퀸은 자신에게 온 기회를 오나에게 양보하고 있는 것이었다. 이제는 오나의 눈에도 그것이 보였다. 피가 덕지덕지 엉겨 붙은 죽은 참새를 집 여주인에게 끌고 와 바치는 고양이 같은 퀸의 모습이. 보통 때 다른 곳에서 이런 일을 겪었다면 몹시 불쾌했겠지만, 퀸이 이제 더 이상 이런 양보를 하지 않으리라는 것을 오나는 알았고, 오나가 그 사실을 알고 있다는 것을 퀸 역시 알았기 때문에, 오나는 오히려 쓸모 있는 사람, 나아가 당당한 사람이 된 기분이었다. 오나는 그 시간이 너무나 소중했다. 로렌타스를 방문하든 안 하든 그것은 자신의 뜻대로 하면 그만인 일이었다. 하지만 여행 자체로도, 온갖 수고로움을 무릅쓰고 떠나온 보람이 충분했다.

메뉴판을 펼치는 순간, 오나는 잠깐 동안 자신이 아직 태어나지 않은 존재인 것처럼 느껴졌다. 지금까지 살아온 기나긴 삶이 마치, 이제 막이 오를 진짜 쇼를 위한 준비운동이었던 것처럼. 오나는 다 먹어치우리라 생각하면서 그릴에 구운 치즈와 딸기 쇼트케이크를 주문했다.

이 분은 미스 오나 빗커스이십니다. 이 테이프는 그 분의 인생 기억과 조각을 녹취한 것입니다. 이 부분은 5부에 해당됩니다.

......

사실은 그 애를 다시 만났단다. 모드 루시 선생님이 그 애한테 다짐을 받았다더구나. 임종 자리에서 도저히 거절할 수 없는 유언으로.

......

1963년 11월이었다. 그날 대통령이 총에 맞았지.

......

맙소사! 링컨이라니 말도 안 된다. 케네디 대통령 말이다. 댈러스에서 뚜껑 없는 차를 타고 가다가 빵! 미국은 그렇게 끝났다. 그 뉴스가 방송된 지 채 두 시간이 안 되었을 때 로렌타스가 우리 집 문 앞에 나타났어.

......

정확히 기억이 나지 않는다. "계십니까."라고 했든가. 나를 '어머니'라고 불렀던 것 같기도 하고. 우리 프랭키가 농담으로 나를 그렇게 부르곤 했는데. "알겠습니다, 어머니.", "당장 하겠습니다, 어머니." 이렇게 말이다. 그건 내가 요구한 것과 반대로 행동하겠다는 뜻이었어.

......

그냥 어색해서 그런 거였다고 말하고 싶구나. 그렇게 오랜 세월이 흘렀으니 오죽했겠니. 그 애는 그때 마흔아홉 살이었단다. 내가 자리를 권하자 부엌 식탁 의자에 앉아서 5분 정도 소리 내어 울더구나.

......

아, 그냥 무서워서 그랬겠지.

......

솔직히 말하면, 그 애가 그렇게 격하게 우는 것이 대통령 때문인지, 아니면 나를 만나게 된 것 때문인지 알 수가 없었어.

......

음. 지금 생각해보니 그 말이 맞는 것 같다. 무엇보다도 그 애의 어머니였던 모드 루시 선생님이 고생을 하다가 돌아가셨다고 했어. 그 애는 그때 여러 일을 한꺼번에 겪고 있었지. 이혼소송도 진행 중이었고. 내 기억이 맞는다면 두 번째 아내랑.

......

그래. 그랬겠지. 굉장히 힘들었을 거야. 하지만 때로는 이혼하는 편이 차라리 더 나은 경우도 있단다.

......

아니라고? 절대로?

......

그래, 알았다. 이혼하는 편이 더 나은 경우는 절대로 없는 것으로 하자꾸나. 하지만 때로는 이혼을 해야 하는 상황이 벌어지기도 한단다. 내 경우는 확실히 그랬어. 하워드가 미치광이가 되어가고 있었거든.

......

'때로는'이란 단서가 붙었으니 맞는 말로 쳐주면 안 되겠니? 세상 모든 일에 정답이 있는 것은 아니란다. 너도 언젠가는 배우게 되겠지. 그때까지 우리가······.

......

그래, 그러마. 그날 저녁 내내 나는 소리를 낮춘 채 TV를 켜두었단다. 사람들이 계속 나와서 재키의 상태가 어떤지 알려주고 있었거든.

......

서거한 대통령의 영부인이었어. 옷에 남편의 피를 흠뻑 뒤집어 쓴 재키의 모습을 사람들은 잊지 못했지. 나는 로렌타스한테 사과나무와 삼촌들과 피아노 소리가 가득한 곳에서 자란 어린 시절이 어땠느냐고 물었어. 그 애는 할 말을 얼른 끝내고 화면으로 다시 시선을 돌리더구나. 나는 저녁을 지으면서 로렌타스더러 거리 아래 제과점에 가서 파이를 사오라고 시켰어. 달콤한 음식을 즐겼던 모드 루시 선생님을 추모하기 위해서였지. 그 애는 마치 친아들처럼 심부름을 갔단다. 외투 단추도 문을 나서서 걸어가면서 잠그고.

......

뭐라고?

......

아, 그래, 그랬지. 모드 루시 선생님 이야기는 듣고 있기가 괴로웠어. 수십 년 동안 내 앞에 나타난 적도 없는 분이었는데도, 새 소식을 한 가지씩 알게 될 때마다 '딩동댕' 하는 종소리가 들렸어. 내 몸 구석구석에 남아 있던 상처들이 삶에 경종을 울렸던 게지. 오, 주여, 얼마나 끔찍한 하루였던지.

……

정말로 그 애는 그랬단다. 서슴지 않고 빅토르에 대해 묻더구나. 그게 아니었다면 그 애가 왜 날 찾아왔겠니? 로렌타스는 빅토르와 똑 닮은 눈을 하고 있었어. 홍채에 후추를 뿌려 놓은 듯 알갱이가 박힌. 나를 닮은 구석은 전혀 없었지만.

……

글쎄다. 모드 루시 선생님이 임종 자리에서 그 애한테 그 이야기를 해주셨대. 내가 해줄 수 있는 것은 그 이야기를 보충해주는 것뿐이었어. 친아버지는 놀라울 정도로 문신을 잘 새기는 열여덟 살 소년이었노라고. 문신을 하러 온 사람들한테 아주 다정한 사람이었노라고. 빅토르는 장미 무늬를 특히 잘 새겼단다. 굉장히 섬세하고 정교하게.

……

작은 꽃잎들과 가시 한두 개가 딱 알맞은 곳에 붙어 있었어.

……

미안하지만, 넌 몰라도 된다.

……

아니, 아니, 괜찮다. 넌 어린애잖니. 숙녀한테 어떤 것이 적절하고 부적절한 질문인지 모르는 게 당연하지. 꼭 알아야 되겠다면, 나도 문신을 하나 새겼단다. 너한테 보여줄 수 없는 곳에.

……

사과할 필요 없다. 솔직히 말하자면 네가 물어봐줘서 오히려 기쁘단다. 내 대답을 듣고 기겁하지 않은 것도 고맙고.

……

그거야, 날 과거도 없고 사연도 없는 조각상 취급하는 인간들이 수두룩하니까. 너는 여기 내 부엌에 앉아 '나는 나'라는 사실을 내게 일깨워주고 있잖니. 자, 어디 이야기할 차례지?

……

맞다. 내가 로렌타스에게 물었단다. "혹시 의사니?" 모드 루시 선생님이 아이를 의사로 키우겠노라고 나랑 약속했었거든. "외과의사예요." "네 외할아버지도 외과의사셨단다. 미국에서는 산성 물질을 취급하는 노동자로 사셨지만. 그리고 네 친아버지도 바늘을 아주 잘 다뤘어. 귀신같은 손놀림이었지."

……

어쩜. 정말 고맙다. 그때는 로렌타스가 내게서 그 손을 물려받았을지도 모른다는 생각을 전혀 못 했어. 그 애의 다음 말에 머리가 홀랑 타버리는 것 같았거든.

……

"어머니, 제가 이 사실을 알았더라면 좀 더 일찍 찾아왔을 겁니다."

……

바로 그거야. 선생님은 로렌타스한테 내 얘기를 단 한 마디도 안 했던 거지. '사랑하는 딸, 소중한 딸' 운운하는 편지를 나한테 그렇게 많이 써 보냈으면서도. 심지어는 로렌타스가 두 살이 되었을 때 아이 침대 옆에 놓아두겠다면서 나한테 사진 한 장을 보내달라는 말까지 했단다. 1916년에 사진을 찍으려면 얼마나 큰돈이 들었는지 넌 전혀 모르겠지. 그런 줄도 모르고 난 여기에서, 선생님이 내 얼굴을 볼 때마다 자신이 가르치고 사랑했던 어린 소녀로 날 기억해주리라, 로렌타스한테 내 이야기를 많이 들려주리라 철석같이 믿고 있었어. 내가 그러고 있는 동안 선생님은 떠올릴 수 있는 온갖 계산적인 방법을 다 동원해 내 존재를 조금씩 지워나가고 있었는데도 말이다.

……

그렇지! 모드 루시 스톡스 양이 우연히 킴볼에 내렸다가 나 때문에 우리랑 함께 살게 되었던 것과 똑같은 이유에서였지. 그래서 그로부터 40년이 흐른 뒤에야 내 아들이 거기 내 아파트에 서 있었던 거야. 대통령이 유감스러운 죽음을 맞이한 날, 비싼 옷을 입은 외과의사의 모습으로 눈가에 눈물을 머금은 채 제 어머니를 그리워하면서.

……

아, 나는 아주 예쁜 그림을 한 장 그려주었단다. 피아노 위에 선생님이 키우던 고양이들이 앉아 있는 그림이었지. 거실에 꽂혀 있던 선생님의 책들과 화분, 식탁보도 그려 넣었어. 그리고 선생님한테 수업을 받으려고 그 집 문 앞에 얼마나 많은 소년 소녀들이 줄 서 있었는지도 말해줬어. 그 중에는 심지어 킴볼 학교의 재정과 운영을 맡았던 마을 설립자의 자녀들도 있었단다.

......

선생님 이야기를 들려주는 것이나 내 이야기를 들려주는 것이나 나한 테는 마찬가지였으니까. 그때 나는 모드 루시 선생님의 딸이나 마찬가지였으니까. 나는 선생님이 내게 쓴 편지들을 몽땅 로렌타스한테 줘버렸단다. 파스텔 색 종이에 펜촉으로 잉크를 찍어 써내려간 아름다운 편지들이었는데. 그 편지에 담긴, 음악에 관한 선생님의 시적 단상도, 싱그렇게 우거졌다가 이울어가는 사과 과수원의 풍경도, 모자에 망사 장식을 이렇게 달라든가, 아니면 황열병에 걸리지 않게 꼭 장갑을 끼라든가 하는 엄마처럼 자상한 선생님의 충고도 모두 줘버렸단다. 그것들은 이제 더 이상 내 것이 아니었으니까. 그러면서 로렌타스에게 이렇게 말했어. "네가 아기였을 때 선생님이 얼마나 행복해하며 네 이야기를 내게 들려줬는지 알게 될 게다."

......

그 애가 여덟 살이 된 뒤로는 내게 편지를 안 보내셨어.

......

내가 찾아갈 마음을 먹을까봐 겁이 났겠지. 애도 그런 일이 생기면 뭔가 설명을 해줘야 할 나이가 되었던 거고. 하지만 그때 이미 나는 애가 둘이었기 때문에 여행을 생각할 처지가 아니었단다.

......

로렌타스? 정말 미안하다고 하더구나. 그 애는 정말로 그랬을 거야.

......

나는 말했어. "나한테는 아들이 둘 더 있다. 네 어머니는 변함없이 모드 루시 선생님이야." 하지만 말과 달리 마음이 그렇게 선뜻 대범하게 먹어지지는 않더구나. 마음속에서는 분노에 빠져 허우적대고 있었지. 그러는 와중에도 계속 월터 크롱카이트의 목소리가 들려왔어. 시간이 흐를수록 그 목소리가 어쩌나 점점 더 원통하게 들리던지.

......

뉴스 진행자란다. 그 시절에는 뉴스 진행자가 돌아가는 상황을 전부 알아야 했거든. 로렌타스는 편지를 받아들었어. 내가 모슬린 천으로 곱게 싸 놓았던 편지들을.

......

로렌타스는 말했어. "편지 고맙습니다. 그 분은 정말 훌륭한 어머니셨어요."

......

아무렴, 알고말고. 나보다 그걸 더 잘 아는 사람이 세상 어디에 있겠니? "로렌타스, 널 키워주지 못해서 미안하구나." 나는 이렇게 말했고 로렌타스는 가려고 자리에서 일어섰어. 그 애가 계단을 내려가는 동안 나는 현관에 서 있었어. 추워서 내 몸을 두 팔로 끌어안은 채, 저 아래 거리에 로렌타스가 다시 나타나길 기다리면서. 거리 여기저기에서 사람들이 켜놓은 텔레비전 소리가 들렸어. 모두들 국가적인 비극에 경악한 나머지 TV 앞을 떠나지 못했던 게지. 나는 그 진짜 비극에다가 설상가상으로 이제 막 펼쳐진 나의 사소한 비극까지 짊어진 채 너절한 스웨터 바람으로 그렇게 현관에 서 있었어. 나의 비극은 한 소녀가 한 여인한테 배신당했다는 시답잖은 이야기였지. 그런데 갑자기, 그것도 아주 강렬하게 그런 생각이 들었어. 만약 재키가 옷에 남편의 피를 뒤집어쓴 오늘이 아닌 다른 날, 이 일을 겪었다면 얼마나 더 힘들었을까.

......

정말로 아무것도 안 해줬어. 따로 해줄 일이 뭐가 있겠니? 그 애는 순전히 모드 루시 선생님이 시켜서 날 찾아온 거였는데. 그리고 그 애한테는 이미 완벽한 대가족이 있었기 때문에 그걸로 충분했단다.

......

나는 그 애의 멋진 크라이슬러 자동차가 길을 타고 내려가는 모습을 지켜봤어. 그 애가 그 날 밤 어디에서 묵을 계획이었는지 궁금해지더구나. 우리 집에서 나랑 함께 자고 가라고 했어야 하는 건데.

......

그 다음? 글쎄, 집 안으로 들어갔던 것 같구나. 복도 불을 끄고 거실로 돌아가 소파에 앉았어. 그러고는 대통령을 위해 눈을 훔치며 소리 내어 울었단다.

14

퀸이 오나한테 아들의 주소를 물어봐야겠다는 생각을 한 것은 오후 네 시 경이었다. 벨이 모는 자동차가 '그랜야드에 오신 것을 환영합니다.'라고 쓰인 표지판을 막 지나고 있었다. 옛 마을 스타일로 어지럽게 펼쳐져 있는 건물들 위에 하늘이 위압적으로 드리워져 있었다. 그동안 마음속으로 그려왔던 사과처럼 싱그러운 녹색 황홀경과는 사뭇 다른 풍경이었다.

퀸이 대리석 기둥을 발견하고는 말했다. "어? 나 예전에 여기에서 공연한 적 있는데." 퀸이 이름을 잊고 있던 그 학교가 모습을 드러냈다. 홉슨 신학대학교. 20에이커의 농지를 훼손해 지은 삭막한 건물 다섯 채로 이루어진 대학이었다. 두 번이나 확인을 했는데도 기술적인 문제가 있는지 스피커에서 계속 잡음이 들리자 청년들은 자신들의 믿음이 부족하기 때문이라며 초조해하기 시작했다. 결국 퀸은 이렇게 내뱉고 말았다. "얘들아, 이건 그냥 퓨즈야. 기도가 필요한 게 아니라고."

"어디로 갈까요, 오나?" 벨이 속력을 줄이며 물었다. 두 사람은 이제 성 대신 서로 이름을 부를 만큼 친해져 있었다. 20여 분간 고양이에 대한 대화를 나눈 뒤 서로한테서 여성 특유의 유대감을 느낀 모양이었다. 아무것도 아닌 것으로도 저렇게 쉽게 동맹을 맺는 여자들의 결속력이 퀸은 새삼 놀라웠다.

"여기가 어디지?" 오나는 이렇게 말하며 한쪽 귀를 손으로 덮었다. 세 사람은 모두 손잡이를 돌려 차창을 내렸다. 퀸이 사방에 땡볕뿐이라고 말했지만, 그 순간 그 누구도 퀸의 말을 귀담아듣지 않았다.

"주소요. 갖고 계신 거 맞죠?" 퀸이 물었다. 퀸과 벨은 예전에 함께 살던 시절, 늘 이런 식으로 여행을 다녔었다. 지도도 없이 본능과 충동에 의지해 여기저기를 누비며. 그러나 당장이라도 쓰러질 듯 위태로워 보이는 오나가 차에 함께 타고 있었기 때문에, 그 옛날 젊은 혈기에 써먹던 그런 방법은 아무짝에도 쓸모가 없었다.

"당연히 갖고 있지. 자넨 날 바보로 아나?" 오나는 이렇게 말하며 커다란 검정 가방에 난 시커먼 구덩이를 파헤치기 시작했다. 곧 박하사탕, 구겨진 휴지, 식료품 영수증 등, 곧 온갖 물건들을 발굴해냈다. 몇 년씩 그 안에서 묵어서 물건들에 보풀이 일어 있었다. 오나는 초조해진 목소리로 말했다. "이 안에 틀림없이 있을 텐데. 말이랑 관련된 그 동네 이름이 뭐더라." 그러고는, 힘에 부쳤는지 떨리는 손으로 다시 한 번 컴컴한 저 안쪽까지 가방 속을 뒤졌다. 새로 한 머리가 이제는 털 뽑다 만 암탉의 깃털처럼 머리 위에 삐죽삐죽 서 있었다.

오나는 고개를 들었다. 눈빛이 살아 있는 두 눈과 일자로 바른 립스틱 자국만 빼고는, 앞유리로 하얗게 쏟아져 들어오는 햇볕에 온몸이 녹아내리고 있는 것 같았다. "분명히 여기다 넣었는데." 오나는 퀸 쪽으로 시선을 돌리며 물었다. "자네가 가져갔나?"

"그걸 제가 왜 가져갑니까?"

오나는 주름진 입술을 삐죽거리며 말했다. "미리 주소를 확인하려고 가져 갔을 수도 있지."

"안 가져갔는데요.

"퀸, 당신 기억력은 하루살이 수준이잖아."

"내가 숙녀의 가방을 뒤졌다면 그 정도는 나도 기억할 것 같은데."

"어디에나 전화번호부는 있잖아요. 걱정 마세요, 오나. 우리가 그 분을 찾아낼 테니까." 퀸이 보기에 벨 역시 만물을 녹이는 열기에 곤죽이 되어 있었다. 두 사람의 모습을 보고 있자니 퀸은, 단지 공개 교수형장을 보려고 일행을 이끌고 옛 도시 광장으로 들어가는 여행가이드가 된 기분이었다.

"작은 여행가방에 넣었어야 하는 건데." 오나는 아까보다 더욱 조바심이 느껴지는 목소리로 말했다.

"확인해보죠, 뭐. 제가 알아볼게요." 벨은 이렇게 말하며 시트고 역 주차장에 차를 대고 차 문을 열었다. 입에 넣고 씹을 수 있을 정도로 밀도가 높은 공기가 훅 들어왔다.

"잠깐, 잠깐만. 여기 있네." 이렇게 외치며 가방 밑바닥에서 꾸깃꾸깃한 봉투를 꺼내는 오나의 얼굴은 몇 분 사이에 부쩍 더 늙은 것 같았다. 퀸은 아까부터 계속 이런 생각에 잠겨 있었다. 백 살이 넘은 노인을 에어컨도 없는 차에 태워 장거리 여행을 떠나다니, 게다가 점심을 먹은 뒤로 자그마치 두 시간 반 동안이나 옴짝달싹 못 하고 앉아만 있었는데, 위험하지 않을까?

퀸은 봉투를 자세히 들여다보며 물었다 "얼마나 오래 된 봉투죠?"

"그걸 알면 뭐가 달라지나?"

"먼저 전화는 해두셨죠? 그렇죠?"

"먼저 전화를 걸면 더 어색할 것 같아서 안 했네."

"브라이들 패스 레인 1420번지." 벨이 주소를 읽었다. 그녀는 엄마답게 매우 침착해보였다. "장담하는데 멀지 않은 곳이에요. 느낌이 와요."

퀸은 두 여자가 다 사기꾼 같았다. 오나는 솜씨 좋게 자신을 엮어서 이 여행에 끌어들였다. 하지만 퀸 자신이 오나로 하여금 착각하게 만든 잘못이 컸다. 그간 퀸이 보여준 언행으로 오나는 퀸이 자신에게 뭔가를 부탁하는 것을 좋아한다고 믿게 되었던 것이다. 물론 결정적인 순간에 퀸이 부탁을 하기는 했다. 중요한 일이었으니까. 그는 이런 생각을 하면서 앞으로 20분이 후딱 지나가버리길 바라고 있었다. 그 아들의 집이 폭풍우에 허물어졌다거나 집 주인이 바뀌었다거나 그 자리에 '포터리 반' 도자기 가게가 들어섰다거나 하는 사실이 언제 밝혀질지 모르는 일이었다.

"저기 저 여자애한테 가서 길 좀 물어보게." 오나가 퀸에게 지시했다.

마음이 불안했지만 퀸은 오나의 명령에 따르는 시늉이라도 해야 했다. 그래서 이글거리는 쇄석도로를 가로질러 주유소 직원한테 길을 물어보러 갔다. 직원은 양 볼이 살구처럼 발그레한 빨강머리 십대 소녀였다. 그 애를 보자 젊은 시절의 벨이 떠올랐다. 벨도 저렇게 똑같이 허기진 표정을 하고 있었는데. 세월이 흐르면서 벨은 그 표정을 잃어버렸다. 음식에 물렸다기보다는 그저 더 이상 배가 고프지 않은 것 같았다. 그러다가 아들이 죽은 뒤로 배고파 보이는 그 표정이 다시 살아났다. 물론 예전과 똑같지도, 그럴 수도 없었지만, 그런데도 퀸은 그 표정만 보면 벨의 젊은 시절이 떠올랐다. 이제 '허기진'이란 표현은 옳은 표현이 아니었다. '굶어 죽을 것 같은'이란 표현이 훨씬 어울렸다. 퀸은 초코바 세 개를 산 다음 실수를 저지르고 도망치는 아이마냥 차를 향해 전속력으로 달렸다.

"앞쪽으로 5~6킬로미터만 더 가면 된대요." 퀸은 이렇게 말하며 녹기 시작한 초코바를 건넸다.

벨이 다시 도로로 진입했을 때 오나가 말했다. "내 마음속에 있는 그 장소는 녹색 구릉 사이로 강이 흐르는 땅이었는데. 모드 루시 선생님이 편지에 그 곳을 아주 아름답게 묘사했거든. 선생님 가족은 교외에 산다고 그랬다네.

그쪽은 시내보다는 풍경이 예쁠지도 모르지."

브라이드 패스 레인 쪽으로 우회전을 했다. 포장된 긴 언덕길을 따라 케이크처럼 생긴 주택들이 즐비하게 늘어서 있었다. 길 끝에서 벽돌로 지은 낮은 건물 단지가 나타났다. 중심건물 옆으로 난 네 채의 부속건물은 화려하고 눈부신 정원으로 이어져 있었고, 정문 밖에는 '과수원 마을 콘도미니엄'이란 글씨가 예술적으로 새겨진 나무 간판이 붙어 있었다. 그 간판 밑에, 아이스크림 종류를 적어놓은 메뉴판처럼 생긴 알림 표지판 여러 개가 사다리 모양으로 매달려 흔들리고 있었다. 거기 적힌 문구들은 이랬다. '독립 거주 / 반독립 거주 / 요양 거주 / 연장 치료 / 치매 치료' 그 아래 부인할 수 없는 주소 명패가 붙어 있었다. '브라이들 패스 레인 1420번지'

"여긴 양로원인데요." 벨이 이렇게 말하며 계기판 위에 놓여 있던 봉투를 집어 들었다.

오나는 눈썹을 찌푸렸다. "분명히 콘도라고 했는데."

벨은 한 줄로 매달려 있는 표지판을 멀거니 바라보다가 말했다. "이럴 수는 없어요. 아드님이 몇 살이시죠?"

오나는 말없이 차에서 내렸다. 눈부시게 환한 공기 속에 서 있으니 몸이 더 쪼그라든 것처럼 보였다. 피튜니아 꽃송이를 잔뜩 터뜨리고 있는 구름 모양의 나무를 돌아 입구 쪽으로 걸어가는 오나의 옷은 햇빛에 색이 빠진 것 같았다.

"오나, 잠깐만 기다려요." 퀸이 외쳤지만 오나는 퀸을 신경도 쓰지 않았다. 다행스럽게도 닫혀 있는 줄 알았던 입구의 자동문이, 스르륵 열리더니 오나를 꿀꺽 삼켜버렸다.

땀범벅이 된 벨은 입을 벌린 채 거친 숨을 몰아쉬며, 절망적인 표정으로 주위를 둘러보았다. "오, 세상에. 맙소사. 그 양반이 의식이 없으면 어쩌지?" 특유의 평정심은 땀과 함께 이미 분출되어 버렸는지, 목소리를 잔뜩 낮추어 속삭이듯 이렇게 물었다. "그 양반이 몇 살이지? 일흔 다섯?"

"아흔 살."

"오, 주여. 당신도 알다시피 나는 그냥 아들이라고만 생각했단 말이야. 아흔 살이라니!" 벨은 새로 알게 된 사실을 떨어버리려는 듯 고개를 저었다.

"벨, 아들을 낳았을 때 오나는 열네 살이었어. 이미 이야기해줬잖아."

벨은 퀸의 말을 잘랐다. "난 그걸 지금에야 알았어. 내가 그럴 거라는 거 당신 몰랐어? 빌어먹을 산수에 내가 젬병인 거 알면서." 벨의 셔츠가 땀에 얼룩져 있었다. 그것이 이제야 퀸의 눈에 들어왔다. "당신은 오나한테 한동안 만난 적이 없는 아들이 있다는 말만 했잖아. 그래서 그동안 만나지 못했다는 것만 알았지, 다른 건 다 잊었단 말이야. 산수를 해야 하는 줄은 몰랐다고."

결과를 예측하는 것은 퀸의 특기가 아니었지만, 퀸은 벨을 이끌고 건물 안으로 들어가면서 가능성 있는 몇 가지 결과들을 떠올려보았다. 오나의 돌연사만 해당되는 것이 아니라 가장 가까운 정신병원에 응급환자로 벨을 입원시키는 가정도 포함되어 있었다. 여러 가정들을 가능성이 가장 높은 것부터 가장 낮은 것까지 차례로 순위를 매겼다. 바늘로 안구를 쿡쿡 찌르는 것처럼 두려움이 엄습했다. 순위를 매길 때면 아들도 기분이 이랬겠지.

안내 창구가 있는 로비는 그레이트 유니버설 메일 시스템의 입구와 매우 흡사했다. 무늬가 있는 양탄자, 모조 수정 샹들리에, 창구에 놓인 유리 테이블, 그리고 화분에 담긴 화초들까지. 오나의 모습은 보이지 않았다. 유리로 된 양문 뒤쪽에서 모습은 보이지 않았지만 어떤 소리가 들려왔다. 보행 보조 기구와 네 발 지팡이의 금속이 타일에 긁히는 소리, 걷는 도중 생각이 갈피

를 잃었는지 가다 서다를 반복하는 소리였다. 젊어서 암에 걸린 퀸의 어머니
도 이곳과 비슷하면서 훨씬 입원비가 싼 요양소에서 세상을 떠났다. 환자들
과 노인들한테 풍기던 습한 악취와 버스 정거장처럼 잠시 거쳐 가는 수많은
사람들에 맞게 디자인된 병실을 그래도 그는 어린 아이 치고는 잘 견뎌냈었
다. 귀에 거슬리는 철컹거리는 그 소리는 기형이나 장애를 교정하는 철제 의
료기 소리였다. 이런 병원에는 불규칙적이고 목적의식 없는 그 쇠 부딪치는
소리가 언제나 있었다. 철컹…… 잠시 멈춤…… 철컹 철컹…… 잠시 멈춤.
이런 소리를 들으면 퀸은 언제나 그 규칙성 없는 소리 안에서 박자와 선율을
찾아내려고 애쓰고는 했다. 어린 시절의 습관이었다. 그러나 그 소리 안에서
조직화된 규칙이 모습을 드러낸 적은 단 한 번도 없었다.

로비는 냉대지방처럼 냉방이 되어 있었다. 벨이 침울한 표정으로 구두코
를 내려다보며 몸을 떨었다. 퀸도 벨의 구두를 바라보았다. 양쪽 신발 모양
이 조금 달랐다. 한 짝은 앞부분이 동그란 모양이었지만 다른 한 짝은 그보
다 모양이 덜 동그랬다. 벨은 중얼거리듯 말했다. "내가 여기서 뭘 하고 있는
건지 모르겠네. 당신은 알겠어?" 그녀는 '집에 몇 시에 올 거야?'같은 아주
쉬운 질문에도 대답을 잘 못하던 퀸이 그렇게 어려운 질문에 후딱 대답을 내
놓기라도 할 것처럼 기다렸다. "당신이 원한다면 오늘 밤에 집에 가자." 퀸은
벨을 달래듯 말했다. "오나 여사님은 방을 잡아 드리고, 내일 다시 차를 몰고
모시러 오면 돼."

벨은 눈물 없이 울고 있었다. 그녀를 알고 살아온 지난 20년 동안 단 한 번
도 본 적이 없는 모습이었다. 사람이 너무 많이 울면 정말로 눈물이 말라버
릴 수도 있단 말인가? 벨이 속삭였다. "난 집에 가고 싶지 않아. 집에 있기 싫
단 말이야. 난 어디에도 있고 싶지 않아." 잠시 얼굴을 가리고 있던 두 손을

떼었을 때 그녀의 두 눈은 이미 말라 있었다.

키가 크고 날씬한 여자가 로비 외부 어디에선가 나타났다. "직원 시켜서 어머님을 화장실로 안내해 드리느라 자리를 비웠네요." 퀸은 그녀의 긴 다리와 매니큐어를 바른 발톱과 끈으로 된 샌들을 바라보았다. 앞이 패인 블라우스와 작고 맵시 있는 재킷은 모두 하얀색이었지만 간호사복은 아니었다. 여자가 움직일 때마다 귀걸이 색이 변했다.

여자의 이름은 아리안느였다. 아리안느는 두 사람과 사무적인 악수를 나눈 다음 냉온수기에서 물을 따라서 내왔다. 그러고는 빈 컵을 치우며 물었다. "어머님을 이곳에 모실 생각이세요?"

벨이 기운 없는 목소리로 대답했다. "우리 엄마를 이곳에 모시면 정말 환상적이겠네요. 하지만 그러려면 먼저 엄마를 집에서 캐내야 할 걸요."

아리안느는 재빠르게 벨을 한 번 더 살폈다. 보아하니 우리를 '과수원 마을'의 다음 입주자쯤으로 여긴 모양이었다.

"무례했다면 이해해줘요. 얼마 전에 아들이 죽어서 이래요." 벨이 말했다.

"유감입니다." 아리안느가 영업사원 같은 태도를 버리고 시선을 피하며 말했다.

"그 분은 우리 어머니가 아니라 친구에요. 누구를 좀 찾으러 오셨죠. 제 생각에는 찾는 분이 여기 살고 계신 것 같은데." 퀸은 이렇게 말했지만 아들의 이름이 떠오르지 않았다. 빗커스가 아니라는 것 말고는.

더위 속에 계속 앉아 있어서 몰골이 엉망이 된 오나가 드디어 다시 나타났다. "로렌타스 스톡스를 만나고 싶소. 아마도 이 병원 의사일 거요." 오나는 사무적인 어조로 말했지만 피곤해서 그런지 목소리가 갈라졌다.

"아, 그러셨군요." 아리안느가 말했다. 그녀의 웃음소리가 허공을 가득 채웠다. "래리 씨 말씀이시죠?" 그녀는 퀸을 책임자로 정한 듯 퀸 쪽을 바라보며 말했다. "래리 씨는 B동에 살고 계시지만 정오 이후에는 이 건물에서 지내세요. 연장 치료의 일환으로요. 가족들을 근심에서 해방시켜주는 치료 서비스랍니다." 그리고는 오나 쪽으로 시선을 돌리며 물었다. "그런데 친척 되세요?"

"내가 그 사람 생모요. 이런 걸 묻는 거라면."

아리안느는 당황해서 미소를 지었지만 ≪이상한 나라의 엘리스≫에 나오는 체셔 고양이처럼 입만 웃고 있을 뿐, 얼굴의 다른 부분은 웃고 있지 않았다. 벨은 바닥에 불이 난 것처럼 계속 발을 꼼지락댔다. "절 따라오세요." 일행은 아리안느를 따라, 양문을 지나 그 너머 형광등이 켜진 세계로 조용히 행진해 들어갔다. 퀸은 오나의 팔을 잡고 있었다. 오나가 의심과 걱정으로 풀이 죽어 있었기 때문이다. 오랜 세월 퀸을 나무라던 벨의 말처럼, 걱정하던 순간은 별 게 아니라는 사실이 곧 명백히 밝혀졌지만.

주간 휴게실은 여기저기 서 있는 휠체어 때문에 어수선했다. 휠체어에 앉은, 얼굴이 이지러진 노인들이 일행을 바라보았다. 오나 역시 그 노인들과 비슷한 외모를 하고 있다는 것은 부인할 수 없는 사실이었지만 퀸이 보기에 오나는 그 사람들과 확실히 달라 보였다. 퀸은 시체 도둑 영화를 떠올렸다. 거기 나오는 시체들의 분장은 아주 정교했지만 보는 순간 분장이라는 것을 알 수 있었다. "누가 래리요?" 오나가 물었다. 오나는 너무나 긴장한 나머지 피부 속으로 움츠러든 것 같았다.

"이쪽이에요." 아리안느가 약간 조심스러운 목소리로 말했다. 그녀는 일행과 몇 걸음 떨어진 곳에 서 있었다. 그곳, 정원이 내다보이는 통유리창 앞 최첨단 휠체어에 팔다리가 긴 노인이 앉아 있었다. 목에 청진기와 쌍안경을 걸고.

아리안느는 남자의 어깨를 건드리며 말했다. "래리, 손님들이 오셨어요."

래리가 힘겹게 몸을 돌렸다. 다정하고 부드러운 미소를 띤 얼굴이 환해 보였다. 오나의 넓은 이마와 강렬한 눈빛을 고스란히 물려받은 얼굴이었다.

"여기서 뭘 하고 있는 게냐, 로렌타스?" 오나가 물었다.

"절 아세요?"

오나는 두 손으로 입을 가리며 말했다. "오나 빗커스잖니."

"다시 말씀해주시겠어요?"

오나가 반복했다. "오나 빗커스. 네 친엄마 말이다."

"흠, 야단났군. 그렇군요. 야단났네요. 이렇게 놀라울 수가." 래리는 약간 부정확한 발음으로 말했다.

"여기서 뭘 하고 있는 게냐?"

"저야 여기서 살죠. 이것 참, 야단났네."

"래리 씨는 여기서 즐거운 시간을 보내는 중이셨어요. 그렇죠, 래리?" 아리안느가 말했다. "전 여러분을 모시러 이따가 다시 올게요." 그녀의 발자국 소리가 사라지자 퀸은 왠지 허전했다.

래리가 오나를 향해 말했다. "전 1992년에 퇴직했어요. 애들은 너무 먼 곳에 살고 있고." 그러고는 손가락으로 정원 저쪽을 가리켰다. "저게 내 땅이에요. 저기 구석 땅 말이에요. 그러니까 전 '독립 거주자'라고요. 이해하셨죠? 하루 세 번 식당에서 푸짐한 밥도 주는 걸요."

퀸은 의자를 하나 끌고 와 오나를 앉혔다. 다행스럽게도 오나는 거부하지 않았지만, 횃대에 올라앉은 것처럼 의자 끝에 엉덩이만 걸치고 있었다. 자신의 눈앞에 있는 다 늙은 아들의 얼굴에서 젊었던 모습을 찾아내려고 하는 걸까? 오나가 어떤 의도로 래리를 그렇게 빤히 바라보는지 알 수 없었지만 오나의 시선을 보자 퀸의 마음속에서 안쓰러움이 왈칵 솟구쳤다.

"여기는 건강한 사람들이 지내는 곳이 아니다. 의사가 아픈 사람들 속에서 시들시들 늙어가다니."

퀸은 벨이 자신의 등 뒤에 바짝 붙어 서 있다는 것을 알았다. 벨의 날카로운 관찰력에는 음악적인 흐름이 있었다. 악보 마디 사이에 휴지가 있는 것처럼.

래리는 청진기를 만지작거리며 차분히 말했다. "작년에 뇌졸중을 좀 앓았거든요. 그래도 아직 이 휠체어를 타고 돌 수는 있어요." 그러고는 주위에 있는 거동이 불편한 동료 환자들한테 웃음을 지어 보였다. 환자들은 제각각 관심 있는 만큼 방문객들을 살펴보고 있었다. "이 분들이랑 함께 있으면 안정이 돼요."

"나는 네가 **콘도**로 이사한 줄 알았다, 로렌타스. 난 아직 주택에 사는데." 오나가 말했다.

"여기가 콘도예요." 래리는 어리둥절한 표정으로 이렇게 말하고는 다시 창밖을 가리켰다. "여기서는 큰아메리카솔새도 목격할 수 있는 걸요. 어제도 한 마리 봤어요. 얼마나 보기 귀한 새인데요." 정원에는 좁은 오솔길이 여러 개 나 있었고 새 모이 탑도 있었으며 꽃송이가 활짝 핀 굴곡진 덤불숲도 있었다. 퀸은 목을 길게 잡아 빼고 밖을 내다보았지만 솔새가 어떻게 생긴 새인지 당최 알 수가 없었다. 아들이라면 알 텐데. 다른 것들과 마찬가지로 새 이름도 목록으로 작성하던 중이었으니까. "이쪽에서 보면 풍경이 훨씬 멋져요." 래리가 말했다.

오나는 꼴이 말이 아닌 아들을 바라보며 두 눈을 끔벅였다. 직원 한 명이 곱게 접어 탑처럼 쌓은 침대시트를 안고 재빠르게 들어왔다가 다른 문으로 곧바로 사라졌다.

"내가 장담하는데 저 양반 젊어서 꽤나 미남이었을 거야." 벨이 속삭였다. 벨은 완전히 반한 표정으로 입을 헤 벌리고 있었다. 사실이야 어떻든 퀸은 이 말에 대꾸하고 싶지 않았다. 이곳에 있는 사람들 모두가 딴 생각을 하고 있는 것 같았다.

"나도 새 모이를 준단다." 오나가 말했다.

"뭐라고요?"

"나도 새 모이를 준다고. 내 집에서. 이제는 다 끝났지만 여기 있는 이 친구가 와서 도와줬지. 그게 맡은 임무였거든. 여기 이 친구가." 이제 방 안에 있는 사람들 모두가 퀸이 약을 나누어주거나 발을 주물러 주리라 기대하는 표정으로 퀸을 바라보고 있었다. 오늘 아침 새 티셔츠와 깨끗하게 빤 청바지를 챙겨 입은 것이 갑자기 기특하게 느껴졌다.

"그런 건 기억이 안 나는데요. 또 머릿속 어딘가에서 새어나간 게 분명해요. 요즘엔 간혹 이런 일이 생긴다니까요. 안타깝지만 어쩔 수 없죠. 늙긴 했어도 꽤 쓸 만한 뇌였는데." 래리는 자신의 정수리를 두드리며 말했다.

"그때는 새 모이를 안 줬다. 그땐 내가 바빴거든. 내가 바빴다고."

"그땐 우리 모두가 그랬잖아요." 래리는 어머니를 똑 닮은 커다랗고 네모난 앞니를 드러내며 웃었다. 그는 어머니한테 가벼운 호기심을 느끼는 것 같았다. 모두가 부러워할 만큼 평탄하게 살아온 남자였다. 그래서 그런지 노화의 속도와 노화에서 비롯된 다양한 변화들 역시 자연스럽게 수긍하는 눈치였다. 스톡스 박사는 틀림없이 옛날에나 존재하던 그런 유형의 의사였을 것이다. 노래 '그녀가 산모퉁이를 돌고 있을 거야'를 휘파람으로 흥얼거리며 이 집에서 저 집으로 왕진을 다니는 그런 의사 말이다. 퀸은 래리가 마음에 들었다. 기회를 틈타 벨을 살짝 훔쳐보았더니, 그녀는 긴장이 완전히 풀린 모습이었다. 어머니와 아들의 재회가 자신이 예상했던 풍경과 많이 달라서 그런 것 같았다. 우선 자신이 상상했던 것보다 아들의 나이가 수십 살이나 더 많았으니까. 벨은 그렇게 만족스러운 표정으로 꼼짝도 하지 않고 서 있었다.

"네 물건들은 모두 어떻게 됐니?" 오나가 물었다.

래리는 귀에 아무것도 안 끼고 있었는데도 보청기 전원을 다시 켜듯 한쪽 귀를 두드렸다.

오나가 반복했다. "네 물건들. 가구, 책, 중요한 서류들. 그런 것들은 어디에다 뒀냐고?"

"오, 야단났네. 내 물건들. 은 식기는 딸들이 챙겼고 연장은 아들들이 가져갔어요. 나머지는 그대로 둔 채 집을 경매했고요." 래리는 이렇게 말하며 의자 팔걸이에 있는 스위치를 조절해 등받이를 살짝 뒤로 젖혔다. 새 모이통에는 여전히 아무 일도 없었다. 퀸은 궁금해지기 시작했다. 큰아메리카솔새라는 새는 도도새(인도양의 모리셔스 섬에 서식하던 새로, 포르투갈 인들이 이 섬을 발견한지 백년 만에 무차별 포획으로 멸종되었다. ―옮긴이)의 일종 아닐까? 모습을 드러낼 기회도 없이 멸종한 종자가 아닐까?

"이렇게 뵙게 되어 정말로 기뻐요." 벨이 말했다.

래리는 상상 속의 모자를 벗어 인사하는 시늉을 하며 말했다. "여기 아가씨가 다 오셨네?"

"전 벨이라고 해요." 세상에, 벨이 웃다니. 그것도 저렇게 활짝 웃다니.

래리는 다시 오나에게 물었다. "뭐 찾으시는 물건 있으세요? 미리 알았더라면 제가 따로 챙겨놨을 텐데."

"너 혹시 내 출생증명서 본 적 있니?"

래리가 다시 귀를 두드렸다.

"내 출생증명서 말이다."

"어머니 출생증명서를 가져다가 도대체 제가 뭘 하겠어요?"

"우리 부모님이 안전하게 보관해달라고 내 서류들을 몽땅 모드 루시 선생님한테 맡겼거든. 그래서 네 엄마가 다 가져갔단 말이다."

벨이 퀸을 쿡 찔렀다. 너무 가까이 바짝 붙어 서 있어서 의도했던 것보다 손에 힘이 더 세게 들어간 것 같았다. "지금 무슨 이야기를 하고 있는 거야?" 벨이 속삭였다. 그러나 퀸도 알 수가 없었다. 오나가 모든 이야기를 다 들려주지 않았기 때문에.

오나는 야윈 손을 내밀어 아들의 야윈 팔에 얹고 몸을 기울여 아들의 귀에 대고 말했다. "선생님은 그런 서류들을 빨간 법랑 상자에 보관하셨다." 래리가 얼굴을 돌리자 오나는 몸을 세우며 말을 이었다. "우리 부모님은 언제 가택수색을 당할지 모른다는 피해망상증이 심하셨단다. 사실 그럴 만한 타당한 이유가 있었어. 아무튼. 그리고 네 엄마는 이 나라 전체를 통틀어 두 분이 아무 거리낌 없이 철석같이 믿던 유일한 사람이었다."

그때 휴게실 안에 있던 노인들 중 한 명이 아기 새 울음소리 같은 희한한 소리를 냈다. "슨상, 슨상, 의사스은상."

"잠간만 실례할게요." 래리는 전동장치를 작동시켜 휴게실 서쪽 구석으로 갔다. 거기서 머리카락이 하나도 없는 할머니랑 일 분 정도 대화를 나누고 청진기로 심장소리를 들어보고 하더니 다시 돌아왔다.

"사실 제가 할 수 있는 거의 없어요. 두려움을 줄여주는 것 말고는요."

"난 내 출생증명서가 필요하단 말이다, 로렌타스."

"어머니 출생증명서는 저한테 없어요. 제 출생증명서를 어머니가 갖고 계실 가능성이 더 크지 않겠어요?"

오나는 잠시 아무 말도 없다가, 아들을 향해 이야기를 계속했다. "우리가 지금 이야기하고 있는 그 분들은 돈을 밀가루 통에 보관하셨다. 3층 집을 소유하고 나중에는 식료품점까지 열었는데도 모든 걸 두려워 하셨지. 적응할 수가 없으셨던 게야. 그 분들한테는 그게 큰 문제였어. 자신들 거죽에도 적응하지 못했으니까." 오나는 갑자기 어조를 바꾸어 말했다. "네 엄마는 그 분들과 그 정반대였다."

"죄송해요. 다시 말씀해 주시겠어요?"

"네 엄마는 정반대였다고. 그 분은 어디에나 잘 적응했거든. 요즘 젊은이들이랑은 또 다른 방식으로. 요즘 젊은이들은," 오나는 몸짓으로 퀸 쪽을 가리키며 그 말을 반복했다. "요즘 젊은이들은 지들이 어디 있는지도 몰라. 어디에 있든 거기가 제 자리가 아닌 것처럼 군다니까."

이 말에 벨이 피식 웃음을 터뜨렸다. 퀸은 자신이 제몫을 하지 못해 돌이킬 수 없을 정도로 하루하루가 엉망이 되어 가던 어느 시점을 벨이 떠올리고 있는 것을 느꼈다. 그는 혼자 한 팀이 되어 이해할 수 없는 세 사람과 맞서고 있는 기분이었다. 그 세 사람은 몇 분 후, 혹은 몇 시간 후에 어떻게 할지, 갑자기 열성적으로 서로 상반되는 계획을 각자 세우고 있는 것 같았다.

"저희 엄마가 어머니 물건을 갖고 계셨다면 아마도 다른 물건들과 마찬가지로 불에 타버렸을 거예요."

"무슨 불?" 오나는 이렇게 물으며 처음으로 퀸 쪽을 바라보았다. '자네가 이 친구로 하여금 알아들을 수 있는 소리를 하게 만들 수는 없나?' 이런 뜻인 것 같았다. 하지만 퀸도 어쩔 도리가 없었다. 그저 거기 가만히 선 채, 새 티셔츠를 걸친 몸이 갑자기 얼어붙는 것을 느끼며 오나의 의중을 알아내려고 애쓸 뿐이었다. 한 가지 사실은 확실했다. 오나는 자신의 자궁에서 나온 자식과 눈물겨운 재회를 하려고 이곳에 온 것이 아니었다. 오나가 이곳에 온 목적은 출생증명서였고 그게 다였던 것이다. 오나의 말을 그대로 믿었더라면 좋았을 텐데. 그런데 자신이 오나를 버몬트까지 끌고 온 것이었다. 퀸은 자신이 무슨 짓을 저질렀는지 불현듯 깨닫고 소스라치게 놀랐다.

오나가 다시 물었다. "무슨 불?"

"그 화재요. 제가 젖먹이 때였다는데 얼핏 기억이 나는 것도 같아요. 하도 이야기를 자주 들어서 그런가. 우리 가족이 살던 농장에 불이 나서 건물 일곱 채랑 과수원 하나가 하룻밤 사이에 몽땅 다 타버렸거든요."

퀸은 두 사람의 얼굴을 번갈아 쳐다보다가 창 쪽으로 시선을 돌렸다. 래리의 새가 발목에 새 소식을 묶고 돌아오는 전령 비둘기일지도 모른다고 생각하면서. "흠, 이 분한테는 없나 봐요, 오나."

"네 엄마가 나한테 몇 년 동안 보낸 편지들은 모두 같은 주소에서 발송된 거였어." 오나는 아들의 정체가 의심스럽다는 듯 아들을 몹시 노려보며 말했다.

"불탄 집터 위에 외할아버지가 새 집을 지었으니까요. 두 채를 지어서 한 채에서는 당신이 사시고 다른 한 채에서는 우리가 살았어요." 래리는 꿈을 꾸듯 황홀한 미소를 지었다. "이것 참 야단났네. 그 집이 그립네요. 땅을 몽땅 사들여 주택단지를 개발하는 회사에 결국은 팔고 말았지만요. 언젠가 저도 하늘에 계신 분의 부름에 응답해야겠지만, 지금 이곳에서 지내는 내 생활비는 그 땅에서 나오는 거예요."

"흠, 이만하면 엉망은 아닌 것 같구나." 오나가 말했다.

래리가 고개를 들며 말했다. "죄송한데 어머니 이름을 까먹은 것 같아요."

철컹 소리와 함께 시간이 멎는 것 같았다. 퀸은 벨과 시선을 맞추고 싶었지만 벨은, 이곳이 아닌 어딘가 망각 속을 헤매고 있는 래리를 뚫어지게 바라보고 있었다.

오나는 몸을 숙여 아들의 귓불 가까이 입을 대고 말했다. "오나 빗커스."

"이름이 왜 그래요? 폴란드 어인가요?"

"리투아니아 어야."

"저 놀리는 거 아니죠? 내 친어머니가 리투아니아 인이었다니." 래리는 약간 놀랍다는 표정으로 고개를 저으며 물었다. "그런데 제가 어떻게 어머니를 아는 거죠?"

에어컨이 극지방에서 옮겨온 듯 뿜어내는 찬 공기에 쓸려서 안 그래도 망가진 오나의 머리가 감전된 것처럼 보였다. 머리카락 한 올 한 올이 두개골 위에 둥둥 떠 있었다. "네 엄마랑 나는 친구였다." 오나는 래리한테 진심으로 들리게끔 한껏 다정하게 말했다. 그러고는 자리에서 일어나 손을 내밀었다. "이제 그만 가봐야겠구나. 잘 지내렴, 로렌타스."

떠날 준비를 하는 오나의 행동에 퍼뜩 정신이 돌아온 벨이 다가오며 물었다. "지금 갈 건가요?"

"조금만 더 있다 가세요. 여기 여직원들이 커피를 기막히게 내리거든요." 래리가 제안했다.

"듣기만 해도 멋진데요." 벨이 웃으며 말했다.

"여기서 뭐 그런 것까지. 이 일 말고도 난 급히 해야 할 일이 있다." 오나가 말했다.

퀸은 다시 길을 떠난다는 생각에 마냥 즐겁기만 했는데 벨한테는 다른 계획이 있는 모양이었다. "전 그 새를 보고 싶어요. 큰아메리카 뭐라고 하신."

벨이 새로 사귄 친구와 시선을 맞추며 말했다. 오래전 퀸도 받아봐서 알고 있는 그녀의 그 시선이 석화된 조개껍질 같은 영감의 심장을 녹여버릴 것 같았다.

"솔새요." 래리가 쌍안경을 내밀며 말했다. 쌍안경은 벨의 손을 거쳐 퀸에게로, 그리고 한쪽 팔을 잘 쓰지 못하는 그 남자에게로 다시 넘어갔다.

"제 아들이 새를 좋아해요." 벨이 래리에게 말했다.

래리는 그녀의 말을 이해한다는 듯 이렇게 말했다. "알면 알수록 좋아지지요."

"우린 지금 떠나려네." 오나가 말했다.

벨은 여전히 창밖을 응시한 채 말했다. "전 여기에 래리 씨랑 함께 있을게요."

"좋아 보이는구나, 로렌타스. 네가 잘 있다는 사실을 알게 되어 기쁘다. 잘 있으렴." 이 말을 끝으로 오나는 주간 휴게실을 나서고 있었다.

"어……." 퀸이 말했다.

벨은 이미 저 멀리, 오나가 비운 의자를 차지하고 앉아서 오나의 아들이랑 새와 자식들에 관한 대화를 나누고 있었다. 래리에게는 네 딸과 두 아들, 아홉 손자와 한 부대의 증손자가 있었다. 오나는 단 한 마디도 묻지 않은 질문들이었다. 듣자하니 그의 자손들은 모두 방랑자로 지평선을 쫓으며 살아가고 있는 모양이었다. "내 친아버지는 서커스단 단원이었어요." 래리가 쓸쓸하면서도 자부심이 담긴 목소리로 말했다. 벨의 관심 어린 눈빛이 그를 감싸고 있었다.

'형제여, 그 여자는 지금 당신을 상대로 작업을 벌이고 있는 겁니다.' 퀸은 생각했다. 훨씬 전이었다면 이 말을 소리 내어 입 밖으로 내뱉었을지도 모른다. 그랬다면 벨은 그 말을 듣고 즐거워했겠지. 그리고 소리 내어 웃었겠지. 자신은 노인과 어린애들 주변에만 가면 구제불능의 바람둥이가 되어 버린다고 자백하면서. 하지만 이번만큼은 좀 달라보였다. 그게 이제는 퀸의 눈에도 보였다. 산산조각 난 그녀의 자아가, 그녀 자신과 죽은 아들을 미지의 방식으로 이어주고 있는 좀먹은 영감 앞에서 날것 그대로의 모습을 환하게 드러내고 있었던 것이다. 그곳에 앉아 있는 벨의 모습이 어찌나 편안해 보이던지. 퀸은 처음으로 벨의 내면을 보는 것 같았다. 그 오랜 세월, 벨이 퀸에게 요구했던 것은 이런 식으로 자신을 봐달라는 것 아니었을까? 그래서 과연 그는 그녀가 마음먹고 노골적으로 드러냈던 그 욕망을 충족시켜 주었던가? 통유리를 통해 강렬하게 쏟아져 들어오는 햇빛 때문에 그녀의 옆얼굴이 흐릿하게 보였고, 그녀의 머리칼도 햇빛과 똑같이 하얗게 보였다. 어쩌면 그녀 스스로 병들고 몸이 떨리고 기운이 다 빠져버린 90살 노인의 모습으로 변해 있는 것인지도 몰랐다. 퀸은 황혼기에 접어든 벨의 곁에서 늙은 아내를 돌보는 남편이 되어 있는 자신의 모습을 그려보았다. 그러자 상상 속 풍경이 그를 일깨웠다. 한 번 더 그런 시도를 했다가는 그가 끝내 벨을 망가트리고 말 것이라고.

퀸은 몸을 돌려 곧바로 로비를 질러 저물어가는 오후 속으로 발을 내디뎠다. 오나는 포장된 바닥 위로 완전히 녹아내릴 것 같은 모습으로 입구에 서 있었다. 불안감에 일부러 더 소리를 내가며, 퀸은 오나가 거부하지 않을 만큼의 다정한 손길로 오나를 차에 태웠다. 그런 다음 차창을 모두 내리고 차를 단지 안 멀찍한 곳으로 옮겨 댔다. '과수원 마을' 홍보 책자의 표지 모델로 써도 손색없을 만큼 아름답고 커다란 나무가 널찍한 그늘을 드리우고 있는 곳이었다. 퀸은 부스럭거리며 더플 가방 안에서 물병을 꺼냈다. 차 안의 냄새는 어느 정도 빠졌지만 아무래도 주간 휴게실에서 나던 악취는 옷에 깊게 배어버린 것 같았다. 퀸의 친구(퀸은 오나를 정말로 그렇게 생각했다. 오나는 물병을 손에 쥔 채 땀에 전 옷을 매만지고 있었다.)는 우울한 기분에 빠져 있었다.

퀸이 입을 열었다. "오나…… 다시 안으로 들어가고 싶으세요?"

"내가 뭐 하러 저 안으로 다시 들어가겠나?"

퀸은 오나의 날선 말을 그냥 받아넘겼다. "만남이 너무 짧았던 것 같아서요. 그래서 그냥 드리는 말씀이에요."

"이 여행을 시작한 이유는, 전적으로 내게 처리할 일이 있었기 때문일세. 그래서 자네가 날 데려다주겠다고 제안했고 내가 그 제안을 받아들였던 것 아닌가."

"그거야 여사님이 중요한 재회를 먼저 마친 뒤에 일처리를 하겠다고 하셨으니까 그런 거죠."

"자네 자꾸 깜박깜박 하는 모양인데 기억을 되짚어 보게. 내가 뭐라고 했나? 버몬트까지 타고 올 운송수단이 필요하다는 말만 했지. 그런데도 자네랑 자네 전처는 손에 쥔 패만 보고 자네들 마음대로 생각했던 거지. 사람들은 늘 이런 식이라니까."

퀸은 궁금했다. 품행이 반듯한 사람들도, 자선을 베풀었는데 그 결과가 좋지 않으면 모두들 이렇게 모욕감을 느끼는지. "저는 이 일 때문에 공연까지 하나 취소했습니다." 퀸은 메인 주에 있던 원래 자신의 모습으로 돌아가고 싶었다. 기타를 방패삼아 몸을 숨긴 채 사람들이 바라는 딱 그만큼만 한담을 나누고 춤을 추던 자신의 모습으로.

오나는 뭔가 감정이 가득한 눈빛으로 말했다. "자네를 불편하게 만들었다니 미안하네, 퀸."

"맙소사, 오나. 저, 전 그저 불멸성에 말 그대로 환장한 사람들로 넘쳐나는 그 바보 같은 기네스북을 탓하는 겁니다."

"안구를 굴려 퐁퐁 소리를 내고 사슬 톱으로 저글링을 하는 그런 사람들 말이지. 그래, 나도 잘 알고 있네. 그런데도 내가 그걸 원하는데 어쩌겠나. 처음에는 내가 그걸 원하는지 나도 몰랐네. 근데 이제는 알겠어." 오나는 이렇게 말을 맺으려다가 재빨리 덧붙였다. "자네는 자네보다 오래 살아남을 곡부터 쓰게. 그러기 전에는 이해할 수 없을 테니까."

퀸 포터가 음악사에 길이 남을 명곡의 작곡가가 될 수 있는 것처럼 말하는 오나의 그럴듯한 판단착오에 퀸이 잔뜩 취해가고 있을 때쯤, 이미 오나는 퀸의 손길이 닿지 않는 곳, 저 높은 침묵의 세계에 가 있었다. 기대했던 일이 좌절되어 상심한 모습으로.

그때 벨이 다시 태어난 것 같은 모습으로 돌아왔다. "전 솔새를 봤어요. 두 분은 정말 굉장한 장면을 놓친 거예요." 그러더니 오나를 향해 말했다. "아드님은 정말 멋진 분이세요." 그러고는 퀸더러 뒷자리로 옮겨 타라고 명령한 다음 운전석에 올라 기어를 넣었다.

가족

1. 세계에서 가장 큰 가족 모임 : 참가인 2,369명, 뷰스 가족, 국적 미국.

2. 한 어머니에게서 태어난 가장 많은 자녀 : 69명, 페오도르 바실리아 부인, 국적 러시아.

3. 털이 가장 많이 난 가족 : 빅토르와 가브리엘 라모스 고메즈, 신체의 98퍼센트가 털로 덮여 있음, 국적 멕시코.

4. 가장 많은 형제가 알비노 색소 결핍증으로 태어난 집안 : 세 명, 우노야르미 가족, 국적 영국.

5. 통계학적으로 볼 때 메이저리그에서 가장 뛰어난 우성 유전자를 보유한 부자지간 : 바비와 배리 본즈, 국적 미국.

6. 가장 인구가 많은 나라 : 중국, 십억 명 이상, 국적 중국.

7. 최다 헌혈 기록 : 12시간 동안 3403명 헌혈, 국적 콜롬비아.

8. 세계에서 가장 큰 칠면조 농장 : 천만 마리 사육, 매튜스 가족, 국적 영국.

9. 세계에서 가장 큰 어릿광대 모임 : 850명, 국적 영국.

10. 세계에서 가장 긴 인간사슬(시위의 한 형태로 일렬로 늘어서 옆 사람과 팔짱을 끼는 대형 ―옮긴이) : 595.5킬로미터, 참가자 2백만 명, 국적 에스토니아, 라트비아, 리투아니아.

15

오나는 주간 휴게실의 악취 속에서 나온 뒤로 자신의 몸에서 나는 수치스러운 냄새를 씻어낼 수 있게 두 사람이 어디로든 데려다줬으면 싶었다. 아, 어쩌나 끔찍한 곳이던지. 집고양이가 갖고 노는 메뚜기보다도 더 삶의 투지가 없는 늙은 노새들만 득실대는 곳이라니. 그 주간 휴게실에 서서 자신이 처음으로 낳은 아들의 찢어진 고막에 대고 막돼먹은 여편네마냥 꽥꽥 소리를 질러대던 그 10분이 오나한테는 지옥 같은 시간이었다. 그러는 동안에도 축축하게 젖은 속옷은 곤죽이 되어가고 있었고 그곳에 자기 같은 사람들이 한 가득이라는 사실이 몸서리가 처지게 싫었다. 그 모든 곤란함을 무릅썼는데도 확실히 얻어낸 것은 아무것도 없었다.

"저리로 가지." 오나가 '사과 마을 모텔, 카페'라고 쓰인 간판을 가리키며 말했다.

벨이 말했다. "아직 다섯 시밖에 안 됐는데요. 구경 더 다녀도 될 것 같아요. 래리 씨가 그러는데 이 동네에는 아직 풍경이 멋진 곳이 많이 남아 있대요. 공교롭게도 우리가 가장 폐허가 된 길로 들어온 거라고."

"아니, 난 몸이 아프단 말일세." 오나가 빌듯이 말했다.

벨이 주차장에 일단 차를 대자 오나는 차에서 내리며 외쳤다. "내 가방을 꺼내야겠네. 지금 **당장**."

벨은 의아해하는 표정으로 오나를 바라보며 퀸에게 차 열쇠를 건넸다. 퀸은 비어 있는 한 손으로 오나의 어깨를 감싸고 차 트렁크를 열었다. 아까 양로원에서 화장실에 갔을 때였다. 공공 화장실이 대개 그렇듯 내부에는 번쩍이는 타일이 붙어 있었고 개수대에는 접시에 담긴 작은 분홍색 비누가 놓여 있었다. 그런데 서둘러 칸막이 안으로 들어가려다가 걸쇠에 걸려서 블라우스가 찢어졌고 그 바람에 변기에 완전히 앉기도 전에 터질 듯한 방광이 오줌을 찔끔 내보내고 말았다. 그래서 지금 상태의 오나가 되어버린 것이었다. 주먹 쥔 한쪽 손으로 블라우스의 찢어진 부분을 가리고 끈적거리는 속옷을 엉덩이에 붙인 채 텅 빈 트렁크 안을 죽을 것 같은 표정으로 들여다보고 있는 오나가 되어버린 것이었다. 트렁크 안에는 오나의 가방이, 1948년 하워드를 떠날 때 집에서 들고 나온 벌집무늬 여행가방이 없었다.

"아, 이런, 안 돼." 오나는 숨이 멎는 것만 같았다.

퀸이 말했다. "이런 젠장. 제가 차에 싣는 걸 잊고 집에다 놓고 왔나 봐요."

그 뒤로 모든 일이 꼬인 것이 분명했다. 두 발로 직접 걸어 다닌 것은 아니었지만 공연히 시간만 허비하지 않았던가. 그래도 아직은 별 탈 없이 꼿꼿하게 서 있을 수 있는 자신이 다행스러웠다. 동행인들은 모텔 안내 데스크에서 해골처럼 야윈 소년한테 방 열쇠를 건네받고 있었다. 보아 하니 그 소년은 사과만 먹고 자란 모양이었다.

벨이 오나를 이끌고 1층 방으로 들어갔다. 퀸의 방은 바로 옆방이었다. 여자들끼리 한 방을 쓰기로 한 것 같았다. 그 의견에 오나도 동의했던가?

벨은 침대에 앉았고, 오나는 화장실로 가서 옷을 벗기 시작했다. 바지는 얼룩이 배어 나오기는 했지만 푹 젖어 있지는 않았다. 그러나 속옷은 회복 불능 상태였다. (오나보다 훨씬 키가 크고 허리가 긴 루이스가 입던) 셔츠자락은 오나가 바지 깊숙이 쑤셔 넣은 탓에 축축하고 꾸깃꾸깃했다. 그렇게 망가진 모습으로 차가운 타일 위에 서 있으니, 찢어진 블라우스 말고는 아무것도 걸치지 않은 채 거울에 둘러싸여 있는 꼴이 영락없이 늙고 어리석은 박쥐의 모습이었다. 이리하여 오나의 멋진 여행은 두 배로 더 엉망이 되어버린 셈이었다.

오나는 변기통 위에 앉아 울음을 터뜨렸다. 오나가 보고 싶었던 사람은 프랭키였다. 여든 살의 프랭키, 늙어 보이든 젊어 보이든, 뇌졸중을 앓든 안 앓든, 오나는 프랭키가 보고 싶었다. 로렌타스, 아니 래리를 처음 본 순간, 오나의 머릿속에서는 사랑하지만 닿을 수 없는 아들 프랭키의 얼굴이, 늘 그랬던 것처럼 환하게 그리고 자연스럽게 웃는 그 얼굴이 섬광처럼 떠올랐다.

"여사님, 괜찮으세요?" 문이 빠끔히 열렸고 벨이 열린 문틈으로 안을 들여다보았다. 벨은 로렌타스를 만나고 혈색이 살아나서 건강을 완전히 회복한 여자처럼 보였다. 그래도 여전히 기분은 계속 오락가락해서 가늠하기가 힘들었지만. 아무튼 벨은 전혀 악의 없는 표정으로 살그머니 욕실에 들어섰다. 그녀는 목련 꽃잎처럼 활짝 핀 얼굴을 하고 있었다. 달리 어찌할 방도가 없었던 오나는 그냥 벨의 도움을 받기로 했다.

오나는 속삭였다. "속옷을 적셨네. 좀 깨끗하지 못해도 자네야 이해해주겠지만 저 옷을 다시 입을 생각을 하니 깜깜하구먼." 그러고는 눈물을 문질러 닦으며 말을 이었다. "가방이 없어서 갈아입을 여벌옷도 없고."

벨은 선반에서 수건 한 장을 꺼내 다정하게 건넸다. "저도 예전에 같은 경험을 한 적이 있어요. 임신했을 때였죠. 퀸이랑 공연을 보러 갔을 때 그런 일이 일어나서 수건 한 장만 달라고 바텐더에게 부탁을 해야 했어요." 그러고는 개수대에 물을 채우고 오나의 바지와 속옷을 비누로 비벼 빨았다. 그런 다음 손가락 한 번 튕기는 것만큼도 힘을 안들이고 수도꼭지를 돌려 욕조에

물을 채우며 물었다. "셔츠는 괜찮아요?"

오나는 쥐고 있던 셔츠의 찢어진 부분을 놓으며 말했다. "제발 부탁인데 내 쪽을 쳐다보지 말게."

벨은 블라우스 벗는 것을 도우며 오나를 안심시켰다. "이건 우리 둘만의 작은 비밀이에요." 그러고는 욕조 안으로 들어가 찢어져 펄럭이는 망신스러운 오나의 옷들을 집어넣고 듣기 거북한 철벅거리는 소리를 내가며 헹구었다.

시간이 좀 흐르자 창피한 기분도 조금은 가라앉았다. 오나는 욕조에서 일어나 나왔다. 욕실 문 밖에서 벨이 도와주겠다고 말했지만 오나는 혼자서 하겠다고 계속 고집을 부렸다. 나와 보니 오나의 옷들은 수건 선반에 널린 채 물방울을 뚝뚝 흘리고 있었고 덮어놓은 변기 뚜껑 위에 젖지 않은 젊은 여자 옷 몇 벌이 놓여 있었다. 아마도 오나더러 입으라고 갖다 놓은 모양이었다.

"이게 뭔가?"

벨이 욕실 밖에서 말했다. "저도 가져온 여벌옷이 그게 다예요. 여사님 옷이 금방 마를 것 같지가 않아서요."

"폴리에스테르 원단으로 된 옷을 입을 걸 그랬구먼." 오나는 잘 개어놓은 옷을 살피며 중얼거렸다. 청바지, 빨간 민소매 블라우스, A컵 브래지어, 엉덩이 부분에 나비 무늬가 점점이 박힌 실크 팬티 등이었다. 모든 옷이 갓 세탁한 듯 향기가 났고 잘 다려져 있었다. 아마도 갈색머리 언니의 과잉보호 활동의 일환인 듯했다.

오나는 자신의 잃어버린 여성성을 발굴해내는 심정으로 팬티를 들여다보았다. 월경을 마지막으로 한 것은 50년 전 일이었다. 오나는 램프의 요정 지니가 나타나 자신의 생식 능력을 회복시켜주길 기대하며 구멍에 발을 집어넣고 팬티를 끌어올렸다. 나비 무늬 실크가 바람 빠진 또 다른 근육처럼 엉덩이 위에 매달렸다. 어떻게 이럴 수가 있지? 브래지어를 차고 자신의 몸을 물끄러미 내려다보았다. 가슴 위에는 덮개가 헐렁하게 걸쳐져 있고 허벅지 위에는 세로로 잡힌 주름장식이 둘러져 있었다. 팬티를 벗어버리려고 아래로 확 끌어내리다가 밴드 부분이 찢어지고 말았다.

오나가 태어나 처음으로 남자한테 받았던 선물이 나비였다. 열네 살의 오나는 과학기술 학교에서 열린 댄스파티에서 왈드 가 다른 소녀들보다 더 많은 춤 신청을 받았던 터라 잔뜩 신이 나 집으로 가는 길이었다. 바로 그때 멀빈 피켓이란 소년이 오나를 따라왔다. 멀빈은 스쿨 가 말[馬] 대여소에서 일하는 뻐드렁니 소년이었다. 오나를 따라온 소년은 티보두 빌딩 앞에서 그 무지갯빛 보물을 오나의 손 안에 내려놓았다. 네모난 벨벳 바닥에 핀으로 고정해 놓은 죽은 물체가 달빛을 받아 반짝였다. 멀빈은 그 보물이 어디에서 생겼는지는 말하지 않았지만, 오나가 그것을 받아줬으면 좋겠다고, 마구 덧난 치아 사이로 단어를 줄줄 흘리며 말했다. 그 나비의 날개 색과 오나의 눈동자 색이 완전히 똑같다면서.

그 사랑스러운 물건만 보면 오나는 솟아나는 욕망 때문에 현기증을 느꼈다. 무엇을 향한 욕망인지는 알 수 없었지만 말이다. 모드 루시 선생님이 집을 비운 1914년 여름, 사랑스럽고 순진한 소년 멀빈 피켓은 밤마다 한 오솔길에 첫사랑을 기원하는 순결의 돌을 쌓았고, 그 오솔길 풍경을 오나는 그 뒤로 평생 잊을 수가 없었다. 모드 루시 선생님이 아픈 이모님을 돌보러 버몬트에 가 있었기 때문에 오나는 유랑극단을 따라나설 수 있었다. 그리고 그곳에서 다시 한 번 아찔한 욕망을 경험했고, 그 결과, 열 달도 안 되어 집으로 돌아와 후회와 상상조차 할 수 없는 고통을 겪으며 끙끙 앓아야 했다. 그것도 모드 루시 선생님의 품 안에서 자라날 운명을 타고난 아이한테 생명을 주느라.

빅토르는 오나에게서 그 나비를 훔쳐서 단돈 5센트에 팔아버렸다. 그 물건을 어딘가에 숨겨서 지난 수십 년 동안 비밀리에 잘 보관했다면 참 좋았으련만. 그걸 소년한테 주었다면 얼마나 좋아했을까. 그랬다면 소년은 볼 때마다 즐거워하며 그 물건을 자신이 받았던 선물들과 함께 영원히 소중하게 간직했을 텐데. 이름도 붙여주고, 번호도 붙여주고, 계속 돌봐주었을 텐데. 오나가 아는 사람 중에 소년만큼 그 물건을 애지중지 여겨 줄 사람은 아무도 없었다.

"맞는 옷이 없네. 옷이 마를 때까지 그냥 기다려야겠어." 오나가 문틈 사이로 말했다.

잠시 침묵. "그럼 잠옷이라도 빌려드릴까요?"

시간이 늘어났다 줄어들었다 하는 것 같았다. 꽃무늬 옷이 머리 위로 들씌워졌다. 잠결에도 오나는 자신의 팔을 실크 옷소매에 끼워주는 벨의 손길을 느꼈다. "자네는 틀림없이 좋은 엄마였을 게야." 이런 말을 했던 것은 기억에 남아 있었다. 오나는 빳빳하게 풀을 먹인 침대시트 속에서 잠을 깼다. 옆에는 차가 든 스티로폼 컵이 놓여 있었다. 벨은 문간에 서서 문 밖에서 서성대는 퀸과 이야기를 하고 있었다. 그런데 퀸 말고도 다른 사람이 한 명 더 있었다. 안개처럼 흐릿한 의식 속에서도 오나는 신체 건장한 그 스카우트 대장의 골격을 떠올렸다.

"공연히 문제를 일으키고 싶지 않아." 그 누군가가 말했다. 오나는 정신이 확 드는 것을 느끼며 일어나 앉았다. 그리고는 부들부들한 벨의 잠옷이 뭉쳐져 있는 가슴께로 시트를 끌어올렸다. 그래, 정말로 그랬다. 테드 레드베터가 실제로 그곳에 와 있다니.

오나가 물었다. "무슨 일인가? 저 남자들은 왜 모두 우리 방 앞에 모여 있나?"

"그만들 해." 벨은 이렇게 말하며 문을 쾅 닫아버렸다. 오르락내리락하는 남자들의 목소리가 밖에서 계속 들려왔다. 엉덩이에 나비 무늬를 달고 다니는 한 여자를 놓고 싸우는 소리였다. 오나는 다시 베개를 베고 누웠다. 벨이 보기에, 그 베개도 전에는 보송보송했을 테지만 지금은 사실상 머랭처럼 딱딱하게 뭉쳐져 있었다. "젠장, 저 친구들은 계속 싸움질을 해댈 예정이라던가?" 오나가 물었다.

"우리가 여기 있다는 걸 에이미 언니가 테드한테 말해줬나 봐요. 안 그랬다면 여태 여사님 차를 찾느라 그랜야드 여기저기를 헤매고 있겠죠." 벨은 이렇게 말하고는 오나의 침대에 털썩 주저앉더니 작은 분홍색 전화기를 물끄러미 내려다보았다. "영원히 날 찾아 헤매게 그냥 뒀어야 하는 거였는데." 그녀는 숱 없는 머리타래를 반투명한 두피 위로 질끈 묶고 하루 종일 땀을 흘린 옷을 그대로 입고 있었다. 아니 일주일 내내 그 옷을 입고 있었을 가능성도 있었다. 모성애가 얼마나 무섭고 아픈 것인지, 오나는 순간 잘 드는 칼로 저미는 듯한 통증을 느꼈다. 반세기가 넘게 경험해보지 못한 격렬한 아픔이었다.

벨이 말했다. "그런데 여사님은 그 출생증명서가 래리 씨한테 있는 줄 아셨던 거죠? 이곳에 오신 이유는 그게 다인가요?"

오나는 이렇게 마음이 여린 사람들과 함께 있으면 어떻게 해야 할지 알 수가 없었다. 평생을 드센 사람들한테 둘러싸여 살아온 까닭이었다. "로렌타스는 나 없이도 지난 90년간 행복한 삶을 누렸다네. 그런 상황에서 다른 마음을 먹는 건, 낄 자리가 아닌 곳에 내가 공연히 억지로 끼려고 하는 거지."

"래리 씨한테는 자식이 여섯 명 있대요. 딸 넷과 아들 둘."

"그건 나도 기억하고 있네."

"여사님의 고손자도 한 명 있대요." 벨은 잠시 숨을 고르고 말을 이었다. "그런데 어째서 그 분을 만나는 일을 별로 신나 하지 않으신 거죠? 어째서, 팔짝팔짝 뛸 정도로 기뻐하지 않으신 거냐고요?"

"자네는 모드 루시 선생님이 어떤 사람인지 모르잖나. 그런 어머니를 둔 자식이라면 굳이 또 다른 어머니를 찾지 않는 법이라네."

"전 지금 모드 루시 선생님 이야기를 하고 있는 게 아니에요."

"그래, 나도 그렇다네." 거짓말과 감언이설로 가득하던 편지들이 떠올랐다. 화재에 대해서는 단 한 마디도 하지 않았던 편지들. 로렌타스의 출신을 계속 비밀에 부치고 있는 사실에 대해서는 실수로라도 단 한 마디도 흘리지 않았던 그 편지들.

오나는 덮고 있던 시트를 위쪽으로 잡아당기며 몸을 일으켰다. "내가 무신경한 엄마, 심지어는 마지못해 엄마 노릇을 하던 여자였단 사실을 알게 되더라도 자네는 별로 놀라지 않겠구먼. 나는 줄곧 예민하고 짜증 많고 엄마라기에는 너무 어리고 참을성도 별로 없는 엄마였다네. 그래서 아들들을 늘 귀찮아했지. 동성친구도 한 명도 없고. 너무 늙은 남자랑 결혼했던 터라 그 남자 아내 노릇을 하는 것도 싫었어. 하워드는 늘 우리 가족을 위해 자기가 엄청나게 무거운 짐을 지고 있다는 착각 속에 살았지만."

"그런 점은 퀸이랑 비슷하네요."

"그래도 퀸은 낙천적이기라도 하지. 하워드는 미치광이였네. 내가 월슨 대통령을 노상 욕하는 이유도 그 때문이고. 아무튼, 요점은 내가 '올해의 어머니' 상을 탈만한 엄마는 아니었다는 거야." 프랭키의 사망 소식을 알리는 전보를 받아 들었을 때 처음으로 든 생각은 이것이었다. '난 이런 일을 당해도 싸다.' "난 자네 같지 않았거든. 자네 아들은 운이 좋았던 거지." 잠시 후 오나는 이렇게 덧붙였다. "이 말을 들으면 기분이 좀 나아지려나, 그래도 내 손으로 키운 아들들만큼은 사랑했다네."

잠시 동안 두 사람 다 아무 말도 하지 않았다. 두 사람의 체취와 케케묵은 양탄자 세제 냄새가 방 안에 가득했다.

"솔직히 말씀드리면, 애가 죽었다는 사실이 전 아직도 믿기지가 않아요. 꼭꼭 숨어서 내 눈에 보이지 않을 뿐이지 애가 어딘가에 살아 있을 거란 희망을 버릴 수가 없어요." 벨은 이렇게 말하더니 천천히, 그리고 공손하게 세월의 조약돌이 배긴 오나의 가슴에 주름 없는 이마를 묻었다. 탈진한 모습으로 현실에 굴복하듯.

오나는 사심 없이, 예전에 프랭키를 토닥였던 것처럼 그 약하고 상처 받은 영혼을 토닥였다. 군에 입대해 남자가 되기 전까지는 늘 그랬다. 하워드는 아들들이 좀 강해질 필요가 있다고 생각했었다. 그러나 프랭키는 죽은 남자가 되어 돌아왔다.

오나는 중얼중얼 이야기를 시작했다. "사이판 전투 중이었다네. 우리 프랭키가 맡은 일은 파도 속에서 동료들을 건져내는 것이었지. 파도에 휩쓸린 어린 병사들은 프랭키의 손 안에서 숨을 거두었어. 모두들 그 애가 끔찍이 여기던 선실 동료들이었는데. 인식표를 떼어내 목줄만큼의 무게를 줄인 다음 그 동료들을 다시 바다로 돌려보내는 일이 그 애가 하는 일이었어."

"맙소사." 벨이 속삭였다.

"스무 살밖에 되지 않은 애가 미합중국 해군에서 봉급을 받으며 하는 일이 다른 어머니의 아들들의 인식표를 챙기는 일이었다니까. 내 아들이 그런 일을 하다니. 세상 어떤 아들이 그런 일을 좋아하겠는가?"

오나는 다시 베개에 몸을 기댔고 벨 역시 함께 기댔다. 이제 벨의 머리 무게는 오나의 가슴 위에 얹혀 있었다. 오나는 이해했다. 수십 년의 모진 세월을 견뎌낸 오나였다. 오나에게 딸이 있었다면 프랭키를 사랑했던 것만큼, 아니 그보다 훨씬 더 많이 그 딸을 사랑했을 것이다.

"프랭키가 사살된 뒤 하워드는 뭔가 끔찍한 고통에 시달렸어. 그 사람이 포레스트 가에 있는 비니 모리스 잡화점에서 장난감 지프 자동차를 사왔던 일이 기억나는구먼. 어쩌면 자네 아버지 회사에서 나온 지프차였을지도 모르지. 지금 생각해보면 구리와 납을 합금해 만든 그 지프차는, 프랭키가 즐겨 타던, 그리하여 그 애를 죽음에 이르게 한 그 지프차랑 똑같은 종류의 모형 자동차였어. 나는 늘 그 차를 유치하고 병적인 물건이라고 생각했다네. 그 물건만 보면 속이 울렁거린다고 애원을 했는데도 그 사람은 그 자동차를 항상 벽난로 위 선반에 올려놨어. 내가 만약을 대비해 학교장 비서 일을 시작하기로 마음먹은 것이 그때쯤이었을 거야."

벨의 숨소리가 규칙적으로 들려왔다. 아마도 잠이 든 모양이었다.

오나는 말했다. "난 늘 이상한 기분을 느꼈어. 꼭 프랭키 곁에 함께 있는 것 같았지. 그 애가 죽던 순간 말고, 불쌍한 아이들을 바다 깊이 돌려보내는 그 일을 하고 있던 그 순간에 말이야. 환각이나 백일몽처럼 그 장면이 너무나 눈에 선했어. 내 아들이 그 용서받을 수 없는 임무를 수행하고 있던 그 순간에, 내가 그 애 바로 곁에 서 있었던 것처럼." 그러고는 벨의 야윈 등, 자그마한 척추 뼈마디 위를 손으로 부드럽게 쓰다듬었다.

"너무 마음이 아프네요. 정말 너무나요." 벨이 속삭였다.

"일 년은 걸릴 게야. 그 충격에서 벗어나는 데." 오나가 속마음을 털어놓았다.

"전 일 년을 견딜 수 없을 것 같아요. 정말 못 견디겠어요." 벨은 이렇게 말하고 입을 다물었다. 오나는 계속 벨의 등을 쓰다듬었다. 그 다음 해는 첫 해보다 더 힘들 거라는 사실을 알려주는 대신, "샤, 샤, 샤," 오래전 자신을 진정시키던 어머니의 그 주문을 조용히 속삭이면서.

이제 남자들의 목소리는 들리지 않았지만, 저 밖 어딘가에서 서로의 문 밖으로 테스토스테론을 내뿜으며 전열을 가다듬고 있는 것이 분명했다. 오나는 궁금했다. 전능하신 주님께서 야박하게시리 자신을 이 늙은 나이에 이런 소동 속으로 다시 끌어들인 이유가 도대체 뭘까? 자신이 겪어야 할 소동은 이미 다 겪어냈거늘. 기가 막힐 노릇이었다. 모든 것이 다 끝났다고 생각하고 있을 때 주님께서 그 가능성이란 불꽃놀이를 다시 시작하듯 소년을 오나에게 보내신 것이었다. 그 가능성은, 그저 너무 늙었기 때문에 자신은 해당사항이 없다고 여겼고 그래서 이미 오래전에 죽어버린 감정이었다. 그런데 이제 와서 다시 이런 모습이 되어버리다니. 자신의 위축되고 제한된 삶 속 그 어디에, 스스로도 잊었다고 생각했던 기억들을 새록새록 끄집어내는 작고 불쌍한 주책바가지 여인이 숨어 있었던 걸까?

벨이 갑자기 고개를 들며 말했다. "전 친구들과 그동안 아주 잘 지냈어요. 하지만 그 친구들한테는 자식들이 있죠. 친구들은 아이들을 계속 단속해요. 아이들한테 그런다니까요. 자기네가 무슨 짓을 저지르고 있는지 알지도 못한 채, 애들을 꼭꼭 숨겨요. 그것도 바로 제 눈앞에서, 급사가 전염병이라도 되는 것처럼. 주님의 보살핌이 없다면 자신들도 나 같은 신세가 될 수 있다는 걸 모르는 건지." 그러고는 한참동안 불규칙하게 숨을 몰아쉬다가 말을 이었다. "그 애는 어디에서도 자리를 차지하는 법이 없었어요. 테드의 아들들은 사방에 자기 물건들을 흘리고 다니죠. 다 먹은 샌드위치 봉지, 운동화, 수학책, 배낭 따위의 물건들을 마루에, 마당에, 침대 밑에 흘리고 가서 제 아버지로 하여금 그 물건들을 가지러 오게 만든다니까요. 우리 아들은 그렇지 않았어요. 저는 어렸을 때 제가 그랬던 척했어요. 제 습관이 희미하게나마 아이한테 영향을 끼쳐서 그런 거라고. 하지만, 여사님도 아시다시피, 그 앤 그냥 원래 그런 아이였어요. 그게 그 애가 존재하는 방식이었던 거죠." 이제 그녀는 완전히 일어나 앉아 심장 위에 팔짱을 끼고 있었다. "매일 아침 저는 얼빠진 모습으로 잠에서 깨어나요. 사람들 마음속에 똬리를 틀고 있는 그 악감정에 매일 망연자실하고요. 제 기분이 어떤지 세상사람 모두한테 알려주고 싶어요. 알려준다고 해도 일방통행에 불과하겠지만요. 그래도 어떻게든 알리고 싶어요. 설사 일방적인 전달일 뿐이라 하더라도." 벨은 얼굴을 찌푸렸지만 눈물은 나오지 않았다. "제 기분이 어떤지 여사님은 아시죠?"

"그럼. 나는 로렌타스를 잘 모르지만 그렇다고 로렌타스한테 사과하고 싶은 마음은 없네. 내게 돌아오길 바라는 사람이 있다면 그 사람은 내가 가장 사랑했고 최선을 다했던 우리 프랭키야."

벨은 오랫동안 오나의 얼굴을 들여다보다가 마침내 입을 열었다. "멀쩡한 저를 만나셨다면 여사님도 제가 마음에 드셨을 거예요. 전에는 제법 괜찮은 사람이었거든요." 그러고는 미소를 띠려고 애쓰며 이렇게 덧붙였다. "누구한테든 물어보세요."

밖에서 남자들이 다시 싸움을 시작했다. 뭐라고 말싸움을 하는 건지 도통 알아들을 수가 없었다. 오나는 생각했다. 질투심에 사로잡혀 저렇게 그 사람을 찾아나서는 것도 그 나름 마음 설레는 일이겠지. 두 사람 중 한 명이 여자들 방문을 두드렸지만 벨은 무시했다. 오나의 머릿속에 단어 하나가 떨어졌

다. 'meilė', '사랑.'

"자네 아들이 나한테 한 가지 선물을 주었다네." 오나가 말했다.

벨은 한쪽으로 몸을 기대며 물었다. "어떤 선물이요?"

"내 모국어. 처음 그 애한테 내 시선이 머문 순간부터 모국어가 살아나기 시작했거든. 찔끔찔끔. 그 애가 마법을 부린 게 아니라면, 도저히 설명이 되지 않는 현상이지."

"걘 가끔씩 그렇게 마법을 부렸어요." 벨은 오나의 손에 스티로폼 컵을 꼭 쥐어주며 말했다. "이 차는 여사님 거예요."

오나는 벨한테 해준 것이 아무것도 없는 것 같았다. 그런데도, 두드리는 소리가 계속 들려오는 문을 향해 걸어가는 벨에게서 감사하는 마음이 물씬 풍겨 나와 작고 삭막한 모텔 방을 가득 채웠다.

오나가 다시 눈을 떴을 때는 이미 해가 저문 뒤였다.

"내가 얼마나 오래 잤지?" 오나는 벨에게 물었다. 벨은 맞은편 침대 위에 양반다리를 하고 앉아 있었다. 보아하니 벨도 잠깐 눈을 붙인 것 같았다.

"세 시간 정도요. 지금은 아홉 시예요." 벨이 딸깍 전등을 켰다.

"내 옷 다 말랐나?" 이렇게 묻는데 화끈거리는 굴욕감이 다시 살아났다. 허리케인 속에서도 견뎌낼 수 있는 분홍색 방광을 가진 젊은 여인 앞에서, 배변훈련도 못 받은 푸들처럼 오줌을 지리다니!

벨이 등을 돌리자 오나는 헐렁한 잠옷을 벗어버리고 자신의 옷을 다시 입었다. 블라우스는 도저히 구제할 수 있는 상황이 아니라서, 아까 벨이 입으라고 내줬던 셔츠를 그냥 입었다. 자그마한 금색 단추가 달린 빨간색 셔츠에서는 좋은 향기가 났다. 난생 처음 입어 보는 독특한 모양의 셔츠였다. 그 셔츠를 입으니, 그 기나긴 하루가 시작되던 아침 오나가 마음속에 품고 출발했던 모험심이 떠올랐다.

"레드베터 씨도 아직 여기 있나?" 오나가 물었다.

"네. 전 여기 앉아서 앞으로 어떻게 할지 생각 중이었어요." 벨은 전화기가 놓여 있는 테이블에서 펜을 한 자루 집어 들더니 잉크가 잘 나오게 마구 흔들었다. "제가 여사님을 도와드릴 거예요."

"난 아무 도움도 필요 없는데."

"아, 그러실 줄 알았어요." 펜을 흔드는 잠깐 동안 벨을 둘러싼 분위기가 완전히 바뀌어 있었다. "여사님이 세계기록을 세울 수 있게, 제가 도와드릴 수 있어요." 벨의 표정에 빛이 가득했다. 남자가 되어서 이런 여자의 관심을 얻으려고 결투를 하지 않는다면 그게 이상한 거지. "퀸이 여사님한테 말씀 안 드렸나요? 제가 어떤 일을 한다고."

"자네 사서라며. 그래서 그냥 도서관에서 일하는 줄 알았지."

"전 주립 문헌자료실에서 일해요. 이 세상에 제가 잘하는 일이 딱 한 가지 있다면, 그건 바로 족보를 추적해 올라가는 일이에요."

"듣고 보니 그런 일이라면 아주 잘하겠구먼." 오나는 자제하려고 애써도 다시 희망이 부풀어 오르는 것을 느끼며 말했다. "하지만 벼룩의 간을 내어 피를 빨아먹을 수는 없네."

"지당하신 말씀이에요. 그렇지만 피는 벼룩의 간이 아니라 인구조사를 뒤져 찾아낼 거예요." 벨을 둘러싼 분위기가 계속 다른 색으로 바뀌고 있는 것 같았다.

그 순간 오나의 머릿속으로 환한 한 장면이 뚝 떨어졌고 동시에 오나의 내장 속에서도 쿵 소리가 작게 들려왔다. 부모님 집 문 앞에 정장을 입고 넥타이를 맨 젊은 남자가 서 있었다. 남자의 머리는 불붙은 성냥처럼 붉었다. 모드 루시 선생님이 걸려 넘어지지 않게 치맛자락을 모아 쥐고 통역을 하러 총총걸음으로 계단을 뛰어내려오고 있었다.

"메인 주에서 인구조사가 처음 이루어진 시기는 1700년대까지 거슬러 올라가요." 벨은 금색으로 모텔 로고가 인쇄된 메모지를 손에 쥐고 있었다. "그전에 태어나신 분만 아니라면 저희한테 자료가 다 있어요. 그런데 어디서 자랐다고 하셨죠?" 벨이 뭔가를 적으며 물었다.

"메인 주 킴볼." 오나는 침대에서 일어서며 말했다. 벨의 블라우스가 아주 잘 어울렸다.

"그럼 그 마을에 도착하신 것은 언제죠?"

"1904년. 그때 난 네 살이었네."

"어떤 사람들은 이 일에 엄청나게 많은 시간을 쏟아 부어요. 정말 놀랍죠? 그래야 할 특별한 이유도 없는 사람들이 말이에요." 벨이 펜을 들어 올리며 말했다.

벨의 어조는 진중하고 은밀해서 의중을 읽어내기가 힘들었다. '애 대신 내가 죽었어야 했는데', 그런 비슷한 말을 오나가 해주기를 바라는 것도 같았다. 오나는 만약 주님께서 자신에게 의사를 물으셨다면 선뜻 그렇게 하자고 동의했을 것이라 믿고 싶었다. 그러나 마음 깊은 곳에서는 오나도 자신이 그러지 않았으리라는 사실을 알고 있었다. 오나가 이기적이거나 소년한테 무심해서가 아니었다. 다만 자신의 소망만 채우기도 삶이 부족했기 때문이었다. 오나는 자신의 수국나무에 가지가 축 처질 정도로 꽃이 가득 피는 모습을 보고 싶었다. 다음 대선 때도 투표를 하고 싶었고 지금 벌어지고 있는 전쟁이 끝나는 모습도 지켜보고 싶었다. 그리고 세계기록 책에 오른 자신의 이름도 직접 찾아보고 싶었다. 그래서 죽음이 아닌 삶을 택한 것뿐이었다. 대부분의 사람들이 그러듯이.

"주소가 어떻게 됐었죠?"

"왈드 가. 번지수는 따로 없었네."

"부모님 댁이었나요?"

또 다른 단어들이 머릿속에서 후드득 쏟아져 내렸다. 처음에는 단어와 단어가 잇달아서, 그 다음에는 문장이. 'Aš esu lietuvis!' '나는 리투아니아 인입니다!' 닫힌 문 뒤에서 들려오는, 소리를 잔뜩 낮춘 절망적인 그 목소리는 아버지의 목소리였다.

종이 위에 사각사각 펜이 긁히는 소리 말고는 아무런 소리도 들리지 않았다. 오나는 조심스럽게 물었다. "인구조사 내용은 한 가지 서류밖에 안 될 텐데?" 그 순간 머릿속으로는 이런 생각을 하고 있었다. '나는 누구인가? 정말로 나는 누구인가?' "출생을 증명할 수 있는 서류 세 가지가 필요하다네."

"아드님을 킴볼에서 낳으셨어요?"

"로렌타스를 내가 낳았다는 기록은 어디에도 없지만, 랜들이랑 프랭키의 기록에는 내 이름이 있을 걸세. 그 애들은 포틀랜드에서 태어났어."

"출생증명서에는 어머니 나이를 기록하게 되어 있거든요."

오나는 사과 마을 모텔 114호실이 마법의 양탄자로 둔갑한 것처럼 느껴졌다. 실제로 두둥실 하늘을 날고 있는 기분이었다. "이거 정말로 고맙구먼." 오나가 말했다.

"저도 마찬가지예요." 벨은 끝으로 뭔가를 서둘러 적은 뒤 그 쪽지를 가방 속에 집어넣으며 말했다. "아름다웠던 아이한테 그 애의 꿈이 실현되는 모습을 보여주자고요."

바로 그 때 또 다시 가볍게 문 두드리는 소리가 들려왔다. 벨은 자리에서 일어나 빗질하지 않은 머리를 쓸데없이 손으로 쓸어 넘겼다. "테드랑 저는 밤에 다른 데 가서 묵으려고 해요. 아니면……." 벨은 이렇게 말하며 오나를 돌아다봤다.

"보호자는 필요 없네."

"그래도 퀸은 여기 있을 거예요."

"글쎄, 그게 누구든 보호자는 필요 없대도."

벨이 문을 열자, 장시간 차 안에 있었는데도 신입사원처럼 멀끔해 보이는 스카우트 대장이 안으로 들어왔다. 그 뒤로, 라이벌 개와 영역 싸움을 벌이는 개처럼 일정 거리를 유지한 채, 퀸이 현관 난간에 기대어 서서 테드를 노려보고 있었다. "괜찮으세요, 오나?" 퀸이 소리쳤다. 퀸의 날카로운 목소리는 따뜻한 밤공기를 뚫고, 빠르게 두근거리는 오나의 심장까지 곧바로 파고들었다.

"물론이지, 난 괜찮네. 아무렴, 괜찮지 않을 이유가 없지 않은가?" 오나는 모두에게 알리듯 말했다.

오나는 벨과 레드베터를 따라 나갔다. 밖으로 나간 벨은 미묘한 표정으로 퀸을 흘깃 바라보았다. 아마도 연민의 표정이리라. 아니, 오랜 세월 이어져 있던 두 사람 사이에만 존재하는, 감정의 늪에 떠 있지만 말로 표현할 수는 없는 또 다른 감정일 수도 있었다.

"아침에 다시 와서 여사님을 차로 집까지 모셔다 드릴게요." 벨이 말했다.

"퀸이 데려다주면 될 텐데."

레트베터가 말했다. "퀸은 면허증이 없어요. 유효기간이 지났는지 취소되었는지 몰라도."

"다시 땄거든. 그리고 내가 면허증이 없다고 해도 여사님은 상관 안 하실 걸." 퀸이 말했다.

"눈곱만큼도." 오나는 편을 들어줄 수 있다는 사실에 뿌듯함을 느끼며 퀸의 말에 동의했다. 사람 사이의 갈등이라는 문제에 휘말려본 지가 너무 오래 되어서, 오나는 그게 무엇이든 자신이 할 수 있는 역할이 있다는 사실이 기뻤다. 설사 그것이 마음을 다치는 일이라 하더라도.

"갈 건가, 말 건가?" 퀸이 물었다.

레드베터는 이러지도 저러지도 못 하고 불안한 자세로 서서 이렇게 말했다. "아침에 돌아오겠습니다. 벨이랑 제가 뒤에서 따라갈게요. 그래야 혹시 무슨 일이 생기더라도," 레드베터는 여기까지 말하고 감동적일 정도로 진지한 눈빛으로 오나를 뚫어지게 바라보며 말을 이었다. "저희가 모셔다 드릴 수 있을 테니까요, 빗커스 부인."

"빌어먹을, 경찰차처럼 날 호위해줄 필요 없네, 테드. 자넨 얼른 자네 여자 친구나 데리고 꺼져버리게." 퀸이 말했다.

스카우트 대장은 관자놀이를 문질렀다. 화가 나서 그런다기보다는, 부대 인솔자로서 행군을 재촉하는 역할을 수행하다가 그 자리에서 물러나려니 아쉬워서 그러는 것 같았다. "그럼 빗커스 부인……."

"내가 알아서 한대도, 테드. 가서 커튼에 파인애플이 그려진 모텔이나 찾게. 가서 **밤일**이나 잘하라고."

"퀸, 바보 같은 소리 좀 하지 마." 벨이 오나의 팔을 토닥이며 물었다. "이런데 괜찮으시겠어요?"

"아무렴." 오나가 말했다. 그리고는 이번에는 반대로 벨을 편들듯이 말했다. "자네나 가서 멋진 남자 품에서 잠 좀 주무시게."

"어르신을 이렇게 혼자 남겨두고 가려니 마음이 편치 않습니다, 빗커스 부인." 그 멋진 남자가 말했다. 오나는 새로 데려온 소년을 거절했었다. '여름에는 어떻게든 나 혼자서도 지낼 수 있소.' 그러나 가을에 대장이 새로운 스카우트 소년을 데려오면, 그 녀석이 얼마나 막돼먹은 종자든 그냥 받아줘야겠다고 그 순간 오나는 마음먹었다.

퀸이 단호하게 말했다. "여사님은 혼자가 아닐세. 테드. 이런 젠장, 자네 눈에는 내가 여기 서 있는 게 안 보이나 보지?"

"난 혼자가 아니오, 레드베터 씨. 그저 내 홈그라운드가 아닐 뿐이지." 오나가 말했다.

벨이 밴을 향해 앞장서 걸어가다가 돌아서며 말했다. "여사님 음식 좀." 아마도 퀸에게 하는 말이리라. "킨에서 드신 뒤로 아무것도 못 드셨잖아." 이제 완연한 밤이었다. 벨은 그 말을 남기고 밤 속으로 사라졌다.

"알겠습니다. 그럼 이만." 스카우트 대장이 오나를 향해 다시 입을 열었다. "제 생각에는……."

"여사님은 괜찮으실 거래도, 테드. 그만 가게."

마침내 테드 레드베터는 자신의 연적 퀸을 향해 몸을 돌렸다. 젊은 여자의 입장에 서서 보아도 이건 상대가 안 되는 게임이었다. 오나는 벨의 빨간 블라우스를 입고 그렇게 서서 벨이 했음직한 방법으로 두 남자를 저울질해보았다. 키가 크고 자세가 구부정한 퀸은 어딘가 모르게 위험해 보였고 힘들게 생계를 이어온 듯 얼굴에 주름이 가득했다. 아내 없이 가정을 꾸려나가며 가정을 가장 중시하는 레드베터는 잔주름이 잡힌 팔꿈치 위로 폴로셔츠를 입은 모습이 집에서 구운 쿠키처럼 안정되어 보였고 멀끔한 에이브러햄 링컨처럼 정직해 보였다.

레드베터는 말없이 발길을 돌렸다. 오나와 퀸은 테드가 운전하는 밴이, 드문드문 차들이 전조등을 비추며 지나가는 도로로 진입해 그랜야드 시내 쪽으로 사라질 때까지 그 모습을 지켜보았다.

"배고프세요? 여기 식당이 그냥저냥 괜찮아 보이던데." 퀸이 물었다.

"몇 술 떠야지." 솔직히 말하면 배가 고파 죽을 지경이었다. 불멸성을 향한 오나의 질주는 주택 화재로 막을 내렸지만 자신의 여행에 불쑥 끼어든 망가진 한 여인에 의해 다시 시작되고 있었다. 그렇게 긴 세월을 홀로 살아온 이 오나 빗커스가, 슬픔과 부러움과 평화적 공존을 위한 서투른 노력으로 뒤범벅이 된, 연인과 훼방꾼이 쳐놓은 전략이란 그물에 걸려 갈팡질팡하다니, 이게 말이 되는가? 아, 저들이 내게 보여준 당혹스러운 결핍감, 동상이몽, 째깍째깍 흘러가는 따분한 일상, 이 모든 것이 가식은 아니겠지?

이 분은 미스 오나 빗커스이십니다. 이 테이프는 그 분의 인생 기억과 조각을 녹취한 것입니다. 이 부분은 6부에 해당됩니다.

어서 시작하렴. 네가 질문을 골라봐라.

......

'포효하는 20세기'라고? 보자. 재즈시대? 아니면 대공황? 어디에서 이런 이야기들을 알 수 있는지 알려주마. 20세기 역사를 알고 싶은 거라면 책을 찾아보는 게 낫다. 아니면 남자들한테 묻든가. 너네 거시기 선생님한테 가서 말해라. 사람들은 그렇게 큰 역사적 사건 속에서 살아온 것이 아니라고.

......

그래, 링크맨. 링크맨 선생님한테 가서 말하렴. 미스 오나 빗커스는 기저귀를 빨고 ≪모던 프리실라≫를 읽으면서 재즈시대를 보냈다고.

......

집안일에 관한 잡지였단다. 그래도 대공황에 관해서라면 한 가지 말해줄 게 있다. 아니 두 가지 말해주마. 넌 목록을 작성하는 걸 좋아하니까.
하나 : 그 시절에도 어떤 사람들은 스케이트를 제법 잘 탔다.
둘 : 넌 재활용이란 게 요즘 시작된 일인 줄 알지? 우리는 정육점 종이를 재활용했단다.

......

첫째, 옷에 묻은 주스 얼룩을 빼는 데 썼어.

......

고기를 싸는 종이지. 소고기나 돼지고기나 뭐 그런 고기 말이다. 먼저 종이 전체에 식초를 마구 문지른 다음 그걸 말려서 재활용하는 거야.
둘째, 우리는 그 종이를 가게에 보관해두었다가 기타 줄을 싸는 데 썼단다.

......

내가 대답할 수 있는 주제가 또 있는지 보자꾸나. 여기 있다. '영향을 끼친 사람들.' 이것에 관해 질문해보렴.

......

당연히 모드 루시 선생님이 제일 먼저 떠오르지. 특히 어렸을 때는. 아니면 루이스. 루이스는 나한테 정답지였어. 지금도 간혹 루이스를 본단다. 보름달처럼 또렷하게.

......

문자 그대로 그런 것은 아니다. 어떻게 진짜로 볼 수가 있겠니? 내 마음의 눈으로 보는 거지.

......

그랬니? 얼마나 떠나 있었는데?

......

너처럼 어린 친구한테 5년은 긴 시간이지. 내 나이에는 그렇게 긴 시간이 아니지만. 이 나이가 되면 5년은 눈 깜짝할 사이에 지나간단다. 아빠가 돌아온 뒤에는 어떻게 됐지?

......

맙소사. 그래서 그 두 번째 결혼생활은 얼마나 오래 갔니?

......

엄마의 새 남자친구는 마음에 드니? 언젠가 네 아버지가 될지도 모른다던 비밀스러운 친구가 그 남자지?

......

한 번뿐이긴 해도 네가 확실히 그렇게 말했다. 너만 기억력이 좋은 게 아니란다.

......

들어보니 좋은 남자 같구나.

......

물론 너야 네 아빠를 사랑하겠지. 내가 하려던 말은, 다른 남자를 또 사랑한다고 해서 범죄가 되지는 않는다는 거야. 더구나 그 사람이 네게 다정하게 대해주는 착한 남자라면 더더욱.

......

별말씀을. 자, 이제 무슨 이야기할 차례지?

......

아, 루이스. 루이스는 독특한 여자였단다. 여왕처럼 도도한 자세에 산뜻한 눈빛까지. 아, 한 마디로 말해서 멋쟁이였어. 불행하게도 루이스의 그런 모습은 내 안에 숨어 있던 겁쟁이만 불러내고 말았지만. 나는 직업적인 전문 비서가 되려고 하워드를 떠난 거였어. 그런데 내가 자신감으로 가득차서 콧소리로 뭔가를 명령하는 모습이 상상이나 되니? 어떤 여자들은 그런 걸 좋아한단다. 자기는 명령하고 다른 사람들은 그 말에 복종하고 그러는 걸.

......

고맙구나. 하지만 난 그런 타입의 비서는 아니었어. 난 그저 서류의 빈 칸을 채우라고 요구하는 스타일이었지. 물론 빈 칸을 채우라는 말을 들으면, 뭐든 그 안에 써넣을 것을 찾아야 하지만 말이다. 한창 그러고 있는데 루이스가 들어왔어.

......

나랑, 교내식당을 운영하던 프랑코 집안 여자들만 빼고. 루이스가 가을날 마지막 잎새처럼 당당하게 첫 출근을 하기 전까지 레스터 교육재단에 전체에 혼자 사는 여자는 나뿐이었어. 그래서 루이스랑 나 사이에는 뭐랄까, 전우애 뭐 이런 게 싹텄단다. 레스터 재단은 우리가 갇혀 있는 사막 섬이었지. 내가 굶어 죽어가고 있는데 온갖 음식을 갖고 있는 루이스가 나타난 거야.

......

학생들은 착했어. 요즘 애들이랑은 완전 딴판이었지. 물론 너는 예외지만.

......

별말씀을. 학생들은 주로 보스턴에서 왔어. 수업료가 만만치 않았거든. 하지만 적자가 나지 않게 비밀리에 레스터 재단을 운영하고 있던 사람은 에멀린 심프슨 부인이라는 무시무시한 여자였어. 심프슨 부인은 재단 설립자의 증손자로 레스터 재단에서 교육을 받고 자랐지. 그런데 레스터 재단은 원래 여학생을 안 가르쳐. 그래서 심프슨 부인은 거의 자력으로 문학 학사학위를 땄다고 하더구나. 스와트모어 대학에서.

……

아, 펜실베이니아에 있는 아주 멋진 학교라고 들었다. 그렇겠지. 매년 6월이면 심프슨 부인은 학교를 방문했단다. 흰 머리를 높이 올려 자개 장식 핀으로 고정하고 35킬로그램도 더 나가는 드레스를 입고. 봉에 매달아 커튼으로 써도 손색이 없을 드레스였지.

……

늘 방문 목적은 같았단다. 영어 수업 시간에 더 많은 여성 작가들 작품을 다루게 하는 것이었어.

……

앤 브래드스트리트*의 시라든가 뭐 그런 작품들 말이다. 심프슨 부인은 늘 자기는 소위 제안이란 걸 한 다음 남자들한테 소위 결정이라는 걸 맡겼어. 그러고는 다섯 시 정각이면 교장실로 돌아와 연간 운영비를 수표로 예치한 다음, 매번 나한테 이탈리아제 사탕 한 상자를 선물로 주고 학교를 떠났지.

……

식민지 시대 미국의 여류 시인이다. 아마 멋쟁이 남편에 대한 시를 몇 편 썼을 걸.

……

바로 맞혔구나. 나도 그 시인의 시를 들어본 적은 없단다.

……

흠, 심프슨 부인이 세상을 떠났어. 이사회 간부들은 그 늙은 능구렁이가 길고양이나 한 무더기 데려다 먹이면 동날 정도로 변변찮은 재산을 남겼을 거라고 생각했지. 하지만 심프슨 부인은 그 작자들 생각보다

---

* 앤 브래드스트리트 Anne Bradstreet 1612-1672 : 미국의 여류시인. 영국의 귀족 집안에서 태어나 미국으로 이주했다. 북아메리카가 영국의 식민지이던 시절 아메리카 대륙의 아름다움과 청교도적 이상을 노래한, 초기 미국문학을 대표하는 문인 중 한 사람으로 아메리카에서 시집을 출간한 최초의 여성시인이기도 했다.

훨씬 수완이 좋았어, 정말로. 어마어마한 유산을 남겼거든. 수백만 달러가 뭐야, 수천만 달러는 될 걸! 그게 계기였어. 남학교인 레스터 교육재단에서 그때부터 자격이 있는 여교사를 뽑기로 했거든.

......

아, 네 말이 맞다. 길고양이도 마땅히 동등한 대접을 받아야지. 하지만 이사회 모임에서 손을 모으고 서 있는 게 어떤 일인지 넌 상상도 못 할 게다. 그 작자들은 계속 레스터 재단의 전통만 물고 늘어졌어.

......

아니, 오히려 그 반대로 나는 그 작자들 구경하는 것이 재미있었어. 이놈이 전통 타령을 하면 이어서 또 저놈이 전통 타령을 하고, 그 작자들은 전통이란 그 단어를 껌 씹듯이 늘 입에 넣고 다녔거든. 그 전통이란 것이 먹을 수 있는 음식이었다면 그 놈들은 기꺼이 그걸 꿀꺽 삼켰을 게다. 심지어 그 전통으로 머리 빗질도 했다니까. 여자를 교사로 뽑다니? 그 작자들 입장에서는 생각조차 할 수 없는 일이었지. 나는 거기 앉아 회의록을 기록했어. 그게 내 일이었으니까. 내용을 받아 적으면서 내가 빼먹었던 단어들 중 일부는 아직까지도 속기법이 개발되지 않은 단어, 말하자면 쌍욕이었단다.

......

물론 그랬지. 돈 이야기야 노상 하는 이야기였으니까. 1954년 가을, 루이스가 채용됐어. 여교사 시범 사례로.

......

흠, 똑똑해 보였어. 첫인상은 딱 그거였어. 주관이 뚜렷해 보였고. 하지만 정말로 그 사람이 어떤 사람인지 알려면 그 사람을 직접 겪어봐야 하는 법이다. 그때는 전쟁 때문에 변한 여자들이 꽤 많았어. 그 밑에다 제 2차 세계대전이라고 적으렴.

......

괜찮다. 기다려주마.

......

일부 여자들이라고 하는 것이 옳겠다. 곁에서 보기엔 틀림없이 나 역시 변한 여자들 중 한 명으로 보였을 게야. 가엾은 프랭키를 잃었으니까. 그리고 하워드를 떠났으니까. 집 밖으로 나가 새로운 삶을 살기 시작했으니까. 그러지 않았다면 그때까지 그랬던 것처럼 계속 굴레에 갇힌 채 살았겠지. 잠깐 딴소리 좀 하마. 만약 네가, 내 나이 열네 살에 우리 집 헛간에서 발사된 내 화살을 세어주지 않았다면, 이 자그마한 기계에다가 지금까지 털어놓은 내용과는 사뭇 다른 이야기를 했을 게다. 그것도 마지못해서.

……

사과할 필요 없다. 네가 얼마나 착한 아이인데. 난 그저 네가 의욕적인 만큼 나 역시 의욕적이라는 말을 하고 있는 게야. 아까 하려던 이야기는, 루이스도 전쟁 때문에 변했다는 이야기였어. 어린 남동생을 둘이나 잃었거든. 그것도 하루에. 물론 루이스는 원래 그랬는데 그 증상이 심해진 것뿐이지만.

……

활기 넘치고 전투적이었지. 루이스는 그때 마흔두 살이었는데 보기에는 서른 살 같았어. 나는 쉰네 살이었는데 꼭 예순 살 같았고.

……

아, 처음에는 제법 일을 잘했단다. 하고 많은 작품 중에서 하필이면 셰익스피어 작품을 골라서 작은 소동이 있기는 했지만. 셰익스피어는 보기에 따라서 노인네의 상스러운 음담패설로 읽힐 수도 있거든. 발렌타인 박사는 셰익스피어의 작품에 대한 루이스의 해석을 듣고 격노했지. 그래서 첫 해에 소소한 언쟁이 벌어지기는 했지만 큰 문제는 없었어. 두 번째 해 역시 루이스의 기준에서 보자면 조용히 지나갔단다. 대체로 시키는 대로만 가르쳤기 때문에 항의도 거의 없었거든. 하지만 자기 나름대로 입지를 다진 루이스는 세 번째 해에 접어들면서 즉흥적으로 수업을 진행하기 시작했어.

……

지금도 기억이 나는구나. 학기가 막 시작됐을 때였지. 나무에서 잎이 우수수 떨어지는 계절이었어. 루이스는 엉덩이 부분이 꽉 끼는 개버딘

천 정장을 입고 왔는데 그 색이 어찌나 짙은 핏빛이던지, 옷에서 맥박이 뛰는 것 같았어. 그때까지 루이스는 쌀쌀맞은 사람이었고, "안녕하세요." 정도가 내가 그 여자한테 직접 들은 말의 전부였단다. 그래서 나는 루이스를 콧대 높은 여자라고 생각했다.

"발렌타인 박사님께 선생님이 오셨다고 말씀드릴까요?" 내가 물었어. 물론 아주 공손하게. 그게 내 일이었으니까.

"할 수 있으면." 루이스가 말했지.

……

정말 그랬다니까. 얼마나 우습던지. 루이스는 증기선이 기적을 울리는 것처럼 소리 내어 웃더니 내 책상위에 철퍼덕 앉아버렸어. 거기 쌓아놓은 아직 부치지 않은 편지더미 위에.

……

발렌타인 박사가 걸핏하면 편지를 보내놓고 후회하는 나쁜 습관이 있었던 터라, 편지를 모아두었다가 두 번씩 확인을 한 뒤에 하루 일과가 끝나갈 무렵 한꺼번에 편지를 부치고는 했거든. 나는 루이스의 엉덩이에 대고 편지 위에서 비켜달라고 부탁하기가 싫었어. 그렇다고 그 편지들이랑 그 여자를 무방비로 그냥 둘 수도 없었지. 그래서 그냥 그 자리에 계속 앉아 있었단다. 무슨 인질처럼.

……

지금 네가 앉아 있는 것처럼 가만히 앉아서 쳐다봤지. 엉덩이의 지형을 파악하면서.

……

거기 왜 왔냐고? 루이스는 자기가 가르치고 있던 조지 엘리엇* 때문에 문제가 생긴 줄 알고 있었어. 엘리엇은 1800년대 여류작가란다. 그런데 강의 시간에 조지 엘리엇의 어두운 연애사를 다룬 것 때문에 학부

---

* 조지 엘리엇 George Eliot 1819-1880 : 영국의 여류소설가. 본명 메리 앤 에번스 Mary Ann Evans로 1800년대 빅토리아 시대 영국문학을 대표하는 작가 중 한 명이다. 주로 런던에서 잡지에 글을 발표하며 활동했다. 유부남이었던 평론가 조지 헨리 루이스와 사랑에 빠져 동거를 했기 때문에 사회적으로 많은 지탄을 받았지만, 루이스의 사랑과 조언에 힘입어 끊임없이 습작을 했던 덕분에 엘리엇은 소설가로서 평단과 독자들의 인정을 받을 수 있었다. 주로 전원생활을 소재로 한 자전적 작품들을 많이 발표했다.

모들한테서 항의전화가 빗발쳤거든.

……

하지만 루이스가 불려온 이유는 그것 때문이 아니었어. 그런데도 조지 엘리엇이 남자였다면 어떤 고난에도 굴하지 않는 사람으로 평가되었을 거란 이야기를 루이스가 계속 늘어놓고 있었기 때문에 어떻게 말을 해야 할지 알 수가 없었지. 동시에, 지금 여기에서는 말할 수 없는 어떤 이유들 때문에, 나 역시 어떤 고난에도 굴하지 않는 사람이 된 기분이었단다. 루이스가 내게 말했어. "어, 하지만 그 연애 덕분에 엘리엇이 훨씬 더 왕성하게 글을 쓸 수 있었어요." 그런데 '왕성하게'라는 그 단어의 발음이 꼭 사탄의 사과를 씹는 소리처럼 들리더구나.

……

'왕성하게'

……

대충 그랬어. 난 흉내를 잘 못 내잖니. 루이스가 내게 물었어. "발렌타인 박사는 위대한 작가들이 먼지에서 영감을 얻는 줄 아는 거 아니에요? 아니면 허공에서?"

……

확실히 나는 위대한 작가들이 도대체 어디에서 영감을 얻는지 전혀 몰랐어. 그저, 발렌타인 박사가 전혀 다른 이유로 루이스 그래디 선생을 불러들인 것이라는 사실을 미리 알려줘야 하나 말아야 하나 계속 고심 중이었지.

……

흠, 떠도는 소문 때문이었단다.

……

루이스랑 호킨스란 학생에 관한 소문이었어.

……

하루에 면도를 두 번이나 해야 하는, 상당히 잘생기고 건장한 졸업반 남학생이었단다. 그런데 얼굴에 주근깨가 난 그 8학년 학생과 관련된 소문이, 요즘 말로 하자면 '따먹었다'는 소문이 사방에 퍼져 있었어.

가엾은 루이스는 자기가 도덕적으로 타락한 여자, **팜므파탈** 취급을 당하고 있는 사실도 모르고, 계속 조지 엘리엇 이야기만 주절주절 늘어놓았어.

……

모사꾼. 여자 모사꾼이란 뜻이야.

……

자신의 의도대로 다른 사람들이 느끼게끔 상황을 몰고 가는 사람을 말한단다. 그 사람들이 그런 상황을 원하지 않는다 하더라도 말이야. 똑같은 의미로 그런 남자를 뭐라고 부르는지는 모르겠다. 그런 남자를 부르는 단어도 당연히 있어야 하는 건데.

……

흠, 그러니까 그 남학생이 자기와 사랑에 빠지도록 전략적으로 일을 꾸몄다는 거지.

……

나는 그 소문이 사실인지 아닌지 알지 못했지만 루이스가 걱정스러웠어.

……

왜냐하면 루이스는 내가 그곳에서 하루 종일 있으면서 만날 수 있는 유일한 여자였거든. 나 말고 직장에 단 한 명뿐인 여자가 해고되는 것이 싫었던 거야.

……

나는 말했어. "수업을 완전히 장악하고 있었다면 성적으로 매력적인 여자로 보일 일은 없었을 텐데."

……

아니, 아니다. 이 말은 나중에 우리가 친구가 된 뒤에 한 말이야. 하지만 루이스는 성적으로 매력적인 여자로 보이는 걸 좋아했어. 실제로 매력적이기도 했고.

……

아, 아마 너도 그렇게 될 게다. 넌 기다리기만 하면 돼. 그럼 여자애들이 네 집 문 앞에 줄을 설 테니까.

……

그럼, 분명히 그럴 거라니까. 너한테는 여자애들이 어른이 되기 전에는 알아보기 힘든 그런 매력이 있단다.

……

열여덟 살? 아니면 스물한 살쯤?

……

그건 그리 먼 일이 아니란다. 살아보면 알게 될 게다.

……

알았다. 루이스는 발렌타인 박사랑 한판 뜰 생각을 하면서 미처 보내지 못한 편지들 위에 그렇게 앉아 있었어. "이 학교 학생들은 꼭 온실 속의 화초 같아요. 지들 애비들이랑 똑 닮아가지고. 미스 빗커스도 이미 알고 있죠?"

기록으로 남겨두었어야 하는 건데. 이 말이 루이스가 콕 집어 나한테 직접 건넨 최초의 온전한 문장이었거든. 잠시 후 발렌타인 박사의 집무실 문이 열린 뒤에도 루이스는 계속 입을 놀렸어. 내 책상에서 3미터도 채 떨어지지 않은 문 앞에 박사가 감전이라도 된 듯 놀란 표정으로 서 있었고, 그 옆에 호킨스 부부가 서 있었는데도 말이야. 분노에 찬 호킨스 부부는 숨을 쉴 때마다 불길을 내뿜는 것 같았어. 머리털이 쭈뼛 곤두서던 그 살벌한 느낌이 지금도 선하구나.

……

아, 세상에, 정말로 그랬단다. 죽을 것 같았거든. 하지만 루이스한테는 상대방을 파악하는 뛰어난 육감이 있었어. 루이스는 슬그머니 내 책상에서 엉덩이를 들어 올렸어. 편지를 한 통도 건드리지 않고 말이야. 거기 있는 사람들 모두가 그 말을 들을 수 있는 거리 안에 있었는데도 루이스는 일어나 집무실 쪽으로 몸을 완전히 돌리기 직전에 목소리를 잔뜩 낮추어 나한테 이렇게 말하더구나. "수컷들이 절대로 할 수 없는 일이 있는데 그게 뭔지 알아요, 미스 빗커스? 그건 여자랑 관련된 비밀을 지키는 거예요."

......

놀라는 것도 무리는 아니지. 이날 이때까지도 난 잘 모르겠다. 루이스가 그때 말했던 비밀이 조지 엘리엇의 비밀인지, 아니면 루이스 자신의 비밀인지, 그것도 아니면 내 비밀인지. 아무튼 난 얼굴이 확 달아올랐어. 아, 정말로 **불길**이 타오를 정도로. 왜냐하면 루이스가 그 말을 한 뒤로 발렌타인 박사는 루이스를 다시는 쳐다보지 않았거든.

......

나. 박사는 날 쳐다보고 있었어.

......

사실이 그랬단다. 나도 비밀이 있는 여자였거든.

16

늦잠을 잔 퀸은 표백한 모텔 침대 시트라는 덫에 걸린 자신을 나무라며 자리에서 일어났다. 10분 동안 초조하게 오나의 방문을 두드리다가 모텔관리인을 불러왔다. 어제 저녁 보았던 새부리처럼 생긴 그 소년이었다. 방문을 따고 들어간 순간, 오나가 무릎까지 내려오는 잠옷을 걸치고 민망한 모습으로 욕실에서 나오고 있었다. 오나는 야단맞는 고양이처럼 비명을 내질렀다.

"대체 여기서 뭣들 하고 있는 게야. 나가!" 오나가 울부짖듯 소리쳤다.

퀸은 손바닥을 펴 두 눈을 덮은 채 뒷걸음질로 방을 나오며 말했다. "노크를 오백만 번도 더 했어요, 오나." 그러고는 등을 돌렸다. "전 혹시……." 퀸은 열린 문간 쪽으로 얼굴을 향하고 서 있었다. 햇빛 너머에 연료를 가득 채운 오나의 자동차가 유혹하는 자태로 서 있었다. 좋은 마음으로 차 점검까지 마친 터였다. 과장된 어조로 "구조" 운운하던 테드의 밥맛없는 태도 때문에 퀸은 진이 다 빠질 지경이었다.

오나가 같은 말을 반복했다. "나가게. 앞으로 18년 동안 죽지 않을 예정이니까."

한 시간 뒤, 두 사람은 어제 저녁 식사를 했던 기름때가 덕지덕지 낀 식당에 조촐한 아침식사를 놓고 앉아 있었다. 퀸이 당혹감에 여전히 말을 잃은 채 묽은 커피만 침울하게 홀짝대고 있는 동안, 오나는 블루베리 팬케이크 세 장을 후딱 해치웠다. 아마도 사과는 아직 제철이 아닌 모양이었다.

오나가 침묵을 메우듯 말했다. "자네도, 어머니의 포근한 치맛자락 속에서 다정한 보살핌을 받으며 자라난 성공적인 외과의사가 쌍안경을 목에 걸고 휠체어로 양로원 안 여기저기를 누비는 것보다 훨씬 더 행복한 결말을 맞이하기를 바란 것은 아니지?"

"사람이 자신의 결말을 직접 쓸 수 있으면 좋게요."

"흠, 난 내 결말을 직접 쓸 작정이네." 잠옷 사고가 있었음에도 오나는 이상할 정도로 활기가 넘쳤다. 아마도 벨이 충동적으로 오나를 돕겠다고 나선 덕분이리라. 벌써 그 이야기를 네 번이나 한 것을 보면.

"마을을 떠나는 길에 잠깐 들러서 아드님을 한 번 더 만나고 갈 수도 있습니다. 톡 까놓고 말해서 오나, 이게 마지막 기회일 수도 있잖아요." 퀸이 제안했다.

"걱정할 것 없네. 로렌타스한테는 행복한 시간이 아직 10년도 더 남아 있으니까." 테이블 맞은편에 앉은 오나의 두 눈이 반짝였다.

퀸은 오나가 눈치 채지 못할 만큼 누그러뜨린 어조로 말했다. "전 몹쓸 애비였거든요."

오나는 애매하게 고개를 끄덕이며 말했다. "세상엔 더 어려운 일도 있네."

"어떤 일이요?" 퀸은 정말로 알고 싶었다.

"온당한 어미가 되는 일." 오나는 머그잔에 든 커피를 한 모금 벌컥 들이키고 말을 이었다. "세상에 널린 게 몹쓸 애빈데 누가 그걸 알기나 하든가? 자네가 어떤 애비였든, 난 확신할 수 있네. 자네는 자네 생각만큼 나쁜 놈은 아니었을 거란 사실을. 자네는 할 수 있는 최선을 다했을 거야. 남자한테 그보다 더 많을 걸 바라는 사람은 없다네."

"벨은 그랬어요."

"내 말 잘 듣게, 퀸." 오나가 진지하게 말했다. 오나의 입에서 갑자기 자신의 이름이 튀어나와서 퀸은 깜짝 놀랐다. "만약 자네가 슬픔에 빠진 아버지답게 행동한다면 자네 여자가 자네한테 돌아올지도 모르지."

오나의 얼굴에서 애정이 느껴져서 퀸은 토를 달지 않고 그 말에 수긍했다. "슬픔에 빠진 아버지는 어떻게 행동하는데요?"

오나는 잠시 동안 말이 없다가 이렇게 대답했다. "레드베터라는 그 친구처럼."

마음이 상해서 퀸은 아무 말도 하지 않았다. 그때 운동부 유니폼을 입은 고등학생 일곱 명이 올빼미처럼 폭소를 터뜨리며 요란스럽게 식당 안으로 몰려들어왔다. 일행은 둥글게 휘어진 창가에 널찍이 자리를 차지하고 앉았다. 가게 전체를 전세 낸 듯, 아니 마을 전체, 나아가 자신들의 영혼은 물론 온 세상의 즐거움과 어리석음을 모두 다 차지한 듯.

"그런데 벨을 '자네 여자'라고 안 부르셨으면 좋겠어요. 확실히 제 여자가 아니잖아요."

"자네가 질문을 해서 난 대답을 해준 것뿐이네."

퀸은 오나를 식당에 내버려두고 혼자 일어나 나가버릴까 생각했다. 오나가 레드베터라는 그 사랑스러운 개뼈다귀를 포틀랜드에서 버몬트까지 370킬로미터나 되는 거리를 되돌아오게 할 수 있는지 한번 확인해보고 싶었다. 성인군자 행세를 하던 스카우트 대장이 그 뒤로 코빼기도 내비치지 않았기 때문이었다.

퀸은 더 이상 토론하고 싶지 않다는 뜻으로 손사래를 쳤고, 두 사람은 묵묵히 식사를 마쳤다. 오나는 무릎 위에 펼쳐놓은 냅킨을 집어 턱을 문질러 닦으며 말했다. "기네스북에 세상에서 가장 맛있는 팬케이크 기록도 있는지 궁금하구먼."

퀸은 잠시 동안 오나를 물끄러미 바라보다가 커피 잔을 비우며 말했다. "그 녀석이 어떻게 세계기록이란 사소한 흥밋거리로 여사님을 이렇게 단단히 옭아맸는지 도통 모르겠어요. 낚싯줄에 제대로 걸리신 것 같은데요."

"하나, 세계기록은 사소한 흥밋거리가 아닐세. 둘, 그 애는 정말로 열성적으로 나한테 낚싯줄을 던졌다네."

퀸은 아들의 근본적인 성격을 자꾸만 까먹었다. 아들은 열성적인 소년이었다. 그것만큼은 사실이었다. 그러나 아들의 웃음소리는 심야에 들리는 개 짖는 소리처럼 어딘지 알 수 없는 곳에서 뿜어져 나왔다. 그리고 아들은 즐거움을 칼집 속에 잘 보관하고 있다가 아무도 예상하지 못한 순간에 그것을 빼어 휘둘렀다. 아무튼, 그 모든 것들은 사라졌다. 부질없이. 다만 퀸은, 벨이나 에이미, 그리고 아들을 사랑했던 다른 이들과 달리, 내적으로 불안정하고 심지어 현실감각까지 떨어지는 이 카드 마술사를 만난 것이었다. 아들이 뭔가를 줄줄 외우던 모습이 아무런 예고도 없이 떠올라 퀸을 괴롭혔다. 그 경직된 목소리, 목록들, 숫자 세기, 표정 없는 얼굴과 꼼지락대던 손가락이. 자신이 속해 있던 세상과 조화되지 못하던 아들 가까이 있으면 퀸은 늘 마음이 불편했었다.

오나가 말했다. "저기 좀 보게. 누가 오는지 좀 보라고."

테드와 벨이었다. 테드는 갈색과 오렌지색 백합이 삐죽삐죽 꽂힌 화려한 꽃다발을 안고 있었고, 벨은 퀸이 처음 보는 근사한 흰색 원피스를 입고 있었다. 원피스에 달린, 빨간 테두리로 장식된 끈은 심지어 맛있어 보이기까지 했다. 벨의 머리에서 윤기가 흘렀다. '내가 졌네, 레드베터. 자네가 이겼어.' 퀸은 씁쓸하게 중얼거렸다.

"한 가지 부탁이 있어. 안 된다는 말은 하지 마." 퀸이 방어태세를 갖추기에 앞서 벨이 먼저 수류탄을 던졌다. "테드랑 나는 30분 안에 결혼할 거야. 그 결혼식에 증인이 필요해."

고등학생들이 환호했다. 벨은 깜짝 놀라 학생들을 바라보고는 미소를 지었다. 테드도 해바라기처럼 빙그레 웃었다. 퀸의 머릿속에서는 윙윙거리는 벌떼 소리가 들렸다.

"결혼식?" 오나가 꽃송이처럼 활짝 핀 얼굴로 물었다. 퀸이 보기에, 모르는 사람이 지금 오나의 모습을 보았다면 딱 아흔다섯 살 정도로밖에 보지 않을 것 같았다.

"혼인신고는 이미 아침에 마쳤습니다. 그런데 합법적인 부부가 되려면 증인이 필요하다네요." 테드가 오나에게 말했다.

"이 동네 목사들은 별로 친절하지가 않더라고요." 벨이 말했다.

"그건 그냥 버몬트 사람들 성격이래도. 이 동네 사람들은 원래 말이 없다니까." 테드가 말했다.

"아무튼 우리를 알고 있는 사람들이 필요해요." 벨은 오나 쪽으로 몸을 돌리며 말했다. "아직 여기 계실 줄 알았어요. 퀸은 고등학교 시절 이후로 아침 열 시 전에 일어난 적이 없거든요."

"자네가 어떻게 생각할지 몰라도 갑작스럽게 내린 결정이 아니야." 테드가 퀸에게 말했다. "우리는 계속 결혼식을 어떻게 할지 이야기를 나누어 왔거든." 그러고는 사랑스러운 눈빛으로 벨을 바라보며 덧붙였다. "요 근래에."

벨은 금색 대갈못이 박힌 하얀 샌들을 신은 한쪽 발을 들어 올리며 말했다. "이거 어때? 월마트에서 골랐는데. 우린 새벽 여섯 시에 일어났거든." 퀸이 보기에 벨은 행복해 보이지 않았다. 하지만 더 이상 불행해 보이지도 않았다.

"난 오늘 밤에 공연이 있어." 퀸이 말했다. 머릿속에서는 윙윙대는 소리가 계속 들려오고 있었다. "우린 지금 출발해야 돼. 10분 정도 후에." 예전에 야구공에 맞아 앞이마가 작살이 났을 때도 이렇게 아프지는 않았다.

"그 종교적인 청년들이랑 공연을 한다네." 오나가 모두에게 설명했다. "하지만 퀸이 좀 늦더라도 그 애들은 별로 개의치 않을 걸."

벨이 말했다. "5분도 안 걸려. 결혼식에서 재주넘기를 해달라는 것도 아니잖아, 퀸. 당신이 정말로 날 염려한다면 그걸 나한테 보여줄 수 있는 기회가 온 거야."

벨은 유령처럼 커다란 눈으로 퀸을 물끄러미 바라보았다. 그 두 눈에 두 사람의 길고 넓은 역사가 고스란히 담겨 있었다. 퀸이 벨을 떠난 이유는 오로지 그 눈 때문이었다.

아들의 세 번째 생일 전날 밤에도 벨은 이런 눈으로 퀸을 바라보았다. 퀸은 공연을 마치고 장비를 들여놓은 뒤에 캄캄한 집 안에 멍하니 앉아 있었다. 벨이 전등을 켜며 말했다. "이건 내가 생각했던 가정생활이 아니야. 난 적어도 외롭지는 않을 줄 알았단 말이야." 그 순간 째깍거리던 시계조차 동작을 멈추었다. "매 순간 분노를 느끼며 사느니 차라리 혼자 사는 게 낫겠어. 거의 집에 머무는 일이 없는 당신은 아예 이 집에 존재하지 않는 편이 나아."

비 내리는 도로를 한 시간 이상 운전을 하고 온 탓에 게슴츠레하게 풀린 눈으로 퀸은 주머니에서 그날 밤 수입을 꺼내며 말했다. "생계를 유지하느라 그런 거잖아. 난 가장으로서 책임을 다하고 있다고."

"우린 생계 이상의 것이 필요해. 삶이 필요하단 말이야." 벨이 속삭였다.

퀸은 따뜻한 아내의 몸을 끌어안고 침대에 눕고 싶었다. 그러면 망각에 빠진 지 두세 시간 만에 또 아들이 잠을 깨울 테지. 벌레와 먼지뭉치와 두툼한 외투와 노란색을 무서워하는 아들이. 매일 아침이 똑같았다. 공포에 질린 비명 트레몰로가 사람이 낼 수 있는 가장 높은 옥타브로 울려 퍼졌고 그러면 벨은 번개처럼 침대에서 뛰쳐나갔다. 퀸 역시 머릿속에서 아드레날린이 분출되는 것을 느끼며 잠에서 깨어났다.

"난 그래도 우리가 예전보다는 우리한테 닥친 상황에 잘 대처하게 될 줄 알았어." 벨이 말했다. 물론 벨은 그들 앞에 닥친 상황에 잘 대처했다. 이론적으로 볼 때 사람이 발휘할 수 있는 임기응변 능력에 한계가 있다면 벨은 이미 최고치에 도달해 있었다. 이미 현실이라는 험준한 바위투성이 정상을 정복했던 것이다. 얼음 같은 칼바람이 휘몰아치는 와중에 늑대들의 추격을 받으면서, 그것도 맨발로.

"뭐라고?" 퀸은 벨의 말에 놀라 물었다. "잠깐만." 그 말에는 수많은 의미가 담겨 있었고, 퀸은 가엾게도 그 말뜻을 곰곰이 곱씹어봐야만 했다. 아들이 세상에 태어난 날 이후로 술에 취한 적이 단 한 번도 없었는데도 퀸은 뭔가에 취한 것처럼 어지러웠다. 아들은 키와 몸무게는 같은 연령 아이들 중 하위 5퍼센트밖에 되지 않았지만 열 살짜리 아이가 만든 퍼즐을 맞춘다든가, 책에 나오는 단어들을 베껴 쓴다든가, 이런 어려운 문제에 관한 한 도사였다. 아이를 번갈아가며 돌봐주었던 벨의 이모들은, 애는 그냥 가만히 있는데도 자기들은 도저히 당해낼 재간이 없다는 말로 맹목적인 사랑을 표현하고는 했다.

"이게 내가 원하는 거야." 벨이 종이 한 장을 펼치며 말했다. 딱 보기에도 굉장히 긴 목록 같았다. 벨은 내용을 읽기 시작했다. "난 당신이 울타리를 고쳐줬으면 좋겠어. 즐거운 마음으로 아침 일찍 일어나줬으면 좋겠어. 토요일에는 우리를 공원에 데려가줬으면 좋겠어. 공연을 그만했으면 좋겠어." 그러고는 잠시 쉬었다가 이렇게 덧붙였다. "난 당신이 우릴 사랑하는 만큼 행동으로 보여줬으면 좋겠어." 벨의 목소리에는 차분하고 낮은 울림이 있었다. 마치 나무로 만든 오래된 악기 소리 같았다. 벨은 임신을 했다는 사실을 알리던 순간에도 지금과 똑같은 구슬픈 목소리로 말을 했었다. 피임약 먹는 것을 잊었다고. 나중에 두 사람은 아이를 갖고 싶은 마음이 무의식중에 행동으로 나타난 것이었다고 결론 내렸다. 하지만 그 순간 벨은 그 실수가 어떤 사태를 초래할지 전혀 모르고 있었다. '우리 두 사람이 함께 책임져야 할 문제이기는 하지만 이왕 이렇게 된 거 어쩔 수 없잖아.' 그때도 벨은 지금처럼 자신의 내면에서 서서히 타오르고 있는 확신을 조금씩 뿜어내고 있었다. '그렇다고 나랑 결혼할 필요는 없어, 퀸. 세상에 그런 남자들이 얼마나 많은데.'

퀸은 조심스럽게 입을 열었다. "캠브리지에 새로 연 스튜디오가 있어. 거기 사장이 아는 사람이야."

벨은 두 눈을 감았다.

"벨, 그러지 말고 내 말 좀 들어봐. 거기서 지금 세션 연주자를 모집하고 있어. 이사는 안 해도 돼. 통근할 거니까." 퀸은 벨의 두 손을 잡으며 말했다.

벨은 한숨을 내쉬며 눈을 떴다. "아, 퀸. 예전에는 아무래도 상관없었어. 내가 토끼 굴 같은 집에 처박혀 있는 걸 좋아했으니까. 하지만 그건 지난 얘기야."

"벨, 잘 들어보래도."

"난 당신 음악을 좋아했어. 그때는……" 벨은 솜털이 보송보송한 잠옷 치맛자락 위에 두 손을 포갰다. 요구사항 목록이 적힌 종이가 불길하게 부스럭 소리를 냈다.

"그때는 뭐?"

"그때는 당신을 믿었거든. 전적으로."

벨이 쓰고 있는 과거시제가 슬픔을 몰고 와 퀸을 덮쳤다. 퀸은 사인조 그룹 밴더스의 한 명으로 공연을 마치고 나면 손전등으로 벨의 기숙사 방 창문을 비추고는 했었다. 그러고는 추상화를 끼워놓은 소나무 액자가 벽 위에서 요동칠 정도로 열아홉 살 소녀 벨과 사랑을 나누었다. "그때는 내가 딴 여자들과 조금은 다른 것을 원하는 줄 알았어." 벨이 차분하게 말을 이었다. "내가 다른 것을 원할 수 있었다면 좋았을 텐데. 퀸, 이건 진심이야. 그런데 살아보니까 나도 딴 여자들이랑 똑같은 걸 원하고 있더라고." 지친 듯한 벨의 음색에서 묘한 울림이 느껴졌다. 노래를 부르기에 딱 좋은 목소리였다. 벨이 음치라는 사실만 빼면. 하지만 퀸은 벨의 이런 점까지도 사랑했다. 벨에게는 모든 음악이 기적이었기에.

"나도 다른 것을 원할 수 있었다면 좋았을 텐데." 퀸이 말했다.

"내가 원하는 건" 벨은 퀸을 바라보며 말했다. "아이를 하나 더 낳는 거야."

"아, 안 돼, 벨. 난 그럴 수 없어."

벨은 진지한 표정으로 고개를 끄덕였다. "나도 알아."

퀸의 머릿속에서 작게 쨍그랑 소리가 들렸다. "혹시, 다른 사람 생겼어?"

"아니." 벨이 대답했다. 퀸의 귀에는 그 말이 이렇게 들렸다. "아직은."

다른 선택을 하는 것이 훨씬 편했을 상황에서 퀸은 벨과 결혼을 했다. 벨을 사랑한다는 사실을 보여주는 증거로서. 그때는 그런 증거가 필요해 보였다. 아이를 낳자고 한 사람도 퀸이었다. 그는 피임약을 잊었다고 벨을 탓하지 않았다. 그것은 일말의 자존심이었다. 자신이 그렇게 막돼먹은 인간은 아니라는 사실을 보여주는. 그는 두 사람이 헤어지게 될 경우 자신이 도달하게 될, 여자를 임신시키고도 결혼하지 않는 세상에 흔하디흔한 그런 남자들 중 한 명이 되고 싶지 않았다. 그 뒤로 많은 일이 일어났다. 최후통첩과 악순환, 사랑을 나누면서도 비탄에 잠기던 기나긴 밤, 약속과 불이행, 그리고 수많은 눈물. 그러나 벨의 진심어린 소망을 적은 그 목록 속에 담긴 결론은, 누군가에게는 불가능한 일이었다. 아예 다른 사람이 되어야 하는 일이었기에.

마침내 길을 떠나게 되었을 때 퀸은 벨의 바람대로 다른 사람이 되겠노라고 맹세했다. 골드러시 시대에 미국 서부로 몰려가던 일확천금을 노리던 사람들처럼. 그렇게 지평선을 쫓으며 번 돈을 모두 집으로 부치던 그 사람들처럼. 그리하여 그는 꽤 탄탄한 스튜디오에서 입지를 다졌고 고정적으로 일거리가 들어오는 제법 괜찮은 연주자가 되었다. 공연해설이나 앨범 재킷에 심심치 않게 이름을 올리는 음악가들의 음악가가 된 것이었다. 그렇게 그는 자신의 꿈이 얼마나 값진 꿈인지 벨에게 입증해 보였다.

법적으로 이혼이 완료되었다는 사실을 알리는 통지서를 받은 곳은 시카고였다. 그곳에서 퀸은 깨끗하게 인쇄된 그 통지서를 정독했다. 한 문단을 읽을 때마다 두 사람의 역사가 주마등처럼 스쳐지나갔다. 관계가 너무나 복잡하게 얽혀 있어서, 두 사람은 법적인 강제력을 동원하고서야 갈라설 수 있었던 것이다. 5년 뒤, '난 당신이 그리워. 그리고 아들한테는 아버지가 필요해.'라고 말하는 벨과 다시 결혼을 하던 순간에도 퀸은 그 강제력에 따라 "네, 서약합니다."라고 말했고 퀸의 목소리를 들은 벨은 큰 소리로 웃음을 터뜨렸었다.

하지만 퀸의 그 두 번째 결혼서약만큼은 진심이었다. 그 서약을 하던 순간, 두 사람 곁에는 신비로운 아들이 서 있었다. 정체를 알 수 없는 뭔가를 물끄러미 바라보고, 귀를 기울이고, 앙상한 손가락으로 수를 헤아리면서. 소년은 퀸의 생각을 헤아리고 있었던 것일까? 그 애가 그 순간 세고 있던 것이 정말로 퀸의 생각이었을까?

퀸은 앵무새를 사달라고 조르는 소년의 품에 선물로 안긴 불도그가 된 기분이었다.

과연 열심히 노력을 했던가? 퀸 자신은 그랬다고 생각했다. 그 뒤로 1년 동안 퀸은 베스트바이 마트의 음향설비 기술자로서 무의미한 삶을 살았다. 쉴 새 없이 일을 하느라 바늘로 찌르는 듯한 끔찍한 통증을 고질적으로 달고 살던 퀸에게 벨이 다시 아기를 하나 더 낳자는 이야기를 했다. 퀸은 손가락이 아팠다. 기타를 연주해서가 아니라, 벨에게 행복을 되찾아주고자 하는 자신의 빛나는 소망을 이루기 위해 지난 몇 달 동안 따분한 업무에 매달려온 결과였다.

어느 날 밤 퀸은 용기를 내어 말했다. "애가 목록 작성하는 걸 좋아하는 것 같아. 애들이 보통 다 그래?" 그때 퀸은 설거지를 하고 있었고 벨은 씻은 접시를 행주로 닦고 있었다. 몇 주 동안이나 묻지 않고 넘어갔던 의문이 제멋대로 입 밖으로 튀어나와 평화로운 가정이란 풍경을 위협하고 있었다.

벨은 어깨를 으쓱했다. "하나, 둘, 셋. 그게 개 입에서 가장 먼저 나오는 단어야." 그나마 그 단어들도 애가 '넷'의 내용을 떠올렸을 때만 입 밖으로 나왔다. 퀸은 집에 돌아온 뒤로, 너무 수가 많아서 셀 수 없는 자잘한 골칫거리들에 모두 '넷'이란 숫자를 붙였다.

주말을 끼고 길게 휴가를 와 있던 에이미가 그때 끼어들었다. "그런 걸 개성이라고 부르는 거예요, 퀸." 집에서 구운 생강 빵을 뜯어 먹고 있던 에이미가 카드게임에서 가장 높은 패를 낸 것에 대한 상이라며 조금 뜯어 내밀었지만 손이 젖은 퀸은 사양했다.

퀸은 조심스럽게 말문을 열었다. "난 그냥, 다른 애들은 그러지 않는 것 같아서……." 그러고는 말을 멈추고 생각을 잠시 가다듬은 후 다시 말했다. "애한테 염려스러운 면이 있는 건 아닌가, 궁금해서. 어떻게 보면 염려스러운 면이라고 할 수도 있잖아."

벨은 여전히 접시를 문질러 닦고 있었지만, 태도로 볼 때 퀸의 이야기에 귀를 기울이고 있는 것이 분명했다. "'염려스러운 면'이라니 뭘 말하는 거야?" 벨이 물었다. 가족의 재결합이 또 다시 와해될까 겁이 나서 벨이 체계적인 순서에 따라 아이의 증상을 설명하리라는 퀸의 예상이 적중한 셈이었다. 그래도 아직은 벨의 의중을 정확히 읽어낼 수 있다는 자부심에 실망감이 다소 누그러졌다.

"하나, 뭐든 빤히 쳐다보잖아." 퀸은 손가락을 꼽으면서 지금까지는 한 번도 말한 적 없는 사실을 새로이 지적했다. "둘, 걸을 때 팔을 전혀 안 움직여."

벨은 이제 금색 선으로 세공이 되어 있는 소스 접시를 손에 쥔 채 퀸을 바라보고 있었다. 그녀는 커피를 타줄 때도 그렇게 고풍스러운 식기를 종종 사용했고, 그럴 때마다 퀸은 지나친 취향이란 생각을 금할 수가 없었다.

퀸이 말을 이었다. "걘 다른 아이들처럼 몸을 움직이지 않는단 말이야. 팔은 그냥 거기 붙어 있는 신체 부위에 불과한 거지. 아래로 축 늘어뜨리고. 몸 옆에 딱 붙여서. 얼핏 보면 꼭 누가 줄로 몸을 묶어둔 것 같다니까."

벨은 앞이마에 주름을 잡으며 말했다. "다, 당신 지금 애를 농담거리로 삼고 있는 거야?"

"설마! 맙소사, 그런 거 아니야, 벨. 지금 열심히 아빠 노릇을 하려고 이러는 거잖아." 퀸은 어쩔 줄 몰라 하는 눈빛으로 에이미 쪽을 바라보며 말을 이었다. "애들이 어떤지, 난 안 겪어봤잖아." 그러고는 에이미에게서 시선을 거두며 말했다. "그래서 잘 모르니까. 뭐가 정상이고 뭐가…… 정상이 아닌지."

침묵.

"셋, 걘 머릿속에 녹음기가 있는 것 같아. 처음에 뭔가 잘못된 내용이 입력되면, 이를테면 사람 이름 같은 것 말이야, 테이프에 녹음해 놓은 것처럼 그 잘못된 내용이 머릿속에 꽉 박혀버린다니까. 그래서 올바른 정보로 그 잘못된 내용을 덧씌우려고 해도 요지부동이고." 퀸은 이왕 제 무덤을 파기 시작한 거, 계속 삽질을 해야겠다고 생각했다. "딱 보기에도 염려스러운 면이 두세 가지는 있는 것 같아. 애의 어떤 면이 그럴 수도 있다는 거야. 사회적 인간관계나 그런 부분에서."

"다른 애들이 발치에도 따라오지 못할 만큼 어휘력이 풍부하긴 하죠." 에이미가 말했다.

"애가 어휘력이 좋은 건 저도 알아요. 정말 깜짝 놀랄 만큼 많은 단어를 알더군요." 퀸은 애가 어디에서 그렇게 많은 단어를 배우는지, 어떻게 그렇게 문법적으로 정확한 문장을 구사하는지 이해할 수가 없었다. "좋아요. 하지만 담임선생님을 계속 미스터 링크맨이라고 부르는 건 어떻게 생각해요? 적어도 50번은 고쳐준 것 같은데도 계속 링크맨이라고 부른다니까요. 내 말은 이거에요. 미합중국의 제16대 대통령이 에이브러햄 링컨이라는 것도 알고, 링컨의 어린 시절 가정환경이며 부인의 이름, 링컨이 저격당하던 밤 보고 있던 영화 제목, 링컨의 내각에서 관료를 지냈던 사람들의 이름, 링컨의 묘비를 세운 사람의 이름까지 줄줄 읊어댈 수 있는 애가 어째서 계속 담임선생님을 링크맨이라고 부르는 거냐고요."

벨과 에이미는 어이가 없다는 표정을 서로 주고받았다. "그건 아마도, 담임선생님 이름이 링크맨이기 때문 아닐까? 앤디 링크맨." 벨이 말했다. 그리고 두 여인은 폭소를 터뜨렸다. 덕분에 팽팽하게 이어져오던 긴장감이 별 탈 없이 가라앉았고 모두들 안도했다.

"이런, 퀸. **녹음기**는 제부 머릿속에 있는 것 같은데요." 에이미가 말했다.

"그 사람 그냥 내버려둬, 언니. 난 뭔가를 걱정하는 남자가 좋더라." 벨이 다정하게 말했다.

"확실히 내가 잘못된 예를 들기는 했네." 퀸은 이렇게 말하고는 또 다른 예를 늘어놓았다. 아들은 늘 '메뚜기'를 '뫼뚝이'라고 불렀다. '경계'를 '깅괴'라고 발음하는가 하면 '감사'를 '캄솨'라고 발음했다.

두 여자는 다시 웃음을 터뜨렸다. 특히 에이미는 포복절도했다. 퀸은 마음껏 웃게 에이미를 그냥 내버려뒀다. 그것도 더 나은 사람이 되기 위한 노력의 일환이었다. 잠시 후 퀸이 말을 이었다. "내 말은, '메뚜기'란 단어를 몇 번을 보고 듣든, 걘 계속 '뫼뚝이'라고 말할 거란 얘기야. 그래서 혹시 문제가 있는 건 아닌지 궁금해 하는 거라고. 에이미, 내 말 신경 쓰지 말고 계속 웃어요. 난 지금 아들을 걱정하는 아버지로서 궁금해 하는 거야."

벨이 진지하게 태도를 바꾸며 말했다. "애한테는 잘못된 점이 없어."

"지금까지 내 얘길 뭐로 들은 거야?" 퀸은 이제 아무 이유 없이 선생 이름이라도 들먹일 기세로 말했다. "학교 선생들이 도와줄 순 없는 건가?"

"난 잘 모르겠어, 퀸. 그럼 당신이 애 학교로 쳐들어가서 찾을 수 있으면 링컨 선생을 찾아서 물어보지 그래? 당신한테 너무 벅찬 일이라는 생각이 들면 지금 말하고."

이제 때가 다가온 것 같았다. 지난 1년 반 동안 퀸은 아이의 모습을 말없이 지켜보고, 궁금한 것이 생기면 신중하게 물어보고, 아이가 의문투성이 업무에 열중하고 있으면 슬그머니 자리를 피해주고는 했다. "난 지금 질문을 하고 있는 거야. 알았어? 그 애 아버지로서. 걘 지금 이 순간에도 제 방에 틀어박혀 있잖아. 대체 뭘 하면서? 신발 끈 수를 세거나 세계 볼링대회 점수를 암기하거나 2백 장이 넘는 빈 시디 케이스를 이해할 수 없는 순서로 정리하거나 말로 설명할 수 없는 항목들을 목록으로 작성하고 있겠지. 친구는 왜 안 사귀는 거야? 빌어먹을, 온갖 물건의 수는 왜 세는 거냐고?"

에이미가 자리에서 일어섰다. 그녀는 눈으로 묻고 있었다. '무슨 시디요? 친구가 없다는 건 또 무슨 뜻이죠?' 벨은 몹시 화가 난 표정으로 앉아 있었다. 혹시 그 순간에 약물치료를 받아봐야겠다고 결심했던 것은 아닐까? 아들이 어딘가 잘못된 것 같다는 퀸의 말을 듣고 에이미가 벌떡 일어서던 그 순간 뭔가를 느껴서?

벨은 두 사람을 바라보며 말했다. "걘 그냥 개야. 재미있고 어린 우리 아들." 정확히 해야 할 말만 딱 하는 것, 그것이 벨의 능력이었다. 벨은 그렇게 치밀하게 계산된 문장으로 세 사람을 3인조 한 팀으로 묶고 있었다. 에이미한테 더 큰 책임감을 지우는 동시에 퀸의 주의를 분산시키면서.

그날 밤 늦게, 벨이 아들의 정밀한 취침 의식, 그러니까 물을 딱 열 모금 마시고 숨이 살아나게 베개를 열 번 두드린 다음 심호흡을 열 번 하는 행위를 지켜보는 동안, 퀸은 에이미에게 속마음을 털어놓았다. "아홉 살 소년이면 보통 야구부에 들어가지 않나요?"

"보이스카우트를 하고 있잖아요."

"하지만 걘 같은 대대 다른 아이 이름을 하나도 못 대요." 바로 그날 아침 퀸이 아들을 데리고 스카우트 모임에 갔던 것이다. 저절로 태도가 공손해지는 그 훈련에서 아이들한테 시범을 보이는 테드 레드베터의 모습을 지켜보았다. 그가 미래에 자신의 연적이 되리라는 사실을 모르는 채. "이상하다는 생각 안 들어요, 에이미? 틈만 나면 목록을 작성하는 애가 자기 대대 아이의 이름을 하나도 못 대다니."

두 사람은 거실에서 스카치위스키를 마시고 있었다. 아니, 에이미는 위스키를 마시고 있었고 퀸은 스프라이트를 홀짝대고 있었다. 에이미는 말했다. "솔직히 말하면요, 정말로 이상한 것은 제부가 담임선생님 이름을 미스터 링컨이라고 50번이나 말했는데도, 그게 아니라는 것을 알면서도 애가 제부의 말을 정정해주지 않았다는 거예요."

퀸은 아무 효과도 없는 자신의 가짜 술을 오랫동안 벌컥벌컥 들이켰다.

"애가 제부를 무서워하는 것 같아요, 퀸. 더 열심히 노력해야겠어요." 에이미는 술잔을 내려놓으며 말했다. 술잔 속에서 위스키가 매혹적으로 찰랑거렸다. "벨의 언니로서 충고 한 마디 할까요? 벨은 제부가 자기 친자식한테도 유대감을 못 느낀다고 생각해요. 그게 사실이든 아니든." 그녀는 이 부분에서 의미심장하게 잠시 멈추었다가 다시 말을 이었다. "이런 상황에서 고칠수도 없는 애의 기본적인 성향에 대해 이러쿵저러쿵하는 것은 불난 집에 기름을 들이붓는 격이죠."

퀸은 책임보험을 연상시키는 유대감이라는 그 단어가 싫었다. 그래서 혹시 자신을 닦달하려고 일부러 그런 단어를 쓴 것은 아닐까 의심의 눈초리로 에이미를 바라보았다. 그러나 그녀는 이미 약간 취해 있었고 그 덕분에 함께 앉아 있는 것이었기 때문에 퀸은 이번 한 번은 그냥 넘어가기로 했다.

"걘 쉽게 유대감을 느낄 수 있는 아이가 아니에요."

"어떻게 하면 더 쉬워질까요? 참 괜찮은 녀석인데. 예쁘잖아요. 전 그 애를 사랑해요." 에이미는 악의 없이 이렇게 말하고는 퀸을 바라보았다. 그 순간 에이미의 표정에서 신랄한 무력감이 노골적으로 느껴져서 퀸은 그녀의 얼굴을 감히 계속 바라보고 있을 수가 없었다.

벨과 테드는 퀸의 대답을 기다리고 있었다. 구석 자리에 앉아 있던 고등학생들의 시선이 느껴졌다.

"난 한참동안 결혼식에 참석한 적이 없다네. 아무도 날 초대해주지 않아서." 오나가 재잘댔다.

테드가 말했다. "전 원래 집에서 결혼식을 올리고 싶었어요. 하지만 이런 결혼식도 괜찮아요. 완벽한 결혼식이 될 거예요." 그러고는 미래의 신부를 향해 몸을 돌리며 약간 곤란한 기색으로 이렇게 덧붙였다. "우리 어머니랑 애들은 서운해 하겠지만요."

벨이 말했다. "파티를 따로 열기는 할 거야. 아마도 또 다른 결혼식이 되겠지." 이제 벨은 테드의 팔에 팔짱을 끼고 있었다. 그 옛날 퀸의 팔에 팔짱을 끼고 있던 것과 똑같은 모습으로.

퀸은 생각했다. '오, 맙소사. 벨이 저 자를 사랑하다니.' 하지만 그래서는 안 될 까닭이 없지 않은가? 테드 레드베터는 늙은 어머니와 사랑스러운 아들들, 보이스카우트 23대 대원 모두, 그리고 킹 중학교의 교사들 모두, 천사 같았던 세상을 떠난 전처를 알고 있던 사람들 모두를 한자리에 모아놓고 성대한 결혼식을 올리고 싶어 했다. 해변에 모든 이들을 모아놓고 갈매기의 노래와 첼로 연주가 울려 퍼지는 가운데 자신의 사랑을 선포하고 싶었던 것이다. 그러나 벨은 자신이 사랑하는 사람들이 한자리에 모이는 것을 견딜 수가 없었다. 영원히는 아니겠지만 지금 당장은 그럴 수가 없었다. 그래서 테드는 무표정한 버몬트 마을 성직자가 읽는 대로 정해져 있는 문구 몇 개를 따라 읽는 것으로 끝나는 결혼식에 동의했다. 테드는 사랑하는 여인과 슬픔에 빠진 유족들한테, 몇 년이 걸릴지 모르는 법적 분쟁에, 평생 동안 자신에게 집안 문제로 싸움을 걸어댈 처형한테, 굳이 삼킬 필요도 없을 정도로 자신을 잘근잘근 씹어댈 장인한테 최선을 다하기로 마음먹은 것이었다.

퀸은 테드를 향한 시기와 분노를 짜내려고 애써보았지만 놀랍게도 그런 감정 대신 존경심이 일었다.

"5분도 안 걸릴 거야." 벨이 말했다.

그래도 미소는 지을 수가 없었다. "도움이 된다면 기꺼이."

"벨이 나랑 결혼한 것을 후회하지 않도록 최선을 다하겠네, 퀸. 내 약속하지." 테드가 끼어들었다. 테드한테서 박하향이 났다. 테드는 전날 입었던 것과 같은 셔츠를 입고 있었다. 드라이클리닝을 해 커버를 씌워 몇 달 동안 장롱 안에 고이 모셔두었을 결혼 예복과는 너무나 거리가 먼 옷이었다.

퀸은 테드의 말을 의심하기는커녕 부디 그렇게 되기를 간절히 바라고 있었다. 벨은 애초에 테드 같은 남자랑 결혼을 했어야 했다. "젠장, 될 대로 되라지." 퀸은 혼자 중얼거렸다.

오나가 자리에서 일어서며 말했다. "결혼식에 참석하기에는 몰골이 너무 엉망인데. 하물며 증인이라니."

"그건 저도 마찬가지인 걸요. 그럼 결혼식에 오셔서 저 좀 말려주시든가요." 좋아서 제정신이 아닌 테드가 말했다.

과하게 부피가 커 보이던 부케는 알고 보니 두 개의 꽃다발이었다. 테드가 그 중 하나를 오나에게 내밀며 말했다. "신부들러리께 드리는 겁니다." 테드의 얼굴에서는 웃음기가 가실 줄을 몰랐다. 테드는 편안하고 행복해 보였다.

퀸의 존재도, 형식적인 결혼식도, 가장 가까운 가족들이 두 주(州) 너머 저먼 곳에 있다는 사실도 개의치 않을 만큼.

"그럼 허락하겠네." 오나가 말했다. 마치 테드가 오나의 손을 잡고 식장에 입장하길 바라기라도 하는 것처럼. 저리도 재빠르게 편을 바꾸다니, 퀸은 오나를 향해 원망의 시선을 던졌다. 그러나 오나는 그저 두 눈을 더 크게 뜨며, 어서 상황에 맞게 처신하라고 말없이 퀸을 재촉할 뿐이었다.

"모두들 행복하세요." 고등학생들 중 한 명이 소리쳤다. 분홍색 야구 모자를 쓴 소녀였다.

퀸이 음식 값을 계산하자, 오나는 공식적인 결혼식 파티에 참석하는 것처럼 퀸의 팔에 팔짱을 끼었다. 맥 코스그로브는 노상 퀸만 보면 '목표가 뚜렷한 사람'들과 어울리라며 잔소리를 해댔었다. 바로 그 순간 그는 '목표가 뚜렷한 사람' 중 한 명을 밖에 세워둔 자동차까지 에스코트하는 중이었다. 립스틱을 고쳐 바른 오나에게서 향기가 났다.

왁스를 칠한 문을 열고 오나가 차에 타는 것을 돕는 퀸에게 오나가 말했다. "자네 정말 신사로구먼. 신사답게 아주 잘하고 있네."

늙고 병약한 오나는 체력이 달릴 텐데도 퀸의 팔을 붙잡고 제법 잘 버티고 있었다. 벨의 빨간색 블라우스를 입은 오나는 소녀 시절에 그랬음직한 모습으로 돌아가 있었다. 퀸은 오나의 칭찬에 썩 괜찮은 사람이 된 기분이었다. 그는 신혼부부가 어이없게도 자신을 진심으로 환영하고 있다는 사실을 깨달았다. 오나는 보석을 감정하는 듯한 표정으로 퀸을 올려다보았다. 퀸이 해줄 수 있는 것은 그것뿐이었다. 신부 곁에 서 있어 주는 것, 최선을 다해 그 자리를 빛내주는 것.

제4부

친구

Draugas

이 분은 미스 오나 빗커스이십니다. 이 테이프는 그 분의 인생 기억과 조각을 녹취한 것입니다. 이 부분은 7부에 해당됩니다.

......

루이스 이야기를 하던 중이었지. 그 끔찍한 소문이랑. 루이스는 우리 집 현관에 나타난 첫 손님이었단다. 그 일이 있고 나서 얼마 안 지났을 때였어.

......

10월이었던 것 같아. 겨울이었을 리가 없어. 그런데도 또 꼭 겨울날이었던 것도 같고. 찬바람을 맞아 붉어진 루이스의 볼 때문이겠지. 지금 생각해보니까 1월 밤이었던 것처럼 느껴지기도 하는구나. 공기에서 한겨울에 들리는 탁탁 소리가 났거든. 공기가 갈라지는 것 같다는 표현이 어떤 느낌인지 아니?

......

흠, 그 시절 날씨는 요즘 날씨랑 달랐거든. 저녁으로 내가 가장 좋아하는 음식을 먹으려고 막 요리를 끝낸 순간 난데없이 루이스 그래디가 우리 집 문 앞에 나타난 거야.

......

볶은 양배추를 곁들인 고기파이었어. 들어본 적이 있는지 모르겠다만 그 요리의 비법 재료는 캐러웨이라는 향신료란다.

......

일종의 씨앗이야. 그 향을 맡으면 늘 어머니가 떠올랐던 것 같아. 어머니는 그해 여름에 돌아가셨어. 아버지는 그보다 훨씬 전에 돌아가셨고. 1955년 여름까지 어머니는 왈드 가에 사셨단다. 연세가 아흔한 살이셨는데도 여전히 파스닙을 키우면서. 어머니는 7월 뜨거운 여름날 바로 거기 어머니의 텃밭에서 쓰러지셨다. 장수 끝에 참 편안히 눈을 감으셨는데도 그때 나한테는 충격이었어.

......

어머니가 쓰러질 때 텃밭에서 자라고 있던 채소들이 충격을 완화해준 것이 분명해. 그럴 것 같지 않니? 어여쁘게 줄지어 자라난 당근들이 이렇게 말했을 거야. "두려워하지 마세요! 여기 땅속에서는 굉장히 향기로운 냄새가 나요!"

......

우습게 들릴 거라는 거 나도 안다. 아무튼 루이스는 10월 어느 날 새빨
간 양 볼을 하고 거기 그렇게 서 있었어. 나는 들어와 저녁을 먹으라고
말했단다. 뭐, 그렇게 할 수밖에 없는 상황이긴 했지. 거기 서 있는 루
이스한테 달리 무슨 의도가 있었겠니.

......

"그럼 그럴까요? 고마워요, 미스 빗커스." 루이스는 이렇게 대답했어.
안으로 들어오라는 말이 무슨 잘 포장된 깜짝 선물이라도 되는 것처
럼.

......

아, 먹기는 먹더구나. 균형이 잘 잡힌 아름다운 엉덩이를 의자 위에 털
썩 내려놓고는. 하도 안 먹어서 코트걸이처럼 삐죽한 여자들이 속옷
바람으로 돌아다니는 모습을 넌 본 적이 없겠지. 루이스는 그런 여자
였어. 그 날은 속옷 위에 보라색 정장 드레스를 입고 있었지만.

......

세상에, 아니다. 난 정장 드레스 같은 옷은 안 입었어. 내 장롱에는 셔
츠만 가득했단다. "그런데 이렇게 추운 저녁에 무슨 일로 외출을 하셨
나요, 그래디 선생님?" 루이스가 고기파이를 다 먹어치운 뒤에 내가
물었어.

......

루이스가 말했어. "미스 빗커스, 나한테 동지가 필요하다는 걸 알았어
요." 동지가 왜 필요한지 난 그 이유를 알 수 없었어. 소문을 퍼뜨린 장
본인, 리버 가에 있던 통조림공장 아들로 장학금을 받으며 학교에 다
니던 남학생은 불행하게도 이미 퇴학을 당한 상황이었거든.

......

왜냐하면, 루이스가 소문을 낸 그 녀석을 호킨스 부부와 그 아들 앞에
딱 불러다 놓고 사자대면을 시켰거든. 루이스가 모든 진술을 마쳤을
때 호킨스 부인은 울면서 온갖 방법을 다 동원해 사과를 해야 했어. 두
소년 역시 울고 있었고.

......

그 일은 그렇게 일단락되었지만 루이스는 더 이상 모험을 원하지 않았어. 나처럼 루이스도 생활비를 벌어다주는 남편이 없었거든. "다시 여학생 시절로 돌아가 보는 건 어때요, 미스 빗커스?" 루이스가 물었어.
......
"난 열네 살 이후로 학생이었던 적이 없어요, 그래디 선생님." 나는 훌륭한 가정교사 선생님한테 교육을 받았다는 말을 하려다 말았어. 내가 제대로 교육을 받지 못했다고 루이스가 생각할까봐.
......
정답입니다! 백작부인을 키워내듯 나를 가르쳐준 그 모드 루시 스톡스 선생님이지.
......
"그럼, 다시 공부할 기회가 생기면 기꺼이 참여하시겠네요, 미스 빗커스?" 루이스는 이렇게 말하고는 자신이 가르치는 졸업반 문학 토론수업에 참여하라고 날 초청했어. 그 수업을 들으려면 매주 월요일 오후 한 시부터 세 시까지 자리를 비워야 했지만, 그래도 발렌타인 박사 일에는 아무 지장이 없을 것 같았어. 1955년에는 그게 얼마나 파격적인 제안이었는지 넌 아마 모를 게다.
혹시 누구한테 들은 적이 있니?
......
네 얼굴에 그렇게 쓰여 있다. 얼굴에는 외모의 기준이 되는 뼈만 있는 것이 아니거든.
......
괜찮다. 그래서 나는 루이스한테 이렇게 말했단다. "그래디 선생님 수업을 청강할 수 있다면야 저야 영광이죠." 그러자 루이스가 말했어. "그냥 루이스라고 불러요."
......
물론 그렇게 했지. 그러고는 찬장을 뒤져서 이전 세입자가 두고 간 셰리주 한 병을 꺼냈어. 변변찮은 술잔은 없었지만, 그래도 우리는 함께 술잔을 부딪쳤단다.
......
"건배!"라고 말했겠지. 정확히 기억은 안 나는구나. 쨍그랑하고 어울리지도 않는 잔을 부딪치던 일, 격에 맞는 술잔이 있었으면 좋았을 텐데 하고 생각했던 일은 기억이 난다. 우리의 우정이 시작되던 그 순간만 생각하면 지금도 '쨍그랑!' 소리가 들리는 것 같아. 그 순간에 기억에 남을 소리를 냈던 것이 얼마나 다행스러운지.

......

정말로 그랬다니까! 우린 반 병 정도 술을 비웠어. 술 마시는 일이 익숙하지 않았던 나는 취해서 발렌타인 박사 이야기를 여러 번 했던 것 같아.

......

아, 내가 발렌타인 박사를 흠모하고 있었거든. 그 사람은 너무나…… 뛰어난 사람이었어. 나와 달리 루이스는 구상 중이던 수업 아이디어를 털어놓았고.

......

루이스는 내 아파트를 나서려다 말고 돌아와 물었어. "박사를 사랑한 지 얼마나 됐죠, 오나 빗커스?" 그러고는 두 팔로 나를 안아주더구나. 온몸이 꽁꽁 얼 것처럼 추운 밤이었는데도 루이스한테서는 제비꽃향기가 났어. "발렌타인데이에 고백 카드를 보낼 비밀 상대가 발렌타인 박사였군요. 그런데 오나, 그 사람도 당신을 좋아하나요?"

......

미안. 네가 거기 있다는 걸 잠시 잊었다. 너는 사라지는 재주도 있는 모양이구나. 너 '짝사랑'이란 말이 무슨 뜻인지 아니?

......

짝—사—. 아니, 신경 쓸 것 없다. 너처럼 잘생긴 애는 그런 말이 필요치 않을 테니까.

......

발렌타인 박사에 대해서도 신경 쓸 것 없다. 그 불쌍한 남자는 남은 학기 내내 루이스 주변을 까치발로 살금살금 맴돌면서 감시했어. 심지어는 토론수업의 마지막 모듈*을 수정하라는 참견까지 했다니까. 모듈은

---

* 모듈 module : 교육과정을 구성하는 단위. 하나, 또는 여러 개의 모듈이 합쳐져 한 과목을 구성한다. 하나의 주제, 또는 교육목표와 그에 알맞은 학습내용과 평가까지 갖추어진 일종의 학습 패키지이다.

발렌타인 박사가 즐겨 쓰던 단어였어. 1960년대 들어서는 일반적으로 누구나 사용하는 단어가 됐지만. 내 생각에 그 단어를 처음 사용한 사람은 발렌타인 박사였던 것 같아.

......

루이스의 아이디어는 정해진 발언 시간 안에 학생들의 변화무쌍한 사고력을 최대한 끌어내는 방식이었어. 그 당시로서는 굉장히 혁신적인 수업 형태였지. 하지만 발렌타인 박사는 혁명가가 아니었어. 그 사람은 그저 직업을 잘못 선택한 평범한 남자였을 뿐이지. 아침마다 차를 곁들인 머핀을 즐겨 먹는. 솔직히 말하자면 박사는 그냥, 조금 더 현명하고, 조금 더 유쾌하고, 조금 더 많이 교육받고, 조금 더 잘생기고, 조금 더 매력적인 하워드의 또 다른 버전이었을 뿐이야.

......

맞아. 루이스는 그렇게 졸업반 문학 토론 수업의 마지막 모듈을 준비하고 있었어. 너대니얼 호손, 월트 휘트먼, 헨리 와드워스 롱펠로에 빠져 있던 학생들이 모두 참여하기로 되어 있었어.

......

19세기 이후에 장황한 글들을 발표한 수다쟁이들이란다. 루이스는 그 사이사이에 사생활에서 논란을 일으켰던 여성 작가 몇 명을 끼워 넣었어.

......

"이 학생들이 문학이란 파도를 이겨내려면 먼저 그 물에 흠뻑 빠질 필요가 있습니다." 루이스가 말했어. 내 의견을 물어본 사람은 아무도 없었지만 내 생각에 루이스는 문학적 주관이 뚜렷한 것 같았어.

......

아, 학생들은 모두 루이스의 말에 적극 찬성했단다. 그 애들은 여성 혁명가란 개념이 얼마나 거역하기 힘든 매력적인 개념인지 알게 됐거든. 그 학생들 중 절반 이상은 그때 루이스한테 홀딱 반해 있었어.

......

왜냐하면 루이스는 다른 사람의 말을 잘 들어줬거든. 지금 여기서 네가 하고 있는 것처럼 말이다. 가엾은 루이스는 자신이 선정한 책 목록을 놓고 학생들이랑 일일이 실랑이를 해야 했지. 그래도 루이스는, 서로의 가슴에 버터 칼을 꽂는 일 없이 커피와 빵을 놓고 미래의 아내와 토론할 수 있는 미래의 남편들을 키워내는 것이 자신의 역할이라고 생각했어.

......

왜냐하면 루이스 자신부터가 문제가 있는 남자를 만나서 두 번이나 이혼한 경험이 있었으니까. 아이는 없었어. 어쩌면 그래서 더 모성애를 과도하게 발휘하는 일이 잦았는지도 모르지. 학생들의 진짜 엄마들 중에는 성공한 전문직 여성이 없었거든. 루이스도 그 사실을 알고 있었고.

......

물론 그 엄마들도 자기가 할 수 있는 최선을 다했겠지.

......

그래. 확실히 그랬을 거야. 네 말에 나도 **동의한다.** 하지만 루이스는 그것만으로는 충분치 않다고 생각했어. 자연히 루이스는 미래의 남편들을 빛나게 만들어주는 책임은 물론, 그 아이들이 정신 나간 얼간이랑 결혼하지 않게 하는 책임까지 모두 다 스스로 짊어졌어.

......

케이트 초핀이라는 여성 작가가 쓴 ≪데지리의 아기≫* 같은 놀라운 작품들을 남학생들한테 읽히는 방법으로. 그러니까 루이스는 운동가였던 거야. 루이스의 어머니도 옛날에 필라델피아에서 여성 참정권 운동을 했다고 하더구나.

......

미안. 네가 거기 있다는 사실을 또 잊었다. 너도 알다시피 사람들은 세월이 흐르면서 수많은 사람들을 만난단다. 하지만 누구에게나 중요한 시기, 중요한 사람이 있는 법이지.

......

---

* ≪데지리의 아기 Désirée's Baby≫ : 미국의 소설가 케이트 초핀 Kate Chopin 1850-1904이 1893년 발표한 단편소설이다. 배경은 남북전쟁 이전 인종차별이 심한 미국 루이지애나이다. 데지리는 부유한 프랑스인 집안에 입양된 딸로 아름답게 성장해 알몬드라는 남자를 만나 사랑에 빠지고 결혼한다. 그러나 두 사람 사이에서 태어난 아기는 흑인 혼혈아이다. 알몬드는 입양아 출신인 데지리의 혈통을 의심한다. 결국 아기를 데리고 친정으로 돌아가던 데지리는 늪에 빠져 죽는다. 알몬드는 데지리와 아기의 물건을 불태우던 중 자신의 어머니가 아버지에게 보낸 편지들을 발견하고, 자신의 모계 쪽으로 흑인의 피가 섞여 있었다는 사실을 알게 되지만 침묵한다. 초기 페미니즘과 인종차별주의가 절묘하게 결합된 수작으로 평가된다.

서로의 내면에 방을 짓는 거야. 그래서 사람들의 내면에는 방이 아주 많아. 나는 하워드랑 28년 동안이나 결혼생활을 했지만 그 사람은 내 기억 속에 하찮은 자국으로 남아 있을 뿐이다. 그 사람 방은 아주 작은 철창이었어. 하지만 어떤 사람들은 네가 만들어가는 네 인생 이야기 속으로 들어와 거기에 집처럼 편한 방을 짓고 두 팔을 퍼덕이기 시작한단다. 그러니까 날개 길이만큼 넓은 방을 갖게 되는 거야.

……

나도 막 그렇게 말하려고 했다. 넌 내 안에 날개 길이만큼 넓은 방을 지은 아이라고.

……

별 말씀을. 아무튼 루이스는 발렌타인 박사의 승인을 받겠다며 목록에 있는 그 책들을 모두 가져왔어. 루이스가 그렇게 엉큼한 구석이 있었다니까. 학생들이 책 더미를 옮기고 또 옮겨서 거대한 산봉우리 몇 개를 위태롭게 쌓았어. 발렌타인 박사의 집무실 밖 벽에는, 교칙을 심하게 위반한 학생들이 불려와 식은땀을 흘리며 앉아서 대기하는 의자 여섯 개가 나란히 놓여 있었는데 그 등받이가 곧은 의자들을 루이스의 책들이 점령해버렸어.

……

의자마다 책이 한 무더기씩 쌓여갔어. 단정한 의자 커버 위에 학생들 키만큼 책이 높다랗게 쌓여 있는 난생 처음 보는 우스꽝스러운 광경이 펼쳐졌단다. 책 더미 위에 모자를 씌워주고 싶은 심정이었다니까.

……

아니, 그 정반대였어. 아, 박사한테 자기 책을 선물하던 루이스의 태도가 어찌나 막대사탕처럼 천진난만해 보이던지. 소매가 짧은 흰 블라우스에 다리에 착 감기는 빨간 치마를 입은 모습이 정말 꼭 막대사탕 같았거든. 옷과 색깔을 맞춘, 하얀색 장식이 달린 빨간 구두까지. 난 신을 엄두조차 내본 적 없는 그런 구두였어. 그러고 나서 두 사람은 실무적인 대화를 나누었단다.

루이스가 말했지. "제가 지금 고려중인 책들이에요. 이거, 이거, 이것들이. 이런 주제를 다루어도 될지 승인해주세요."

발렌타인 박사는 그 나름 멋있는 사람이긴 했지만, 몸을 움직일 때 약간 흐느적거리는 경향이 있었어. 어딘가 나사가 풀린 것처럼 말이야. 박사는 도로변 늪지에서 올챙이를 잡아먹는 목이 긴 그 새들처럼 책 더미 하나 앞에 기우뚱하게 서더니 거기서 책 한 권을 뽑았어. 그 다음 책 더미에서도 한 권을 뽑고 그런 식으로.

……

아니다. 사실 지금 내가 말하는 것만큼 우스워 보이지는 않았단다.

……

발렌타인 박사는 워낙 행동거지가 우아했거든. 아무튼 거기 그렇게 여섯 개의 의자 위에 책 더미가 쌓여 있었고 박사는 당황해서 어쩔 줄 몰라 했지. 게다가 그 책 더미에는, 거기에 비하면 루이스가 실제로 선택했던 책들이 오히려 얌전해 보일 정도로 노골적인 루이스의 분노까지 담겨 있었으니까.

……

잡화점에서 파는 페이퍼백이었단다. 그 중에는 장황한 공산주의 이론서도 몇 권 있었고, 17세기 창녀 이야기를 다룬 책도 있었어. 달리 말하면 실제로는 목록에 뽑아 놓고도 안 읽고 넘어간 책들도 꽤 있었다는 거야.

……

너라면 빼놓을 리가 없지. 안 그러냐? 루이스의 그 방법은 말하자면 마술쇼를 구경하는 것과 비슷한 방법이었어. 유랑극단이 써먹는 수법 중에 그런 게 있거든. 말하는 까치가 있다고 광고를 내서 사람들을 모아놓고는 관객이 그 새한테 "신시내티"라는 단어를 가르치는 동안 그 관객의 주머니를 털어가는 거야.

……

네 말이 맞다! 요즘은 이렇게 뭘 보든 새가 떠오르는구나. 창밖을 보렴. 예전에 한 번은 검은방울새가 날아온 적도 있단다. 이제 새 이름을 열다섯 개쯤 채웠니? 2주 정도 후면 스무 개 이상 채우게 될 게다.

……

스무 개 채우는 게 무에 그리 어려운 일이라고. 너라면 서른 개도 채울 수 있을 게다.

……

흠, 불쌍한 발렌타인 박사. 책 더미에서 듬성듬성 책을 뽑아 읽는 데만
도 2주나 걸렸단다. ≪데지리의 아기≫랑 다른 괜찮은 작품 몇 권은 빼
먹었지만 그래도 버지니아 울프의 ≪댈러웨이 부인≫*은 집어 들었어.
미국 작가가 아니었는데도 말이야. 그 책 한 권은 부인 읽힌다고 집에
가져가기까지 했지.

……

디너파티에 쓸 꽃을 사러 나간 어떤 부인 이야기란다. 그 부인은 그럴
필요가 없었는데도 말이지.

……

왜냐하면 그 부인은 엄청난 부자였거든. 꽃을 사러 부리는 사람을 보
낼 수도 있었어. 아니면 배달시키거나.

……

그래, 발렌타인 박사의 부인 이름 당연히 기억하지. 세이디. 그 여자도
디너파티를 종종 열었어.

……

나는 한 번도 초대받은 적이 없었지만 루이스는 매번 참석했어. 세이
디 발렌타인, 알고 보니 그 여자가 엄청나게 책을 꼼꼼하게 읽더라고.
≪댈러웨이 부인≫에서 한 여자가 다른 여자한테 키스하는 장면을 발
견하고는 그 방법을 배우려고 그 부분을 꽤 여러 번 읽었대.

……

아니다. 책 말미에 가면 디너파티가 열려. 이야기 전체가 하루 동안에
벌어지는 일이거든. 루이스는 그 부분을 중점적으로 다루었어. 파티를
개최할 정도로 여유로운 주인공의 삶 전체가 실은 어딘가 잘못된 삶이
라는 것, 거기에 그 하루 동안 펼쳐진, 주인공이 살 수도 있었던 또 다른
삶까지.

---

* ≪댈러웨이 부인 Mrs. Dalloway≫ : 20세기 영국의 여류작가 버지니아 울프 Virginia Woolf 1882-1941의 대표작이
다. '의식의 흐름' 기법을 소설 창작에 도입하여 인간의 내면세계를 효과적으로 보여준 모더니즘 수작으로 평가된
다. 명망 있는 정치가의 부인인 클라리사 댈러웨이가 1926년 6월 어느 날 하루 동안 겪는 사건을 서술한다. 댈러웨
이가 파티에 쓸 꽃을 사러 아침에 외출을 하는 것으로 시작해 파티를 여는 것으로 마무리되는 이 소설은, 귀부인
댈러웨이와 퇴역군인 셉티머스라는 두 개의 서사를 축으로 시공간적 제약을 초월해 과거, 현재, 미래는 물론 꿈과
현실까지 마음껏 넘나들며 런던 곳곳의 풍경과 다양한 인간 군상을 그려낸다.

……

아, 아니야. 루이스는 결국 용케 그 책을 가르쳤어. 돌이켜 보면 발렌타인 박사는 끝까지 그 사실을 몰랐던 것 같아. 그리 두꺼운 책이 아니었거든. 내가 좋아하는 스타일은 아니었지만 루이스는 훌륭한 선생님이었단다. 어른이 된 뒤로 그렇게 열성적인 선생님이랑 함께 공부해본 것은 그때가 처음이었어.

……

바로 그거야! 정말 놀랍지 않니! 누군가의 자리를 다른 사람이 대신할 수도 있다는 것, 그것이 삶의 진리란다.

……

그래, 기나긴 인생을 살다 보면 너도 그 사실을 알게 될 게다. 모드 루시 선생님의 자리를 누군가 대신 채우는 데 35년이란 세월이 흘렀지만 어쨌든 결국 채워지기는 했잖니. 나를 가르치는 일을 선뜻 나서서 도맡은, 또 다른 명석한 여성 루이스에 의해.

……

난 요약 같은 것 잘 못하지만, 네가 그 책에 대해 설명을 해야 할 테니까 한 문장으로 요약해주마. 그 책은 상상조차 할 수 없는 외로움을 다룬 책이란다. 어머나, 세상에. 저기 저 검은방울새가 널 찾아왔나보다. 열다섯 번째 새로구나.

결혼

1. 약혼 기간이 가장 길었던 부부 : 67년, 옥타비오 굴리언과 애드리아나 마르티네즈, 82세에 결혼, 국적 멕시코.

2. 동일 인물과 결혼한 횟수가 가장 많은 부부 : 66번, 그리고 현재에도 그 횟수는 계속 증가 중, 로렌과 데이비드 블레어, 국적 미국.

3. 세계에서 혼인율이 가장 높은 곳 : 1000명 당 35.1명, 미국령 버진아일랜드.

4. 세계에서 가장 큰 결혼 케이크 : 6818.4킬로그램, 국적 미국.

5. 결혼생활을 가장 오래 지속한 부부 : 86년(1743~1829), 라자루스와 몰리 로위, 국적 미국.

6. 한 결혼식에서 가장 많은 부부가 결혼한 기록 : 35,000쌍, 국적 대한민국.

7. TV를 통해 가장 많은 시청자가 지켜본 결혼식 : 750만 명, 찰스 황태자와 다이애나 황태자비. 국적 영국.

8. 세계에서 길이가 가장 긴 면사포 : 775.7미터, 국적 네덜란드.

9. 세계에서 결혼식이 가장 많이 열리는 도시 : 라스베가스, 하루 평균 280쌍, 국적 미국.

10. 최장시간 키스 : 30시간 59분 27초, 루이자 앨머도바와 리치 랭글리, 국적 미국.

17

그랜야드의 베이지색 읍사무소 건물 2층에서 열린 그 결혼식은, 퀸의 손목시계 초침에 따르면 정확히 6분 22초 동안 진행되었다. 신혼부부는 진공청소기로 내부까지 깨끗하게 청소한 테드의 밴을 타고 집 쪽으로 향했고, 퀸은 릴라이언트에 오나를 태우고 자신이 운전대를 잡았다. 32킬로미터 가량 대상행렬처럼 테드의 뒤를 따라가던 퀸은 마침내 참을성을 잃고 지독히 굼뜬 테드의 윈드스타 밴을 추월해 쏜살같이 내달리기 시작했다. 오나의 들러리 부케에서 백합이 축제의 꽃가루를 흩날리고 있었다.

결혼식 때문에 생각이 많아진 두 사람은 거의 말이 없었다. 더위가 다소 누그러진 것이 드라이브하기 좋은 날씨였다. 퀸은 아들을 생각하고 있었다. 아들을 떠나 있던 5년 동안, 퀸은 지구의 궤도를 따라 공전하고 있는 듯한 기분을 종종 느꼈다. 자신의 진짜 삶은 저 멀리, 모습조차 잘 떠오르지 않는 아들 밑에 남겨 둔 채. 가정이란 행성의 대기권 안에 재진입했을 때 그는 목적지에 다 와간다는 행복감을 경험했고, 그 뒤 몇 달 동안 그 감정을 잃지 않으려고 안간힘을 썼다. 그러다가 결국은 한겨울에 불가피하게 불시착을 하게 되었다. 단기 기타 강습에 따른 부자간의 '유대감' 실험 때문이었다.

퀸은 낮에 부업으로 포레스트 가의 한 음악상회에서 기타 강습을 한 적이 있었다. 그 가게 이름은 스탠호프 음악상회로, 장차 그의 친구가 될 사람이 과거에 운영했던 곳이었다. 그 일을 하면서 그는 자신이 얼마나 서투른 선생인지 알게 되었다. 가게 사장은 그를 '무섭게 느껴질 정도로 과도하게 열성적인 선생'이라고 평하면서 많은 수강생이 그를 좋아하지 않는다고 덧붙였다. (굳이 따지자면 대개 음악에 소질이 없는 수강생들이었지만.)

"이건 그거랑 다르지. 얘 당신 아들이잖아." 벨이 퀸을 안심시켰다. 이 말을 하던 벨의 입술 모양이 지금도 기억 속에 남아 있었다.

여섯 번째 강습을 하려고 퀸은, 최근에 깨끗하게 싹 치워서 널찍하고 난방이 잘 되어서 아늑한 벨의 집 차고로 아들을 불러냈다. 미리 의자 두 개를 마주 놓고 심사숙고해 고른 시디 몇 장을 잘 쌓아 놓은 참이었다.

"악대가 음악을 연주하며 행진한 최장거리 기록은 75.2킬로미터예요." 아들이 말했다.

퀸은 기타 두 개의 플러그를 꽂았다. 벨이 들어와 간식거리를 내려놓고 두 사람의 머리를 쓰다듬은 뒤 집으로 돌아갔다.

아들은 접시에서 오레오 쿠키 한 개를 집어 들고는 진저에일 한 모금을 찔끔 마셨다. "그 악대는 1992년 5월 9일 네덜란드의 아센 마을에서 출발해 역시 네덜란드의 마룸 마을까지 행진했어요."

퀸은 아마도 이런 식으로 바둑을 두듯 대화를 전개하는 방식도 있나 보다 추측했다. 그런 식으로 말을 하는 사람을 단 한 명도 떠올릴 수는 없었지만 말이다. 그는 아들이 지난 수업 이후에 보강한 방음시설을 알아봐줬으면 싶었다. 최근에 문을 닫은 동네 스튜디오에서 한 아름 얻어 온 장비를 차곡차곡 쌓아 설치한 방음시설이었다.

"그만큼 행진하는 데 열세 시간 50분이 걸렸대요. 처음에 예순 명이 행진을 시작해 끝까지 완주한 인원은 쉰두 명이었고요." 아들이 말했다.

콘크리트가 갈라진 바닥 문제는 아직 해결하지 못한 상황이었다. 꽤 많은 돈을 들여 콘크리트를 덧바르지 않으면 영영 해결될 수 없는 문제였다. 하지만 장비를 들여와 집에다 새로 꾸민 연습실에서는 겨울 향기가 아쩔한 희망처럼 피어올랐다. 새 연습실 단장이 끝나는 봄이 되면 유료로 운영할 수 있으리란 희망을 아무래도 버릴 수가 없었다.

퀸은 아들에게 이렇게 말하며 싱긋 웃었다. "이건 네 엄마 생각이다. 저 벽을 밀어버리고 새로 문을 단 다음 이곳을 리허설 공간으로 임대할 거야. 물론 음반녹음 서비스도 제공할 거고"

"바로 우리가." 퀸은 일부러 아들을 포함시켰다. 하지만 어떤 소년이 기계를 사랑하지 않을 수 있을까 싶어서 새로 얻어온 장비들을 설치하는 모습을 일부러 보여 주었는데도 아들은 조금도 흥미를 보이지 않았다. "난 낮에는 세션 연주자로 일하고 밤이 되면 활활 타오르는 가정의 난로를 지키는 파수꾼이 될 생각이다." 퀸은 무릎 위에 놓인 기타를 가볍게 두드리며 말했다.

아들의 무반응에 대처하려고 퀸은 이렇게 물었다. "절충이란 말이 무슨 뜻인지 아니?"

아들은 한참 동안이나 진지하게 생각에 잠겼다가 이렇게 말했다. "제 생각에 그 사업은 잘될 것 같지 않아요."

다른 사람들도 그렇게 예상했다. 그래서 퀸은 아들에게 한번 상상해보라고 말했다. 벽 너머에 만들어질 녹음 조정실, 눈앞에 조성될 연주 공간, 머리 위에 떠 있을 마이크, 이름이 꽉꽉 메워져 있을 예약자 명단, 노랫소리가 끊이지 않을 제국의 모습을. 그러나 공간지각능력이 떨어지는 아들은 그 광경을 그려내지 못했다.

"신경 쓸 것 없다. 머지않아 실제로 그 광경을 보게 될 테니까. 내가 준 노래들은 들어봤니?"

"네."

"내가 시킨 대로 세 번씩?"

"거기에 일곱 번씩 더해서 열 번씩이요." 아들은 겁에 질린 얼굴로 퀸을 바라보았다.

"이건 시험이 아니다. 편하게 해. 그래서 무슨 생각을 했니?"

"멜로디가 너무 많아요."

세심하게 주의를 기울여 마감한 천장을 뚫고 끔찍하고 달갑지 않은 말이 떨어졌다. 물론 처음 있는 일도 아니었다. 아들은 퀸을 닮은 구석이 없었다. 닮았다면 이럴 수는 없었다.

"영감을 주는 노래들이다." 퀸이 말했다. 신체적으로 볼 때 아들한테는 벨을 닮은 면이 많았다. 하지만 순진무구해 보이다 못해 백치 같은 그 얼굴은 벨한테 물려받은 얼굴이 아니었다. 그런 얼굴은 굴속에서 살금살금 살아가는 동물한테서나 볼 수 있는 얼굴이었다. 그 얼굴을 보면 그는 늘, 명령할 때 말고는 말을 거의 하지 않던 자신의 아버지가 떠올랐다.

"알았어요." 아들이 말했다. 아들은 퀸의 아버지답지 못한 생각을 눈치 챈 것 같았다. 설마 그럴 수가 있을까? 아들이라면 가능했다. 퀸은 궁지에 몰려 사로잡힌 신세가 된 기분이었다. 지난 5년간의 부재에 대한 벌이라도 받듯. 그래서 자신한테 닥친 일에만 집중하기로 마음먹었다. 당장뿐 아니라 영원히.

'너희들도 이제 남자가 되어야 한다. 너희 엄마는 죽었고 그건 엄연한 사실이니까.' 아버지는 말했었다.

기타 강습을 받으러 온 아들은 스카우트 제복을 입고 있었다. 아들의 사고 방식은 이렇게 늘 퀸의 추론능력을 넘어섰다. 퀸은 칼같이 잡힌 주름과 제복에 부착된 장식물을 바라보았다. 음악에 관련된 것만 빼고 모든 배지가 다 있었다. 그는 아들의 팔에 벨이 할인기간에 사온 기타를 안겼다. 레스 폴* 기타를 흉내 내어 만든 학생용 기타였다. 그러고는 지난 번 강습 때 전혀 잡지 못했던 코드를 잡아보라고 시켰다. "생각을 하려고 하지 말고 느껴 봐."

"뭘 느껴요?"

'운다고 네 엄마가 살아 돌아오는 것도 아니잖니. 자, 이제 이 물건들을 모두 트럭에 실어라.'

"어쩌면 열 번이 너무 많은 횟수인 건지도 몰라요." 아들이 말했다. 아들의 팔에 안겨 있으니 기타에서 방사선이 뿜어져 나오는 것 같았다. 퀸은 궁금했다. 인간이 정말로 이렇게 음악을 싫어할 수도 있는 건지.

퀸은 아들의 손가락을 움직여 G코드를 잡을 때 처음 짚어야 할 위치에 놓으며 말했다. "이렇게. 지난주부터 배운 C코드, D코드, G코드를 차례로 연습할 거다. 그 소리가 어떻게 들리는지 기억할 수 있게. 그리고 나서 전에 말했던 다른 음계를 배울 거야. 블루스 음계에 대해 설명했던 것 기억나니?"

아들의 입이 눈에 띄게 축 처졌다.

"이제 됐다. 아주 잘했어. 월요일에 다시 학교에 등교할 때쯤 되면 여자애들이 서로 네 책을 들어주려고 네 앞에 줄을 설 게다."

"전 아는 여자애가 한 명도 없는데요."

"블루스를 연주할 줄 알게 되면 여자친구도 생길 거야."

"전에는 록이라고 하셨잖아요."

퀸은 길고 깊은 한숨을 내쉰 다음 잠시 뜸을 들이다가 다시 말을 이었다. "로큰롤의 기본이 뭐라고 했지? 모든 현대 팝뮤직의 심장이요 핵심인 것이

---

* 레스 폴 Les Paul 1915-2009 : 미국의 재즈 기타리스트, 기타 개발자. 1950년대 열풍을 일으킨 솔리드 바디 전자기타를 개발한 사람으로 유명하다.

뭐라고?"

"블루스요." 아들은 침울한 표정으로 암기한 내용을 읊었다.

"그러면, 흑인이 아닌 백인 연주자가 연주한 최고의 블루스 솔로곡이 뭐라고 했지?" 퀸은 이제 서서히 열을 받고 있었지만 그 감정을 감추려고 애쓰며 물었다.

"'슬리피 타임 타임'이요. 에릭 채프먼이 연주한."

에릭 채프먼은 길 건너편에 사는 동네 주민으로 매일같이 물세차를 하고 낙엽 수거기로 차를 말리는 사람이었다. 언젠가 안장이 넓은 전동 잔디깎이 위에 앉은 채 퀸을 불러서 직업이 없는 남자는 자식새끼를 낳을 자격도 없는 인간이라는 말을 늘어놓던 작자였다.

"클랩튼." 퀸이 말했다. 이로써 그 이름만 벌써 50번째 말하는 것이었다. "에릭 클랩튼*, 클랩튼, 클랩튼, 클랩튼." 퀸은 아들의 가녀린 무릎 위에서 기타를 들어 바닥에 내려놓으며 말했다. "차라리 음악을 듣기만 하는 건 어떻겠니?"

"듣는 건 저도 할 수 있어요." 얼핏 보기에도 아들은 기타의 무게에서 벗어난 것이 안심이 되는 모양이었다. 퀸은 깨달았다. 자신이 지금 추고 있는 부자(父子) 댄스는 자신의 발놀림만 향상시킬 뿐 아무런 효과도 없다는 사실을.

'자, 제군들, 집에서 자기가 맡은 일을 각자 알아서 할 때가 되었다. 내가 이것들을 반 이상 작살내길 바라는 건 아니겠지?'

"귀에 긴장을 풀어." 퀸은 음악이 곧 시작된다는 신호를 주며 말했다. 그

---

* 에릭 클랩튼 Eric Clapton 1945- : 영국의 가수, 작곡가, 기타리스트. 영국 서레이 주에서 태어나 미술을 전공했다. 대학 시절 블루스 그룹에서 기타를 연주하는 것으로 음악활동을 시작한 이래로 수많은 그룹을 거치며 명성을 쌓았다. 대중음악계 최고의 기타 연주자로 '기타의 신' 이라고도 불리는 클랩튼은 블루스 록의 대중화에 지대한 기여를 한 것으로 평가된다.

러고는 음악이 오른쪽 스피커로만 흘러나오게 다이얼을 돌렸다. 클랩튼이 연주하는 가락이 한쪽 스피커를 통해 울려나왔고 배경에서 드럼 박자가 들렸다. 보름달처럼 커다란 아들의 두 눈은 음악 전체를 흡수하고 있었다. 아니면 아무것도 빨아들이지 못하거나. 어느 쪽이 진실인지 그 누가 알겠는가? 믿음을 저버리지 않는 클랩튼의 연주에 가속도가 붙으면서 노래는 이제 절정을 향해 치닫고 있었다. 퀸은 이 정도면 아들의 귀에도, 난생 처음으로 에릭 클랩튼의 기교가 경외심과 함께 도달할 수 있을 것이라 생각했다. 머리가 깨질 것 같았다.

"지금 흘러나오고 있는 솔로 연주 들리지?" 퀸은 아들이 어떻게든 지금까지와는 다른 뭔가를 느끼길 바라는 심정으로 열심히 설명했다. "콜 앤드 리스폰스(call and response : 보컬 간, 혹은 악기 간에 서로 호응하며 주고받는 형태의 연주를 말한다. '상호 연주'라고 번역하기도 한다. ─옮긴이)를 유심히 잘 들어봐." 그러고는 음악을 들을 때면 늘 하던 대로 감탄하며 박자에 맞추어 머리를 흔들었다. 그러다가 문득, 이것도 어디선가 배워서 익힌 동작이 아닐까 그런 생각이 처음으로 들었다. 그러면서 동시에 자신을 행복하게 만들어주는 가장 소중한 원천을 빼앗아 간 아들이 원망스러워지기 시작했다. "이건 자신과 나누는 대화 같은 거야. 들리니? 바다 속에서 솟아오르는 소리 같지. 잘 들어봐."

'애야, 네 연주는 꼭 레코드에서 나오는 소리 같구나.' 어머니는 퀸의 침실 문 앞에 서서 감탄하며 말했었다. 영원히 지워지지 않을 기억이었다. 어머니는 여윈 손가락으로 문설주를 두드리며 박자를 맞추고 있었다. 병 때문에 손톱이 노랬다. 어머니는 음악을 사랑했다. 어떤 음악이든 사랑했지만 그 중에서도 특히 퀸이 연주하는 음악을 사랑했다.

한참 후에 마침내 아들이 스피커 쪽으로 고개를 돌렸다. 음악의 즐거움이 방을 가득 채워가고 있을 때였다. 그러나 벌어진 앞니 사이로 할딱이며 숨을 내쉬는 것으로 보아 아이는 신체적으로 고통스러운 것 같았다. 퀸은 미동도 하지 않는 아들의 두 눈동자 속에 담겨 있는 고대국가를 물끄러미 들여다보았다. 그러다가 깨달았다. 잘못된 노래, 잘못된 가수. 자신의 선곡이 완전히 잘못되었다는 것을. 그 노래에는 유심히 귀를 기울여야 하는 요소가, 보석 같은 변주가 너무 많았던 것이다. 더구나 발로 박자를 맞추거나 고개를 까닥이는 등 음악적 황홀감을 표현하는 것은커녕 그와 비슷한 행동조차 전혀 할 줄 모르는 아이한테는 더더욱.

"음악을 온몸으로 받아들이도록 애써봐." 퀸은 숭고한 그 이름 에릭 클랩튼―클랩튼―클랩튼을 반복하여 말했다. "클랩튼이 연주하지 않는 부분에서도 어떤 멜로디가 들리지 않니? 압력이 점점 높아지는 게 들리지? 압력이 높아지고, 높아지고, 높아진다. 그 다음엔 활기차게! 자, 이제 아름다운 풍경이 펼쳐진 곳으로 나아간다. 아까부터 연주하지도 않은 멜로디가 계속 들리지?" 그는 멈춤 버튼을 누르고 말을 이었다. "이런 걸 고스트 노트 Ghost Note라고 한다. 소리는 들리지만 실제로는 존재하지 않는 음인 거지. 이 부분에서 숨이 멎어야 돼."

"알겠어요." 아들이 대답했다.

"난 네가 이만큼 기타를 연주하길 바라는 게 아니다. 그건 너도 알 거야. 그렇지?"

"네."

"난 지금 음악을 감상하는 법을 알려주는 거야. 음악은 이렇게 곡의 진가를 알아보는 것부터 시작하는 거거든."

"알겠어요." 아들은 의자에 뿌리를 내린 듯 꼼짝도 하지 않았다. 수레에 실린 채 사형선고를 받으러 가는 흉악범처럼.

"이보게, 친구. 긴장을 풀어. 그냥 로큰롤일 뿐이니까."

"아까는 블루스라면서요." 아들의 입술이 떨렸다.

"그랬지. 내가 아까 그렇게 말했지." 퀸은 순순히 인정했다.

아들은 어느새 침착함을 되찾은 것 같았다. 어쩌면 겉으로 보이는 것보다는 더 강한 아이인지 모른다. 퀸은 자기 기타를 집어 들고 아까 그 솔로 연주곡을 천천히 치기 시작했다. 한 마디, 한 마디씩.

아들이 물었다. "'아버지 세대의 지옥'이 무슨 뜻이에요? '아버지 세대의 지옥이 천천히 지나가 버렸다네.' 이건 '네 아이들을 가르쳐라'란 노래에 나오는 구절이에요. 3주 전에 방송에서 그 노래가 나왔거든요."

'당장 음악소리 낮추지 못해! 내가 꼭 직접 이 방에 들어와야 되겠냔 말이다!'

퀸은 말했다. "글쎄다. 잘 모르겠는데. 그 뜻을 알려면 시인이 되어야 할 걸."

"전 시인이 아닌데요. 아빠는요?"

"어쩌면 작사까지 섭렵해야 할지도 모르지."

아들은 의식을 행하듯 두 발로 일어서며 쓸쓸한 어조로 말했다. "그러는 게 가장 좋겠네요." 그러고는 쿠키 접시와 유리잔을 들고 옥외통로로 이어진 문 쪽으로 걸어가다가 갑자기 몸을 돌리며 말했다. "하나, 네덜란드에서 행진을 했던 그 악대는 행진의 종착역이었던 마을 이름을 따서 마룸 밴드라고 부른대요. 둘, 연주가 가능한 세계에서 가장 큰 전자기타의 길이는 13.3미터래요. 셋, 아빠의 연주는 에릭 채프먼의 연주보다 열 배 더 훌륭해요."

퀸은 고개를 끄덕이며 중얼거렸다. "그건 사실이지." 잔디깎이를 타고 있던 정신병자 같은 뚱보의 모습이 떠올랐다. "에릭 채프먼의 집 문을 날려버려야겠군."

퀸은 아들이 집 안으로 사라지는 모습을 지켜본 다음, 기타 줄을 하나하나 정확하게 눌러가며 그 유명한 솔로 연주곡을 다시 연주했다. 그러나 그 곡이 처음 작곡될 때부터 그 안에서 격렬하게 타오르기 시작한 불길, 그러니까 클랩튼의 어조, 가사, 천부적으로 타고난 음악적인 심장박동 그 무엇 하나 제대로 살려낼 수가 없었다. 언제나 그 곡을 연주하는 것은 퀸에게 고통이었다. 그런데도 그는 그 곡을, 그 곡 안에 살아 있는 움직임을, 그 곡이 건네는 위로를, 그 곡이 초대하는 새 세상을, 그 곡이 만들어내는 이야기를 여전히 사랑했다. 이 모든 것을 너무나 사랑했기에 그 이야기 속으로 들어가려고 애쓰는 일을 도저히 그만둘 수가 없었다. 실패하고, 실패하고 또 실패하는 짓을 도저히 멈출 수가 없었다.

메인 주 경계에 다 와갈 때쯤 퀸이 오나에게 물었다. "가장 최근에 결혼식에 참석하신 게 언제였습니까?"

"1967년. 레스터 학교를 졸업한 남학생이 헨포드 출신의 아가씨랑 결혼했을 때였네. 두 사람 모두 서른 살이 거의 다 된 나이였는데 그 시절 신랑신부 나이로는 조상님이나 마찬가지였지. 자네는?"

"하."

오나는 퀸을 바라보며 말했다. "아, 맞다. 자네야 이거나 저거나 구분 안 되는 그런 결혼식에 질렸겠지. 그래도 나는 레드베터가 마을 목사한테 반지를 빌렸을 때는 이런 결혼식도 그 나름 재미가 있다는 걸 알게 됐다네."

"그 친구야 석양을 배경으로 벨의 손가락에 다이아몬드 반지를 곧 끼워줄 텐데요, 뭘."

오나는 창밖을 바라보며 말했다. "아무렴, 여부가 있겠나. 자네 여자가 신랑이랑 함께 집으로 돌아오면 그 언니란 여자가 어떤 표정을 지을지 보고 싶구먼." 오나는 지금 벨의 집에 한바탕 휘몰아칠 후폭풍 이야기를 하고 있는 것이었다. 그래서 그런가, 오나의 목소리에서는 이미 쏟아진 물을 담으러 달려가는 듯한 다급한 분위기가 느껴졌다. 오나는 소리치듯 덧붙였다. "그 아버지 얼굴도. 내 생각에 그 양반은 반가워할 것 같지가 않아."

"농담하세요? 그 집 사람들은 테드 레드베터가 물 위를 걷는 성자인 줄 알아요."

오나는 창문을 올리며 말했다. "괜찮은 남자잖나."

"그래도 물 위를 걷는 건 아니잖아요, 오나."

"말 그대로 물 위를 걸을 수야 없겠지." 몇 킬로미터를 달리는 동안 차 안에는 째깍거리는 시계소리만 들렸다. "그래서 끔찍하게 실망했나?"

"그 스카우트 대장이 말 그대로 물 위를 걷지 못해서요?"

오나는 퀸의 말을 정정했다. "그 스카우트 대장이 사랑싸움에서 자네한테 완승을 거두어서. 내 말은 그 뜻일세."

"무슨 뜻으로 하신 말씀인지 알아요."

"생각해보니까, 아직 자네는 완패한 것이 아니지 않나? 벨은 자네랑 두 번이나 결혼했었지. 그러니까 점수는 2 대 1이지."

퀸은 소리 내어 웃었다. 메마른 사막을 지나고 처음으로 한 모금 들이켠 물처럼 회한 어린 안도감이 서서히 밀려왔다. 그 사막 안에 퀸은 벨을 위해 평평하고 안전한 자리를 마련해 두었었다. 그녀는 그에게 너무나 과분한 여자였다. 애초부터 벨만 빼고 모두가 그 사실을 알고 있었다. 그녀의 가족들(기타 연주는 직업이 아니지.)과 여자 친구들(저런 타입의 남자들은 아기를 좋아하지 않아.)은 퀸을 만나보고 미지근한 반응을 보였다. 벨은 그런 상황에서도 자기만족적인 예언을 일삼는 희한한 고집이 있었다. 그래서 가느다란 빨간색 가위로 그의 머리를 다듬어주며 가족 모임에서 감상적인 노래를 불러달라고 부탁했다. 단기적으로는 본래 모습보다 퀸을 돋보이게 만들어주는 효과가 있었지만, 결과적으로는 본래 모습보다 더 끔찍해 보이게 만들어준 그 노래들을.

"혹시 딴 생각을 하실까봐 드리는 말씀인데, 전 벨한테 충실했어요."

"그런 생각 안 했는데."

"이혼을 했잖아요. 그것도 두 번씩이나. 벨의 마음이 바뀐 것 같아서 그런 거지만."

"가정을 떠나는 순간 새로운 연애를 시작하는 남자들이 수두룩하지 않나. 아니, 가정을 떠나기 전부터 그러는 남자들도 많지."

"전 안 그랬어요."

"그 사실을 알게 되어 다행이네. 난 레드베터만 가정에 충실한 타입인 줄 알고 있었거든. 그런데 자네 역시 그런 타입이라는 사실이 레트베터한테는 별로 중요하지 않은 것 같아. 그럼 점수는 1 대 1 동점이구먼."

착한 남자 행세를 하느라 고달프게 흘러간 몇 시간 동안, 퀸은 봉사활동을 하는 스카우트처럼 마음을 먹으려고 갖은 애를 썼다. 레드베터는 아이를 좋아하고 아내를 위할 줄 아는 모범적인 가장이었다. 그런데도 퀸은 마을 목사의 집무실을 비추던 벨의 슬픔과 앙 다문 입을 떨쳐낼 수가 없었다. 희미한 안도의 빛으로 가득하던 그 얼굴을 어떻게 떨쳐낼 수가 있겠는가?

"자네 여자랑 똑같은 처지에 있는 여자라면 누구나 레드베터처럼 가정적이고 위로가 되는 남자를 더 좋아할걸세. 그 친구한테는 자네한테 있는 역마살이 없으니까."

"제가 하고 있는 일이 그런 걸요." 퀸은 다음 고속도로 출구 부근의 졸음 방지 구역에 차를 대고 운전석에서 내렸다.

퀸이 조수석 문을 벌컥 열자 오나가 물었다. "왜 이러나?"

"운전대를 잡으세요."

"여기서?"

"시험에 붙고 싶으신 것 맞죠?"

"여긴 익숙한 길이 아닌데, 내가 어떻게……?"

"기록을 세우고 싶으신 것 맞죠?"

오나는 약 30초가량 생각에 잠겼다가 대답했다. "맞네."

"그럼 어떻게 운전을 하시는지 제게 보여주세요."

오나는 레이저가 뿜어져 나올 것 같은 눈빛으로 퀸을 쏘아보다가 느릿느릿 차에서 내렸다. 퀸은 오나를 운전석까지 에스코트한 뒤 좌석 높이를 조정해주고 총알같이 달려 보조석에 올랐다.

"출발."

"내가 보기에 안전할 때 출발할 걸세." 오나는 이렇게 말하며 시동을 걸고 기어를 넣었다.

"후방 확인하시고요, 어깨 너머를 살피세요."

"내가 천치인 줄 아나?" 오나는 도로로 진입해 몇 킬로미터를 말없이 달렸다. "난 80년 동안이나 운전을 했단 말일세."

"지금 고속도로 최저제한속도보다 시속 30킬로미터나 느리게 달리고 계시거든요."

"과속 딱지를 백 장쯤 뗀 사람처럼 말하는구먼."

퀸은 웃음을 터뜨렸고 오나는 속도를 높였다. 제법 괜찮은 운전 실력이었다. 퀸은 오나의 자신감 있는 태도에 깜짝 놀라며 감탄했다.

"자네 아들은 훌륭한 선생이었네. 내가 도로 주행을 하는 동안 그 애는 필기시험 문제를 퀴즈로 냈었지. 그 덕분에 실수할까봐 전전긍긍하지 않을 수 있었어."

"시선을 저 멀리 더 앞쪽에 두세요. 그런데," 퀸은 잠시 머뭇거리다 말을 이었다. "열한 살짜리한테 운전 강습을 받으셨단 말이에요?"

"아주 잘했다니까. 한 마디 덧붙이자면 그 녀석은 오히려 자네보다도 참을성이 있었어. 하지만 자네도 그다지 나쁜 선생은 아니구먼, 퀸."

"전 누구를 가르치는 일은 끔찍하게 못합니다. 제 말을 믿으세요."

몇 킬로미터를 더 달린 뒤 오나가 말했다. "이제 그만해도 될까? 내가 구제불능이 아니라는 사실은 충분히 보여준 것 같은데." 그러고는 갓길에 차를 댔다. "이유를 알고 싶다면 피곤해서 그러네."

놀랍게도 그 말을 듣고 나서 보니 갑자기 오나가 몹시 피곤해 보였다. "세상에, 오나. 왜 여태 아무 말씀을 안 하셨어요?"

오나는 빙그레 웃었다. "눈치 없는 음악가랑 한 판 대결을 벌이는 즐거움을 놓치고 싶지 않아서."

"아주 잘하셨어요. 여사님의 기네스북이 목전에 있네요."

다시 운전대를 잡은 퀸은 이상할 정도로 기분이 좋았다. 포틀랜드에 다 와갈 때쯤 오나는 꾸벅꾸벅 졸고 있었다. 뼈대와 혈관만 남은 듯한 오나의 몸은 한쪽으로 기우뚱하게 쏠려 있었고 자그마한 머리는 어깨에 두른 안전벨트 위에서 까닥이고 있었다. 어제보다도 몸이 더 줄어든 것 같았다. 마지막 모퉁이를 도는데 오나가 잠에서 깼다. 길가에 늘어선 전신주에서 새로 붙인 반상회 전단지들이 펄럭이고 있었다. 열린 창문 사이로 자동차 대리점 스피커에서 우렁차게 울려나오는, 영업사원을 찾는 소리가 들려왔다. 퀸도 예전에 볼보 영업사원으로 일한 적이 있었다. 그가 차 한 대를 팔기도 전에 일찌감치 영업사원을 때려치웠던 까닭은 순전히 A장조보다 반음 낮은 음으로 울려나오는 저 방송 시스템 때문이었다.

오나의 집, 갈라진 울타리 판자 사이에 바람에 날려 온 전단지 한 장이 단단히 끼어 있었다. 퀸은 차에서 뛰어내려 오나의 문을 열었다. 스스로 정중하고 유쾌한 사람이 된 기분이었다. "자, 행복한 집에 드디어 도착했습니다." 자신에게 주어진 책임보다 훨씬 많은 일을 해온 퀸이었다. 아들이 원래 맡았던 일보다 훨씬 많은 일들을 충실히 수행했던 것이다. 그리고 이제 사실상 이렇게 우아하게 모든 임무가 끝난 셈이었다.

벼락이라도 맞은 것처럼 집에 수리해야 할 부분이 끝없이 생겨난다는 점만 빼면. 퀸이 고쳐주겠다고 약속한, 망가진 하수구며 갈라진 판자 따위가 눈에 들어왔다. 새로 페인트를 칠해야 할 곳도 한두 군데가 아니었다. 퀸은 오나를 에스코트해 자신이 잡초를 뽑았던 진입로를 지나 자신이 받침대를 보강했던 계단을 올랐다. 오나는 테드가 준 지나치게 큰 부케를 안고 있었다. 시들 기미조차 보이지 않는 꽃다발에 가려 눈동자 밑으로는 몸이 보이지도 않았다.

퀸은 판자에 끼어 있는 전단지를 손짓으로 가리키며 제안했다. "이웃들이랑 왕래를 좀 하시는 게 좋겠어요. 사람들을 좀 만나세요."

그 말에 오나는 불평을 늘어놓았다. "예전에 어울려봤는데 내가 무슨 끔찍한 존재인 것처럼 애들이 나를 괴롭혀도 어른들은 말릴 생각도 안 하더구먼. 자네도 알다시피 전에는 내가 이 동네 마녀였지 않은가. 아침식사로 푸들을 잡아먹는. 그런데 이제는 투명인간이 됐다네. 난 이게 편해." 그러고는 꽃다발 위로 코를 들어 올리며 손가락으로 거리 위쪽을 가리켰다. "저기 초록색 집에 살던 남자는 그래도 꽤 괜찮은 사람이었는데 지난겨울 세상을 떴어. 그 옆집 사는 부부도 그럭저럭 괜찮아. 또 그 옆집에 사는 여편네는 우리집 마당이 얼마나 엉망이든 신경도 쓰지 않지만, 그 남편은 겨울에 눈보라가칠 때 내가 잘 있는지 확인하러 왔더구먼."

퀸은 겨울에 그 집 풍경이 어떨지 상상해 보았다. 책임감에 현기증이 날 정도였다. 원래 겨울이면 집에 손보아야 할 구석이 네 배로 늘어나는 법이었다.

"저기요, 안녕하세요!" 그때 길 아래쪽에서 어떤 목소리가 들려왔다. 한 중년 여자가 노란색 나막신을 신고 진입로를 경쾌하게 올라오고 있었다. 바삭바삭 소리가 날 듯한 셔츠에 치노 바지를 입고 덕지덕지 화장을 한 여자였다.

퀸은 연장자에게 예의를 표하는 기사처럼 양 팔을 들어올렸다.

"우린 어르신이 돌아가신 줄 알았어요. 셜리 클레이튼이라고 해요. 저 아래쪽으로 다섯 번째 집에 살아요." 여자는 한 손을 내밀며 말했다. 악수하는 그녀의 손에서는 최근에 자격증을 취득한 부동산 중개업자 같은 적극성이 느껴졌다. 그 순간 퀸은 전염병마냥 시내 도처에 퍼져 있는 '파는 집' 표지판 속 인형 같은 분홍빛 얼굴의 주인공이 바로 이 여자란 사실을 알아챘다. "어르신이 돌아가신 줄 알았다니까요. 그런데 어디 물어볼 데가 있어야죠. 연락해볼 전화번호도 없고."

오나는 운모 빛이 도는 눈을 가느스름하게 뜨며 말했다. "아직 이렇게 시퍼렇게 살아 있는데. 바로 자네 눈앞에."

"아, 제가 너무 예의 없이 굴었죠?" 셜리가 말했다.

"내 말이 그 말일세."

셜리는 움찔하며 퀸 쪽으로 시선을 돌렸다. 퀸은 조준경 안에 들어간 한 마리 토끼가 된 기분이었다. 오나는 열쇠를 꺼내 헐거워진 문고리 구멍 안으로 쑤셔 넣었다. 영리한 너구리라면 그 벌어진 틈으로 80초면 너끈히 비집고 집으로 들어갈 수 있을 것 같았다. 이로써 퀸이 까먹고 수리하지 않은 곳이 한 군데 더 늘어난 셈이었다.

"꽃이 정말 탐스럽네요." 셜리가 말했다.

"건드리지 말게." 오나는 이렇게 말하며 문을 열었다. 안쪽 현관에 전날 잊고 간 가방이 원망하듯 앉아 있었다. "그래서, 정확히 내가 어디로 돌아간 줄 알았나?"

"그냥 **짐작**했을 뿐이에요." 셜리는 간식을 바라는 고양이처럼 문 앞으로 한 걸음 더 다가서며 말했다. "그러니까 가버리신 줄 알았어요. 이를테면…… 여행길이라든가."

"자네 말은 **저승길**이겠지." 오나의 양 볼이 붉게 달아올랐다. 오나는 퀸 쪽으로 몸을 돌리며 말했다. "부부와 아이 하나와 사나운 개 한 마리로 구성된 뱀파이어 가족한테 루이스의 집을 팔아치운 여자가 바로 이 여편넬세."

"그건 제가 아니에요, 빗커스 부인. 기억 안 나세요? 다른 부동산 중개업자랑 헷갈리신 거예요." 셜리는 이렇게 말하고는 퀸을 향해 덧붙였다. "어르신 친구가 집을 팔 때 전 이 동네에 살지도 않았어요. 그때는 올버니에 살았고 그냥 가정주부였답니다."

오나는 주름진 입술을 별모양으로 삐죽거리며 말했다. "아무튼 자네가 무슨 짓을 하려는지 난 다 알아."

"알았어요. 전 이만 가볼게요." 셜리는 전단지 한 장을 퀸의 손에 쥐어주며 말했다. "반상회. 저녁 일곱 시. 오신다면 격하게 환영합니다."

오나는 집 안으로 들어가, 퀸과 셜리를 현관에 그렇게 세워둔 채 문을 쾅 닫아버렸다.

"아드님이세요?"

"아뇨."

"그럼 손자?"

"아닙니다."

"사람들은 누구나 죽어요. 그건 사실이죠. 미리 계획을 세우지 않으면 몇 달 안에 다른 사람이 이 집을 차지할 수도 있어요. 그리고 그동안에도 계속 망가지고 부서져 폐허가 되겠죠." 셜리는 아까 그 자동차 대리점이 있는 서쪽 큰길을 가리키며 말했다. 지붕들 너머로 새로 개업한 로위 상점이 어렴풋이 보였다. "이 동네는 참 건전한 동네에요. 사람들도 친절하고요. 집값이 오를 수밖에 없어요."

그동안 그렇게 이 집을 방문했어도 퀸은 자기 자신과 테드 레드베터, 그리고 '바퀴달린 식사' 아주머니 말고는 이 집 대문 안에 감히 발을 들여놓는 사람을 한 번도 본 적이 없었다. 초록색 집에 살던 남자가 떠올랐다. 강렬한 오렌지색 카디건을 입은 그 노인이 손을 흔들며 인사를 건넨 적이 한 번 있었지만 퀸은 그때 사다리랑 씨름하느라 인사를 나눌 겨를이 없었다.

셜리는 칠이 벗겨진 현관 난간을 눈으로 쫓으며 말했다. "이 노인네들은 너무 세상물정에 어두워서 자기네가 뭘 깔고 앉아 있는지도 모른다니까요."

"전 아무 상관없는 사람입니다."

"전 일주일 안에 이 집을 팔고 양로원에 자리를 만들어드릴 수 있어요. 노인들을 위해서 그런 일도 하거든요. 우리 남편이 건축업자라서 아는데, 웨스트브룩에 새로 문을 연 최첨단 시설 양로원이 있어요."

"여사님은 거기 안 가실 겁니다."

"우리가 어떤 서비스를 제공하는지 노인네들은 들으려고도 안 해요." 셜리는 항변하듯 말을 늘어놓기 시작했다. "집을 팔고 마음의 평화를 사는 게 훨씬 이득인데 말이죠. 솔직히 말해서 가장 걱정스러운 건 안전 문제예요. 동네 전체가 걸린 문제죠. 노인네들이 가스레인지 불 끄는 걸 자꾸 잊거든요." 그러고는 몸짓으로 오나의 집을 가리키며 말했다. "무엇과도 바꿀 수 없는 값진 땅인데 말이에요."

점점 비약적으로 전개되는 셜리의 논리를 가만히 듣고만 있을 수가 없어서 퀸이 말했다. "전 그냥 친구예요."

"한 블록 너머 저쪽 길가에 단젤로 씨라고 아흔한 살 먹은 할아버지가 살았어요. 그 양반이 가진 돈에 맞추어 내가 이사를 열 번이나 시켜드렸죠. 그리고 마침내 팰머스에 있는 양로원에서 행복을 찾으셨다니까요." 셜리는 퀸의 전단지를 다시 가져가며 물었다. "형제자매가 또 있으세요?"

"내 말 잘 들어요. 여사님은 아주머니보다 훨씬 오래 사실 겁니다."

셜리는 그 말을 곱씹으며 뭔가 가늠하는 눈초리로 퀸을 살피다가 마침내 포기했는지 달그락달그락 나막신 소리를 내며, 팔 준비를 마친 주택을 향해 걸어갔다. 망가진 곳을 싹 손보고 페인트칠까지 새로 한 그 집은, 거기 살던 사람들이 즐거움을 미처 챙겨가지 못한 것처럼 빛이 났다.

이 분은 미스 오나 빗커스이십니다. 이 테이프는 그 분의 인생 기억과 조각을 녹취한 것입니다. 이 부분은 8부에 해당됩니다.

그런데 이 물건은 어디서 난 게냐?
……
경제칼럼을 쓰는 기자라고? 세상에. 네 이모는 굉장히 똑똑한 모양이구나.
……
루이스 이야기를 해달라고? 또?
……
그래, 알았다. 루이스랑 나는 친구가 되었단다.
……
물론 아주 좋은 친구였지, 하지만 너도 알다시피……
……
그냥 말하마. 그때까지 나한테는 '진짜 파란 true-blue' 친구가 한 명도 없었어.
……
충성스럽다는 뜻이란다. 좋을 때나 안 좋을 때나 함께 해주는 그런 사람. 그런데 어디까지 이야기했지?
……
루이스는 1957년 봄, 다섯 번째 해를 마치고 레스터 학교를 떠났어. 그동안 우리는 수십 권의 책을 읽었고, 그 작가들은 그때부터 모두 내 친구가 되었단다. 그 토론수업이 어찌나 즐거웠던지! 우리는 **모두** 친구가 되었다니까. 난 어항 속에 던져져 하루하루를 지루하게 살아가던 늙은 열대어 구피나 마찬가지였는데.
……
구피가 입으로 어떻게 뻐끔뻐끔 물거품을 뿜어내는지 아니? 아마 이럴 걸?
……
웃지 마라! 내가 지금 보여준 대로 꼭 그렇게 숨을 쉬니까. 난 그렇게 거의 모든 지식을 꿀떡꿀떡 삼켰어. 1957년이 된 것이 난 너무나 슬펐단다. 너무 늙었다고 생각했거든! 하지만 루이스랑 함께 있으면 딱 2분만 지나도 훨씬 똑똑해진 것 같은 기분이 들었어.

······

예컨대, '납득시키다'와 '설득하다'가 어떻게 다른지도 알게 되고, '사느냐 죽느냐'('to be or not to be' : ≪햄릿≫에 나오는 유명한 구절로 직역하면 '존재하느냐 마느냐'란 뜻이다. ─옮긴이)가 무슨 뜻인지도 알게 되었거든. 루이스는 셰익스피어를 사랑했어. 특히 남자 행세를 하는 수다스러운 여자 등장인물들을.

······

사실은, 나도 이번 주에 겨우 ≪햄릿≫을 다 읽었다.

······

꼭, 나보다 먼저 죽었다고 생각하고 있던 정신 나간 사람들을 떼로 마주치는 그런 느낌이더구나. 루이스한테는 자기만의 예감 같은 것이 있었던 것 같아. 그래서 내가 노망날 때까지 살 줄 미리 알고 그거라도 벗삼으라고 나한테 그 책을 그렇게 적극적으로 추천했던 거지.

······

'납득시키는' 것은 생각을 바꾸는 거고 '설득하는' 것은 행동을 바꾸는 거야. 흉측한 노파 목소리를 녹음하는 것이 괜찮은 아이디어라고 넌 날 '납득시키지는' 못 했지만, 어떻게든 결국 그 행동을 하도록 날 '설득하기는' 했잖니. 그렇지 않니, 꼬마 디킨스야?

······

보자. '햄릿'이란 이름의 우유부단한 왕자가 살았어. 햄릿의 아버지는 동생, 그러니까 햄릿의 숙부한테 살해당했지. 햄릿은 절정 부분에서 돌아가는 상황을 파악하며 굉장히 많은 독백을 읊는단다. 그 와중에 '사느냐 죽느냐'라는 그 대사가 등장한 거야.

······

왜냐하면 햄릿은 그 순간 익히 알려진 우유부단함이란 그 결점을 또 버리지 못하고, 삶보다 미지의 세계인 죽음이 훨씬 나은 것은 아닐까 궁금해 하거든.

······

삶은 투석기와 화살이 난무하는 가혹한 운명의 세계였으니까. 그런데 루이스가 나한테 춤을 가르쳐주었다는 이야기를 내가 했던가?

······

하이 가 내 아파트의 그 거실에서였어. 그런 바보 같은 일들은 항상 겨울에 일어나더구나. 사람들이 햇빛에 너무 굶주리는 바람에 위아래가 뒤집어져도 그 사실을 깨닫지 못해서 그런가. 아무튼 루이스는 그날도 평소에 종종 그랬던 것처럼 나한테 주려고 책을 한 권 갖고 왔고, 나는 스튜를 끓이고 빵을 구웠어. 내 아파트는 빵 굽는 냄새로 가득했지. 겨울에 빵 굽는 냄새를 맡으면 얼마나 행복해지는지 아니? 루이스는 웃으면서 들어왔어. 그때 새 연인을 사귀고 있었거든. 하긴, 루이스야 늘 새 연인이 있었지만.

......

계속 알고 지낼 만한 타입의 남자들은 아니었어. 어쩌다 만날 경우 인사나 나누면 모를까.

......

애인, 신사 친구란 뜻이지.

......

우리 집에 올 때는 늘 혼자 왔어. 그럼 나는 근사하게 밥상을 차렸단다. 잊지 않고 루이스를 위해 천으로 만든 냅킨도 꺼내놓고 말이야. 우리 어머니가 손수 레이스 실로 뜨신 정말 예쁜 냅킨이었지. 루이스는 좋은 물건을 감상할 줄 아는 안목이 있었어. 그런 면은 모드 루시 선생님이랑 참 비슷했지. 모드 루시 선생님이 그랬던 것처럼 루이스도 그 냅킨 가장자리로 입술을 톡톡 두드리기만 했어. 우리가 함께 식사를 한 횟수를 따지면 아마 천 번이 넘을 거야. 그런데도 루이스가 실제로 그 냅킨을 더럽힌 적은 한 번도 없었단다.

......

작은 얼룩 하나도. 지금 생각해보면 그날 밤하늘은 꼭 별을 드럼통 가득 날라다가 쏟아 부어 놓은 것 같았어. 심지어는 강물에 비친 통조림 공장 불빛도 예뻐 보였다니까. 마치 별처럼, 혹은 강물에 비친 별빛처럼. 루이스랑 나는 새 연인에 대해 수다를 떨고 있었어. 솔직히 말하면 사실 난 제대로 듣지도 않았단다. 이 남자나 저 남자나 모두 똑같은 사람들 같았거든. 아무튼 그렇게 이런저런 대화를 나누다가 내가 춤을 출 줄 모른다는 이야기가 우연히 나왔어.

......

흠, 지금은 출 줄 알지. 루이스는 신발을 벗어던지고 나를 거실로 끌어 냈어. 집에 변변히 틀 만한 음악이 없어서 결국 라디오를 틀었단다. 난 글렌 밀러를 더 좋아했지만 그 해 전국을 휩쓴 가수는 엘비스였어.

……

왜냐하면 엘비스는 늘 격렬하게 엉덩이를 돌려댔거든. 얼빠진 계집애 들은 그 모습을 보고 빽빽 소리를 질러대고. 루이스가 즐겨 듣던 라디 오 채널에서 엘비스의 노래가 흘러나왔어. 그것도 세 곡 연달아.

……

아, 글쎄다. 보자. 그 중 한 곡은 '올 슈크 업 All Shook Up'이란 노래였 고.

……

하나, '올 슈크 업'
둘, '자일하우스 록 Jailhouse Rock'
셋, '하운드 독 The Hound-dog' 이렇게 세 곡이었던 같구나.
첫 곡을 들으면서 루이스가 물었어. "지르박 출 줄 알아?" 솔직히 말하 면 그 시절 여자들도 가끔씩은 그렇게 틀에 박힌 생활에서 벗어날 수 있었거든. 난 말했어. "루이스, 평생을 고달프게 살아왔는데 도대체 내 가 어디서 지르박을 배울 수 있었겠어?"
루이스는 이렇게 대답했단다. "여기서. 바로 여기서 배울 거야. 내가 남자 역할을 할게. 자기가 여자 역할을 하면 돼."

……

아, 지금은 못 춘다.

……

아니, 못 춘대도.

……

기적을 기대하지 마라. 내가 할 말은 그뿐이다. 기대치를 좀 낮추렴. 이 제 내 엉덩이는 내 말을 안 듣는단다.

……

스텝, 스텝, 백스텝. 잘했다. 스텝, 스텝, 백스텝. 숙녀의 손을 이렇게 잡고. 그래 그거야. 스텝, 스텝, 백스텝. 그 다음에는 숙녀를 이렇게 네 팔 밑으로 돌리고.

……

나도 그런 실수를 했었단다. 지금 너처럼 루이스의 발을 밟았거든. 잠깐만. 휴우. 좀 앉아야겠다.

……

이 정도로는 끄떡없다. 그냥 숨이 좀 찬 것뿐이야. 휴우. 우리는 춤을 추면서 계속 폭소를 터뜨렸어. 아직도 그때 루이스의 얼굴이 눈에 선하구나. 지금 바라보고 있는 네 얼굴만큼이나 또렷하게.

……

역삼각형 모양을 한 루이스의 얼굴은 섬세하면서도 사나웠어. 꼭 여우 얼굴처럼. 그 살아 있는 눈빛하며. 루이스는 소리 내어 웃으며 따뜻한 물처럼 몸을 움직였단다.

……

아, 나도 안다. 내 말을 잘 들어보래도! 틀림없는 사실이니까. 그저 관객도 없는 거실에서 이리저리 오가면서 나한테 엉성한 춤을 가르쳐주는 것뿐이었는데도 그때 루이스의 모습을 봤다면 너 역시 남자들이 루이스를 왜 좋아하는지 알 수 있었을 거야. 루이스는 그런 재주가 있었어. 상대방으로 하여금…… 시적인 감수성을 느끼게 하는. 하지만 방금 전에도 보여줬다시피 난 지르박에 소질이 없었단다. 그런데 그때 다른 노래가 흘러나오기 시작했어. 영화음악으로도 쓰였던 노래였지.

……

'태미Tammy'란 노래야. 사랑에 빠진 한 소녀 이야기지. 정말로 오랜만에 그 노래 생각을 해보는구나. 그 노래를 부른 가수는 데비 레이놀즈였어. 그 가수의 목소리를 들으면 늘 마음속에 메이플 시럽을 흘려붓는 기분이 들었단다.

……

그 노래에 맞추어 춘 춤은 왈츠였어. 하나—둘—셋, 하나—둘—셋. 루이스가 물었어. "저랑 한 곡 추시겠습니까?" 그래서 난 이렇게 대답했지. "그럴까요." 우리는 빠른 속도로 왈츠를 추었어. 노래 한 곡이 시작되어 끝날 때까지 계속 왈츠를 추었는데도 내가 발을 밟는 실수를 한 번도 저지르지 않은 걸 보면 루이스는 정말 굉장한 춤꾼이었던 게 분명해. 심지어 남자 역할을 맡았는데도 말이지. 루이스는 말했어. "날 따라하려고 하지 말고 그냥 녹아들어. 남자의 스텝에 완전히 녹아들려고 애써 봐. 남자가 알아서 자기를 리드할 수 있게."

언젠가 너도 네 연인과 춤을 추게 될 테니 잘 기억해두렴.

......

아, 그럼. 너도 곧 춤을 추게 될 게다. 너처럼 잘생긴 남자를 그냥 둘 리가 없잖니. 지금 막 기억이 난 건데, 노래가 끝나갈 무렵 난 얼굴이 흠뻑 젖어 있었어. 눈물이 흥건히 흘러내려서.

......

아마도 나 자신이 짠해서 그랬겠지. 온 세상에 홀로 남겨진 기분이랄까. 랜들은 착하고 아주 예의 바르고 책임감 강하고 넉넉한 아들이었지만, 무심한 면이 있었어. 그래서였을까, 랜들한테는 하워드랑 내가 의무의 대상일 뿐이었어. 랜들은 매달 둘째 일요일에는 하워드를 만나고 넷째 일요일에는 날 만났단다. 시계처럼, 표지판처럼 정확하게.

......

아, 하지만 내가 혼자 산다는 사실이 특별히 신경 쓰인 적은 그때까지 한 번도 없었어. 그저 세상에 단 한 명뿐인 동성친구의 팔에 안겨 춤을 추던 그 순간, 꿈결처럼 아름다운 노래가 라디오에서 흘러나왔고, 꿈길을 걷듯 그 노래를 따라 부르다 보니 나도 모르게 눈물이 났던 것뿐이다. 사람은 누구나 그럴 때가 있거든.

......

너야 당연히 이해하겠지. 네가 이해를 못 할 것 같으면 내가 지금 이 모든 이야기들을 너한테 뭣 하러 털어놓고 있겠니?

......

루이스는 그냥 왈츠를 출 때 남자가 지켜야 할 자리를 든든하게 지키고 있었단다. 꼭 잠옷 바람으로 눈보라에 휩싸여 있는 기분이 들었어. 네가 그 모습을 직접 봤다면 너 역시 루이스가 함박눈 같다고 생각했을 거야. 나를 감싸며 펄펄 나리는 함박눈. 자신이 추위와 바람의 원천이면서 동시에 그 추위와 바람을 잔잔히 가라앉히는 그런 눈 말이야.

......

사실 우리는 그러고 나서도 그 일을 굳이 입에 담지 않았어. 늘 그랬듯 후식을 먹었고, 늘 그랬듯 약간의 담소를 나누었고, 늘 그랬듯 루이스는 내 뺨에 키스를 했고, 늘 그랬듯 루이스는 집으로 돌아갔단다.

……

정확히 기억은 나지 않지만 아마 케이크였을 거야. 수십 년이 지났는데도 모드 루시 선생님한테 배운 토마토 수프 케이크 요리법을 난 지금도 갖고 있단다. 평생 그 요리법을 아주 요긴하게 잘 써먹었거든. 사실 그 요리법은 선생님의 이모님이 개발한 요리법이었어. 1914년 여름 선생님이 그랜야드로 돌아가 병 수발을 들어주었던 그 이모님 말이야. 그 이모님만 아니었다면 내가 가출해 유랑극단을 따라가는 일도 없었을 텐데. 빅토르의 낚싯줄에 걸리는 일도 없었을 텐데. 첫 아들을 낳는 일도 없었을 텐데. 90년 동안 그 바보 같은 케이크를 굽는 일도 없었을 텐데.

……

아니, 진짜야! 토마토 수프를 넣어서 만든다니까. 얼마나 맛있는데. 네게도 한 판 구워줘야겠구나. 정말 기쁜 마음으로 구워주마. 루이스도 그 케이크를 아주 좋아했단다.

……

이렇게 해야지. 반대쪽 손을 올리고. 그렇지. 하나—둘—셋, 하나—둘—셋. 아주 잘했다. 하나—둘—셋, 하나—둘—셋.

잠깐만. 얘야, 녹음기 끄는 걸 잊었잖니.

18

그랜야드에서 돌아오던 길, 꾸벅꾸벅 졸기 시작했을 때 오나는 자신이 만들어낸 환상 속에서 셔트레프 양복점 앞에서 산책을 하고 있는 모드 루시 선생님을 만났다. 걸어놓은 실크와 모슬린 때문에 양복점 창문이 눈부셨다. 이 기억 속에서 두 사람은 함께 한가로이 거닐었다. 오나는 열두세 살쯤 되어 보였고 계절은 봄인 것 같았다. 이른 봄 해가 저 높은 곳에서 빛나는 한낮, 시내 거리의 상점들에 경쟁하듯 차양들이 총천연색 줄무늬를 그리며 드리워져 있었다. 두 사람은 공장지대 곁을 지나고 있었다. 공장에서 폭포처럼 쏟아져 나오는 소음 때문에 소리를 질러야만 목소리가 들리는 곳이었다. 육교 위에 오나의 부모님을 비롯해 수백 명의 사람들이 있었다. 열기 때문에 숨이 막히는 사람, 불에 손가락을 덴 사람, 반쯤 졸면서 기계를 조작하는 사람 등 별별 사람들이 다 보였다.

모드 루시 선생님이 청아한 목소리로 다급하게 건네는 말이 귓가에 들려왔다. "넌 저 공장에서 일을 하지 않을 거야. 넌 더 나은 일을 하기 위해 태어난 아이거든."

갑자기 찰칵 소리와 함께 기억이 또렷해졌다. 시간과 장소가 너무나 정확하게 떠올랐다. 쇼핑을 나온 손님들이 그 자리에서 오도가도 못 하고 있었다. 작은 무리를 이루어 서로 밀치며 그 곳에 서 있던 그 사람들은 방금 전에 막 '타이타닉 호'의 충격적인 운명을 전해들은 참이었다. 모두들 모이면 그 이야기만 나누었다. 때는 이제 완연한 봄이었다. 1912년 4월 열두 살 오나는 태어나서 처음으로 머리를 틀어 올렸다. 아주 설레는 일종의 통과의례였다. 모드 루시 선생님이 정성스럽게 빗질을 네 번이나 해서 숱 많고 윤기가 흐르는 오나의 머리를 모두 모아 뒤통수에 단단히 고정해준 것이었다. 두 사람은 햇빛이 쏟아지는 스탠호프 음악상회 입구에 서 있었다. 오나의 미래의 남편이자 간수이자 맷돌인 하워드 스탠호프는 열심히 피아노에 광을 내고 있었다.

모드 루시 선생님이 속삭였다. "저 남자는 도시 뒤쪽에 살아. 다른 도시인들과 함께."

투실투실한 장사꾼 하워드는 서둘러 하던 일을 마치고 소매를 정돈했다. 통통하고 얼굴이 어여쁜 하워드의 아내는 그보다 몇 살이 더 많았다. 그녀는 한 장에 5센트를 받고 악보를 팔았다. 반짝반짝 빛나던 그 목소리를 암에 빼앗기기 전까지. 그녀가 바로 가게 내부를 배치한 장본인이었다. 피아노를 전면에 배치하고 에디슨 녹음기와 빅터 축음기를 뒤쪽에 설치한 구조였다. 창가에 놓인 반달 모양의 콘서티나(아코디언과 비슷하지만 크기가 조금 작은 악기─옮긴이)는 버튼이 유난히 반짝여서 저 혼자서도 곧 음악을 연주할 것만 같았다. 세 가지 크기의 하모니카, 현악기를 연주하는 채와 활, 숟가락 세트 등 크기가 작은 상품들은 기다란 유리함 속에서 빛나고 있었다. 숟가락 세트 안에는 명함 크기의 종이에 4개 국어로 인쇄된 킴볼 약도가 들어 있었다.

오나는 성스럽고 현명한 스탠호프 부인을 장차 혐오하게 될 터였다. 그로부터 8년 뒤 포틀랜드에, 선반에 음반을 놓는 순서에 이르기까지 그 부인이 설계한 가게 구조를 완전히 똑같이 따라한 상점이 새로이 문을 열게 될지니. 첫 번째 스탠호프 부인, 최고의 스탠호프 부인, 그 누구도 대체할 수 없는 스탠호프 부인으로서 그 여자가 1948년까지 장장 20년에 걸쳐 비교의 대상이

됨으로써 오나를 끝없이 괴롭히게 될지니. 1948년 어느 날, 하워드는 망가진 고양이 의자에 앉아 애지중지 아끼던 크로슬리 전축으로 '빅과 사드'*를 듣고 있었다. 대중 음악계에서 성공하고자 했던 그의 허황된 꿈 때문에 사업은 이미 파산한 상태였고, 다락방은 팔리지 않은 악보로 터지기 일보직전이었다. 조개껍데기처럼 앉아 있던 그 순간의 하워드, 번들거리는 안경 너머에서 구멍이라도 파는 듯 가라앉은 눈빛을 하고 있던 그 순간의 하워드는 전쟁으로 아들을 잃은 어머니 오나를 올려다보며 말했다. "첫 번째 스탠호프 부인은 종종 내 눈을 들여다보며 노래를 불렀어."

프랭키를 잃은 슬픔으로 고삐가 풀려 남몰래 비서직을 알아보고 있던 오나는 이렇게 대답했다. "아, 하워드. 오, 주여. 난 떠날 거야."

그러나 1912년 4월 바로 그날, 망가진 인간이 되기까지 아직 수십 년이 남은 하워드는 손님들한테 인사를 건넸고 모드 루시 선생님은 악보를 찾아달라고 요구했다. "여기에는 우리 딸이 좋아하는 물건들이 많네요, 스탠호프 씨." 선생님은 하워드가 우울한 사람으로 이름이 나 있다는 사실을 알면서도 이렇게 말했다.

하워드는 그 뒤로도 평생 그랬던 것처럼 열심히 선반에서 악보를 뽑아내어 과장된 몸짓으로 아래로 떨어뜨렸다. 그러고는 읊조리듯 바다에서 일어난 비극 이야기를 했다. "어떤 사람들한테는 오늘이 참 슬픈 날이겠어요, 스톡스 양." 옆에서 들릴 정도로 큰 소리로 길게 한숨을 내쉬며 하워드가 튼 그의 새 발라드 곡은 토요일에 쇼핑을 나온 사람들 때문에 일어난 교통체증,

---

* '빅과 사드 Vic and Sade' : 1932년부터 1946년까지 미국 전역에 방송된 라디오 프로그램이다. 1943년 기준 고정 청취자가 7백만 명이 넘을 정도로 인기가 많았다. 버지니아 가에 살고 있는 회계사 빅터와 빅터의 아내 사드, 두 사람이 입양한 아들 러시, 세 캐릭터가 겪는 일상적인 에피소드가 주 내용이었다.

폭포 속으로 곤두박질 쳐 부빙(浮氷)에 부딪친 뒤 시커멓고 굶주린 강물 속으로 가라앉은 자동차 사고를 노래하고 있었다. 입구에 손님 몇 명이 모여들었다. 잠시 후, 음악을 들으며 비트에 갇힌 채 발로 장단을 맞추는 손님들이 좀 더 늘어났다. 오나는 우울한 가사 때문에 마음이 불편했는데도 음악에 취해 귀를 기울이고 있었다. 머리를 단정하게 깎고 손톱을 말끔하게 손질했는데도 하워드가 어찌나 절망스러워 보이던지, 당장이라도 재앙이 닥칠 것만 같았다. 그때 만약 돈이 있었다면 그 노래의 악보를 샀을 텐데. 오나는 행복하고 좀 더 젊은 스탠호프 씨의 모습을 그려보려고 애썼다. 소풍을 가서 담요를 깔고 누워 이마에 한결같이 다정한 스탠호프 부인의 손을 얹고 있는 스탠호프 씨의 모습을.

"드디어 해내셨네요." 모드 루시 선생님이 박수를 치며 재잘댔다. 그 목소리에 담긴 애교가 오나의 귀에 들려왔다. 치맛자락이 세 단으로 된 드레스를 입고 반드르르하게 머리를 곱게 빗은 오나의 눈에 처음으로 선생님의 거구와 촌스러운 셔츠가 들어왔다. 하워드는 시선의 방향을 바꾸어 노래 때문에 달아올라 있던 오나를 똑바로 바라보았다. 오나는 스스로 뻔뻔스러움과 놀라움을 느끼며 목선이 잘 드러나게 턱을 들어올렸다.

그때 오나를 뜯어보고 평가하고 감탄한 사람은 하워드 스탠호프만이 아니었다. 바이올린 줄을 사러 온 나이 지긋한 드래퓨 씨도, 멀거니 오나를 바라보다 신문지 종이에 손을 벤 코모 학교 학생들도, 악보를 고르고 있던 파라 부인과 딸 벨 메이도 모두 오나를 바라보고 있었다. 오나는 하워드 스탠호프와 탐나는 그의 발라드, 아주까리기름을 바른 듯한 목소리에 연민을 느낀 나머지 온몸이 녹아내리는 것 같았다. 그로부터 몇 년 뒤 그의 아내가 되어 그 드넓은 이마에 자신의 손을 얹고, 명예를 향한 그의 열망을 진정시키기 위해 떨리는 입술로 공연한 헛수고를 하게 되리라는 사실을 꿈에도 모르는 채.

오나가 소매를 붙잡자 모드 루시 선생님은 두꺼운 목 위에 붙은 머리를 돌리며, 딸을 데리고 나온 자부심 가득한 눈빛으로 오나를 바라보았다. 그러나 그 눈에는 자부심 말고 다른 감정도 있었다. 지금 보니 그 감정은 고통, 시기심이었다.

늙은 오나, 104세의 오나는, 셜리라는 물건을 치워버리라고 퀸을 문 밖에 둔 채 집 안으로 들어갔다. 늙은 오나는 퀸이 두고 간 그대로 그 자리에 덩그러니 놓여 있는 벌집무늬 여행가방을 빠끔히 들여다보았다. 그 순간 하워드는 투실투실한 상점 주인인 동시에 사냥개 같은 눈으로 망가진 고양이 의자에 앉아 있던 조개껍데기였다. 하워드는 어디에나 있고 아무 데도 없었다. 벨의 결혼식에서 가져온 부케가 티끌 하나 없는 바닥에 꽃잎을 흘리던 그 순간에도 말이다. 바닥에 떨어진 꽃잎을 줍느라 몸을 굽히자 오나의 손 위로 직선의 햇빛이 쏟아졌다. 검버섯이 핀 그 손 위에 소녀시절의 잔상처럼 살포시 불이 켜졌다. 육체의 아름다움이 얼마나 쓸모없는 것인지, 그 덧없음을, 그 부질없는 유혹을 낱낱이 보여주듯.

전날 오나는 휠체어를 탄 무릎 위에 포개어져 있던 로렌타스의 손을 힐끔 쳐다보았다. 가엾은 아들은 지금껏 살아온 삶을 녹이느라 정신이 흐릿했지만 그래도 그 손은 아직 아름다웠다.

만약 시간이 우리가 원하는 것을 이루어준다면, 오나는 넘실대는 파도를 넘어 머나먼 그 해변까지 몸뚱이를 이끌고 가 그 어리석은 계집애를 마구 흔들어 정신 차리게 하고 싶었다. '이 행동들을 정말 모두 사랑으로 받아들일 거야?' 로렌타스를 품에 안은 채 기차를 타고 떠나는 모드 루시 선생님의 환영이 배신의 전조, 예감으로 활활 타올랐다. 이 기억은 어린 오나와 늙은 오나, 둘 중 누구의 기억일까? 기억이란 것이, 예전에는 몰랐지만 지금은 알게 된 사실들을 반영하게끔 새로이 재구성될 수도 있는 걸까? 여독 때문에 녹초가 된 늙은 오나는 찬장에서 꽃병을 찾으며 간절한 마음으로 어린 오나에게 이렇게 말했다. '저기 이쪽으로 다가오는 빙산 보이지? 자기 자신을 사랑하는 것 이상으로 널 사랑해줄 사람은 이 세상에 아무도 없어.' 그러나 어린 오나는 빙산을 보지 못했다.

머리를 흔들어 기억을 털어내며 오나는 루이스한테 선물 받은 유리 꽃병에 레드베터의 꽃을 가지런히 꽂았다. 불꽃놀이 막대에서 불꽃이 뿜어져 나오듯 백합이 꽃병 앞쪽으로 늘어졌다. 오나는 두 눈을 감았다. 혼란스러운 머릿속에서 희미하게 타닥타닥 소리가 들렸다. 킴볼에 살던 기억은 90년도 더 된 기억이었다. 그리고 지금 돌이켜보면 모조리 가슴 아픈 기억뿐이었다. 그런데도 지금껏 그게 가슴 아픈 일인 줄도 모르고 살아온 것이었다.

"됐어요, 오나. 저 이제 가볼게요." 퀸이 현관문 안으로 머리를 들이밀며 말했다. 아, 이제는 오나의 눈에도 보였다. 자신의 뒤에 숨어 있는, 세계에서 가장 늙은 어리석은 계집애의 모습이.

"이번에는 '기쁜 소식'을 전파하러 어디로 가나?" 오나가 물었다.

"실은 그 '예수쟁이'들에 멤버가 복귀했어요."

"그 약쟁이 녀석? 그 친구가 돌아왔단 말이야?"

"원래 용수철 같은 녀석인 걸요."

"그래서 '딩동'하고 그냥 내쫓겨난 건가? 그렇게 간단히?"

"부자들 식탁에 낀 거지처럼요. 아까 여사님이 잠들었을 때 전화가 왔었거든요. 통화음이 계속 툭툭 끊겨대는 와중에 재주껏 알아들은 요점은 그거였어요." 퀸이 손목시계를 확인하며 말했다.

"확실히 말하는데 난 안 잤네. 그냥 몇 분 동안 눈을 감고 있었던 거지."

"아무튼, 그 통화로 시작된 이후의 45분이 제게는 얼마나 행복한 시간이었는지 몰라요."

"흠, 자네는 일벌이 아니잖나."

"그 친구들도 저한테 그렇게 말하더군요. 그래서 열심히 전화에 귀를 기울였더니 잘 지내래요." 퀸은 다시 시간을 확인했다.

"자네는 훌륭한 운전사일세, 퀸. 뭐 억지로 그렇게 믿게 된 것 같은 기분이 없지 않아 들지만."

퀸은 웃음을 터뜨렸다. "깜짝 칭찬인가요?" 그러고는 한 손을 내밀며 말했다. "전화 드릴게요."

"그래주면 나야 좋지." 퀸이 정말로 전화를 걸지 안 걸지 오나는 알 수 없었지만, 뭔가가 그렇게 막을 내리고 있었다. 그것만큼은 확실했다. "조만간 레드베터가 새 아이를 데려올 텐데, 징징대는 애가 아니었으면 좋겠구먼."

"어떤 애가 오든 그 애를 바보 취급하지 않으려고 애써보세요, 오나."

"음악 쪽 일 잘되길 바라네."

"기네스북 기록 도전 잘되시길 바랄게요."

오나는 거리를 따라 버스정류장으로 성큼성큼 걸어 내려가는 퀸의 모습을 지켜보며 생각했다. '로렌타스가 날 사랑할 수도 있었는데.'

오나는 여섯 시쯤 잠자리를 준비했다. 너무 피곤해서 눈물이 날 지경이었다. 잠옷으로 갈아입고, 입지 않은 옷 짐을 풀었다. 그 중에는 면 소재로 짠 연두색 선데이 드레스도 있었다. 결혼식에서 입었으면 완벽했을 텐데. 오나는 몸서리를 치며 그 드레스를 옷걸이에 처박았다.

여섯 시 삼십 분, 뉴스를 들으면서 차와 토스트를 들었다. 일곱 시, 양치를 하고 일곱 시 십 분, 침대에 들어가 조명을 낮춘 다음 찰스 디킨스의 ≪니콜라스 니클비≫란 책을 펼쳤다. 1921년에 마지막으로 읽은 소설이었다. 일곱 시 십오 분, 오나는 가슴에 책을 얹은 채 잠이 들었다.

시간이 얼마 지나지 않은 것 같았는데, 깜깜한 어둠 속에서 갑자기 잠이 깼다. 단어 하나가 두개골 안쪽을 탁탁 두드렸다. pavojus, pavojus, pavojus.

'위험.'

몸을 벌떡 일으키는 바람에 책이 무릎 위로 떨어졌다. 단어는 사라졌지만 가쁘게 뛰는 맥박이 무언가를 알리고 있었다. 머리를 들어올렸다. 움직임이 감지됐다. 집 안에 뭔가가 잘못된 것이 틀림없었다.

그 자리에 못 박힌 것처럼 앉아서 감각을 곤두세운 채 오나는 눈이 어둠에 익숙해지길 기다렸다. 점차 어둠이 허공 속에 모습을 드러냈고, 방 안의 가구와 같은 물건들의 뿌연 형상이 눈에 들어왔다. 화장대 위에 놓인 향수병의 윤곽선과 골조로만 이루어진 듯한 흔들의자와 간격이 일정한 의자 손잡이가 보였다. 시커먼 사각형을 그리며 활짝 열려 있는 문 때문에 깜깜한 복도의 어둠이 더 깊어 보였다.

자신의 숨소리 너머에서 들리는 소리에 귀를 기울이다가 오나는 침묵의 질감이 변화된 것을 감지했다. 어린 시절부터 침묵에 익숙했던 오나였다. 그러고는 쿵 가슴이 내려앉는 두려움과 함께 집 안에 자신만 있는 것이 아니라는 사실을 깨달았다.

"거기 누가 있어요?" 오나는 캄캄한 복도에 대고 소리쳤다. 겁에 질려 있어서 목소리가 갈라졌다. 아니, 어쩌면 입 밖으로 소리 내어 말한 것이 아닌지도 모르겠다. 자신의 청각이 좋지 않은 것에 회한을 느끼며 자신을 나무랐다. 이럴 때 루이스가 곁에 있어서 이렇게 말할 수 있었으면 싶었다. '아마 쥐일 거야. 고양이를 다시 키워야겠어, 루.'

오나는 떨리는 발로 살그머니 침대에서 빠져나와 문을 향해 다가갔다. 다시 무슨 소리가 들렸다. 긴장감이 극에 달한 그 찰나의 순간 오나는 생각했다. '남자다.' 아드레날린이 온몸을 씻어 내리는 것을 느끼며 목청을 가다듬고 허공을 향해 외쳤다. "거기 자넨가?"

순식간에 일어난 일이었다. 계단 쪽에서 천둥처럼 울리는 발소리와 함께, 동료에게 위험을 알리는 우렁찬 남자의 외침이 들려왔다. "어서 나가! 도망쳐! 도망쳐!" 유리가 박살나고 여러 개의 문이 쾅쾅 소리를 내며 닫히는 등 온 집 안이 아수라장으로 변했다. 그러더니 삽시간에 무덤처럼 깊은 침묵이 다시 찾아왔다.

"갔어. 다 갔어." 오나는 침실 문을 딸깍 잠그고 창문 쪽으로 머뭇머뭇 다가가며 속삭였다. 심장이 하도 거세게 뛰어서 개구리처럼 목덜미가 울룩불룩 튀었다. 창틀을 꽉 붙잡고 사람의 실루엣이 달아나고 있는 거리를 바라보았다. 두 번째 실루엣이 찌그러진 자동차에 잽싸게 올라탔다. 일당은 차를 빼느라 전진과 후진을 반복하며 잔디를 마구 짓밟고는 쏜살같이 내뺐다.

잔뜩 위축된 자신의 세상 속에 혼자 남겨진 오나는 한 손으로 목덜미를 누르며 충격의 여파를 진정시키려고 애썼다. 앞마당 가장자리에 쳐진 울타리를 따라 가로등이 밝게 빛나고 있었지만 마당을 제외한 집 전체는 어둠 속에 잠겨 있었다. 반상회 전단은 적진에서 날아온 화살처럼 여전히 울타리 판자에 그대로 끼어 있었다. 모든 것이 평소와 달라 보였다. 가로등은 화가 난 거인 같았고, 밤에 잠긴 고요한 집들은 보드게임 말 같았다. 오나는 다른 집들을 뚫어지게 바라보았다. 가까이에 다른 집들이 있다고 생각하니 마음이 좀 진정되었다.

오나는 울지 않았다. 그 대신 자신이 뭘 잘못했는지 되짚어보기 시작했다. 그랜야드 여행 때문에 녹초가 되어 있었다. 40시간을 그렇게 꽉 채워 바쁘게 움직여본 것이 도대체 얼마 만이던가? 두통이 날 정도로 생각할 일과 놀랄 일이 너무 많아서 현관 불 켜는 것을 그만 잊었던 것이다. 지난 5월 거리 저 아래쪽 집에 도둑이 든 뒤로 일종의 야간 대비책으로 늘 현관 등을 켜두었던 것이다. 자신의 삶 속에 아직 소년이 살아 있던 그때, 자신의 삶 속으로 소년의 아버지가 막 들어왔던 그때가 전생처럼 아득하게 느껴졌다.

오나는 어둠 속에서 입을 벌리고 심호흡을 하면서 맥박을 가라앉혔다. 그러고 나서야 겨우 곁에 있는 전등 스위치를 켤 수 있었다. 세 시가 조금 지난 시간이었다. 여덟 시간을 내리 잔 것이었다. 오나는 바지를 입고 슬리퍼를 신은 뒤 침실 문을 열고 어둠 속을 들여다봤다. 텅 빈 복도에서는 다시 빨라지기 시작한 자신의 숨소리 말고는 아무것도 감지되지 않았다.

'한쪽 발을 다른 발 앞에 디뎌.' 오나는 스스로에게 말했다. 루이스가 죽기 며칠 전에 오나에게 했던 말이었다. 그 기억이 마음을 가라앉혔다. 계단의 전등 스위치를 켜고 계단을 내려가 현관에 불을 하나 더 켰다. 물이 흥건한 바닥에 루이스의 꽃병이 박살 나 있었고 꽃이 쏟아진 채 마구 짓밟혀 있었다. 유리조각을 치우려고 몸을 굽히면서 다시 소년과 소형 녹음기를 떠올렸다. 그 녹음기는 저 바깥세상 어딘가에서 오나의 삶이 담긴 테이프를 윙윙 돌리고 있을 터였다. 보잘 것 없는 자신의 '조각'이 녹음된 테이프를. 오나는 끙 소리를 내며 몸을 일으켰다.

그때 한 남자가 거실로 들어왔다.

"그거 내려놔, 할멈." 남자의 목소리는 차분하고 여유로웠다.

유리조각이 순진무구한 **쨍그랑** 소리를 내며 떨어졌다. 어른이 아니었다. 덩치가 크긴 했지만 십대 소년이었다. 머리에 기름기가 잔뜩 낀 침입자는 옛날 TV 드라마 '조로'에나 나올 법한 검은 마스크를 쓰고 있었다. 코 부분이 갈라진 싸구려 마스크였다. 마스크의 틈 사이로 남자의 창백하고 흐리멍덩하고 가장자리에 붉게 혈관이 곤두선 눈이 보였다. 침입자의 손에서 작은 물건이 반짝였다. 소름 끼치는 그 물건은 총이었다. 그는 오나를 바라보다가 웃음을 터뜨렸다.

"할멈 혼자야?"

오나는 고개를 끄덕였다. 어찌나 무섭던지 목소리조차 나오지 않았다. 침입자는 너무 통이 넓어서 치마처럼 보이는 바지 주머니에 총을 쑤셔 넣었다. 오나는 남자의 뒤편 거실을 힐끔 쳐다보았다. 랜들의 고급 장식장 서랍이 모두 뽑혀 있었다. 천으로 된 물건들이 모두 쏟아져 산더미처럼 쌓여 있었고 소파 쿠션도 뽑혀져 바닥에 나뒹굴고 있었다. 집 안이 이 꼴이 되어가는 동안에도 계속 잠을 잤다니.

오나는 침입자의 지시를 기다리며 가만히 서 있었다.

"현금은 어디 있어, 할멈?" 아주 늙은 고양이처럼 미동도 하지 않고.

"저기 있는 것 말고는 가진 게 없는데." 오나는 꽃이 흩어져 있는 마룻바닥에 철퍼덕 놓여 있는 지갑을 가리키며 말했다. 지갑 속에 들어 있던 물건들은 모두 흠뻑 젖어 바닥에 널려 있었다. 신용카드, 유효기간이 만료된 운전면허증, 의료보험증, 스카우트 제복을 입은 소년의 사진 한 장, 고양이 사료 가게의 고릿적 쿠폰 등. 자신의 물건들이 쏟아져 있는 광경을 보자 수치심이 몰려오면서 얼굴이 화끈 달아올랐다. 절도범이 예상할 수 있는 할망구의 지갑, 딱 그 모습 그대로였기 때문이다. 아무짝에도 쓸모없는 신분증들.

"이리 와 봐, 할멈." 침입자가 손가락을 까닥여 오나를 불렀다. "과자 단지, 화분? 왜 이래, 할멈? 집어치워."

"난 영화에나 나오는 그런 노인네가 아니야. 다른 사람들처럼 돈은 은행에 저금한다고." 갑자기 분노가 치밀어 오나는 소리를 꽥 질렀다. 그러고는 스스로에게 말했다. '이런 식으로 죽을 수는 없어. 절대로.'

침입자는 오나의 어깨를 꽉 움켜쥐고 계단을 올라 2층 침실로 들어갔다. 그러고는 숨도 제대로 쉬지 못하고 바들바들 떨고 있는 오나를 루이스의 흔들의자에 털썩 주저앉혔다. 엉덩이를 부딪쳤지만 입을 꽉 닫고 고통을 삼켰다. "할멈 몇 살이야? 백 살?" 침입자는 끔찍한 앞니를 드러내며 물었다. 기름기가 끼어 축축해 보이는 머리에는 비듬이 가득했고 몸에서는 질척한 흙 냄새 같기도 하고 소독약 냄새 같기도 한 이상한 냄새가 났다. 종잇장처럼 하얀 팔뚝에는 시커먼 글씨가 한가득 문신되어 있었지만 단 한 글자도 알아볼 수가 없었다. 오나를 바라보는 침입자의 시선 때문에 공포가 되살아나며 다리에 힘이 쭉 빠졌다.

"여긴 아무 것도 없대도." 오나는 의자 손잡이를 꽉 붙잡으며 말했다. 마룻바닥이 일렁일렁 움직이는 것 같았다.

"가만있어." 침입자가 오나의 가슴팍을 잽싸게 한 대 쳤다. 충격으로 흉골에서 덜그럭거리는 소리가 났다. 그는 오나의 화장대와 탁상서랍을 뒤지며 내용물을 몽땅 침대 쪽으로 집어던졌다. 기네스북 세계기록 안내물이 부채꼴 모양으로 바닥에 쏟아졌다. 그러다가 침입자는 벌집무늬 가방을 발견했고 가방을 뒤지다가 안주머니에서 비상금 5달러를 찾아냈다. 1948년 우드포드 가의 집을 나올 때 가지고 나온 뒤로 계속 그 실크 안주머니에 살아온 지폐였다. "이거 보이지?" 그는 지폐를 오나의 코앞에서 팔랑팔랑 흔들며 말했다.

침입자가 침실을 강탈하는 동안 오나는 자신의 목에 걸린 채 잠옷 밑에 숨겨져 있는 생명줄을 떠올렸다. 이상이 없는지 주기적으로 테스트를 해보라는 주의를 항상 들어왔지만 실제로는 딱 한 번밖에 테스트해본 적이 없는 소환버튼이었다. 처음 버튼을 눌렀을 때 90초의 침묵이 흐른 뒤 거실에 놓여 있는 상자에서 여자의 목소리가 흘러나왔다. 여자는 오나를 '자기'라고 부르면서 오나가 '괜찮은지' 물었다. 하지만 지금 머릿속에 떠오른 생각은 배터리가 거의 다 방전되었을 거란 생각뿐이었다.

"아무것도 없군. 썅, 가져갈 게 아무것도 없어." 침입자는 이렇게 말하고 오나를 족칠까 말까 고민하는 듯 입술을 씰룩거렸다.

"네 일당은 널 버려두고 아까 도망쳤어." 오나가 떨리는 목소리로 말했다.

침입자는 다시 이를 내보이며 말했다. "얼마 못 갔을 거야. 똥차거든."

"일당이랑 함께 가지 않다니, 거 참 이상하네." 오나는 일말의 희망을 품고 말했다.

"난 도전을 좋아하거든. 근데 젠장, 할멈이 상관할 일이 아니잖아." 침입자는 오나가 40년 전부터 사용해온 화장품 주머니의 지퍼를 내리고 쓰다 만 립스틱 따위의 물건을 쏟아냈다. 오나는 너무 오래 가만히 앉아 있어서 엉덩이가 욱신거렸지만 조금이라도 움직였다가는 침입자가 폭발할까봐 무서웠다. 드라마가 지금처럼 과격해지기 이전 챙겨 보던 범죄 드라마 내용을 제대로 기억하고 있는 것이 맞는다면, 사람들은 악당들이 깜짝 놀라 희생자를 죽이거나 벌 떼처럼 도망치는 설정을 좋아했다. 오나는 상체에 매달려 있는 버튼을 잡고 결정을 내린 다음 꾹 눌렀다.

아래층에서 버저가 울렸다. 고음의 버저 소리가 평소보다 두 배는 크게 들렸다. 그런데 놀랍게도 침입자는 꿈쩍도 하지 않았다. 그 모습을 본 오나는 그 놈이 이 세상 사람이 아닌 것이 분명하다고 생각했다. "누구지? 남자친구 전화인가?" 침입자가 물었다. 오나는 마음속으로 수를 세기 시작했다. 침입자는 자리에서 일어서며 오나의 나머지 소지품을 던져버리고 5달러 지폐를 주머니에 넣고는, 땀에 전 마스크 사이로 오나를 향해 음흉한 시선을 던지며 말했다. "아직 한 가지가 남았어, 할멈."

오나는 자기도 모르게 병아리처럼 삑삑 소리를 내다가 공기를 모조리 들이마신 다음 목 뒤 후두에서부터 울려나오는 우렁찬 고함을 내질렀다. "안 돼!"

침입자는 웃음을 터뜨렸다. "와, 할멈, 내가 무슨 짓을 할 거라고 생각하는 거야? 내가 뭘 할 줄 알고?" 그러고는 다시 웃음을 터뜨리며 이렇게 덧붙였다. "끔찍하게 못생긴 주제에."

오나가 치밀어 오르는 욕지기를 꿀꺽 삼키고 있는데, 침입자는 한 손을 번쩍 들어 올려 허공에 잠시 멈추었다가 오나의 뺨을 살짝 내리쳤다. "착하게 굴어야지." 그러고는 계단을 성큼성큼 내려가 조용히 문을 열고 집에서 빠져나갔다. 그때 통신장치 저편에서 목소리가 들려왔다. 정확히 90초가 지난 시간이었다. "여보세요, 미스 빗커스, 괜찮아요?" 오나는 뺨에 남은 감촉을 문질러 닦으며 비틀비틀 창문 쪽으로 다가갔다. 겁에 질린 다람쥐처럼 전속력으로 내달려 밤 속으로 뛰어드는 침입자의 모습이 보였다. 그래도 그 뒷모습만큼은 만족스러웠다.

몇 분 후 긴급의료진이, 뒤이어 경찰 두 명이 도착했다. 잠시 후 형사 한 명이 나타났고 그 뒤편으로 이웃들도 듬성듬성 모습을 드러냈다. 모두들 낯가림이 심하고 겁이 많은 이웃들이었다. 셜리 클레이튼만 빼고. 셜리는 새벽

세 시인데도 참견을 못 해 안달이 난 것 같았다.

"오, 주여." 설리는 이렇게 탄식하며 경찰 두 명 중 한 명과 억지로 악수를 했다. 운전을 하기에도 앳되어 보이는 어린 경찰이었다. "난 이웃이에요. 그런데 빗커스 부인, 어디에 전화를 걸까요?"

"아무 데도. 저리 가게."

"이 분한테는 손자가 있어요. 어제 함께 여행에서 돌아온 걸 제가 봤어요."

"손자분 이름이 뭐죠, 부인?" 형사가 물었다. 회색 블레이저를 입은 젊은 여형사였다. 오나도 저 형사처럼 피부가 팽팽하던 시절이 있었는데.

"부탁이오. 난 아무도 필요 없소." 오나가 말했다.

어여쁜 형사는 침입자의 생김새를 묘사해달라고 요구했지만 오나는 자신을 고문하던 그 놈의 신체적 특징을 전혀 떠올릴 수가 없었다. '할멈'이란 말을 계속 내뱉는 조롱의 화신이었다는 것 말고는. 놈은 오나로 하여금 놈의 눈을 통해 스스로를 바라보게 만들었던 것이다. 자신의 나이, 자신이 느끼던 공포, 벗어진 머리, 쭈그러든 왜소한 신체 등. 마음에 담아두지 않는 것 말고는 달리 복수할 수 있는 방법도 없었다.

하지만 아무래도 그 시선을 떨쳐낼 수가 없었다. 오나는 자신이 왜소하고 못생기고 얼빠진 할멈, 아무런 가치도 없는 하찮은 존재처럼 느껴졌다. 바로 어제까지만 해도, 아니, 아침인가? 시간이 끈적끈적하고 더디게 흘러가고 있었다. 아무튼, 바로 어제까지만 하더라도 퀸은 오나의 날씬한 몸매, 잔주름이 잡힌 얼굴, 뽀얀 다리에 시선을 빼앗긴 채 빛 속의 오나를 바라보았다. 그런데 머리에 기름기가 잔뜩 낀 그 침입자 놈이, 오나로 하여금 자신이 지저분하고 흉측한, 그리고 여성적 매력도 없는 껍데기에 불과하다는 사실을

346

확실히 깨닫게 만든 것이었다. 그래서 오나는 놈이 혐오스러웠다.

오나는 간신히 기억을 되살렸다. "결막염 증상이 심해 보이는 눈이었소. 팔뚝에 글자를 잔뜩 문신했고. 다른 두 놈은 알아보기 전에 도망쳐서 못 봤소."

형사가 오나의 나이를 물었다. 나이를 말하자, 엄청난 선언이라도 들은 듯 셜리와 함께 집 가까이 다가와 있던 이웃들 사이에 충격과 연민의 파문이 일었다. 얼굴에 베개 자국이 찍혀 있는 것도 의식하지 못하고 되는 대로 아무거나 걸치고 버선발로 뛰어나온 이웃들이었다. 오나는 늘 이웃들이 두려웠었다. 그러나 그 순간 깨달았다. 자신이 두려워하던 것이 이웃들의 호의, 자신의 지나친 행동에 대한 이웃들의 서운함, 이웃들이 자신을 오해하면 어쩌나 하는 노파심이었다는 것을. 그래서였을까, 말로 설명할 수는 없지만, 나이가 좀 더 많은 경찰이 이웃들을 집 밖으로 몰아냈을 때는 고립무원의 처지가 된 것 같은 기분마저 들었다.

집 밖 현관에 목욕가운 차림으로 서 있던 중년 남자가 어린 경관을 향해 전단지를 흔들다가 대화에 끼어들어 한바탕 이야기를 쏟아 놓았다. 듣자하니 근래 가택침입이 여러 번 일어났고, 그래서 오나가 경멸해 마지않던 반상회에서 그 문제를 논의한 모양이었다. 오나는 본인 집에서 인질로 잡힌 첫 번째 희생자였다.

형사는 부엌을 둘러보았다. 꼬락서니를 보아하니 이 집은 항상 이렇게 내장을 밖으로 드러낸 채 유리를 처바르고 있나 보다, 형사가 이렇게 생각할까 봐 걱정이 되었던 오나는 이렇게 말했다. "평소에는 흠잡을 데 없이 깔끔하게 살림을 한다오."

그때 연장자 경찰이 들어와 말했다. "놈들을 찾아내면요, 빗커스 부인, 저희가 놈들의 궁둥이를 발로 뺑 걷어차 달까지 날려버리겠습니다." 그리고는 오나의 어깨에 손을 얹었다. 침입자의 손가락이 움켜잡고 있던 그 부위에 찌르르 통증이 일었다. 시퍼렇게 멍이 든 것이 확실했다. 그런데도 경찰이 너무나 위안이 되는 표정을 짓고 있어서 오나는 말없이 눈물만 글썽였다.

남아 있는 절차를 마치기 위해 오나는 파손된 물건과 구둣발이 어지럽게 찍혀 있는 집 안을 일일이 살펴보고 빼앗긴 물품을 확인해야 했다. 밝혀진 바와 같이 털린 물건은 아무 것도 없었다. 루이스의 꽃병이 하직한 것, 단지 그뿐이었다. "돈이랑 약품 같은 거요." 여형사가 말했지만 오나의 집에는 돈도 약품도 별로 없었다. 구급약 상자에 든 것이라고는 아스피린이랑 변비약뿐이었다. 도둑들조차 건드리지 않는.

"이 사건이 뉴스에 안 나오게 해줄 수 있소? 만만한 봉처럼 보이기 싫은데." 오나가 말했다.

일행은 노력해보겠다고 대답했고, 오나는 그 말을 믿을 수밖에 없었다.

마침내 경찰들이 오나를 평화 속에 남겨놓고 떠나자 셜리가 찾아왔다. 셜리는 흩어져 있는 물건들을 모으고 가구의 위치를 바로잡는가 하면 여기저기 묻은 지문과 발자국을 닦아내고 현관을 치우는 등 부지런히 몸을 놀렸다. 그러면서 오나를 향해 말했다. "제가 백합 몇 송이를 건졌어요. 대부분 밟혀서 못쓰게 됐지만."

굉장히 어려 보이는 또 다른 여자 이웃 한 명이 평범한 반투명 꽃병을 들고 찾아왔다. 꽃 배달을 자주 시키는 집 어디에서나 볼 수 있는 그런 꽃병이었다. 동그란 얼굴에 분홍빛이 도는 것으로 보아 셜리의 딸인 것 같았다. 그녀는 오나의 지갑을 주워 내용물을 챙겨 넣고 오나에게 차 한 잔을 권했다. 오나는 순순히 찻잔을 받아들었다. 이 여자들은 꼭 루이스, 아니 루이스를 몇 배로 곱한 사람들 같았다. 위기를 즐기는 열정적인 사람들, 아무 망설임

없이 정의감을 불태우는 사람들, 남들이 도움의 손길을 기대하는 순간 그동안 저장해둔 애정을 아낌없이 드러내는 사람들이었다. 어떻게 그동안 그 사실을 전혀 모르고 그리 오랜 세월을 살아올 수가 있었을까?

동이 틀 무렵 모두들 집으로 돌아갔다. 이제는 견뎌내야 할 밤이 남아 있지 않았다. 오나는 담요와 잠옷을 비롯해 침입자들의 손이 닿은 물건을 모조리 씻고 빨면서 그날 하루를 보내기로 마음먹었다.

증조할머니가 아직 살아 계시다던 어린 경찰이 밖에 차를 대놓고 오나의 집을 지키고 있었다. 교대 시간이 되어 다른 경찰이 차를 몰고 와 풀어줄 때까지 그는 그렇게 자리를 지켰다.

오나는, 조명까지 황달에 걸린 듯한 주간 휴게실을 휠체어를 타고 누비던 로렌타스를 생각하다가 날이 완전히 밝자 말동무라도 할 생각에 라디오를 켰다. 통근자들의 제보로 이루어지는 뉴스에서 오나 자신의 이야기가 흘러나오고 있었다. 사무적인 목소리는 모욕이라도 당한 듯 '피해자'의 노쇠함을 기정사실로 못 박고 가택 침입자들의 비열함에 대해 떠들어대고 있었다.

오나는 셜리가 제보자가 아닐까 의심했다. 전화벨이 울리기 시작했다. 오나 '본인의 진술'을 취재하고 싶다는 지역 언론사의 전화였다. 전화벨이 울리고 또 울렸다. 하지만 오나는 현기증 나는 지난 몇 시간에 대해 할 말이 없었다. 왁자지껄한 소리와 혼란, 집을 향한 그리움과 수치, 그리고 여러 욕망의 갈등으로 가득했던 지난 하루는 유랑극단에서 보낸 시간과 비슷했다.

오나는 궁금했다. 이렇게 살기가 힘든데, 그 열한 살짜리 소년은 어떻게 감히 나더러 18년이나 더 살라는 말을 한 걸까? 내면에서 뿜어져 나오는 피로가 오나를 엄습했다. 혈액 순환 속도가 느려지고 뼈가 물컹물컹하게 녹아내리는 것 같았다. 오나는 전화기 코드를 뽑아버리고 자리에 앉아 생각에 잠졌다. 여형사랑 나누었던 길고도 맥 빠지는 인터뷰 장면을 머릿속으로 재생하면서. 오나의 지갑에서 빼내간 지폐 몇 장, 벌집무늬 가방에서 나온 5달러짜리 한 장, 그렇게 열심히 뒤졌는데도 침입자들이 오나의 집에서 찾아낸 값어치 있는 물건은 그게 다였다.

경쟁

1. 잔 루이즈 칼망 : 122세 164일, 국적 프랑스.

2. 시게치요 이즈미 : 120세 237일, 국적 일본.

3. 사라 크나우스 : 119세 97일, 국적 미국.

4. 루시 한나 : 117세 248일, 국적 미국.

5. 마리 루시 메이에르 : 117세 203일, 국적 캐나다.

6. 마리아 카포빌라 : 116세 347일, 국적 에콰도르.

7. 다네 이카이 : 116세 175일, 국적 일본.

8. 엘리자베스 볼든 : 116세 118일, 국적 미국.

9. 캐리 화이트 : 116세 88일, 국적 미국.

10. 카마토 홍고 : 116세 45일, 국적 일본.

19

노인의 목소리가 전화 잡음을 뚫고 잠의 장막을 관통하며 화살처럼 날아와 꽂혔다. 퀸은 그 덕분에 잠에서 깨어났다. 아침 일곱 시. 사슴 사냥꾼과 새 관찰자들의 시간이었다.

"조금 위급한 일이 있네."

퀸은 일어나 앉으며 물었다. "어떤 위급한 일이요?"

"별일 아닐세. 아무튼 우리 집으로 좀 와줄 수 있나? 부탁일세. 지금 당장."

단호하고 침착한 목소리는 평소 오나의 목소리와 다르지 않았다. 퀸은 생각했다. 수도꼭지가 망가졌거나 새가 부딪쳐 창문이 깨진 모양이라고.

지금껏 퀸은 자신이 맡은 일을 잘 해왔다. 도리를 지키고 맡은 임무를 충실히 수행했던 것이다. 아니, 그 이상이었다. 솔직히 말하면 아들이 끝내지 못한 일을 완수하겠다는 맹세를 지키지 못할 수도 있었다. 어려울 것이 없어 보이던 일곱 번의 봉사 방문 끝에 퀸이 도착한 곳은 인간이란 존재들이 복잡하게 뒤얽혀 있는 무성한 정글이었다.

그때 오나가 조금 전까지와는 전혀 다른 목소리로 말했다. "자네 말고는 달리 전화할 곳이 없었네." 퀸은 전화를 끊으며 셔츠를 입었다.

퀸이 도착했을 때 오나는 현관문을 살펴보고 있었다.

"어젯밤에 도둑이 들었네. 문단속이 확실히 되게 집을 손보아야 할 것 같아."

오나는 자연 다큐멘터리에 나오는 새끼 거북처럼 작고 반투명해보였다. 퀸은 오나를 이 집에서 빼내어 훨씬 안전한 곳으로 데려가고 싶은 충동을 꾹 눌렀다. 오나가 거기 퀸의 눈앞에 서서 점점 투명해져가는 동안 퀸은 도트와 대시를 재구성해 이야기를 뽑아내는 구식 전보를 들여다보듯 집 구석구석을 꼼꼼히 살폈다. '어젯밤 내내 이웃들이 내 목구멍에 계속 차를 들이부어서.' 오나가 이 말을 남기고 화장실로 사라진 뒤 퀸은 4.5킬로그램이나 나가는 오나의 로터리 전화기로 벨한테 전화를 걸었다.

"난 이제야 알았어. 테드가 라디오에서 들었대. 여사님은 괜찮으셔?"

"말로는 괜찮다고 하셔."

"내 몫까지 최선을 다해줘. 그래줄 거지?"

"알았어. 그럴게. 그런데 내가 보기에 이 일은 여자의 손길이 훨씬 더 필요할 것 같아." 오나의 집 문고리를 교체해 주었어야 했다. 여기저기 문고리가 헐거워져서 집단속에 별 도움이 안 된다는 사실을 퀸은 알고 있었다. 그때 문고리를 모두 교체했어야 하는 건데.

"테드가 라자냐를 싸들고 갈 거야."

"알았어. 그런데 당신도 올 줄 알았는데 못 와? 당신이 있으면 두 배로 빨리 상황이 복구될 수 있을 텐데. 여사님은 아무 일도 없었던 것처럼 행동하고 있지만 얼굴이 어찌나 창백한지 눈에 안 보일 지경이야."

"난 오늘부터 다시 출근해야 돼, 퀸." 벨은 잠시 숨을 고르고 말을 이었다. "당신 짐을 나한테 떠넘기지 말아줘."

"난 그런 요구 안 했는데."

"방금 그랬어."

"하지만 여사님은 내 짐이 아닌 걸. 내 말은, 난 그 양반 보호자가 아니란 뜻이야."

"그럼 누가 보호자야?"

퀸은 창문을 통해 대문 앞에 주차되어 있는 순찰차를 바라보았다. 깎을 때가 이미 지나서 마당에 잔디가 무성했다. 새로 오는 아이가 땀깨나 흘릴 터였다. "경찰들이 이 집을 지켜보고 있어. 여사님은 혼자가 아니라고."

"이제 그만 가봐야겠어, 퀸. 직장에 복귀하는 첫날부터 지각을 할 수는 없잖아."

"행운을 빌어. 당신은 잘할 수 있을 거야, 벨."

벨은 또 다시 뜸을 들이다가 대답했다. "당신도."

퀸은 창문을 일일이 확인한 다음 현관 전등의 전구와 문고리를 새것으로 교체하고 화재경보기의 배터리도 갈았다. 교체 물품을 구입하는 비용 역시 본인이 모두 부담했다. 늦은 오후 로위 상점에서 로트와일러(덩치가 크고 사나운 번견의 일종—옮긴이) 견종 분양 광고를 챙겨 와보니 오나는 테드 레드베터와 함께 부엌에 있었다. 두 사람은 퀸이 처음 보는, 새 문양이 금색으로 정교하게 세공된 접시에 라자냐를 먹고 있었다.

"레드베터 씨가 나한테 큰 기쁨을 선사했네."

도대체 테드는 어떻게 여름학교에서 하루 종일 수학을 가르치고 라자냐를 요리하고 그 음식을 배달까지 할 수 있는 걸까? 그것 역시 테드가 갖고 있는 수많은 미스터리 가운데 하나였다. 퀸은 오나에게 로트와일러 분양 광고를 내밀었다. 오나가 말했다. "세상에. 이렇게까지 해야 하나."

"문고리 튼튼하던데. 솜씨가 굉장해." 테드가 말했다.

"퀸이 손끝이 얼마나 야물다고. 음악가한테 저런 재주가 있을 거라고 누가 짐작이나 하겠나?" 오나가 말했다.

아버지한테 남자들이 해야 할 수리 기술을 몇 가지 배워 놓은 덕분이었다. '네 엄마가 너희들을 다 망쳐놨어.' 아버지는 넌덜머리가 난다는 듯 독기가 바짝 올라서 인정사정 봐주지 않고 아들들을 닦아세웠지만 그 덕분에 퀸은 그럭저럭 한두 가지 기술을 익힐 수가 있었다.

"전 공연이 있어요, 오나. 괜찮으시겠어요?" 퀸이 오나에게 물었다.

"밖에 있는 경찰이랑 이야기해봤는데 앞으로 며칠 더 집을 지킬 거라더군." 테드가 말했다.

퀸은 늘 상반된 두 감정을 잘 조절하는 재주가 없었다. 경찰과 테드가 계속 자리를 지켜 주리란 사실을 알았으니 안심이 되는 것은 사실이었지만, 정작 진짜로 마음이 편해진 것은 전적으로 다른 이유 때문이었다. 오나가 부엌 밖으로 나와서 현관 앞에서 퀸을 붙잡고 이렇게 속삭였던 것이다. "라자냐에 **시금치**를 넣다니. 정말로 로트와일러를 키우고 있었다면 식탁 밑에 불러놓고 개한테 몰래 그 시금치를 먹였을 걸세."

"보나뻬띠(Bon appétit : '맛있게 드세요'란 뜻의 불어로, 미국의 유명한 요리잡지의 제목이기도 하다. ―옮긴이)." 퀸의 말에 오나는 웃음을 터뜨렸다.

퀸은 시계를 들여다보며 말했다. "이런, 버스를 놓쳤어요."

"자네처럼 스케줄이 어처구니없이 빡빡한 음악가가 도대체 왜 온 시내를 뺑뺑 도는 시내버스를 믿는 겐가?"

"언젠가는 차를 사겠죠. 하지만 지금 당장은 긴축재정 중이거든요."

"도로주행시험에 떨어진 뒤로 나도 몇 달 동안 버스를 타고 다녔다네. 마음에 안 들더구먼. 버스 안에 아무짝에도 쓸모없는 놈들이 너무 많아."

"저도 아무짝에도 쓸모없는 놈인 걸요."

"자넨 그 정반대지. 자네가 얼마나 쓸모가 많은데. 퀸, 내 말은 내 차를 빌려가도 된다는 뜻일세. 자네도 말했다시피 좋은 차잖나."

차를 빌려 가면 다시 여기에 갖다놓아야 할 터였다.

"남은 이번 주 동안에는 난 운전 못 하네. 경찰이 시퍼렇게 날 지켜보고 있어서." 오나는 앙상한 두 팔로 팔짱을 끼며 말을 이었다. "자네는 버몬트까지 날 데려다 주었잖아, 퀸. 그러니 나도 자네의 수고에 최소한의 보답은 할 수 있게 해줘야지." 퀸이 대답을 하려는데 오나가 얼른 덧붙였다. "제발, 퀸. 차를 가져가게."

결국 퀸은 오나의 제안을 받아들였고 다음 주에 그레이트 유니버설 메일 시스템에서 낮 근무를 마치면 차를 갖다놓겠다고 약속했다. 오나는 퀸의 손바닥에 차 열쇠를 떨어뜨리고는 그 열쇠모양을 마음속에 새겨 넣듯 퀸의 손바닥 위에 자신의 손을 덮었다.

한 주 뒤, 경찰이 도둑들을 잡았다. 그 가망 없는 세 명의 쓰레기들이 또 다른 집을 털다가 체포된 것이었다. "당장 철창에 처넣어야지. 그 여형사 양반이 물건이구먼." 오나는 반짝이는 새 문고리에 열쇠를 꽂으며 말했다.

퀸의 눈에는 오나가 오랫동안 팔리지 않아 진열대만 차지하고 있는 소품처럼 보였지만, 오나는 아직은 건재해서 아무 도움도 필요 없는 사람이라고 스스로를 평했다. "5달러를 훔치고 꽃병을 깼으니까. 그 러시아 놈들한테 내가 인질로 잡혀 있었다는 사실도 고려해야 하고." 오나는 퀸한테 그날 일을 상기시키려는 듯 이렇게 말했다.

약간 거칠게 흘러나오는 자음 발음이 오나가 얼마나 힘든 일을 겪었는지 알게 해주는 유일한 흔적이었다. 그 발음을 듣고 있으려니 처음 만난 날 퀸이 오나의 악센트를 듣고 생각에 잠겼던 추억이 떠올랐다. 그 발음만 아니라면, 말끔한 부엌 조리대 앞에 서서 찻주전자를 기울이고 있는 오나는 너무나 평온해보였다.

"여사님의 부동산 아줌마가 좀 전에 막 손을 흔들면서 절 불렀어요. 자기가 여사님을 위해 기도하고 있다는 사실을 여사님이 아셨으면 좋겠대요. 여사님한테서 시련과 고난을 거두어달라고 가족들이 다 함께 주님께 기도하고 있대요."

"흠, 그 덕분인가, 잃어버린 줄 알았던 귀걸이를 찾았다네." 오나는 짝이 맞는 귀걸이를 걸고 있었다. 얼음처럼 투명한 녹색 방울이 달린 귀걸이는 오나의 눈을 더 돋보이게 만들어주고 있었다. "도둑놈들이 소파 쿠션을 뜯어내 흔드는 통에 그 안에서 떨어진 게 분명해."

오나의 허세에도 불구하고, 아니 오히려 그 허세 때문에 퀸의 눈에는 오나가 더 취약해 보였다. 십대 소년이었을 때, 임종 '현장'에서 곧바로 걸려온 아버지의 전화를 통해 어머니가 죽었다는 소식을 전해 듣고 울부짖던 형한테서 느끼던 취약함이었다. 구멍이 뻥 뚫린 듯 그날 하루를 찢어버린 그 소식은 자기 방에 처박혀 거울 앞에서 기타 치는 자세 연습을 하던 퀸을 방 밖으로 끌어냈다. 그 몇 달 사이에 언제든 전해질 수 있는 소식이었지만 그 소식은 문자 그대로 퀸을 쓰러뜨렸다. 그 소식을 듣고 키 183센티미터의 열네 살 소년 퀸은 총 맞은 거위처럼 마룻바닥에 털썩 주저앉았던 것이다.

퀸은 차를 돌려주러 오나의 집에 온 참이었다. 살며시 문을 닫으려고 했지만 힘 조절을 할 수가 없었다. 오나의 집에 침입한 그 잡놈들이 오나의 물건에, 그리고 오나에게 그 더러운 손을 댔다고 생각하니 격한 분노가 치밀어 올랐다. "정말 무서웠겠어요, 오나. 무섭지 않으셨어요?"

"루이스의 꽃병을 되찾고 싶은 마음뿐이네. 그뿐이야." 오나는 찬장을 열며 말했다. "배고프면 저녁 차려줄까?" 이제 겨우 오후 네 시 반이었지만 오나는 부산스럽게 식탁 위에 접시 두 개를 내려놓았다. 어울리지 않는 접시들이었지만 퀸이 익히 봐와서 익숙한 물건들이었다. "지금은 일단 자네가 계속 차를 쓰는 편이 낫겠어."

"경찰들이 나한테 얼마나 잘해주던지, 나 때문에 저 친구들이 어색한 상황에 빠지는 일을 만들고 싶지 않네. 앞으로 한 2주 정도는 더 조신하게 지내야 할 것 같아." 오나는 뭔가를 생각하는 듯 손가락을 꼼지락대다가 전자레인지를 열며 말했다. "이걸 좀 보게." 다이얼이 달린 구식 전자레인지였다. 레인지 안에 편지 한 묶음이 들어 있었다. "얼굴도 모르는 사람들이 나한테 수표를 보내준다네."

퀸은 각양각색의 봉투 십여 개를 훑어보았다. 일부는 회사 로고가 찍히고 주소가 인쇄된 봉투였고, 그보다 크기가 좀 작은 일부는 꽃무늬가 있고 손으로 주소를 쓴 봉투였다. 봉투 안에 든 수표 액수도 각양각색이었지만 그래도 평균 50달러는 될 것 같았다.

퀸은 중얼거리듯 물었다. "다 합쳐서 얼마나 되죠?"

"500달러가 넘어. 다들 날 동정해서 보낸 돈이겠지?"

"그래도 그 사람들이 여사님 앞마당에 캠프를 차리고 초를 밝히는 것은 아니잖아요." 아들이 죽고 나서 '긴 QT 증후군'을 과민하게 다룬 일요 특집판 기사가 나간 뒤, 벨은 서명까지 타자기로 인쇄한 냉담한 메모를 똑같이 동봉해 30여 장의 수표를 모두 돌려보냈었다.

"내가 늙어서 돈을 보내주는 거겠지. 다른 이유가 뭐가 있겠나." 오나는 편지 한 통을 훑어보며 이렇게 덧붙였다. "일용할 양식을 보내줘서 고맙다고 일일이 답장을 쓰다 보면 한 주가 후딱 지나가겠어."

"돈을 그냥 받으시려고요?"

오나는 수표 한 장을 꼼꼼히 살피며 말했다. "난 새 증거가 필요하다네. 자네도 알다시피 사람들이 내 말을 믿고는 있지만, 그건 그저 내 말일 뿐이잖나. 지금 난 나이 이야기를 하고 있는 거야. 내가 백네 살이라고 하니까 그냥 그 말을 믿는 것뿐이라고." 오나는 퀸을 올려다보며 말했다. "자네한테 보여줄 게 한 가지 더 있네." 그러고는 스웨터 주머니 안으로 손을 넣어 새 '서류' 하나를 꺼내어 퀸에게 건넸다.

퀸은 그 서류를 들여다보았다. "임시 면허증을 취득하셨어요?"

"성당 여편네 중에 한 명이 면허시험장까지 날 태워줬네. 질문을 받으려니 죽을 것 같았지만 그래도 4초 만에 시력 테스트를 통과했지. 필기시험도 90점이나 받았는걸. 내가 얼마나 머리가 깨지도록 열심히 공부했는지 자네는 알아줘야지. 이제 3분의 2는 합법적인 운전자가 된 셈이라네." 오나는 돌려받은 면허증을 다시 주머니에 집어넣었다. "내 차를 마음대로 쓰는 대가로 나한테 두 번 정도 운전연수를 해주면 어떻겠나?"

그렇게 빚을 갚을 수만 있다면 어려울 게 없었다. 고작 운전연수 두 번으로 아들의 존재가 느껴지는 이 집에서, 부담스러운 의무감이 느껴지는 이 집에서, 아무 이유 없이 지금껏 살아온 인생을 자꾸만 후회하게 만드는 이 집에서 벗어날 수만 있다면 말이다. 만약 5, 6주 전이었다면 그는 대포알을 맞은 사람처럼 질색을 했을 것이다. 그러나 그때는 오나가 그를 신사라고 생각하기 전이었다. 그동안 오나는 퀸을 신사라고 믿게 되었고 그는 그 믿음에 부응하는 사람이 되고 싶었다. "그렇다면 지금만큼 좋은 때가 없죠." 퀸은 오나를 문 밖으로 인도하며 말했다.

"날 가장 애먹이는 건 평행 주차라네." 오나는 허리에 두 손을 얹고 죄 없는 릴라이언트 자동차를 흘겨보며 말했다. "서반구에서 내가 딸 수 있는 온 갖 서류를 모조리 다 딴다고 해도 저 차를 평행 주차하는 데는 아무 도움도 안 될 걸세."

퀸은 쓰레기통을 치웠다. 알루미늄 소재로 되어 있어서 한 번 부딪쳤는데 도 몇 배로 뎅그렁거리는 소음이 일었다. 이웃 몇 명이 무슨 일인가 살피러 집 밖으로 나왔다. 그 중에는 셜리 클레이튼도 있었다. 셜리가 외쳤다. "거기 별일 없어요?" 셜리는 심지어 목소리까지 분홍빛이었다.

"여기에 고속도로를 좀 내느라 그래요, 셜리." 퀸이 소리쳐 대답했다.

운전연수를 마치고 퀸은 오나를 따라 집으로 들어갔다. 오나는 냉장고에 서 접시 하나를 꺼내며 말했다. "음식이 남을까 걱정이네. 앞으로 두 끼는 더 먹어야 할 것 같은데."

"저한테 레드베터의 라자냐를 주시려고요?"

"난 음식 버리는 게 세상에서 제일 싫거든."

"일주일이나 됐잖아요. 게다가 시금치도 들었고."

"철분 섭취도 되고 좋지 않겠나. 기분 상해하지 말고 듣게. 자네 얼굴이 너 무 안돼 보여서 그래. 볼 때마다 안색이 점점 더 나빠지는 것 같아."

"더구나 그 환상적인 접시에 담긴 채 주시다뇨, 절 죽이시려는 거죠?"

그 말에 오나는 길고 네모난 앞니를 드러내며 활짝 웃었다. 그 순간 퀸은 깨달았다. 아무래도 더 부드럽게 관계를 정리하려면 조금 더 시간이 필요하 리라는 사실을. 스스로 생각하는 것보다 오나는 훨씬 어리고 외로운 사람, 강인함과는 거리가 먼 사람이었기 때문이다. 퀸은 이틀에 한 번 그 집에 들 러 오나를 태우고 은행, 식료품점, 도서관 같은 곳을 돌았다. 주로 그레이트 유니버설 메일 시스템의 낮 근무가 끝나고 저녁 공연이 시작되기 전 빠듯한 자투리 시간을 이용했다. 한번은 퀸이 뒷자리에 실어놓은 공연 장비를 오나가 손으로 가리키며 기타를 집 안으로 갖고 들어가 달라고 부탁했다. 집 안에서 퀸은 몇 년 전 한 결혼식에서 축가로 부르느라 익혔던 페리 코모의 '시간이 다하도록'이란 노래의 코드를 더듬더듬 떠올려가며 반주를 시작했다. "하루 종일 이 노래가 머릿속에서 계속 들려와서 말이지." 오나는 이렇게 말하고는 얼굴을 시뻘겋게 붉혀가며 처음부터 끝까지 노래 가사를 다 따라 불렀다. 오나의 목소리에 맞추어 퀸은 음을 두 키나 낮추어야 했다.

그렇게 오나의 집을 드나드는 동안 퀸은 셜리 클레이튼의 '파는 집' 표지판과 열광적으로 다듬어놓은 울타리 앞을 지나면서 자신이 정말로 오나의 '보호자'처럼 보이리란 사실을 깨달았다. 퀸이 찾아가는 시간이면 오나는 한결같이 현관 앞에서, 혹은 진입로 끝에서 퀸을 기다리고 있었다. 그 모습을 보면 지금까지의 자신과는 전혀 다른 사람이 된 것 같은 기분이 들었다.

8월쯤 되었을 때 오나는 정기적으로 퀸에게 요리를 해주고 있었다. 옛날 시골에서 주로 쓰이던 조리법으로 만들어 예쁜 그릇에 담아 숟가락으로 떠먹는 그 요리는 뿌리채소와 크림으로 맛을 낸 향긋하고 균형 잡힌 자양강장 음식이었다. "자네 그동안 너무 말랐어." 이 말을 들으면 퀸은 '보호자'에 정반대되는 존재가 된 것 같은 기분이 들었다. 어린 아이가 된 것 같은 기분이.

잠시 후 벨이 퀸을 집으로 불렀다. 퀸은 대장한테 보고를 하는 스카우트 대원처럼 자신의 선행을 늘어놓았다. 증언을 하듯 일일이 나열해가며.

"여사님이 잘 계시다니 좋네. 여사님들 돌봐드리는 게 당신한테도 좋은 것 같고." 벨이 말했다. 벨의 손가락에서 다이아몬드가 박힌 백금 반지가 반짝였다. 퀸은 기분 상한 표정으로 테드는 어디에 있을까 궁금해 하며 주위를 둘러보았다. 마땅히 해야 할 말이 떠오르지 않았다.

"직장은 어때?"

벨은 어깨를 으쓱하며 대답했다. "가짜 인생이 또 다시 시작된 거지. 거기 사람들은 어쩜 그렇게 인내심이 많은지."

이상하게도 올 때마다 물건이 사라졌다. 이번에는 테이블 하나와 스탠드 전등 하나가 또 사라지고 없었다. 그럴수록 집은 점점 메마른 공간이 되어갔다. 물건을 보관하는 것과 물건을 내다버리는 것 사이에 어떤 차이가 있는지 퀸은 알 수가 없었다. 벨은 퀸의 아파트에 있는 것과 똑같은, 액자에 끼워진 아들 사진을 안고 있었다.

"애가 당신을 자랑스러워 할 거야. 걘 이해가 안 갈 정도로 여사님을 좋아했잖아."

이번에는 퀸도 벨의 말에 수긍했다. "원래 흥정했던 것보다 조금 더 많은 일을 하기는 했지. 그런데 이 일을 어떻게 마무리 지어야 할지 모르겠어. 당신은 알아?"

벨은 많은 의미가 담긴 눈빛으로 오랫동안 퀸을 바라보다가 입을 열었다. "당신이 흥정한 그 일의 대가는 우정이야. 우정을 마무리 짓는 사람이 세상에 어디 있어?" 그러고는 사진을 못생기고 작은 테이블 위에 내려놓았다. 그 테이블은 두 사람의 첫 번째 결혼 예물로 이모들 중 한 명이 선물한 물건이었다. "내가 애 방을 다시 정리하다가 기념이 될 만한 것을 좀 찾았어. 양은 많지 않지만 정말 귀한 물건이야." 벨이 퀼트 천으로 장식된 상자를 열며 말했다. 요정 이야기에나 등장할 법한 상자였다.

벨이 뚜껑을 들어 올렸지만 내용물은 아직 보이지 않았다. 벨은 큰 시험에서 부정행위를 하지 않기로 마음먹은 아이를 보듬어주듯 상자를 살포시 끌어안고 있었다. 퀸이야말로 시험을 치르는 아이처럼 신경이 곤두섰다. 그래도 자신이 아들의 선택을 받기는 한 모양이었다. 에이미도 뭔가를 받았을지 궁금했다.

주름장식이 달린 상자에서 벨이 완벽하게 만들어진 물건을 꺼냈다. 과년도 달력 종이를 묶어 스테이플러를 찍어 만든 일종의 책자였다. 달력 뒷면에 아들이 작성한 목록이 빼곡했다. 온갖 신문에서 찾아낸, 지난 삼 년 간 퀸이 참여했던 무수한 공연의 시간과 장소 목록이었다. 퀸은 깔끔하게 배열된 책자를 한 장 한 장 넘기며 죽 훑어보았다. 신문에 실린 관련기사와 광고를 오려내 딱 맞는 크기로 잘라 배열하기 위해 아들이 수백 번의 가위질을 한 흔적이 역력했다. 모든 공연 일정을 그렇게 철저하게 기록할 수 있다는 사실 자체가 퀸은 놀라웠다.

"이 많은 걸 도대체 언제 다했대?"

"모르겠어. 난 애가 당신을 전혀 따르지 않는 줄 알았어."

퀸은 얼굴이 달아올랐다. 수많은 술집과 클럽, 학교 카페와 강당, 레스토랑과 연회장, 행사장과 마을 광장이 눈앞을 스쳐지나갔다. 이 모든 공연들을 아들이 다 세고 있었단 말인가? 밴드 이름과 장소는 물론 매일매일 연달아 이어지는 날짜까지? 일일이 신문에서 오려내 주름을 펴 풀을 발라 알맞은 자리에 붙이기에는, 의미 있는 행사로 기리기에는, 그리고 그저 기억만 하기에도 퀸의 공연 일정은 너무나 많았다.

손으로 만든 책에 꽉 짜 넣었으니 퀸의 인생은 초라해 보였어야 마땅했다. 하지만 결과는 그 반대였다. 아들이 만들어 놓은 자신의 삶은 더 거창하고 더 생산적이고 더 가치 있어 보였다. 끝도 없이 이어진 수백 개의 공연 공고와 각양각색의 글씨체로 보도된 신문 기사만 보면 정말로 그랬다. 어린 시절 자신이 수집하던 우표책이 떠올랐다. 우표 모서리가 접히고 군데군데 풀이 뚝뚝 떨어져 있던 형편없는 우표책이었다.

퀸은 벌어진 입술 사이로 숨을 내쉬며 책자를 내려놓았다.

"그리고 이것도 가져가." 벨이 시디 한 장을 내밀며 말했다. 아들이 기둥처럼 쌓아 놓던 십여 장의 시디 가운데 한 장이었다.

"안에 뭐가 녹음되어 있어?"

"아무 것도. 몽땅 다 공시디야."

시디는 아들의 손처럼 가볍고 차가웠다.

"당신은 아이의 삶에 음악을 불어넣어줬어. 이 시디를 한 장 갖고 있으면 당신이 그 사실을 잊지 않을 것 같아서." 이런 상황에서도 기꺼이 호의를 베푸는 벨의 관대함이 물의 장벽처럼 퀸을 후려쳤다.

벨은 상자 뚜껑을 덮고 현관 앞까지 퀸을 배웅했다. 퀸이 수표를 내놓으려고 하자 벨이 그의 손을 막았다. "솔직히 말해서 당신의 이런 행동이 별 도움 안 된다는 거 당신도 알잖아. 그렇지 않아?"

퀸은 고개를 저으며 말했다. "나한테 도움이 돼."

"내가 지금 말하고 있는 사람은 퀸, 바로 당신이야. 솔직히 **당신**한테 아무 도움도 안 된다는 거 당신도 알 텐데?" 벨은 이렇게 말하며 퀸의 손가락을 구부려 구겨진 수표뭉치를 쥐게 했다. "이제 그만." 벨은 퀸의 어깨를 잡고 볼에 키스를 한 뒤 이렇게 속삭였다. "조만간 당신도 뭔가를 느끼게 될 거야." 시디는 벨의 이별 선물이요, 스크랩북은 아들의 위로 선물이었던 셈이다. 퀸은 자신이 그녀를 너무나 잘 알고 있다는 사실이 고통스러웠다.

다음 날 퀸은 오나를 끌고 나가 평행 주차 연습을 한 번 더 시켰다. 오나는 한 번 시도할 때마다 쓰레기 깡통을 한 번밖에 치지 않았다. 실력이 향상된 것을 축하하자며 오나는 퀸을 초대해 케이크를 대접했다.

"와우." 한련화 꽃송이로 장식한 단단하고 붉은 케이크를 바라보며 퀸이 감탄했다. 한련화 꽃송이는 오나의 앞마당에서 딴 것이었다.

"한참동안 자네 여자 소식을 못 들었네. 잘 있나?" 오나가 멋진 접시를 꺼내어 놓으며 물었다.

"결혼했잖아요."

"몇 가지 서류를 찾아내줄 거라고 기대하고 있었는데. 자네가 보기에는 벨이 그 약속을 잊은 것 같지 않던가?"

"아직 직장 일에 제대로 복귀하지 못한 것 같아요."

"오, 가엾은 것." 오나는 고개를 저었다.

"오래갔으면 좋겠어요." 퀸이 케이크 한 조각을 들며 말했다. "케이크 말고 벨의 결혼 말이에요." 그는 의미를 정확히 전달하려고 애썼고 제대로 전달된 모양이었다.

"당연히 오래가겠지. 레드베터라는 그 친구는 '노력하는 사람'이잖나."

"저도 노력하는 사람인데요."

오나는 퀸 쪽으로 고개를 갸웃했다. "자네는 '꿈꾸는 사람'이지." 그러고는 접시를 바꾸며 말했다. "이걸 먹게. 이게 더 크구먼."

"맛있어요, 오나. 안에 뭐가 들었죠?"

"비밀일세."

퀸은 애플소스일 거라고 짐작했다. 대공황 때 일부 사람들이 버터 대용으로 사용했다고 하니까. "그런데 이 꽃도 먹을 수 있는 건가요?"

"당연히 먹을 수 있지. 안 그러면 뭐 하러 케이크에 꽂았겠나?"

퀸은 작은 다람쥐 같은 친구 오나를 바라보며 물었다. "여사님은 어느 쪽이에요? 노력하는 사람과 꿈꾸는 사람 중에."

"노력하는 사람. 그런데 바뀌어가고 있다네. 이 나이가 되어서야 그걸 깨닫다니." 오나는 얌전하게 케이크를 한 입 베어 물며 물었다. "차를 한 주 더 쓰겠나?"

퀸은 잠시 망설이다가 결심했다. "여사님이 괜찮으시다면요."

"괜찮네."

퀸은 아들을 충분히 사랑하지 못했다. 그 사실이 악성종양처럼 살아서 심장에 엉겨 붙어 있었다. 이제는 잃어서 불가능하겠지만, 퀸은 언젠가 장래에 아들이 자신을 용서해주리라 믿고 싶었다. 두 사람의 역사가 실수투성이였다는 사실을 인정하고 그 속에서 타당한 이유를 찾아내 함께 목록을 작성할 수 있으리라 믿고 싶었다. 그 순간이 오면 지금 여기서 케이크를 먹고 있는 미스 오나 빗커스도 목록 가운데 한 항목을 차지하게 되리라.

"오나, 어떤 사람이었나요?"

"누구 말인가?"

퀸은 아무 말도 하지 않았다.

오나가 차분히 입을 열었다. "그 애가 어떤 아이였다고 말할 수 있을 만큼 그 애를 알고 지낸 기간은 길지 않지만 이것만은 말할 수 있네. 그 애랑 함께 있을 때 내가 어떤 사람이었는지는."

퀸은 그 다음 말을 기다렸다. "여사님?"

"꿈꾸는 사람." 녹아내릴 듯한 주름살 밑에서 오나의 두 눈이 반짝였다.

20

이제는 그것이 퀸의 삶이었다. 달력이 미어터지도록 일정을 잡고 돈을 버는 것. 원래부터 퀸에게 돈은 성경만큼 성스러운 의미가 있었다. 다른 선택을 할 때는 비교적 덜 까다로웠지만 돈만큼은 갑옷처럼 철저한 자신의 청렴성을 상징적으로 보여주는 문제라고 생각했던 것이다. 그는 그렇게 번 돈을, 가톨릭 교도였던 어머니의 표현을 빌자면 '과시하지 않고' 쓸 요량이었다. 만약 벨이 그 돈을 받지 않으면 따로 떼어내 모을 생각이었다. 점점 불어나는 그 액수를 보며 자신이 얼마나 형편없는 아버지였는지 잊지 않도록. 그러니까 결국 아이가 없는데도 아이를 부양하는 셈이었다.

여름이 한풀 꺾여서 밤이면 공기가 선선하고 하늘에 별이 많았다. 퀸은 술집 '탈옥'의 후면 주차장에 릴라이언트 자동차를 주차했다. 주간행사인 토요일 저녁 공연을 위해 친구들이 속속 도착하고 있었다. "여분 전선 챙겨왔어?" 퀸이 개리에게 소리쳐 물었다.

개리가 만면에 웃음을 띤 채 재규어 자동차에서 뛰어내렸다. "여부가 있나."

퀸은 레니의 SUV 자동차 뒷 칸에서 스피커를 꺼내며 무심결에 이런 생각에 잠겼다. 자신의 등허리가 얼마나 더 오래 이 일을 버텨줄 수 있을까? 어떻게 하느냐에 따라 음악가는 몸에 무리가 가는 직업이 될 수도 있었다. 그는 친구들의 뒤를 따라 숨 막힐 듯 열기로 가득한 '탈옥' 안으로 들어갔다. 그런데 그들의 무대 위에서 다른 밴드가 공연 준비를 하고 있었다.

"이게 뭔 난리야?" 알렉스가 말했다.

'록 스테디' 그 밴드의 이름이 공포영화에나 나올 법한 붉은색 페인트로 쓰여 있었다. 대학생처럼 보이는 잘생긴 청년 두 명이 무대 위로 전선을 연결하고 있었고 십대 청소년으로 보이는 드러머가 장비를 매만지고 있었다. 난파선처럼 상태가 엉망인 한 중년 남자도 밴드의 일원인 듯 보스턴 레드삭스 모자를 쓴 채 빈티지 풍 전자기타의 출력을 조절하고 있었다.

친구들이 모두 똑같은 얼굴로 퀸을 바라보았다. 퀸은 한숨을 내쉬었다. "내가 살이랑 이야기해볼게."

레니가 물었다. "내가 대신 가서 물어볼까? 자네 꼴 좀 봐. 농담이 아니라, 정말로 차에 치어 죽어 도로변에 버려진 동물 같단 말이야."

"그래주면 고맙지." 사실 그날 밤 퀸은 인색하고 과격한 '탈옥' 사장 살이랑 대거리할 여력이 없었다.

"나도 레니랑 같이 갈게. 이 물건들 좀 봐줘." 개리가 장비 가방을 내려놓으며 말했다.

퀸은 구역질이 날 정도로 피로를 느끼며 고개를 끄덕였다. 그러고는 반대쪽 벽 알렉스 옆에 기대어 섰다. 찢어진 포스터에 박혀 있던 스테이플러 심 수백 개가 퀸의 등짝을 쿡쿡 찔러댔다.

알렉스가 말했다. "저 남자 기타 좀 봐. 장담하는데 1950년에 출시된 모델이야. 궁금하네. 저 물건을 어디에서 구했을까?" 그러더니 잠시 후 이렇게 덧붙였다. "궁금하네. 팔라고 하면 저거 팔까?"

퀸은 귓가에 들려오는 하우스뮤직을 무시하려고 애쓰며 두 눈을 감았다. 머라이어 캐리가 투덜대는 듯한 말투로 노래를 부르면서도 세 옥타브를 넘나드는 현란한 기교를 뽐내고 있었다. 그 목소리 뒤로 지난 몇 년 간 퀸이 사고팔았던 온갖 악기들 소리가 들렸다. 지나칠 정도로 경쾌한 그 음악들이 퀸을 나무라는 듯했다.

술집은 아직 반 정도밖에 차지 않은 상태였지만 곧 몇 시간씩 춤을 추려는 사람들로 인산인해를 이루게 될 터였다. 알렉스는 늘 입는 하와이언 셔츠를 입고 있었다. 개리는 로고가 박힌 티셔츠를 좋아했고 레니는 미끈한 검은색 골프 셔츠를 좋아했다. 모두들 그 옛날 셰리던 가, 어머니가 없는 퀸의 집에 모여 앉아 아버지가 상점에서 사다놓은 비스킷을 먹으며 연주 목록을 함께 짜던 친구들이었다. 그리고 긴 세월, 행운의 문이 열리길 바라는 마음으로 함께 문을 두드려가며 끝없이 악기 이야기를 나누던 친구들이었다. 퀸과 친구들은 밴더스의 케케묵은 레퍼토리 40여 곡에 첨단과학 기술을 도입하는 것이 반드시 필요하기라도 한 것처럼 페달 위치 조정 문제나 러시아제 진공관 앰프 구입 문제를 놓고 시간 가는 줄 모르고 몇 시간씩 토론을 벌이고는 했다.

모두들 퀸의 어머니를 알고 사랑했던 친구들이었다. 그 이유만으로도 퀸은 그 친구들과 계속 어울릴 수밖에 없었다.

알렉스가 물었다. "조간신문 봤어? 자네가 대타 뛰었던 그 밴드 기사가 크게 났던데? '심금을 울리는 지방 청년들 이야기'란 제목으로. 그 친구들 집에 차려놓은 스튜디오에서 걔들 엄마랑 같이 찍은 컬러 사진도 실렸어. 네모난 상자에 든 빌어먹을 인기 순위표도 함께. 마마보이들." 알렉스는 웃음을 터뜨렸다. 그러고는 잠시 후 물었다. "내 말 듣고 있어?"

"듣고 있어."

"좋아. 그런데 걔네가 워너 레코드사에서 제시한 꽤 괜찮은 계약조건을 거절했대. 그래서 걔들 엄마가 노발대발하면서 반대했지만……."

정신이 확 들었다. 퀸은 눈을 부릅뜨며 물었다. "워너 레코드사 제안을 거절했다고?"

"아, 그렇다니까. 리드싱어라는 애가, 걔 몇 살이야? 열두 살? 자기네는 주님의 말씀을 전파하는 사역활동을 계속하겠다느니 그런 말 같지 않은 헛소리를 늘어놓더라고. 워너 레코드사는 주님을 섬기지 않는 장사치의 전형이라면서. 그러고는 자기네처럼 주님을 사랑하는 대자본 레코드사하고만 계약을 하기로 마음먹었다고 그러더라고. 이 사실이 믿겨?"

"정말로 묻는 거라면 그래, 믿겨." 자부심과 부러움이 뒤섞인 복잡한 감정이 치밀어 올랐다,

"근데 진짜 이야기는 그게 아니야. 그 기사 못 봤어?"

"뱅고르에서 결혼식 축가 공연이 있었거든."

"진짜 이야기는 걔네가 워너 레코드사의 적극적이고 추접스러운 키스를 거절한 뒤에 일어난 사건이야. 무슨 일이 일어나는지 맞혀봐. 세상에, 주님을 사랑하는 대자본 레코드사가 정말로 존재하더래. 겁나게 운 좋은 애들이지?" 알렉스는 허탈하게 껄껄 웃어댔다. "운 좋은 예수쟁이들."

"그 회사 이름이 뭐래?"

"솔로몬. 주님의 연못에 사는 가장 큰 물고기래. 자네의 찬양대 소년들이 그 회사의 계약조건을 받아들였어." 알렉스는 손목시계의 시간을 확인했다. 600달러가 넘는 고급시계가 틀림없었다. "그런데 멤버 전원이랑 계약한 건 아니야. 리드 기타리스트는 관뒀대. 자기는 무신론자라면서."

알렉스의 말이 돌덩이처럼 묵직하게 퀸의 가슴 위로 떨어졌다.

"내가 자네라면 내 발로 걸어가 세례라도 받겠네. 그 초호화 기차가 날 두

고 떠나기 전에 가서 아브라함의 품에 영혼이라도 바치겠어. 아, 잠깐." 알렉스는 포스터가 누덕누덕 붙어있는 벽을 두드리며 말했다. "그러면 우리랑 함께 연주할 수가 없겠구나. 하긴, 임시로 콜린을 데려다 쓰면 되지, 뭐." 계집애처럼 기타를 연주하는 콜린은 알렉스의 열아홉 살 먹은 조카로 지질학을 전공하는 대학생이었다.

남의 밥그릇을 빼앗은 밴드가 음향 상태를 점검하기 시작했다. "그때 우리가 정말로 음악에 전적으로 매달렸다면……." 또 시작이었다. 이 상상은 친구들이 몇 년에 한 번꼴로 되풀이하는 일종의 관례행사였다. 하지만 그저 말로만 해보는 소리였다. 그럼 친구들이 정말로 원하는 것이 뭐냐고? 정확히 이것이었다. 개인연금보험에 목돈을 쏟아 부으면서 일주일에 한 번 공연하는 것으로 퀸의 불안정한 삶을 대리 체험해보는 것.

퀸이 말했다. "얘기가 왜 이렇게 오래 걸리는지 가서 알아봐."

알렉스는 퀸의 기분을 눈치 채고 이렇게 말했다. "장비들 잘 봐."

퀸이 고개를 끄덕였다.

"잘 보고 있어?"

"보고 있어."

알렉스는 그 자리를 떠나 술집 저 뒤편에 가 있는 친구들 패거리에 합류했다. 그때쯤 거기서 벌어지고 있던 말싸움은 이미 드잡이로 번져 있었다. 새 나이키 신발을 신고 엉덩이가 꽉 끼는 청바지를 입은 레니가 샬의 멱살을 잡았고 샬이 공연 일정을 기록하는 수첩으로 레니의 손가락을 후려쳤던 것이다. 퀸은 짜증이 나서 소리가 날 정도로 한숨을 길게 내쉬고는 그 싸움판에 끼어들기로 결정했다. 그런데 무단 침입한 밴드의 아까 그 중년 연주자가 갑자기 퀸의 행로 안으로 뛰어들었다. 횟죽처럼 허옇고 멀겋고 표정 없는 얼굴로.

"혹시 퀸 포터?" 남자가 말했다.

퀸은 옛날 밴드 동료들과 우연히 마주치는 일이 흔했다. 그들은 시도 때도 없이 퀸의 눈앞에 나타났는데 대개는 알아볼 수 없는 지경이 되어 있었다. 모두들 몸무게가 20킬로그램 이상 불어 있거나, 굉장히 실리적인 사람이 되어 있거나, 기대에 못 미치는 자신의 현실에 맞게 자아상을 대폭 낮춘 그런 사람이 되어 있었던 것이다.

"누구신지?" 퀸이 물었다.

남자의 얼굴이 시뻘겋게 달아오르더니 이내 천천히 분해되는 것처럼 보였다. 젤리처럼 떨리는 양 볼, 할 말이 있는 듯 벌어진 작은 입, 불투명한 혈관이 잔뜩 곤두선 채 겁에 질려 무언가를 찾는 두 눈동자가 모두 각기 다른 얼굴의 일부 같았다.

"이봐요, 괜찮아요?"

낯선 남자가 다시 무슨 말을 했지만, 아니, 말을 하려고 애썼지만 퀸은 그 말을 알아들을 수가 없었다. 그러다가 그 얼굴 밑에 가려진 다른 얼굴을 발견했다.

"주크?"

남자가 열심히 고개를 주억거렸다. 남자의 목소리는 후두 아래쪽 어딘가에 갇혀버린 것 같았다. 지난 11년 동안 데이비드 크로스비 일화 속에서 살아온 주크 블레이클리, 최근 다른 이야기 속에서 전혀 다른 역할을 맡게 된 그 주크 블레이클리였다. 주크가 그저 울고만 있는 까닭을 퀸이 이해해기까지 또 한참의 시간이 흘렀다. 주크가 숨을 헐떡이며 말했다. "치고 싶으면 날 쳐. 얼른. 맨손으로 날 갈가리 찢어버리고 싶다면 그것도 환영이고." 목소리를 조절하느라 어찌나 애를 쓰고 있는지 입술이 위아래로 씰룩댔다.

"세상에, 주크, 맙소사."

"자네랑 이야기를 하고 싶었어." 주크는 장거리를 전력질주한 사람처럼 계속 숨을 헐떡였다. "자네랑 자네 부인한테 하고 싶은 말이 있어서……."

"아무 말도 하지 마. 진심이야, 주크. 하지 마."

멈추지 않는 울음 때문에 주크의 말랑말랑한 몸이 위아래로 들썩였고 걸음도 앞뒤로 흔들렸다. 잔주름이 잔뜩 잡힌 작은 눈, 고르지 않은 입술, 벗어진 앞이마 등 제각각 따로 노는 이목구비를 모아 씹던 껌처럼 붙여놓은 듯한 그의 외모는 한마디로 말해서 전체적으로 탈주노예처럼 끔찍했다. 무대 위에서 공연 준비에 박차를 가하던 주크의 밴드 멤버들도 뭔가 심상치 않은 분위기를 눈치 챈 것 같았다. 그 중 한 명이 마이크에 대고 말했다. "체크, 하나, 둘. 거기 괜찮아요, 주크? 체크, 하나." 이제 손님들 몇 명이 대놓고 두 사람을 구경하기 시작했다.

"진정해, 친구" 퀸이 말했다.

'친구'라는 단어 때문이었을 것이다. 갑자기 한 단계 높아진 주크의 울부짖음 때문에 퀸은 119에 전화를 걸어야 하는 것은 아닐까 생각했다. 퀸은 주크를 끌고 밖으로 나와 '탈옥'의 비상통로로 쓰이는 지저분한 콘크리트 경사로로 향했다.

"내 말 들리지? 여기 앉아." 퀸이 주크를 땅에 앉히며 말했다. "세상에, 이 친구야, 정신 좀 차려봐."

"그 사람들이 자네랑 말하지 말라고……." 주크의 창백한 양 볼이 파르르 떨렸다. "내가 스위치만 누르면 껐다 켰다 할 수 있는 무슨 기계라도 되는 것처럼 자네나 유가족이랑 말하지 말라고 했지만……." 주크는 이쑤시개를 하나 꺼내어 땀범벅인 손바닥을 찔렀다.

퀸이 주크 쪽으로 몸을 숙이며 말했다. "심호흡해봐."

"그 법률 소송 때문에 난 죽어가는 중이야." 주크가 말을 이었다. 이제 어느 정도 진정된 것 같았지만 그래도 틈틈이 말을 멈추고 공기를 허겁지겁 들이마셨다. "내가 얼마나 미안해하는지 자네한테 말하고 싶었어. 그런데 유족이랑 말하지 말라고…… 미안하다는 말도 하지 말고…… 용서해 달라는 말도 하지 말라고……." 퀸은 자신의 호흡이 빨라지는 것을 느꼈다. "변호사를 사는 데, 실수가 어떤 결과를 낳았는지 받아들이는 데 모아놓은 돈을 다 쓰고……."

주크는 고개를 저었다. 번들번들한 코에 땀방울이 스팽글처럼 맺혀 있었다. 그래도 말을 하면 할수록 숨소리는 점점 잦아들었다. 그는 양 손을 바지에 문질러 닦고 이쑤시개를 땅에 던졌다. "그때 나는 환자 여덟 명의 보조 진료를 맡고 있어서 읽어야 할 차트만도 한 수레가 넘을 정도였어. 감당할 수 없을 정도로 일이 많았지. 그 사람들이 용서해 달라는 말 같은 건 절대 하지 말라고 경고했지만, 그리고 이건 그냥 내 생각일 뿐이지만, 이제는 용서해 달라는 말을 해도 될 것 같아. 그래서 지금 이렇게 말하는 거야. 이렇게 자네한테 용서를 구하는 거야. 맙소사, 내가 모든 것을 다 잃기 전에 개들한테 쫓기는 신세에서 날 구해 준 것이 얼마나 고마운지." 주크는 여전히 숨을 몰아쉬며 거기 그렇게 앉아 있었다.

퀸은 주크 옆에 나란히 주저앉으며 말했다. "내 개들이 아니야."

주크는 몇 분 동안 들숨과 날숨만 반복했다. 그러면서 기운을 차리고 있는 것 같았다. 마침내 주크의 목소리가 가라앉았다. "그 처방전을 쓰던 내 모습이 지금도 보여. 그 모습이 끝없이 보이고 또 보여. 종이 위에 잉크로 쓴 글씨, 내 손에 쥐고 있던 펜. 그 사람들은 자네나 자네 부인이랑 말하지 말라고 했지만, 이젠 말할 수 있어. 오, 주여, 감사합니다. 미안해, 미안해, 정말 미안해."

퀸은, 오랜 세월 얼었다 녹기를 반복하면서 땅이 울퉁불퉁해진 지저분한 후면 주차장을 물끄러미 내다보고 있었다. 오나의 투박한 릴라이언트와 레니의 SUV 자동차 사이에 3미터 정도 간격을 두고 주차되어 있는 개리의 재규어는 꼭 애들 장난감 같았다. 전봇대에 매달아 놓은 전등 두어 개의 빛이 신 냄새가 풍기는 광채로 어수선한 주차장을 씻어내고 있었다. 그동안 산더미처럼 쌓인 장비들을 지키며 후면 주차장과 골목길에서 보내온 세월을 모두 합치면 얼마나 될까? 불명예스럽게 은퇴한 장난감 거물, 벨의 아버지가 떠올랐다. 지금까지 살아온 대로 삶을 계속 되풀이하다가는 그 양반도 영장과 소환장과 온갖 법률 서류로 점철된 불행한 종말을 맞이할 터였다.

"내가 개들을 치운 게 아니야." 퀸이 말했다. 그리고 다음 순간 깨달았다. 벨이 소송을 취하한 것이 틀림없었다. 아, 선량하기 이를 데 없는 벨. 그는 기쁨이란 것이 얼마나 덧없는 빛인지 경험상 잘 알고 있었다. 그런데 기쁨보다 온당한 도리가 아직은 세상에 남아 있었던 것이다.

주크는 좍 편 두 손으로 양 볼을 문질렀다. 눈물이 번지면서 얼굴에 번쩍이는 자국이 생겼다. 밤공기가 효력을 발휘하기 시작하는 계절이었다. 그는 떨리는 숨을 한 번 더 내쉬며 말했다. "꼭 캄캄한 숲을 포복으로 통과하는 것 같았어. 소환, 그리고 또 소환." 그러고는 초록색 꿀벌 문양이 그려진 밝은 연두색 셔츠 소매로 이마를 문질러 닦았다. 주크는 그 셔츠 위에 그 옛날 즐겨 입던 가죽조끼를 똑같이 입고 있었다. 그동안 허리둘레가 너무 불어서 조끼 사이즈가 턱받이만 하게 줄어들어 있기는 했지만.

"고위층 사람들한테 선을 대서 영향력을 행사한 사람은 벨이 아니라 벨

아버지야, 주크. 벨은 그런 사람이 아니야. 자네가 벨을 그렇게 생각하지 않았으면 좋겠어."

주크는 코를 훌쩍이며 말했다. "난 그런 일을 당해도 싸. 밑바닥까지 추락해도 싼 놈이라고."

"자네는 사실 그런 친구가 아니잖아." 퀸이 말했다. 그 말은 진심이었다. 그는 믿지도 않는 신에게 말없이 감사를 전했다. 그 자신이 백만 명 중의 한 명이 아니었기 때문에 알지 못했던 일들, 평생 겪은 일 가운데 가장 큰일로 감사를 전하다니.

주크는 반 옥타브 뚝 떨어진 목소리로 말했다. "자네 부인 얼굴을 똑바로 바라보며 이렇게 말했었어. '이 약을 한번 써볼까요?'" 그러고는 동작으로 차트 위에 뭔가를 적는 시늉을 하며 그 말을 반복했다. "'이 약을 한번 써볼까요?'" 이제 주크는 다시 조용히 흐느껴 울고 있었고, 퀸은 끔찍할 정도로 절망스러운 그 모습을 지켜보고 있었다.

"벨은 이제 더 이상 내 아내가 아니야."

주크가 얼굴에서 손을 뗐다. 눈이 하도 퉁퉁 부어서 거의 떠지지도 않을 지경이었다.

"벨은 다른 남자랑 결혼했어. 솔직히 말하면 괜찮은 친구야."

밴드가 음악을 연주하기 시작했다. 백인 밴드들이 즐겨 연주하는 '기분 좋아 I Feel Good'라는 곡이었다.

"자네가 어디로 갔나, 밴드 멤버들이 걱정하겠어." 퀸이 말했다.

"쟤들은 원래 삼인조 밴드야." 주크는 다시 얼굴을 문지르며 말했다. "셋 중 금발머리 청년이 우리 누나 아들인데 누나가 부탁해서 날 껴준 것뿐이야. 누나는 내 금전사정이 얼마나 안 좋은지 내가 모른다고 생각하거든."

전봇대에 매어 놓은 전등 하나가 펑 소리를 내며 꺼져버렸다. 두 사람은 '기분 좋아'가 끝나고 '그리운 고향 앨라배마 Sweet Home Alabama'가 다시 시작될 때까지 노래에 귀를 기울이며 그곳에 좀 더 앉아 있었다. 리드 기타의 연주 솜씨는 나쁘지 않았다.

"섬에서 보냈던 그 밤 기억나?" 주크가 물었다.

퀸은 고개를 끄덕였다. "빌어먹을 데이비드 크로스비."

"그 뒤로 그 일 생각 안 했어?"

"가끔. 어쩌다 한 번씩."

주크는 간신히 열이 가라앉은 사람처럼 졸린 목소리로 말했다. "난 그 이야기 아무한테도 안 했어. 심지어 집사람한테도. 그 뒤로 한동안 혹시 크로스비가 나한테 연락해올지도 모른다는 희망에 부풀어서 공연한 징크스를 만들고 싶지 않았거든. 병신." 그러고는 생기 없이 키득거렸다. 퀸의 내면에서 두 사람 모두를 향한 동정심인지 뭔지 알 수 없는 감정이 흘러넘쳤다.

"하지만 자네 연주 실력은 괜찮았어, 주크."

주크는 고개를 저었다. "전혀 괜찮지 않았어. 병신."

그때 악기 가방을 멘 레니가 입을 꾹 다문 채 뒷문을 열고 후다닥 뛰어나왔다. "재수 없는 새끼." 잔뜩 화가 난 레니는 이렇게 중얼거리고는 퀸 쪽으로 붉어진 얼굴을 돌리며 소리쳤다. "우리 **잘렸어.**" 그러고는 SUV 자동차의 뒷문을 벌컥 열고 악기 가방을 안으로 쑤셔 넣은 다음 카펫이 깔려 있는 차 바닥에 절망적인 표정으로 털썩 주저앉았다. 뒤이어 밖으로 나온 개리와 알렉스는 퀸 쪽으로 걸어오다가 눈물범벅인 주크의 얼굴을 보고는 발걸음을 돌렸다.

퀸은 주크의 귀 가까이 입을 대고 내뱉듯 말했다. "내 말 잘 들어. 어떤 아이든, 그러니까 세상에 태어난 아이 가운데 그 누구든 그 약을 먹을 수 있었어. 그리고 그 약을 먹고 증상이 호전될 수도 있었고."

주크는 다시 두 손에 얼굴을 묻으며 속삭였다. "오, 주여. 내게도 아들이 한 명 있어."

이번에는 주크의 넋두리가 퀸의 마음속까지 전달되었다. 지금까지는 깊이 묻혀 있던 마음이었다. 퀸은 내면의 고통에서 벗어나려고 자기도 모르는 사이에 미친 듯이 발버둥 치고 있었지만 그럴수록 또렷하고 정화된 기억이 칼날처럼 퀸의 마음을 후벼 팠다. 그것은 아들에 대한 기억이 아니라 아들의 사진에 얽힌 기억이었다. 그 사진은 퀸이 시카고의 셋방에 살고 있을 때 아들이 직접 보낸 사진이었다. 사진 속 아들은 풀 먹인 제복 차림으로 뒷마당 울타리 앞에 서서 열심히 미소를 짓고 있었다. 여자들은 모두 그 사진을 좋아했다. (어머, 당신 아들이에요?) 아마도 아들이 인기 많은 소년일 것이라 생각하는 모양이었다. 퀸은 그 사진을 액자에 넣어 계속 갖고 다니다가 결국은 집까지 품에 안고 돌아왔다.

"이봐, 동료들이 지금 당신 찾고 있어." 어디선가 느닷없이 나타난 개리가 주크를 내려다보며 말했다. "그런데 당신 괜찮은 거야?"

"괜찮아." 퀸이 말했다. 그는 자리에서 일어나 주크 쪽으로 몸을 굽혔다. "일어나, 친구. 이제 일어나야 돼."

퀸은 무겁고 떨리는 몸을 일으키는 주크를 돕고 나서 그의 등을 두드리며 말했다. "이제 그만 들어가 봐. 괜찮으니까."

"말해줘, 제발 나한테……."

"용서할게. 됐지? 자넬 용서한다고."

"자네 부인은……."

"벨은 누구의 어떤 잘못이라도 용서할 수 있는 사람이야. 그게 벨의 가장 큰 장점이지. 그러니 친구여, 평화 속에서 안식을 취하시길." 퀸이 말했다. 그것은 '부활의 길'이 공연 때마다 빼먹지 않고 써먹는 축복기도였다. 그는 어둠 저편 베이스 가락이 무겁게 울려나오는 문 쪽으로 걸어가는 주크의 모습을 지켜보았다.

개리와 알렉스는 아직 주차장에 있었다. 레니는 장비를 다시 싣느라 밴 주위를 오가고 있었다.

"도대체 이게 다 무슨 난리야?" 알렉스가 물었다.

"별일 아니야."

"살이 그러는데 바텐더가 자네 자동응답기에 메시지를 남겼대."

"난 이제 일반전화 안 써. 음성사서함만 쓰지."

"그럼 자네 음성사서함이 잘못됐나봐. 원래 우리가 어젯밤에 여기 출연하기로 되어 있었대. 미리 알았어도 레니는 카일라 발표회 때문에 못 왔겠지만. 아무튼 일정이 꼬인 것 때문에 살이 지랄을 했는데 거기다 대고 레니가 성질을 내는 바람에 살이 진짜 제대로 열 받은 거야." 알렉스는 주위를 죽 둘러보고는 이렇게 덧붙였다. "솔직히 말하면 우리도 진짜 뚜껑 열렸는데."

"그래도 자네들은 살 수 있잖아." 퀸이 말했다.

"자네 자동응답기만 원래대로 잘 됐어도……." 알렉스는 여기까지 말하고 고개를 저었다. "내 말은 퀸, 우리한테 이 공연이 아주 중요하다는 거야."

"닥쳐, 알렉스. 우리가 여기서 받는 출연료는 자네가 로펌에서 고객한테 받는 한 시간 상담 비용도 안 되는 돈이잖아." 퀸이 딱 잘라 말했다.

"이봐, 이봐. 이러지들 마." 개리가 끼어들었다.

퀸은 개리를 바라보았다. 개를 네 마리나 키우는 개리는 성격만큼은 확실히 온순한 친구였다. 개리가 한 걸음 뒤로 물러나 있는 알렉스의 귀에 대고 뭔가를 속삭이는 모습이 보였다. 여름 내내 개리는 밴드 멤버 모두가 어떤 '손실'을 입었는지 계속 그 사실을 상기시키는 역할을 스스로 도맡았다. 퀸의 도덕적 결함을 지적했던 에이미의 목록에는 '종종 폭력적으로 변한다'는 항목이 없었지만, 불현듯 퀸은 개리의 멱살을 잡아 간을 목구멍 밖으로 뽑아버리고 싶은 충동이 일었다. 30년 지기 개리의 간을.

알렉스가 말했다. "난 지금 돈 이야기를 하는 게 아니야. 자네도 알다시피, 재미 이야기를 하는 거지."

"자네들이 보기엔 내가 지금 재미있어 보여?" 퀸은 고급 미용실에서 자른 친구의 머리를, 그의 값비싼 명품시계를 바라보며 물었다. 그러고는 레니가 오랜 친구들의 말다툼을 곱씹으며 앉아 있는, 열광적으로 왁스칠을 한 완전 신형 SUV 쪽을 향해 소리쳤다. "자네 내 말 들리지, 렌? 자네가 보기엔 내가 재미있어 보여?"

퀸은 물속으로 걸어 들어가는 사람처럼 술집 안으로 걸어 들어갔다. 살이 일정 조정 하나 딱딱 못하냐며 신입 바텐더를 닦아세우고 있었다. 살은 "아무 문제없다"고 말했다. "레니의 태도만 빼면." '태도' 같은 단어를 좋아하지 않는 살이 그런 말을 쓴 것으로 봐서는 이 부잣집 도련님들이 까마귀만큼이나 안하무인으로 군 것이 확실했다.

퀸은 살의 기분을 십분 이해했지만 그런 식으로 일을 마무리 짓기엔 친구들과 알고 지낸 세월이 너무 길었다. 잠시 후 살은 기분을 가라앉히고 레니가 사업체를 경영하느라 어떤 일들을 겪고 있는지 퀸의 말에 따라 떠올려보다가 레니의 회사 주간 근무조 작업반장을 만나보라는 퀸의 말에 피식 웃었다. 서로 악수와 사과를 나누고 헤어지려는데 살이 그 이야기를 꺼냈다. 아들 일에 대해 따로 애도를 전하지 못해 미안하다고, 애 엄마는 어떻게 지내고 있냐고. 퀸은 대답했다. 그 문제는 걱정하지 말라고, 애 엄마는 괜찮다고. 그러자 살이 니미럴 신이란 존재는 참 고약하기도 하다며 욕을 했고 퀸도 그 말에 맞장구를 쳤다. 퀸은 주차장으로 돌아갔지만 친구들에게는 살과 나눈 대화에 대해 아무런 설명도 하지 않았다. 초조한 얼굴로 숨을 멈춘 채 자신을 바라보고 있는 친구들의 얼굴을 보니 별안간 구역질이 치밀었다. 왜냐하면 지금 친구들의 심정을, 그 열망을 퀸이 그 누구보다도 잘 알고 있었기 때문이었다. 반짝반짝 닦은 기타를 메고 오디션 장에 들어가던 자신의 모습을, 현재의 친구들처럼 '그래 이번엔 되겠지. 이번만큼은.'이라고 생각하던 자신의 모습을 수백 번도 더 보았기 때문이었다. 퀸 역시 정확히 지금 친구들의 표정과 똑같은 표정으로 오디션에 뽑히길 바랐었다. 자신은 그럴 자격이 충분하다고 생각했었다. 단지 그 자리를 너무나 간절하게 원한다는 이유만으로.

그래서 퀸은 이렇게 말했다. "살이 이 문제는 다시 생각해본대." 그러고는 남아 있는 장비들을 차에 싣는 일을 도왔다.

퀸은 차를 몰고 집으로 향했다. 서로 큰소리를 내던 친구들에게 속 시원히 작별을 고하고 돌아가는 길, 차 안에는 다행스럽게도 퀸 혼자였다. 너무 구닥다리 차라서 아무도 그 차에 태워 달라고 하지 않는 것이 오히려 고마웠다. 달빛이 흥건한 고속도로의 광채가 퀸을 나무라는 것 같았다. 도망치듯 1킬로미터를 달릴 때마다 고속도로를 이렇게 질주하던 옛날 일이 새록새록 떠올랐다.

데이비드 크로스비 일화가 아들의 출생으로 마무리되지 않았다면 얼마나 좋았을까? 그때 퀸은 별이 총총하던 섬 하늘, 휘장이 드리워져 있던 정자, 가능성에 대한 갑작스러운 희망을 가슴에 품고 콧노래를 흥얼거리며 병원에 도착했었다. 마침내 퀸과 벨이 체중 미달의 허약한 아기를 데리고 집으로 돌아왔을 때, 퀸은 미래의 문이 쾅 닫혀버리는 것을 느꼈다. 하지만 그래도 아기에게는 고음의 목소리를 불식시키는 예상치 못한 한 가지 장점이 있었다. 아기의 손가락이 인상적이었던 것이다. 인형 눈만큼 작은 주먹에 부속물처럼 붙어 있던 아기의 손가락은 말랑말랑했지만 길었다. 퀸은 그 손가락을 보자마자 기타를 가장 먼저 떠올렸다.

그 순간 묘한 기분이 들었다. 정체를 밝혀내기에는 너무나 위험하게 느껴지는 감각이었다. 벨이라면 이런 걸 사랑의 기억이라고 부르겠지. 하지만 퀸에게는 유령처럼 느껴졌다. 정말로 얼핏 시야에 뭔가 보인 것 같기도 했다. 너무나 순식간에 타올라서 그걸 느끼는 순간 아무런 흔적도 남기지 않고 사라진 불꽃 같은 그 감각은 통렬한 빛의 기억이었다.

시 경계선 안으로 진입하자마자 경찰 한 명이 퀸의 차를 불러 세웠다. 원칙을 준수하게 생긴 그 경찰은 너무 어려 보여서 꼭 어른 옷을 입은 어린애 같았다. "선생님, 운전면허증과 자동차등록증을 제시해 주시겠습니까?"

'젠장.' 퀸은 생각했다. '젠장, 젠장, 젠장, 젠장.' 퀸이 찾아낸 비닐커버가 씌워진 오나의 자동차등록증은 빳빳하고 하얗고 멀쩡했지만, 뒷좌석에는 방금 음악상점을 털기라도 한 것처럼 이루 말할 수 없을 만큼 많은 물건이 실려 있었다.

"잠깐만 여기서 기다려 주십시오." 경찰이 빌어먹을 경찰차에 가 있는 동안 퀸은 체인 식당과 싸구려 모텔이 즐비하게 서 있는 간선도로 브리튼 가의 토요일 교통정체를 바라보고 있었다. 바로 정면에 로위 상점의 거대하고 밝은 간판이 보였고 그 너머로 자동차 대리점과 시블리 가 모퉁이가 보였다. 손에 닿을 듯 너무나 가까운 거리여서 그대로 내달릴 수만 있다면 단 2분 만에 오나의 집 진입로에 도착할 수 있을 것 같았다. 현관문을 탕탕 두드리면 오나가 놀라서 고함을 치기야 하겠지만 퀸의 신원을 말끔히 확인해 줄 텐데. '당연히 나한테 허락을 받았지. 안 그러면 이 친구가 내 차 키를 어떻게 갖고 있겠나?' 그러나 경찰이 퀸의 운전면허증을 확인하기 전까지는 불가능한 일이었다.

째깍째깍 몇 분이 흘렀다. 퀸은 에이미가 '업보의 시간'이라고 부르길 좋아하던 그런 상태에 빠져 있었다. 말하자면 자신과 세계가 하나로 합체되는 시간이었다. 에이미의 설명에 따르면 그날처럼 업보가 요란하게 닥쳐오지 않으면 결국 세계가 아닌 자신의 자아와 하나가 되는 우스꽝스러운 존재가 되고 만다는 것이었다. 주크가 쏟아냈던 슬픔이 퀸의 피부 밑으로 스며들어 자라나는지 피부 밑에서 뭔가가 꿈틀꿈틀 부어오르고 있었다. 그런데도 그 증상을 안고 거기 가만히 앉아 있는 것 말고는 그 순간에 그가 할 수 있는 일이 아무것도 없었다.

경찰이 돌아와 얼굴을 창문 안으로 쑥 밀어 넣으며 말했다. "포터 씨, 이 차의 소유주는 미스 오나 빗커스이십니다."

"저도 압니다. 그 분은 제 친구에요."

"친구시라고요. 알겠습니다. 그런데 지난겨울 내내 굉장히 바쁘셨나봐요. 1월에만 과속딱지를 세 장이나 떼셨더군요."

"과태료는 모두 납부했는데요. 교육도 받았어요. 운전자 교육이라든가 뭐라든가."

"방어운전 교육이라고 부르는 겁니다, 선생님. 게다가 자동차 등록기한은

5월에 만료됐고······."

"그 차는 팔았습니다. 내 손 안에 있지도 않은 걸요."

"그리고 과속 때문에······."

규정 속도보다 시속 30킬로미터 가까이 과속을 해 엄청나게 비싼 과태료를 냈던 그 딱지는 아들이 죽던 날 밤 뗀 것이었다. 그로부터 이틀 뒤 퀸은 그 차를 팔았고 차 판 돈은 벨한테 줘버렸다.

"제 말씀은, 선생님 운전면허가 정지됐다는 겁니다."

"과태료 냈다니까요. 메인 주정부에 몽땅 다 냈다고요."

"다 내셨다고요. 알겠습니다." 경찰은 손전등으로 퀸의 면허증을 비추었다.

"알아보시면 최근에 다 납부한 것을 직접 확인할 수 있을 겁니다."

"정말 최근에 납부하신 모양입니다. 맞겠죠. 하지만 선생님 말씀으로만 판단할 수는 없는 것 아닙니까? 그리고 그렇다고 해서 미스 오나 빗커스 소유의 자동차를 몰고 계신 이 상황이 설명되는 것도 아니고요."

"여사님 허락을 받았습니다."

"허락을 받으셨다고요. 알겠습니다. 그런데 이 자동차 등록기한도 만료되었습니다. 그 사실을 알고 계셨습니까, 선생님?"

"뭐라고요?"

"이 차 등록기한이 4월까지였다고요."

"맙소사."

"자동차에서 좀 내려주시겠습니까, 포터 씨?"

퀸은 차에서 내리며 말했다. "여사님께 직접 여쭤보면 되잖아요. 네 블록 떨어진 곳에 살고 계시니까."

"제가 볼 수 있게 양손을 거기에 얹어 주시겠습니까, 포터 씨?"

퀸은 차 지붕 위에 양 손을 쫙 펼쳐놓으며 말했다. "내 전화에는 여사님 단축번호도 있어요. 아, 잠깐만 그 말은 무시해요. 벌써 잠자리에 드셨을 테고 공연히 놀라게 하고 싶지 않으니까." 퀸은 경찰이 몸수색을 하리라 예상했지만 경찰은 여전히 면허증을 들여다보고 있었다. "내 말 좀 들어봐요. 그 분은 제 친구에요. 제가 그 분 집도 손봐드렸단 말입니다."

경찰은 손전등으로 뒷좌석을 비추며 물었다. "이거 전부 다 선생님 물건입니까, 포터 씨?"

"난 기타 연주자입니다. 지금도 공연장에서 집으로 돌아오는 길이에요. 지난 1월에 과속딱지를 떼었을 때도 거기서 오는 길이었어요."

"공연장에서 집으로 돌아오는 길이시라고요. 알겠습니다." 경찰은 이렇게 말하고는 과장된 몸짓으로 손목시계를 들여다보며 물었다. "어디에 있는 공연장이죠?"

"포츠머스요."

"포츠머스요. 알겠습니다. 그런데 그곳은 가려면 한 시간쯤 걸리는 곳이죠? 오래전 일이긴 하지만 저도 밴드 활동을 했었습니다. 주로 서브 베이스 기타를 연주했었죠."

퀸은 생각했다. '오래전이라니, 대체 언제쯤? 여섯 살 때쯤?'

경찰이 말을 계속했다. "제 경험상, 저녁 공연은 대개 여덟 시나 아홉 시에 시작합니다. 그런데 지금 시간이 아홉 시 십 분이네요."

"일정이 꼬여서 그래요. 이야기가 깁니다."

"이야기가 길다고요. 알겠습니다."

퀸은 천천히 호흡을 하며 말했다. "난 프로 음악가에요. 세금을 낸다고요."

"그 점에 대해서라면 메인 주정부를 대표해 제가 감사드립니다, 선생님."

"이봐요, 오나 여사님 집이 바로 저 아래 시블리 가에 있어요. 자동차 대리점만 지나면 바로 나오죠. 여기에서도 보여요."

"손 내리지 마세요, 포터 씨. 시블리 가가 어딘지는 저도 압니다. 사실은, 제가 우연히 이 차의 소유주인 그 분을 개인적으로 알게 되었거든요."

잠시 후 퀸이 말했다. "그럼 경관님이 혹시 가택침입 사건 뒤에 여사님 집을 지키던 그 경찰인가요?"

"그럼 포터 씨가 그 분이 전화 걸고 싶어 하지 않던 그 손자분입니까?"

"전 여사님 친구에요. 친구라고요. 그 분도 절 그렇게 부르시죠."

경찰은 손전등을 옆구리에 끼며 말했다. "누군가 그 분을 돌보아 드려야 하는데. 멋진 분이더군요."

"누군가가 그 분을 돌봐드리고 있어요!"

"손 움직이지 마십시오, 포터 씨."

"내가 그 분을 돌봐드리고 있단 말입니다. 내가 그 누군가에요!"

"진정하세요, 포터 씨. 이제 손을 떼서도 됩니다." 경찰은 면허증을 돌려주며 말했다. "전 선생님을 지금 당장 체포할 수도 있습니다. 선생님은 경찰서로 연행해 가고 차는 견인시키는 거죠. 왜냐하면 이 차의 등록기한과 면허증 유효기간을 갱신하기 전까지 선생님은 운전을 하면 안 되니까요."

"몇 주 전에 면허증 갱신했다니까요."

"간혹 전산에 납부 기록이 입력이 안 되는 경우가 있습니다, 선생님. 때때로 일어나는 일이지요."

"그럼 내가 그런 사례인가 보네요."

"내일 주 관청에 전화하시면 곧바로 정정해드릴 겁니다, 선생님. 그동안 우리 둘이 음악적 견해나 나누면서, 그 연로한 숙녀의 삶을 지금보다 더 힘들게 만드는 것을 제가 얼마나 싫어하는지 말씀드리죠. 일단 지금은 약간의 기회를 드리겠습니다."

그 약간의 기회란 몇 군데 전화를 걸어 지금 상황을 설명할 수 있는 기회를 말하는 것이었다. 첫 번째로 레니한테 전화를 걸었지만 "꺼져!"라는 대답이 돌아왔고, 두 번째 알렉스의 전화는 꺼져 있었다. 세 번째, 개리는 차고가 세 개나 있는 집에 지금 막 도착한 참인데 퀸을 기꺼이 도우러 오겠노라고 말했다.

그러나 한 시간 뒤 현장에 등장한 사람은 테드와 벨이었다. 두 사람은 테드의 미니밴을 타고 나타났다.

벨이 말했다. "개리가 급한 일이 좀 생겨서. 개들이 가출했대. 그래서 나한테 전화를 했더라고." 벨의 말투는 딱딱하고 사무적이었다. "켈슬리 경관님 말씀이 테드가 오나의 차를 운전해 당신을 집까지 데려다주는 것은 괜찮대. 자동차 등록기한 갱신은 내일 아침에 우리가 할게."

"난 그냥 여기서 버스 타고 갈래."

"그럼 공연 장비들은 몽땅 어쩌고?" 벨은 남자들을 길바닥에 세워둔 채 잽싸게 밴에 다시 올라탄 다음 창문을 내리고 말했다. "일을 더 어렵게 만들지 마."

퀸은 벨을 바라보며 말했다. "오늘 저녁에 주크를 봤어. 그 내과 보조의 리처드 블레이클리 말이야."

벨은 미세하게 고개를 끄덕였다. "그 사람은 좀 어때?"

"폐인이더라. 그렇게 상태 안 좋은 사람은 난생 처음 봐."

"어떻게든 살아가겠지. 사람들은 모두 그러잖아."

"미안해, 벨. 이런 상황을 만들어서."

"당신이 미안해한다는 거 나도 알아."

"해결책이 있겠지."

"알아. 하지만 모든 일을 돌이킬 수 있는 건 아니잖아."

벨은 창밖으로 손을 뻗어 퀸의 손을 잠시 쥐었다 놓은 뒤 차를 몰고 가버렸다.

오나의 릴라이언트 운전석에 앉은 테드는 우울해 보였지만 화가 난 것 같지는 않았다. '업보의 시간'이 녹아내려 성스럽지 못한 웅덩이를 만드는 동안, 퀸은 차라리 체포되는 쪽을 택할 걸 그랬다고 후회하며 차에 올라탔다.

"고맙네." 퀸이 의자 간격을 조절하며 말했다.

"자네가 우리 스카우트 대대에 베풀어준 호의에 대면 이 정도는 약과지."

"내가 무슨 호의를……?"

"돈이 꽤 많이 모였더군. 그래서 벨도 어쩔 수 없이 돈의 출처를 나한테 밝혀야 했지. 오늘 밤, 여기 오기 전에 벨이 말해줬다네."

아, 선량하기 이를 데 없는 벨. 비틀비틀 깨달음이 퀸의 머릿속으로 들어와 진실을 환히 밝혔다. 그동안 벨은 퀸이 준 그 돈을 모두 테드에게 건넸던 것이다. 테드는 늘 현장학습을 더 나가야 하며 장래에는 16인승 버스도 마련해야 한다고 투덜댔던 것이다. 퀸은 뻣뻣하게 군은 얼굴로 테드의 말에 귀를 기울이고 있었다. 의연하게 굴려고 애썼지만 회전하는 25센트짜리 동전처럼 감정이 요동쳤다.

테드가 한 손을 내밀었다. "스카우트 23대대를 대표해서……."

"나한테 고마워할 필요 없네. 나한테 인사하지 마."

"이제부터는 나한테 돈을 직접 보내도 되네. 벨은 중간에 끼고 싶지 않대. 대대 입장에서도 그 편이 기록으로 남기기 훨씬 용이하고."

"알았네."

"주소를 알려주겠네."

오나의 카드 마술에 걸려든 얼간이가 된 기분이었다. 퀸은 하마터면 웃음을, 아니 울음을 터뜨릴 뻔했다. 안개처럼 뿌연 과거 속에서 어머니의 목소리가 들려왔다. '벌을 받는 방법은 우리가 선택할 수 있는 것이 아니란다.' 아니, 어쩌면 그것은 어머니의 목소리가 아니었는지도 모른다. 어쩌면 오나의 목소리였을 수도 있다. 꼭 오나의 목소리처럼 들렸으니까.

인내

1. 세계에서 가장 오래 서 있었던 사람 : 17년, 스와미 마우즈기리 마하라즈, 국적 인도.

2. 뗏목을 타고 바다 위를 떠돌며 최장시간을 버틴 사람 : 133일, 이등 항해사 푼 림, 국적 영국.

3. 얼음에 온몸을 밀착시키고 최장시간을 버틴 사람 : 한 시간 6분 4초. 웜 호프. 국적 네덜란드.

4. 병원 들것 위에 누운 채 가장 오래 기다린 사람 : 77시간 30분, 토니 콜린스, 국적 영국.

5. 최장시간 동전 돌리기 기록 보유자 : 19.37초, 스캇 데이, 국적 영국.

6. 계속 춤 신청을 받아 최장시간 스퀘어 댄스를 춘 사람 : 28시간, 데일 뮤엘 마이어, 국적 미국.

7. 머릿속에 총알이 박힌 채로 가장 오래 산 사람 : 87년 이상, 윌리엄 페이스, 국적 미국.

8. 비행기를 세계에서 가장 많이 탄 고양이 : 79회. 스마티, 주인 피터 갓프리, 국적 이집트.

9. 지진으로 매몰되었다가 최장시간 만에 살아서 구조된 고양이 : 80일, 국적 타이완.

10. 우주에서 최장시간 산 사람 : 803일 아홉 시간 39분, 세르게이 크리칼레 프, 국적 러시아.

이 분은 미스 오나 빗커스이십니다. 이 테이프는 그 분의 인생 기억과 조각을 녹취한 것입니다. 이 부분은 9부에 해당됩니다.

......

오늘은 별로 말을 많이 하고 싶은 기분이 아니구나.

......

머릿속에서 노래 하나가 계속 들려와서.

......

'난 그녀의 얼굴에 이미 익숙해졌네 I've Grown Accustomed to Her Face'란 노래야.

......

〈마이 페어 레이디〉*라는 영화에 나오는 노래란다. 루이스가 그 영화라면 환장을 했었거든. 영화 대사를 줄줄 외울 정도였어.

......

익, 숙……

......

그래, 맞았다. 영화에 나오는 한 신사가 뜻밖에 자신이 사랑에 빠지게 된 아가씨에 대해 부르는 노래야.

......

사실, 내가 생각하고 있던 사람은 루이스가 아니다. 난 널 생각하고 있었어.

......

왜냐하면 이번 주 내내 네가 그리웠거든. 오랫동안 그 사실을 인식하지 못했는데, 네가 그리워서 그런가, 내가 혼자 살고 있다는 사실을 자

---

* 〈마이 페어 레이디 My Fair Lady〉 : 1964년 미국 영화. 원작은 영국의 극작가 조지 버나드 쇼 George Bernard Shaw 1856-1950의 《피그말리온 Pygmalion》이라는 희곡이다. 쇼는 그리스 신화에서 모티프를 가져왔다. 신화 속 추남 조각가 피그말리온이 자신이 만든 조각상 갈라테이아를 너무나 사랑한다. 피그말리온의 사랑에 감복한 사랑의 여신 아프로디테는 갈라테이아에게 숨결을 불어넣어 인간으로 만들어준다. 쇼는 갈라테이아 대신, 거리에서 꽃 파는 아가씨 일라이자 두리틀을 창조했다. 경박한 하층민의 언어를 사용하는 일라이자를 두고 언어학자인 히긴스 교수와 피커링 대령은 내기를 한다. 6개월의 언어교육을 통해 일라이자를 상류층 숙녀로 만들 수 있다는 것이 히긴스 교수의 주장이었다. 결국 일라이자는 내적, 외적 아름다움을 고루 갖춘 완벽한 숙녀로 거듭나고 그 과정에서 히긴스가 일라이자와 사랑에 빠진다는 이야기이다. 1956년 브로드웨이에서 뮤지컬로 제작되었을 때 여주인공 일라이자 역을 맡았던 배우는 〈사운드 오브 뮤직〉의 헤로인 줄리 앤드류스 Julie Andrews 1935-였고, 1964년 개봉한 영화의 주인공은 오드리 헵번 Audrey Hepburn 1929-1993이었다. 이 작품은 연극과 영화, 양쪽 모두에서 폭발적인 성공을 거두었다.

꾸 깨닫게 되더구나. 그래서 오늘은 말을 별로 많이 하고 싶지가 않아.

……

한국전쟁에 관한 질문에 대답하는 것은 더더욱 내 정신건강에 안 좋을 것 같다. 너네 링크맨 선생은 전쟁에 왜 이리 집착한다니? 아직도 그 진리를 깨닫지 못했다든? 가서 너네 선생님한테 말해라. 전쟁은 다 똑같다고. 아무 의미도 없이 수많은 생명들이 죽고 살아남은 사람들은 망가져서 집으로 돌아오는 것, 그게 전쟁이라고. 전쟁을 이야기하면서 어떻게 적과 공존할 수가 있겠니?

……

내가 누구 이야기를 하고 있는 건지 너도 알잖니? 네 책상을 걷어차고 복도에서 네 발을 걸어 넘어뜨리는 놈들 말이다.

……

나야 그런 놈들이 어떤 놈들인지 아주 잘 알지. 난 어린 학생들 사이에서만 20년 일을 한 사람이란다. 잊었니?

……

트로이 패커드. 좋아. 그 애가 널 얼마나 못살게 굴지?

……

흠. 어제 말이다, 내가 유라시아 수리부엉이를 다룬 다큐멘터리를 봤단다.

……

너도 봤다고? 멋지지 않든?

……

그러면 수리부엉이가 평범한 몸을 더 커 보이게 만들려고 깃털을 부풀리던 그 장면 기억하겠구나? 정적을 위협하려고.

……

인간 소년이라고 해서 그런 수법을 써먹지 말란 법도 없지. 일어서봐라.

……

양쪽 어깨를 쫙 펴. 넌 구부정한 자세를 하고 있을 때가 많으니까. 더 곧게. 자, 이제 어깨를 등 쪽으로 밀어보렴. 가슴이 쫙 펴지게. 기분이 어떻지?

……

아니, 정반대로 아주 커 보이는 걸! 완전 사나워 보여!

......

잠깐 동안 그 자세를 유지해라. 어깨를 뒤로 밀고. 자, 이제 내 말을 따라하렴. "싫어!"

......

아, 잘했다. 그 다음에는 말로 싸우는 거다. 무서운 표정으로.

......

훌륭해! 하마터면 무서워 죽을 뻔했구나! 자, 이제 더 무섭게. 열 배 더 무섭게.

......

아주 잘했다. 기분이 어떻지?

......

난 그걸 배우느라 한 세기 대부분을 보냈단다. 난 이미 늦었지만 그 유익한 깨달음을 네게 주마.

......

효과가 있을 거야. 널 괴롭히는 그 놈들은 부풀린 깃털에 겁을 먹는 수리부엉이보다도 나을 게 없는 놈들이니까.

......

뭐라고?

......

그래, 고맙다. 나 역시 네 얼굴에 이미 익숙해졌단다.

21

밤새 유령들이 띄엄띄엄 출몰하는 바람에 잠을 설쳤다. 주크(날 용서해 줘.), 어린 경찰(당신이 그 분이 전화 걸고 싶어 하지 않던 그 손자분입니까?), 벨(일을 더 어렵게 만들지 마.), 테드(스카우트 23대대를 대표해서.) 등 꿈속에서 온갖 유령들과 맞닥뜨린 뒤, 퀸은 아들의 사진을 서랍 속에 넣고 수의처럼 티셔츠로 액자를 덮어버렸다. 그렇게 하면 후회스러움에서 벗어날 수 있을까 해서. 그러고는 동네 재활용품 깡통을 뒤져 신문을 찾아냈다. 기독교도였다가 마약중독자였다가 다시 기독교도였다가 결국 무신론자가 된 잭이 빠진 '부활의 길'의 컬러 사진이 대문짝만하게 실려 있었다.

퀸은 브랜든에게 전화를 걸었다. 그 다음엔 타일러에게. 그 다음엔 '어치들'에게. 하지만 전화를 받기에는 너무 이른 시간이었다. 정화된 영혼들이었음에도 그들 역시 음악가의 시간관념을 갖고 있었던 것이다. 나중에, 전화를 받지 못한 것에 사과를 하고 의미 있는 하루가 되라고 기원하고 신의 가호가 함께 하길 축복하겠지.

버스를 기다리면서 마침내 실비와 통화가 되었다. 이미 늦은 시간이었다. 그것은 그레이트 유니버설 메일 시스템 로비 소파에 앉아 공짜 커피를 즐기는 예식을 건너뛰고 곧바로 작업장으로 들어가 출근 보고를 해야 한다는 뜻이었다.

"퀸, 세상에! 당신한테 메시지를 50개도 더 남겼어요."

"내 음성사서함에 뭔가 문제가 생겨서요. 신문에서 보니까 잭이 관뒀다던데, 사실이에요?"

"예전에는 잭도 사랑스러운 아이였죠. 정말로 사랑스러웠어요. 지금 사려 깊은 우리 조카님께서는 서반구 마약의 수도인 마이애미에 가 계세요. 가족들과 완벽하게 연락을 끊고요. 불쌍한 우리 오빠는 두 동강이 났다니까요. 그 애는 밴드활동을 처음 시작하던 그 순간부터 골칫거리였어요. 그러니 그 애가 결국 내 머리에서 뽑혀 나간 것을 내가 기뻐하더라도 주님은 용서해주실 거예요." 실비는 한숨을 내쉬고는 말을 이었다. "이봐요, 혹시 이쪽으로 와줄 수 있어요? 지금 당장 말이에요."

"난 지금 일하러 가는 중이에요, 실비. 직장에요."

"당신도 내 말에 토를 다는 건가요? 난 지금 그럴 기분이 아닌데. 나를 지지해줘야 할 녀석들 모두가 내 말에 토를 단단 말이에요. 성스러운 우리 아들들이 당신한테 고마워하겠네요. 새처럼 짹짹거릴 줄만 알지 아무것도 모르는 그 **멍청한** 기자가 그러는데, 그 녀석들이 워너 레코드사에 꺼지라고 말하면서, 무대마다 따라다니며 간섭하는 이른바 극성 엄마 말은 이제 듣지 않기로 했다고 그랬다더군요."

퀸은 소리 내어 웃었다. "들었습니다."

"난 극성이 아니에요. 무대마다 간섭하는 엄마도 아니고요. 난 사업가란 말이에요."

"극성스러운 사업가죠."

사나운 고양이가 가르릉대는 것처럼 목에 뭐가 걸린 듯한 발음이 수화기에서 뿜어져 나왔다. "아, 세상에, 퀸. 더그 말이 맞았어요. 벅찰 정도로 너무 많은 일을 나 혼자 하고 있었던 거예요. 난 지금 함께 이야기할 사람이 필요해요. 만약 내가 미스터 지저스 크라이스트의 전화번호를 알고 있었다면, 당신 가죽바지를 걸고 장담하는데 이미 한참 전에 그 번호로 전화를 걸었을 거예요. 하지만 그 고귀하신 분 번호는 없으니까 당신이라도 붙잡아야겠어요."

"실비? 지금 우는 거예요?"

"담배 피우는 중이에요. 그리고 참고삼아 알려주는 건데요, 당신은 지금 일의 여왕과 통화를 하고 있답니다. 내가 갖고 있는 만 평이 넘는 땅은 빌어먹을 프랑스 왕한테 상속받은 게 아니란 말이에요." 길게 니코틴을 뿜어내는 소리가 들렸다. "그런데 그 녀석들이 이런 나를 어떻게 대했는지 당신은 모를 거예요. '예술적 견해 차이' 운운하면서. 아, 세상에, '예술적 견해 차이'라니. 그러고는 지들이 결국 기독교 기업이랑 괜찮은 계약을 맺게 된 것이 다 주님 뜻이라고 굳게 믿고 있다니까요."

"그런데 멤버 한 명이 부족한 거 맞죠? 맞습니까?"

"나는 계약서에 사인도 해야 하고 변호사들이랑 의논도 해야 해서 바빠요. 병원에 은거 중인 더그는 완벽한 천치고요. 그런데 내가 아는 것은, 거기서 시간을 때우고 있는 뇌 외과의사의 방에 사람들이 억지로 막 밀고 들어온다는 것뿐이에요. 그것까지는 내가 어쩔 수 있는 부분이 아니잖아요, 퀸, 난 그저……." 실비의 목소리가 갑자기 가라앉았다. 퀸은 깨달았다. 퀸이 예전에 생각했던 것처럼 실비는 그냥 무서워하는 것만이 아니라는 사실을. 그녀는 완전히 겁에 질려 있었던 것이다. "이 음악계란 사업 분야에 물이 뚝뚝 떨어지는 상어 이빨을 하고 있지 않은 사람이 누가 있을까, 생각해봤는데 당신밖에 떠올릴 수가 없었어요. 당신이 이곳에 와서 우리랑 함께해줬으면 좋겠어요."

퀸의 목구멍 안에서 희망의 불씨가 살아났다. "네 시에 퇴근합니다. 그때까지 진정하고 있어요, 실비."

"내가 어떻게 진정을 해요! 이 기차 안에서 내 아이들을 잃고 싶지 않단 말이에요. 걔들은 지들이 천하무적인 줄 알아요. 지들이 원하는 건 뭐든 순식간에 이루어지니까." 실비는 잠시 숨을 고르고 말을 이었다. "솔직히 말하면 난 당신이 원망스러워요."

실비조차도 일이 벅찬 모양이었다. 퀸이 말했다. "저런, 그 애들이 위너베이고 캠핑카를 살 수 있게 도와준 사람이 누구인지 잊으셨나 봐요."

"그런 건 무시할래요. 이제 신경도 안 쓸 거예요. 내가 지금 이야기하고 있는 것은 당신이란 사례에요. 당신의 천부적인 재능이, 당신이란 살아 있는 증거가 감수성 예민한 어린 마멋들한테 영감을 주었나 봐요. 음악가로서의 삶이 가능하다는 것을 보여주는 하나의 사례로서."

퀸은 정신이 멍했다. 실비는 원망을 하느라 비난조로 한 말이었지만 그것은 지금껏 실비한테 들었던 말 가운데 가장 큰 칭찬이었다. 퀸이 고맙다는 인사를 하기도 전에, 그리고 자신은 단 한 번도, 심지어 1980년대에도 가죽바지를 입어본 적이 없다는 사실을 말하기도 전에 실비는 전화를 끊어버렸다.

퀸은 문을 밀고 그레이트 유니버설 메일 시스템 작업장으로 들어갔다. 건축학적으로 볼 때 특이하게 생긴 작은 나무들로 구획이 나누어져 있는 작업장이었다.

"환영합니다, 포터 씨. 이렇게 다시 만나게 되다니 얼마나 기쁜지 몰라요." 도나가 클립보드로 자신의 엉덩이를 두드리며 빈정댔다. 그러고는 출근부에 퀸의 이름을 휘갈겨 쓰고는 모두가 기피하는 작업을 시켰다. 하이킹 장비를 판매하는 회사의 광택이 줄줄 흐르는 미끄러운 광고지를 책자 4천 부 안에 일일이 수작업으로 끼워 넣는 작업이었다. 도나의 말을 빌자면 고도의 정확성을 요하는 그 수작업은 지난 주 퀸이 근무를 빼먹었기 때문에 받는 일종의 처벌이었다. 도나는 퀸이 '꼭 그렇게 하겠다'고 약속했던 바와 같이 담당부서에 미리 보고만 했더라도 '이런 일은 결코 일어나지 않았을 것'이라고 말했다.

"할머니 한 분을 좀 돕느라고요."

퀸의 말에 도나가 크게 웃음 터뜨렸지만 퀸은 개의치 않았다. 그는 마음속으로 실비와 나누었던 대화를 단어 하나하나 되짚어가며 곱씹고 있었다. '당신이 이곳에 와서 우리랑 함께해줬으면 좋겠어요.'

그는 기도했었다. '정말로 주님이 계시다면, 제발 아이를 기타 연주자로 만들어 주세요.'

퀸은 도나의 기억을 상기시키며 말했다. "전화했어요. 그래서 레니가 하루 휴가를 주었고요." 하지만 도나는 뒤끝이 아주 길었기 때문에 사진을 찍어놓은 것처럼 기억력이 정확했고 예전에 퀸이 '부활의 길'과 함께 순회공연을 가느라 근무를 빼먹은 일을 잊을 여자가 아니었다. 어떤 일이든 간에, 퀸이 미리 전화도 걸지 않고 일터에 나가지 않은 것은 그때가 평생 처음이었다. 그제야 퀸은 깨달았다. 자신이 얼마나 열과 성을 다했는지, 잭이 더럽혀 놓은 그 자리에 자신이 들어갈 수 있기를 얼마나 열망했었는지.

오전 열 시 반쯤 레니가 나타났다. 표면적으로는 작업 상황을 돌아보기 위해서였다. "이봐," 레니가 작업 테이블이 있는 곳으로 올라왔다. 밖으로 빼놓은 레니의 바지 주머니가 여자들 치맛자락처럼 펄럭였다.

"어젯밤 일은 미안해." 퀸이 말했다.

레니는 주위를 둘러보았다. 직원들 사이에서 레니는 피곤한 고용주가 아니었기 때문에 레니가 나타나더라도 직원들은 별 신경을 쓰지 않았다. "개리가 그러더라. 내가 사과해야 한다고. 그렇다고 해서 자네한테 아무 잘못이 없다는 말은 아니야. 그건 자네 잘못이지. 이런 엿 같은 일이 일어나지 않게 하는 게 자네 일이니까. 하지만 그렇다고 해서 그렇게 이성을 잃다니, 나도 멍청했어." 레니는 자신의 소음 제국을 한 번 둘러본 뒤 말을 이었다. "내가 뭐가 씌웠나 봐. 거기서 음악을 연주하는 게 내 유일한 낙인데." 그러고는 눈을 내리깔았다.

"그 일은 잊어버려, 렌."

"그날 집에는 잘 갔어?"

"벨의 새 남편이 태워다줬어."

"허, 개화된 사람들일세."

"내가 그 친구 스카우트 대대가 쓸 새 밴의 구입비용을 적립하고 있더라고."

레니는 당황해서 시선을 돌렸다. "자네가 그동안 얼마나 힘들었을지 알아. 내가 만약 자식을 잃었다면 난 아마 자살했을 거야."

"살이랑 이야기가 잘됐어. 돌아오는 일요일부터 다시 무대에 서면 돼. 늘 그랬던 것처럼."

"말도 안 돼!" 레니가 안면근육 전체를 눈까지 끌어올리며 활짝 웃었다. "어떻게 그런 일이! 다른 애들한테도 말했어?"

"그 즐거움은 자네가 누려."

"녀석들한테 전화해야겠다. 지금 당장. 내가 모두한테 알릴게." 레니의 얼굴이 20년은 젊어 보였다.

레니는 바닥으로 뛰어내리다가 노인처럼 '아이코' 소리를 내지르며 엉덩방아를 찧더니 거의 바닥을 쓸다시피하며 작업장을 빠져 나갔다. 뒤편 사무실에서 레니는 셰리던 가 동네 꼬마의 모습으로 되돌아갈 터였다. 그때와 달리 지금은 뱃살이 벨트 위로 양초처럼 녹아 흐르고 있긴 하지만 말이다. 그 옛날 셰리던 가에서 자신들에게 밴드 음악을 들려주던 흑인 소년이 떠올랐다. 비록 여드름이 덕지덕지 나고 입을 옷이라고는 반바지밖에 없는 흑인이었지만 무척 멋있었던 소년이.

"이것으로 휴식은 끝난 거예요." 도나가 말했다.

점심식사 후 도나는 퀸에게 종이를 모아 잉크젯 인쇄기에 집어넣는 일을 시켰다. 인쇄기는 실력 없는 내과 보조의사를 만난 듯 심각한 소화불량 환자 같은 소리를 내질렀다. 귀마개를 꽂고 있었는데도 듣기가 괴로웠다. 평소에 자신이 하던 일을 생각해보면 도나의 이런 처우는 이해가 가지 않았다. 예전에 음악가랑 한 번 결혼을 했던 경험 때문인지 유난히 퀸에게만 빡빡하게 구는 것 같았다.

기나긴 오후 시간 내내 퀸이 기계의 식도 속으로 종이를 꾸역꾸역 쑤셔 넣으면 도나는 컨베이어벨트 끝에서 인쇄된 책자를 정리해 제본기 안으로 집어넣었다. 그녀는 쫙 붙는 청바지에 내의처럼 보이는 노란색 셔츠를 입고 있었다. 약간 새처럼 생기긴 했지만 그렇게 볼품없는 외모는 아니었다. 땀에 젖은 도나의 모습은 매력적으로 보이기까지 했다. 도나는 팔짱을 낀 채 짙은 색 눈동자를 요란하게 굴리며, 기계가 느릿느릿 토해내는 책자를 기다리고 있었다.

"그냥 나한테 좀 더 서두르라고 말하는 편이 당신 안구에 좋겠어요." 퀸이 기계 소음 위로 외쳤다.

도나는 듬성듬성 난 눈썹을 사납게 치떴다. "진짜죠?" 그러고는 알맞게 태닝한 튼실한 팔을 휘저으며 널려 있는 상자와 행낭들을 피해 퀸 쪽으로 다가

와 퀸의 얼굴 5센티미터 앞에 얼굴을 들이댔다. 도나에게서 기침약 냄새가 났다. "젠장, 그럼 서둘러요. 후딱." 도나의 입술에서 마지막 자음이 터지듯 흘러나왔다.

자신의 뜻을 확실히 보여주려는 듯 도나는 깊이를 알 수 없는 통에서 종이 더미를 들어 올려 눈대중으로 양을 가늠한 다음 네모반듯하게 정리해 컨베이어벨트 위에 평평하게 쌓았다. 쉭 소리를 내며 종이가 기계 안으로 빨려 들어가면 다시 네모반듯하게 종이를 쌓았다. 도나에게는 이곳이 중요한 직장이었다. 체육관 회원 등록을 하려면, 새 남자친구를 사귀려면, 그리고 하나뿐인 아이를 잘 키우려면 이 직장이 필요했기 때문이다. 아이는 네모난 그녀의 인생 속에서 그녀가 유일하게 애지중지하는 존재였다.

"이미 두 번이나 방법을 알려줬는데, 당신 뭐예요? 이런 일을 하기엔 너무 잘난 거예요? 아니면 너무 평범해서 일을 엉망으로 하는 거예요?"

"세상에, 도나. 휴식시간 좀 주면 안 돼요?"

"당신 휴식시간은 이미 썼잖아요."

"은유적으로 말하자면 그렇다는 거예요."

"내 전남편도 은유법의 광팬이었어요. 내 비자카드로 돈을 쓸 때마다 어찌나 은유법을 잘 써먹던지."

퀸은 솔직히 이제 도나와 싸울 기분이 아니었다. "내가 졌어요. 내가 졌다고요, 도나 작업반장님."

"진짜 당신 **문제**가 뭐예요, 퀸?"

"인생이 너무 짧다는 거, 그게 제 문제예요."

"뭐든 내가 모르는 이야기를 해봐요."

"정말로?"

도나가 퀸을 자극했다. "그래요."

"일을 엉망으로 만들어서 미안해요. 지난 금요일에 이 책자 작업을 끝내지 못해서 미안하고요. 당신이 이 일을 얼마나 열심히 잘해내고 있는 건지 난 오늘에야 알았어요."

기계 소음 때문에 퀸은 고래고래 소리를 질러야 했다. 그러다 보니 칭찬도 의도했던 것보다 진실성 없게 들렸다. 그러나 도나는 이 말에 놀랐는지, 기계가 종이를 넣어주지 않아 트림 소리를 꺽꺽 내고 있는데도 말없이 생각에 잠겨 있었다.

퀸은 메인 주정부 관청에 전화를 거느라고 점심시간을 다 써버렸다. 그래도 자신의 운전면허증에 아무런 문제가 없다는 사실은 알아냈다. 그것은 어떤 다른 의견을 제시했던지 간에 그날의 사태가 퀸이 아닌 명백한 경찰관의 판단착오에서 비롯된 일이라는 뜻이었다. 통화를 마치고 작업장에 돌아왔을 때, 도나는 이미 자리를 지키고 있었다. 그때부터 두어 시간을 말없이 일만 해온 참이었다.

퀸이 말했다. "이번에는 당신 차례에요."

"뭐가요?"

퀸은 목소리를 높였다. "뭐든 내가 모르는 이야기를 해봐요."

도나는 잠깐 생각에 잠겼다. 그러더니 제본이 아직 안 된 책자 더미에서 종이 한 장을 뽑으며 말했다. "이거 보여요? 이 그림 때문에 누군가 고소를 당하게 될 거예요." 처음에 퀸은 도나가 '그림'이 아니라 '크림'이라고 말한 줄 알았다. 기계 소음 때문에 자음이 뭉개져서 들렸다.

도나는 그 종이를 퀸의 얼굴에 대고 펄럭이며 말했다. "이걸 봐요. 이 사람을 좀 봐요."

퀸의 눈에는 사랑스러운 옷을 입고 하이킹을 하고 있는 어린이들의 가식적인 모습 말고는 아무 것도 보이지 않았다. 아이들 위에 푸른 하늘이 펼쳐져 있고 구름에 '세일'이란 글자가 쓰여 있었다. "어떤 사람이요?"

"바람이요. 이봐요. 여기 그려 넣은 이 바람을 좀 보라고요. 음악가들은 모두 다 귀머거리에요? 내 쓰레기 전남편도 귀머거리였는데."

"요지가 뭐예요, 도나?"

도나는 문제의 종이를 손가락으로 치며 말했다. "딱 눈에 보이는 것, 그대로를 말하고 있는 거예요. 지난여름 아동복 브랜드 '랜즈 엔드'에서 뿌린 세일 전단이랑 그림이 완전히 똑같거든요. 그림 배치도 똑같고. 배색도 똑같고. 똑같은 하늘에 똑같은 구름에 똑같은 바람, 거기 써넣은 문구까지 똑같아요. 이 회사는 소비자들이 자기네 싸구려 옷이랑 '랜즈 엔드' 상품을 헷갈리길 바라는 거예요."

승기는 이제 완전히 도나에게 넘어가 있었다. 도나는 경험상 볼 때 그 하이킹 장비 회사가 어떻게 고소를 당해 법적으로 궁지에 몰리게 될지, 자부심에 찬 목소리를 술술 풀어내고 있었던 것이다. 도나는 퀸의 눈앞에서 종이를 펄럭여가며 '이 색깔', '이 그림', '이 글씨체', '이 바람'을 일일이 지적했다. 도나가 그렇게 노골적인 표절 행위를 비난하고 있던 그 순간, 그 말 속에서 퀸은 뼈아픈 깨달음을 얻었다.

지난 몇 년 간 계속 퀸 앞에 스스로 몸을 드러내려고 안간힘을 썼지만 퀸이 팽개쳐버린 깨달음이었다. 퀸 자신이 그 깨달음을 알은 체하고 싶지도, 느끼고 싶지도, 명명하고 싶지도 않았기 때문이었다. 그런데 이제 도나가 카피 표절 마케팅의 수법을 더욱 확실하게 설명하고 있던 그 순간, 그레이트 유니버설 메일 시스템의 소음 가득한 작업장 안에서 퀸은 그 깨달음을 보고,

느끼고, 명명하고 있었다.

한바탕 열변을 토하고 나니까 마음이 너그러워질 정도로 기분이 풀렸는지 도나는 이렇게 말했다. "이런, 벌써 세 시가 다 됐네. 오늘 작업은 이걸로 끝이에요, 포터. 오늘 아침에는 내가 당신한테 너무 야박하게 굴었어요."

퀸은 로비로 나와 귀마개를 잡아 뺐다. 그러고는 풍경이 예쁜 오솔길을 걷기 시작했다. 그 길을 따라 걸으면 C 작업장이 나왔고 그 아래 대로변에 버스 정류장이 있었다. 퀸은 처음에는 빨리 걷다가 이내 달리기 시작했다. 큰길에 도착했을 때는 숨이 턱 밑까지 차오르고 무릎이 화끈거렸다. 도나의 말이 번쩍이는 전자 게임기 핀볼처럼 퀸의 온몸을 돌아다니며 환청을 일으켰다.

'이 사람을 좀 봐요!'

충분히 저지를 수 있는 흔한 실수였다. 이렇게 단어를 잘못 알아듣는 경우는 허다했다. '사람'과 '바람'. 청자 입장에서는 헷갈리기 쉬운 단어였다. 특히나, 그 단어가 빌어먹을 데이비드 크로스비의 입술에서 나와 야외의 와자지껄한 군중들을 통과해 절벽에 부딪쳐 부서지는 수 억 갤런의 파도 위를 지나 다시 웅성대는 사람들의 둑을 넘어 황송함에 떨리는 기타 가락을 뚫고 귀까지 전달된 것이라면 더더욱. 특히나, 그 단어가 희망에 사로잡힌 귀가 가장 듣고 싶어 하는 바로 그 단어라면 더더욱.

'이 사람을 좀 봐요!' 퀸은 분명히 그 말을 들었었다. 그래서 기타 위를 날아다니는 자신의 손가락을 바라보며 한껏 미소를 짓고 고개를 끄덕였었다. 하지만 콧수염을 멋지게 다듬은 빌어먹을 데이비드 크로스비의 입술에서 그렇게 감탄조로 터져 나온 말은 그 말이, 정확히 그 말이 아니었다.

'이 바람을 좀 봐요! 정말 멋지지 않습니까!' 그 마법 같던 저녁, 크로스비의 입술에서 터져 나온 말은 사실 정확히 이것이었던 것이다. 별이 총총하던, 드넓고 드높은 밤하늘을 가르던 그 바람. "아름다운 이곳이 난 정말 마음에 듭니다!" 늙은 데이브는 이렇게 말했었다. 정확히 지리적인 장소를, 그 바다를, 그 절벽을, 그 그림같이 예쁜 집을, 그 멋진 바람을 지칭하는 의미에서. 그것은 참으로 멋진 바람이었다.

버스가 도착했다. 퀸은 버스에 올라 뒷자리에 앉아 눈을 감고 마음속을 들여다봤다. 그 안에 놀랍게도 어머니가 있었다. 수십 년의 세월이 흐르는 동안, 흐려지다 못해 이제는 거의 아무것도 남아 있지 않은 어머니에 대한 기억이었다. '네 음악은 하루 종일 들을 수도 있을 것 같구나, 애야.' 어머니의 감탄에 아버지는 신문지에 코를 박으며 콧방귀를 뀌었다.

퀸에게는 길고 빠른 손가락, 음을 알아듣는 뛰어난 청각, 한 치의 오차도 없는 박자감이 있었다. '넌 재능을 타고난 것이 틀림없어.' 오나도 처음 만난 날 같은 말을 했었고 그 말은 사실이었다. 그러나 아무리 재능을 타고난 사람이라 하더라도 집 벽에 머리를 짓찧고 싶은 순간은 언제든 찾아왔다. 지금 퀸의 심정이 딱 그랬다. 엄청난 깨달음에 저항해 비명이라도 꽥꽥 내지르고 싶은 심정이었다. 그는 수백 가지 주법으로 즉흥연주를 할 수 있었다. 그러나 청자로 하여금 가던 길을 멈추고 '이 남자 정말 멋지지 않아!'라고 감탄하게 만드는 능력, 음악적 창작 능력은 그의 재능이 아니었다.

오나가 뭐라고 생각하든, 퀸은 '꿈꾸는 사람'이 아니라 '노력하는 사람'이었던 것이다. 음악을 사랑하는 노력하는 사람. 그게 다였다. 그가 숭배하던 가수들의 탁월한 창작곡은 말할 것도 없고 코드 두 개짜리 포크송, 80년대 장발 밴드들이 부르던 메들리, 델타 블루스, 가스펠송, 집시 재즈, 빅밴드 관현악, 클래식 록, 마카레나, 치킨 댄스, 전자기타에 이르기까지, 그는 모든 음악을 사랑했다. 그 안에 갇혀 숨이 막힐 것 같은데도 비논리적일 만큼 저돌적으로 음악에 집착했다. 최고의 음악부터 최악의 음악까지, 모든 음악이 자기 품에 떨어진 돌봐줘야 할 아이라도 되는 것처럼.

"이봐요, 괜찮아요?" 통로 맞은편에서 어떤 목소리가 들려왔다. 오렌지색 볼링 셔츠를 입은 남자, 평범한 버스 승객이었다. 토끼같이 작은 눈에 동정심이 가득한 남자의 목덜미에는 온통 종기가 나 있었다. 남자의 뒷자리에 앉은 다른 승객은 장애인이었다. 그 사람은 불쌍하게도 사지를 부들부들 떨고 있었다. 그리고 저 앞에 끔찍할 정도로 살이 찐 한 십대 소년이 똬리를 틀고 앉아 있었다. 오늘 이 버스에 탄 순례자들은 모두 자신이 택한 적 없는 여행을 하고 있는 것 같았다. 그래도 모두들 예전에는 자신이 지금 이 모습보다는 나은 삶을 살기 위해 태어난 사람이라고 믿었겠지.

퀸이 지금껏 연주한 노래는 백 곡, 아니 오백 곡, 아니 천 곡이 넘었다. 그 노래를 들으면서 사람들은 자신이 예전에 살았던 동네, 예전에 사랑했던 사람들, 잊고 있던 예전 자신의 모습을 떠올리며 가사를 따라 부르고 고개를 까닥였다. '록 오브 에이지Rock of Ages', '내가 록이다I Am a Rock', '멈추지 않는 록Rock Around the Clock', '길고 구불구불한 길The Long and Winding Road', '로드하우스 블루스Roadhouse Blues', '파란 스웨이드 신발Blue Suede Shoes', '야성적인 존재가 되기 위해 태어나다Born to Be Wild', '와일드 씽Wild Thing', '사랑이라 불리는 것Thing Called Love' 등, 이런 노래들에 그렇게 열광하다니 정말로 바보 같지 않은가? 엉망인 음향설비, 흙탕물 얼룩이 묻은 턱시도, 평발의 신부와 투실투실한 신랑, 댄스홀을 가득 메운 할머니들과 고모부, 이모부들은 또 어떻고? 햇볕에 물린 시골 박람회의 군중들, 번쩍이는 싸구려 의상을 한껏 갖추어 입고 무도회에 참석한 고등학생들, 마지못해 박수를 치는 기업 중역들, 술집에서 맥주를 벌컥벌컥 들이키는 한량들과

......

찰스 디킨스의 ≪황폐한 집≫을 빌리려고 했었다. 모드 루시 선생님이 읽어준 뒤로 한 번도 읽은 적이 없었거든. 기나긴 겨울밤을 의미 있게 보내려고 두꺼운 책이 뭐가 있을까 생각하다가 그 책이 떠올랐단다.

......

솔직히 말하면 그 남자는 "도와드릴까요?"라고 묻지도 않았어. 그런 것과는 거리가 먼 인간이었으니까.

......

"당신 누구요!" 이랬어.

......

내 말이 그 말이다! 무례하기 짝이 없는 인간. 벼락을 내리는 신처럼 "당신 누구요!"라니.

......

놀라고 당황한 것 이상이었어. 내가 서 있던 자리에서는 저 위에 떠있는 그 풍선 얼굴 아랫부분이랑 반짝이는 구두 밑창밖에 안 보이더구나.

......

허세로 똘똘 뭉친 그 늙은 족제비가 책상 앞에 앉아 있는 나를 본 것은 백 번도 넘지. 직접 대화를 나눈 것만 해도 적어도 스무 번은 될 걸. 그런데도 끔찍이 아끼는 그 도서관 안에서는 날 알아보지도 못 하더구나.

......

아무 말도. 너무 놀라서 말이 안 나왔거든. 핀 씨는 그렇게 서가용 사다리 가로대 위에서 날 내려다봤어. 구두 밑창이 어찌나 반짝이던지 요렇게 날 평가하는 것 같았어. 그 작자가 날 길바닥에서 굴러들어온 돌멩이쯤으로 생각한 건 아니었을까?

......

내 기분이 어땠는지 말해주마. 꼭 킴볼 펄프 공장에서 나온 여공이 된 기분이었어. 더러운 창문으로 들어오는 빛 말고는 빛이라곤 없는 어두운 방안에서 하도 오래 넝마를 분류해서 지금이 밤인지 낮인지도 모르는 여공 말이다. 거기 서 있으니까 모드 루시 선생님의 교육이 아주 하찮게 느껴지더구나. 그 남자가 나로 하여금 교육을 못 받은 여자가 된 것 같은 기분을 느끼게 만들었어.

……

핀 씨한테 내가 무슨 말을 하고 싶었는지 말해주마. "이봐요, 동태눈깔 양반! 나도 읽을 줄 알아요. 난 전문 비서란 말이에요. 오만한 늙다리 싸움꾼 같으니라고." 내가 하고 싶었던 말은 이거였어.

……

소녀시절 딱 한 번 화끈한 일탈을 한 적이 있기는 했지만, 나한테 루이 스랑 닮은 구석이 있었을 거란 생각은 하지도 마라. 난 루이스랑 정반 대였어. 그래서 얼룩다람쥐 같은 신발을 신은 발로 얼룩다람쥐처럼 잽 싸게 핀 씨를 피해 달아났단다.

……

난 원래 시끄러운 사람이랑 함께 있는 걸 싫어했거든. 루이스였다면 핀 씨가 깔고 앉아 있던 사다리를 잡아당겨 자빠트렸겠지.

……

나도 그렇단다! 그런 재미난 구경을 할 수만 있었다면 돈 내고 표라도 샀을 게다. 아, 그런데 그 다음에 무슨 일이 일어났는지 아니? 우드포드 가 집을 나올 때 책을 꽉꽉 채워 들고 나온 여행가방을 그날 밤 뒤지다 가 뭘 찾았게?

……

빙고. 완전히 멀쩡한 새 책이더구나. 모드 루시 선생님이 내게 준 그 책 의 복사본 말이다.

……

출생의 비밀을 간직한 한 고아 소녀에 관한 이야기란다. 또한, 그 소녀 의 어머니, 그러니까 스스로를 경멸하면서도 평생 가식을 떨며 살아가 는 굉장한 사교계 여성의 이야기이기도 하고.

……

아마 그럴 게다. 그 책에는 극적인 죽음이 한 트럭은 나와. 어떤 남자는 아무 이유도 없이 불길 속으로 들어가 타 죽는다니까. 그런데 아까 어 디까지 이야기했지?

……

아, 이번에 문제를 일으킨 학생 이름은 모튼이었어. 사랑스러운 빨강

머리 모튼 역시 졸업반이었는데 그 앤 아주 조숙해 보였다. 그런데 이번에는 그 학생 부모가 그 문제에 대해서 입도 벙긋 안 하더구나.

……

상상할 수 없을 정도로 성질 고약한 그 핀 씨가 루이스만큼 달변이었거든. 정확하게 단어의 의미를 따지고 들었다면야 루이스의 적수가 안 됐겠지만.

……

그 부모란 사람들은 둘 다 의사라던데, 난 그런 부모는 난생 처음 봤다. "이쪽은 모튼 박삽니다." 부인이 말했어. 아주 교양 있게 얼음장 같은 태도로. 난 그 여자 말을 듣다가 눈썹이 다 얼어서 떨어져 나가는 줄 알았다.

……

난 훈련받은 대로 투명인간이 되려고 애쓰면서 거기서 회의록을 기록하고 있었어. 눈꼴사나운 그 소동이 벌어지는 내내.

……

모튼이란 그 학생은 모든 혐의를 부인했고, 루이스는 자신을 미워하는 핀 씨가 고의적으로 무죄임이 이미 밝혀진 이전의 불미스러운 사고를 악용해 자신을 매도하는 거라고 이사회를 향해 설명했지만 아무 소용이 없었어. 그 자리에 참석한 두 명의 이사들은 아주 잘나가는 인물들로 신보다도 레스터 학교를 더 끔찍이 여기는 사람들이었지.

……

한 명은 철도 재벌이었고, 다른 한명은 은행을 경영하고 있었단다.

……

그건 기억이 안 난다. 그냥 미스터 반짝 구두와 미스터 실크넥타이라고 부르자꾸나. 둘 중 한 명은 치아가 굉장히 컸어. 그 자리에는 발렌타인 박사는 물론, 혼자 흥분한 핀 씨, 눈이 크고 초록색인 소년 모튼, 무시무시한 모튼 박사 부부도 있었어. 당연히 그 부부는 레스터 재단의 엄청난 후원자였고 그 사실 때문에 결과가 달라진 거겠지.

……

"우리도 알 건 다 알아요." 그 부부는 이 말만 계속하더구나. 그래서 결국 나는 그 말을 회의록에서 빼버렸어.

……

한 시간이 넘게 걸렸어. 난 피곤해 죽을 것 같았지.

……

정확히 언제였는지 기억은 안 나지만 어느 순간, 루이스가 당장 그날 오후에 학교를 떠나야 한다는 의견에 모두들 동의했어. 루이스의 고용 기록은 티 하나 없이 그대로 내버려둔다는 조건 하에. 나는 그 말을 그대로 받아 적었단다. '티 하나 없이.'

……

당연히 아니었지. 루이스 같은 여자가 그런 말도 안 되는 거래를 하다니, 상상조차 할 수 없는 일이다.

……

루이스는…… 아, 이 부분은 정말 말하고 싶지 않은데.

……

좋아. 루이스는 내 손목을 붙잡고 나를 일으켜 세우더니 모두를 향해 이렇게 말했어. "여기 있는 이 미스 빗커스가 나무랄 데 없는 성품이라는 데는 모두들 동의하시리라 생각합니다. 미스 빗커스는 지난 3년 동안 월요일마다 제 토론수업을 한 번도 빼먹지 않고 들었어요. 그러니 분명히 제 입장에서 발언해줄 수 있을 겁니다."

……

놀란 것 이상이었지. 난 완전히 식겁했단다. 이런 일은 자기가 직접 겪어보지 않으면 몰라. 너야 똑똑한 아이니까 분명히 알겠지만. 원래 레스터 학교에 있는 사람들은 모두들 나를 가구처럼 여겼단다. 아무도 앉은 적 없는, 고급 원목 의자처럼 말이다.

……

고맙다. 하지만 아무리 멋진 의자라도 의자는 의자잖니. 루이스 말고는 나에 대해 단 한 가지라도 아는 사람이 아무도 없었어.

……

예를 들면? 레스터 학교 중앙 잔디밭에는 화강암으로 만든 비석이 하나 서 있었는데 그 비석에는 제 2차 세계대전에서 전사한 메인 주 소년들의 이름이 새겨져 있었단다. 그런데 그 이름들 중 하나가 우리 프랭키라는 사실을 아는 사람은 아무도 없었어.

……

그냥 매일 아침 그 비석을 지날 때마다 우리 프랭키를 위해 기도했지.

그러고는 얼룩다람쥐 신발로 걸어서 건물 안으로 들어갔어. 그런데 이제 그런 내가 느닷없이 무대 중앙에 서게 된 거야. 루이스는 우량돼지 선발대회에서 1등 먹은 돼지를 호명하듯 날 소개했어. "미스 빗커스, 내가 얼마나 올곧은 사람인지, 핀 씨가 얼마나 빤한 거짓말을 하고 있는지 이 사람들을 설득해줘요. 설득 좀 해달라고요, 제발!"

……

그 순간 나도 너와 정확히 똑같은 걸 알아챘단다! 그런 상황에서 단어 뜻이나 생각하고 있다니, 한심하기도 하지. 아무튼 나는 거기 그렇게 흥분한 사람들의 벽 앞에 서 있었어. 그것도 나한테 봉급을 주는 사람들 앞에. 공책이며 필기도구를 잔뜩 흘리고 그렇게 서 있는데 머릿속에서 갑자기 그 생각이 툭 튀어나온 거야. 천하의 루이스 그대가 '납득시키다'를 써야 할 자리에 '설득하다'를 쓰다니. 겉으로는 큰소리치고 있었지만 실은 루이스가 완전히 패배감에 빠져 있다는 것을, 그것보다 더 정확히 보여주는 증거는 없었어.

……

미스터 반짝 구두가 가장 먼저 경멸하는 표정으로 나를 내려다보며 물었어. "뭐 더 덧붙일 말이 있습니까?" 왠지 없다고 해야 할 것 같았지. 도대체 의자가 무슨 덧붙일 말이 있겠니?

……

사람들은 기다렸어. 발렌타인 박사와 핀 씨, 미스터 반짝 구두와 미스터 실크 넥타이, 의사 모튼과 여의사 모튼과 소년 모튼, 그리고 당연히 루이스까지. 내가 넋이 빠져서 도로 연석처럼 멀거니 서 있는 동안 사람들은 기다리고 또 기다렸어.

……

난 그때 루이스가 존 던전에 죽은 영국 시인이란다. 루이스는 험프리 보가트*한테 담뱃불을 붙여달라고 말하는 로렌 바콜*처럼 다리를 꼬고 자기 책상 앞에 앉아 있었지.

---

* 존 던 John Donne 1572-1631 : 영국의 시인, 성공회 사제. 초기에는 연애시를 많이 썼으나 점차 풍자시를 많이 썼고 후기에는 종교적 이론을 형상화한 설교시를 많이 창작했다. 유사성이 없는 두 개의 개념을 하나로 결합, 의미를 확장하는 형이상학적 비유를 통해 지성적인 시 세계를 전개했다. 형이상학과 시인의 선구자로 평가된다.

......

1940년대 영화배우들이야.

......

〈소유와 무소유〉가 그 여배우 첫 작품이었던 것 같아. 〈밀사 Confidential
Agent〉가 두 번째 작품이고. 난 그 두 작품 모두 봤어. 아, 〈빅 슬립 The
Big Sleep〉이랑 〈키 라르고 Key Largo〉도 있구나.

......

그래, 그게 네 번째 작품이란다. 그렇게 네 작품만 봐도 아주 재미있을
게다.

......

사람들은 마냥 기다리기만 했어. 특히 발렌타인 박사가.

......

난 서두르지 않았어. 그냥 머릿속으로 로렌 바콜의 사진을 한 장 한 장
넘기고 있었을 뿐.

......

아무 말도. 마음은 저만치 달려가고 있는데 입 밖으로는 단 한 마디도
끄집어낼 수가 없더구나. 한 마디도 친구 편을 들어주지 못하다니.

......

욕조 비누거품 속에 앉아 있는 바콜의 모습은 너도 떠올릴 수 있겠지.
모락모락 김이 나는 욕조 안에 영원히 앉아 있는 거야. 그러다가 '딩
동'하면서 다음 사진으로 넘어가고 이런 식이었어.

......

무슨 말을 하고 **싶었냐고**? 그 남자들을 향해 이렇게 말하고 싶었어.
"당신들, 내 말 똑똑히 들어요! 핀 씨는 천하의 거짓말쟁이에요!" 하지
만 그러지 못했지.

......

---

* 험프리 보가트 Humphrey Bogart 1899-1957 : 미국의 배우. 뉴욕에서 태어나 유복한 어린 시절을 보냈다. 1921년
브로드웨이에, 1930년 할리우드에 데뷔했으나 계속 빛을 보지 못하다가 비교적 늦은 나이인 1941년 〈하이 시에라
High Sierra〉로 주목을 받았고 1942년 〈카사블랑카 Casablanca〉로 독보적인 이미지를 구축했다. 1944년 〈소유와
무소유 To Have and Have Not〉에 함께 출연한 여배우 로렌 바콜과 결혼했다.

* 로렌 바콜 Lauren Bacall 1924-2014 : 미국의 배우. 뉴욕에서 태어나 미국 극예술 아카데미에서 공부하며 패션모델
로 일했다. 1942년 브로드웨이에 데뷔한 뒤 영화계에 진출하며 찍은 첫 영화 〈소유와 무소유〉에서 험프리 보가트
를 만났다. 중저음의 허스키한 목소리로 묘한 매력을 뽐냈던 바콜은 결혼 후에도 활발히 연기 활동을 전개했다.

그날 밤 루이스가 우리 집에 찾아왔어. 아, 이제 일장연설을 듣겠구나, 난 그렇게 생각하고 있었는데 루이스는 말없이 거실로 들어와 의자 위에 예쁜 초콜릿 상자를 내려놓았어. 뉴햄프셔 포츠머스에 있는 단골가게에서 사온 그 초콜릿은 나를 위해 남겨둔 것이라고 하더구나.

......

그러더니 갑자기 손가락으로 자기 볼을 가리켰어.

......

흠, 그래서 난 거기에 입을 맞추었단다. 아주 부드럽게. 그 주 수업시간에 우리가 토론했던 성경의 한 장면을 떠올리게 하는 순간이었지. 예수와 유다가 나오는 그 장면을.

......

예수의 볼에 입을 맞춘 사람 가운데 한 명이란다.

......

로마인들은 제자들 중 누구를 포섭하면 되는지 알고 있었어. 너 그 이야기 모르니? 갑자기 그 장면이 생각나면서 머리털이 쭈뼛쭈뼛 곤두섰어. 유다가 예수에게 했던 것처럼 나도 루이스의 볼에 입을 맞추고 있었던 거지.

......

"난 아무 잘못도 없어. 오늘 무슨 일이 일어난 건지 당신은 모르지, 미스 빗커스? 내가 겁에 질린 한 떼의 남자들한테 사냥 당해 붙잡혔는데, 날 말뚝에 매달아 태워 죽일 수 있게 당신이 놈들을 거든 거야."

......

루이스는 원래 극적인 장면을 연출하는 재주가 있었어. 그걸 알면서도 나는 슬퍼 죽을 것만 같았지. '미스 빗커스'라는 호칭 때문에. 그렇게 하나뿐인 친구 루이스를 잃은 거니까.

......

루이스는 말했어. "당신은 나보다 발렌타인데이에 고백 카드를 보낼 비밀 상대가 더 중요했던 거야." 그게 루이스의 작별인사였다.

......

몇 날 며칠을 울었던지. 한 주 동안 학교도 결근하고. 그 일 때문에 인사고과에 나쁜 기록까지 생겼지 뭐냐. 네가 관심 있어 할 것 같아 말해주는 건데 그때까지 닌 완벽한 개근 직원이었거든. 난 울고 또 울었어.

몇 주 동안, 아니 몇 년 동안.

……

왜냐하면 내가 발렌타인데이에 고백 카드를 보내고 싶었던 비밀 상대는 교장이 아니었으니까. 아, 내 친구를 옹호했어야 하는 건데! 무슨 말이든 했어야 했는데! 한 마디도 안 하다니.

……

무서웠거든.

……

발렌타인 박사가. 그 사람이 내게 베풀어 주던 배려를 잃게 될까봐 겁이 났어. 그 사람은 날 채용한 사람이었고, 날 존중하는 사람이었으며 나한테 의지하는 사람이었으니까. 그 사람 덕분에 내가 세상에 꼭 필요한 존재인 것 같은 기분을 느끼며 살아갈 수 있었어. 그게 나한테는 가장 중요했던 거야. 필요한 존재가 된 듯한 기분을 평생 느껴본 적 없는 나한테는 그 직장이 너무나 소중했던 거지.

……

하지만 지금도 나는 그 때의 내 행동을 자책한단다.

……

어린 나이가 아니었으니까. 이미 예순 살이 거의 다 되었을 때였는걸.

……

아, 어쩌면 그럴 수도 있겠구나. 난 우정의 기술에 매우 미숙한 사람이었으니까, 그 한 가지 면에서만 보면 어렸다고 말할 수도 있겠네.

……

딱 모드 루시 선생님처럼. 선생님도 결국은 그리 좋은 친구가 아니었던 것으로 밝혀졌잖니.

……

듣고 보니 그러네. 세상에나. 그 두 사람이 내 인생 전체를 통틀어 유일한 친구들이었는데.

……

너한테는 남은 시간이 많잖니. 넌 엄청나게 많은 친구들을 사귈 수 있을 게다.

……

물론 어려운 일이지.

……

시간이 걸리는 일이거든. 루이스한테 처음 내 시선이 머물던 날부터 나는 미스 루이스 그래디가 부디 딱 한 번만 날 바라봐 줬으면, 딱 한 번만 날 알아봐 줬으면 그런 소망을 품었어. 그러고는 반짝이는 그 가능성을 상자에 든 보석처럼 몇 년 동안이나 간직했단다. 이런 걸 '짝사랑'이라고 부르는 거야.

제5부

저녁

Vakaras

22

오나는 벌써 사흘째 퀸의 머리카락 한 올도 구경하지 못했다. 진입로 뒤편에 반갑지 않은 친척처럼 대어져 있는 릴라이언트 자동차가 오나에게 뭐라고 말을 건네는 것 같았다.

지속되는 것은 세상에 아무것도 없어.

오나는 도둑놈들 때문에 머릿속에서 잠깐 지워졌던 로렌타스를 다시 생각하고 있었다. 마흔아홉 살에 보았던 아들의 모습을, 턱이 두툼하고 온몸이 바위 같던 건강한 로렌타스의 모습을 자신이 그렇게나 오랫동안 기억하고 있었다는 사실이 놀라웠다. 그런데 이제 그 주간 휴게실의 기억이 오나를 유령처럼 따라다녔다. 아들의 쇠약해진 모습이 도둑놈의 손에 어깨를 억세게 움켜잡혔던 기억만큼 오나를 괴롭혔다.

이상하게도 오히려 어깨에서는 이제 아픔이 아니라 따뜻한 느낌이 살아 숨 쉬고 있었다. 아마도 로렌타스를 만난 충격이 깃들 시퍼런 멍 자국이 필요했던 모양이었다. 그래서 팔을 들어 올릴 때마다 로렌타스가 떠올랐다.

다행스럽게도 아직 오나에게는 점점 눈에 띄게 다가오는 노쇠함을 물리칠 세계기록이라는 버팀목이 있었다. 오나는 꽤 오래전부터 해온 하루 일과에 돌입했다. 그 일과의 설계자는 소년이었다.

1. 완두콩 통조림을 열 번씩 들어 올리세요.

2. 두 팔을 열 번씩 스트레칭 하세요.

3. 두 다리를 열 번씩 스트레칭 하세요.

목록은 그런 식으로 계속됐다. 오나는 소년이 바로 옆에 서서 자신의 불평에 격려하듯 두 눈을 크게 뜬 채 고개를 끄덕이고 있기라도 한 것처럼 소년의 지시에 충실히 따랐다.

오늘 아침 오나는 신문에서 114세의 경쟁자 한 명이 세상을 떠났다는 소식을 알았다. '지구촌 이모저모' 면 안에 간략하게 다뤄진 기사였다. 소년이 맨 처음 작성했던 목록에 이름이 올랐던 이들 가운데 아직 살아 있는 사람들은 이제 몇 명뿐이었다. 오나는 망자를 위해 성호를 그으며 딱한 마음에 몸서리를 쳤지만, 그러면서도 부전승으로 기록의 사다리를 한 칸 더 올라간 것이 내심 즐거웠다. 새로운 기록 보유자는 독일 여성이었다. 기록 도전자 관리위원회에 사전고지를 하지 않았던 그 독일 할멈은 부리나케 서류를 준비했다. 관리위원회의 승인을 얻기 위해서 도장 찍힌 서류를 발급받아 봉투에 넣고 봉투에 금칠을 하고 할 수 있는 일은 모두 다했던 것이다. 그 할멈의 이름인 '헤니'(Henny : '암탉의'라는 뜻의 형용사이다. —옮긴이)를 보자 헛간 주위에서 뛰어다니는 닭이 떠올랐다. 어두운 곳에서 몰래 서류를 준비하고 있다가 갑자기 뛰어나와, 불멸성을 향해 가는 오나를 추월할 사람이 또 있을까? 아직까지는 그렇게 돌진 중인 사람이 없어 보였다. 그것으로 충분했다.

오후에 벨이 나타났다. 얼굴이 환해 보이지는 않았지만 말끔해 보였다.

"안 그래도 자네가 궁금했다네. 결혼생활은 어떤가?" 오나가 물었다.

"테드만 불쌍하죠. 여사님을 좀 더 일찍 찾아뵀어야 하는 건데." 벨은 계단을 오르며 이렇게 말했다.

"내가 곤란한 일을 겪고 난 뒤, 자네 남편이 라자냐를 싸왔더구먼. 난 자네가 그 남자랑 헤어지지 않았으면 좋겠네."

"아직 그 남자랑 **함께** 살지도 않는 걸요. 누군가가 그 사람을 말렸어야 했는데. 그 사람은 훨씬 나은 대접을 받을 자격이 있는 사람이거든요. 여사님 눈에는 결혼식 때 제가 제정신으로 보였나요?"

"나야 자네를 잘 몰랐으니까. 수선화를 든 자네가 제정신인지 아닌지 내가 어떻게 알았겠나?"

"퀸도 가만히 서 있기만 했잖아요."

"그야 자네가 퀸한테 그렇게 해달라고 말했으니까."

"제가 그랬어요?" 벨은 아직도 음식을 잘 먹지 못하는 것 같았지만 그런 점을 고려해도 분위기는 상당히 밝아져 있었다. "여사님이 퀸 편을 드시니 듣기 좋네요."

"편드는 게 아니야."

"부인하실 필요 없어요. 그냥 마음껏 누리세요."

오나는 누군가의 여동생이 된 기분이었다. 예전에 루이스랑 함께 있을 때 느끼던 그런 기분이었다. "위로 카드 고맙네. 안에 돈을 넣지 않아서 더욱 고맙고."

"그 사건을 전해 듣고 정말 얼마나 화가 났는지 몰라요. 그런데 이제 괜찮으세요?"

오나는 벨이 두 팔로 끌어안고 있는 서류철을 바라보며 물었다. "그거 나줄 건가?"

"네. 제가 마침내 직장 복귀에 성공했거든요. 네 번째 시도 만에. 못 할 줄알았는데 해보니 되네요."

전기가 척추를 타고 흘러 심장까지 씻어내는 것 같았다. "자네가 잊었을까 봐 걱정했네."

벨은 서류철을 두드리며 말했다. "이게 도움이 될 거예요. 서류가 상상 이상으로 많더라고요. 이걸 찾는 내내 아들과 함께 일하는 것 같았어요. 예전에 '아이들과 함께 출근하는 날' 행사 때 데리고 간 적이 한 번 있었거든요. 맙소사, 다른 집 딸내미들이랑 달리 애가 어찌나 사방을 누비며 열심히 들여다보던지. 세상에는 연구를 하려고 태어나는 사람들도 있는 것 같아요." 그러고는 진심으로 미소 지었다. 벨도 조금씩 나아지고 있는 것 같았다. "아무튼, 여기 그 서류들이 있어요. 그것도 잔뜩."

오나는 이제 안절부절 못 하고 벨을 앞질러 거실로 들어갔다. 벨은 마술쇼를 준비하는 마술사처럼 커피 테이블 위에 물건들을 내려놓고 서류와 증명서를 차곡차곡 정리했다. 마이크로피시 필름에 담겨 있는 내용을 찾아 미리 인쇄해 온 눈부시게 하얀 종이들이었다. 그 중에는 흑백사진으로 찍어 놓은 내용도 있었고, 손으로 기록한 내용도 있었으며, 솜털이 보송보송한 먹지에 무거운 수동타자기로 기록한 내용도 있었다.

"여사님이 살아오신 흔적을 보세요." 벨은 요정이 반짝이는 마법 가루를 뿌리듯 종이 위에서 손을 흔들며 말했다. "이걸 찾는 데 하루 종일 걸렸어요. 그러니까 24시간 정도 걸렸다, 그 말씀이에요." 그러고는 세 장의 종이를 연대순으로 한 장 한 장 가지런히 모았다. 마침내 서류를 손에 넣게 되다니! 오나는 독서용 안경을 더듬더듬 얼굴에 걸치고 내용을 살펴보았다.

1. 결혼 기록 : 1920년 1월 25일, 오나 빗커스 20세, 하워드 스탠호프 39세.
   신부 출생일 : 1900년 1월 20일, 신랑 출생일 : 1881년 2월 1일.

2. 출생 기록 : 랜들 윌슨 스탠호프, 1920년 12월 21일, 3.86킬로그램, 아버지 : 하워드 스탠호프 39세, 어머니 : 오나 빗커스 스탠호프, 20세.

3. 출생 기록 : 프랭클린 하워드 스탠호프, 1924년 6월 19일, 3.01킬로그램, 아버지 : 하워드 스탠호프 43세, 어머니 : 오나 빗커스 스탠호프, 24세.

오나는 양 손으로 목덜미를 짚었다. 누군가 목소리를 빼앗아 간 듯 아무런 말도 나오지 않았다.

"마지막으로 굉장한 서류를 볼 준비가 되셨나요?" 벨이 카드마술에서 남은 카드를 모으듯 남아 있는 종이를 손에 모아 쥐며 물었다. 그러고는 다시 환하게 웃더니 종이를 평평하게 눕혀 오나에게 내밀었다. 하나로 묶인 규격 크기의 종이들이 드라마틱하게 오나의 눈앞에 펼쳐졌고 그 안에 정말로 마법이 있었다. "이건 메인 주 킴볼의 1919년 인구조사 기록이에요."

정보는 모두 표로 정리되어 있었다. 피츠모리스, 카우브리스, 머피, 로슈, 발렌코트, 싱클레어, 프린 등 수십 개의 성이 오나가 살던 이민자 마을의 사연을 말해주고 있었다. 지금 오나의 눈앞에 있는, 흠 잡을 데 없는 손 글씨로 기록된 그 이름들은 그 옛날 오나의 이웃들이었다. 도나토 가족의 이름이 가장 먼저 눈에 들어왔다. 부모님 건물의 2층에 세 들어 살던 도나토 부부는 둘 다 키가 작고 보조개가 있었으며 길쭉하게 생긴 개를 키웠다. 그 다음 순서는 스톡스였다. 모드 루시 스톡스, 3층의 여왕. 이 글씨체는, 이제 색깔을 되찾은 오나의 기억 속 젊은 남자의 글씨체였다. 유령처럼 얼굴이 하얀 남자는 오렌지색 머리를 올백으로 넘기고 초콜릿색 코트를 입고 있었다. 남자가 수탉처럼 고개를 숙여 인사했고 모드 루시 선생님이 통역을 하러 아래층으로 내려왔다.

번즈, 마샬스키, 도허티, 캐리어 등의 이름을 읽어 내려가다가 다시 페이지를 거슬러 올라오자 거기, 도나토 바로 위에 그 이름들이 있었다.

빗커스, 저지스.

빗커스, 알도나.

"샤, 샤, 샤." 오나는 속삭였다.

오나의 눈에 집 건물이 보였다. 어머니 알도나가 속치마 솔기에 넣고 누벼 고향에서부터 갖고 온 금조각과 부모님이 공장에서 일하고 번 미국 달러를 모아 세운 튼튼한 3층 건물이었다. '좋은 집을 지었단다, 오나! 내 사랑 오나, 넌 어떻게 생각하니?'

'따봉이에요, 아빠!' 여섯 살 오나의 말에 부모님은 웃음으로 대답했다. '뭐라고?' 부모님은 오나의 미국 속어를 알아듣지 못했지만 개의치 않았다. 그저 오나의 어깨를 잡은 채 크고 네모난 치아를 내보이며 환하게 웃었을 뿐.

그 이후로 거의 백 년이란 세월이 흘렀다. 여름햇살이 상쾌하게 쏟아지던 그날 아침, 오나의 눈에는 처음으로 부모님이 외국인처럼 보였다. 심지어 그 순간은 부동산을 보유함으로써 거대한 미국 경제의 일원이 되는 순간이었는데도 말이다. 리투아니아 어에도 이런 경우 나누는 축하인사는 있겠지만 어린 오나는 그 말을 알지 못했다. 랜들이 말을 배우는 나이가 되어서야 오나는 자신을 미국 속에 동화시키기 위해 부모님이 어떤 희생을 감수했는지, 그 엄청난 노력을 고스란히 인정하게 되었던 것이다. 오나를 너무나 지극히 사랑했던 부모님은 그 사랑을 지키기 위해 딸과의 소통이라는 엄청난 대가를 치렀던 것이다. 어떻게 그런 희생을 감내할 수 있었는지 오나는 심지어 지금도 상상조차 할 수가 없었다.

"맙소사. 여기 내 이름이 있네." 마침내 오나가 자신의 이름을 발견했다.

벨이 그 종이를 테이블 가장자리에 내려놓고 오나의 곁에 서서 어깨너머로 읽어주었다. "'출생지 : 리투아니아 빌니우스, 나이 : 10세' 여기 여사님한테 필요한 확실한 증거가 있네요. 1910년에 10세라고 분명히 나와 있으니까. 처음부터 저한테 도움을 청하지 그러셨어요."

오나는 얼굴을 올려다보며 벨을 안심시켰다. "아니, 아닐세. 여기저기 찾아보는 게 얼마나 재미있었는데." 그러고는 서류의 다른 항목들을 훑어보았다. 하나로 묶여 있는 서류는 맨 위에 각기 다른 제목이 달린 종이 열아홉 쪽으로 되어 있었다. 젊은 인구조사관이 (파머 필기법이 확실한) 앞쪽으로 살짝 기울인 말끔한 글씨체로 빈 칸에 채워 넣은 글씨가 어찌나 자잘하던지 돋보기 없이는 알아보기가 힘들었다. "내 나이가 정확히 어디에 있다고?"

"바로 여기에요." 벨이 종이 왼쪽의 한 지점을 가리켰다. 거기에 '가족 내 위치, 나이, 출생지, 결혼여부, 주거 형태' 등의 조사항목이 기재되어 있었다. "여기 여사님 아버지 정보가 있네요. '나이 : 49세, 직업 : 산성 물질을 취급하는 노동자, 직장 : 펄프 공장'"

"그 시절로 보자면 우리 부모님은 만혼이었구먼. 그러니 틀림없이 나는 깜짝 선물 같은 딸이었을 게야."

벨은 서류를 계속 읽어 내려갔다. "알도나, 나이 : 45세, 직업 : 넝마 분류사, 직장 : 가방 공장'" 오나는 그 단어들에 영혼이 있기라도 한 것처럼 하나도 놓치지 않고 다 기억하려고 애썼다. 그래서 종이 위로 움직이는 벨의 손가락을 눈으로 쫓으며 모든 항목을 눈여겨보았다. 그러다가 갑자기 벨의 손가락이 멈추었다.

"형제자매가 있으셨어요?"

"아니, 나 하나뿐인데."

"이거 보이세요?"

보이지 않았다.

벨은 머뭇거리다가 말했다. "여기 그렇게 쓰여 있는데요. '살아 있는 자녀 수 : 한 명, 출산한 자녀 수 : 두 명.' 남자인지 여자인지 성별은 나와 있지 않지만요."

"난 형제자매가 없었네." 오나는 이렇게 말했지만 일순간에 기억이 떠올랐다. 그래, 오나에게는 가족이 한 명 더 있었다.

'Brolis' 오나가 처음 문을 열고, 물방울이 떨어지는 현관에 제복 차림으로 서 있던 소년을 발견하던 그 순간, 우박 알갱이처럼 후드득 떨어진 단어가 바로 그것이었다. 'Brolis' 그것이 백 년 동안의 잠에서 가장 먼저 깨어난 망가진 단어였다.

오나는 두 눈을 감았다. 불꽃이 번쩍 일면서 소년의 모습이 보였다. 꽃이 활짝 핀 어떤 나무, 꽃이 흐드러지게 매달린 나무 안에 소년이 있었다. 비누 거품 같은 분홍색 꽃잎 무더기 안에서 소년이 아래를 내려다보며 말쑥한 사기꾼처럼 빙그레 웃었다. 소년의 양 볼은 분홍빛이었다. 소년의 찢어진 스타킹 구멍으로 분홍색 무릎이 삐죽이 튀어나와 있었다. 불꽃이 다시 한 번 일더니 똑같이 양 볼이 분홍빛이고 똑같은 옷을 입은 소년이 나타났다. 하지만 이번에는 다른 소년이었다.

'Vakaras' 갑자기 다른 단어들보다 훨씬 묵직한 새 단어가 오나의 머릿속으로 파고들었다. 한 세기 전에 알던 단어가 어떻게 이제 와서 떠오를 수가 있단 말인가? 그러나 말처럼 그 단어는 정말로 머릿속으로 파고들었고, 그것은 오나가 살던 마을의 이름이었다. 빌니우스가 아니었다. 빌니우스는 가족들을 보호하려고 아버지가 던진 거짓말, 말하자면 미끼 노릇을 한 도시의 이름이었고. 진짜 오나의 고향은 '바카라스'였다.

오나 빗커스는 '저녁'이라 불리는 곳에서 건너왔던 것이다.

오나는 몸을 일으켰다. 갑자기 허기가 엄습했다. 'Kopūstas grietinė bulvė' 뭔가 촉촉하고 달콤한 음식이 먹고 싶었다. '크림을 곁들인 양배추' 같은 음식이.

"오나?" 벨이 불렀다.

오나는 떠다니는 자신의 머리를 붙잡으며 말했다. "돋보기가 있어야겠네." 그리고는 부엌으로 서둘러 들어갔다. 귓속에서 맥박소리가 천둥처럼 울려댔다. 돋보기는 한 주 동안 모아놓은 신문지 더미 위에 있었다. 돋보기를 향해 손을 뻗는데 찌르릉 소리와 함께 '신문'을 뜻하는 리투아니아 어가 바닥으로 뚝 떨어졌다. 돋보기를 손에 쥐자, '읽다, 단어, 책'처럼 좀 더 어려운 단어들이 후드득 떨어졌다. 균형을 잃지 않으려고 오븐 손잡이를 움켜쥐자 '펑, 펑, 펑'하면서 '요리하다, 끓다, 굽다'에 해당하는 단어들이 나타났다.

벼락을 연달아 맞고 있는 것 같았다. 다시 거실로 돌아가는데 위잉 소리와 함께 '의자, 깔개, 창문'에 해당하는 단어들이 새로 나타났다. 걸음을 내딛을 때마다 감전된 단어들이 마구 튀어나왔다. 이제 오나는 단어들이 도착하는 속속, '푸시카―푸시카―푸시카' 소리를 내가며 그 단어들을 우렁차게 발음하고 있었다. 다음 순간, 가슴에서 무서울 정도로 심한 통증이 일었고 뭔가 다른 것이, 아주 오래전 달콤하던 기억이 오나의 가슴 속에 내려앉았다.

"괜찮으세요?" 벨이 물었다.

"그게 어디 있나?" 오나는 돋보기로 더듬더듬 종이 위를 훑으며 말했다. 손가락이 이렸다.

"여기에요." 벨은 손톱을 물어뜯은 손가락으로 한 지점을 가리켰다. "바로 여기요."

오나의 눈에 오빠의 존재가 들어왔다. 영원히 이름을 잃고 만 오빠의 존재가.

'살아 있는 자녀 수 : 한 명, 출산한 자녀 수 : 두 명.'

오나의 눈에 축축하게 젖은 문, 젖은 침대가 보였다. 젖은 숄이 레이스가 달린 끝자락을 늘어뜨리고 나무에 걸려 있었지만 손이 닿기에는 오나의 키가 너무 작았다. 그 다음에는 바람이 채찍처럼 휘몰아치는 갑판과 울고 있는 어머니가 보였다. 열심히 배를 몰고 있는 자신의 아들 프랭키도 보였다. 프랭키의 바로 곁에 서 있는 기분이었다. 버찌나무 위에 앉아 어머니의 숄을 하얗게 늘어뜨리고 있는 분홍빛 볼의 소년이 보였다. 수의 안에 집어넣기 전 아버지가 입을 맞추던 돌멩이도. '울지 마라. 울지 마.' 오나는 그 말을 알아들었다. '우리 아기, 우리 아기.' 오나는 그 말을 알아들었다. '오빠, 오빠, 오빠' 오나는 그 말을 알아들었다. 자신을 그물처럼 둘러싼 여러 개의 팔이 보였다. 그리고 물 위로 띄워 보낸 어떤 물체가, 수의에 꽁꽁 싸 매인 채 물속으로 가라앉는 시신이.

'brolis, brolis, brolis.'

바다가 오빠의 시신을 꿀꺽 삼키며 들이마시는 숨소리가 들렸다.

'오나?' 누군가가 저 멀리서 부르는 소리가 들려왔고 그 배경에서 차 소린지 새소린지 알 수 없는 어수선한 소리도 들렸다. 이와 달리 오나의 머릿속에서는 과거의 장면이 고요하게, 그리고 유리처럼 또렷하게 살아나고 있었다. 오나는 밝아진 눈으로 온갖 물건을 만지며 온 집안을 떠다녔다. 사물 하나에 손이 닿을 때마다 재깍 단어 하나씩이 튀어나왔다. '문, 난간, 벽'에 해당하는 단어들이 튀어나올 때마다 오나는 그 단어를 정확한 모국어의 발음으로 말했다.

'오나?' 저 멀리서 새들이 부르는 소리였다. 촘촘한 소음의 장막을 만들어 내며. '오나?'

오나는 마법에서 풀려나려고 안간힘을 썼다. 마법은 마법이되 사라지기 전에 기억을 재빨리 퍼 담아야 할 마법이었다. 그와 동시에 오나는 집에 돌아온 것 같은 안도감, 편안함이 점점 짙어지는 것을 느끼며 그 안으로 미끄러져 들어갔다.

거품처럼 뽀글뽀글 끓고 있는 오나의 명료한 의식 밖에는 카오스의 세계가 펼쳐지고 있었지만, 겁에 질려 높아진 목소리도, 전화기에 대고 외치는 소리도 음이 소거되었는지 오나의 귀에는 닿지 않았다. 그 와중에도 단어들은 술 취한 듯 비틀비틀 걸어 나왔다. 처음에는 출처를 알 수 없는 명사들이, 그 다음에는 백열처럼 뜨거운 형용사들이, 그리고 그 다음에는 완전한 형태의 문장들이 사방에서 쏟아져 나왔다. 마치 바닥없는 모자에서 토끼들이 깡충깡충 뛰어 나와 관객들에게 즐거움을 주는 것처럼. '나의 남매, 까진 무릎으로 자신이 가장 아끼는 나무를 타던 우리 오빠. 오빠 이름은 어디로 갔어? 오빠 이름에 무슨 일이 생긴 거야?' 주문이 깨질까봐 겁이 나서 (이게 주문이 아니라면 무엇이 주문이겠는가?) 오나는 계속 말을 했다. 선물 포장을 벗기듯 단어 하나하나를, 모음 하나하나를 꼭꼭 씹어가며.

오나는 이제 자신의 집 부엌에 돌아와 있었다. 쓰러지지 않으려고 손을 뻗었다. 오나의 손이 닿은 곳에 기네스북 세계기록 도전자 안내문이 있었다. '도전, 혹은 새로 수립하려고 하는 세계기록의 종류는 무엇입니까? 언제 / 어디서 / 어떻게 그 세계기록을 깰 생각입니까? 그 세계기록에 필요한 서류들을 어떻게 준비할 계획입니까?' 오나의 머릿속에 창처럼 날카로운 광채가 비쳤다. 그것은 지금껏 살아온 자신의 실제 삶, 그리고 '푸시카—푸시카—푸시카' 소리를 내며 부모님이 쓰던 언어를 말하는 의식 속의 삶, 그 두 개의 삶을 동시에 비추는 빛이었다. 전율이 느껴지는 이 이중의 시공간에 오나가 결국 굴복하려는 순간 또 다른 목소리가 오나의 의식을 꿰뚫고 들어왔다. 부드럽고 차분한 남자의 목소리였다. '스카우트 대장이 왔구나.' 여자의 목소리가 다시 전화기에 대고 뭔가를 소리쳤지만, '전화기'에 해당되는 단어는 나타나지 않았다. '전자레인지, 라디오, 믹서' 등 전자제품의 단어는 하나도 나타나지 않았다. 그러나 '아이스박스'를 건드리자, '얼음, 눈사람, 우유, 달걀' 등의 단어가 우수수 떨어졌다. 이어서 '치즈'와 '염소'와 '닭'과 '개'와 '고양이'와 '벌레'도. 그리고 '오빠'도. 우리 오빠. '돌아가요, 엄마, 제발 돌아가요. 집에 가고 싶어요. 난 집에 가고 싶단 말이에요.' 이제는 그 문장 하나만 무한히 반복되고 있었다. 걸음을 디뎠다가 비틀거리며 그 자리에 쓰러져 누군가의 도움으로 침대에 몸을 눕히기 직전까지. 마침내 오나는 완전한 휴식이란 것이 이런 느낌이겠구나 전적으로 수긍하며 포근한 단어의 비가 곰보자국투성이인 오나의 삶 표면을 촉촉이 적실 수 있게 내버려두었다. '고향이 어디지? 고향이 어디지? 고향이 어디지?' 이제 오나는 궁금해 하며 영어로 그 말을 반복하다가 꿈결 속으로 스르르 빠져들었다.

이 분은 미스 오나 빗커스이십니다. 이 테이프는 그 분의 인생 기억과 조각을 녹취한 것입니다. 이 부분 역시 10부에 해당됩니다.

......

하! 네가 **조촐한** 쫑파티를 하자고 할까봐 안 그래도 걱정하고 있었다.

......

난 루이스를 다시 만났단다.

......

그렇다니까! 긴 세월이 흐른 뒤에

......

실은, 내가 이곳으로 이사 온 지 이틀 뒤에 바로 이 거리에서 만났다. 그 당시 랜들이랑 같이 살던 여자가 이 집을 싫어해서, 랜들은 컴벌랜드에 새 집을 사서 나가고 내가 이 집으로 들어온 거야.

......

내가 이 집을 얼마나 사랑하는데! 누가 감히 이 집에서 날 캐낼 수 있을지 두고 보자고! 아무튼 그때 나는 장미나무를 다듬으면서 내 일에 몰두하고 있었단다. 그런데 아주 오묘한 기분이 들었어. 무엇이 나를 강타했는지 알아내려고 고개를 들자 거기에 루이스 그래디가 서 있지 뭐냐. 길 건너편 아래쪽으로 세 번째 집에 말이다. 루이스는 또각또각 그 하얀 집 계단을 오르고 있더구나. 저기 저 집 보이지?

......

하지만 그때는 하얀색이었어. 루이스는 치맛자락이 넓게 퍼지는 하얀색 스커트를 입고 있어서 공기 속에서 막 피어오른 것 같았어. 걸음걸이도 사냥을 나온 유령 같았고. 나한테 유다의 키스를 받아간 뒤로 20년이 흐른 뒤였지.

......

아, 넌 상상도 못 할 게다! 루이스는 일흔세 살이었는데도 여전히 한 치의 오차도 없이 그 엉덩이를 씰룩거리는 걸음걸이로 걷더구나. 루이스의 장바구니에서 부스럭거리는 소리가 들렸고 그 뒤로 이 세상에 존재하는 다른 모든 소리들은 완전히 멈추어버렸단다.

......

시장판에서 산전수전 다 겪은 여자처럼 머리 위로 가위를 흔들며 고함을 내질렀지!

……

이렇게. "루이스! 루이스 그래디!" 루이스가 다시 공기 속으로 사라질까봐 겁이 났거든. 〈머나먼 여정The Incredible Journey〉이란 영화 혹시 봤니?

……

영화 마지막 장면에서 그 개가 마침내……

……

딱 그랬어. 루이스는 장바구니를 내려놓고 그 개처럼 **부다다다** 나를 향해 곧바로 달려왔단다. 수천 킬로미터를 헤맨 끝에 발이 누더기가 되어 마침내 집으로 돌아온 그 개처럼 말이다.

……

흠, 나도 안다. 우리가 얼마나 슬픈 이별을 했는지. 하지만 루이스는 사람들이 가구를 옮기듯 현실을 옮길 수도 있는 사람이었어. 아무튼 루이스는 바로 여기 랜들의 집 마당에 서서 떨리는 눈으로 나를 바라보고 있었단다. 루이스 역시 끊임없이 나를 그리워했던 게지.

……

루이스는 유다의 키스 사건을 새까맣게 잊은 것 같았어. 아마도 **뿅**하고 사라지게 만들었겠지. 영원히. 지금 생각해보면 공연히 나만 눈물을 허비한 거야.

……

그저 그렇게 짐작만 할 뿐이지. 우리는 그 일을 다시 입에 담은 적이 없거든. 아무튼 중간에 못 본 세월이 있었기 때문에 루이스는 날 더 좋아하게 된 것 같았어.

……

혼자 사는 여자였고 그때 이미 건강이 안 좋았으니까 동지가 필요했을지도 모르지.

……

루이스가 나를 두 번이나 동지로 선택했다는 사실을 생각해보렴. 그래서였을까. 루이스가 떠난 뒤 어쩌나 사무치게 그립던지.

……

사람들 모두가 가는 곳으로. 전능하신 주님과 함께 살러.

......

내 말은, 루이스가 죽었다는 뜻이다. 루이스가 죽은 뒤 어찌나 사무치게 그립던지.

......

글쎄다, 보자. 우린 자주 영화를 보러 다녔어. 가끔은 다른 여편네들도 같이 껴서. 루이스는 로버트 레드포드를 좋아했는데 상의를 벗은 모습을 특히 좋아했어. 우리는 간혹 밤늦은 시간까지 함께 앉아서 영화의 결말을 새롭게 고쳐 쓰기도 했는데 그때마다 루이스는 빗자루든 벙어리장갑이든 소스 팬이든 잡히는 대로 휘두르면서 열변을 토했단다. 그 옛날 셰익스피어를 가르치던 때에도 루이스는 똑같이 그렇게 수업을 하고는 했는데.

......

정말로 굉장한 선생님이었지. 레스터 재단에서 근무한 그 긴 세월을 통틀어 나를 학습능력이 있는 여자로 봐준 유일한 사람이기도 했고. 아, 새 이야기가 있구나!

......

한 번은 봄에 철새의 이동을 보려고 차를 몰고 텍사스로 여행을 간 적이 있어. 나는 여행경비를 대고 루이스는 운전을 했지. 텍사스에 도착해 우리는 잘생긴 가이드를 고용했단다. 현기증 날 정도로 새들이 많은 곳으로 우리를 데려다 달라고. 그리고 마지막 날…… 세상에, 그 광경을 이렇게 오랫동안 잊고 살았다니.

......

가이드가 더러운 도로변에 차를 세웠어. 앞좌석에 타고 있던 루이스는 그 잘생긴 가이드가 우리를 늙은 할머니 취급한다며 불평을 하더구나. "하지만 우리는 늙은 할머니가 맞잖아, 루." 내 말에 루이스는 이렇게 말했어. "그건 자기 얘기고. 나한테는 홀딱 반했을걸."

......

루이스는 늙어가는 것을 싫어했어. 그때 이미 병이 들어 있었지만 우리는 그 사실을 몰랐단다. 그래서 온몸에서 삐걱거리는 소리가 나고 다리가 뻣뻣하게 굳어서 이제 매력이라고는 찾아볼 수 없었는데도 여전히 환생한 클레오파트라 대접을 받기를 기대했던 거야.

......

음, 가이드는 우리가 차에서 내리는 걸 도왔어. 그 젊은이가 무엇을 하려고 하는 건지 우리는 짐작조차 할 수 없었단다. 그곳은 늘 보아오던 그냥 황량한 대로변이었거든.

......

전봇대와 철조망 너머에 들판이 펼쳐져 있는, 텍사스 어디에서나 볼 수 있는 똑같은 풍경이 펼쳐져 있었어. 수백 미터 앞에 멕시코 만이 보인다는 점만 빼면. 바람에 폐허가 되어 파도에 쏠려가길 기다리고 있는 집의 잔재들 뒤편에 멕시코 만이 넘실대고 있더구나. 가이드가 뭐라고 속삭였지만 그때 이미 가는귀가 먹어 있던 루이스는 그 말을 알아듣지 못했단다.

......

"낙하."라고 했어. 처음에 나는 그게 무슨 종교적인 주문인 줄 알았다. 텍사스는 처음이었거든. 그런데 가이드의 시선이 향하는 방향을 바라본 그 순간, 우리는 입을 쩍 벌리고 가만히 서 있을 수밖에 없었어. 그래, 그건 정말로 낙하였단다.

......

쉬지 않고 장거리를 날아온 새들이 배고픔과 갈증에 완전히 기진맥진해서, 말 그대로 하늘에서 쏟아져 내리고 있었어. 그 광경을 직접 눈으로 본 사람은 많지 않을 거야. 그런데 우리는 그곳 텍사스의 더러운 대로변에 서서 그 광경을 목격한 거지.

......

벌새였어! 사방이 벌새로 가득했어! 철조망 울타리에 앉아 숨을 고르는 벌새, 풀밭에서 쉬고 있는 벌새, 흙먼지 속에 그냥 앉아 있는 벌새 등. 그 중 한 마리가 가이드의 모자를 우연히 발견하고는 보석처럼 그 위에 사뿐히 내려앉았어. 그 친구는 온몸이 얼어서 숨도 거의 쉬지 못하고 그렇게 서 있었지. 그러는 동안에도 벌새들은 점점 늘어나고 있었어. 그곳은 새들이 800킬로미터가 넘는 거리를 비행한 뒤, 파도가 넘실대는 위험한 만을 벗어나 처음으로 발을 내딛는 마른 땅이었던 거야. 새들은 저마다 잡초투성이 대로변에 피어 있던 수백 송이의 야생화를 한 송이씩 차지하고 앉아 꿀을 마음껏 빨아먹더구나.

……

루이스가 내 삶 속으로 들어와 나를 초대했던 것과 비슷한 광경이었어.

……

거기 얼마나 오래 서 있었는지는 모르겠다. 정말이지 천지창조의 현장을 목격한 기분이었단다.

……

그건 기적이 아니야. 그냥 자연현상이지. 기적은 그 시간에 내가 우리 집 거실에 앉아 퀴즈쇼를 보고 있지 않았다는 거야. 전능하신 주님께서 루이스 그래디를 메인 주 포틀랜드 시블리 가의 한 집으로 보내주지 않으셨다면 틀림없이 그러고 있었을 텐데 말이야. 그것도 루이스가 영원이 날 떠나버렸다고 생각한 뒤로 자그마치 20년이 넘는 세월이 흐른 뒤에.

……

새들은 마법처럼 순식간에 사라졌어. 벌새들이 늘 그러듯. 그 광경을 머릿속에 그려보렴. 루비처럼 목덜미가 반짝이는 벌새 수천 마리가 푸른 하늘에서 그대로 낙하해 우리를 향해 곧바로 날아오는 광경을. 그 모습을 직접 보고도 자신의 눈을 믿지 못하는 늙은 할머니 두 명을 향해 곧바로 날아오는 광경을.

……

새의 수를 센 사람은 내가 아니라 루이스였어. 내 손을 잡고 있던 루이스는 새 한 마리가 낙하할 때마다 내 손을 한 번씩 꽉 움켜쥐었어. 그 덕분에 그 뒤로 며칠이나 손이 아팠지.

……

아니, 난 좋았어. 벌새들을 볼 때 꼭 꿈을 꾸고 있는 것만 같았는데 그게 현실이었다는 사실을 기억하는 데 그 통증이 큰 도움이 되었거든.

……

2년 뒤에.

……

골암이었어. 부동산 중개업자 여편네가 루이스의 집을 헐값에 팔아치운 뒤에 루이스는 우리 집에 들어와 나랑 함께 살았다.

......

그랬지. 루이스가 죽을 때까지 내가 곁에서 수발을 들었어. 바로 이 집에서. 그런데 우스운 게 뭔지 아니?

......

내가 의사들이랑 보험회사 직원들이랑, 매정하기 짝이 없는 온갖 실무자들한테 엄청 까다롭게 굴었다는 거야. 미스터 반짝 구두보다도 수백 배 더 야비하게.

......

완전 고집불통이었다니까! 그런데 어느 날 그런 생각이 들더구나. 루이스를 잘 돌보아주려고 내가 루이스의 성격을 잠시 빌려온 것은 아닐까 하는 그런 생각이. "아뇨, 당신이 내 말대로 해요!", "절대 그렇게는 안 될 거예요!" 그런 말을 입에 달고 살았거든. 평생을 그렇게 못 살았는데, 그 나이가 되어서 마침내 내 의사를 똑 부러지게 표현할 수 있게 된 거지.

......

맞아. 영락없이 딱 수리부엉이 같았을 거야.

......

1월, 내 여든일곱 번째 생일이 되기 직전이었어. 창밖에 사랑스럽게 눈이 내리던 기억이 나는구나. 세상을 떠날 준비가 끝난 사람이라면, 오늘 가고 싶다는 마음이 생기게 하는 그런 날이었어.

......

그런데 세상을 떠날 준비가 가장 안 된 사람이 바로 루이스였어. 마지막 순간까지 삶에 대한 애착을 버리지 못해 발길질을 하고 벽을 막 긁는 등 발버둥을 쳤거든.

......

내가 모르핀 주사를 놔줬다.

......

나 아닌 다른 사람이 편히 쉴 수 있게 내가 어떤 결정을 내려야 하는 것은 끔찍한 일이란다. 루이스는 곧 진정이 되었지만 나는 루이스의 침대 옆에 앉아, 루이스가 모르핀에 취해 연기하는 팬터마임을 바라보고 있었어.

......

루이스는 포도주 한 병을 따서 보이지 않는 술잔에 따른 다음 잔을 돌리다가 그 술을 마시는 시늉을 했어. 어찌나 우아하고 정확하게 그 동작을 표현하던지, 입에서 포도주 맛이 날 정도였어.

……

물론 슬픈 광경이었지. 하지만 그 덕분에, 거기 베개를 베고 누워 상상 속의 샤도네이를 홀짝대고 있는 깡마른 생명체와 달리 루이스가 얼마나 매력적인 사람이었는지 기억해낼 수 있었단다.

……

루이스는 아무 말도 하지 않았어. 하지만 나는……

……

나는 이렇게 말했어. "루, 그 호킨스라는 애는 어떻게 되었을까?"

……

그냥 나도 모르게 튀어나온 말이었어. 이유는 지금도 모르겠구나. 그저 눈이 내리는 것을 보니까 레스터 학교가, 책상에 앉아 지내던 그곳에서의 어두운 겨울 오후가 떠올라서 그랬겠지.

……

아무 말도. 루이스는 그저 침대에 누운 채 방안을 둘러보며 떠날 채비를 하고 있었던 것 같아. 삶의 마지막 순간을 마음속에 새겨 넣으면서. 그 모습에 나는 깊은 감동을 받았단다. 루이스가 내 집의 방 한 칸을, 내가 자신을 돌보아주던 그 방을 마음속에 새기고 있었으니까. 그리고 나는 루이스를 사랑했으니까.

……

말했어. 아주 부드럽게.

……

"사랑해, 루." 이렇게.

……

루이스의 두 눈은 아주 맑았어. 늘 보아왔던 것과 똑같이 예리하고 인상적인 눈빛이었지.

……

그때 루이스가 말했어. "미스 빗커스, 그 앤 아주 맛있었어."

……

그게 정확히 무슨 뜻이었는지는 나도 모르겠구나. 아마 별 의미 없었을 거야. 모르핀에 취해서 한 말이겠지.

······

소문의 근원지였던 소년이 떠올랐어. 거짓말을 한 죄로 퇴학당한 그 통조림 공장 아들 말이다. 그런데 이름조차 기억이 나질 않더구나.

······

루이스는 그날 저녁 죽었어. 루이스답게, 열 가지도 넘는 어둠 속에 날 남겨두고. 그때까지 내가 유다의 키스 때문에 얼마나 긴 세월 엄청난 고통을 겪었는지 너도 알잖니.

······

나는 내게 너무나 많은 것을 베풀어준 사람을 배신했다는 생각에, 오랜 세월 슬픔에 잠겨서 살았단다. 그러느라 다른 친구들을 사귈 수도 없었지. 그런데 그 순간 그런 생각이 들었어. 과연 누가 배신자란 말인가?

······

그 답은 영원히 알아내지 못할 게다. 그때 나는 이미 여든일곱 살이었지만 루이스가 죽기 전까지는 할머니가 된 기분이 들지 않았어. 진실을 말하자면 루이스가 그만큼 내 삶을 아름답게 빛내주고 있었던 거야. 시간이 흐르면서 다른 일은 모두 잊고 그 사실만 기억하게 되었어.

······

용서란 정말로 멋진 행위란다. 그 덕분에 나도 결국 수천 마리 벌새 가운데 한 명인 루이스를 되찾은 거잖니.

······

너?

······

넌 장차 내 이야기를 내 대신 들려주는 사랑스러운 소년이 될 게다.

23

밀즈 가문 저택에 직접 와보니 부러운 것이 한두 가지가 아니었다. 이미 걷잡을 수 없을 만큼 열망으로 가득 차 있던 퀸의 머릿속 방 한 칸에 부러움이 불을 지폈다. 햇빛이 풍성하게 쏟아지는 실비의 집 원형 진입로에 들어선 퀸은 잠시 시간을 들여 복잡한 감정을 가라앉혔다.

갑자기 실비가 문을 벌컥 열어젖혔다. "드디어 왔군요. 잘됐어요." 그러고는 눈을 가느스름하게 뜨고 분홍빛이 도는 진입로를 바라보았다. 실비는 차를 엉망으로 대는 것을 끔찍하게 싫어했다.

"차를 얻어 타고 왔어요. 버스정류장에서부터 무려 5킬로미터나 되더군요."

퀸이 비아냥거린다고 생각했는지 실비는 당황스러워하는 표정으로 잠깐 퀸을 바라보다가, 집 안으로 들어갈 수 있게 길을 터주며 말했다. "들어와요. 애들은 연습 중이에요." 화려한 정원으로 이어진 프랑스제 문을 여는 실비의 손목에서 팔찌가 짤랑짤랑 소리를 냈다. 정원에 난 포장된 산책길을 따라가니 스튜디오가 있는 건물이 나왔다. "여기서 한바탕 큰 소동이 있었던 건 당신도 알죠? 솔직히 말하면, 난 애들한테 씹던 손톱을 뱉고 싶을 만큼 화가 나 있어요." 실비는 수수께끼 같은 웃음을 한 번 지어 보이며 말을 이었다. "그래도 지난밤에는 애들이랑 대화를 좀 했어요. 그리고 주님의 보살핌 덕분에 우리는 한 가지 사안에 합의할 수 있었어요. 그게 뭔지는 당신도 짐작할 수 있겠죠." 그러고는 경첩에서 소리가 전혀 안 나는 스튜디오 문을 밀어 열었다.

그 짐작이란 것을 하루 종일 하고 또 했던 터라, 포근함이 감도는 금색 전등불처럼 안도감이 온몸으로 퍼져 나갔다. 퀸은 실비를 따라 스튜디오 안으로 들어갔다. 완벽하게 새 장비로만 꾸민 스튜디오에서는 플라스틱 냄새가 났다. 영리하게도 큰 장비들은 벽 쪽에 쌓여 있었고, 작은 악기들은 문짝이 없는 캐비닛에 정돈되어 있었으며, 수 킬로미터에 달하는 각종 전선들은 둘둘 감긴 채 각기 다른 색의 노끈으로 매어져 있었다. 그 모든 장비들을 한 번 쭉 훑어보고 있자니, 어머니한테 선물 받은 옻칠한 마블 앰프부터 시작해 자신의 손을 거쳐 간 온갖 장비들이 쉭 소리를 내며 눈앞으로 스쳐지나갔다. 죽음이 턱 밑까지 차오르면 사람들 눈앞으로 영화필름처럼 스쳐지나간다는 인생 기억처럼.

실비는 공연 공간으로 성큼성큼 들어갔다. 그곳은 텅 비어 있었지만 중앙에는 의자 몇 개가 놓여 있었고, 기타걸이에는 1950년대에 출시된 버터사탕처럼 금색 윤기가 흐르는 텔레캐스트 전자기타가 걸려 있었다. 청년들은 문쪽으로 등을 돌리고 피아노 주위에 둘러서서 악보 수정에 관해 토론하고 있었다.

"얘들아, 여길 보렴." 실비가 말했다.

브랜든이 피아노를 돌아 뛰어나오며 외쳤다. "와, 아저씨다!"

"이봐요, 아저씨! 이것 좀 들어봐요!"

실비가 말렸는데도 청년들은 퀸을 피아노 쪽으로 몰고 가며 계속 이 음악을 좀 들어보라고 재촉했다. 이것 좀 들어봐요, 아저씨. 마음에 들 거예요, 아저씨. 우리가 이 곡을 음반에 넣어야 한다고 생각하세요, 아저씨? 청년들은 축복받은 목소리로 주옥같은 사중창을 시작했다. 마음을 적시는 감미로운 가락이 점점 높아져갔다. 브랜든과 '어치들'은 어깨를 활짝 펴고 두 눈을 감은 자세로 손가락 박자에 맞추어 목젖을 떨면서 노래를 부르고 있었고, 타일러는 기도하는 수도승처럼 건반 위에 상체를 숙이고 있었다.

여덟 소절 만에 퀸은 자신이 듣고 있는 노래가 무슨 곡인지 알아챘다. 발표되지 않은 하워드 스탠호프의 곡이었다. 이제 그 곡이 대중음악과 찬양대의 혼혈아인 그 청년들의 손에 의해, 수십 년간의 묵은 때를 벗고 화음의 홍수 속에 내려앉은 것이었다. 아무짝에도 쓸모없는 남자가 자신의 목숨을 거두어달라고 신에게 간청하는 한탄조의 가사였는데도 청년들의 손을 거치니 경쾌한 곡으로 다시 태어나 있었다.

퀸이 진심으로 감탄했다. "와, 너희들 그새 일류 편곡가가 되었구나. 도대체 언제부터 이렇게 편곡을 잘했던 거야?"

청년들이 웃음을 터뜨렸다. 퀸의 인정에 청년들의 얼굴은 잘 익은 복숭아처럼 발그레하게 달아올랐다. 실비가 잽싸게 피아노에서 악보를 집어 들며 물었다. "누가 쓴 곡이죠?"

"제 친구 남편이요."

오나는 하워드를 끔찍한 작곡가라고 평했었다. 그러나 그것은 잘못된 평가였다. 현실적으로 가능한 일은 아니었지만, 몇 십 년만 늦게 태어났더라도 하워드가 지금 퀸이 서 있는 자리에 서서 자신의 곡을 듣고 고마움에 겨워 바보처럼 울먹이고 있을지도 모르는 일이었다.

"여기 1919년이라고 쓰여 있네요?"

"제 친구인 그 분은 백네 살이에요. 그 남편 분은 몇 십 년 전에 돌아가셨고요."

"아저씨는 이 노래가 우리 마음에 들 거라고 생각했대요."

"저작권이 소멸되기에 충분한 세월이군요." 사업가 실비가 말했다. "하지만 당연히 그 값을 치를 거예요. 어떻게 대가를 지불할지 계약서를 작성해야겠네요."

'어치들' 중 한 명이 말했다. "폴 사이먼*이 아프리카 음악을 접목해 작곡하면서 그랬던 것처럼 수익금을 우리가 따로 모아 관리해드릴 수도 있어요."

"그런데 백네 살이나 먹은 친구가 있어요?"

"네."

실비가 퀸을 흘긋 바라보며 물었다. "진담이에요?"

"네, 진담이에요." 퀸은 청년들 쪽으로 몸을 돌리며 말을 이었다. "내 생각에 스탠호프 씨는 그 긴 긴 세월 동안 너희들이 나타나길 기다리고 있었던 것 같아." 그 순간 퀸의 표정은 어땠을까? 활짝 웃는 표정이었을까?

실비가 말했다. "훌륭하네요. 정말 훌륭해요. 저 애들은 진짜 음악 천재들이라니까요. 자, 그럼 이제 사업 이야기를 시작해볼까요?" 근래에 다소 위축되기는 했지만 실비는 아직도 맨손으로 문짝을 비틀어 경첩에서 떼어낼 수 있을 것처럼 활기가 넘쳐 보였다.

"듣고 있어요." 퀸이 말했다. 아드레날린이 뿜어져 나와서 혀끝에서 오래된 동전 맛 같은 쇠 맛이 났다.

청년들도 관심을 기울였다.

실비가 이야기를 시작했다. "계약 조건이 있어요. 난 이제 이 아이들을 데리고 서커스 기차에 탑승하려고 해요. 그런데 혼자서 무대감독까지 다 하기

---

* 폴 사이먼 Paul Simon 1941- : 미국의 가수, 작곡가. 친구 아트 가펑클 Art Garfunkel과 함께 1960년대 포크 록 듀오 '사이먼 앤드 가펑클'로 활동하며 대중적인 인기를 누렸다. 1971년 공식적으로 듀오를 해체하고 솔로로 활동하면서 남아프리카 민속음악이나 브라질 음악을 팝과 접목하는 등 다양한 형태의 음악을 시도했다. 특히 남아프리카 공화국 아카펠라 그룹 레이디스미스 블랙 맘바조와 함께 작업한 1986년 발표 앨범 〈그레이스랜드〉는 빌보드 앨범차트 3위에 오르는 등 대중과 평단 양쪽 모두의 호평을 받았다.

엔 난 너무 지치고 질렸어요." 실비의 아들과 조카들 입에서 일동 한숨이 새어나왔다. 이 말은 이미 여러 번 들은 것이 분명했다. 실비는 팔찌를 만지작거리며 말을 이었다. "특히나, 내가 고심해서 내놓은 의견과 조언이, 경력을 쌓기 위해 큰 결정을 해야 하는 순간에는 아무런 쓸모도 없다는 사실이 밝혀진 이 시점에는 더더욱 그렇고요."

"실비 이모, 그래도 우리가 꽤 괜찮은 계약을 따냈잖아요." '어치들' 중 한 명이 말했다.

"너 그 입 다물어." 실비는 치명적인 핏빛 매뉴큐어를 칠한 손가락으로 청년을 가리키며 말했다. 그러자 청년의 목이 거북이처럼 셔츠 칼라 속으로 움츠러들었다. "너희는 엄청난 계약을, 그것도 내가 몇 주씩이나 공을 들여온 계약을 뒤엎고 나서 그냥 괜찮은 계약을 한 것뿐이니까."

"엄마는 아직도 우리의 신앙을 누구나 한 번쯤 겪게 되는 하나의 과정일 뿐이라고 생각해요." 브랜든이 말했다.

실비는 숟가락도 구부릴 수 있을 것 같은 사나운 눈빛으로 아들을 쏘아보았다. "네 사촌도 그렇게 거창하게 부활의 길에 들어서더니 결국 무신론자로 밝혀졌잖니?"

자기 어머니를 바라보는 브랜든의 시선 속에는 복잡하지만 그윽한 애정이 담겨 있었다. 실비는 늪처럼 끈끈하고 깊은 자신의 사랑을 무시해준 것에 대한 답례로 아들을 향해 한숨을 내쉬었다. 두 사람은 사실 잘 안 맞는 모자지간이었다. 그런데도 두 사람은 여전히 거기 함께 앉아서 앞으로 닥쳐올 지옥과 높은 파도와 열 가지 전염병에 맞서기 위해 튼튼한 미래를 준비하고 있었다.

"그쪽에서 정확히 어떤 조건을 제시했습니까?" 퀸이 물었다.

"우리가 원하는 조건은 하나도 없었어요." 타일러가 대답했다.

"그 사람들은 너희한테 달을 따다 주겠다고 했다."

"이미 다 끝난 일이에요, 엄마. 이제 그만하실 때도 됐잖아요." 브랜든이 말했다.

"그래, 어련하겠니. 현자 같은 아들들과 똑똑하기 짝이 없는 조카들이 결정한 일인데." 실비는 다시 퀸 쪽으로 몸을 돌리며 말을 이었다. "난 계약도 마무리해야 하고 스케줄도 짜야 돼요. 그것 말고도, 나 혼자 하고 싶지 않은 소소한 일거리가 수천 가지가 넘어요. 나도 의지할 수 있는 누군가가 필요해요." 이렇게 말하며 실비는 퀸의 팔을 움켜잡았다.

"당연히 그렇겠죠." 퀸이 말했다.

"풀타임. 터무니없는 조건이라는 건 나도 알지만, 이게 내가 당신에게 내거는 계약조건이에요, 퀸. 귀신 씻나락 까먹는 소리처럼 들릴 거라는 거 알아요. 하지만 어쩌겠어요. 전국을 돌아다녀야 하는 애들인데."

넘쳐나는 실내조명, 온갖 기능을 장착한 새 장비들, 이음새 하나 보이지 않는 방음장치, 작은 얼룩 하나 없는 조정실 유리. 그 모든 것들 가운데, 작은 그랜드피아노가 놓여 있는 공연 공간과 팔걸이 없는 미끈한 의자들이 퀸의 시선을 붙잡았다.

의자. 의자들이 어딘가 좀 이상했다.

실비가 말을 이었다. "연봉은 협상 가능해요. 내가 얼마나 후한 사람인지 당신도 알게 될 거예요. 자, 이제 내가 듣고 싶은 말은 함께 기차에 탑승하겠다는 말뿐이에요."

그 순간 퀸은 불현듯 깨달았다. 의자들이 어디가 이상한 것인지, 그리고 그게 무슨 뜻인지. 실비는 클립보드를 집어 들며 말했다. "어떤 직함을 원해요? 공동 매니저? 현장감독? 도로 위의 제왕?"

"잠깐만 기다려요." 퀸이 말했다. 의도했던 것보다 목소리가 크게 튀어나왔다. 그는 그 중 한 개의 의자에 앉은 채로 의자들의 배치를 눈여겨보았다. 그 의자들이 그냥 아무렇게나 놓여 있는 것이 아니라는 생각이 처음으로 들었다. 네 개의 의자는 나란히 일렬로 놓여 있었고 하나는 따로 떨어진 곳에, 그러니까 연습용 앰프에 코드가 꽂혀 있는 텔레캐스터 전자기타 가까이에 놓여 있었던 것이다.

"뭘 더 기다려요? 이거야말로 파격 승진이잖아요. 좋아서 2층까지 발길질을 해도 모자랄 판에." 실비가 말했다.

그들은 영구적 고정맴버가 될 기타 연주자를 뽑으려고 오디션을 준비하고 있었던 것이다. 이미 영적 구원을 받은 사람으로, 그리고 그것보다 더 중요한 조건인, 앨범 재킷을 망치지 않을 만큼의 젊고 빛나는 외모를 갖춘 사람으로. 아니, 이미 오디션을 진행 중인 것이 확실했다. 그러는 것이 당연했으니까.

"원한다면 총사령관이라고 불러줄게요." 실비가 빌다시피 말했다.

그러나 퀸은 연주자였다. 그는 하고 싶은 것은 연주였다. 머릿속에서 맥박이 뛰기 시작하면서 영상 하나가 섬광처럼 떠올랐다. 작업반장 도나의 늙은 모습이었다. 수십 년의 세월이 흐르면서, 태닝을 한 보기 좋은 팔뚝은 허옇게 변해 있었고 힘들게 가꾼 근육도 모두 다 빠져 있었다. 그런데도 도나는 인쇄기에 종이를 쑤셔 넣거나 아직 고안되지도 않은 아기 신발 모양의 꼬리표를 카탈로그에 붙이는 작업을 수십 년째 계속하고 있었다. 이 바닥에서는 퀸도 도나만큼 터를 닦아온 기타 연주자였다. 퀸도 도나처럼 포기를 모르고, 꽤 쓸 만하고, 어디를 가든 일을 얻을 수 있는 기타 연주자였다.

실비가 말했다. "난 당신이 필요해요. 저 애들도 당신이 필요하고요. 우리한테는 당신만큼 안정적으로 힘이 되어줄 수 있는 사람이 없어요."

놀랍게도 사실이 그런 것 같았다. 거기서 그렇게 네 명의 청년들이 퀸의 대답을 기다리고 있었다. 하지만 그 애들에게 필요한 것은 퀸의 음악적 기술이 아니라 아버지 같은 보살핌이었다.

"이봐요, 퀸! 거기 있어요? 내가 지금 좋다는 대답을 기다리고 있잖아요."

벨이라면 이 제안을 듣기만 하고 그냥 거절할 수 있을까? 한참 뒤에 장인이 이 사실을 알게 되면 틈날 때마다 가시 돋친 말투로 '퀸 포터가 결국은 무슨 관리직을 제안 받았다지.'라는 말을 반복하며 즐거워할 것이 뻔했다. 퀸은 하워드 스탠호프의 곡을 미끼로 사용해 다른 조건을 내세워보면 어떨까 하는 생각도 잠시 해보았다. 그러나 그는 하워드의 노래에 나오는 사람이 되고 싶지 않았다. 전능하신 주님을 거역하며 살아온 삶을 후회하면서도, 여전히 뻔뻔스럽게 신의 부르심을 받는 사람들 틈에 끼고 싶어 하는 그런 사람이 되고 싶지 않았다. 그는 그런 사람과 정반대되는 사람이 되고 싶었다. 신께서 알아서 보살핌을 베풀어주시는 사람, 그러니까 테드 레드베터가 되고 싶었다.

"우리가 선택한 사람은 오로지 당신 한 명뿐이에요. 그러기로 결정내린 것은 우리 가족끼리만 아는 일이고요." 실비가 말했다.

"난 가족이 아니에요. 실비."

"그만큼 가깝잖아요." 실비가 말했고, 잇따라 아이들도 퀸을 설득하려는 듯 웅성대며 저마다 한 마디씩 거들었다. 아니, 그들은 아이들이 아니라 남자들이었다. 바위처럼 심지가 굳은 네 명의 젊은 남자들이었다. 예전에 퀸이 셔츠를 꼭 다려 입으라고 충고를 건넸던 십대 소년들은 이제 가버리고 없었다. 한창 퀸이 이 공연에서 저 공연으로 숨을 헐떡이며 내달리던 시절에는, 그 청년들이 자신들도 그렇게 살게 되기를 소망하며 퀸의 삶을 계속 지켜보았었다. 말하자면, 자신은 토끼요, 그들은 네 마리 거북이었던 것이다. 그런데 이제, 모세가 불붙은 떨기나무에서 들었던 계시의 목소리처럼 하나의 깨달음이 불쑥 퀸을 덮쳤다. 자신은 그 청년들을 존경하고 있었던 것이다.

"나 때문이죠. 그렇지 않아요? 내가 싸움닭 같은 여자라는 건 나도 알아요. 누가 나 같은 여자랑 함께 일하고 싶겠어요?"

"솔직히 말하면 실비, 난 당신이 좋아요." 그는 매일 아침 혼자 일어나 가족을 위해 난로에 불을 지피는 실비가 좋았다.

"의료보험도 제공돼요. 부인이랑 아이 이름도 넣을게요."

"난 처자식이 없어요."

"아," 실비는 퀸은 바라보며 두 눈을 깜박였다. "있는 줄 알았는데요."

퀸은 오디션 의자에서 일어나 두통약이 있는지 주머니를 뒤져 보았지만 헛수고였다. '부활의 길' 총사령관으로서 그가 가장 먼저 맡게 될 임무는 기타 연주자를 채용하는 일이 될 터였다. 사실 그의 미래가 내다보인 것은 난생 처음 있는 일이었지만, 아무튼 확실한 미래에 그는 이제 연주를 하는 대신 공연을 준비하고 무대 끝자락에 서서 그 모습을 지켜보게 될 터였다. 리허설과 음반 녹음과 순회공연과 기획안 작성과 일정조율과 자금관리 등, 음악과 무관한 일을 하고 있는 자신의 미래가 너무나도 확실히 내다보였다.

실비가 말했다. "좋다고 대답해요. 어서 빨리 날 이 비참한 상황에서 구해줘요."

"좋습니다."

환호성이 터져 나왔다. 박수갈채 속에 서 있는 것처럼 귀가 먹먹했다. 타일러와 브랜든과 '어치들'은 서로 하이파이브를 나누었고 실비는 이리저리 깡충깡충 뛰어다니며 소녀처럼 비명을 질러댔다. 터무니없을 정도로 많은 포옹과 악수와 격려의 토닥임을 나눈 끝에, 그동안 껍질에 싸여 있던 뭔가가 쩍 갈라지며 모습을 드러내는 것 같은 기분이 들었다. 퀸은 사랑받는 사람이 된 기분이었다. 그 말 말고는 다른 표현이 떠오르지 않았다.

한 시간 뒤 퀸은 세탁물 운반 트럭을 얻어 타고 시내로 돌아가고 있었다. 조수석에 앉아 있는 퀸의 머릿속에서 하워드의 정겨운 멜로디가 무한 반복되고 있었다. 쉽게 따라서 흥얼댈 수 있는 그 노래의 멜로디가 예상 외로 기분전환에 도움이 되었다. 퀸은 생각했다. '하워드, 제가 부인께 당신에 대해 잘 말씀드릴게요.' 시블리 가 모퉁이에서 내린 퀸은 오나의 막다른 집을 향해 성큼성큼 걷기 시작했다. 유한한 인간이었던 하워드 스탠호프가 자신의 고통스러운 삶을 마감한 지 수십 년 만에 다시 깨어나 아름다운 노래를 세상에 내놓게 되었다는 소식을 얼른 친구에게 알려줄 작정이었다.

퀸이 박자에 맞추어 걸음을 내딛을 때마다 멜로디가 따라왔다. 그는 하워드의 노래 속 회개자가 그토록 막 대했던 '반짝이는 소녀'가 누구인지 단박에 알아차렸다. 그 소녀의 우아함이, 보조개가, 버찌나무색 머리가 눈에 보이는 것 같았다. 그는 생각했다. '하워드, 제가 한편이 되어드릴게요, 친구여.'

오나의 집 진입로에 눈에 익은 밴이 주차되어 있었다. 질투심이 당황스러울 정도로 격렬하게 치밀어 올랐다. 이게 무슨 감정일까 생각해 보았다. 말도 안 되는 소리였지만 그것은 연인들 사이에서나 느낄 법한 불쾌감이었다. 그러다가 테드가 전혀 레드베터답지 않게 차를 대충 대어 놓았다는 사실을 알아챘다. 벨의 차 역시 거기 대어져 있었다. 그리고 이웃 몇 명이 현관 근처에 불길해 모이는 원을 그리며 서 있었다.

퀸은 벼락같이 집 안으로 달려 들어가 전속력으로 계단을 두 칸씩 뛰어오르며 오나의 이름을 외쳐 불렀다.

24

계단을 오르자 침대에 유령처럼 누워 있는 오나가 보였다.

"오나, 오, 주여." 무력감이 밀려왔다.

"쉿." 벨은 팔을 뻗어 퀸을 붙잡으려고 했지만 테드는 옆으로 물러나며 길을 터주었다.

"어떻게 된 거야? 무슨 일이 생긴 거야?"

"여사님은 괜찮다네, 퀸. 긴급의료진도 방금 전에 막 돌아갔어." 테드가 말했다.

"오나, 이봐요, 여사님." 퀸은 가까이 다가가며 속삭였다. 두 눈을 감은 오나의 얼굴에는 아무런 표정이 없었는데도, 간혹 관 속에 누워 있는 사람들의 얼굴에서 볼 수 있는 기묘한 장밋빛 생기가 돌고 있었다.

"내가 계속 눈을 못 뜨더라도 날 용서하게. 난 좀 자야겠네." 오나가 중얼거렸다.

퀸은 오나의 신비로운 얼굴을 들여다보며 애원하듯 말했다. "아니, 그러시면 안 돼요. 운전면허증을 따서야죠. 최고령 인간은 말할 것도 없고요. 이름이 뭐더라, 그 양반을 생각해 보세요. 그 프랑스 할머니요."

오나는 멀쩡하게 두 눈을 번쩍 뜨며 말했다. "죽겠다는 말이 아닐세, 이 딱한 친구야. 낮잠을 좀 자겠다고."

"아," 퀸은 순식간에 즐거움을 느끼며 말했다. "알겠습니다. 좋아요, 오나.

좀 주무세요."

"잘 자고 있었는데 자네 호들갑 떠는 소리에 잠이 깼지 않나."

"죄송합니다. 여사님이 돌아가신 줄 알고 놀라서요."

"아직은 안 죽어."

"네, 잘 알겠습니다."

"잔 루이즈 칼망이야."

"뭐가요?"

"그 할멈 이름이 잔 루이즈 칼망이라고. 인생이란 시합에서 내가 이기기로 마음먹은 그 프랑스 할망구 말일세."

퀸은 테드와 벨을 바라보았다. 두 사람은 흡족한 표정으로 그 광경을 지켜보고 있었다.

"벨이랑 스카우트 대장이 벌써 몇 시간째 여기서 저러고 있네. 지금까지 내가 아는 사서는 딱 한 명뿐이었는데, 너그러운 벨 덕분에 사서에 대한 내 편견이 없어졌어."

그제야 침대 옆 서랍장 위에서 식어가고 있는 차가, 열심히 두드려 숨을 살려놓은 베개가, 깨끗한 잠옷이 눈에 들어왔다. 보살핌의 흔적들을 보자 퀸도 세심한 사람이 되고 싶은 마음이 들었다. 퀸도 너그러운 사람이 되고 싶었다. 너그러워 보이는 사람 말고 진정으로 너그러운 사람이.

퀸은 침대 옆에 무릎을 꿇고 오나의 두 손을 잡았다. 울퉁불퉁하지만 따뜻한 손이었다. 그는 고개를 돌려 테드와 눈을 맞추며 말했다. "여사님께 드릴 말씀이 있는데, 자리 좀 비켜주겠나?"

테드는 벨을 데리고 아래층으로 내려갔다. 퀸은 힘을 주어 오나의 손을 더 꽉 움켜쥐며 말했다. "여사님이 아셔야 할 일이 있습니다. 하워드 이야기에요.”

“어떤 하워드?”

“여사님 남편 하워드요. 하워드 스탠호프. 작곡가 하워드 말이에요.”

“하워드는 끔찍한 곡들만 썼지.”

“아니, 그렇지 않아요. 오나.”

오나는 초록색 눈을 가느스름하게 뜨고 퀸을 바라보았다. “도대체 무슨 말을 하려고 이러는 겐가?”

“제가 하워드의 노래를 듣고 오는 길이거든요. 여사님이 제게 주신 실린더 안에 들어있던 그 악보 말이에요. ‘예수쟁이’들이 기가 막히게 편곡을 했더라고요. 오나, 여사님도 꼭 들어보셔야 해요.”

“그 종교적인 청년들? 그 노래가 그 친구들 마음에 든다든가?”

“마음에 쏙 든대요. 하지만 제가 드리려는 말씀은 그게 아니에요, 오나. 하워드는 여사님을 위해서 그 곡을 쓴 거였어요.” 퀸은 지금껏 그 무엇도 이렇게 확신에 차서 말한 적이 없는 것 같았다. “제 생각에 하워드는 여사님을 떠올리면서 모든 곡을 쓴 것 같아요, 오나. 젊고 사랑스러웠던 여사님을 떠올리면서요.”

“지금 무슨 바보 같은 소리를 하고 있는 게야.”

“하워드는 여사님을 위해서 곡을 쓴 거예요. 다만 그걸 전달하는 방식을 하워드가 잘 몰랐기 때문에 여사님이 받아들이지 못하신 거죠.” 어째서 하워드는 슬픔과 실패의 진창 속에서 그렇게 몸부림을 쳤는데도 삶의 그늘에서 벗어날 수가 없었을까?

“자네 술 취했나?”

“제 말씀을 좀 들어보세요. 여사님은 버찌나무 색 머리를 찰랑이는 빛나는 소녀였어요. 여사님은 천사의 숨결이자 태양이었어요."

"아, 세상에." 오나는 비스듬히 몸을 일으켰다. 동여맨 오나의 머리가 미세하게 떨렸다. "퀸 포터, 자네가 이렇게 낭만적인 사람인 줄은 미처 몰랐구먼."

퀸은 선언하듯 말했다. "하워드 스탠호프는 여사님을 사랑했어요. 여사님이 그 사실을 반드시 아셔야 할 것 같았어요."

"흠, 알았네."

"전 여사님이 그 사실을 꼭 아셔야 한다고 생각했어요, 오나."

"고맙구먼."

"사람들도 그 사실을 알아야 하고요."

"그래, 정말로 고마워." 오나가 퀸의 손을 토닥이자 퀸의 머릿속이 맑아졌다. "자네는 참 착한 사람이야, 퀸." 이렇게 말하며 오나는 어깨를 으쓱했다. 그 바람에 이부자리에서 한숨이 새어 나왔다. 오나는 말을 이었다. "그런데 오늘은 정말 굉장한 하루였어. 내 모국어가 날 찾아왔거든."

"진짜요? 무슨 말을 하던가요?"

"제일 먼저, 원래 우리 마을 이름을 알려줬다네."

"리투아니아에 있는 마을 말씀인가요?"

오나는 좀 더 바르게 일어나 앉았다. 그렇게 일어나 앉는 것만도 힘이 들어 보였다. "이제 그곳에는 묘지의 비석에 새겨진 이름 말고는 남아 있는 것이 아무것도 없을 수도 있겠지. 나는 내 고향에 완벽하게 무관심한 상태로 평생을 살아왔네. 그런데 그 곳을 다시는 내 눈으로 볼 수 없을 거라 생각하니 후회스러워. 단편적인 장면 몇 개 말고는 아무것도 기억나지 않는 곳인데도 말이야."

"장담하는데, 만약 여사님이 그곳에 가신다면 최고령 비행기 탑승자 기록을 세우실 수 있을 겁니다."

"기록을 세우려면 아마 내가 직접 비행기를 몰아야 될 걸세. 하늘 아래 새로운 것이 뭐가 있겠나." 오나는 고개를 저으며 말을 이었다. "아니야, 로렌타스나 다시 만나러 가야지. 하나뿐인 내 혈육인데, 용서받지 못할 만큼 너무 매정하게 굴었어. 가서 사과하고 싶어." 그리고는 잠시 뜸을 들이다가 이렇게 덧붙였다. "세계 최고령 비행기 탑승자는 샬롯 휴즈야. 당시 나이 115세였고. 자네가 직접 찾아보면 알걸세."

퀸은 웃음을 터뜨렸다. "그냥 여사님 말씀을 믿을래요."

오나는 다시 퀸의 손을 토닥였다. "고향이 그립구먼. 기억도 못 하는 곳인데 갑자기 향수병에 걸리다니. 만약 낯선 사람이 지금 당장 이 방에 들어와서 리투아니아 어로 번역된 ≪전쟁과 평화≫를 읽어준다고 해도 틀림없이 나는 그 뜻을 다 알아들을 거야."

두 사람은 잠시 말없이 앉아 있었다.

"할 말이 더 있지만 지금은 일단 눈을 좀 붙여야겠네." 오나는 방에서 그만 나가달라는 뜻으로 손사래를 쳤고 퀸은 머뭇머뭇 밖으로 나갔다.

사실 고비가 한 차례 찾아오기는 했는데 그 고비는 무사히 잘 넘긴 셈이라고 했다. 4인조로 움직이는 긴급의료진 가운데 한 명이 오나는 아직 건강하고 의식도 명료하며 바이탈 신호 역시 정상이라고 했다는 것이다.

"근데 왜 그런 거래?" 퀸은 오나의 멋진 찻주전자로 찻물을 부으며 테드에게 물었다.

"내 생각엔 가택침입 후유증이 좀 지연돼서 나타난 것 같아. 의사들도 그릴 수 있다고 하더라고."

"마법 때문이었어. 그게 원인이야." 벨이 퀸을 올려다보며 말했다. 벨은 퀸이 지금까지 보아온 그 어떤 표정보다도 더 진지한 얼굴을 하고 있었다. 벨은 퀸에게 말했다. 자신들의 아들, 세상을 떠난 신기한 그 아이가 오나의 모국어, 기억, 잃어버린 오빠가 되어 오나에게 돌아왔노라고.

"내 생각에는 머릿속에 약간 혼란이 일어난 것 같아." 테드가 말했다.

잠시 동안 퀸은 테드가 벨 이야기를 하고 있는 줄 알았다. 벨의 머리가 어떻게 된 것 같다고. 정말로 좀 그래 보이기는 했다. 벨은 정말로 자기 아들이 저 머나먼 저승에서부터 오나의 잃어버린 오빠를 데리고 날아왔다고 믿는 걸까? 아니면 오나의 잃어버린 오빠가 자기 아들로 환생했다고 믿는 걸까?

"작은 혼선이 생긴 걸 거야. 뇌의 정보 처리과정에. 굳이 이유를 찾자면 그렇겠지." 테드는 이렇게 말하며 벨의 어깨를 끌어안았다. "그게 이유일 거야, 여보."

"아니, 난 아까 내가 한 말을 믿어. 오늘을 난 영원히 잊지 못할 거야." 이렇게 말하는 벨이 너무나 행복해 보였다. 퀸도 벨의 말을 믿어보려고 최선을 다하고 있었다.

"나한테 전화하지 그랬어. 누군가는 나한테 전화를 걸었어야지."

벨이 중얼거리듯 답했다. "퀸, 당신이 언제 전화 받고 싶어 한 적이 있었어?"

"지금. 이제부터는 전화를 받고 싶어."

벨은 뭔가를 가늠하려는 듯한 표정으로 퀸을 바라보았다. 세 사람은 오나의 부엌에 앉아 있었다. 퀸에게는 그곳이 뭔가가 사라지는 장소였다. 그동안 사라진 것 중에는 퀸 자신의 의무감과 부담감도 있었다. 퀸은 가지런히 쌓여 있는 오나의 카드를 자세히 들여다보았다. 그리고 오나의 동전 더미를, 그 다음에는 4분의 1 크기로 개어져 있는 오나의 손수건을. 아들 역시 이 물건들을 자세히 들여다보았을 터였다. 자신이 이곳에서 아들의 존재를 느끼는 것은 벨도 알고 있었다. 퀸은 궁금했다. 자신이 지금 느끼고 있는 것처럼 벨도 이곳에서 아들의 존재를 느끼는지. 맨 처음 그 기분을 벨한테 이야기했을 때 퀸은 흥분해 있었다. 그것도 아주 심하게. 하지만 그 뒤로 시간이 흘렀고, 손에 잡히지 않는 것을 움켜쥐는 방법을 그동안 웬만큼 익히게 된 퀸이었다.

"여사님은 괜찮으실 거야. 의사들이 그러는데 심장박동 소리도 경주마만큼 크게 들린대. 신체나이가 실제 나이보다 훨씬 젊으신 거지." 테드가 말했다.

퀸은 테드의 눈을 바라보았다. 사랑이란 게임에서 자신을 이긴 그 점잖은 남자를. "고맙네, 테드. 감사인사는 제대로 해야지."

테드는 아내를 향해 몸을 돌리며 말했다. "그럼 난 이만 가봐야겠어. 애들 때문에."

퀸은 현관 앞까지 테드를 배웅하는 벨을 지켜보았다. 테드의 입에 아내의 키스를 하는 벨을 바라보고 있자니 자신의 입술이 아려왔다. 테드도 벨에게 답례키스를 했다. 일부러 보란 듯이 하는 행동은 아니었다. 퀸 역시 테드의 입장이었다면 그렇게 했을 테니까. 벨은 테드의 허리에 두 팔을 두르고 가슴에 얼굴을 묻은 채 잠시 가만히 서 있었다. 잠시 후 벨이 놓아주자 테드는 퀸에게 다시 한 번 고개를 끄덕인 다음 밴을 향해 성큼성큼 걸어 나갔다. 테드의 밴은 개털과 흰곰팡이가 핀 야구카드와 아이들의 신발이 마구 널려 있어서 어수선할 것이 뻔했다. 그래도 뒷자리에는 얼른 아이들의 손에 쥐어지길 기다리는 새 공훈 배지들이 상자에 든 채 실려 있을 텐데.

벌써 늦은 오후였다. 오나의 화단에 심어져 있는 다년생 꽃나무들이 꽃향기를 마음껏 뿜어내고 있었다. "이 나무들 뿌리에 내가 흙을 덮어줬어. 지난 5월에." 퀸이 말했다.

벨은 현관 베란다에 놓인 그네에 앉아 있었다. 그곳은 오나가 앉아 꽃을 감상하는 자리였다. "오늘밤 테드랑 살림을 합칠까 해. 그동안 그 사람도 참을 만큼 참았잖아."

퀸은 아무 말도 하지 않았다.

벨이 옆에 와서 앉으라고 퀸을 불렀다. 두 사람은 거기에 앉아, 새로 채운 모이통 사이를 이리저리 날아다니는 새들을 지켜보았다. "나 취직했어." 퀸은 벨에게 실비의 제안에 대해 말해 주었다.

벨이 조용히 입을 열었다. "미안하지만, 난 당신이 그런 일을 하고 싶어 하지 않는 줄……." 벨은 잠시 뜸을 들이다가 덧붙였다. "알았는데."

"이 세상에 그 사실을 아는 사람은 당신 한 명뿐이야, 벨."

벨은 모이통을 바라보며 고개를 끄덕였다. "그런데 저 모이통은 아직도 당신이 채워?"

"정말로 그러고 싶다는 마음이 들면 여사님이 직접 채우시겠지."

두 사람은 잠시 소리 내어 웃었다. 벨은 잘 손질해놓은 마당을, 다시 파릇파릇 돋아난 잔디를, 똑바로 고쳐놓은 울타리 기둥을 쭉 훑어보았다. "내가 부탁했던 것보다 훨씬 더 많은 일을 해놨네."

"이번만큼은."

"애가 직접 했다면 이만큼 많은 일을 하지 못했을 거란 얘기야. 대단하네. 애가 기뻐하겠어."

벨은 계속 퀸을 바라보며 대답을 기다렸다. 퀸은 무슨 말을 해야 좋을지 알 수가 없었다. 벨은 이미 자신에게서 너무나 먼 곳에 가 있고 두 사람 사이의 빈 공간을 아들이 겨우겨우 메워주고 있는 것 같은 기분이었다.

"당신은 절대로 알 수 없을 거야. 애가 당신을 얼마나 좋아했는지. 걘 오로지 아빠 생각뿐이었어. 부적절한 목표물을 영원히 바라보고 있었던 거지."

저 멀리 브리튼 가에서 차 소리가 길고 고른 날숨소리처럼 들려왔다. 벨은 중얼거리듯 말을 계속했다. "당신이 걱정했던 거 알아. 하지만 아버지가 되겠다는 결정을 내린 건 바로 당신이었어." 그러고는 퀸이 자신을 바라보길 기다렸다가 다시 말을 이었다. "그 앤 당신 아들이야, 퀸. 그때 나한테 다른 남자가 없었다는 건 당신도 알잖아."

너무나 창백하고 반투명해서 피부 밑으로 그물처럼 지나는 푸른 혈관이 다 들여다보이던 아기가 떠올랐다. 속이 비치던 아들은 너무나 미숙한 상태로, 자신을 기다리고 있는 세상에 태어났다. "당신 입에서 그런 말이 나오게 만들다니, 정말 미안해."

"의심이 들기도 했겠지. 그때 당신은 나랑 함께 있는 시간보다 다른 곳으로 돌아다니는 시간이 더 길었으니까. 하지만 난 정조 있는 여자였어. 당신이 생각하는 그런 노는 애가 아니었단 말이야."

"나도 그래. 사냥개처럼 충성스러운 남자였지."

"알고 있었어. 그 사실만큼은 언제나 알고 있었어." 벨은 퀸의 손 안으로 자신의 손을 밀어 넣었고 퀸은 그 손을 꼭 잡았다. "난 그저 내가 당신에게 준 것을 당신도 원하게 되기를 바랐던 것뿐이야. 당신이 애와 사랑에 빠지길 기다렸던 것뿐이야."

"난 그 애와 사랑에 빠졌어. 정말로. 문제는 애가 떠난 후에 사랑에 빠졌다는 거지." 아들은 부인할 수 없는 퀸의 자식이었다.

대답 대신 벨은 한 손을 퀸의 어깨에 얹었다. 퀸은 시간의 낯선 이중성에 놀라는 중이었다. 오나와 함께했던 석 달이란 시간은 아무런 규칙의 적용을 받지 않는 듯 아주 느리게 흘러갔다. 반면에, 같은 기간인데도 아들의 죽음을 출발점으로 시작된 비극의 시간은 완전히 쪼그라들어서 그 사건이 아직 일어나지 않은 것처럼 느껴질 정도였다.

두 사람은 좀 더 그렇게 나란히 앉아 있었다. 오랜 세월 함께 살아온 끝에 이제 인생의 황혼을 맞이한 노부부처럼 말없이. 마침내 퀸이 입을 열었다. "테드는 아주 좋은 남자야. 당신이 이번에는 사람을 잘 고른 것 같아."

"난 그 사람 아들들만 보면 여기 가슴 한복판이 갈가리 찢기는 것 같아. 하지만 알아. 그 애들도 언젠가는 내 아이들이 되겠지."

"만약 당신한테 내가 필요하다면 말이야, 벨."

벨이 악의 없는 목소리로 차분하게 말했다. "그러기엔 이미 너무 늦었어."

"그렇지 않아. 당신도 알게 될 거야."

저녁이 다가오는 소리가 두 사람을 감쌌다. 모이통을 뒤흔드는 바람 저편, 거리에서 가족들의 소리가 들려왔다. 문 여닫는 소리, 뒷마당이나 야외 테라스에 달그락달그락 상 차리는 소리, 텔레비전 전원 켜는 소리, 차고 안으로 차 들어가는 소리 등. 오나가 아직도 랜들의 집이라고 생각하는 그 집이 그 순간만큼은 퀸 자신의 집처럼 느껴졌다. 거기 보이는 그 앞마당도 자신의 앞마당처럼 느껴졌다.

"여사님 상태가 어떠신지 들여다봐야겠다." 벨이 일어서며 말했다.

"내가 할게. 당신은 가."

벨은 자신의 물건을 챙기며 말했다. "난 늘 그렇게 믿었어. 이 세상에 태어나려고 그 애는 필사적인 노력을 했을 거라고." 그러고는 앉아 있는 퀸에게 몸을 숙여 볼에 입을 맞추고는 계단을 내려가, 퀸 없이 살고 있는 삶을 향해 나아갔다.

그 순간 위층에서는 퀸이 아들에게서 상속받은 유산, 느닷없이 향수병에 걸린 노인이 점점 기운을 차려가고 있었다. 그 유산이 퀸에게는 무거우면서 동시에 가볍게 느껴졌고, 반가우면서 동시에 달갑지 않았다. 처음부터 그 유산에는 열 가지 조건이 붙어 있었는데도, 그 뒤로 조건이 열 가지는 더 늘어난 것 같았다.

갑자기 벨이 몸을 돌리며 말했다. "여사님을 실망시키지 마, 퀸."

"안 그럴게. 내 친구잖아." 하마터면 퀸은 이렇게 말할 뻔했다. '내가 여사님을 얼마나 사랑하는데.' 무슨 뜻으로 그런 말을 하려고 한 것일까?

진짜로 오나를 사랑했으니까. 인정을 하고 나서 보니 그게 다였다. 예상했던 것보다 훨씬 간단한 사실이었다.

이 분은 미스 오나 빗커스이십니다. 이 테이프는 그 분의 인생 기억과 조각을 녹취한 것입니다. 이 부분 역시 또 10부에 해당됩니다.

안녕하세요. 지금 말을 하고 있는 사람은 오나 빗커스입니다. 나는 백 네 살입니다. 그리고 백하루를 더 살았답니다.

......

이, 이게 내 목록이라고? 후, 후세를 위한 목록을 작성하란 말이냐? 모든 후세를 위한?

......

하나. : Būk sveikas.

......

지금 생각 중이다. 근데 이거 하나면 충분할 것 같은데.

......

아주 잘했다! 넌 외국어를 정확히 발음하는 뛰어난 재주가 있구나.

......

내 생각에는 '건강히 잘 지내라'는 뜻인 것 같아.

......

고맙구나, 애야. 너도 건강히 잘 지내렴.

가장 늙거나 낡은 것들

1. 케이지 안에서 가장 오래 산 쥐 : 7년 7개월, 이름 프리치, 주인 브리짓 비어드, 국적 영국.

2. 세계에서 가장 오래된 신발 : 1만 년, 국적 이탈리아.

3. 세계에서 가장 오래 산 나무 : 브리슬콘 소나무, 수령 5,200년, 절대로 베지 마세요!!! 국적 미국.

4. 최고령 개 : 27세, 품종 비글, 이름 부치, 주인 그레고리 던컨, 국적 미국.

5. 세계에서 가장 오래된 토사물 : 1억6천만 년, 국적 영국.

6. 세계에서 가장 오래된 볼링장 : 3천4백 년, 국적 이집트.

7. 최고령 침팬지 : 73세, 이름 치타, 국적 미국

8. 세계에서 가장 오래된 악기 : 뼈로 만든 플루트, 4만 년, 국적 독일.

9. 세계에서 가장 오래된 공훈 배지 : 양봉, 박제기술, 동물 응급처치, 음악 외 53종, 지정연도 1910년, 국적 미국.

10. 세계에서 가장 오래된 어린이 화석 : 3백3십만 년, 국적 문명의 발상지.

25

소년은 어둠 속에서 일어나(하나) 화장실에 가서 볼일을 보고(둘) 세수를 하고(셋) 양치를 하고(넷) 바지를 입고 양말을 신고 신발을 신고 옷자락을 여미고 재킷을 입고 모자를 썼다(다섯, 여섯, 일곱, 여덟, 아홉, 열). 살그머니 집을 빠져나와(하나) 차고로 들어가(둘) 자전거를 꺼내어(셋) 보도까지 끌고 갔다(넷). 여명의 그늘 속에서 소년은 이제 동네 여행을 막 시작하려는 참이었다. 녹음기는 가죽 재킷의 깊고 포근한 실크 속주머니 안에 숨겨져 있었다.

소년은 그 재킷을 사랑했다. 쓱쓱 가죽 쓸리는 소리가 자신에게 용기를 북돋워주는 소리처럼 들렸기 때문이었다. 그래서 집을 나설 때면 꼭 그 재킷을 입었다. 어둠 때문에 마음이 불안했지만 재킷의 무게가 누군가의 손길처럼 소년의 어깨 전체에 고르게 실려 있었다. 재킷은 그렇게 소년의 어깨에 얹힌 채, 소년이 페달을 밟으며 거리를 달리는 동안 두려움의 가장자리를 열심히 사포질하고 있었다.

모닝 코러스를 들어본 적이 한 번도 없었기 때문에, 소년은 그게 어떤 소리인지도 알지 못했을 뿐 아니라 정확히 그 소리를 어디서부터 어떻게 찾아야 하는지도 알지 못했다. 그래서 마당이 나올 때마다 멈추어 서서(하나) 자전거에서 내려(둘) 자전거를 세워놓고(셋) 열심히 귀를 기울이는(넷) 수밖에 없었다. 그러고는 은밀한 곳에서 녹음기를 꺼내어(다섯) 나무 가까이 녹음기를 내밀었다(여섯).

나무가 좀 더 많았으면 싶었다. 빛이 좀 더 밝았으면 싶었다. 나무속에 흔들리지 않는 그늘이 있었으면 싶었다. 아니, 흔들리는 그늘이 가만히 좀 멈추어주었으면 싶었다.

어제는 트로이 패커드(오만한 풋내기 싸움꾼, 병신, 동태눈깔)가 일흔 살 할아버지의 인생 이야기를 기록한 지루하기 짝이 없는 세 쪽짜리 작문 숙제로 링크맨 선생님한테 지금까지 최고점수인 A를 받았다. 일찌감치 숙제를 제출해서 후한 점수를 받은 것이었다. 트로이 패커드의 엄마가 글을 다 고쳐주었을 것이 뻔했지만 링크맨 선생님은 이런 일에 참 둔했다. 사실 그런 건 아무래도 괜찮았다. 적어도 지금 당장은. 다른 아이들은 모두 지정된 날 숙제를 제출할 테니까. 그리고 확신하건대, 대화상대로 기네스북 세계기록 도전이 가능한 노인을 선정한 아이는 아무도 없을 테니까.

소년과 오나는 이미 지난 토요일에 10부의 녹음을 끝낸 상태였다. 하지만 이 부분, 그러니까 마지막에 음악을 넣으려는 것은 소년의 특별한 아이디어였다. 일주일 내내 소년은 테이프를 어떻게 멋지게 마무리해 미스 빗커스에게 선물할까 고심하다가 잠자리에 들었다. 물론 그 테이프에서 비밀이 아닌 내용만 뽑아내 링크맨 선생님이 요구한 세 쪽짜리 작문숙제도 작성할 생각이었다. 소년의 흠 잡을 데 없는 글씨체와 철자의 오류가 전혀 없는 문장으로 과제를 작성해 제출하면 A+를 따는 것쯤은 식은 죽 먹기였다. 실수로 B나 C+를 받을 만한 잘못을 저지르지 않는다면 말이다.

그 테이프는 사실 존재 자체가 비밀이었다. 소년은 대개 비밀을 좋아하지 않았다. 하지만 이것은 행복한 종류의 비밀이었다. 미스 빗커스는 소년의 행복한 비밀이었다.

소년은 페달을 밟다가 자전거를 세우고 녹음기를 들어 올리는 행동을 반복했다. 이상하게도 대기 중에는 숨을 죽인 소음들만 떠다녔다. 한 블록 건너편에서 차 한 대가 느릿느릿 굴러가는 소리(하나), 말벌이 잎을 건드리는 듯 향나무가 바스락대는 소리(둘), 자전거 통행이 금지되어 있는 워싱턴 가에서 차들이 말벌처럼 윙윙대는 소리(셋) 등.

새는 보이지 않았다.

그때 소년의 눈앞에서 어둠의 질감이 변하고 있었다. 시간이 허물을 하나씩 벗을 때마다 어둠도 얇은 막을 하나씩 벗고 있었다. 그럴수록 무서운 어둠도 조금씩 희미해져갔다. 동쪽하늘에서는 기적처럼 강렬한 광채가 떠오르고 있었다. 그것은 그냥 빛이라고 불러서는 안 되는 것이었다. '빛의 징조'란 표현이 더 적절했다.

그 순간 새 한마리가 지저귀었다.

소년은 더듬더듬 버튼을 누르고 녹음기를 다시 내밀었다. 그때 또 한 마리가 지저귀었다. 이제 새 두 마리가 서로에게 화답하며 주거니 받거니 노래를 부르고 있었다.

짹짹, 첫 번째 새가 말하면 짹짹, 두 번째 새가 대답했다. 소년의 입이 쩍 벌어졌다. 소년은 속삭였다. '짹짹. 하나, 둘.'

울새인가? 아니면 큰 어치? 소년의 새 목록은 열다섯 개에서 더 이상 진전이 없었다. 열다섯 개의 이름은 모두 겨울 철새의 이름이었고, 봄 철새들은 아직 로드아일랜드나 플로리다나 코스타리카 이남에 머물고 있었다. 그런데도 그 열다섯 개의 새조차 소년에게는 너무 많았다. 아무리 애를 써도 새의 노랫소리를 기억할 수가 없었던 것이다. 엄마가 새 노랫소리를 설명하는 시디를 사다주었는데도 음악적인 그 부분은 전혀 이해가 되질 않았다. 시디 속 참을성이 많은 듯한 남자의 목소리는 새 이름을 하나씩 부르며 그때마다 그

새들의 노랫소리를 들려주었다. 소년은 그 이상한 시디를 열 번이나 들었다. 그러면서 녹음 스튜디오에 들어가 있는 그 남자의 모습을 상상했다. 스튜디오에 쳐놓은 빨랫줄에는 북아메리카에 서식하는 모든 새들이 나란히 앉아 있다. 소년의 아버지가 조정실에서 버튼을 누른다. 하지만 아버지는 그 스튜디오에서 노래를 부르고 있는, 보이지 않는 새들의 정체를 아직도 알아채지 못한다. 실망감에 목구멍에서 쇠 맛이 느껴진다.

녹음기를 계속 높이 들고 있었던 탓에 팔이 저려오기 시작했다. 집 두 채 사이의 그늘에 숨겨져 있어서 보이지 않던 가지에서 세 번째 새가 찌르릉 울었다.

그리고 네 번째 새도.

마침내 열 번째 새가 지저귀었다. 그리고 잇따라, 집과 차고와 주차되어 있는 차들과 전신주 너머에, 그 사이에, 그 주위에 숨겨져 있던 장소에서 새 열 마리가 한꺼번에 노래를 부르기 시작했다. 말로 형용할 수 없는 그 놀라운 시간, 새들이 지저귈 때마다 켜켜이 쌓여 있던 어둠의 층이 새부리에 쪼여 구멍이 뚫리는 듯 조금씩 세상이 밝아졌다. 마침내 마지막 남은 어둠의 층이 갈가리 찢겨 완전히 사라지자, 어둠 속에 숨겨져 있던 곳 사이사이로 빛이 가득 쏟아져 내렸다.

소년의 입에서 가쁘게 뿜어져 나오는 차가운 입김이 새처럼 빛나는 대기 속을 날아다녔다. 새 육십 마리, 새 칠십 마리, 새 구십 마리, 늘어나는 속도가 너무 빨라서 이제 더 이상은 마릿수를 셀 수가 없었다. 이제 새들의 노랫소리는 하나로 어우러져 부풀어 올랐고, 그 노랫소리처럼 소년도 부풀었다. 이게 모닝 코러스구나, 이게 바로 모닝 코러스야. 날아갈 듯한 즐거움이 소년의 온몸을 휘감았다.

그 순간 나무들 속에서 뭔가 쪼개지는 소리가 들렸다. 소년은 생각했다. '꼭 녹슨 철문 소리 같네.' 다음 순간 나무 한 그루에서 한꺼번에 날아오르는 새떼가 보였다. 합창을 하며 새벽의 빛을 희롱하고 있던 그 새떼는 어마어마하게 많은 찌르레기 무리였다. 또, 다음 순간 바깥쪽으로 드러난 가지 위에 멀찍이 떨어져 앉아 있는 울새 여섯 마리가 보였다. 빛을 뿌려놓기라도 한 듯 가슴께가 색색으로 반짝이는 울새들은 자신들이 맡은 파트를 노래하고 있었다.

소년은 특유의 끽끽거리는 소리를 내며 웃었다. 자신의 가슴에도 빛이 뿌려진 듯 흉부에서 신비로우면서도 강렬한 압박감이 느껴졌다. 소년의 가슴에서도 색색의 깃털이 돋아나는 듯, 소년 자신이 음악을 만들 줄 아는 새 한 마리로 변신한 듯. 가슴에 느껴지는 압박감은 점점 강해지다가 마침내 고통으로 바뀌었다. 그것은 행복감으로 온몸이 터져버리는 듯한 고통이었다.

'들리니? 바다 속에서 솟아오르는 소리 같지. 이 부분에서 숨이 멎어야 돼.' 에릭 채프먼의 고스트 노트를 들려주며 아버지가 말했었다.

소년의 숨이 멎고 있었다. 팔에서 기운이 빠졌지만 소년은 여전히 녹음기를 높이 쳐들고 있었다. 테이프의 마지막을 폭죽이 펑펑 터지는 것처럼 화려하게 장식하려면 조금이라도 더 오래 소리를 녹음해야 했다. 모닝 코러스, 이것이야말로 웅장한 피날레였다. 소년은 그 테이프를 아버지한테 가져갈 생각이었다. 아버지한테는 단추가 여러 개 달리고 여기저기에서 반짝반짝 빛이 나는 마법 기계가 있었으니까. 신은 새들의 노랫소리를 낮출 수 없지만 아버지는 할 수 있었으니까.

소년은 아버지에게 이 테이프에 담긴 소리를 낮추어 달라고 부탁할 생각이었다. 그러면 아버지는 이렇게 답할 게 뻔했지만. '간단한 D코드도 잡을

줄 모르면서 키를 바꾸는 방법이 있다는 건 또 어떻게 알았니?'

'듣는 건 저도 할 수 있어요.' 소년은 그렇게 대답할 생각이었다. 그러면 아버지도, 소년이 그동안 아버지의 일에 얼마나 큰 관심을 기울였는지, 아버지의 삶을 얼마나 세심하게 지켜봤는지, 아버지를 따라하려고 얼마나 열심히 노력했는지 깨닫게 될 터였다. 그러면 소년은 아버지한테 이렇게 말할 생각이었다. 이 테이프에 담긴 모닝 코러스야말로 어디선가 솟아올라 숨을 멎게 만드는 그런 소리라고.

그러면 아버지는 이렇게 답할 터였다. '좋아, 그럼 친구, 이 소리로 음악을 만들어볼까?'

소년은 미스 빗커스의 이야기 10부를 새들의 노랫소리로 마무리할 생각이었다. 오나의 귀에 들리는 높이로 키를 낮추어서. 다음 주 토요일, 그 테이프를 실제 생일보다 정확히 아홉 달 26일 앞서 선물로 준다면 오나에게 엄청나게 큰 깜짝 선물이 될 터였다. 그러면 미스 빗커스는 새소리의 키를 낮추어준 소년의 아버지를 만나보고 싶어 할 테지. 그러면 세 사람은 다 함께 친구가 될 수 있을 터였다.

그러나 소년은 알지 못했다. 자신이 친구의 놀라운 삶 자체라 여기는 그 물건, 90분짜리 테이프가 잠시 후 자신의 손에서 떨어지리라는 것을. 그렇게 도로 위에 떨어져 있다가 그 광경을 처음 목격한 순찰차 바퀴에 으깨져 박살이 나리라는 것을. 케이스에서 풀려나온 테이프가 뒤엉킨 채 길바닥 여기저기에 널려 있다가 떠오르는 태양 빛을 받아 반짝이리라는 것을. 시간이 흐르면서 갈가리 찢긴 테이프 조각들은 모두들 땅 속으로 제 갈 길을 가버리고 온전한 한 가닥만이 덩그러니 남아 그 하루를 보내게 되리라는 것을. 반짝이는 리본 같은 그 한 가닥 테이프마저 그 하루가 끝나갈 무렵 지나는 까치의 눈에 띄게 되리라는 것을. 그 까치가, 자신의 노랫소리가 녹음된 그 테이프를 소년이 있던 그 자리 바로 위 한참 높은 둥지로 물고 올라가리라는 것을. 소년은 아버지를 향한 고마움을 마음속에 품은 채, 그리고 빙빙 돌아가는 녹음기를 손에 쥔 채, 세상을 깨우는 소리 전체를 자신의 친구가 다시 한 번 온전하게 듣게 되는 순간이 다가오기를, 그 자리에서 그렇게 기다리고 있었다.

26

2006년 ≪기네스북 세계기록≫에서 발췌

기록 : 최고령 신부들러리

기록 보유자 : 오나 빗커스, 104세, 국적 미국. (미국인 벨과 테드 레드베터의 결혼식에서)

2009년 ≪기네스북 세계기록≫에서 발췌

기록 : 최고령 운전면허증 소지자

기록 보유자 : 오나 빗커스, 108세, 국적 미국 메인 주 포틀랜드.

2010년 ≪기네스북 세계기록≫에서 발췌

기록 : 모국을 방문한 최고령 리투아니아 이민자

기록 보유자 : 오나 빗커스, 109세, 국적 미국. (에스코트 : 퀸 포터, 국적 미국.)

2011년 ≪기네스북 세계기록≫에서 발췌

기록 : 최고령 다수 기록 보유자

기록 보유자 : 오나 빗커스, 110세, 국적 미국.

감사의 말

나의 편집자 디엔 우르미에게 가장 먼저 감사를 전한다. 디엔이 그동안 베풀어준 조언과 우정이 내게 얼마나 소중한 것인지 모르겠다. 이 책은 우리가 함께 작업한 두 번째 책이다. 그런데도 나는 여전히 디엔의 우아함과 지혜로움을 존경한다. 휴튼 미플린 하코트 출판사의 담당부서, 특히 마이클 보네이노 트리언트와 니콜 안제롤로와 함께 일하는 것이 내게는 크나큰 즐거움이었다. 제작팀의 마사 케네디, 베스 버얼리 풀러, 바버라 우드는 나를 위해 홈런을 날려준 또 다른 공로자들이다.

나의 에이전트인 게일 허치먼과 직원들, 특히 마리엔 메롤라와 조디 칸은 전문작가인 나에게 대들보가 되어준 이들이다. 아름답고 고상한 그 숙녀분들께 감사를 전한다.

(기억 속에 살아 있는) 친구 메리 베리에게 특별히 감사를 전한다. 메리의 젊은 정신이 아주 늙은 인물에 대한 이야기를 쓸 수 있는 방법을 내게 알려주었다. 이 작가에서 종종 실제로, 그리고 은유적 의미에서 피난처가 되어준 에이미 맥도날드에게도, 나에게 가문의 요리비법과 리투아니아 어 어학 테이프를 빌려준 패티 홉킨스에게도, 글을 쓸 공간과 시간을 제공해준 수전과 빌, 제스와 빌에게도 감사드린다. 수많은 일을 겪은 지금도 일하는 음악가로서 나에게 음악적 영감을 불어넣어주고 음악가의 모델이 되어준 우리 오빠 배리에게도, 나의 오랜 친구이자 변함없는 음악 파트너인 밥 톰프슨에게도 감사드린다.

쓰다 보니 처음에 구상했던 것보다 분량이 너무 많아졌다. 그래서 평소보다 더 많은 격려가 필요했다. 절망에 빠진 작가들의 인생 코치 폴리 베널이 헤아릴 수 없을 만큼 큰 길잡이가 되어 주었다. 성가실 정도로 내게 깊은 애정을 보여주고 안 된다는 대답을 한 적 없는 앤 우드, 패트릭 클래리, 빌 런드그렌에게도 특별히 감사드린다. 항상 일반적인 원칙을 제공해주는 캐서린 우드브룩스, 나의 남편이자 팀 동료로서 이 모든 일을 함께 겪어준 댄 애보트에게도 감사드린다. 여러분 모두에게 내가 크나큰 빚을 졌다.

드디어 메인 주 포틀랜드 롱펠로 서점의 친구들에게도 때늦은 인사의 말을 전할 수 있게 되었다. 그 친구들은 수년간 내게 책, 고양이, 목재, 과분한 칭찬, 필리스 쿠키 등을 터무니없이 할인된 가격으로 제공해주었을 뿐 아니라 막대한 정신적 지지와 진정한 우정도 베풀어주었다. 사랑하는 스튜어트 거슨을 추억하며 이 글을 마친다.

어린 시절에는 어른이 되면 누구나 완전한 존재가 되는 줄 알았다. 어느 순간 일정한 나이가 되면 누구나 신체적으로, 정신적으로, 도덕적으로 무결한 완전체, 즉 진짜 어른이 되는 줄 알았다. 그런데 어른이 되고 나서야 알았다. 어른은 결코 완전무결한 존재가 아니라는 것을. 오히려 아이들에게 세상을 배우며 거듭 성장해야 하는 부족한 존재라는 것을.

이 소설은 일종의, 어른의 성장기이다. 자신의 꿈을 좇느라 바빠서 아들을 등한시한 마흔두 살 아버지가 아들의 죽음 이후의 아들의 흔적을 찾아 나가는 과정을 통해 새 삶을 살게 되는 이야기이다. 또한 동시에, 모든 인간적인 삶이 끝났다고 믿고 있던 104세 노인이 아이와의 우정을 통해 새로운 꿈과 삶의 활기를 되찾게 되는 이야기이다. 아버지의 여정을 함께 따라가다 보면, 할머니가 들려주는 삶 이야기에 귀 기울이다 보면 잔잔한 감동이 마음을 적신다. 생각이 많은 소년이 내게 말을 걸어온다. 당신의 꿈은 무엇이냐고.

나는 두 아들의 엄마이다. 올해로 중학생이 되는 큰아들은 어린 시절부터 유난히 마음이 여리고 눈물이 많았다. 그러다 보니 제 딴에는 친구들 사이에서 다소 억울한 일들도 많이 겪었다. 우리 집 베란다에서는 단지 놀이터가 곧바로 내다보이고 여름에 창을 열어 놓으면 아이들 목소리가 고스란히 들려온다. 3~4년 전 큰아들이 매일같이 그 놀이터에서 공을 차던 때 일이다. 친구들 예닐곱 명과 어울려 축구를 하는 아이 목소리가 들려와서 나는 베란다 뒤에 몸을 숨기고 그 모습을 잠시 지켜봤다. 친구 녀석들은 우리 아이에게 어이없는 공을 패스해 주고도 그런 것도 제대로 딱딱 못 받느냐며 몹시 나무랐나. 목소리 큰 한두 놈이 핀잔을 주기 시작하자 다른 녀석들도 모두

덩달아 자신들의 잘못을 우리 아이에게 덤터기 씌웠다. 우리 아이는 쭈뼛대기만 할 뿐 별다른 대거리 한 마디 하지 못 했다. 나는 몹시 화가 났다. 아이가 들어오면 차지게 욕을 곁들여 대차게 되받아치는 연습을 시키리라 다짐했다. 그런데 기가 죽어 있을 줄 알았던 아이는 평소와 다름없이 밝은 모습으로 집에 들어왔다. 나는 조심스럽게 아이에게 물어봤다. "네 친구들은 지들이 잘못해놓고도 왜 너한테만 뭐라고 한다니?" 아이의 대답이 의외였다. "그거야 내가 축구를 못하니까." 그렇게 대답을 해놓고는, 엄마 마음이 상한 것을 눈치 챘는지 이렇게 덧붙였다. "다른 건 내가 아까 걔들보다 훨씬 잘하니까 괜찮아요." 나는 무엇을 더 잘하느냐고 묻지 않았다. 묻지 않아도 괜찮았다. 그 아이들보다 우리 아이가 마음이 너그럽고 속이 깊은 것만은 확실했으니까.

예전에 나는 40대가 되면 모든 선택이 끝날 줄 알았다. 배우자를 선택하고 직업을 선택하면 나머지 삶은 알아서 채워질 줄 알았던 것이다. 그런데 살면서 보니 삶이란 것이 그렇지가 않다. 삶은 선택의 연속이다. 몇 가지 중에서 딱 한 가지를 선택하는 상황이 아니더라도, 매순간 어느 정도에서 멈추어야 하는지 고민을 해야 하는 것이다.

너그러운 사람과 만만한 사람, 검소한 사람과 인색한 사람, 원칙적인 사람과 융통성 없는 사람, 꼼꼼한 사람과 쩨쩨한 사람, 그 사이의 경계가 어디인지 나는 아직도 그 정답을 모르겠다. 아니, 그 정답은 애초에 존재하지 않는 것인지도 모르겠다. 매순간, 상황에 따라 답도 달라질 테니. 다만 어제보다는 오늘, 오늘보다는 내일 더 나은 사람이 되고자 애쓰며 하루하루를 살아갈 뿐이다. 정답을 잘 모를 때면 처음부터 다시 차근차근 생각해본다. 어린 시절 나는 어떤 어른이 되기를 꿈꾸었던가.

이름도 모르는 소설 속 아이가 내게 묻는다. 타인의 '다름'을 '틀림'이 아닌 '다름' 그 자체로 인정하고 받아들일 마음의 준비가 되었느냐고. 세상의 작은 아름다움에도 감탄하고 그것을 소중히 여기며 살아갈 마음의 준비가 되었느냐고.

이 소설을 번역하고 나서, 참으로 오랜 만에 아침에 새들이 지저귀는 소리에 귀를 기울여봤다. 어려서는 때때로 등굣길에 걸음을 멈추고 한참동안 나무 위를 올려다보기도 했었는데. 지난 이십여 년 그런 소소한 기쁨을 모두 잊고 바쁘게만 달려온 것 같아 가슴이 먹먹했다.

늘 집에 있으면서도 일하느라 바쁘다는 핑계로, 혹은 마감에 쫓겨 잔뜩 예민해져서 어린 두 아들에게 마음껏 곁을 내준 적이 별로 없는 나는 참 무심한 엄마였다. 돌이켜보면 그런데도 아이들은 끝없이 그런 엄마를 열렬하게 응원해준 나의 든든한 백이요, 내 삶의 원천이었다. 더 늦기 전에 그런 아이들에게 감사를 전할 기회가 생겨서 참으로 다행이다. 속 깊은 책벌레 큰아들 재현이, 그리고 애교와 재롱으로 엄마에게 슈퍼파워를 불어넣어주는 꼬꼬마 작은아들 재경이. 그동안 엄마의 꿈을 가식 없는 응원과 묵묵한 이해로 지지해준 사랑하는 두 아들에게 이 자리를 빌려 고마움을 전한다.

독자 여러분에게도 이 책이 아침에 듣는 새소리처럼 마음 따뜻해지는 반가운 선물이 되길 간절히 기원한다.

세상에 하나뿐인 소년

초판 1쇄 발행 2016년 5월 12일

지 은 이 모니카 우드
옮 긴 이 신윤진

펴 낸 이 최종숙
펴 낸 곳 글누림출판사
책임편집 문선희
편   집 이태곤 박지인 권분옥 오정대 이소정 고혜인
디 자 인 이홍주 안혜진
마 케 팅 박태훈 안현진
주   소 서울시 서초구 동광로46길 6-6(반포4동 577-25) 문창빌딩 2층(우-06589)
전   화 02-3409-2055(대표), 2058(영업), 2060(편집)
팩   스 02-3409-2059
전자메일 nurim3888@hanmail.net
홈페이지 www.geulnurim.co.kr
등록번호 제303-2005-000038호(2005.10.5)
정   가 14,500원
I S B N 978-89-6327-341-9 03840
출력/인쇄 성환C&P 제책 동신제책사 용지 에스에이치페이퍼

*이 도서의 국립중앙도서관 출판예정도서목록(CIP)은 서지정보유통지원시스템 홈페이지(http://seoji.nl.go.kr)와
국가자료공동목록시스템(http://www.nl.go.kr/kolisnet)에서 이용하실 수 있습니다.(CIP제어번호: CIP2016010866)